耿建华文艺评论集

耿建华/著

山东大学出版社
SHANDONG UNIVERSITY PRESS
·济南·

图书在版编目(CIP)数据

耿建华文艺评论集/耿建华著. -- 济南:山东大学出版社, 2025. 5. -- ISBN 978-7-5607-8615-5

I. I206.7-53

中国国家版本馆CIP数据核字第2025A3U999号

责任编辑　毛依依

封面设计　王秋忆

耿建华文艺评论集

GENG JIANHUA WENYI PINGLUNJI

出版发行　山东大学出版社

社　　址　山东省济南市山大南路20号

邮政编码　250100

发行热线　(0531)88363008

经　　销　新华书店

印　　刷　山东蓝海文化科技有限公司

规　　格　787毫米×1092毫米　1/16

　　　　　36.75印张　675千字

版　　次　2025年5月第1版

印　　次　2025年5月第1次印刷

定　　价　126.00元

目　录

中国诗歌韵律浅探

中国诗歌从《诗经》到现在经历了三千多个春秋，由四言、五言、杂言进而律化为近体诗，完成了由自由到格律的转变。五七言的律绝到唐代完成定型，在语言形式上达到了几乎完美的程度。但这种严格的格律毕竟是对诗意自由表达的限制，于是出现了较为自由的长短句——词。词不但在句式上更加多样，用韵也更宽泛了。但词也是有格律限制的，只是相比律诗增加了自由度。宋代以后出现了比词更自由的曲，曲虽有格律，但可以加衬字，在实际创作中比词更加自由，故而到元代得到了繁荣。中国古代诗从无律到有律，从严律到宽律，逐渐走向宽松和自由，直到现代出现了自由化的新诗。

新诗最初从古代诗形式中脱出，还是刚刚解开裹脚布的样子，如胡适的《尝试集》中的《蝴蝶》："两个黄蝴蝶，双双飞上天。不知为什么，一个忽飞还。剩下那一个，孤单怪可怜。也无心上天，天上太孤单。"还是用了五言诗的形式。但随着新文化运动的发展和外国诗歌的译介，新诗走上了彻底抛弃旧律的自由表达之路，这与当时青年人狂飙突进的情感是互为表里的。胡适曾在《论新诗——八年来一件大事》一文中说："中国近年的新诗运动可算得是一种'诗体的大解放'。因为有了这一层诗体的解放，所以丰富的材料，精密的观察，高深的理想，复杂的感情，方才能跑到诗里去。……长短一定的五言七言决不能委婉传达出高深的理想与复杂的感情。"[①]然而这种近乎散文化的诗行和无律的形式，似乎和古老汉语不太协调，于是新月派以闻一多为代表提出了"三美"的主张，即"音乐美、绘画美、建筑美"，奠定了新格律诗派的理论基础。它在一定程度上克服并纠正了五四以来白话新诗形式上过于松散、随意以及不注意汉语声韵的不足。新月派的探索为中国现代新诗的健康发展作出了应有的贡献。具体而言，

① 杨匡汉、刘福春编：《中国现代诗论》上编，花城出版社1985年版，第2～3页。

“音乐美”强调“有音尺、有平仄,有韵脚”;“绘画美”强调辞藻的选择要秾丽、鲜明,有色彩感,每一句诗都可以形成一个独立存在的画面;“建筑美”强调“有节的匀称,有句的均齐”。其主要目的是在诗的内容和诗的格式上都拥有美。这是新诗发展史上的第一次新格律建设。应该说闻一多的主张以及他与徐志摩等人的创作实践在新诗史上留下了一批佳作,成为新诗中的经典。这一新诗精致化、艺术化的努力,很快被抗日战争打断了,大声疾呼式的呐喊和战斗的鼓点节奏成为时代强音。格律化的提倡又被自由表达的战斗之声打断了。此后虽有九叶派的余响,但并未形成主潮。在解放区,新诗的散文化倾向加重了,田间的《赶车传》就是代表。《赶车传》是田间1946年基于土改工作的材料积累写成的长诗,是诗人在《在延安文艺座谈会上的讲话》的感召下写出的一部应时之作,被收入象征延安文艺最高成就和新中国成立后文艺方向示范的“中国人民文艺丛书”中。《赶车传》中贫农石不烂一把火烧了地主朱桂棠的楼,晚上睡觉时他做了一个梦,梦中捧着“红书本”的“神”告诉了他下面一番话:

这个天下说有路
哪儿有路走?
这个天下说没路
难道真没路!
石不烂你要问路
石不烂你要找路!

这种句式是散文化的,似乎和民间说唱更为接近。1950年1月20日,《说说唱唱》创刊号以内页头条的形式刊载了赵树理改编《赶车传》的鼓词作品《石不烂赶车》(上),《石不烂赶车》(下)紧接着被发表到当年第二期的《说说唱唱》。从20世纪30年代开始,“大众化”就在诗人口中被反复提及。这一方面是诗歌自身扩大读者范围的需要,另一方面则显示了“抗日救国”这一目标对文学的强大组织力量。新中国成立后,使用民间形式写作已经成为摆脱小资产阶级情感,显示“为群众”的阶级觉悟的方法,诗歌的功用性被放到最大。正是因为把令人爱读和到处传诵当作诗歌创作的目标,赵树理才将“民歌、唱词”囊括进广义的诗里。鼓词作为一种唱词,自然也就成为叙事诗的新形式。当然鼓词也要求押韵,从这个角度看,也许这是对《赶车传》散文化的否定。

新中国成立后,对古典和民歌形式的重视与对诗歌“大众化”的提倡是一致的，这一时成为新诗发展的方向。毛泽东1958年在成都会议的一次讲话中指出："中国诗的出路，第一条是民歌，第二条是古典，在这个基础上产生出新诗来，形式是民族的，内容应该是现实主义与浪漫主义的对立统一，太现实了就不能写诗了。"[①]臧克家《毛泽东同志与诗》中还转引了毛泽东的另一段话："新诗改革最难，至少需要50年。找到一条大家认为可行的主要形式，确是难事。一种新形式经过试验、发展，直到定型，是长期的，有条件的。"[②]1965年7月21日，毛泽东致陈毅论诗的信中还说："将来趋势，很可能从民歌中吸引养料和形式，发展成为一套吸引广大读者的新体诗歌。"[③]领袖的主张深刻影响了中国新诗的发展。新中国成立后的代表诗人闻捷、郭小川、贺敬之大都走的是这样的路子。这种新诗定型化的努力，阻断了新诗形式的多样化发展，尤其是限制了西式自由抒情诗的发展。虽然其间出现过关于新诗形式的讨论，但并未改变这一方向。在此后的"大跃进"民歌运动乃至"四五"诗歌中出现的大都也是这种"古典加民歌"的诗体。

100多年来用白话写的新诗，虽非都如毛泽东所说"迄无成功"，但确实有大量过于自由、与散文几无差别的诗。这些诗如过眼烟云，不能给读者留下深刻的印象。不像旧体诗词那样语言精练，音调顿挫有致，朗朗上口，可吟可唱，容易记诵。诗虽然不等于诗的形式，首先讲究有诗意的美，但形式毕竟也很重要，倘若诗与散文无区别，人们就不会特意去创造诗了。所以，鲁迅在20世纪30年代便有鉴于新诗发展的得失，提出"我以为内容且不说，新诗先要有节调，押大致相近的韵，给大家容易记，又顺口，唱得出来"[④]的主张。1935年，他又在《致蔡斐君》中说："诗须有形式，要易记，易懂，易唱，动听，但格式不要太严。要有韵，但不必依旧诗韵，只要顺口就好。"[⑤]

进入社会主义新时期以后，诗人的精神得到了解放，新诗形式也得到了解放，朦胧诗的出现使新诗从内容到形式真正展开了艺术的翅膀。此后的第三代诗歌以及中间派诗歌推动了新诗自由前进的脚步。然而梨花体、乌青体的出

---

① 中共中央文献研究室编:《毛泽东年谱(一九四九——一九七六)》第3卷，中央文献出版社2013年版，第322页。

② 臧克家:《毛泽东同志与诗》，《在毛主席那里作客》，河北人民出版社1992年版，第80页。

③ 中共中央文献研究室编:《毛泽东年谱(一九四九——一九七六)》第5卷，中央文献出版社2013年版，第513页。

④《鲁迅选集》第4卷，岳麓书社2020年版，第355页。

⑤《鲁迅全集》第10卷，人民文学出版社2005年版，第250页。

现，却使新诗由有约束的自由走向了随意和放任，日益变成了口水的恣意流淌。无序化、粗鄙化的倾向越来越偏离了诗歌的艺术轨道。艺术的审美总是从一个极端摆向另一个极端，自由到极点，就会向格律化回返。看看当下旧体诗的流行就可略见一斑。新诗的格律化应该提上日程了。当然新诗的格律化并不是要重新回到律诗和绝句上去。新诗仍然是新诗，它可以没有固定的行数和字数，不必押同一个韵，但是应该注意汉语的声韵特点，使诗句加强音律的整齐和谐度。

旧体诗在由古风向律诗转变的过程中充分体现了汉语的四声之美，在由近体诗向词和曲的演变中，也始终没有离开汉语的声韵轨道。但当下新诗的进展却完全脱离了汉语的声韵约束，越来越散文化、口水化，甚至完全没有韵律。这就彻底抛弃了汉语的音韵特点。今天诗的押韵可以用新韵，新韵也是有四声的。外国诗歌的语言也脱离不开本国的语言韵律，否则就成了散文。当下不应该改变诗的韵文特质，不喜欢押韵的诗，可以去写散文诗。我完全赞同鲁迅的主张："诗须有形式，要易记，易懂，易唱，动听，但格式不要太严。要有韵，但不必依旧诗韵，只要顺口就好。"新诗的发展应该遵循汉语言的传统，应该向近体诗、词、曲学习，当然也包括民歌。因为民歌也押韵，易唱易记。在尊重汉语的基础上，在重视汉语音韵特点的基础上去探索新的诗体，探索新格律诗的形式，也许就是新诗发展的出路。

给中华诗词松松绑

中华诗词中的近体诗和词曲都是有格律的。这些格律是中华诗词传统的一部分，也充分体现了汉语的音韵特色。今人作旧体诗词无疑应该继承这一传统，遵格守律。然而格律毕竟属于形式，形式要为内容服务。在格律和内容冲突时，要以内容为主。当下在诗词创作中有个偏差，就是把格律强调到极端，不允许有一个字出律。镣铐太紧了也会扼杀诗词的生机。某些诗词评奖把格律诗词定为一尊，忽视了古风体和突破格律限制的创新，这种泥古不变的倾向值得注意。

唐代是近体诗发展的高峰阶段，近体诗格律也有不断完善的过程。但唐代的镣铐不那么紧，有一定的宽容度。崔颢的《黄鹤楼》被誉为七律第一，大诗人李白也赞叹不已，但这首诗出律处颇多，黄鹤重复用了多次，对仗亦不严谨，平仄也多处出律，不过这一点也没有掩饰它的艺术光芒。至于三平尾、三仄尾，在唐人诗中也不鲜见。有律但不泥律，从自己对自然万物的感受出发，抒发内心真实感情，反映广阔的社会现实，才使唐诗具有了至今仍迷人的魅力。宋代以降，格律越加紧固，律条日益增多，但近体诗却风光不再。于是就松一下绑绳，词活跃起来，到了元代，再松绑绳，出现了曲的发展高峰。今天中华诗词重获生机，创作热潮方兴未艾，难道不应再松一下绑绳吗？鼓励大家用新声韵写诗词，大大放松了诗和词的声韵要求，这就为诗词更好表现当代人的生活和情感提供了便利。此外，三平尾、三仄尾也不应成为限制。随时代进步出现的新名词、新句法也应纳入诗词的语言中。同时也应鼓励创造新的词牌、新的曲牌，甚至九言诗的实验也未尝不可。

求正容变，不变革难以发展，不松绑哪有创新？应该大声呼吁松绑和创新，鼓励松绑和创新。中华诗词在继承传统的同时，要有新形式、新面貌和新气象，不是吗？

求正容变　与时俱进

——浅论中国诗词的发展路向

具有两千年历史传统的中华诗词发展到今天将如何前进，是目前诗词界讨论的热点。求正容变、与时俱进已经成为大家的共识。诗人马凯在2008年12月23日的一次诗词座谈会上说："在'平仄格式'上，我主张'求正容变'。所谓'求正'，就是要尽可能严格地按照包括平仄、对仗等格律规则创作诗词。因为这些是前人经过千锤百炼，充分发挥了汉字的特有功能而提炼出的，是一个'黄金格律'，不能把美的东西丢掉。但也应'容变'，即在基本守律的前提下允许有'变格'。"

格律诗要讲格律，否则就不是格律诗了。但是作为格律诗的近体诗已经不"近"了。随着历史变化，今时的语言与唐代发生了巨大变化，入声在普通话里已经消失，不少字的读音也变了，如果按照平水韵去读、去写对大多数人而言几乎不可能，所以必须要变，既坚守格律，同时也可用普通话新韵去创作，这是一变。

近体诗的平仄律也不是铁律，也允许有变革，古人在创作时也在变，所以有拗救之法，拗是出律了，救是加以弥补，从而使诗句虽破律但保持了平仄交替的音律之美。这是为了不伤害诗意表达的变通之法。拗救之法还可以进一步发展，在今天的格律诗创作中仍然可以使用，这是二变。

今天随着社会生活的发展出现了一些新的词汇，比如电脑、激光、互联网、鼠标等，这些新的词汇反映出时代的发展，也应该进入诗词创作中来，这是三变。

有此三变方可在继承传统的同时与时俱进地推进格律诗的发展。"歌诗合为事而作"，不能反映今天人们的社会生活，不能表现今天人们的内心世界，诗词就成老古董了，就会僵化。因此在构思和意境的创造上也要出新，旧的典故、词语如不能加入新意，就不必再使用了。今人写的诗词完全是古人口吻、古典意境，那还是今天的创作吗？

另外，在古风体诗（也称“古体诗”）创作上，也要坚持求正容变、与时俱进。这就是许多人提倡的“新古体”。毛泽东在《致臧克家》中说过：“旧诗可以写一些，但是不宜在青年中提倡，因为这种体裁束缚思想，又不易学。”①他还在《致蒋竹如》中说：“律诗是一种少数人吟赏的艺术，难于普及，不宜提倡。唯用民间言语七字成句，有韵的非律的诗，即兄所指民间歌谣体裁，尚是有用的。”②陈毅是著名的元帅诗人，他是较早提倡写古体诗的。他写的五言诗、七言诗，不符合近体诗律的要求，但完全符合古体诗的要求，例如《冬夜杂咏·青松》一诗：“大雪压青松，青松挺且直。要知松高洁，待到雪化时。”③1962年，陈毅在诗刊社举办的春节座谈会上指出：“五四以来的新文学革命运动，提倡诗文口语化，要写白话文，作白话诗，这条路是正确的。但是不是还有一条路？即：不按照近体诗五律七律，而写五古七古，四言五言六句，又参照民歌来写，完全用口语，但又加韵脚，写这样的自由诗、白话诗，跟民歌差不多，也有些不同，这条路是否走得通？”“我写诗，就想在中国的旧体诗和新诗中取其所长，弃其所短，使自己的诗能有进步。”④古体诗没有严格格律限制，可以更自由地表达情感，因此受到不愿受格律束缚的人的欢迎。

著名诗人贺敬之也是新古体诗的提倡者和创作者。他说过，旧体诗固然有文字过雅、格律过严，致使形式束缚内容的一面；但如果不过分拘泥于旧律而略有放宽的话，它对表现新的生活内容还是有一定适应性的。不仅如此，对某些特定题材或某些特定的写作条件来说，还是有其优越的一面。前者例如，从现实生活中引发历史感和民族感的某些人、事、景、物之类；后者例如，在某些场合，特别需要发挥形式的反作用，即选用合适的较固定的体式，以便较易地凝聚诗情并较快地出句成章。1962年以来他身体力行，创作了大量的新古体诗，收集在1993年出版的《贺敬之诗书集》和2005年出版的《贺敬之文集：新古体诗书卷》。这些新古体诗题材极其广泛，或吟怀、吟物、吟史，或写景、叙事、抒情，或说理论政、评述时事。据丁正梁教授在《贺敬之新古体诗选释》一书中的统计，这些新古体诗共计361首。其中四言古诗2首、五言古诗19首、七言古诗17首、

---

①《致臧克家》，《毛泽东书信选集》，人民出版社1983年版，第520页。

②《致蒋竹如》，《毛泽东书信选集》，人民出版社1983年版，第492页。

③《冬夜杂咏·青松》，《陈毅诗词集》（下），中央文献出版社2012年版，第497页。

④《诗座谈记盛》，《诗刊》1962年第3期。

错综杂言1首、五言古绝101首、七言古绝215首，还有所谓自度曲5首。[①]

台湾范光陵博士也大力提倡新古体诗的创作，他在成功大学管理学院、美国加州州立大学等开创诗意管理学(Poetic Management)，以诗歌来培养改良内外在环境。他认为，诗不只自娱，且可娱人，更可建功立业。我国古往今来的君王贤才，甚至贩夫走卒都喜欢吟诵诗歌。目前世界各国医学界也有诗歌治疗法(Poetry Therapy)以平静心胸，激发潜能，提升EQ(情绪商数)。而且新古诗易学、易作，更可扮演许多角色。这可以看出新古体诗的创作也成为国人的共识。

求正容变、与时俱进是中华诗词发展的正确路向。我们既反对隔绝传统，也反对泥古不变，在继承传统的同时变化求新、以图发展，才会使传统源远流长，使中华诗词之树长青。

① 参见丁正梁:《贺敬之新古体诗选释》，中央文献出版社2008年版，第14页。

略论词曲之别

词和曲是与诗并立的中国诗歌的瑰宝，原本都是可以和乐歌唱的，后来才脱离曲谱成为文体形式。词和曲都与乐府有关，也都与音乐有关。

乐府是古代建立的管理音乐的宫廷官署。乐府最初始于秦代，到汉时沿用了秦时的名称。公元前112年，汉王朝在汉武帝时正式设立乐府，主要掌管音乐，并监管搜集各地的民歌，配上音乐，便于在朝廷宴饮或祭祀时演唱。根据《汉书·礼乐志》记载，汉武帝时设有采集各地歌谣和整理、制订乐谱的机构，名叫“乐府”。后来，人们就把这一机构收集并制谱的诗歌称为“乐府诗”，简称“乐府”。据不完全统计，当时收录的诗歌一共有138首之多，但后大都遗失，仅余不足36首。到了唐代，这些诗歌的乐谱虽然早已失传，但这种形式却相沿下来，成为一种没有严格格律、近于五七言古体诗的诗歌体裁。汉郊祭祀的乐章为三言，即从楚辞变化而来。汉魏以来，民间乐府杂言开始盛行，王昶说过：“诗本于乐，乐本于音，音有清浊、高下、轻重、抑扬之别，乃为五音十二律以著之。非句有长短，无以宣其气而达其音。”故宋元多称词为长短句，词集多有以长短句为名的，比如秦观《淮海居士长短句》、陈师道《后山长短句》、辛弃疾《稼轩长短句》、刘克庄《后村长短句》等。

词始于梁代，早在六朝乐府里某些长短句的歌辞，已经很接近词的形式格律。杨慎在《词品》序言里说：“在六朝，若陶弘景之《寒夜怨》，梁武帝之《江南弄》，陆琼之《饮酒乐》，隋炀帝之《望江南》，填词之体已具矣。”词形成于唐代而极盛于宋代。据《旧唐书》记载：“自开元已来，歌者杂用胡夷里巷之曲。”由于音乐的广泛流传，当时的都市里有很多以演唱为生的优伶乐师，根据唱词和音乐节拍配合的需要，创作或改编出一些长短句参差的曲词，这便是最早的词了。从敦煌曲子词中也能够看出，民间产生的词比出自文人之笔的词要早几十年。唐代民间的词大都是反映爱情相思之类的主题材，所以它们在文人眼里是不登大雅之堂的，被视为诗余小道。只有注重汲取民歌艺术长处的人，如白居易（《忆江南》）、刘禹锡（《竹枝词》）等人才写一些词，他们的词具有朴素自然的风格，洋溢着浓厚的生活气息。以脂粉气浓烈、崇尚浓辞艳句而驰名的温庭筠和五代“花间派”，在词发展史上有一定的地位；而南唐李后主被俘虏之后的词作则开拓了一个新的深沉的艺术境界，具有强烈的感染力。

元曲一部分原本来自所谓的“蕃曲”“胡乐”，首先在民间流传，被称为“街市小令”或“村坊小调”。随着元灭宋入主中原，它先后在以大都（今北京）和临安（今杭州）为中心的南北广袤地区流传开来。元朝建立之后，北方的少数民族得以入主中原，形成了多民族共处共荣的格局。这直接导致了多民族文化的融合，为元曲这一文学形式的产生奠定了社会和文化基础。入主中原的少数民族的文人及士大夫阶层，对宋词这种典型的中原文化难以全盘接受，对其中过于严格的格律及文言文语法等更是如此。于是他们在继承的基础上，与中原的文人秀士共同对传统的古典格律诗词进行了改造，逐渐形成了元曲这种完全独立的文学艺术形式。元曲与宋词有诸多相同之处，比如二者都是和乐的，也有诸多“词牌”（元曲中称为“曲牌”），并且有一定的格律定式，即每一曲牌的句数、字数、平仄等均有格律规范。

但词与曲也有着许多不同之处。元曲包括两类文体：一是小令、带过曲和套数的散曲；二是由套数组成的曲文，间杂以宾白和科范，专为舞台上演出的杂剧。“散曲”是和“剧曲”相对存在的。剧曲是用于表演的剧本，写各种角色的唱词、道白、动作等；散曲则只是用作清唱的歌词。从形式上看，散曲和词很相近，不过在语言上，词要典雅含蓄，而散曲要通俗活泼；在格律上，词要求严格，而散曲就更自由些。散曲从体式上分为小令和散套两类。小令又叫“叶儿”，体制短小，通常只是一支独立的曲子（少数包含两三支曲子）。散套则由多支曲子组成，而且要求始终用一个韵。散曲的曲牌也有各式各样的名称，如《叨叨令》《刮地风》《喜春来》《山坡羊》《红绣鞋》之类，这些名称多很俚俗，这也说明散曲比词更接近民歌。元曲以其作品揭露现实的深刻以及题材的广泛、语言的通俗、形式的活泼、风格的清新、描绘的生动、手法的多变，在中国古代文学艺苑中放射出璀璨夺目的异彩。

元代社会使读书人位于“八娼九儒十丐”的地位，中断了读书人由科举进入仕途的道路，所以转而投入曲的创作，如关汉卿，《录鬼簿》中称他为“驱梨园领袖，总编修师首，捻杂剧班头”，可见他在元代剧坛上的地位。关汉卿曾写有《南吕一枝花》赠给女演员朱帘秀，说明他与演员关系密切。他曾毫无惭色地自称：“我是个普天下的郎君领袖，盖世界浪子班头。”在《一枝花·不伏老》结尾一段，更狂傲倔强地表示：“我是个蒸不烂、煮不熟、捶不匾、炒不爆、响珰珰一粒铜豌豆。”他也因此而被誉为“曲家圣人”，简称“曲圣”。马致远是一位“姓名香贯满梨园”的著名作家，又是“元贞书会”的重要人物，与关汉卿、郑光祖、白朴并称为“元曲四大家”，被尊称为“曲状元”。元曲四大家都没做过官。郑光祖的生平事迹没有留下多少记载，从钟嗣成的《录鬼簿》中，我们知道他早年习儒为业，后来补授杭州路为吏，因而南居。他“为人方直”，不善与官场人物相交往，因此，官场诸公很瞧不起他。可以想见，他的官场生活是很艰难的。杭州的美丽风景和那里的伶人不断地触发着他的感情，他本来就颇具文学才情，便开始了杂剧创作。政治专权，社会黑暗，因而元曲放射出极为夺目的战斗的光彩，透出反抗的情绪；锋芒直指社会弊端，直斥“不读书最高，不识字最好，不晓事倒有人夸俏”的社会，直指“人皆嫌命窘，谁不见钱亲”的世风。元曲中描写爱情的作品也比历代诗词来得泼辣、大胆。这些均足以使元曲永葆其艺术魅力。这与宋词的作者大相径庭。宋词的大家多有官职，比如周邦彦历官太学正、国子监主簿、徽猷阁待制、提举大晟府（管理音乐的机构）。嘉祐二年（1057），苏轼与弟弟苏辙同登进士，在朝位高权重，后却一贬再贬。辛弃疾，曾任江西安抚使、福建安抚使等职，追赠少师。读书人的处境不同，对社会的认识也就不同，表现在词曲中就有了鲜明的区别。

从形式上看，散曲和词很相近，不过在语言上，词要典雅含蓄，而散曲要通俗活泼；在格律上，词要求严格，而散曲就更自由些。元曲比词在音乐表现上更丰富，它有宫调。曲与宫调出于隋唐燕乐，南北曲常用的有五宫四调，通称九宫或南北九宫，包括正宫、中吕宫、南吕宫、仙吕宫、黄钟宫（五宫）、大面调、双调、商调、越调（四调）。曲的每一个宫调都有各自的风格，或伤悲或雄壮，或缠绵或沉重。元曲中的戏曲套数和散曲套数，是由两支以同一宫调的不同曲牌相连而成。

曲有曲牌，俗称“曲子”，是对各种曲调的泛称，各有专名，如《点绛唇》《山坡羊》等，总数很多。元代北曲共335个，每一个曲牌都有一定的曲调、唱法，同时也规定了该曲的字数、句法、平仄等。据此可以填写新曲词，曲牌大都来自民间，一部分由词发展而来，故曲牌名也有和词牌名相同的，但是内容并不完全一致。此外，还有专供演奏的曲牌，但大多只有曲调而无曲词。

元曲在押韵方面严守《中原音韵》十九部的要求而分平、上、去，用韵上有以下特点：平仄通押，不避重韵，一韵到底，借韵、暗韵、赘韵、失韵。曲在用字的平仄上比诗词更严，而特别注重每首末句的平仄。曲的对仗要求比较宽松，可平仄相对，也可平声相对，即平声对平声，仄声对仄声。曲的对仗形式有“两字对”“首尾对”“衬字对”等十三种，在语言的运用和词序组合上有许多特点，主要表现为：有工对也有宽对，但宽对的现象更普遍；句中自为对；错综成对或倒字为对，如“忠臣不怕死，怕死不忠臣”；以俗语入对。

曲可加衬字，这是它与词或诗的主要区别之一。衬字用小字书写，以区别于正字。衬字一般不占用乐曲的节拍、音调，它使曲文在遵守格律的前提下，有更大的灵活性，行文用字更为自由，不受格律的束缚。小令所用的衬字较少，套曲则比较多。在曲谱中，衬字往往快速而有节奏地一口带过。此外，杂剧使用衬字比较普遍，而南戏则比较少用。衬字一般用于句首或句中，句末则很罕见。句首的衬字可以用实词（如名词、动词等），也可用虚词（如连词、助词以及代词、副词等）。如尚仲贤《王魁负桂英》“殿阶前空立着正直牌”，“前”和“着”是衬字。有时衬字是一个句子，如白朴《梧桐雨》“寡人亲捧一盏儿玉露春寒”，“玉”字之前都是衬字。衬字有时可多至十几二十个字。如关汉卿的《一枝花·不伏老》：

> 我是个蒸不烂、煮不熟、捶不匾、炒不爆、响珰珰一粒铜豌豆，恁子弟每谁教你钻入他锄不断、斫不下、解不开、顿不脱、慢腾腾千层锦套头？我玩的是梁园月，饮的是东京酒；赏的是洛阳花，攀的是章台柳。我也会围棋、会蹴鞠、会打围、会插科、会歌舞、会吹弹、会咽作、会吟诗、会双陆。你便是落了我牙、歪了我嘴、瘸了我腿、折了我手，天赐与我这几般儿歹症候。尚兀自不肯休。则除是阎王亲自唤，神鬼自来勾。三魂归地府，七魄丧冥幽。天哪，那其间才不向烟花路儿上走。

正是这种加衬字的手法，使曲比词在语言上获得了更大的自由，也更适于演唱。

诗词曲在格律上要求越来越宽松，诗体形式也越来越自由，这是一个趋势。现代新诗，又叫“自由诗”，就完全没有格律限制了。由此而见，文随时变。我们今天作诗填词制曲，既要遵守格律，也要不拘泥于格律。我赞成在格律上诗词曲都适当放宽要求，诗可以用新声韵，可以不把三仄尾、三平尾看作问题。词在用韵上比诗宽松多了，在平仄上也没必要每个字都合格律，除了韵脚之外，大体合律即可。曲就更自由了，它比词更活泼，更接地气，更具民间色彩，也更适于表现今天的生活。希望大家能多写一点曲，使曲和诗词一样在当今诗坛上重放光彩。

品诗三要

诗要品，不品焉能得味？钟嵘把“滋味”放在《诗品》的中心，贯穿始终，且与诗歌的本质论、发生论、文体论、创作论等交融在一起，成为诗歌审美和诗学理想的重要组成部分。味从何出？一曰象，二曰境，三曰情。

诗以意象为载体，意和情均要靠象现出。品诗先要品象。毛泽东《贺新郎·读史》开篇出象：“人猿相揖别。只几个石头磨过，小儿时节。”几个石头一磨，新旧石器时代倏忽而过，这是何等的凝练和概括。“上疆场彼此弯弓月。流遍了，郊原血。”如月的弯弓，郊原的热血，是千百年来征战史的浓缩。苏轼的《念奴娇·赤壁怀古》：“羽扇纶巾，谈笑间，樯橹灰飞烟灭。”用羽扇纶巾为象，呈现出年轻统帅胜券在握的从容和淡定。杜甫的《登高》开头两句真是一幅意象精美的图画。其中天、风，沙、渚，猿啸、鸟飞，天造地设，自然成对，抒发出苍凉悲壮的情感。再看今人的《携妻儿春日游公园》：“柳舞东风坐欲眠，耳旁摇荡一秋千。春心总似花模样，开在妻孥嘴角边。”作者把内在的“春心”用花一样开在“妻孥嘴角边”的笑外现出来，意象鲜明独特。

境是由诗歌意象统一合成的诗境。品境就要把全诗意象结合在一起品味。如《念奴娇·赤壁怀古》通过对月夜江上如雪浪涛、穿空乱石壮美景色的描绘，借对古代战场的凭吊和对风流人物才略、气度、功业的追念，含蓄地表达了自己老大未成、功业难就的忧愤。全词境界雄浑博大，感慨隐约深沉，起笔凌云健举，将浩荡江流与千古人事并收笔下，成为豪放词的代表。再如秦观《鹊桥仙·纤云弄巧》借纤云、飞星、银汉、金风、玉露等象，构成了“柔情似水，佳期如梦”的柔美意境，讴歌了人间美好的爱情，婉约蕴藉，余味无穷。

品象、品境终归是在品情。情是内在的，要靠象和境呈出。象现意隐情出。秦观是写情圣手，《鹊桥仙·纤云弄巧》中的“柔情似水，佳期如梦”既点出了欢会的短暂，又真实地揭示了他们久别重逢后那种如梦似幻的情怀。“两情若是”二句表达了两人若至死不渝，又何必去追求一朝呢？全词情感由此升华到新的高度。毛泽东《贺新郎·读史》风格豪放，气象雄浑，纵贯古今，概括了人类社会的全部历史发展进程，诙谐谈笑中，抒发出雄视千古的领袖襟抱。再读一首今天的诗《七绝·疫不归》："瘟神肆虐两年多，码变红黄怎奈何。梦里家山清影瘦，声声软语唤阿哥。"诗中表达了因为疫情难以归乡的无奈和对家乡亲人的思念，情以"梦里家山清影瘦"的境现出，那"声声软语"的呼唤就格外动人了。

情、象融合化而成境，由象入境，入境达情。如此品诗方可得味也。

毛泽东诗词传播概说

毛泽东诗词是毛泽东同志留给我们的珍贵文化遗产、精神财富。研究毛泽东诗词的传播对于更好地传播这一精神财富,对改变中华儿女的精神面貌,对学习毛泽东思想,对诗词艺术的普及与提高都有重要意义。

任何文学作品都离不开传播。没有传播,文学作品的思想价值和学术价值只能孤芳自赏。只有在大众中传播开来,文学作品才能发挥其作用。

一、毛泽东诗词的传播方式

人类传播活动大体可以分为两种:一是人际传播,是人与人之间,点与点之间的传播;二是大众传播,特别是指利用大众传播媒介进行的传播。人际传播是个人与个人之间的信息传播活动,是社会生活中最直观、最常见、最丰富的传播现象。二人谈话、书信往来、打电话、互传电子邮件等等都是人际传播。毛泽东诗词最初正是通过人际传播进行的。如其中的赠友诗词均是赠给友人的,如《贺新郎·别友》《七律·和柳亚子先生》《蝶恋花·答李淑一》《七律·答友人》《七古·送纵宇一郎东行》《六言诗·给彭德怀同志》《临江仙·给丁玲同志》等,是个人与个人之间的传播。其余的诗词在未公开发表时也有一部分在小范围内传抄过,也属于人际传播。这种传播很直接,但是传播范围比较小,在传抄中也容易出现错误,甚至会出现误传,即把别人的诗词当成毛泽东诗词传抄。

大众传播是专业化的媒介组织运用先进的传播技术和产业化手段,以社会上一般大众为对象进行的大规模传播活动。例如出版社、报社、广播电台、电视台、互联网这些媒介组织通过出版书刊报纸、开播广播电视节目、设立网站等进行的传播活动。毛泽东诗词的大规模、大范围传播同样离不开这些传播媒介。中央文献出版社出版《毛泽东诗词全编鉴赏》,《诗刊》刊载毛泽东诗词,广播电视播出的有关毛泽东诗词的节目、网络中存在的有关毛泽东诗词的网页等，都是大众传播的现象。

除此之外，毛泽东诗词谱曲后在大众中传唱、在舞台上演出，用艺术形式面向大众传播，还用朗诵会形式进行群体性传播。可见，毛泽东诗词已从最初的人际传播发展到多媒体、多形式的大众传播。

二、毛泽东诗词的传播过程

毛泽东诗词在未被公开披露以前以手抄形式在朋友、亲人、战友之间进行传播。直到1937年10月，美国著名记者埃德加·斯诺编著的《红星照耀中国》一书由英国伦敦戈兰茨公司出版，毛泽东诗词才以大众传播方式传播开来。该书第五编"长征"就是以毛泽东的诗《七律·长征》为结束语的。斯诺称毛泽东是"一个既能领导远征又能写诗的叛逆者"。1938年2月，上海复社翻译出版了这本书，更名为《西行漫记》，使毛泽东的诗首次在公开出版物上发表了。这是毛泽东诗词传播的起步阶段。

1945年8月，毛泽东从延安飞抵重庆，同国民党进行和平谈判。其间柳亚子赠诗给毛泽东并向毛"索句"。毛泽东抄录了《沁园春·雪》给他，柳亚子看了毛泽东词后，欣喜若狂，直呼"大作"。他一面赞叹毛泽东的词，一面又写了同一词牌的和词一首，一并抄好送交《新华日报》发表。《新华日报》于10月11日，即毛泽东离开重庆那天刊发了柳亚子的诗词。

重庆各界在报上只见到柳亚子的诗词而不见毛泽东原词，都纷纷打探。柳亚子便"不自讳其狂"，向一些友人抄送原词。在重庆《新民报》副刊《西方夜谭》任编辑的吴祖光先从黄苗子处抄得毛泽东这首词，而黄苗子又是从王昆仑处抄来，抄稿中遗落了几个短句。吴祖光跑了几处，把三个传抄本凑到一起，补全了这首词。11月14日，吴祖光在《新民报》副刊《西方夜谭》上发表了这首咏雪词，标题是《毛词·沁园春》。11月28日，《大众报》也发表了毛唱柳和的两首咏雪词。

毛泽东这首词先是人际传播，后通过两家报刊向大众传播，轰动山城，一时成为人们谈论的中心话题。王树人在《毛泽东〈沁园春·雪〉公开发表始末》一文中指出，重庆各报刊纷纷发表和词与评论，据不完全统计，当时刊发的和词不下50首，评论近20篇。这在毛泽东诗词传播史上掀起了第一个高潮。

王树人在文章中说，蒋介石看到这首词后十分恼火，他问专门为他起草文件的陈布雷如何评价该词。陈说：“气势磅礴、气吞山河，可称盖世之精品。”蒋介石说：“我看他毛泽东野心勃勃，想当帝王称王称霸，想复古，想倒退。你要赶快组织一批人，写文章批判他。”12月4日，国民党《中央日报》等报刊同时登出了“围剿”毛泽东词的和词。重庆进步文化界在周恩来的直接指导下，对于反动文人的攻击、辱骂迅速予以反击。郭沫若率先发表两首和词，在延安的爱国人士黄齐生、晋察冀解放区的邓拓、山东解放区的陈毅都依韵奉和，热情赞颂毛泽东的词。

为了把毛泽东这首词压下去，国民党暗中在内部发了通知，要求会作诗填词的国民党党员，每人写一首《沁园春》，选几首意境、气势文字超过毛泽东的，以国民党主要领导人的名义发表。后又在南京、上海雇佣“高手”作了数首，均为平庸低劣之作。由于这次活动是暗中进行的，又不成功，一直秘而不宣，高度保密。直到20世纪80年代中期，才由当年参加过这一活动的要员透露出来。[①]这次国共两党围绕毛泽东《沁园春·雪》进行的或公开或秘密的斗争，使毛泽东诗词借助报刊传播，引起了轰动效应，取得了极好的传播效果，也使诗人毛泽东更加广为人知。

新中国成立初期，毛泽东没有公开发表诗词作品，有些作品仍以手抄形式进行着人际传播。1958年8月的《中学生》杂志刊登了谢觉哉的《关于红军的几首词和歌》，披露了他凭记忆整理的毛泽东四首词：《西江月·秋收暴动》(后改题为《西江月·秋收起义》)、《西江月·井冈山》、《如梦令·宁征途中》(后改题为《如梦令·元旦》)、《清平乐·六盘山》。

1957年1月，《诗刊》创刊号发表了毛泽东亲自审定的十八首诗词和他给《诗刊》主编臧克家的信，引发了毛泽东诗词传播史上的第二个冲击波。此后文物出版社、人民文学出版社相继出版了《毛泽东诗词十九首》《毛主席诗词》，使毛泽东诗词在更大范围内传播开来。同时，对毛泽东诗词的研究也大规模展开，论文和专著相继出现。1957年10月，中国青年出版社出版了臧克家和周振甫合作的《毛主席诗词十八首讲解》，这是最早赏析、诠释毛泽东诗词的著作。1958年，该书改名为《毛主席诗词讲解》再版，发行量达百万余册，创建了中国诗词传播的高纪录。

1966年至1976年，毛泽东诗词的传播掀起了第三个冲击波，这是前所未有

---

① 参见王树人：《毛泽东〈沁园春·雪〉公开发表始末》，《党史纵横》2008年第7期。

的，对毛泽东诗词的学习和研究也达到空前的规模。据《毛泽东诗词研究资料索引》一书统计，这期间公开出版或授权交流的版本达七八十种之多，发行量更是无法统计。除了公开发行的报刊、书籍传播外，还有大字报传播、广播传播等方式。以手抄形式的人际传播也一度盛行，以至于一些并非毛泽东的诗词也假借毛泽东之名传播开来。在此期间，毛泽东诗词连同毛主席语录也一并在海内外大量传播开来。不过此时的毛泽东诗词传播存在着一些问题：一是以假乱真，真伪难辨；二是把毛泽东诗词完全政治化甚至庸俗化；三是存在实用主义倾向。

进入新世纪以后，毛泽东诗词的传播和研究进入了一个真正的春天。中国毛泽东诗词研究会和各地毛诗会的建立为毛泽东诗词的传播和研究奠定了组织基础。中央文献研究室等单位选编的《毛泽东诗词选》于1986年出版，收诗五十首，分正、副两编，成为毛泽东诗词传播中的权威性版本。同时，出现了近百部研究毛泽东诗词的著作。随着互联网的发展，毛泽东诗词也在网上迅速传播，其影响早已越过了国界。目前，对毛泽东诗词的研究更加深入、理性，也更加自由、活跃、民主了。

当前网络小说的问题与特点

网络小说是我国文学创作中不可或缺的组成部分。随着手机自媒体的发展,网络小说日益走进青年大众之中。与传统的网页式阅读方式相比,手机及移动终端的阅读优势主要体现在三个方面:一是随时随地,渗透人们的碎片化时间。手机以其便携、智能的特性,成了诸多网络文学读者在乘坐公共交通、排队等碎片化事件中打发时间的极佳选择。二是结合移动社交功能,潜力巨大。诸多手机阅读软件开发了分享给好友或分享到微博、微信等社交平台的功能,将阅读事件作为社交话题,满足了人们社会交往和自我实现的需要。三是多媒体集成,表现形式丰富。手机阅读突破了传统的网页浏览文字的功能,可以结合图片、音乐、视频等多种媒体,提升读者的阅读体验。由此可见,无线网络阅读作为新的产业增长点,将成为未来网络文学网站的发展方向。

时世平在《网络文学:批评的迷茫与清醒》一文中说:

> 网络写手的组成以青年为主,其中,“80后”是主力军,而“85后”“90后”也开始崭露头角。“80后”与日新月异的高科技并肩成长,多元文化的土壤使其思想开放、观念活跃,具有强烈的社会参与意识,彰显个性,具有“很我”的风格。网络写手多半伴随着武侠小说、侦探小说、动漫以及网络游戏而成长……网络文学的内容与其写作者表现出了极其相称的青年特征,具体言之,可以概括为如下几点:才子佳人式的“后宫”模式;落魄才子的“现代逆袭”;无所不能的全才;个人强则国家强的个人英雄主义;独生子女式的社会关系;唯我独真的价值判断;乐观的传统文化的现代复兴;非敌即友的“二分观”。这几个方面单就每一个方面而言,都有着明显的青年化倾向。①

① 参见时世平:《网络文学:批评的迷茫与清醒》,《中国社会科学报》2015年9月14日。

与此同时，娱乐和感官的刺激成为网络小说追求的首要目标。各大网络小说网站的首页都有一些热门标签，这些标签赤裸裸地展示着感官的诱惑。如笔下文学网就分了玄幻、武侠、都会、历史、恐怖、鬼怪等标签，在言情标签之下的高居点击率榜首的小说如《我的火爆女友》《公主无心，请君和离》《美女博士闯情关》《国民影帝，轻点亲》等，可谓不胜枚举。肉欲、情人、一夜情、冷暴力、金钱、权力等是构成这些小说的关键词。此外还有穿越、武侠、玄幻、灵异等题材，这些题材划出了严肃文学与网络文学的分野。许多文学网站将读者分为男生和女生两大阵营，这两大阵营偏爱的题材分别是玄幻和言情，从情节上看可谓千篇一律，少有新意。比如玄幻小说通常是男主角开篇渺小卑微，任人欺负，后来机缘巧合得到某某秘籍或某高人指点，之后一系列的奇遇接踵而至，最后名动天下，抱得美人归。动辄数百万字的小说全本，枝叶繁多，有些甚至不堪卒读。由于大部分小说读者都是以金钱为动力而写作，必须迎合读者，所以经常在媚俗、悬疑、惊悚、刺激、逗乐、好看上下功夫。

网络小说按照字数和点击率收费，刺激了小说作者的写作热情，一部网络小说往往以几百万字计，这也是在传统小说中难以见到的。现在的网络小说成功地引入了商业运行模式，起点中文网首先推行VIP阅读制度，读者只需要花费2分钱就可以阅读千字内容，包月读者每月花费15元便可无限制阅读包月库中的作品，这一做法几乎成为后来的行业标准，为各大收费阅读网站所仿效。新作品每章收费一毛钱，所获得的收入全部归于作者。这一方式的推行让很多小说读者短时间内就能取得明显的经济效益，更刺激了他们的写作热情。政府主导的网络文学大赛的举办，也促进了网络小说的生产。由中国文联、北京市委宣传部指导，北京网络媒体协会携手北京市文学艺术界联合会共同主办的“首届网络小说创作大赛”，从4万余部参赛作品中选出19部佳作，获奖作品涉及军事、历史、情感、传奇、童话等多个题材。

网络小说基于网络的写作方式使其呈现出与传统小说的诸多不同。

一是作者与读者的即时互动。作者每天发表章节后，读者可以随时评论，提出建议。作者也可以对发表的内容加以修改。作者可以用读者的名字给小说中的人物命名。这就增加了读者的参与感。这在传统的小说写作中是没有的。

二是网络上浩如烟海的百科知识都可以成为小说的素材。作者成了无所不知的全能写手，小说中的人物也成了神通广大的全能英才。如《绝品毒医》中的主人公萧逸飞，本是省医大的天才学生，却遭人陷害被学校开除，意外得到毒修传承，开始修炼无上毒功，自创毒医术，成就一代绝品毒医。看他驭毒炼蛊惩恶徒，毒医神术救苍生。待到功成名就时，如云美女许芳心。书中中医典籍、巫术、蛊术、化学毒物、玩蛇世家、商业竞争、赏石赌石、炼丹炼器，包罗万象。诸多素材均是从网络上搜寻来的。正如时世平在《网络文学：批评的迷茫与清醒》中所说："在医药类小说中，主人公或是黄帝之师岐伯附身（如《风流医圣》），或是身具古医术传承（如《特种神医》），更有甚者在主人公的脑海中寄生着一个古代超级医师。他们在现代，面对各种病症，以针灸、中药等处理各种现代医学（更多的是指西医）解决不了的癌症、风湿病、心脏病等，同时，也以医术扬名世界。在网络小说中，作为传统文化精华的传统中医的复兴，正代表着青年对于传统文化复兴的期盼，但这种期盼更多的是乌托邦似的幻想，与现实相比附，巨大的落差更增加了对于现实的不满。"

三是小说的时空结构更为多样，现实时空与虚幻时空相交织。穿越小说是网络小说最热门的题材之一。其基本要点是，主人公由于某种原因从其原本生活的年代离开、穿越时空，到了另一个时代，在这个时空展开了一系列的活动，情爱多为主线。2011年出现了十分火爆的网络穿越小说三大经典：一是《梦回大清》，一个生活在21世纪的女孩子，因为在故宫迷路，竟穿越时空回到了清朝，并身不由己地进入危机四伏的皇宫内院。热情如火的十三阿哥、深沉内敛的四阿哥、命运多舛的小姐妹、威严的康熙皇帝……无数在史书中读过的人物，带着各自的喜怒哀乐来到主人公身边。历史与现实扑朔迷离，相爱与相伤难以取舍。二是《步步惊心》，一个女子原本是繁华都市的一名白领，却因一脚踏空而穿越了时空隧道。她带着对清史的洞悉进入风云诡变的宫廷。三是《瑶华》，亦是一个现代女子穿越回清朝的故事。这三部小说虽在2011年之前就完结了，可在这一年才通过影视改编进入公众的视野，引起了一股"穿越"热潮，"穿越"成为路人皆知的热门话题，2011年因此被称为"穿越年"。穿越小说通常是从现实时空穿越到历史时空，是返回式的时空结构。网络小说中还有一种套叠式的时空结构，即在现实时空中，通过物件进入一个特异的小时空。如《傲娇房东爱上我》中的翡翠珠子就是一个与现实时空并存的特异时空，也是一个无所不能的小世界。这样的时空结构在传统小说中是没有的。这种结构使小说中的主人公具有了超现实的自由，也揭示了当代青年对自由时空的向往。

漫谈文学与新闻的异同

文学和新闻既有差异，又有共同点。正如有人比喻的那样：新闻和文学就像男人和女人，在性别上完全相反，但又都是人。我再延伸一下，新闻是一个不断追求新奇的时髦女郎，文学更像一个饱经风霜的老汉。

新闻和文学的最大区别是什么？《人民日报》原副总编辑梁衡说："本质上，新闻是信息，文学是艺术；在功能上，新闻是传播信息，满足人们对信息的需求。"我认为他说得还不够准确。新闻的本质是真实，而文学则可以虚构。新闻传达的是已经发生、正在发生、将要发生的事实；而文学传达的不一定是事实，文学作品里的人物和事件即便是真的，也是经过加工虚构夸张了的，和人物事件本身大相径庭。神猴孙悟空是虚构的，若有一篇新闻稿说某记者发现了孙悟空的金箍棒，那肯定是假新闻。文学作品可以有原型，比如曹操、诸葛亮、武松，但是小说中的人物毕竟和真实人物不是一回事。有人考证恭王府就是大观园，曹雪芹就是贾宝玉，那就是把文学和真实混淆了。新闻是不允许虚构的，甚至夸张和缩小也不行。失实就是假新闻。假新闻《木乃伊怀孕了》的作者曾绘声绘色地写道，一埃及考古小组在开罗发掘出一具已逝世超过3000年的女木乃伊。在展出过程中，发现这具木乃伊竟在出土后怀孕了，其腹中胎儿看来已有八个月，经超声检查后可以看出胎儿发育正常。看守人西塔尔被指是胎儿的父亲，而他也承认自己难以抗拒女木乃伊的美色。这条新闻包括了历史、爱情、生命、奇迹、科学，简直就成了一个传奇。《45年前的恋人从死亡名单上走来》一文，曾是前些年为许多媒体刊载的一篇"纪实"通讯，文中讲述了黑龙江省海林市胜利乡一位叫王家政的战斗英雄与长沙姑娘许燕的生死恋情，稿件颇为煽情动人。后经《黑龙江日报》记者的调查，发现该篇"纪实"通讯纯属"纪虚"，不但许、王其人其事均属虚构，连"海林市胜利乡"也是作者编造的。

再看2008年的几例假新闻，如《西安晚报》2008年3月2日发表的“新闻”：

> 刚果(金)的官方语言是法语，既懂法语又懂英语的张逸被选为赴刚果(金)维和工兵分队随队翻译。一到酒店，张逸就拿起一份西安本地的报纸“贪婪”地阅读起来。他说在刚果(金)的一年半时间里没有看到报纸，现在看到报纸有些激动。张逸向记者讲述了赴刚果(金)维和的一些经历：刚果(金)毒蛇巨蟒很多，队员们修建的营房要保持一定比例的坡度倾斜，防止毒蛇爬入；外出时，队员们要穿上高腰靴子，防止被毒蛇咬伤。尽管如此，他还是目睹了一出悲剧：一名中国维和工兵队员(非驻西安市部队人员)在施工期间去附近草丛中方便，久久不见归来。队员们去寻找时，发现一头巨蟒肚子鼓鼓的，卧在草丛中爬不动了。找来当地人将蟒蛇打死，剖开肚子发现队员已停止呼吸。

这则假新闻实在是有些离奇。一方面，记者言之凿凿，明确告知采访对象亲眼看到了中国维和工兵被巨蟒吞噬；而另一方面，国防部维和事务办公室工作人员表示，报道严重失实，我赴刚果(金)维和部队从未发生过此类事件；而第三方网友则指出：“这是一条假新闻，被吃的那人不是中国人，而是外国的一名国际观察员，我有真实的照片。”在这种情形下，很难用常识和逻辑来推理判断究竟谁对谁错。因此，最后只能以权威部门的结论为准。新闻学的一个基本理论就是：新闻报道永远是一个寻求权威信源认定事实的过程。官方对事实的认定可以消除道听途说的信息混沌状态。遗憾的是，记者往往忽略了这一点。

再如《黑龙江晨报》2008年5月8日的“新闻”：

> 62岁的哈尔滨市民老滕因儿子没有考上名牌大学，为了激励儿子，自学考上清华大学研究生。2005年，老滕的儿子小滕即将参加当年的高考。老滕对儿子说：“你只能考北大、清华，不然天津大学也行，如果考不上，你就别考了，去别的学校也没有意思。”高考后，小滕以637分的成绩考进了南昌大学。为此，老滕狠狠地将儿子骂了一通。失望、气愤的老滕对儿子说：“你考不上名牌大学，我给你考一个看看。”经过一年的努力，2006年老滕报考了清华大学艺术学院研究生班。考试的科目有专业知识、政治、外语。老滕以优异的成绩成为2006级清华大学艺术学院研究生班27名学生中的一员。老滕拿到清华大学录取通知书到学校报到时，发现班上的同学都在30岁左右，就连他的老师也只有46岁。

事实是老滕并非清华大学艺术学院在读研究生，而是在该校中国画高级研修班脱产学习。二者有天壤之别。

我们说文学的虚构性使其有了超越现实的自由，文学可以超越现实的束缚，极力拓展自己的艺术领地，作家可以去写他所没经历过的时代，可以去杜撰现实中从没有发生过的事。荒诞派文学更是对现实进行故意扭曲，很多侦探小说完全出自作家的想象和编排，现实中的一切可以任由作家涂抹和变形，如“燕山雪花大如席”“南风吹山作平地”。作家可以将自己的情感投射到外物之上，使外物皆染我之色彩，如“感时花溅泪，恨别鸟惊心”。

新闻必须与事实相一致，缺少了外在事实的支撑就不能被称为新闻。验证新闻的真实性所依据的正是客观事实。

文学与新闻的第二个不同是新闻是易碎的，文学是耐久的。新闻报道不断变动的事实，满足了受众对新闻信息的需求。一张报纸一旦读完，就被扔到一边了，很少有人去反复读一篇消息。新闻的寿命很短，甚至短到以秒计算。但是文学作品要经受时间的考验。越是经典作品，越能传至久远。孔夫子整理的《诗经》距今2000多年了，大家仍在读；唐诗距今1400多年，小孩子还在背诵；《红楼梦》也有200多年了，读者至今还争论不休。新闻消费是一次性的，文学消费是品味、欣赏，可以无穷次阅读。再打个比方：新闻是扎啤，越新鲜越好；文学是老酒，越陈越香，就如女儿红、状元红。

文学与新闻的第三个不同是新闻必须依托事实，要在采访上下功夫，采访是新闻成功的首要条件。当然这里指的是新闻的主体消息和通讯。没有扎实深入的采访就不会有好新闻。穆青写焦裕禄就是在采访中发现线索，又深入采访的结果。文学创作时可以采访，也可以不采访。

新闻和文学有本质不同，所以它们如今在我国隶属于不同的一级学科。中国语言文学和新闻传播学是一级学科，它们各自又有二、三级学科。本科按一级学科招生，硕士、博士研究生基本按二级学科招生。

新闻与文学又有着共通之点。首先，它们都是具有强烈人文精神的，都属于人文学科。文学和新闻都要以人为本。记者和作家要具有高尚的人文精神才能写出好作品。新闻系只开新闻写作课是不够的，必须开一定数量的文学课程，因为文学里积淀着最为深厚的人文精神。从《诗经》开始到《离骚》、汉乐府、唐诗、宋词，一直到明清文学，这种人文精神延续至今。从屈原“长太息以掩涕兮，哀民生之多艰”到杜甫“安得广厦千万间，大庇天下寒士俱欢颜”，从“谁知盘中餐，粒粒皆辛苦”到“满纸荒唐言，一把辛酸泪”都在传递这种人文精神。作为新闻工作者缺失这种精神是很可怕的。有的记者收受贿赂，瞒报事实，有的记者用发稿权敲诈商家厂家，有的记者编造假新闻以求轰动效应，这都是缺乏人文精神的表现。

其次，二者都是以语言文字为工具来反映客观现实的，即便是新闻图片也要用语言文字来加以说明。尽管新闻语言与文学语言都有各自的规律，但仍有许多相融相通之处。文学的一些表现手法，新闻也可以加以运用；新闻所报道的事实，常常是文学的素材。新闻的优势在于“快速反映”，文学的优势在于“耐人寻味”。新闻虽然是易碎品，但可借助文学之力加以保存。新闻的新鲜性是会随时间的推移远去而挥发掉的；文学的艺术性则如陈年老酿，久而弥香。具备文学品位的新闻，会让读者更有回味的余地。鉴于此，报界许多前辈同人都在探讨如何借助文学的写作手法来增强新闻的可读性、趣味性，使新闻更具文化品位。

消息也可以用文学描写手法。

例一：1932年1月28日夜间，爆发了著名的“淞沪抗战”。美国著名记者埃德加·斯诺当晚发了一则消息，导语是：“今天晚上，上海的街道给鲜血染红了。”仅十一字的描写，却让我们强烈地感受到日寇的野蛮、上海军民抗敌的英勇以及战事的惨烈。

例二：1982年4月，埃以经过长时间的交战和谈判后，以色列同意把侵占的西奈半岛交还埃及。路透社就此发了一条电讯：今天，最后一名以色列士兵含着眼泪离开这里。这表明，埃及正式收回了西奈半岛战略要地的控制权。“含着眼泪”，虽只有四个字，却生动深刻，催人警醒，产生联想：以色列的撤离实属无奈，埃以双方的摩擦和争斗，远未结束。

例三：捧着鲜花，托着花篮，今天一早，上万名京城百姓冒着酷暑，从四面八方赶到八宝山，向演啥像啥、人见人爱的“中国第一老太”——赵丽蓉的遗体依依惜别。（新华社北京2000年7月27日电）

例四：天泼雨，雨撼地，天地混沌，浊浪滚滚；灾情重，将士急，三军齐动，共赴灾区。（中央电视台新闻特写《三军战三江》）

例五：舞姿虽美，却是悬崖边上的舞蹈。（中央电视台生活服务频道《股市中的泡沫》，2000年7月30日播）

在新闻报道中借助于文学表现中的细节描写，也是增强新闻形象性的重要手段。不过新闻中的细节来源于记者敏锐的观察与真实的再现而不是虚构。

曾先后两次获得普利策新闻奖的美国记者霍默·比加特写的《日本签字投降》,登在1945年9月3日的《纽约先驱论坛报》上,就其新闻事实来说是一则不折不扣的"硬新闻",时间性强,也是读者非常需要知道的重大事件。但作者却是这样写日本外相重光葵在无条件投降书上签字的:

> 重光葵步履蹒跚,拖着木质假腿走到铺着粗呢台布的桌子旁,桌子上放着投降文件,等着他签字。
>
> 他把全身重量都压在手杖上,好不容易才坐下来。他把手杖靠在桌子旁,然而,在他签字的时候,这根手杖倒在了甲板上。
>
> 道格拉斯·麦克阿瑟将军致辞后,做了一个手势要重光葵签字。他们两人没有说一句话。
>
> …………
>
> 当重光葵爬到右舷梯顶端,登上"密苏里"号甲板时,脱掉了他的高帽子。

记者通过对现场捕捉到的细节进行精心描绘,将历史场景真实再现,把重光葵无奈、恐慌、无助的复杂心理全部通过细节描写凸显出来,给读者以视觉震撼力量。

新闻作品也可用形象的比喻,如《中国青年报》新德里1987年2月24日电:

> 第39届世界乒乓球锦标赛组委会好像变成了"小件寄存处",中国人今天上午则把斯韦思林杯和考比伦杯交给他们,不到12小时又把两座奖杯取了出来。

按规定,上届冠军在比赛前要将奖杯交给组委会保存,再把奖杯颁发给本届冠军,而中国队蝉联了冠军,因而"小件寄存处"这一形象的比喻,就把这个新闻事实交代出来了,同时又不乏幽默风趣。文学和新闻在这里融合了,这是有新闻事实的文学,有文学形象的新闻。

取一个好的新闻标题也需要有较高的文学修养,需要严格控制字数,讲究文字工整有韵律。想标题时或调动各种修辞手段,或借用古诗词格律,或在动词上做文章,力求标题富有文采,读来形象生动,朗朗上口,言简意赅,让人记住了标题就记住了新闻。在知识界,这类标题是最受欢迎的。这一类标题是传统古典类标题,也是艺术类标题,是中国报纸特有的。文汇新民联合报业集团高级记者、文汇报新闻研究所原所长夏震霏专门就新闻标题的修辞问题进行研究，他指出常用的修辞手法有比喻、比拟、对偶、排比、夸张、映衬、呼告、拈连、借代、复叠、双关、设问、感叹、回文、仿拟等15种之多。中国社科院新闻研究所的彭朝丞研究员更在《新闻标题学》一书中提出有39种。

《浙江日报》刊发的一则关于永康一家重视环保的企业在屋顶上搞绿化的新闻，标题是《鸟鸣厂房顶　鱼跃排污池（主题）——永康压延厂治污后成了“生态家园”（副题）》，主题10个字就把这个“生态家园”的形象奉献给了读者。妙用古诗做标题，读来让人妙趣横生。《人民日报》就西班牙假橄榄油中毒事件造成二百多人死亡一事做的《奸商一何毒　百姓一何苦》标题，《光明日报》就西湖从钱塘江引水成功的报道做的《问渠哪得清如许　为有钱塘活水来》标题，《新民晚报》就上海夏天一场暴雨之后旧危房漏雨的消息做的《夜来风雨声，屋漏知多少》标题，读起来都会觉得是艺术享受。

动词用得好，也能使标题增色生辉。2003年，申花队在甲A中一举夺冠，但在随后一个赛季里，球队五换主教练，战绩一落千丈……2004年12月4日，申花主场0比1不敌辽宁，联赛排名倒数第三。《新民晚报》对此做了个《频换帅，换走冠军　穷折腾，折断申花》的标题，用活了“换”“折”两个动词，使这个仅有14个字的标题一针见血地把申花的症结揭示了出来。制作艺术类标题要求采编人员有较深的文字功底，特别是古汉语基础，而且要有“‘为求’一个字，捻断数茎须”的精神。目前，这样的标题就做得较少。

新闻评论也需要文学性。早在20世纪30年代，鲁迅就以《自由谈》的所谓花边文学，创造了青年们踊跃进步的独特文体。瞿秋白十分推崇鲁迅的杂感，认为“这种文体就证明了自己的战斗的意义”，“鲁迅的杂感其实就是一种‘社会论文’——战斗的‘阜利通’”，并指出这种“文艺性的论文的特点”是“更直接的更迅速的反映社会上的日常事变”，这就十分接近新闻的定义了。这一文体在国外报纸上早已有过，称为“小品文”，原词出于法文，指报纸的一页、一部分。列宁在《火花报》上把专栏文章称作小品文。萨斯拉夫斯基评介列宁发表在报纸上的“小品文”“固然带有着深刻的政治内容，然而它的文笔是很轻松的……常常使它带有艺术形式和讽刺意味”，并认为这些论战性的新闻作品“具有文学风格”。今天报纸上许多评论性的文字都承袭了小品文的风格。除了副刊的杂文、随笔之外，其他的时论、政论，包括社论、评论员文章、编者按等，都可以写出“文学风格”。这一点，毛泽东同志当年给新华社起草的那些社论、评论员文章就是很好的范例。《人民日报》许多评论员文章都写得文采斐然，让人过目难忘，忍不住要剪下来，多看几眼。刘勰在《文心雕龙》中说："言以文远，诚哉斯验。"认为言论必须有文采才能流传久远，这是经过验证了的事实。孔子更有话在先："言之无文，行而不远。"所以说，糅入了文学性的新闻才可能让读者多看几遍，新闻以事实诉诸读者，读者看完知道怎么回事就行了，文学则能让人体味、咀嚼、参悟……倘若新闻具备了一定分量的文学性，读者就能因文学而记住新闻，从而使新闻这"易碎品""钢化"了，打不破了，这也许就是新闻与文学"杂交"的好处。

苏轼谪琼诗赏析

元丰二年(1079)四月,苏轼移任湖州,七月,苏轼遭御史台弹劾,被所派遣的皇甫遵等人逮捕,受审于御史台狱,这就是“乌台诗案”。因御史台官署内遍植柏树,柏树上常有乌鸦栖息筑巢,乃称御史台为乌台,所以此案被称为“乌台诗案”。他们指证苏轼在诗文中歪曲事实,诽谤朝廷。御史李定、何正臣、舒亶等人,以苏轼的《杭州纪事诗》为证据,说他“玩弄朝廷,讥嘲国家大事”,更从他的其他诗文中挖出一句二句,断章取义地给予定罪,如“读书万卷不读律,致君尧舜知无术”,本来是苏轼说自己没有把法律一类的书读通,所以无法帮助皇帝成为像尧、舜那样的圣人,他们却指他是讽刺皇帝没能以法律教导、监督官吏;又如“东海若知明主意,应教斥卤变桑田”,说他是指责兴修水利这个措施不对。其实苏轼在杭州时也兴修水利工程,怎会认为那是错的呢?又如“岂是闻韶解忘味,迩来三月食无盐”,说他是讽刺禁止人民卖盐。总结起来便是认定他讥讽皇上和宰相,罪大恶极,应该处死刑。

因“乌台诗案”入狱之后,苏轼厄运不断,屡贬黄州、惠州、儋州,仕途坎坷,心力交瘁。被贬广东惠州时,苏轼住在一座寺院里,曾写过一首《纵笔》:“白头萧散满霜风,小阁藤床寄病容。报道先生春睡美,道人轻打五更钟。”据说这首诗被当时的权臣看到,笑着说:苏轼还这么快活吗?那就叫他去更偏远的地方!绍圣四年(1097),苏轼便由惠州再贬儋州(今海南儋州市)。其时苏轼已至花甲之年。苏东坡和苏过在海南澄迈老城顺利登岸。先是到琼州府报到,后又折回澄迈老城,经过临高,七月二日,抵达昌化军(治所在今儋州中和镇)。到海口后,苏东坡在琼郡城东的驿站暂住,停留的十余日里,他为海南人民做了第一件大好事。

当时琼州百姓缺水喝,喝的都是咸积水,容易生病。苏东坡在城墙附近溜达,发现周围泉水虽多,但都不可饮用,饮水是一个大问题。经过寻找,苏东坡在城墙东北角的一个地方发现了两个泉眼。有意思的是,这两个泉眼相距咫尺,水的味道却大不相同,其中一口泉眼泉水甘甜。他马上叫来村民,指导人们开凿此泉,从此当地人民便有了甘甜可口的饮用水。这两眼泉水就是著名的双泉,也叫双井。如今,这口出水的泉眼还保留在五公祠内,名为“浮粟泉”,有“海南第一泉”的美誉。来到这里的游客都会看一看这口神奇的泉眼,感叹苏东坡在水利方面的独到发现。这是苏东坡来到海南后献给海南人民的第一个礼物。

想到被贬去海南,苏东坡心灰意冷,甚至做好了死的准备。他在写给友人的信中说:“某垂老投荒,无复生还之望。昨与长子迈诀,已处置后事矣。今到海南,首当作棺,次便作墓,乃留手疏与诸子,死则葬于海外……牛不挈棺,死不扶柩,此亦东坡之家风也。”人生许多时候对未来命运的把握是不可预测的。苏东坡是著名的文学大师,然而,花甲之年妻离子散,贬谪海南,心绪遇挫而悲愤感叹是极其自然的。

遥望着无边无际的茫茫大海,想到此去将与家人生死两隔,自己将要客死在荒芜凄凉的孤岛,不禁老泪纵横,连连发出“此生当安归,四顾真途穷”的悲叹感慨!无奈之余,决定不让家人陪同,只有小儿子苏过陪伴他到海南。到梧州时,闻知被贬雷州半岛的弟弟苏辙经过这里,便写了“他年谁作舆地志,海南万里真吾乡”的诗句派人追上。兄弟俩在藤州见面后,相伴同行到雷州半岛。雷州太守热情接待兄弟俩,两人停留了几天,这是他们兄弟俩生前最后一起度过的日子,之后再也没能相见。此事见《和陶止酒》,诗人在序中说:绍圣四年,我被贬到海南,子由也被贬到雷州。五月十一日我们在藤州相遇,一块来到雷州。六月十日相互分别,(我将要)渡海。我当时痔疮病发痛苦呻吟。子由也终夜不睡,就吟诵陶渊明诗,劝我戒酒。于是就和(陶诗)原韵,写诗赠别,不久真的戒了酒。他写道:

> 时来与物逝,路穷非我止。与子各意行,同落百蛮里。
> 萧然两别驾,各携一稚子。子室有孟光,我室惟法喜。
> 相逢山谷间,一月同卧起。茫茫海南北,粗亦足生理。
> 劝我师渊明,力薄且为己。微痾坐杯酌,止酒则瘳矣。
> 望道虽未济,隐约见津涘。从今东坡室,不立杜康祀。

苏东坡与弟弟苏辙这一别,显然已抱定生离死别、生还无望的心情。苏东坡虽然挂着“琼州别驾”的头衔,实际上没有什么实权。不仅如此,当时的政敌还给苏东坡下了三不禁令:不得食官粮,不得住官舍,不得签公事。

然而，他刚一抵达儋州，便得到当地民众与昌化军使张中的热烈欢迎与款待。张中冒着生命危险和罢官的可能，将苏东坡与苏过接到官舍居住，并且每日好菜好酒招待。张中、苏过两人终日下棋，苏东坡在旁观战。有时，张中还向苏东坡请教公事，这给苏东坡痛苦的内心带来了极大的慰藉。

所谓的官舍，正如《苏东坡传》中所记："秋雨一来，房顶就漏，所以夜里苏东坡得把床东移西移……一次苏东坡看见好多白蚁死在他的床上。"那时的海南，夏天潮湿，气闷，秋天多雨，冬天多雾，一切东西无不在发霉。湖南提举董必察访广西时，闻知张中给苏东坡官舍住，还热情款待他，便立即派使者渡海罢免了张中的官职，又将苏东坡父子驱逐出官舍。被驱逐出官舍后，苏东坡"食无肉，病无药，居无室，出无友，冬无炭，夏无寒泉，然亦未易悉数，大率皆无耳。惟有一幸，无甚瘴也"。他的生活陷入了极大的困境。为了供给衣食，卖光了酒器，只留下一个做工精美的荷叶杯自娱自乐。

和陶连雨独饮二首（并引）

吾谪海南，尽卖酒器，以供衣食。独有一荷叶杯，工制美妙，留以自娱。乃和渊明《连雨独饮》。

其一

平生我与尔，举意辄相然。
岂止磁石针，虽合犹有间。
此外一子由，出处同偏仙。
晚景最可惜，分飞海南天。
纠缠不吾欺，宁此忧患先。
顾引一杯酒，谁谓无往还。
寄语海北人，今日为何年。
醉里有独觉，梦中无杂言。

（今译）

平生只剩下我和你，一举一动都很自然。
岂止像磁石和指针，虽相合仍然有隙间。
此外还有我弟子由，跟我一样遭到贬谪。
我们的晚景最凄凉，分飞海南天地偏远。

福祸相依从不欺我，宁可自己先受忧患。
回头看再饮一杯酒，谁说不能再有往还。
寄语在海北那个人，今天究竟是哪一年。
醉里我也自己清醒，梦中也不胡说乱言。

其二

阿堵不解醉，谁欤此颓然。
误入无功乡，掉臂嵇阮间。
饮中八仙人，与我俱得仙。
渊明岂知道，醉语忽谈天。
偶见此物真，遂超天地先。
醉醒可还酒，此觉无所还。
清风洗徂暑，连雨催丰年。
床头伯雅君，此子可与言。

注：阿堵，本义是“这个”，诗中指酒杯。

无功乡：唐王绩字无功，性嗜酒；尝采杜康、仪狄以来善酒者为谱，著《醉乡记》。见《新唐书·隐逸传·王绩》。后世因以“无功乡”指醉乡。

掉臂：自在行游貌。唐吕岩《七言》诗：“闲来掉臂入天门，拂袂徐徐撮彩云。”元汪元亨《折桂令·归隐》曲：“问先生掉臂何之？在云外青山，山上茅茨。向陇首寻梅，着杖头挑酒。”

（今译）

这个酒杯解不了酒，谁醉得这样手脚软。
误进这样一个醉乡，行游在嵇康阮籍间。
饮酒的那八个仙人，和我一起成了神仙。
陶渊明哪里知道我，喝醉酒胡乱谈论天。
偶然发现酒真是好，可以超拔天地之先。
醉酒醒了还可再喝，这种感觉不能回还。
清风洗去酷暑炎热，连下的雨催来丰年。
床头酒杯就是伯雅，对着它我们可闲谈。

其实，苏东坡在当时如雷贯耳，百姓也知道这位大学士，他只要卖出一幅书画作品就能改变生活的窘况，而不至于卖光了酒器。但当时海南教育落后，百姓的文化水平不高，即使苏东坡卖书画，怕也没人懂得欣赏，掏钱购买。但当地官民十分敬佩苏东坡的才华与为人，又同情他的凄惨遭遇，于是时常给他送来粮食、果蔬和猎物，后来还在城南给他盖了三间茅屋。因为茅屋建在一片桄榔林里，苏东坡在宽慰之余便给茅屋取名“桄榔庵”。安居下来后，苏东坡带领老百姓挖井取水饮用，上山采摘草药等等，与百姓相处融洽，亲如一家人。

闻子由瘦

五日一见花猪肉，十日一遇黄鸡粥。
土人顿顿食薯芋，荐以薰鼠烧蝙蝠。
旧闻蜜唧尝呕吐，稍近虾蟆缘习俗。
十年京国厌肥羜，日日烝花压红玉。
从来此腹负将军，今者固宜安脱粟。
人言天下无正味，蝍蛆未遽贤麋鹿。
海康别驾复何为，帽宽带落惊僮仆。
相看会作两臞仙，还乡定可骑黄鹄。

（今译）

五天才能吃一次花猪肉，十天才能喝一次黄鸡粥。
当地人顿顿吃红薯山芋，偶尔也薰野鼠烧蝙蝠吃。
过去听说蜜唧就会呕吐，现在也吃蛤蟆随了乡俗。
十年京城里吃够肥羊羔，天天热气罩红玉般瘦肉。
从来肚子像将军样满足，现在却吃惯粗米和杂粟。
人说天下没有什么正味，蝍蛆未必就高明过麋鹿。
你这康州别驾又能怎样？瘦得帽宽带落惊吓僮仆。
我们对看就像两个瘦仙，可以骑着黄鹄踏上归途。

苏东坡不仅是大学士、大文豪，多才多艺，还是一个秉性难改的乐天派。当时，当地人非常迷信，患病时靠术士看病。唯一的治病方式就是杀牛祭神，每年运进来的牛都用于祭神，富有者甚至一次杀牛数十头。也有得病用药的人，但若巫师说神怒了，病不会根治的，病人就拒药禁医，沿用杀牛祭神的土方法，结果“人牛皆死”。苏东坡设法改变这种不良风俗，亲自到乡野采药，并考订药的种类，撰写医学笔记，为当地人探索出了治疗疾病的药物，如荨麻、苍耳等。

事实上，儋州与东坡，互相成就了彼此。苏东坡在《自题金山画像》中说：

“心似已灰之木，身如不系之舟。问汝平生功业，黄州惠州儋州。”由此可见，儋州在苏东坡的心目中还是占有重要地位的。他与山野村夫交谈，与友人下棋唱和，探讨岛内居民的长寿之道与鄙陋风俗，一有机会便继续月下漫步的老习惯，空闲无事就到乡间采药。章惇把东坡贬到海南来，就是因为觉得东坡在惠州那种瘴气之地还能生活得如此逍遥，所以想看看到底何地能令他不畅快。然而像东坡这样的人，不管身在何方，生活都不会乏味。东坡笔耕不辍，他一直将陶渊明视为精神知己，他在颍州时就开始写作和陶诗，离开惠州时，已经写完了109首，最后的和陶诗15首是在海南完成的。东坡谪琼三年，总共写诗140首，词5首，各类文章47篇。此外还完成了《论语》《尚书》《易经》的注解。同为北宋著名诗人的黄庭坚对东坡的岭南之作发出这样的感慨：“东坡岭外文字，读之使人耳目聪明，如清风自外来也。”由此可见，岭外的蛮荒气质并未令东坡的才气性灵打折扣，相反，这一番不平凡的打磨是对诗作最好的锤炼，最后幻化为文字的绚烂。请读《和陶杂诗十一首》之九：

余龄难把玩，妙解寄笔端。
常恐抱永叹，不及丘明迁。
亲友复劝我，放心饯华颠。
虚名非我有，至味知谁餐。
思我无所思，安能观诸缘。
已矣复何叹，旧说易两篇。

（今译）

剩下的年龄难以把握，把妙悟暂且寄托笔端。
常恐留下永远的遗憾，赶不上左丘明司马迁。
亲友们曾多次来劝我，放下心思去安度晚年。
虚名不是我所追求的，最好的滋味在我心间。
想什么我也无所想了，怎么能看清那些因缘。
再三长叹还是算了吧，只留黄州的《易传》两篇。

此外，苏轼与黎族人民也结下了深情厚谊，黎族人民对他的真挚帮助及他们之间的纯朴友情，成为苏轼居儋的创作与生命源泉。他真切地发现了黎族人民的朴质淳厚、乐于助人的崇高品格及其内在灵魂的美，对他们亦有着深厚情谊。如：

别海南黎民表

我本海南民，寄生西蜀州。
忽然跨海去，譬如事远游。
平生生死梦，三者无劣优。
知君不再见，欲去且少留。

（今译）

我原本就是海南人，偶然出生在西蜀州。
忽然渡海离开这里，好像因事出去远游。
平生常常做生死梦，生死梦三者无劣优。
知道这一去难再见，想走且再稍稍停留。

苏东坡居儋州三年，开辟的“儋州学府”是当时四方瞩目的讲学之地。特别是他一手栽培出来的“诸生”如王霄、姜唐佐、黎子云等人都成了饱学的鸿儒，使儋州地区“书声琅琅、弦歌四起”，学府因而成为当时海南文化的中心。苏轼在此执教，北归三年后，姜唐佐便举乡贡，成为第一个举人；大观三年（1109），符确成了海南历史上第一个进士。当时人受苏东坡影响，作诗的风气大盛。即使田夫野老，贩妇牧童，也有出口成章、诗才敏捷的人。直到今天，逢年过节，贺喜迎新，联诗唱和之风遍及儋州。苏东坡在被贬谪的三年间，讲儒学礼，劝农兴学，以文会友，促进文化，从游者众，学风得到宣扬和认可。

此后，海南人在科举考试中屡有斩获。据统计，经宋、元、明、清几代，海南共出举人767人，进士97人。这不能不归功于苏东坡对海南教育的巨大贡献。在海南的历史记载中，海南人民一直铭记着苏东坡对海南教育的贡献。《琼台纪事录》记载：“宋苏文公之谪儋耳，讲学时道，教化日兴，琼州人文之盛，实自公启之。”可见当时苏东坡对当地文教的影响与贡献是真实客观的。

苏轼留给我们最珍贵的财富远远不是他在诗词歌赋、书法绘画等方面的成就，而是他一生积极真诚的生活态度，他面对挫折的乐观，他追求自我的不懈努力，他善良崇高的品格。苏轼与海南相互影响，可以说海南完善了苏东坡，苏东坡改变了海南。

“丘海精神”及丘濬和海瑞生平事迹对海南历史文化的影响

丘濬和海瑞是海南历史上的两颗明星，也都是儒家文化滋养出的名臣。说到“丘海精神”就不能不提儒家文化。早在唐代，贬谪于海南的官员使儒家思想在当地传播开来，如王义方和李德裕等，他们积极地为当地百姓开陈经书，传授儒学，深受百姓爱戴。正是这些贬居在海南的人为海南的文化注入了新的活力。北宋庆历三年(1043)，范仲淹等人发起了一次变革，史称“庆历新政”。在范仲淹和宋祁等人的提议下，宋仁宗下诏兴学：“诸路州府军监，除旧有学外，余并各令立学。”海南最早的“琼州府儒学”就是在这样的背景下于庆历四年(1044)设立，各州县也相继创办儒学，海南的儒学在这一时期逐渐形成规模。

“琼州府儒学”的设立和一个人是密不可分的，他叫宋咸(995—?)，字贯之，福建建阳人，南唐宰相宋齐丘之族人，北宋天圣二年(1024)进士。庆历元年(1041)，以太常博士知琼州，《宋史翼》云：“琼僻在海外，旧未置学，咸奏请设学赐经史，以变夷风。”在琼州期间，他“集诸生读五经于先圣庙，建尊儒亭，暇日亲为讲授，置学田以资膏火，由是州人始知力学”。

苏东坡也曾被贬海南，在被贬谪的三年间，他讲学礼，兴教化，将这里变成了才俊辈出之乡。在他北归九年后，儋州人符确成为海南第一个进士，此后，儋州人在科举考试中屡有斩获。

苏东坡在海南笔耕不辍，他在儿子的帮助下整理杂记文稿，汇集成了《东坡志林》。他还为《尚书》作注。他在海南的诗作初记140首，其中包括他的和陶诗15首。由此，他终于为自己的和陶诗124首画上句点。他在颍州时就开始了这项工作，离开惠州时，已经写完了109首，最后的15首是在海南完成的。他的弟弟苏子由这样评价这些和陶诗：“独喜为诗，精深华妙，不见老人衰惫之气。”

同为北宋著名诗人的黄庭坚则对东坡的岭南之作发出这样的感慨："东坡岭外文字，读之使人耳目聪明，如清风自外来也。"正是这些被贬到海南的官员把儒家文化传播到了海南，令其成为海南文化的核心。他们言传身教，以自身的人格力量影响着一代代海南人。丘濬和海瑞就是其中的佼佼者。"丘海精神"的核心正是儒家倡导的大丈夫精神，《孟子·滕文公下》中说："富贵不能淫，贫贱不能移，威武不能屈，此之谓大丈夫。"

丘濬(1421—1495)，明代著名政治家、理学家、史学家、经济学家和文学家，海南四大才子之一，琼州琼台(今属海南)人。景泰五年(1454)进士，历官经筵讲官、侍讲、侍讲学士、翰林学士、国子监祭酒、礼部侍郎、礼部尚书、纂修《宪宗实录》总裁官、文渊阁大学士、户部尚书，域涉政治、经济、文学、医学等，著述甚丰，同海瑞合称为"海南双璧"。丘濬亦兼武英殿大学士等职。其学问渊博，熟悉当代掌故，晚年右眼失明，仍披览不辍。

丘濬秉史笔，为于谦澄清不实之词，"或谓少保于谦之死，当著其不轨之迹。公曰：'己巳之变，微于公天下不知何如，武臣挟私怨诬其不轨，是岂可信哉？'众以为然，功过皆从实书之"。又为前工部尚书江渊洗雪，"执笔者谓黄竑；易储之奏，出前工部尚书江渊，馆臣多以为然。公独曰：'闻当时竑教其兄为此，觊免死耳。且广西书奏用土产纸，易辨也。'索其奏验之，果广西纸，众乃服"。为官清廉介直，历官四十年，惟置一园。所居东城私第，面积狭窄，地势低下潮湿，可见其虽官内阁，居之不易。

海瑞(1514—1587)，明代著名政治家。海南琼山人，后人称其为"海青天"，与宋代包拯齐名。他自幼攻读诗书经传，博学多才。海瑞是中国历史上的著名清官。嘉靖四十五年(1566)任户部云南司主事时，上书批评世宗迷信道教，生活奢华，不理朝政等，被逮捕入狱。世宗死后获释。隆庆三年(1569)调升右佥都御史，他一如既往，惩治贪官，打击豪强，疏浚河道，修筑水利工程，并推行一条鞭法，强令贪官污吏退田还民，遂有"海青天"之誉。

海瑞对自己要求很严格，对陈规陋习从来不买账。他写了一篇《严师教戒》的文章，提出了一个做人的标准，大意是：人不要白活着，要照着圣人的话去做。不要白活着，并不是要人去做大官。而是指如到县府衙门去当官，那时敛财很容易，有好房子，也有漂亮的女人，你会动心吗？金钱诱惑，你挺得住吗？或者只会说不会做，只会对人说空话充当好人，见到大官就想巴结，有一点成绩就骄傲起来，别人有什么好的事，你便去抢先，自己的毛病，却尽量掩盖起来，干什么事都存私心。至于国家的大事业,则连想也不敢去想。海瑞以此教人,也以此律己,认为上面这些事,哪怕占有一条,就对不住自己,也对不住祖先。他说:“瑞有一于此不如速死。”意为我海瑞要是犯了以上任何一条过错,就不如死了好。在南平当教谕时,海瑞认为教师有教师的尊严,不能随便向上司磕头。有一天,延平府知府率一班官员到县学来视察,按习惯,县学里从学生到教谕都要跪着迎接。而海瑞却只作揖为礼,不肯下跪,站在他两边的训导,自然没有这个勇气,早已跪下,三个人中旁边两人都跪下,唯海瑞挺立着,很像是一个笔架。官员们对他不满,又不好正面训斥他,便称他是“山字笔架”,此后便有人以此为外号,称他为“笔架博士”。又有一次,巡按御史来南平,海瑞率学生到城门前迎接,县里的官员都跪下了,海瑞仍以作揖为礼,没有跪下。县里许多官员都为海瑞捏了一把汗,他却泰然自若地站在那边。

海瑞为使明王朝能长治久安,于嘉靖四十五年(1566)二月写下了历史上著名的奏疏,名为《直言天下第一事疏》,亦称《治安疏》。他对上疏的目的一开始就作了交代,即“为直言天下第一事,以正君道、明臣职、求万世治安事”。他在将朱厚熜和历代贤君进行一一对比之后,尖锐地指出,由于皇帝不理国政,贤愚不分,奖罚不明,造成“天下吏贪将弱,民不聊生,水旱靡时,盗贼滋炽”的严重局面,而皇帝却一点也没有觉察到。海瑞指出:现在赋役比平时增加许多,加上皇帝笃信道教,到处营造宫殿,百姓过得十分贫困。全国百姓都在骂皇帝,说“嘉靖者,言家家皆净而无财用也”。海瑞指出,陛下的错误太多了,但最大的错误在于修醮,求长生不老。海瑞对皇帝进行了尖锐的批评之后,也提出不少具体建议,希望朱厚熜能潜心管理朝政,做到“敦本行以端士习,止上纳以清仕途,久任吏将以责成功,练选军士以免召募”。综观全文,海瑞对皇帝是赤胆忠心的。不过,在封建专制极权的制度下,这样指责皇帝,是很少见的,海瑞也因此入狱。

“丘海精神”是刚正不阿的大丈夫精神,也是以“仁”为核心的儒家精神。这种精神影响了一代代海南人。为百姓请命,为人民做好事、做实事,清正刚直,廉洁奉公,这是“丘海”二公留给我们的精神财富。

万宁的名片——廖纪

每个地方都有自己的名片，或是名山灵水，或是圣贤名人。山东的名片是一山一水一圣人，即泰山、黄河、孔子。名片集中体现了当地的历史文化资源，是这个地方最引人注目的形象标志。

万宁的名片是廖纪。著名文史专家王俞春先生说过："我最崇拜的海南先贤就是丘濬和廖纪。"明代海南人才辈出，有博学多才的丘濬、刚正不阿的海瑞等，但真正进入朝廷权力中枢、辅佐皇帝的只有丘濬与廖纪二人。廖纪在嘉靖初年朝廷"元老"和"议礼"两派的斗争中保持中和，稳定了朝廷人事关系，把儒家治国平天下思想发挥得淋漓尽致。胡吉勋在其专著《"大礼议"与明廷人事变局》中指出：廖纪致仕前，在皇帝和百官之间调停维持，保持了朝廷中较为正常的运作。他致仕后，朝廷在人事上便进入了纷更之局面。

廖纪为官清正耿直，号称"节介"。在吏部，被他推荐提拔的人感谢他，想给他送点礼，竟然被他"完璧充赆以归"。他督理易州山场时，每年节余"万金"，他都"一无所染"。他掌南京兵部时，对军官不法利用士兵为自己私人服役的行为进行了坚决抵制……难得的是，他不跟风，不看上司的脸色行事。因为议大礼而得宠的一批新贵，炙手可热，廖纪却敢于对他们提出严正批评。后来，即使这些新贵推荐他担任了要职，他还能不顾情面地仗义执言。廖纪最后官至吏部尚书、太子太保，致仕时又加少保衔，地位十分崇高。而其为人行事可为风范，即使在近500年后的今天仍然令人肃然起敬。以廖纪作为万宁名片的确很准确。在海南大力推进国际旅游岛建设之际，"文化魅力独特"是《海南国际旅游岛建设发展规划纲要》总体思路的一大方面，历史人文是主要内容。时下海南优美的自然资源得到竭力开发，历史人文资源却挖掘得不够。现在深入、广泛地研究廖纪等历史名人，对于万宁发展国际旅游、进行精神文化建设具有十分重要的意义，所以廖纪这一名片必须擦亮。

廖纪不仅是杰出的政治家，是治世能臣，他在思想学术、文学创作上也很有成就。廖纪的作品大部分入选《明史·艺文志》和《四库全书》，但是保存在海南的极少，选入《陵水县志》的只有《读书法云寺》和《橘》。下面仅就他在万宁的诗作《读书法云寺》作一赏读。

读书法云寺

一

何处寻幽胜，闲过惠远家。
到门云护砌，挥麈雨生花。
寺后峰阴合，阶前树影斜。
钟声休报晓，吾欲演三车。

二

不须赋远游，此地即丹丘。
古刹尘嚣隔，精蓝景色幽。
逃禅偏自适，耽寂雅相投。
案有遗编在，开轩豁两眸。

法云寺在那亮东岭下（现旧村岭禁山下），但今已不存。诗作是二首为一组的五言律诗，第一首下平声六麻韵，仄起不入韵式；第二首下平声十一尤韵，平起入韵式。笔法含蓄精炼，韵律和谐，对仗工整。从“寻幽胜”和“逃禅”可推测，诗作为嘉靖二年（1523）廖纪任南京兵部尚书“被论解职”后回归家乡时所作。

第一首，首联指出，休闲时路过一座佛寺即法云寺。“惠远”即慧远，是东晋著名高僧，他曾用“佛儒结合”讲释佛经，其家代指寺。颔联说寺院门前祥云盖顶，瑞气笼罩，好像一挥起拂尘雨珠就像花朵一样飘洒下来。颈联描写寺院后面山峰挺拔，古木苍天，郁郁葱葱，清晨台阶前也有大树树影斜落。尾联的意思是，报更的钟声请不要敲响，我要修炼三车功法。三车指牛车、鹿车、羊车。一说出之《法华经》：盖菩萨乘（大乘）有普渡众生之愿，如牛车能乘载多人，缘觉乘（中乘）力极微，故譬之鹿车，声闻乘（小乘）无渡人之心，只欲自渡，故譬之羊车。二说指内练火候的三个阶段：先慢运气如羊车轻柔，再大步疾奔如鹿车迅速，最后用力猛冲如牛车劲猛。

第二首，首联点明，没必要去哪里远游了，这里就是神仙居住的地方。丹丘，指传说中神仙居住的地方，最早见屈原的《楚辞·远游》："仍羽人于丹丘兮，留不死之旧乡。"颔联意，寺院把喧嚣和世俗都隔开了，僧舍里面的环境是多么幽静啊。颈联说，参禅归隐让我悠然自得，因为天性极爱寂静，刚好这里就很幽静。逃禅，这里应指禅定。尾联点题，书案上有前人留下的著作和散失的典籍，打开窗户顿时两眼都闪亮有光了。这里指打开心灵的窗户阅读，吸取别人开悟的知识让我顿悟人生的真谛。"顿悟"，是南禅宗祖师慧能和神会所提的主要宗旨，人有顿悟就是达到"真我""真佛性"。

作者以诗言志，描写了法云寺优美的环境，表达了对家乡和读书的热爱，对世俗、仕途的厌倦，透出了参禅归隐、积极乐观的生活态度。正史有载，廖纪"淡于世味，恒于典籍自娱"。

廖纪自中进士授官后，"清而不激"，"雅不阿时"，"一路平步青云，皆有实政佳绩"。正德十六年(1521)四月，世宗一立，即拜南京吏部尚书，嘉靖元年(1522)调兵部，任参赞机务，是留都唯一有实权的尚书。其间因为朝廷"大礼议"，他"持议与璁合"，被南京给事中郑庆云弹劾，十一月，请休归家闲居二年。朝廷"大礼议"事件中，廖纪是唯一发言"称大礼""持议与璁合"的正二品大臣。他免职回乡后写的这两首诗，一是表达对美如仙境的家乡的赞美和热爱，二是表达对文化典籍启人心智的赞赏，三是流露出对宦海生涯的厌倦和参禅归隐的向往。同时，这也证明他是万宁人。

廖纪是万宁的名片，万宁市领导对其高度重视。这在建设海南国际旅游岛和大力发展文化事业的大背景下，意义重大。这张名片应该更加闪亮。一是继续挖掘廖纪在海南的资料和诗文，包括家谱世系甚至民间传说等，将其编辑成书。二是举办国际研讨会，进一步开掘廖纪的精神文化价值，扩大他的影响。三是重修法云寺，设立纪念馆。四是拍摄与廖纪相关的电视剧，使其事迹得到形象化传播。五是通过网络宣传，设专题网站，充分发挥网络传播的功能。

2008年12月23日

《饥饿·假寐·铁》六人谈

地点:济南花园路某茶社

时间:2003年10月

参加者:吕家乡、吴开晋、袁忠岳、孙国章、朱多锦、耿建华、章亚昕

孙国章是诗人中的苦吟派,他写诗短而精,有夜色的凝重和铁的沉实。在繁华的物欲世界中,他坚守着灵魂的高地。《饥饿·假寐·铁》是他诗歌的精华本,也包含其近年来的新作。山东诗歌界的专家对孙国章的诗作进行了品评,茶香氤氲诗香,真情蕴藉诗情。今将品诗发言摘要刊出,以飨读者。

"转换"与"减法"

孙国章写诗精益求精,出版诗集也是精益求精。今年刚届花甲,编了这本自选集,共收诗54首,都是短诗,最短的只有6个字,最长的不过19行,堪称既可反复吟咏又可收藏的精品了。

国章曾经谈到他写诗的酝酿情况:实际的具体的东西我不让它直接进到诗里去,先要把它虚化,然后再转换成具体的意象。这让我想到清代吴乔谈及诗歌和散文区别的精辟之论:"文喻之炊而为饭,诗喻之酿而为酒……犹饭之不变米形……犹酒之变尽米形。"国章的诗大都是由米酿出的美酒,已经和原料(米)的形和质大大不同了。《哭山青》竟把诗人山青写成了"悬崖上一只受伤的鹰"。《晚节》写的是大漠落日的景象。"酒"里哪还有"米"的影子呢?细加分辨,国章的转换或酿造可分为两种情况,一种转换是在灵感的照射下不由自主地发生的,这样写出的诗灵动自然;另一种转换则是在灵感缺失的情况下刻意为之的,

这样写出的诗就难免有匠气，即人工气。《疼》由形体动作转换为重大人生行动，由写实转换为象征，是不假思索的，自然而然的。《醒了，就要上路》同样写“上路”，却用构思替代了灵感，直接把情绪和理念变成了意象，构不成完整的有机的境界，有些外加的东西。

国章的“减法”的精髓不仅在于以最少的文字包含最多的内容，更在于要留给读者尽可能大的创造空间。国章善用以下几种具体手法，但偶尔也有失手的时候。一是巧用诗题，有些诗题是画龙点睛之笔。如《寻梅》：“独对寒天喊雪。”题目提示读者，诗里所写的不是梅，而是寻梅的人。二是适当拓宽意象之间的跨度。《秋梦》把三个大跨度意象组合起来，把人生秋季的内心世界作了动态的暗示。相比之下，《心境》中三个意象就靠得太近了。三是善于发挥汉字固有的多义性。如《失眠的夜》发挥了夜、风、云的多义性。

（吕家乡）

意象的跳跃性与通感的运用

国章这本诗集的出版，标志着他在诗艺诗美的创造上又攀上一个新的台阶。读他的诗感到悲凉、凄冷和沉重，其中也不乏对光明的渴望和追求。在艺术上最突出之点即是意象的跳跃性和通感的运用。《寻梅》这六个字的短诗，不仅是“寻梅”，同时也透露出诗人对高天寒流的不满和抗争，进一步引申，可以看作是对世俗浊流、人格沦落的击打。《一座山与另一座山》用拟人化手法，“鸟声/滴落”是通感的运用，是从晨至昏的期盼。《没有风的日子》中说“蝉声冷了”，“孤独/蛇一般行走”，《秋梦》中把“满怀月光/捻成丝……”，等等，不仅是意象的跳跃，而且是感觉挪移的好例证。

最令人称赏的是其近期发表的组诗《假寐》。其中《失眠的夜》由于诗人丰富的想象力，增大了诗的内在张力。烟头能把夜烧得千疮百孔，不仅说明了失眠人极大的内心痛苦，而且把诗人所处的卧室扩大成整个宇宙，意象极为宏大。诗人并不绝望，他又让风和云来缝补这烧烂的夜和诗人烧碎的心，是精妙地把抽象化为具象并调动整个心灵通感的范例。

说到不足，有时觉得国章的某些诗，并不一定全采用行短、字少的小诗形式，该放开的还应放开；有的诗是还可以再减几字。

（吴开晋）

水与火的合成

国章是一位唯美诗人，又是一个直面人生有血性的北方汉子，这二者完美结合的产物就是这本诗集。把对直面人生与唯美主义这两种不同价值取向的追求统一到自己的诗歌创作中，让水与火合而为一，这是国章诗的一个成功创举，也是他诗歌的一个显著特点。

他用事象、心象、景象三重结构方式来完成这水与火的统一。深层的是事象，是隐在的，“迷茫中看得见现实清晰的印痕”(王尔碑)；是诗人那颗悲悯的心，孤独、寂寞、痛苦、悲愤的“因”。表层的是景象，是显在的，而这景象并非实景素描，是诗人那颗唯美的心把事象蒸馏、幻化后结出的“果”。在深层事象与表层景象之间的是心象，对事象而言，它是“果”，国章的诗是严酷的现实与敏感的心灵磨砺敲击出的火花。对景象而言，它是“因”，正如王尔碑所言，景为“诗人心象的呈现”，故而诗中的景象“似梦非梦，亦真亦幻”，诗人意不在景而在心。心象是实现事象向景象转换的心灵旋钮，也是火与水合成的催化剂，更是诗集中每一首诗的生命核心。

(袁忠岳)

写真集与炼丹术

孙国章先生的诗思，似乎可以概括为“写真集与炼丹术”。说是“写真”，不如说是“写心”。诗人把“真事”隐去，假语诗言。于是真实的事件化为雪过无痕，只留下鸿影雁爪——记忆中心境的轮廓。然后，诗人运用想象力来装点这心境的轮廓，这就有虚实相生的艺术结构。《一座山与另一座山》似乎写景，其实写人，写人与人之间的“距离又近又远”，“写心”便真实，“写真”便朦胧。《日子》也是心境的风景化。一本诗集，成为心境的“写真集”，的确难能可贵。而炼丹术的运用，就在于诗人运用了白描的写意和虚拟的写实手法。

所谓“炼丹术”是说诗人长期酝酿，反复琢磨，到无数意象中寻觅唯一合适的字眼，通过长时间艰苦的创作过程，把心境表现得俭省、集中、节制、含蓄。《这一条路》的抒情主人公说：“心喊出了血/渴望它能/站/起/来。”一字一顿，不但彰显了意义，而且突出了节奏，造成视觉的暗示。“炼丹术”仿佛“画眼睛”，神龙见首不见尾。“减法”不是求少，而是求精。《无鱼之河》描画出诗人的创作心态：“用心”来深入记忆、寻找感情、守候灵感，就要有耐心，在体验的时间之川，倾听、观看、想象、创造，捕捉、筛选意象，在审美的苦役中完成艺术的创造。

（章亚昕）

雪与铁

雪，水为之，经严寒锤炼而闪动纯洁之光。漫天飞雪是水云魂魄。铁，火炼之，沉实凝重如山般屹立，风吹不动，雨打不摇。雪与铁正是国章人品和诗歌的写照。

诗集首篇《寻梅》中他就在“喊雪”。《别秋》中末一节：“收拾得干干净净/等雪……”《疼》写“上路”，但末句说：“前面可有白雪……”《哭山青》最后一节：“天心疼/覆它一身白雪。”在《一个人的世界中》：“雨，泪成雪。”可见雪这一意象在他诗中的分量，在他心中的位置。雪轻灵、洁白，热烈中有冷峻，冷峻中见圣洁。雪峰冰光是令人仰视的圣景仙乡，是“一片冰心在玉壶”的纯粹和真诚。也是诗人企望达到的灵魂的高度。他与暗夜相对立，而使鬼魅失去藏身之地，直至“冻死苍蝇未足奇”。若保有这圣洁的心灵世界，没有铁的定力不行。物欲横流，诱惑多多，以铁的姿态站立很不容易。国章的每一首诗、每一个字都是铁一般锤炼出的，他坚定地站在世风里，表现出一个真诗人的姿态，表现出“咬住铁色沉默”的坚守与决绝。他把“目光，熔铸成一柄利刃，在又浓又稠的黑暗里/剜出滴血的期待”，这才是真诗。

（耿建华）

诗与禅

国章先生的诗是靠近禅意的。禅和诗的取道方法相同，禅意和诗境的得到都在“悟”。“悟”的结果都可能得出自己的警句。国章先生的诗句可谓警句。他“精悟”“深悟”所得之诗谓大美，表现其大美境界的诗都可谓其“深悟”“精悟”所得之警句。

国章先生的诗和孔孚先生的诗都是在各自的“悟”中达到了一种至高境界，彼此悟的途径又各不相同。《无鱼之河》阶段是感物的，是体物之悟，包括体验自我之情，由悟物而用语言造像，其象所表达之悟常在于造化之自然，其审美意象在读者那里可达到“得意忘言”的高度。到《饥饿·假寐·铁》阶段，则是体意之悟，其得意不只是造化之自然，而在于造化之灵气，其审美意象在读者那里已是“得意而忘形”。具体谈到其所“悟”之“意”，又可分为两个层面：一是他对岁月迁逝的感悟，对“爱”的无奈；二是一个仁人志士的强烈忧患意识及终极关怀。这两个层面常综合为他的所悟之内容本身，其所得警句妙言常为一种凄美的空灵。

（朱多锦）

新诗美的探求者

——吴开晋先生学术生涯浅探

吴开晋先生1934年11月生于山东省阳信县，幼年随祖父吴朝海在家乡读私塾，接受启蒙教育。1945年赴北平读高小、初中。其后他参加了革命。1950年秋天，他加入了中国人民解放军；1952年冬，他参加中国人民志愿军，到了朝鲜，在部队文工团工作。他早期的许多作品都与部队生活有关。1954年，他发表了处女作——散文《金达莱的怀念》。同年，他发表的山东快书《类延芳机智捉特务》获得了全军文艺会演创作和表演奖。1955年，在《长春》月刊发表了组诗《他听见军号在响》，从此他便与诗歌结下了不解之缘。从1957年至今，他以吴辛为笔名发表了数百首诗作。

对诗的兴趣，也许从他童年时代便开始了，他爷爷——一个老秀才，常常教他背古诗词。在中学读书时，吴开晋发起成立诗社，创办壁报，用稚嫩而又热烈的歌吟来表达对光明的向往。新中国的建立和革命队伍的培养，使播在他心田的种子萌发了，一朵朵诗花终于开放。他的诗作都是在繁忙的工作之余创作的。他从吉林大学毕业后，便留校做教学工作。最初从事民间文学的教学。从1960年开始，他多次带学生下乡采风，到过长白山、延边等地，收集了大量的民歌和民间故事。他主编了民间故事集《金风》，编写了《民间文学概论》，还发表了许多民间文学论文。这段时间他虽然没有专门从事诗歌创作和研究，但是采风的经历对他以后的创作和研究产生了影响。他的一些诗作带有浓郁的民歌风味，他的诗歌研究也始终关注着直接反映民间疾苦的民歌和现实主义诗作。从1965年开始，他转而从事中国当代文学的教学。研究方向开始转向诗歌。在这一转变中，他得到了他的老师——著名诗人公木的帮助和指导。1978年，他发表了第一篇诗歌论文《哀思涌诗情　明朝发红花——读怀念周总理的诗歌兼谈当前诗歌创作的一些问题》。这篇论文揭开了他诗歌理论研究的序幕。

1978年春,他由吉林大学调回故乡,到山东大学中文系任教。他为本科生开设了"中国当代文学""现代诗歌研究"两门课。1980年,他同高兰教授一起招收了现代诗歌方向的研究生。他尽力扶植诗歌幼苗,山大的许多文学社团都得到过他的指导。30多年的时间里,他勤奋工作,既写诗,又研究诗,用自己的心血建构起一座诗美大厦,他是新诗美的不倦探求者。

他奉献给人们的诗歌论著十分丰富。他发表了数百余篇关于当代文学和现代诗歌的论文,先后出版了《现代诗歌名篇选读》、《现代诗歌艺术与欣赏》、《李英儒研究专集》、《当代新诗论》、《新诗的裂变与聚变——现代诗歌发展的历史轨迹》、《吴开晋诗文选集》(四卷)等。创作方面有诗集《月牙泉》《倾听春天》《游心集》,散文集《从黄果树到尼亚加拉》等。此外还主编或与他人合著了《李瑛诗论》《当代诗歌名篇赏析》《三千年诗话》《三上文库·中国古代诗词卷》《唐诗宋词名句三百》《中国当代文坛群星》《新时期诗潮论》等。他的学术著作多次获省部级奖项。他主持完成了国家教委"七五"重点科研规划项目《新时期诗潮论》,为新时期诗歌研究提供了第一部系统、科学的研究论著。《现代诗歌艺术与欣赏》一书获山东省教育厅优秀科研成果奖、华北13省市优秀图书奖、全国当代文学研究优秀成果奖。他的不少论文在国内外产生很大影响。他在国际艾青讨论会上宣读的论文《艾青——站在中西文化汇合处的诗人》,被香港《中国文坛》杂志创刊号刊载,引起了很大反响。他的诗作《土地的记忆》,在庆祝世界反法西斯战争胜利50周年时写出,并于1996年在东京世界诗人大会上获以色列米瑞姆·林德勃哥诗歌和平奖,收入以色列出版的纪念反法西斯战争胜利获奖作品集中。评委会主任在给作者的信函中称:"由于您出色的作品,以色列米瑞姆·林德勃哥诗歌和平奖评委会授予您和平奖荣誉证书。"《新诗的裂变与聚变》一书,2005年10月获国际炎黄文化研究会第三届龙文化金奖。

吴开晋的第一本诗论著作是《现代诗歌名篇选读》。1982年出版后,再版多次,发行10余万册。当时国内出过几本综合性诗选,但是不见附有评论的。这本书对以后的赏析式评论具有开拓的意义。这本书是中学语文课外丛书之一,特点在于既照顾到少年儿童的阅读水平,又具有一定的深度。评析诗作则简要分析诗的思想内涵和艺术特征,力求精当。在序言中,他概述了60余年新诗的发展历程,指出新诗的发展方向应该是一个泉源、三股清流,即社会生活是诗歌创作的唯一源泉,外国的进步诗歌、古典诗词和民歌则是诗人随时可以借鉴的三股清流。他把外国诗歌与古典诗词、民歌相并列,在当时是颇有勇气的,但新诗确实是借鉴了外国诗歌而产生、发展的,这是客观事实。他的“三股清流”说是以唯物主义的观点还诗歌发展的本来面目,因而是科学的。

1986年,他的《现代诗歌艺术与欣赏》出版。这是一部40万字的专著。新华社为此书发了电讯稿,称其具有“完整的诗学体系”。这部论著分为一、二两编,第一编主要论述现代诗歌创作的基本理论,从诗与生活的关系、诗的想象、诗的语言、诗的风格流派,一直论到新时期诗歌的成就与不足,并预测新诗发展的趋向,共16章。第二编则是对现代和当代著名诗人创作的专论,也包括对民歌和叙事诗的论述。在这一编中,他特意从欣赏的角度,引导读者去漫游现当代诗歌迷人的艺术之林。在这一编里,读者既可以欣赏郭沫若、闻一多、徐志摩、艾青、臧克家、戴望舒、公木等老一代诗人诗作的绚丽风光,又可以领略闻捷、郭小川、贺敬之、李瑛等当代诗人的动人风姿。这样,这部专著就从创作与欣赏两个方面全面系统地总结了现代诗歌的艺术成就。把创作论和诗人论结合在一起,把基本理论研究和对新诗作家作品的具体分析欣赏结合在一起,构成了体例上的完整性,这在诗歌研究论著中也带有开创性。一、二两编既有区别,又互为补充,构成了完整、科学的诗学体系。

在论述中,他力求完备和系统,把关于这个命题的观点都集中起来,然后给以科学的评析,提出自己的见解。如诗的构思,他首先讲了构思的重要性,然后讲了不同艺术构思的由来,最后才讲到如何把握诗的构思。在论述中,他不仅评析别人的观点,还摆明了自己的观点。如作者在论述诗与生活的关系时,一再强调只有生活才是诗的唯一源泉。他不仅从理论上阐述了这些问题,还以许多诗歌名作为例进行具体分析。很显然,现实主义诗歌自然必须植根于现实生活之中,但那些以表现诗人内在情绪为主的诗是否也来源于生活呢?他对此也作了明确的回答,专门用一节来论述“纯主观的感受和瞬间情绪也来源于生活”。他以美国意象派诗人庞德的名作《在地铁车站》为例:

人丛中出现的这些脸庞
潮湿,黝暗,
树枝上的花瓣。

这首诗写的是瞬间印象,表达的是诗人刹那间的内心感觉,主观性极强。吴开晋论道:“如果诗人当时不去乘地铁,没有对乘地铁的人群的具体感受,这首诗是写不出来的。就是那些现代派、未来派的诗人们,好发些抽象议论,写些零乱的感觉,但如果脱离了对现实生活的观察感受,处于与世隔绝的真空状态,他们也是一行诗也写不出来的,只是他们不愿承认这一点罢了。”这些论述是有说服力的。

在论述现代诗人的创作时,他侧重于诗人的创作艺术、诗美发现和表现方法。在很长一段时间里,诗歌批评只限于政治批评,最多也只是社会批评。吴开晋先生较早地摒弃了这种机械的批评,将注意力转向对诗人艺术成就的总结和艺术魅力的探寻上。他对郭沫若、徐志摩、臧克家、艾青、闻一多的论述,是从客观的艺术演变的角度进行的;对公木、闻捷、高兰的诗,则从意象、风韵等方面入手,抓住其艺术上的独到之处,通过对诗作的艺术分析,确定其诗在中国现代诗歌史上的地位,并剖析其诗作的美学特征。这些论述是深入细致又精到的。

《艾青——站在中西文化汇合处的诗人》是为艾青国际学术讨论会写的一篇论文。关于艾青诗作的研究文章数量也许早已超过他的作品数量,而吴开晋先生的这篇文章却独辟蹊径。他从“中西方文化的渗透与融合”这一角度,深刻剖析了艾青诗作中的东西方文化内涵,并从思想与艺术特点及语言形式等方面作了比较,从而论证了“艾青是典型的中国诗人,又是具有世界特色的诗人”。一般的研究论者认为艾青是反封建的战士,是儒家思想的反叛者,而吴先生则从其经历和创作中分析出,“他对中国古老的传统道德精髓也在默默地吸收,如对劳动者和弱小者的同情,对关云长式的义气的向往,故意违抗父命,去学‘下贱’的工艺做泥人等。这些朦胧中的朴素观念,一旦接受了革命的新思想,便又和东方思想家所主张的‘匡世济民’融合一起,引导他去为改变众多穷苦的生活而献身”。这一论点是以前的艾青研究者所未提出的。接着他又进一步指出:后来艾青“出国留学,在学绘画和诗歌艺术中又接触到了大量的基督教文化,其中的‘博爱’‘人道主义’精神又注入他的血液,使他后来的诗歌创作体现了东西方伦理道德观念的融汇”。他还结合《会合》《大堰河——我的保姆》以及《补衣妇》《乞丐》《一个拿撒勒人的死》《马槽》等诗作具体挖掘了其中的东西方文化内涵。艾青在诗艺上更多地吸收了西方象征派诗的表现方法,这是艾青研究者的共识,但是不是说艾青的诗完全就是“横的移植”的结果呢?他认为不完全如此:“古典诗歌的浪漫主义和现实主义传统都深深地影响着他(指艾青),尤其是古典诗歌中深刻揭露现实矛盾的现实主义诗歌对他的创作打下了不可磨灭的印记。”

“从艾青的总体创作考察可以说他是把中国传统的现实主义和西方现代诗的象征主义手法结合在一起写出了崭新的诗篇的一位诗人,是吸取了中国诗歌创作的艺术营养自成一家的诗人。”这篇论文从中西文化融合撞击的交点上考察了艾青的诗歌创作，客观评价了艾青在文学史上的地位，并为新诗发展的道路提供了有说服力的论据。

《新时期诗潮论》是国内第一部全面系统研究新时期诗歌的专著，在新时期文学研究中具有开创意义。这部专著从1986年就开始酝酿。当时恰逢国家教委审批“七五”社科重点科研规划，由吴开晋先生主持写出了提纲并上报，经全国专家评审和国家教委审核，通过了这一重点社科项目。经过五年的研究写作，于1991年底出版。这是新诗研究的一个重大收获。吴开晋先生主编此书并撰写了全书五分之二的篇章。该书对新时期以来出现的各种诗歌流派和主要创作群体做了全方位扫描，对新时期诗歌创作的经验和教训进行了全面总结，论述科学、严谨，观点新颖，得到了全国诗歌界的一致好评。全书由绪论、现实主义诗派、新现实主义诗派、朦胧诗派、新生代诗群、新边塞诗和边疆诗、军旅诗、诗坛百花等组成，有一个完整的体系。《新时期诗潮论》是中国当代诗歌研究中的里程碑，它的开创性将会载入文学史，而这部专著也表现出作为一个时刻追踪着当代文学创作脉搏的学者的眼光和胆识。

诗论集《新诗的裂变与聚变——现代诗歌发展的历史轨迹》是吴开晋先生几十年研究新诗结出的硕果。这个集子收入了130篇诗学论文，其中既有高瞻远瞩的长篇宏论，也有短小精辟的佳作细品，集中展示了一个著名学者的博大襟怀和评论家的敏锐眼光。

第一编诗论选篇，是吴开晋先生从以前的新诗论著《现代诗歌艺术与欣赏》和《当代新诗论》中选出的，是对中国诗坛的宏观扫描，也是对现代著名诗人的论析。在《新诗潮的涌动与走向》一文中，吴开晋先生指出了20世纪中国诗坛的两次大的浪峰：一是“五四”新诗的崛起，二是新时期诗歌的崛起。他着重分析了新时期第二次浪潮的新特点，并预测新诗潮的走向——在蜕变中新生。在《多元化艺术思维的并存与交融——再论新时期诗歌的发展趋向》一文中再次论述新时期诗歌的发展趋向。这些评论中国诗歌大势的论文展现了吴开晋先生广阔的学术视野和科学探析的精神。特别是《中国当代诗歌与东方神秘主义》《当代诗中禅道精神与现代主义之结合》等文，揭示出中国新诗在继承传统与吸收外来艺术营养中形成艺术新质的特征。这对新诗艺术的发展有很强的启示性。

第二编诗论近作，收入了吴开晋先生近年来发表的诗论文章，其中既有对有成就的诗人的系统研究,也有对一些青年诗人诗作的评析。这些论文反映出其实事求是的科学态度和敏锐的审美眼光。特别是对青年一代的关爱更体现出前辈学者的拳拳之心。在《一种新的诗歌现象》一文中,吴开晋先生发现了青年诗人中出现的新人文精神和现代浪漫主义思潮,他对此予以肯定,认为"是一种积极向上的健康的艺术表现,它的出现,对文坛和诗坛的繁荣是会有促进作用的"[①]。他为《山东文学》开设的"诗囊"专栏鼓与呼,称之为"为齐鲁诗坛的繁荣树起的一面旗帜",并诚恳地借用高尔基的话告诫诗人:"不要把自己集中在自己身上,而要把全世界集中在自己身上。诗人是全世界的回声,而不仅仅是自己灵魂的保姆。"这里面包含着他自己的诗歌观念。他研诗多年,有许多诗人朋友,许多诗坛大家都寄新作给他。这一编中评论的臧克家、王辛笛、牛汉、屠岸、成幼珠、李瑛、王学仲、木斧、苗得雨、胡昭、吴思敬、朱先树等都是著名的诗人或诗论家,也都是他多年的好友。知人论诗,自然亲切而又精辟。这一编中还收入了他对许多青年诗人的评论。对青年人,吴开晋先生一贯很关爱,青年人的朝气和锐气他是十分欣赏的。这里面有些是他的学生,有些是他的诗友,如鲁小鹰、东方涂钦、王展都是他的弟子,王鸣久、逄金一、孙建军、商震是他很欣赏的青年诗友。对山东诗人他自然有更多的关注,如纪宇、郭廓、桑恒昌、孙国章、宋安强、孙瑞等,对他们的新作他都有评析。在这些评论中,他既能发现诗人的新锐之处,又能实事求是地指出不足。在评论孙国章的诗集《饥饿·假寐·铁》时,他说:"国章的代表性诗集《饥饿·假寐·铁》的出版,标志着他在诗艺诗美的创造上又攀上一个新的台阶。读他的诗感到悲凉、凄冷和沉重,这也许是一代忧国忧民的知识精英共有的心灵体现。……在艺术上可说是地道的现代诗。"[②]文中细微分析了《寻梅》《假寐》等诗作,充分肯定了诗人在艺术上的创造。最后也指出:"说到不足,有时觉得国章的某些诗,并不一定全采用这种行短、字少的小诗形式,该放开的还应放开,不然,便拘束了诗人的感情,十八般兵器,以一样为主,还可再舞弄一二为是。"[③]对其他诗人的作品,他也同样是有好论好,有不足说不足,并非一味誉美。

---

① 吴开晋:《新诗的裂变与聚变——现代诗歌发展的历史轨迹》,中国文学出版社2003年版,第291页。

② 吴开晋:《新诗的裂变与聚变——现代诗歌发展的历史轨迹》,中国文学出版社2003年版,第389页。

③ 吴开晋:《新诗的裂变与聚变——现代诗歌发展的历史轨迹》,中国文学出版社2003年版,第390~391页。

第三编台港诗歌及海外华文诗论，对中国港台及海外华人诗人作品进行评论。中国港台及海外华文诗也是汉诗的一部分，这些诗人的作品因地域不同、文化背景各异，自有不同的风格。但作为现代汉诗的一部分，它们相互交流和补充，同样繁荣了华夏民族诗林。在这一编中，有一部分论及当代华文诗歌的发展趋向，如《东方智慧的延伸——当代华文诗歌的一种发展趋向》《略论21世纪华文诗歌的发展走向》《海外华文诗歌交流之我识》，也有一部分是对具体诗人诗作的评析，如《洛夫诗中的禅道意蕴》《同余光中先生谈〈白玉苦瓜〉》《生命的感悟与现代诗美——读张默的诗》《非马诗歌的美学风格》等。在这些论文中，既有高瞩，也有细析，论述了这些诗作与中华文化的血肉关系和不同的发展趋向。

吴开晋教授的学术研究总括起来有以下特点：首先，研究始终坚持马克思主义的原则立场，坚持用马列主义的立场、观点、方法去观察、研究文学现象，但也不排斥吸收和借鉴西方现代派中的有益成分。在论述新时期诗歌的艺术成就时，他肯定了对西方象征派等现代派艺术的借鉴是新时期诗歌在艺术上的突破，他说："在创作方法上出现突破的标志还是象征主义、超现实主义和现实主义、浪漫主义的融合。运用成功的诗人，是把西方的创作方法加以吸收、融化，创作出新颖的篇什。"从年龄上看，创作此书时，他接近花甲，但是一点儿也不保守，他的学术天地是开放的，他特别强调中西文化的融合，认为只有走这条路，新诗才能生气勃勃地前进。

吴开晋先生在研究诗歌时始终坚持实事求是的科学态度，他总是从诗作出发，去剖析文学现象，去探寻诗人的内心。他很少空泛地辩论诗坛的是非。比如对朦胧诗，他不是空泛地赞成或否定，而是从其具体诗作入手，研究分析其成功之处。他的肯定是经过了认真、科学的研究分析之后的，是具体的。他肯定了年轻诗人们在艺术上对新诗作出的贡献，他特别肯定他们的"心态化诗作"。在《新时期诗潮论》一书中，他说："在心态化的诗作中，由于诗人接受了西方象征派的影响，并从中国古典诗歌中找到了可资借鉴的诗例，因而，除了那些直接表现心灵感觉的篇章外，还往往借助于客体物象象征性地表现自己的心灵感受，或者说是把自己的心灵感应物化亦称外化为某一客体，或自化为某一客体，这类诗作因其新奇往往更为引人。如舒婷的《船》和《双桅船》，写船也是写自己；她的《致橡树》，以木棉口吻发言，实是恋中少女的独白。"①

① 吴开晋等撰：《新时期诗潮论》，济南出版社1991年版，第15页。

其次,吴开晋先生在学术研究中常常采用比较的方法,通过比较去突出诗人的个性特征。这种比较有中外比较、古今比较,也有同代诗人之间的比较,同一诗人不同时期诗作的比较。比如他在论艾青新时期创作时,就拿他早期的创作加以比较,他说:“早年的艾青是作为一名艺术家登上诗坛的,他对生活的思考多是直观的,是凭着他的艺术触觉来进行形象思维的,虽然篇中也不乏对人生命运的慨叹和闪烁着革命人道主义的光芒,但是,却缺乏后期诗作中强烈的思辨色彩。如果说后期诗作与前期诗作有什么较大不同的话,那就是经过若干磨难之后,对人生和宇宙宏观世界的思考加重了,增多了对人生哲理和宇宙奥秘的探求,这就使诗的力度和深度有所扩大和加深。”在提出“新现实主义诗派”这一命名时,他也是通过比较研究后认定的,在《新时期诗潮论》一书中,他指出:“在新时期现实主义诗派中,最有生命力的正是那些刚刚入列的新军。他们介乎于中老年诗人和朦胧派诗人之间,既继承了新诗深厚的现实主义传统,同老一代诗人联系较为紧密,又富于艺术上的革新勇气。其作品虽不如舒婷、北岛等青年诗人在美学观念上有更大的变异,但为现实主义诗潮带来的东西是颇多的。”[①]也就是说,这一派是介于现实主义诗派和朦胧诗所代表的现代主义之间,他们从年龄上讲也处于中间状态。他们的诗作既继承了老一代现实主义的传统,也有现代派手法的介入,却又不像北岛、舒婷那么完全内向化。这种定位应该说是准确的。

吴开晋先生的评论语言将朴实的文笔和诗意化的形象性描绘结合起来,形成了质朴、生动的文风。他虽然也吸收西方现代的有益的批评理论和创作方法,却不搞新名词。他很少直接使用当前流行的、新潮的西化理论词汇,他不以用语的新奇去惹人注目,而是用朴实的语言去阐述自己的观点。他的文章没有故作深奥、拒人于千里之外的学究气,也没有故弄玄虚、让人摸不着头脑的洋调调。他的文章让人感到亲切,让人感到可信,像与师友的谈心,这也正是他人品的反映。他是评论家、教授,也是诗人,他的评论从题目到内容常常有诗意化的形象出现,使他的文章在朴实中又透出文采。他为《新时期诗潮论》各章节拟标题简直就像诗:返青的古松、未凋的残叶、报春的乳燕、灌浆的青果、苍凉雄阔的歌吟、璀璨的艺术世界。这些标题本身就很有艺术吸引力,透露出他诗人的才情。

吴开晋先生自1958年登上大学教坛,至离休历经36个寒暑。他几十年如

① 吴开晋等撰:《新时期诗潮论》,济南出版社1991年版,第124页。

一日,教书育人,诲人不倦。对学生温如春风,对同志谦虚友善,言传身教,以德育人,堪为师范。他尽力扶持青年教师和青年诗人。离休后仍关注着诗坛的发展和青年的成长,笔耕不辍。他对中国新诗的发展作出了突出的贡献。他的治学精神和学术生命将会在下一代学者中延续下去。

唱一首歌来欺骗死亡

——路也诗歌近作论

“他们剪掉我的翅膀，却剪不掉我飞翔的愿望。”这是女诗人路也在1994年的一个下午写下的句子，它像一个隐秘的预言或者誓言，在那以后的日子里伴随诗人追逐着“飞翔的愿望”。路也先前写的诗歌，清新、自然又充满智慧，但毕竟是隔了象牙塔的窗玻璃来看世态炎凉的，透明、却不够透彻，免不了带了一点点“为赋新词强说愁”的味道。应该说20世纪末是路也创作的成熟期，在经历了人生最难让人接受的生离（婚变）和死别（抚养自己长大的姥爷去世）以后，她在诗歌上也完成了爱的涅槃与飞升，艺术造诣日臻成熟。她的视野从单一地抒发爱情，转向更广阔的世间万物（如《文史楼》《演乐胡同》《女生宿舍》等）、人类的悲欢离合（如《女朋友》《单数》《迎接》等）和生老病死（如《你是我的亲人》《手术室走廊》《最初的房子》等）。当然，爱情也还是她的诗歌最重要的主题，但较之以前显现出了更多的宽容与成熟的魅力（如《姓丁名香》等）。语言沿着滚烫的生命流淌，质地比以前更加晶莹而坚韧。

特别值得一提的是路也的组诗《你是我的亲人》。这不仅是一组悼亡诗，字里行间渗透出诗人对生命意识的思考：死亡如此切近地和她“面对面”，她凝视着它，分明地感觉到“谁都要到那里去的/仿佛隔着茶色玻璃/那边望得见这边，这边望不见那边”。心底的悲剧意识油然而生，“人生从子虚走向乌有/自出生起就开始倒计时”，“悲剧意识不能不是生命最根本的意识。对于身边的一切，对于逝去的、将要逝去的时间，人几乎无能为力”[①]，“唯有这件事情无法抗拒/这是天下最高的法律”。死亡，是全人类的墓场，是任何人都不得不面对的命题，但只有诗人才能有这么凄美的表达：“生是序，死是跋/把墙上的照片取走/然后像谢幕一样环顾四周/在心里打上‘剧终’。”这组诗可以看作路也诗歌创作成熟

① 吴晓：《意象符号与思维空间》，中国社会科学出版社1990年版，第88页。

的标志，深刻的悲剧意识增强了她诗歌的密度和重量，增大了诗歌情感的容量，情感和技巧水乳交融。可以说，这一组诗不是“创作”出来的，而是从意识深处自然地流淌出来的，是生命的另一种存在形式。

在荒原上伫立和行走

现代人生活在被钢筋水泥分割的空间里，彼此之间的联系更多地依赖于五花八门的电缆，而路也“二十四小时呆坐屋内/像一枚小小果核守在果肉里”，她“连心跳的每一下都是孤零零的/在空荡荡的房子里引起回音”(《单数》)，这个曾经在孔圣人门前唱李玲玉情歌的“小狂人”[①]，“胡乱捧起一本妇女杂志/为的是消炎止痛/某个电话号码用浓墨抹去，话筒反扣……”情感的遭遇使她如同伫立于命运的荒原，她产生了对现实生活的思索：“我无儿无女，孤身一人/而且已不再相信爱情/活下去多么艰难，需要下定决心。”她本来就灵动的诗思变得更加丰富细腻，但却带着隐隐的忧伤。连墙上的镜子竟也成为她的心扉：“使镜子真正成为镜子的/该是一个充满期冀与忧伤的女人/她在岁月的躯体里种植豌豆或蔷薇/以白日梦替代什么也不是的生活/她有这么一面挂在墙上的心扉/美丽的隐私使平面玻璃充实起来/表情像汉语一样闪烁歧义和双关。”(《镜子》)此时的路也“以孤单为使命/以寂寞为事业”，却仍然真诚地坚守着诗歌，她在诗中坦然地对读者敞开心扉：“生活也像这庵堂一样/每天跟任何一天没什么不同。”(《尼姑庵》)

也许是缪斯女神为了绵延在人间已然萧条的诗歌的香火，才给了路也这位颇有天分的女诗人这么多磨难，逼迫她面临亲人的生老病死。于是，她的诗歌中对生命意识的思索多了起来，轻灵之中注入了凝重：短短几年中，除了自身情感的波折以外，她还迎接了小侄女“一个散发着奶油冰激凌味道的小小孩子”的诞生，也永远地送走了那抚养自己长大的姥爷，她深情地写道：“我的童年长在你的生命里/像小蟹寄生在螺壳里/它比你小五十岁/它伴随你这么多年/并最终一起遇上了危难/到了它的大限。”另外，“妈妈要做子宫切除手术”等事件都磨砺着她敏感的神经。此外，她自己还忍受着偏头疼等病痛的折磨。这一时期路也的情绪是丰富易变的，她时而产生“勇往直前，无私无畏/让生命山花烂漫/把女人做得彻头彻尾/毁灭的力量以吨计，以铀来量”的豪迈，时而又有“心撕裂过才知道什么叫沧桑”的苍凉。她开始思索人生，从《最初的房屋》入手，她以自

① 路也：《风生来就没有家》，百花文艺出版社1996年版，第98页。

己独特的视角歌颂母爱,既有“其实脐带从未真的剪断/有一种关系缜密得无法用剪刀去剪”这样爱意深沉的综述,又有带有自我反省意味的细节:“你不分青红皂白地爱着我们/使我们既温暖舒适又意乱心烦/不如意时我们都说过:谁让你生下我?! /这天下最不讲理的话。”不经意间,已然拨动了读者内心的和弦。而由《一床棉被》引发的对亲人的思念,诗人则不动声色地娓娓道来,“我把脸贴在棉被上/我挨着死去的和正在衰老的亲人/挨着二十四节气和大地体温/上面有姥姥味、姥爷味、姨姥姥味和妈妈味/母系家族的爱多么绵软多么悠长/我是大家最惦记的那个孩子”,令读者读后不禁泪湿青衫。在手术室走廊,一直生活在“玻璃糖纸般单纯的日子”[①]里的诗人无奈地体味到了俗世炎凉:“这个冬天我们四处求医/带着像长篇小说一样厚的病历/我还得将谦卑进行到底……”顺着这条线索,她对抽象的人类命运进行了具象的梳理,把冰冷的哲思化作了富含人情味甚至带着体温的文字。

自觉的宇宙意识对于成就一个诗人也是相当重要的。在路也眼中,客观世界、现象界中一切事物都不分彼此,没有区别。她曾说过:“我很喜欢小动物。这里的原因是,在跟小动物们打交道的时候,我感觉我没有变形,完全是我本来的样子,我并不比一只小狗或一只小兔子更低贱,也不比它更高贵,我们是平等的……”[②]这一暗合了《庄子·齐物论》的观点,她同样给予了诗意的表达:“这个世界不是我们的,它只属于风和静寂/一片沙滩或月光下的杨树林/也许比我们更接近真理。”(《挽留》)甚至连“我想要一个娃娃”的理想,她都是这样表述的:“袋鼠是天生的良母,带着襁褓/花生干脆让自己长成摇篮的形状/甚至一棵大白菜都能生得出小白菜……”(《理想》)她没有把自己和人类的母亲相比较,却有意无意地联想到了那么多动植物。在她的眼中,“读一张菜单像是在读田园的家谱”;“还有那些玉米串,看上去多么实心眼啊”。这其中固然有拟人化的成分,更重要的,是作者把它们看作了和自己同等的生物。若非如此,在“江心洲”她怎么能“称油菜花为姐姐芦蒿为妹妹/向猫和狗学习自由和单纯”呢?

身体的版图与女性的楼兰

“女性美学认为妇女的作品表现出明显的女性意识,妇女写作具有一种独特和清晰连贯的文学传统,那些否认自己女性特征的妇女作家限制甚至削

① 路也:《我的城堡》,百花文艺出版社2004年版,第171页。

② 路也:《我的城堡》,百花文艺出版社2004年版,第171页。

弱了自己的艺术。"[①]路也作品所表现出的女性意识是自发的。她以女性的视角观察世间万物,一花一草都是女性的,她的"齐物论",是女性的"齐物论":"四月是丁香的四月/一个月份成为一种植物不菲的嫁妆。"诗句中的显意象为"四月""丁香""嫁妆",其潜意象则是"待字闺中的少女"。在她的眼中,连文史楼都具有了性别:"也许文史楼从本质上讲/性别应该为女/她阴柔,pH值呈酸性。"(《文史楼》)女性意识是路也创作的最根本意识,几乎贯穿其全部作品。

爱情是女性文学的重要描写对象,也是路也诗歌的主要命题。但以《离婚女人》为分界线,她的诗歌表现出明显的过渡和变化:前期描写的爱情是少女的爱,热情奔放却冲动盲目;而此后的作品中却更多流露出无奈与宽容,是富含母性的成熟女性的爱。

初恋少女的爱是炽烈而盲目的,完全不顾后果和潜在的危险,这在路也的近期诗歌中仍稍有表现:"我曾经像壮士,像亡命徒/携带炸药包一样的人生观/踏上去寻你的路/在地图上画出长长的对角线。"少女的爱付出了就要求得到回报,往往还带了一点撒娇似的霸道,是等着心上人来安抚的:"这袋胡椒粉产于2002年6月/保质期为一年/而现在是2003年5月下旬/即你必须在一周之内赶来/否则我将和这袋苦命的胡椒粉/一起变质。"这是多么别致的情感表达,正如作者所说:"晚上做梦,白天也做/心越柔软,表情越漠然/嘴巴就越生硬/当我说'不',却意味着'是'/当我说'你走吧'/其实是在挽留。"路也过渡期的诗歌更多地表现出一种思之深而怨之切的惆怅:"电话机聋哑人似的不声不响/谁能在夜深人静时拨通我的心弦。""你刚刚背转身,走出房门/我就开始想你了。""我一动不动,忧心如焚/我等成'等'这个汉字的模样。"这些精彩的诗句把那种少女似的和情人赌气关了门,还要留一道缝,并且不时地拉开来偷窥一下门外的动静的心态表达得淋漓尽致。诗中还有欲说还休的情感挣扎:"我吃防腐剂,以免自己在寂静中烂掉/我把'福'字倒贴在额头上……我过年,年过我/彼此得过且过//所有希望都是奢望/一切相伴终将归于孤单/三百六十五天可以天天这么过/一辈子的年可以一次性过完。"寥寥数语,把爱与失望、伤痛等情感尽收其中。

大多数女作家在情感受到伤害之后,往往不分青红皂白地扛出一面"女权主义"的大旗来,大义凛然地站到"菲勒斯中心语言"的对立面去,把男性作为假

① 张京媛:《当代女性主义文学批评》,北京大学出版社1992年版,第2页。

想的敌人进行写作。这种做法其实是以默认“男性利比多”机制为前提的。路也却表现出了一种漠视或超越“男性文学”的豁达态度：“我不会像窦娥那样去喊冤/即使这个世界错勘贤愚不分好歹/更不会学秦香莲的样儿/哭哭啼啼去找包公去找妇联。”她打算“如果偶尔在人群里相遇/要做到礼貌、客气、周到/互问‘你好’”。这在原诗的写作背景之下固然有赌气的成分，但在《水杉啊水杉》中，她甚至把对方比作“白杨”：“在爱过白杨之后，现在我竟又开始爱上了水杉。”她表现得雍容大度，丝毫没有敌意。成熟女性的天性中带有母性的成分，她们是不记仇的，就像一个善良的母亲，不管子女多么不孝，怎样伤害了她，她还是一如既往地爱着他们。路也诗中就有这样真挚的情感告白：“你对我的侵略就是和平/你对我的掠夺就是给予/你对我的破坏就是建设/疼痛就是快乐/粗暴就是温柔/雷电交加是为了五谷丰登。”这份爱是沉重和无奈的，给作者带来无可言说的伤痛：“为了莫须有的温情/必须接受不平等条约/我卑微的身影没法让你的心运转/你却成了我情绪的天气预报/不知为何气压总是偏低……”(《伤》)作者仍然隐忍地诉说：“甘心情愿成为这里的囚犯/我要沿着这条两旁长满水杉的乡间道路一直走下去/能走多远就走多远。”这是一份献祭式的爱，是伤痕累累的“以守为攻”，是痛定思痛后的卷土重来。她不是不明白，她只是爱得太深沉，她已经“把爱情当成了一种宗教”[①]。

衣服飘成自由的形状

目前的诗歌创作存在着两种误区：一种是过分强调诗歌的思想含量，即认为诗歌具有提升全人类的功能。当前世界政治、经济都是多元的，因此意识形态必然也是多元的，赋予诗歌这样的重任，显然是荒谬的。另一种则过分强调诗歌的艺术含量，动辄拿出一套理论来吓唬人，并且反复强调是写给多少多少年以后的人看的。这两种错误倾向的共同点是，他们认为写诗歌是写给别人看的，而他们的结果往往是读者根本不买账——管你是好是坏，“别人”压根就懒得看。在第十九届青春诗会上，路也这样陈述自己的诗歌观：“我拿诗当日记来写，我的诗首先对我个人的生命有意义，然后才具有文本上的意义——我一直是这么希望的。我想在我成为一个老太婆的时候，可以常常翻开它们看看，想起我在何时何地干了些什么。”她很坦然地承认自己的诗歌写作首先是个人化

① 西蒙·波娃：《第二性——女人》，湖南文艺出版社1986年版，第432页。

的，正是这种把诗歌当作“今生今世最辉煌的爱情”[①]的写作态度，增强了诗歌的内蕴，使路也在如今寂寞的诗坛上拥有相当一批读者。

路也是这样描述她诗歌创作的开端的：“每当拿起笔来写一首诗的时候，我都感到自己仿佛从来没有写过东西，我的情感会一下子变得像一个村姑。”创作时她进入了一种返璞归真的状态，同时也完全抛开了那些她最憎恨的“文章做法”，电脑是思维最好的舞台，她的诗思莲步轻盈，“衣服飘成自由的形状”。

然而，苏珊·朗格说过，一个孩子号啕大哭时的情感比一个艺术家歌唱时的情感不知要强烈多少倍，可又有谁愿意花钱去剧院欣赏一个孩子的号啕呢？这充分说明了情感的形式化、意象化对艺术创作的重要意义。尽管路也在写作的时候不是时时想着“怎样写”的，但其诗歌的艺术含金量仍然是非常高的。她总能选择一个出人意料的角度，如《你是我的亲人》中，她就选择从“老铁锨”的角度切入：“老铁锨在墙根站着/木头柄被晒得暖洋洋/它不了解自己已退役的命运/那双粗糙温暖的大手/再也不会将它拿起/最后一次劳动是在上个冬天/握在别人手中/给自己的老主人掘墓。”由于角度的巧妙，最客观的陈述达到了催人泪下的效果。另外，意象的巧妙搭配也起到了画龙点睛的作用，“一树桃花开得无比绚丽/可看上去像是在号啕”，其中“号啕”是无形意象，用有形意象“桃花”和它搭配，比用任何形容词都生动形象，触手可及。此类句子还有“我贤良的笑容是最好的煲汤”，“你粗粗的嗓音是宽大的怀抱/使我变成蜷着的小猫”，等等。她尤其善于反讽、调侃等艺术手法的运用，如把“蝴蝶”和“李香君”、“侯方域”和“背诵《论语》”联系起来，增强了诗歌的张力。这里就不再一一赘述了。

人类是通过生育来绵延自己的。就自然的人类个体而言，抵抗死亡的方式也许正如路也在悼念姥姥的《二十七年以后》中写到的：“你的一滴血留在天地之间/如今在我体内已变得浩浩荡荡。”而对于社会意义上的人类，则是以意识形态、文字的方式流传的。在诗歌不具备任何赢利功能的当下，之所以还有人能写出这么好的诗，也许正如安德拉德所言：“我劳动，同空气/这纤弱而苦涩的物质一起，/我会唱一首歌来欺骗死亡。”

（本文与学生宋颖合作）

① 路也：《心是一架风车》，作家出版社1997年版，第5页。

永不远去的声音

——评陈灿的抒情诗

陈灿的诗集名曰《抚摸远去的声音》,的确,陈灿在诗歌中记录的军号声、枪炮声、手术台上的电钻声以及母亲看见重伤儿子的哽咽声已随着那场逝去的战争渐渐远去了。然而翻开这本诗集,那些声音却仍如雷鸣般轰响着,仍会强烈地震撼着我们的情感和灵魂。这样的声音永远不会远去,因为这声音是历史的真实记录,是年轻爱国者情感的真实记录,是共和国战士足音的真实记录。

好久没听到这样激动心灵的声音了。我们的听觉被软绵绵的歌吟麻木了,被自我的宣泄陶醉了,被庸凡的幸福迷醉了。这些声音固然有存在的理由,但是对一个正在崛起的民族来说,难道仅仅有这些就够了吗?对一个正在为美好梦想奋斗的国家来说,难道不需要更有血性的声音来激励吗?在陈灿的诗中,我听到了中国军人的血性呐喊,看到了共和国之子的忠诚和勇敢。这些诗作是"枪膛里喷出的歌"!陈灿说:"按响枪的音键/让激情用一串闪光的辞藻/响亮起——高亢与豪迈。"在那场远去的战争里,陈灿与他的战友们用生命谱写出青春的壮歌。他用诗句描绘出这样悲壮的画面:

> 你依然用双臂作桨
> 挪动生命的船在血海中奋争
> 那浮雕般的头颅依然向前
> 猩红目光的闪电
> 依然追求着尊严的根

这是应该刻在纪念碑上的画面。历史会记住那些为国捐躯的英烈,他们的壮烈并不能因为战争的远去而淡化,也必须成为激励后辈青年为中华崛起而奋斗的精神力量。陈灿把战壕比作一条清醒的神经,比作一根清醒的战争之弦。这是多么准确的提醒呀!在当下四周虎视眈眈的国际环境里,这根弦是一点也不能放松的。战争年代不能放松，和平年代同样不能放松。

他把一座座坟茔和列队的墓碑比作“鲜血浮起的星星”，“一条条竖着的银河”“是一个个战士/用忠诚和无畏/热爱和仇恨/写下的/惊叹号”。他把受伤战士的双拐比作“双桨”，“摆渡着一只受伤的船/摆渡着一个不屈的灵魂/在生活的海洋里拼搏远航/生活的最强音是你击响/人类最绚丽的浪花在这里竞放”！更值得敬佩的是这些战地诗歌，有的是他在猫耳洞里写下的，有的是他重伤后在病床上口述由护士记下的。敌人的枪炮没有吓倒他，严重的伤残也没有击倒他，在病床上两年之后他坚强地重新站立起来，继续自己精彩的人生。他是英雄，但他并没有陶醉在掌声中，他甚至“怕那掌声”，他说：“你永远不明白那么多战友的腿/为什么要用掌声来迎接。”陈灿是清醒的，他说：

为了生活充满歌声
我们才冲进硝烟
悲哀只属于遗忘
新的旋律正在胸间飘荡
拄着双拐走在人生的大地上
更加坚定 铿锵作响——

在那场战争过去26年之后，他写下了《八月》这首诗，他怎能忘记安眠在西南边陲的战友，他说，那一座座墓碑“是我远逝的战友兄弟穿越岁月/投来的一道道追问的目光”。他感叹：

今天 在你灵魂驻守的地方
那些浮躁的植物正在无节制疯长
匆匆而过的脚步来不及停下
向你投去关注的目光

尽管他理解和原谅人们的这种遗忘和漠视，但陈灿却永远不会遗忘，因为他深知：“忘记就意味着背叛！”他相信，即便是在物欲横流的花花世界里“二十六年他们从未改变立场”！

从战火中走出来的诗人情感更加丰富，对世界的看法更加深刻。在《重温红色经典》组诗中，他说：

我就是要在这块搬动一张椅子
也会流出血来的地方

挪动江山
给我一个支点
地球就是我手中的一只杯子
让我们共同举杯把生活的
酸辣孤苦一干而尽让甜美的
琼浆把大地灌透

这就是一个战士的声音，同时也应该是一个民族的声音，有了这样充满自信和力量的声音，千难万苦也难以阻挡生命的青春、祖国的青春！一个世纪前梁启超提出了振聋发聩的少年中国说。今天，陈灿又用他的诗歌呼唤着青春中国，要“让甜美的琼浆把大地灌透”！他说：“只有不断从历史的馈赠中汲取钙质/才能挺直现实的脊梁。”这正是陈灿诗歌给我们的启示。

天命之年抒慷慨

近年来，诗词创作高潮方兴未艾，领导干部成为诗词创作队伍中的生力军，更是引人注目的新气象。20世纪初新文化运动后，传统诗词被认为是旧文学，新诗逐渐取代了旧诗的地位。毛泽东在重庆谈判期间发表的《沁园春·雪》犹如惊雷震动了中国。1949年后，毛泽东和老一辈革命家的诗词创作开了领导干部写诗填词的先河，但当时写旧体诗的人似乎只局限在高级领导干部和大学教授中，并未在广大干部和群众中得到普及。进入新时期后，旧体诗的创作逐渐兴盛，迎来了诗词创作的又一个春天。各地诗词社团如雨后春笋般出现。一大批离退休和在职干部加入创作队伍中，成为重要的骨干力量。这批领导干部文学素养较高，生活阅历丰富，用诗词抒情言志，为中华诗词传统增加了新质，是推动中华诗词发展的新动力。马志民就是这支队伍中的一员。他的新作《天命篇——马志民诗集》展示了新时期领导干部的胸怀和气度，展现出其丰厚的人文素养和才情，是领导干部诗词创作的新收获。

诗言志是中国诗歌的传统。马志民在天命之年，恰逢职务变换，“由官为僚”他淡然接受。在新的岗位上尽心尽力，为邮政事业的改革发展勉力奉献。他在《无题——天命之年小记》中写道：“天命之年悟天命，有为无为少为盈。人生进退天地小，再攀绝顶我为峰。”表现出坦荡胸怀和再攀高峰的壮志。在另一首诗中，他说：“为官为民仆，做人天地和。宽人严律己，推功又揽过。”表现出清明的公仆情怀。他还写道：“领导三件宝，事业人才友。”这是他对自己工作经验的总结。他敬业、惜才、爱友。这个诗集中有不少篇什是赠友诗，这些诗作更具有人情味。

诗是偏重抒情的文学样式。有情有义才是真豪杰。马志民对父母爱，对子女亲，对朋友真。他在《中秋望月念友感赋》中写道：“慈母数青丝，小儿生白发。”这是一个十分感人的细节。慈母摸着小儿的头发，仔细数有几根白发。母

亲对孩子的爱尽在不言中了。后面又说:“万物情谊重,更喜是团圆。”在《丁亥中秋感赋》中,他说:

滇池映明月,泰山迎朝晖。
良师会益友,知己哪有醉。
伉俪相濡沫,手足血浓水。
人间真情在,何需伤与悲。

师友之情、伉俪之情、手足之情皆在此时涌上心头。他才“感而记之”。《丁亥星夜滇池远眺亲友感记》也是一首动人的好诗:

星夜滇池畔,挑柳望西山。
美女枕碧波,白浪拍青栏。
举杯映明月,把酒忆故缘。
千里思乡泪,男儿洗征帆。

丁亥初冬,他出差到昆明,在滇池边想起老友,挑起柳条远望西山(北京的西山,老友此时在那里),滇池边的山像静卧的美女枕在碧波上,白色浪花拍打着青色石栏。对着明月举杯遥祝亲友安好,千里外思乡的泪洒落,那是为男儿在清洗征帆呀!末句独出心裁,升华了全诗意境。《望月楼会友记》记叙与分别20年好友在武汉望月楼的情景,抒发了“乘江直上借东风,万里三峡再聚首”的豪情。

马志民诗中有不少记游之作。这是他在四年中参加全国会议、去各地调研时所作。他“感怀这时代的激情,历史的积淀,山河的壮美,人文的呼唤”,情不自禁地记录“波澜壮阔、难以忘怀的生活”,留下了一篇篇充满激情的华章。他在香山古村漫步、去浮来山寻古、夜宿大雁楼、去随州拜神农、看江城雾凇、览雁荡山夜景、登富士山、登柏林国会大厦,用诗记录下国内外游踪,抒怀古览胜之情。兴之所至,皆留佳句。在《吉林北大湖雪山远眺》中,他写道:“松江太极绕江城,云锁长河看雾凇。吉林飞雪小丰满,北大湖峰望冰龙。林海千里展飞雁,天寒地冻笑声浓。传营精神松竹兰,长生永吉自然成。”诗中描绘出雪飞雾绕、天寒地冻但又生气勃勃的北国风光,赞颂了松竹兰的精神,意境开阔,充满豪气。马志民的诗作中也有很细腻和婉约的内容,如《丁戌年春雨花落感赋》:

夜雨蒙蒙润无声,屋檐滴水梦初醒。
半树棠花花满地,满枝丁香香味盈。

西山晴远枝鹊近，云遮晓日曲径宁。

乍暖还寒东逝水，冬去春来西风停。

诗中细致描写了夜雨初晴的春天景色，意境清美，暗含着对人生苦短、岁月流长的感慨，节奏轻快自然。

马志民的诗作虽效仿前人章法，但不拘泥平仄，是今人创作的新古风。古体诗不像近体诗那样有严格的格律限制，可以较为自由地抒情言志，是古代的自由诗。近年来，有不少人提倡新古风体诗，这也是对传统的继承。即便是写近体诗，也要在传承中求变化，要有所创新。马志民在繁忙的公务工作之余致力于诗词创作，取得不俗的成绩，是可喜可贺的。

田遨先生诗文简评

田遨先生1918年生于山东济南，家学渊博，自幼受教于父，养成在书画艺术方面的爱好，一生求真求美。其长期从事新闻出版、影剧编辑工作，离休后被聘为上海市文史研究馆馆员。出版有中长篇小说、文艺理论、散文、杂文、诗词、剧本、童话等著作20多部。他一生与书为伍，以笔为业。近年来腿脚不便，于是干脆足不出户，在他的“红雨轩”中笔耕不辍。六卷本《田遨丛稿》由天津古籍出版社出版，共190多万字，均系田遨先生几十年来的原创作品。

他是一位著名作家，写小说，新意迭出。无论短篇、中篇或长篇，他善于考证历史人物、历史故事，用新的视角观察历史风云，透视人生浮沉。如长篇小说《杨度外传》曾在报上连载，引起广泛注意。中篇小说《宝船与神灯》写郑和下西洋的历史功绩，也颇受读者欢迎。作为从济南走出去的作家，他的一些作品与济南人物历史有关，如中篇小说《鹊华秋色》以赵孟頫夫妇在济南的生活为主，书写了名画《鹊华秋色图》的创作过程，描画出元代济南的社会风貌。电影剧本《女词人李清照》写出济南词人李清照多彩却又多难的一生。其诗赋中咏济南的就更多了，充分展现了这位“一代才华归海右，半生踪迹滞江南”的济南名士对家乡的深厚感情。他更是基于济南文化老人的责任，第一个明确提出济南是“诗城”的文化定位，这将对济南今后的文化建设产生深远影响。

田遨先生也是一位书法家，其书作极具传统精神，呈现出人书俱老的文化内涵，他的作品在全国各地名胜景区特别是上海、苏杭园林景点题刻甚广。

田遨先生还是诗词大家，他圆转自如地运用近体诗的格律，创作出大量脍炙人口的佳作。他与马一浮、谢无量唱和，以予、居、书、鱼、如六字为韵脚，竟叠出36首鱼韵诗。诗坛高手一再追和，后结集成《鱼韵唱和三百首》，成为诗词界一大盛事。他的《论书读画》集，以诗的形式评论书画。书画与诗词是中国传统文化的瑰宝。他能将二者结合在一起，在诗后又加点评和补注。每首诗及评注都三言两语，简洁明了，但含义隽永，见解精辟。不仅格律严整，而且议论奇妙，涉笔成趣。他评陆俨少画作的诗云："腕底江山蟠万里，笔端云树莽千年。画情倏忽生明暗，一道斜阳破积烟。"很准确地描绘出陆画的境界。他的《自嘲》诗写得幽默有趣，同时也表现了他那一贯的书生性格：

狎我呼老谢，尊我呼谢老。狎尊无不可，细事随缘好。独与是非间，不肯逐妍巧。咄咄讶狂澜，行行寻芳草。自笑亦大痴，触眼空烦恼。无力却忧天，榛芜苦难扫。旁人皆大笑：果是一呆鸟。

《上海诗词》编委会上，主编萧挺提出诗词应反映现实，反映时代，他深有同感，写诗：

欲问诗坛近若何？花枝高下自婆娑。
辞情慷慨名篇少，饤饾零星滥调多。
雷雨八荒应入抱，生涯百态尽堪歌。
筝琶歇处听天籁，悬瀑轰鸣鸟语和。

《读报感事》就是一首直面现实的诗，针砭时弊，更加一针见血：

猎猎红旗七十年，一朝风雪竟迷天。
长城自坏谁家罪？野火频烧几处烟。
饮鸩那能充妙药，拜金未必重人权。
变中有变终难了，多少风霾到眼前。

《六次韵答喻蘅》(录一)抒发的是老诗人对金钱至上的社会现实的不满：

人生处处受天羁，逃世可曾与世离。
报国有心终废话，发财无术合歪诗。
看花不为风情累，寻梦还怜月色痴。
又是一番新境界，灵明心地醒来时。

他的词作题材更为广泛，情感更为强烈。他的儿子在济南铁矿一采区工作，因二采区发生险情，下井救人，英勇牺牲。他儿子生前助人为乐，曾两次救人，但从不自炫，牺牲后，田遨先生才听到矿上谈及这些事。儿子牺牲时39岁，那时小孙子仅12岁。儿子牺牲后被追认为烈士。他为此写了《水调歌头》(一九八六年五月)，这是一首感人肺腑的词作：

北客报儿病，促我速回程。怪客言词恍惚，不免半疑惊。到家急问儿病，家人但有悲哽，老泪忽纵横。儿竟先我死，风雨杂悲声。

儿非病，因救人，竟捐生。生前多少好事，忍泪我初听。最怜年未四十，抛下孤儿寡妇，生死两牵情。百恸还一慰，遗烈照云星。

于在春先生评："天壤至文。"鹿苹评："全篇一气回旋，层层跌宕，全是真情流露，无一套语，无一浮泛语。"

田遨属马。他自嘲不是千里马，而是一匹尚能跑和拉套的老马。又在诗集自序中，将自己以及不同时期写的诗，比喻为"低飞"的小鸟，"解飞"的雏莺，"孤飞"的冥鸿，"梦飞"的病雁。但作者并不消极，而是心追红霞，不断寻求自身的飞跃和超越。在一首绝句中，他说："少年有梦总拿云，壮岁痴情梦也温。莫道老来无好梦，宵宵突兀见昆仑。"虽然年老体弱，但在他心中却永远矗立着一座昆仑山。这位年近百岁的老人身上凸显着老一辈知识分子历经坎坷而又生命不息、勤奋不止的精神风貌，值得我们学习。

老来有好梦　突兀见昆仑

——田遨诗词简评

田遨先生是从齐鲁大地走出的诗坛大家，他出生于泉城济南的历城，家学渊博，自幼受教于父，养成对诗词书画的爱好。他自少年就开始诗词创作，现仍没有放下诗笔。他的诗词纵览时代风云，描绘生涯百态，在继承传统的同时又与时俱进，在当今诗坛上独树一帜。近年来，他圆转自如地运用近体诗的格律，创作出大量脍炙人口的佳作。他与马一浮、谢无量唱和，以予、居、书、鱼、如六字为韵脚，竟迭出三十六首鱼韵诗。诗坛高手一再追和，后结集成《鱼韵唱和三百首》，成为诗词界引人注目之一大盛事。

一、雷雨八荒应入抱　生涯百态尽堪歌

古人云：歌诗合为事而作。田遨的诗词紧扣时代脉搏，勾画出时代的巨大变迁，表现出自己内心对时代的真切感应。在《上海诗词》编委会上，主编萧挺提出诗词应反映现实，反映时代，他深有同感，写诗：

欲问诗坛近若何？花枝高下自婆娑。
辞情慷慨名篇少，饤饾零星滥调多。
雷雨八荒应入抱，生涯百态尽堪歌。
筝琶歇处听天籁，悬瀑轰鸣鸟语和。

他写于1943年抗战时期的《金缕曲·赠园峤兄弟》描绘了“暮笳尤急，边歌未歇，冷落炊烟寒食近，剩有江山辽阔”“怕是酒余茶后事，便人间、过了万千劫”的悲愤情境，抒发了“莫道微词多讽世，莽男儿、到底肝肠热。千斛泪，一腔血”的豪情。抗战胜利后，解放全中国的号角吹响了，田遨填了《沁园春·感事》为人民战士鼓掌呐喊：

千古江山，三五英雄，谁最铮铮。算曹瞒横朔，徒逞权术，秦皇按剑，犹恃长城。杀吏黄巢，称兵李闯，倒为人间弥不平。完人少，问人民战士，强半无名。

而今时运递更。看海上、新潮正沸腾。恰列宁主义，分来赤县，普罗文化，播及编氓。火涨熔岩，风鸣秋瀑，如此雄怀作远征。今后，论古今人物，别具权衡。

他以昂扬的激情，赞颂为人间“弥不平”的人民战士，歌颂“看海上、新潮正沸腾”“火涨熔岩，风鸣秋瀑，如此雄怀作远征”的革命形势。

新中国成立后，他做过多年报纸编辑工作，写过不少新诗。在《低飞集》自序中，他说：“当时是为发表而写，为配合时事而写，诗多应景，便无足观。”“‘十年动乱’期间，过的是牛棚岁月、干校生涯，偶有诗情萌动，也多不成章。”后来稍得喘息，改写诗词，“爱国微忱，忧国愚诚，自然时有流露”。此后的诗歌创作“不愿说违心话，不愿写应景诗，不愿迎合某种趣味”，多写个人一时所想、所感、所憧憬。进入新时期以后，他的创作进入了更加自由的状态，诗情如火山般喷发出来，嬉笑怒骂皆成诗文。《低飞集》《孤飞集》《飞飞集》《鱼韵唱和》《论书读画》《九十韶光集》陆续推出。雷雨八荒、生涯百态尽现笔底。

写于1974年的《夜读定盦》诗中云：“千山万水沦夜雨，一箫一剑簸春魂。当年空说公羊学，大地深悲万马喑。”这分明是在借咏龚定盦来浇自己的块垒。“千山万水沦夜雨”“大地深悲万马喑”正是对那个年代的准确概括。1975年，他与朋友小饮夜话，写了《金缕曲》，坦露出磊落胸怀：“我辈余生肝胆照，唤窗前明月来相照。”

新时期以后，他在反映时代新变化、赞颂美好事物的同时，也在鞭笞假恶丑。《与客闲话》十首绝句，句句入骨，又浑然天成。其中云：

改革花开分外红，国门开放万航通。
但求沿路除丛莽，根绝人间不正风。
大炒地产兼炒股，挟势多成暴富人。
知否贫家无出裤，沂蒙山色不成春。
深圳扬州事未遥，偎红倚翠醉阿娇。
牧之自付缠头锦，不及而今可报销。

改革之初，他就敏锐地看出反腐倡廉的必要，提出“根绝人间不正风”，这些诗句就像警世钟一样长鸣。再如《读报感事》，针砭时弊，更加一针见血：

猎猎红旗七十年，一朝风雪竟迷天。
长城自坏谁家罪？野火频烧几处烟。
饮鸩那能充妙药，拜金未必重人权。
变中有变终难了，多少风霾到眼前。

《六次韵答喻蘅》（录一）包含着对日下世风强烈不满，呼唤“灵明心地”新境界的出现：

人生处处受天羁，逃世可曾与世离。
报国有心终废话，发财无术合歪诗。
看花不为风情累，寻梦还怜月色痴。
又是一番新境界，灵明心地醒来时。

他的儿子在济南铁矿一采区工作，因二采区发生险情，下井救人，英勇牺牲。他的儿子生前助人为乐，曾两次救人，但从不自炫，牺牲后，田遨先生才听到矿上谈及这些事。儿子牺牲时39岁，小孙子仅12岁。儿子牺牲后被追认为烈士。他为此写了《水调歌头》（一九八六年五月），这是一首感人肺腑的词作：

北客报儿病，促我速回程。怪客言词恍惚，不免半疑惊。到家急问儿病，家人但有悲哽，老泪忽纵横。儿竟先我死，风雨杂悲声。

儿非病，因救人，竟捐生。生前多少好事，忍泪我初听。最怜年未四十，抛下孤儿寡妇，生死两牵情。百恸还一慰，遗烈照云星。

鹿苹有评曰：“全篇一气回旋，层层跌宕，全是真情流露，无一套语，无一浮泛语。”

二、筝琶歇处听天籁　悬瀑轰鸣鸟语和

田遨先生的诗词亦庄亦谐，语言非常简洁生动。读来声韵铿锵，如闻天籁。激昂处似悬瀑轰鸣，柔曼处如鸟语婉转。典故信手拈来，口语也能入诗，表现出深厚的国学修养和高妙的语言艺术。他的《自嘲》诗写得幽默有趣，同时也表现了他那一贯的书生性格：

狎我呼老谢，尊我呼谢老。

狎尊无不可，细事随缘好。
独与是非间，不肯逐妍巧。
咄咄讶狂澜，行行寻芳草。
自笑亦大痴，触眼空烦恼。
无力却忧天，榛芜苦难扫。
旁人皆大笑：果是一呆鸟。

其《自题小照》云：

君与吾兮一笑逢，活人死相马牛风。
装模作样非真我，少黠多痴是乃公。
吾类伯龙招鬼笑，君如阮籍泣途穷。
驻颜却羡君难老，不似衰翁杖酒红。

我与照片中的我相谐谑，感慨以诙谐出，典故与诗句浑然天成，读来妙趣横生。

诗、书、画妙合融一，这是当下很多书画家做不到的。他的《论书读画》集，以诗的形式评论书画。中国传统书法绘画与诗词是传统文化的瑰宝，他能将二者结合在一起，在诗后又加点评和补注。每首诗及评注都三言两语，简洁明了，但含义隽永，见解精辟，不仅格律严整，而且议论风生，涉笔成趣。他评陆俨少画作的诗云："腕底江山蟠万里，笔端云树莽千年。画情倏忽生明暗，一道斜阳破积烟。"很准确地描绘出陆画的境界。

三、莫道老来无好梦，宵宵突兀见昆仑

田遨属马。他自嘲不是千里马，而是一匹尚能跑和拉套的老马。又在诗集自序中，将自己以及不同时期写的诗，比喻为"低飞"的小鸟，"解飞"的雏莺，"孤飞"的冥鸿，"梦飞"的病雁。但作者并不消极，而是心追红霞，不断寻求自身的飞跃和超越。在一首绝句中，他说：

少年有梦总拿云，壮岁痴情梦也温。
莫道老来无好梦，宵宵突兀见昆仑。

虽然年老体弱，但在他心中却永远矗立着一座昆仑山。其实田老也正用他的诗文树立起一座艺术的昆仑山。

他在《论书》诗中说：

文化曾凭笔一枝，而今功用渐离披。
但求增进精神美，况又旁通画与诗。

又云：

书外功夫能破悭，品才学识本相关。
千岩万壑罗胸次，美在风标韵律间。

田遨在诗书画创作上的成就体现出他的品才学识，包含着他的书外功夫，是他一生只求风标韵律之美的体现。

他心系国家、关爱百姓的人文情怀，达观超逸、淡泊名利的人生态度，疾恶如仇、正直坦荡的一身正气，历经坎坷、生命不息的精神风貌，都值得我们敬佩和学习。

史诗创作中的英雄情结和悲剧意识

——康桥军旅长诗论

康桥是当代很有影响力的军旅诗人。近年来，她创作的长诗《殇问》《生命的呼吸》《征途》和大型组诗《血缘之源》引起了评论界的广泛关注。康桥的长诗多是宏大叙事，其中有对历史的追问、生命的思考，也有对战争的叙写和浪漫的抒情。与宏大叙事相协调，她的诗中有着强烈的英雄情结。康桥的诗歌意象气势雄浑，具有东方色彩，风格大气磅礴，具有震撼人心的悲剧美。其诗作中的英雄悲歌，以及由于诗人是女性而对母性的崇尚等都形成她独特的诗风和鲜明的特色。研究康桥的诗歌创作对于当代军旅诗歌创作和当代长诗创作有着重要的启示意义。

一、宏大叙事与英雄情结

康桥的长诗多宏大叙事。她往往选取大题材，在宏大的时空中叙事抒情。

长诗《殇问》长达近七千行，从题目到内容都受屈原《天问》的影响。《天问》表现诗人对天地起源、人生历史不断追问的伟大情怀和崇高人格，是中国文人的一次伟大的觉醒。《殇问》继承屈原追天问地的探索精神，抒情时空从宇宙大爆炸到当今社会，包含诗人对时间、空间、太阳、土地、祖国、人民、音乐、舞蹈、诗歌、绘画、自然、生与死的思考与追问……

谁能讲述你的一生/太阳/人类的温暖/你的众姐妹哪去了//天空中微笑/谁在夜空的另一个空间//古老土壤/最深层的泥土/谁的碎骨/埋于久已绝迹的恐龙中间//坟墓中站起/阳光/流血的花朵//谁能触摸你的黑暗/谁能听见你的寂静//脱掉鱼类的鳞片/阳光/流血的花朵/种植在谁的胸口

谁是大地的骄子/谁从远处抚摸我/唤起我的生命//我 生命和死亡握

手为盟的土地/从原子到细胞/我　缠绕自己的土地分割自己的土地//缠绕一切进入一切/在自己的气味中飘移//谁像花朵一样开放/谁如水流动/谁言说土地…… 声音如闪光//谁从生命出发/默默地负载起河流山川/负载起自然的遭遇和人造的饥恐

这部长诗对人本身的思考，对宇宙、对自然、对艺术的追问既是建立在东方传统文化基础上，也吸收了现代西方文化的成果，其涵容时空之广是罕见的，是一部大气磅礴的诗作。诗中“母性”精神和母性崇拜，成为暗含的主线，有几十处写到“母性”，有的用于破题，有的用于结句，有的直呼，有的隐喻。宏大叙事中母性崇拜的光芒闪烁全篇。

时间和空间从哪里来?“长歌漫漫/自然这一双纤纤玉手/怎样的引领/使时间和空间融合。”

宇宙从哪里来?“我们必须从这里起源/生命的碎片/你们怎样从自己，飞向高空/沿着时间的隧道/与最初的母体逆行。”

人类从哪里来?“谁播种道路/谁同时站进两条河流/谁在自己的内部/看到广博的寰宇/并携带着银河。”“江河正在形成/我们从父亲的血中走来/从一粒未成形的精子/走进我们的母亲/白色的血，被悄悄唤醒。”

这些饱含诗意的追问既具体又形象，既富有哲理又实在，无人不被感动。

康桥一万多行的长诗《生命的呼吸》以抗击非典为内容，但又不仅以此为主旨。其视野广阔、思想深邃、结构宏伟，是近年来少见的佳作。长诗既是抒情诗，又是叙事诗，同时又有诗剧和诗体小说的特征。康桥把这些诗歌形式综合起来，创作了这部大气磅礴的长诗。这表现在取材上，也表现在立意上。从取材上看，诗人以非典为中心，从非典肆虐到抗非过程，写得很详尽。但其中又有社会图景、各色人物，有全球性环境污染的描绘。选材并不局限于中国的抗击非典，而是从全球性视野和生命进化历史进程出发，叙事极为宏阔。更重要的是，诗人由非典出现而展开的反思，这是诗人立意之所在，深刻而高远。诗人借森林之王、森林、海洋、地球之口，谴责了人类贪得无厌的欲望，对环境疯狂的破坏，以致自食其苦。疯牛病是“横遭宰杀的动物/它们留给人们的纪念”，河流的污染使海洋“繁殖的微生物耗尽蓝色的氧气/鲸、鱼还有小虾/纷纷死去/它们死于呼吸困难”，过量的砍伐使“生命，在我们眼中/渐渐失去/绿色//森林这大地最深的伤口/它的伤疤永远地/不会弥合了”。正是人类这些疯狂的行为，使环境失去了平衡，最终导致自然的报复。

对SARS本身，诗人的认识是辩证的、深刻的。让SARS说话，让果子狸说话，这个世界的真理是共生与共存！“SARS，不是我们的邻居/我们对付的不仅仅是SARS/而是病毒和细菌强大的繁殖力。”对于果子狸这SARS的替罪羊，诗人也为它辩护，以果子狸之口发出诘问：“为什么剿杀我们，究竟我们感染了/你们，还是你们感染了我们？”“其实我们和你们一样/都是SARS的受害者//这个世界/病毒同时感染了我们。”诗人甚至希望人类有一天能与SARS和平共处：“伟大的人类，渺小的人/你们的健康不是毁于疾病/相反：你们的健康通过战胜疾病获得//别发烧　别把我们当成敌人/让我们共存　你们会获得抗体/之后健康。”通过SARS之口说出，一样让人警醒：“总有美丽的鹿/逃不脱狼的虎口。”SARS这匹狼，在诗人看来，正是让鹿开始奔跑重获健康的必需品。这里表现出的辩证思维是深刻的。

在《殇问》中，诗人以天问式姿态写道：“我们，宇宙边缘的流浪汉/超越自身又总落后于自身。”这些诗句将我们带往一个生命自由超越飞翔的英勇抗争的境界，诗人还说：“江河正在形成/我们从父亲的血中走来/从一粒未成形的精子/走进我们的母亲/白色的血，被悄悄唤醒/我站起来/谁是血肉的兄弟/与我共同争食。”这是由神性复归人性的自省，是一次历史性的跃升。

康桥的长诗《征途》以叙事史诗的笔法再现了中国工农红军可歌可泣的二万五千里征途，为红军这一英雄群体塑像，讴歌了不朽的长征精神。长诗既有宏观的全景式描绘，又有生动的特写镜头般的细节展示，全面而细腻地展现了人类历史上的“第一次”长征。长诗从1934年10月10日红军离开苏区根据地写起，表现了长征的全过程。长征中的重大事件均一一出现在诗中，如湘江之战、遵义之战、四渡赤水、抢渡金沙江、飞夺泸定桥、过雪山草地，等等。对这些重大事件浓墨重彩的描绘，展现出作者宏大叙事的才能。如在“四渡赤水”一章中，先描绘敌我双方的态势，说明形势极为严峻，然后又叙述红军将士的勇猛战斗，刻画出从朱德到普通战士的群像，既有军团的冲锋，又有军事家的斗智，全景式地描绘出四渡赤水的过程。在此基础上，还加上了特写镜头般的细节刻画。在飞夺泸定桥的描写中，既有对整个战斗场景的表现，也有细节的特写：“一百零一米……一步一抓/前进……子弹打在铁索上/铁与铁相撞……火光四溅……桥板迸出了子弹。”正是这种特写似的细节，把长征的艰辛、战斗的激烈和红军战士的勇猛具体展现在我们眼前。这种宏大叙事与细节特写相交织的表现手法使这部长诗大气磅礴又细微感人。

康桥的诗中有着强烈的英雄情结。在《生命的呼吸》中，康桥创造了一批现代英雄群像。比如那位以自己身躯做抗毒血清实验的老军医：

用病人的血清向自己注射/新时期的英雄用自己的/生命，用自己的血肉之躯/向病魔SARS/——问路//出路，也许就在这里！//与死神掰手腕：英雄，你的力量/是华夏子孙十三亿的生命//为人民死，为人民活：决不放弃生命！//74岁，英雄，你也是老者。懂得：穿着雨鞋绕水走/用告诉别人的话告诉自己，此时，你在昏迷之中//昏迷中心系病人，是你说/是你梦中说：强心甙，注射强心甙//间歇着醒来：你发现/自己由医生变成了/病人——为治非典趟一条路子/英雄本色，是军人更是人类/——大无畏的/牺牲精神。你，74岁的老者/身患癌症的医圣：用自己生命的实验/报告世界：非典可以防可以治

还有那位敢于说真话的老军医：

真正的英雄！当代英雄/是他们——军人，揭下官僚主义者的面纱//让事实起来说话！——站起来//说话：肯定有人在瞒报！/谁，谁在瞒报疫情？/说出实情，据理反驳/为着人民的利益/军人的腰杆不打弯

还有那些在实验室与病毒战斗的科学家：

身着白大褂的董存瑞/他们，一个个舍身炸碉堡的英雄//听听他们的誓言：我们的血就会热！/白衣战士——我们的名字是冲锋

作为一名女诗人，康桥自觉不自觉地把女性意识带进作品中，对母性和女性英雄品格的赞扬自然而然地流露出来，这也是康桥英雄史诗与古典英雄史诗的最大不同。在长诗《血源之源》中，康桥写道："谁用自己的鲜血/血祭国家的利器。""大地燃烧/谁归来的脚步/在母亲的心脏舞蹈。"无论歌赞太阳，还是歌赞土地，康桥都以极大的热忱给母性以圣洁的光辉："谁人将你称作一生的谜/太阳。""谁能讲述你的一生，太阳/人类的温暖/你的众姐妹哪去了。""你，一颗被自己遗弃的，美丽新娘。""如果没有人类/你将向哪里流浪。"在对土地的歌赞中，康桥更多地渗入了母性的温情："漫长的土地/岁月劈开的河流。""她温柔的腹地孕育了我/孕育了喂我奶水的母亲/和伴我长大的高粱、玉米。""羊群在坡地啃草/洪水远去/婴儿在母亲的怀里/静静地睡去/土地，生命覆盖的旋转和静止/谁为母亲和婴儿/捧出饱满的粮食。""河水初次带来的孩子/祖国，我唤你作母亲。"诗人从华夏的祖先太皞写到河姆氏族，从半坡黄河初始的子民写到北方

南方的各个氏族。“九黎族的九个联盟/九九八十一兄弟的兄弟氏族/以最早的侵略/最早到达。”在960万平方公里的陆地领土上,“将稻这种原生栽培物/播满生活”。这些诗句勾画出的母亲形象光明、伟大、无私,放射着圣母一样的光辉。康桥骨子里有一股血性女子的气质,在她的笔下,女性的形象卓然芬芳,光彩夺目。在长诗《生命的呼吸》中,康桥推出许多英雄人物,其中有为护理SARS病人而感染的护士,有顽强与病魔抗争的身经百战的将军,甚至还有将军的亡妻,他们是抗击非典一线的勇者、爱者和奉献者,诗人真诚地为他们颂歌,展示他们灵魂的崇高和内心的美丽。康桥诗中的英雄情结既受军人家庭的影响,也与她自己长期的军营生活有关。《征途》中的女英雄更是比比皆是。取材上,康桥对长征中的女红军特别关注,因此诗中女性形象比较多。在长征开始时洒泪别子的贺子珍,唱着歌送别丈夫的姑娘,战斗后洗澡的女战士,撤退时断后阻敌的康克清,担架上生孩子的陈慧清、曾玉,结核未愈过雪山的邓颖超,小脚女红军走过大渡河上的铁索桥,临产的女红军在草地生下孩子,带着婴儿行军,草地上脱下衣服给赤身死去的女战士……这些长征中的女红军是诗中最美好的部分。

连绵的雪山,风雪掩盖所有的道路。那里,飞鸟举不起它飞翔的翅膀。是什么样的勇气、什么样的力量、什么样的激情燃烧,才能让女红军和雪山较量,和雪山的死神较量?

冰雪的世界,积雪又硬又滑,踩着前面的脚印前进;越来越厚的积雪,空气越来越薄,雪的反光,使人无法睁开疼痛的眼睛。山越上越陡,路越来越险,大风中雪屑打在脸上像刀割。女红军浑身哆嗦,牙齿打战。风在狂吼,似乎要把一切推倒。手拉手前进,千万不要分开……鸡蛋大的冰雹砸在头上,松开手,用手护住头,迈步中却被风雪卷下悬崖……又一个女红军滚落山崖,无声地跌进冰的缝隙。一个又一个战友倒下……永远地睡去,怎么也摇不醒。

谁来唤醒我　夹在冰层中/沉没在黑夜里　我的生命/在流失……归来　我要归来/泪水冻成冰凌　冻成与世界的诀别……听不到前进的脚步　战友已经走远/风不能把我的呼唤传送/注定此行没有归程/我要留在这里//和风雪为伴　生命的灯火就要熄灭/这里太冷　故乡的阳光无力抵达/我找不到回家的路/睡里花落　这里不是故乡//鸣心而过/风声　雨声　马蹄声　落花流水声/还在耳边……战友/革命胜利　你要领我回家

更大的寒冷在高处吼叫,空气变成锋利的刀子:

谁来为女兵捧回夏日的太阳/雪山之上，谁能拒绝雪/这唯一的水　从此绝经/任往后多少剂药草也暖不来一滴血/一生都不能拥有一个亲生的孩子

下了雪山/更为严重的困难等待着女红军/粮食快要断炊/每人每天六两青稞麦……饥饿从胃中伸出双手/寻找粮食　转遍村子找不到一粒麦粒//牛粪中露出青稞　闪光的粮食//钟月林、钱希均、谢飞她们捣碎干粪/从粪便中寻找麦粒/牛消化不动的青稞麦/成为断粮女兵的法宝

她们从牛粪中筹足七天的粮食……茫茫草地上，断了粮的红军吃牛皮喝马尿，意外地发现马尿能治腹泻，女红军们抢着喝黄金一样珍贵的马尿。

这些战火和艰难征途中的女人，承受着更多苦难，也放射出更动人的人性光辉。在这充满血与火的残酷征途中，这些女性表现出常人所不能想象的坚强意志和牺牲精神。这些女英雄一点也不比盗火的普罗米修斯逊色。

康桥的长诗具备英雄史诗的基本品格，又加入了当代人的体验和感受。长诗《征途》中的英雄主义情结和乐观主义情结是融合在一起的。无论多么艰难困苦，长征中的女红军始终是坚强的，她们充满了必胜的信心。

夜色中传来优美的歌声，寒冷中女红军没有丝毫的睡意，她们不敢睡死，怕在睡梦中翻身掉进泥潭。通明的篝火中，蔡畅的《马赛曲》回旋着……草地吞没了一个又一个花季的红军战士，却吞没不了女红军战斗的歌声和她们战胜草地的信心。风雨之中前进，女红军的汗水、血水、泪水相融成生命的绝响。

二、东方大象与悲剧情怀

康桥诗歌的意象是东方大意象。这与她诗歌的题材有关，也与她的军人气质有关。她的诗歌意象气势雄浑，大气磅礴并且具有东方色彩，即使是风花雪月与小花小草，也表现出一种大宇宙的关怀。大意象是指体现着一个时代精神的、代表民族精神高度的意象。西方有西方的大意象，如《神曲》《失乐园》《被缚的普罗米修斯》《荒原》中的意象，都标志着西方不同时期的精神高度。东方大意象则是指代表着中华民族不同历史时期精神高度的意象，有着鲜明的时代印记，有着强烈的中国文化色彩。

康桥这样描写大禹："水中站立/水中流失/洪水的泛滥之中/我们的家园/一次次在水中/变成我们脚下的土地。"康桥这样勾勒孔子："学而不厌的孔子/

诲人不倦的孔子/择其善者而从之的孔子/和喂养中国的粟粒一起/走出中国。”康桥用龙舟歌唱屈原：“七雄割据/端午，龙舟竞渡/谁抛盐入海/我们的农历节日/五月初五/纪念楚国的诗人/哀郢的屈原/巫官文化/楚国的传统/与北方，合流。”诗人用“燃烧的大地”“舞蹈的大海”“大的金色翅膀”歌颂香港回归：“大地燃烧/谁归来的脚步/在母亲的心脏舞蹈/大海，被谁唤起的波涛/……这是你永恒的家园/醒来的歌手/你熟悉的田园/等待你播种/记住今天/记住1997年7月/北京，你巨大的金色翅膀下/母亲的笑容/祥和美丽。”这些意象都是大意象。诗人在《生命的呼吸》中创造了许多拟人化的意象——森林、海洋、火山、草地、死灵魂，乃至地球、时间、空间都站出来发言，向人类倾诉着心里话，警示人类的过失，忠告人类的言行举止。再如：

头颅/黑土之上/白色的闪电//谁/以什么样的形式/在祖国的中心/高高地站立//血的头颅仰望太阳

湘水男神/闻乐而来//泪水之中倾泻的悲哀/紫色瀑布高高扬起/谁在水草之上聚集/谁的渔网挂在树梢/苍梧之野/谁在水裔鼓瑟//太阳周天而过/哪里是比你更切近的地方

这些意象正是承载着民族文化和民族精神的大意象。

中国美学观念中的“大”是比美更高一级的。《庄子·天道》中说：“美则美矣，而未大也。”只达到“美”未必达到“大”。而何谓“大”呢？《孟子·尽心下》中这样解释：“充实之谓美，充实而有光辉之谓大。”大最初是指天的。《论语·泰伯》说：“巍巍乎！唯天为大。”《庄子·天道》说：“夫天地者，古之所大也，而黄帝、尧、舜之所共美也。”《易经》有言：“天行健，君子以自强不息。”文天祥在《正气歌》中写道：“天地有正气，杂然赋流形。下则为河岳，上则为日星。于人曰浩然，沛乎塞苍冥。”由此可见，“大”是从天之崇高到天人合一、效法自然的王者与圣人的崇高发展到具有浩然之气的英雄和君子的崇高。“大”既指天地山河自然大象，也指贯通于天地之间的浩然正气。一个民族的诗魂正需要这种大象和大气来支撑。康桥的诗中恰恰就具有这样的大象和大气。

宇宙、高天、太阳、山岳、长城、江河……大禹、孔子、屈原、红军将士……这些大象在她诗中俯拾皆是，激荡着荡气回肠的民族正气。

康桥在她的诗中追求的是大美，这对一位女诗人来说更是难能可贵。一般说来，女性诗歌多细腻柔美，多诉说个人情感，比如李清照、舒婷、狄金森等。康桥虽也有细腻柔美之作，但其创作的主体风格则是大气磅礴，具有震撼人心的悲剧美。

康桥诗作中的英雄具有强烈的悲剧色彩。《生命的呼吸》首先以生命的死亡与秋天飘然而下的落叶意象展示了人类灾难的降临:“世界末的秋天在世纪初的秋天开始了/它的落叶。生命在回响,在离开/枝头的落叶里/颤动。”就如题记中所说:“是谁首先喊出落叶/瘟疫,开始了!”生命在一次次的背叛中,一次次地走向黑暗和死亡。无论你是一介平民,还是一位将军;无论是医生、护士,还是商人,一经感染,均无力逃避这黑色涡流的裹挟,甚至堕入万劫不复的深渊之中。诗人向我们展示了那些美好生命的陨落,对此我们心灵所能有的只是疼痛和悲悯。同时,死亡也让生命得到彰显,面对疫情,面对死亡,面对这生命中不能承受之重,人们也愈加懂得了珍惜和感恩,懂得了生命此在的价值和意义。长诗的悲剧意味就在生命与死神的抗争中展开来。诗人带给人们的场景和思索是全方位、多角度的,然而最让我触痛和惊心的却是对疫情源流的追索与考辨。诗人让记者、首患病人、动物学家、养鸟人、病魔、果子狸、食客、SARS、地球、死灵魂、众生灵、树林、海洋、草地、火山、深渊、空间、时间等等纷纷出场,在词锋尖利的对决中,既有辩诘,又有申诉,从而共同将人类推上了审判席,因为酿成这杯苦酒或造成这种悲剧的不是别人,恰恰就是人类自身。“隐患就在我们周围/大气污染、植被破坏、水土流失、生态失衡//而你们却把罪责推给了动物/如果动物开口说话/它们会说一千个:不!”“人,世上最大的残暴//把自己推向死亡/把生命推向死亡。”这实在是最让人深长思之而又痛心疾首的,因为时间和历史也一再印证了这一点。《生命的呼吸》具有一种寓言性,或至少给我们一种启示:“非典”绝不仅仅是一种具体的传染病,它是一切疾病、灾难、孤独、死亡、罪恶等人的生存境遇的象征物。

长诗中有体现着悲剧精神的英雄,那些与病魔搏斗的医生和护士。比如诗中的李医生用自己患病的身体与病魔做殊死拼杀:

> 病毒从来都是贪婪的赌徒/在和生命的较量中/一步步得到进化//有一天它还会啃噬我们/血液的源头/心脏//靠我们失去的血生长和强盛//它不仅折磨着我们的肉体/也伤害着我们的精神//生命/在呼吸之间//我将用/我的生命/记录生命的抗争//无论我康复还是被疾病夺走/生命,都将完整记录——//生命与SARS/相抵抗的过程

悲剧把人生的苦痛无情地甚至更加集中地呈现在人们面前。在康桥的长

诗中，我们同样看到了悲剧意识和力量。

“历史深深的伤口里/谁是真正的血。”“延绵不绝/生命的韵律/谁正返回死亡。”“谁比生命更接近生命/谁比死亡更接近死亡。”“假如没有人类/太阳，将向哪里流浪。”“大地在低处安眠/冬季的篱笆/世纪焚尽的火。”“背负你的光芒/我成为女性/月月流血的身子/站在你的面前，白兔。”在这些诗句中，我们感受到康桥对于女性、生命、死亡等充满悲剧意识的思考。然而悲剧的意义远不止再现苦痛。一个民族必须深刻，才能认识人生悲剧性的一面，又必须坚强，才能忍受。

一场瘟疫、一次事件曾经轰轰烈烈地发生过，它不仅给当时的人们、当时的社会造成了强烈的震撼和影响，还会给在它之后的社会带来不可低估的影响，这已被无数的事实所证实。可是，我们真正意义上的反思却少得可怜，它们大多被胜利者的欢笑声、被对失败者的清算声所掩盖了。康桥却能对此进行反思，她在《生命的呼吸》中借果子狸之口反诘：

一个人死去了/你们那样悲伤，哭天喊地/一个又一个人死了/你们充满恐惧//一棵树/从你们的呼吸中消失了/你们没有悲痛！一棵又一棵树/永远地消失了，永远地不再回来了/——你们，还是无动于衷//一只鸟/停止了它的歌唱/一只又一只的鸟不再回到/它的天空，不再回到你们的天空//还有我们：一只果子狸/又一只果子狸进了你们的胃口/擦净油脂的嘴巴：人们，天上的云彩//没有变成雨……/

果子狸：污迹在你们的血里

果子狸：你们的灵魂/被你们的血腥/熏黑

在第五幕“生命的合唱”中，康桥让树木、时间、海洋甚至死灵魂等纷纷谴责人类破坏生态的恶行：

森林之王：不要怜悯人类/人，这世上最大的虫子/他们的胃口大得能吞下整个地球//他们的破坏欲是那样大/活剥生吞，他们吃掉我们/多少优秀的伙伴//人，这变态的物种/他们比变异的SARS/更加可恶

地球的声音：不要怜悯人类/人，这世上最大的消耗//他们的生存就是毁灭//大片的森林被他们开垦/丰腴的草原被他们拓荒/这还不够，他们还填海/填湖给江河随意结扎//人，世上最大的残暴//把自己推向死亡/把生命推向死亡//破坏——治理/治理——破坏//反反复复/他们跟谁在兜圈

子//生态平衡严重破坏

这些诗句表现出诗人对这场悲剧的发人深省的思考：谁来拯救我们的地球？诗人在《医院，最后的话别与握手》中不无忧患地疾呼：“病了 整个地球都病了/地球甚至病得比我们还厉害。”诗人的疾呼让我们看到危险的迫近，让人们在自省中看到未来，在悲哀中看到希望的火光。

长诗《征途》中同样充满悲剧意识。潜明兹在《论史诗》一文中说，英雄史诗的“主要成就在于成功地塑造了以人性为主的英雄形象”。康桥书写了苦难面前人性的坚忍，并在“我”这一审美主体背后展现了“我们”——红军的英雄群像(毛泽东、贺子珍、周恩来、红二师、三十四师)等。长征不仅是一场革命之旅，也是一场生命之旅，一场集体克服生存最低底线的生命存在之旅。正如诗人龚学敏在《一个人的长征》一文中所说，长征是“一条由体现人类崇高精神的英雄们用鲜红的血和对未来充满希望的年轻生命流成的中国乃至世界最长的河流，在人类不断完善自身与追求幸福的时候，长征应该被视为人类求生存和渴望自由的一曲凯歌”。

诗人没有一味地渲染胜利就在前方，没有为了胜利的结局而掩饰过程的苦难与惨痛的代价，而是将沿途的每一片荆棘、每一滴鲜血、每一次死亡，以及饥饿的煎熬、噬骨的寒冷和生命消逝的大悲恸通过细节描写，呈现为一幅幅真实得令人震惊的画面。对苦难和死亡的悲剧呈现使过程与结果、牺牲与胜利，前后相生互动，达到历史价值的平衡与真实。诗中有饥饿，“牛粪中露出青稞……她们捣碎干粪/从粪便中寻找麦粒”，还有“牛消化不动的青稞麦/成为断粮女兵的法宝”，“十几个姐妹分吃一根野葱根”。诗中有死亡，尤其是群体性死亡。“是饥饿/还是有毒的野草/夺取他们集体的生命/……红一军团/一个班的战友/背靠着背牺牲了”，“长时间空腹，饥饿没有夺走的生命，饱食却使他们一个接一个倒下/几百名官兵被胀死”，警卫员尝野草停止呼吸，毛连长试走泥潭，“只走出两步/沉落泥潭/瞬间没了踪影”。除此之外还有特写镜头般的细节描写，如小脚红军王泽南过河、煮石取盐、悬崖滚落被战友尸体挡住、行军中婴儿出生、烈士手托的青稞，赤裸牺牲的女红军身边叠放的衣物等悲剧性画面。诗中特别突出了女红军战士的坚强隐忍和生命力量。“当柔情镀上铁的意志/女人/你就不再是女人/和虱子斗争/女战士集体剃光头”，只有生命的存亡，没有“女人”。但康桥又从她们身上挖掘出苦难和死亡埋藏不了的女性光芒：“远远的月光里/有美丽/姑娘/有姑娘美丽的歌声。”“让温水从头到脚/幸福的沐浴/女战士找回女人的天性/美像一种渴/在睡眠和休养之后悄悄侵来。”在茅台镇,“没有见过酒的女兵/沾满泥巴的双脚/放进院子里/盛满清水的大缸”。这就是康桥诗中的悲剧意识:既不掩饰美好事物被毁灭的过程,也不仅仅停留在这一点上,而是着力表现出美好与邪恶抗争时放射出的人的光辉、生命的光辉。正如杨匡汉在《征途》序中所说:“《征途》无疑包含了传统英雄史诗‘高大’‘雄伟’‘惊奇’‘超凡’‘真实’‘传颂’等等元素,但同时,又由于长征是中国革命历史的空前壮举,是迎着难以想象的艰辛险阻开动双脚、长驱万里的行动史诗,其悲壮和雄伟,自然为现代英雄史诗添加新的元素,注入新的内容。”

三、母性崇拜与浪漫抒情

在军人铁血生涯的抒情中,康桥展现出女性的浪漫情怀,对母性的崇拜跃然纸上。康桥在《血缘之源》后记中说:“我用母亲的心,爱着大自然,爱着我的爱情;用母亲的心爱着我们的祖国和人民,爱着脚下的土地和土地之上的一草一木。”也正因如此,她才会被俄罗斯传说中的那个哥萨克母亲深深打动。那个被儿子剖出心献给自己意中人的母亲,在儿子跌倒、心摔到了地上时仍在问:“孩子,你跌疼了吗?”多么伟大无私的爱!康桥说:“母亲那颗跳动的心,成为我痛彻肌骨的爱。”“母亲的心,成为超越时间和空间,流动于我精神血脉的灵光。”这种大爱也成为贯穿康桥所有诗歌的感情主线。

在《殇问》中,康桥对世间的一切发问——时间、空间、太阳、土地、祖国、人民、爱情、音乐、舞蹈、诗歌、绘画、自然、生命之生之死与之善之恶……一以贯之的就是大爱。康桥从开天辟地写到祖国诞生:“河水初次带来的孩子/祖国/此时我唤你作母亲。”后面写到香港回归:“记住今天/记住一九九七年七月/北京/你巨大的金色翅膀下/母亲的笑容祥和美丽。”康桥满怀挚爱歌唱祖国的历史,歌唱祖国的辽阔和富饶,也歌唱祖国的苦难和不幸,歌唱为祖国献身的仁人志士和人民百姓,思考超越生死的人生奥义,这是充满生命悲悯的爱之歌。

在《生命的呼吸》中,康桥创造了许多具有大爱之心的光辉形象。那些挚爱孩子的母亲,那些与死神搏斗的白衣战士,连那些恶人在死亡将至时也表现出了一定的人性复归。比如护士k面对死亡时的内心独白:

> 疾病,离我们咫尺而过的死亡/横在我们面前//忧心,忧心忡忡不等于犹豫/决心也决不是冲上去或掉头走开/那么简单//引火,引火烧身我们都

离死不远/——然而,我们的职业不允许后退/选择后退就是选择背叛//畏怯、软弱而后镇定、坚强/我们的口号就是我们的目标/——不漏掉一个病人/——不倒下一个工作人员

诗人说:“爱,死亡也不能战胜!”她浓墨重彩地刻画了与死神搏斗的将军:

不需要遗言/那爱着的人永不会死亡/我的妻子:一个算不得美丽的姑娘/她,18岁的青春嫁给了我:战争中/失去一整条胳膊的——英雄//我,没能有一次用我的双手/捧起她带泪的脸庞/没能有一次用双手抱起她/抱起她为我生下的三个儿子和二个女儿//而她　我善良的妻子:那时如花似玉/却没有享有过爱情般拥抱的妻子/从后来的电视镜头里我知道/她缺少的爱情/永远也无法弥补//我们家中她第一个被“非典”带走了生命/我迟到的拥抱没能赶上她/走远的灵魂//不允许遗体告别/我甚至没有守护她困难的喘息/我想拥抱　拥抱服侍我多年的伴侣/用我的独臂　轻轻抱起走远的她//云朵　云朵　落雨为我作证/生命的那一边/我会用双手托举她到天堂

诗中催人泪下的还有即将临盆的将军的孙女:

是花朵就会在春天降临/孩子　你的诞生不是梦//因为你,我不会死/至少不会迅速地死//病魔　我要拽着你的双脚/降生我的孩子//你给我一分痛苦/我会还你十分苦痛//所有的难忍　一起来吧/我忍受　为了还未下世的孩子

孩子,你的哭声/是妈妈最好的葬礼//从我而诞生　孩子/妈妈将在你的哭声中//关闭心灵的窗户/像天鹅/在歌唱中等待死亡/孩子,用你的哭声合上妈妈的眼睛//当你睁开的双眼替换了妈妈闭上的眼睛/孩子,你最初的眼光望向了哪里/还有你最初的需求最初的手/伸向了谁?//我不能用哭声为自己送行/为了你,孩子/我已在疾病中/完成了自己的生存

还有那位珠宝店的总经理,她甘愿到医院做志愿者:

不要任何报酬/那为你们打水/送饭/倒垃圾的人//是平日里/珠光宝气的/总经理/你看不见她美丽的脸庞/但你一定看见了/她美好的心灵//那习惯于/月光下漫步的/姣好身姿/此时正穿行于/隔离的病房

还有那位将要死亡的患者,他最想做的是以自己的生命换回被传染的大夫:

没有他，我，我的家人早已在黄泉/救活他，除此之外我没有别的奢求/——我可以替他去死//这样，我就能在垂死之际无忧无虑/对着天使对着夏日的光芒微笑

这就是大爱的力量，母性的力量可以点燃自己，照亮别人。诗人无比感慨地写道："爱心在接力！"

白衣天使/——坚强的战士/他们更是妻子、丈夫、女儿…//请唤我做战士/永远不倒——的——白衣战士//生命，如果可以交换/我会毫不犹豫//牺牲自己/给他人带来温暖

这就是诗人为之感动的那颗母亲之心。她借诗中诗人之口赞叹：

是落叶的善举/让世界回报了它/一双美丽的翅膀

这并不是诗人给孩子讲的虫化蝶的童话，它既是当时人们善举的真实记录，也是诗人内心的祝愿和期盼，是诗人对无私奉献的母性大爱的真切呼唤。这在物欲横流的当下是多么响亮呀！

西方的长诗，特别是英雄史诗，是以叙事为主的，康桥则把叙事与抒情紧紧结合在一起，所以我们可以把她的长诗称为抒情史诗。《殇问》十三歌以抒情为主，传达的是诗人的思考和内心情感的潮动。她的抒情借助意象，是用意象间接抒情，情感隐含在意象中，这就使她的诗句更有张力，也更有品位了。

《生命的呼吸》和《征途》是以叙事为主的，但其抒情的分量也不小。《生命的呼吸》以作者直接抒情拉开序幕：

序：南国，我赤红色土壤的南国/我热带海洋相拥的南国/我四季如春香花满城的南国//让我赞美你，我可歌可泣的南国/二三十万年前的——马坝人/我们旧石器时代的祖先/历尽了繁华与沧桑

也借助诗中人物间接抒情，如诗人、医生、护士等：

诗人：不要那样久远：一个人漫步在秋天/寒冷到来之前，收紧原野的/呼吸：一人的秋天，秋天/在飘下它的落叶//秋天，我是秋天背后的眼睛/是落叶背后的眼睛//秋天的瞳仁里：我们站立的是恐龙的脊梁//落叶，生命不可穷尽的呼吸/谁正在落叶中挖掘坟墓//这个世界虽然年轻却显得苍老/我们的天空弥漫着雾气/弥漫着带毒的雾气/天空下的花朵/它根植的土壤和露珠都带有毒针//这是落叶的方向，这是落叶呼吸的方向//在死亡

的中心/呼吸//我看见落叶眼里/的惊恐:亿万年不变//一片飘飞的落叶/它体内轰然碎裂的声音/……,……,……//让我们感恩冬天:寒冷,再寒冷些//这是树木唯一获救的可能/否则,它将在那个秋天/拔根倒地

诗中人物是作者的化身,诗中人物抒情也是作者在抒情:

白护士:难道我是如此脆弱/脆弱得比一片落叶还要/轻?//窗外的绿叶正浓/花朵也正红//多想在木棉树下站立/让它托举花朵一样将我托起/托举给蓝天//木棉啊,木棉……在我的生命/接近苍白的时刻:让我看到你,看到你/血液一般的信念:此时你就是我的希望/在看不见的远处燃烧

护士、医生的抒情是紧接着情节展开进行的,是情节发展的必然,有的表现为内心独白,是揭示人物内心情感的。有的则是针对事件有感而发,如在一个新生儿脱离危险后的一节:

医生:生命——/以新生的力量/苏醒!//脱离危险。这一天,病者的/生日:百合康乃馨还有/新生的孩子//像春天在我们的记忆中/留下芳香:孩子//这新生命的光芒/生命海岸上的新曙光//我看见——黑夜和白昼/的生命双重轮回//对于生命:死亡,这生命永恒的循环/而死亡:生命永远的流动,它让/我们知道:生命蓬勃向上//的力量是死亡的/反呼吸

《征途》是记叙红军长征的史诗。激烈战斗场景的叙事与优美真挚的抒情相结合正是这部长诗的突出特色。表现长征的全过程离不开叙事,离不开对雪与火交织的惨烈战斗场景的描绘,长诗在这方面表现得很充分。但巧妙的是,作者在惨烈的战斗场景中不时加入人性化的优美抒情,去展现残酷征途中红军战士的美好心灵。在过雪山一节中,诗人禁不住赞叹:“什么比雪山更美更坚固/……血火中锻炼成钢/红军战士/他们有比雪山更硬的骨头。”这些抒情段落在全诗激昂的旋律里增加了柔美,同时也是献给红军的真挚赞歌。

康桥是一个富有创造力的诗人,她善于把思想和感情化为鲜明的具象,从而营造出属于自己的艺术世界。她的长诗《生命的呼吸》采用诗剧形式呈现给人们一个惊心动魄的舞台,并让与此相关的各色人物、事件甚至抽象的不可触摸的事物——阴阳两隔的魔鬼、魂灵等出现在现实场景中,加之幕次、场面、对话、独白、画外音等多重结构配置,既拓展了主题表达的深度和广度,又使得方式和视角灵活多样、摇曳生姿,从而将一场生与死的现实活剧和人类主题演绎得既具有强烈的艺术感染力,又有着深刻的生命启示。《征途》则通过身份的转

换来改变书写视角，从而呈现了一个宏大的表现空间和张力结构。诗人开始对长征的表述，是将自己置身于历史语境中，“这样我才能在弹雨倾泻的封锁中冲出重围踏上征程”，“我要背着我自己长征/赶上红军的队伍”，用“踏上征程”进入历史的时空，以见证者的身份开始《征途》的书写。诗人明确自己书写者的身份：“我的笔如此沉重/沉重到失去语言。”同时，这种身份的转切通过切换空间与刻写长征地理图标的方式来完成对整个旅途的跟踪表述：“我听到/云石山的白天/和黑夜在悲泣。”“我必须磨硬一双翱翔的翅膀/立于贡嘎山雪峰/立于悬崖陡壁的二郎山顶峰/从这里起飞/我才能抵达/抵达大渡河的歌唱。”在诗人看来，间接见证还不足以表达对红军强烈而炽热的感情，因此她将自己融入红军队伍，成为战士的代言人：“让我成为勇敢的爆破手。”“疼痛会让我百倍的勇敢/就让弹片停留身体之中。”接着又转换为敌军身份：“我为什么不是红军/而是/红军的敌人？/无论我怎样勇敢/红军比我更加勇敢百倍。”诗人别出心裁，用与红军对立的视角从侧面讴歌红军的勇敢。这种身份的转换正是以长征中时空的推移为大背景，并以情感的涌动直接触发而达成的，从而共同建构了《征途》宏大的结构形态与精神脉络。《殇问》采用大型组歌形式，如果算上尾声就是十三歌，既可独立成章，又能组合成一体。

康桥是一位优秀的诗人，她写军旅，又不局限于军旅。她喜欢写长诗，愿意驾驭大主题。她的长诗已产生很大影响，但注意节制对康桥将是重要的。所谓“节制”，不只是把诗句写得凝练，对于章节的铺陈、意象的扩展，同样要有节制。诗是最凝练的语言艺术，长诗要做到纯而又纯实属不易。唯其如此才可以使之成为千锤百炼的珍宝。

选自《诗选刊》2010年第1期

堂堂正气　气象恢宏

——评李文朝将军诗词

李文朝将军是中华诗词学会的领军人物，他不但把握着中华诗词的航向，还积极参与了中华诗词的创作实践。他的诗词彰显出中国军人的堂堂正气，具有恢宏的气象和壮美的风格。

他的诗词中，军旅生活是重要内容。这些反映军旅生活的诗作，歌颂了中国军人捍卫疆土的决心，具有豪迈的英雄气。如《高原抒怀》是其率记者团赴西藏边防部队采访时所作。这首诗不但描绘出西藏高原的壮美，还抒发了边疆卫士的“万里山河千古远，岂容外指染边关”的壮志。《观海战演习》云：“舰阵威严航道锁，海疆万里固长城。”同样表现出中国军人的堂堂正气和报国情怀。正因为有这种情怀，他写出了《满江红·凭吊英雄山》《阅兵台即咏》《井冈山抒怀》等军旅诗佳作。即便是怀古寄思，他的作品也渗透着军人的眼光。在《伊利将军府》中，他看到的是“边塞雄风连虎门”“神龙腾起慰忠魂”；在《古炮台感愤》中，他愤慨地写道：“贫穷吞侮辱，病弱咽羞惭。知耻方为勇，强边固塞关。”

作为共和国将军，李文朝的诗词更加关心时事政治，许多重大政治、军事、经济事件，都出现在他的作品中。如《临江仙·香港回归咏叹》《祝贺北京申奥成功》《西江月·汶川抗震》《国庆六十周年大阅兵感怀》《上海世博会开幕式》《贺中国首位女航天员上天宫》等。这些作品具有远大的政治视野、深厚的家国情怀和形象的艺术传达。请读《贺中国首位女航天员上天宫》：

九度仙槎入太空，中华神女上天穹。
嫦娥起舞迎佳丽，桂树折枝褒杰雄。
映日五星添异彩，冲霄一帜鼓长风。
吴刚欲若回乡看，好借飞舟下月宫。

诗人把女航天员赞为“中华神女”，把民族自豪感化入浪漫的想象中，嫦娥起舞，桂树折枝，五星添彩，一帜冲霄，吴刚也想回乡看看，正好可借飞舟之力了。爱国之情、自豪之情、赞颂之情，都化入神话意象中，这就是很好的艺术传达。政治抒情切忌标语口号，要融进自己的真情，才能出好诗。

山水记游诗在李文朝将军诗词中占很大比重，这些诗作歌颂了壮美的祖国河山，展示出壮阔的胸襟和优美的情感。《登泰山》是长达一百五十六句的五言古风体诗作，长诗由序曲和一、二、三部组成。全诗以泰山自然风光和人文景观为依托，以中路登山路线为经，以沿途自然风光和历史人文景观为纬，气势恢宏地展现了泰山雄伟壮丽的自然风貌及博大精深的人文内涵，是献给这座自然大山、文化大山的壮美颂歌，是壮笔挥洒、思射八荒、情动天地的鸿篇佳作。其中云：

伸手捧红日，举臂擎蓝天。
极目望四海，一览小众峦。
黄河飘金带，云海托玉盘。

境界远大，意象鲜明，气势非凡。长诗结尾又回到军人本色："战士责任重，卫我好河山。"这在一般文人雅士写泰山的诗中是无从可见的。

其《古乐府·花山洞迷窟》也是当今少见的诗作。此诗仿李白《蜀道难》，用"噫吁嚱"开篇，描绘出"花山迷窟"的神奇和美丽，其中连用四问，感叹迷窟之奇，激励人们去破解迷窟之谜。李文朝将军的记游诗常出佳思妙句。如"金黄重彩秋如染，碧绿浓妆梦似蓝"(《崂山北九水》)，就像一幅工笔重彩的国画，勾画出色彩斑斓又如梦似幻的崂山美景。其五律《白鹿洞书院》则冲淡自然，有儒雅的书香：

九州书院首，御赐振明堂。
雨过诗文润，风来翰墨香。
仙踪留桂树，鹿洞蕴华章。
继往先贤道，滋兰种蕙芳。

《清平乐·登鹳雀楼》也是一首记游佳作：

长河入海，日尽霞光彩。鹳雀楼高山影矮，千里目穷天外。名诗闪耀名楼，骚人墨客川流。文萃唐风遗韵，凌空伴我神游。

这首词进一步阐发了王之涣诗的意境，即颂名楼又颂名诗，表达了极目天外、眼矮群山、纵目长河、神游盛唐的心胸和气魄。

李文朝将军的咏怀诗也值得称道。其《六十感赋》云:“做事能将心地问,为官可对昊天盟。”有些上将军也经不起一问,更不用说面对昊天了！其尾联说:“船靠码头应笑慰,花明柳暗又登程。”六十退休,是到岸,亦是登程！胸怀何其坦荡啊！其《六十六初度》云:

初度人间六十六,酸甜苦辣品春秋。
缺圆晴雨悲欢事,淡定坦然如水流。

仍写出阅尽风雨春秋后的淡定坦然。

李文朝将军的诗词格律谨严,格调高雅,意趣盎然。如《杜鹃园赏花不遇》把杜鹃花比作西施,虽然迟来不遇,却似闻余香,喜得好诗:

黄丫芳苑访西施,韵去红残一步迟。
几瓣余香留曲径,花开心底满园诗。

东风吹来满园春,当下中华诗词正逢春光满园的好时候,佳作迭出,百花齐放,这也赖李文朝将军等掌门之功,大力倡导,亲身实践,扬堂堂正气,树中华新风,诗坛能不繁荣吗？我们的诗人应能写出无愧于时代的诗词佳作,发出黄钟大吕的奋进之声！

卫士心声　将军情怀

——评《岁月诗情》

《岁月诗情》是山东武警总队原政委杨家杰同志创作的诗词集，分为“山河篇”“警营篇”“静思篇”“感怀篇”四部分。这部诗集中的大部分诗作是在他退休后的几年里创作完成的。

杨家杰是从新中国成立前的苦孩子成长为共和国将军的。他童年时代家庭贫苦，曾逃荒要饭，新中国成立后他曾当过供销社店员、民办教师、社教工作队员，后长期从事公安工作，转到武警战线后，从支队长一直干到总队长、政委，并晋升为少将。这些经历他都写在了诗中。在这近三百首诗词中，他抒发了共和国卫士的心声，展示了将军的情怀。

传统诗词是中华民族的瑰宝，新时期以来它又重新焕发出迷人的光彩，许多退下来的老同志加入诗词创作中，各地均出现了大量的诗词社团，年轻人也成了诗词创作中的生力军，中华诗词随着民族复兴伟业的发展呈现出前所未有的繁荣。“诗言志”是中华诗词的传统，古代许多志士仁人都用诗词言志抒怀，从屈原的“长太息以掩涕兮，哀民生之多艰”、曹操的“老骥伏枥，志在千里”，到杜甫的“安得广厦千万间，大庇天下寒士俱欢颜”、文天祥的“人生自古谁无死，留取丹心照汗青”，均展示出博大的胸怀和崇高的志向，成为激励后人的名句警言。杨家杰的诗词继承了这一传统，充分展示了他保国为民的志向和崇高博大的胸襟。在《瞻雨花台有感·二》中，他写道：“光阴如水一甲子，报国情切愧无功。台前老骥心犹壮，花下培泥献赤忠。”再如《心路》：“中华待兴百业忙，奉命从警别高堂。沐雨栉风护油田，披星戴月忙侦防。投笔从戎数十载，以勤补拙发千苍。忠于职守情系民，耿介如一心坦荡。”极简约地勾画出几十年为国为民的心路历程。《人生留乐章》则是退休以后的感怀：“生命长短重质量，修身立德悟沧桑。志洁耻明求敦厚，思慎言行遵纪纲。忧国爱民终生志，克己奉公晚节香。夕阳余晖多珍惜，来去无悔留乐享。”

杨家杰不仅用诗词言志，还把许多普通士兵和武警英模写进诗中，热情地赞颂他们为国为民、忠于职守的奉献精神。他称赞通信兵：“孤独醒警魂，寂寞铸忠诚。万里传机要，丹心保畅通。”他为“中国武警十大忠诚卫士”之一丁晓兵写诗：“痛失右臂擒顽匪，血染戎装护弟兄。大勇铸成钢铁汉，忠诚卫士扬美名。”他这样写消防战士：“笑对险灾写人生，敢斗火魔谱新篇。”他赞炊事兵：“早起五更学厨艺，日设三宴待官兵。”他还赞节日值勤的武警哨兵：“一家不圆千家圆，数心不宁万心宁。”“无惧严寒心中暖，坚守哨位立如帜。”身为武警高级干部，他心系士兵、关爱士兵，有《爱兵行》为证：“轻车简从行，身入警营中，不敢高声语，恐惊众弟兄。细问官兵事，静听基层情。上下心相系，警营赛长城。”“细问”“静听”展示出将军的爱兵情怀。将军爱国、爱民、爱兵，也同样爱自己的亲人。他奉命调武警天津总队任总队长时，母亲已八十高龄，卧病在床，妻子也体弱多病，女儿残疾不能自理。但是军令如山，卫国事大，他把当时的心情写进了《尽忠如尽孝》诗中：“受命津门离母远，接任卫国不分神。报国尽忠同尽孝，忝效大禹三过门。”母亲卧病多年，他亲奉汤药，一旦远离，他难舍难分，但重任在肩，只好请大嫂来家帮忙。患病的妻子和残疾的女儿，他也顾不上了。几年后他又调回济南，抽时间陪妻子四处求医问药，吃饭时总让女儿坐在身边夹菜喂饭，他要以此弥补心中对亲人的愧疚。

杨家杰戎马一生，走遍祖国山河，在“山河篇”中他尽情抒发了对祖国河山的热爱。写于1993年的《首赴香港》勾画出香港国际自由港的繁华景象，抒发了“待雪百年耻，九州花更娇”的愿望：“万楼势摩天，灯火耀空霄。岛城景似画，游客兴如潮。金融比华尔，航运盖世骄。待雪百年耻，九州花更娇。”王国维云：“一切景语皆情语也。”将军写景，景中现豪情。如《参观红旗渠》就写得景壮情豪：“暑寒十度流血汗，锤錾万响震山腰。奋斗引来天河水，人间奇迹看今朝。”《世界屋脊览胜》同样豪壮：“雄鹰展翅凌绝壁，层云荡胸歌长风。手握红旗立霄汉，英气勃勃语从容。”《游黄鹤楼·二》写登黄鹤楼，同样气势豪壮，境界开阔：“昼登黄鹤驾长风，江水浩荡腾巨龙。夜上古楼摘星斗，明珠洒遍武昌城。”

诗词贵意境，有意境则自成高格，意境是诗意化境，境随心生，情与景和谐统一，意象鲜活，诗境清新，《游崂山》即是意境清新开阔之作：

相约太清宫，山高健步登。
海阔雄风展，溪清细水鸣。

秀山万峰绿，峻岭千树青。
云中回首望，银浪绕岛城。

山高海阔，岭秀树青，境界开阔，气壮情逸。

《黄河颂》极简约地写出黄河气势和历史，时空博大，境界不凡：

蜿蜒一万里，奔波亿万年。
昆仑握于手，山海担在肩。
九曲育黎庶，百折铸忠肝。
身既华夏史，处处留箴言。

旧体诗词是传统的艺术形式，它讲究境界，对韵律和平仄、对仗都有严格要求。杨家杰的诗词讲究炼字炼句，对仗工稳。对句更是精巧有味，如：

风云万里传佳信，
商客千家订春阳。

——《阳信赏梨花》

千年悠梦风中过，
一弯新月水底弹。

——《游月牙泉》

白云绿树苍山远，
蓝燕紫鹰碧湖幽。

——《青海湖泛舟》

镜开游艇几梭影，
云散寒暑两重天。

——《游天山天池》

杨家杰退休后方有闲暇，即便已过花甲仍孜孜不倦。他把几十年经历记录下来，成书出版，还字斟句酌写出了数百首诗篇。他先是弃文从武，今又休武从文，短短几年成绩可观。他在《偶得》中讲述了自己学诗的心得：

耳顺学雅颂，朝夕悟真纯。
对菊忆风雨，观瀑洗征尘。
卅月穷研句，三年苦修身。

花甲小学童,悠闲自在心。

他还写道:“吟诵词赋游中乐,着意诗书深注情。”在诗词创作中,他得到了大快乐。这种孜孜不倦的精神不仅对老年人有启示,也同样为青年人树立了榜样。

杨家杰将军的诗词内容丰富,其中有不少勉励青年人的诗作,也写得情真意切,感人肺腑。他的诗词作品也不是尽善尽美,在格律上还有值得推敲之处。但是诗词创作应以内容为主、意境为上,大体合律也就够了。旧瓶装新酒,我赞成多写新古体诗,既讲究格律,又不必完全被格律束缚,这才是旧体诗词的新生之路。

只留清气散幽芳

杨家杰是著名的将军诗人，继《岁月诗情》后，他又推出了第二本诗集。他“卸甲归家享闲日，吟诗遣兴伴斜阳”，甚至“梦里几回诗意扬”。他用诗言志抒情，表现出磊落的胸怀和豪迈的气质。他诗中有报效祖国的壮志，有热爱山河的豪情，有关爱士兵的慈心，有痛斥邪佞的愤怒，有对英模的赞美，也有对父母和家乡的怀念。他的诗作既有高屋建瓴的思想高度，也有强烈真挚的情感内涵。

放眼高空看劲雕

清人吴乔在《围炉诗话》中说：“诗出于人。有子美之人，而后有子美之诗。”杨家杰的诗正是他人格修养和胸襟气度的外现。他的诗作关心国内外大事，关心百姓疾苦，既有思想高度，又具人文情怀。他出身贫苦，幼时曾逃荒要饭，饱受冻馁之苦。新中国成立后翻身，参加工作，一步步成长为高级干部。《闻言浅识》是他读了2011年《齐鲁晚报》报道的长沙市委原副书记朱尚同的事迹后写的一首诗，同时也是他自己的心得：“逆耳忠言拓路宽，不容虚假解时艰。闻夸不喜保清醒，知错能纠防隐瞒。位退言诚群众颂，事真词烈昏官寒。以民为本重实效，摈弃欺蒙上下安。”诗中表达出纳逆耳忠言的胸怀，闻夸不喜的气度，斥假仇昏的正气和以民为本的情怀。即便是与老友泛舟大明湖，他看到的却是“小荷俏展雄心振”，听到的是“老友闲谋壮志殊”。他虽退休了，仍然想“勇立潮头迎风浪，国强家富共描图”。这正显露出将军的本色。

他读了农妇为贪官立碑的报道后写诗言：

当官莫做害民虎，为政应标青史臣。

朗朗乾坤公义在，从严治党愿心淳。

在《斥贪腐》一诗中，他说：

行船过后水留痕，贪腐从来迹有根。
受贿口张吞巨象，贪污腹鼓赛肥豚。
求财命舍人民唾，遵纪行规纲律存。
法网恢恢锁奸恶，一身正气伴昆仑。

他的心愿和党中央的决策及百姓心声完全一致。

杨家杰时时关注国内外形势，钓鱼岛事件后他写了多首诗，表达自己的思考和感慨，如《钓鱼岛》：

梦中曾做观光客，警醒深思感慨多。
南海争礁方罢手，东瀛占岛又挥戈。
旧愁新恨神州怒，巨舰神鹰碧海歌。
百万天兵争将令，一朝亮剑耸巍峨。

首联从梦到钓鱼岛观光入笔，引出警思感慨，颔联形象地概括了中国海疆紧张形势，颈联写出应对决策，尾联表达捍卫国家主权的决心，展现出将军一心卫国的凛然正气。

家乡邹平县经济开发区升级为国家经济技术开发区喜讯传来时，他按捺不住欣喜的心情，写下《梦想成真》表示祝贺：

放眼高空看劲雕，翱翔千亿上重霄。
俯看怒海良机觅，飞越齐州金睛骁。
羽翼展舒云水动，雄心振奋美图昭。
仰空长啸欢声起，羊角扶摇鼓大潮。

诗中把家乡比作展翅高飞的劲雕，鼓动起改革开放的大潮，化用了《庄子·逍遥游》中的典故，表达出放眼高空看劲雕的凌云豪气。

《山菊花》展示了将军诗人的另一面——儒雅、高洁的精神追求：

争开崖壁斗霜花，蕊嫩枝张绽秀芽。
又是一年红叶落，唯余四野淡香嘉。
芳飘十里沁心肺，骨傲千年灿落霞。
尤记南山陶令采，清风雅韵入新茶。

气质、胸怀决定着诗的意境和内在情感，从这些诗作中，我们看到的是老骥伏枥的千里志，看到的是仰空长啸的将军心，看到的是以民为本的公仆情。

愿凭肝胆颂忠良

杨家杰长期担任武警部队领导，他对人民卫士有很深的感情，他为他们一片丹心卫太平的这支劲旅自豪，写了不少诗赞颂他们，如《武警山东总队军事训练记》：

五月鸢都雷雨鸣，将军击鼓砺精兵。
五千劲旅海滨会，一片丹心血汗倾。
露宿培出浩浩气，风餐铸就铮铮情。
警营熔炼火花炽，利剑绽芒卫太平。

他赞颂被誉为“中国第一警花”的第一代女特警雷敏“书写传奇气自华”“忠诚铸就霸王花”。

他不仅赞颂武警官兵，还对他所知道的英模人物、道德模范，甚至普通民众着力赞颂，用他自己的诗句说就是“愿凭肝胆颂忠良”。在《赞英雄冯思广》中，他用诗的语言记录了这位在生死关头舍身捍卫人民生命财产安全的英雄。

人民生命大于天，无悔英雄热血溅。
动力骤停凶险至，死生决断秒针悬。
丹心决意推杆迅，壮士无私蹈火坚。
殉职舍身慷慨去，山悲水泪海呜咽。

他赞扬因救落水者牺牲的临沂好的哥李学国、大学生村官张广秀、鞋垫妈妈蔡敏义、夺金丫头吉秋霞、奋勇救人的八旬老汉于兴堂、为救落水女子牺牲的牛作涛、青囊助教的古稀老人孙茂文等四十多人。这也是他以诗为帜，弘扬正气，提倡正能量的写作初衷。他真心敬佩他们，为他们自豪，倡导大家学习英模，敬仰烈士，这也是扭转当下不良道德风气的必要之举。

苍颜犹唱月圆歌

作诗要有真情实感。清人林昌彝在《射鹰楼诗话》中说：“作诗贵情挚，情挚

则可以感人。”杨家杰的诗情感真挚,感人至深。他一直想去宝岛台湾,但始终难以成行,只能梦里去游。其《记梦》诗云:

梦中曾做游台客,
醉醒难眠感慨多。
两岸同胞相对望,
苍颜尤唱月圆歌。

一、二句说他做梦去了台湾,醒后感慨万千。三、四句说两岸至今还未统一,同胞仍在隔海相望,饱经沧桑的老人仍在期盼两岸月圆那天。全诗饱含同胞之情、爱国之情、手足之情。结句更是让人唏嘘。

他那支诗笔不论是感时论事,还是纪实写景,都饱蘸浓浓的情感,字字句句展示着光明磊落的情怀。老朋友去莱芜任职,他用这样的诗句赞扬莱芜新气象:“众水汇川掀巨浪,群山凝翠引群芳。云台郁郁清新气,房干苍苍自在香。”对老朋友的希冀和对莱芜的赞美都通过“掀巨浪”“引群芳”“清新气”“自在香”流露出来了。老朋友的父亲去世,他写诗悼念:“尽洒余晖苍柏寿,一辞邹水碧山空。”悲伤哀悼之情全含在苍柏、碧山之中。玉树震灾,他感叹:“风雨真情在,中华同碧天。”清明时节他眼前浮现母亲身影,母亲背着年仅两岁的他,在寒风苦雨里艰难前行,他深深感到母亲的恩情无以为报。母亲晚年患病,他守护病榻七年,朝夕侍奉。“恩重椿萱难弥补”的怀恩情感天动地。在《清明行》中,他写道:

四季轮回春意飞,玉函山畔笼烟霏。
椿萱长憩苍松绿,兰草无言细雨微。
霜染鬓丝思念紧,手拂墓碑黯然欷。
纸钱冥物改花祭,唯愿慈颜梦里归。

鲁迅说过:“无情未必真豪杰,怜子如何不丈夫。”大丈夫既有凌云志,也有大海情。杨家杰对国家忠,对父母孝,对朋友爱。他虽已退休,但门前却毫不冷落,就是因为他敢恨敢爱的真情是一个强大的磁场,吸引朋友聚拢在他身边。

细研古今佳句成

中华诗词是我们民族文化的珍宝,是文学皇冠上的明珠。继承发扬中华诗词传统,是我们的责任。杨家杰退休后一心致力诗歌创作,饱览群书,凡遇好诗佳句他总是手记口吟，玩味再三。每有感触，随手成诗，反复推敲，几经修改方能定稿。近体诗是格律诗，当然要大体合律，完全不合律就不是近体诗了。杨家杰的诗大体合律，他认真推敲平仄，如他自己所言："细研古今佳句成。"他的诗中佳句很多。如"凄清哨位孤身影，明亮楼群万户圆"（《赞武警哨兵》）、"剑指海空惊世界，鲸平浪涛震寰中"（《颂罗阳》）、"经霜耄耋挑松翠，沐雨苍枝挂碧桃"（《赞鞋垫妈妈蔡敏义》）、"众水汇川掀巨浪，群山凝翠引群芳"（《莱芜新气象》），等等。

今人用旧体创作，既要遵守格律，也要有所创新。在押韵上，中华诗词学会提出平水韵与新声韵"双轨并行"，得到很多人赞同。古今语音变化很大，押韵本来是使诗句更具韵律美感。语音既然变了，诗韵自然也会变，死守旧韵，不容变化，就是刻舟求剑了。杨家杰十分赞同在继承传统的同时要有创新。诗的格律是形式美，它要服从内容的表达，以律害意也是不行的。其实古人之所以在格律上提出拗救，就是对因为诗意表达突破了格律的限制而采取的补救措施。古代的好诗也有不少破律的。就是前人所诟病的孤平，也不是铁律，完全可以松一下绑绳。杨家杰《诗词大道应为公》一绝说得好：

诗词大道应为公，今古不同难类同。
莫使宋唐音律滞，顺应时代唱新风。

顺应时代才能唱出新风，才能使中华诗词在今天更加发扬光大。杨家杰诗作的清气必然会在诗坛上散出幽芳，引起读者的共鸣。

有意味的叙事

——简评王爱红近期诗作

王爱红是潍坊人,后来去北京发展,打下了一片天地。我和他于二十年前在潍坊相识,那时他是一位青年诗人,后来他去了北京,就断了联系。有一天突然收到一本他编的书画集,其中还收录了我当年涂鸦的字。再后来他发来一封邮件,是他新写的诗,嘱我写评。说实话,我对当下的诗歌相当不感兴趣,总觉得水平参差不齐。尤其是口语诗、乌青体,好像随便张口一说就成了诗。还有大量的无意义的叙事,更让人觉得诗成了廉价的口水。作为曾经写过一点诗评的人,感觉自己已经丧失了评论的能力。这其实也是一种偏见。尤其是看了爱红的诗作以后,我重新审视了口语写作和叙事手法。

口语的介入,使新诗从贵族的高位上走向平民,叙事也让新诗和古诗的赋比兴接上了线。这样可以让新诗更接地气,也令其发展带有一定的必然性。我们反对的应该是口水式的口语和芜杂无趣的叙事。事实上,古代许多脍炙人口的诗也是很口语化的,如李白、白居易等人的诗,苏轼、辛弃疾的词,还有元代关汉卿等人的曲,也平白如话,甚至不避村言俗语。古人讲的赋就是叙事,杜甫的三吏三别,都是叙事。因此口语和叙事并不是新发明。那为何口语叙事在当下诗歌中越来越被重视了呢?其实这是对诗歌贵族化、精致化的一种反动。

爱红的诗是口语的,也是叙事的。从他的诗中,我们可以看到一个外省人来到京城的生活经历和内心世界,可以看到他骨子里的诗性。一个冷漠的人写不出好诗,因为他缺少对人的关怀,缺少人性的温度。《与卖菜的打声招呼》叙述了他与街头卖菜人对话的情景:

我问他:冷吗
听他回答说不冷
我也觉着不冷了

这么冷的天
他还在这里卖菜
这么冷的天
我不是也照常出门吗
我知道这是为了什么
只是与卖菜相比
我的目的过于复杂

我说这就是有温度的诗，一次街头偶遇，他关心的是陌生人的冷暖，同样在大冷天出门，同样为生活奔波，也许这就是同是“沦落人”的感慨吧。

1991年，王爱红来到北京打拼，住在前门宾馆，一住十年，他把这里当成了家：

从1991年开始
我住在前门宾馆
房费每天五十元
淡季的时候就收我二十元
十年没变

我和我的朋友住过
这里就有了友情
我与我的爱人住过
北京就有了家的感觉

在这个异乡的家里，他和其他“北漂”一样，过着普通百姓的日子：“夫人的二姐几次来这里是为了给儿子看病/在同仁医院遇到了托儿受了一次骗/我还经常交涉电费和水费的问题/我在前门一年/在长安大街与前门西大街之间/春夏秋都是我的好日子。”这些看似平静的叙事中包含着太多的悲凉和辛酸，但同时也包含着友情和爱情的温暖。生活在京城不容易，说不定一件小事就让你尴尬：

这是一个秋日高照的上午
为了开通一个国际漫游
我已经是第二次来到这里

第一次与身份证有关没有通过
现在,我还是担心被什么问题卡住了
本想去咨询处问一下
但那边好像与实际解决的问题
还有一定的距离,他们还有很多问题呢
需要一一解答,需要不停地说
像一部打开开关的收音机在一直工作

这是关系到户口和身份的问题,也是北漂们随时会遇到的问题,看似不经意的叙事,却折射出一个重要的社会问题。这就叫有意义的叙事,也是古人常说的蕴藉吧。他只说事,事后面的东西,让读者自己去意会,这才是叙事的高手。

爱红经过打拼,在京城站稳了脚,并且有了自己的事业,但他仍忍不住发问:我是谁?

我属兔
但不是兔
这恐怕是所有的烦恼与快乐

我是谁
我所有的努力
不过就是期望像人那样生活

“不过就是期望像人那样生活!”这就是爱红找到的答案。所有的努力和打拼意义就在此——为了人的尊严和幸福。他现在也是有钱人了,但他却在回避钱。不知是谁发明的“抢红包”游戏,微信上大家都以此为乐。爱红却公开宣布:我不发红包!

因为每次我们都像孔乙己
在无形中贬损了自己
所以,我不发红包
也许我会用别的方式感谢你
但我希望你就此打住
不要再滥发红包

在流俗的胁迫下，保持自己的清醒很不容易，爱红经历了商潮的起落，他活明白了。他要用自己的力量去给越来越商业化的社会做一点文化的事。

即便是回忆亲人，他的叙事仍保持着冷静，但绝不是冷漠。在《想起父亲》一诗中，他说：

父亲去世前的几年总是说
他小时候打了我不少
也许打我哥哥更多
他觉得很对不起我们
父亲说，我在老家陪奶奶待得久
我受的苦最多
他要好好补偿我
我觉着
父亲已经给我补偿了
我生活得很好
想起父亲
我只是不知道父亲到底打我哪里了
在哪个位置上还有点疼
有点难受

父亲对儿子的爱和自己对父亲的爱就在看似平静的叙述中展开。爱红的诗不是用精雕细刻的意象抒情，也不用直接宣泄情感的方法。他采用的是纪实的叙事手法，把情感藏在叙事中，这就使他的叙事有了耐品的滋味。他的纪实是有选择的纪实，精心地选取生活中的片段和场景，这其中选择就是提炼和升华，从而使平淡的瞬间也有了值得思考的价值。这也许就是王爱红诗歌给我们的启示吧。

编剧奇才——陈杰

2003年10月，电视剧《大染坊》在央视一套黄金时间播出后引起强烈反响。编剧陈杰也因此名闻全国。人们惊诧此前从未写过剧本的陈杰竟然一炮走红。

“陈杰，1956年生，上过三年小学，16岁入济南市邮政局做工，后弃工从商，现为某大公司首席执行总监。好乱读书，不好上学。”陈杰出版《大染坊》同名小说时的这段减到不能再减的简介勾画出一个编剧奇才的人生经历。其实在写出《大染坊》前，陈杰就在文坛上崭露头角了。

我和陈杰相识是因为我四弟。他和我四弟都在火车上做押运员。他们还有两个同事，一个是张源，另一个是赵选光。他们四人是爱读书的好朋友。押运员和搬运工差不多，每天要搬运数以吨计的邮件。繁重的体力劳动并没有压垮他们。空余时间他们读书、唱歌、喝酒，也很快乐。20世纪80年代初，我在山东大学中文系当助教，陈杰他们几个常来家串门。我也从山大借书和杂志给他们看。在那个火热的年代，文学像火炉一样吸引着他们。陈杰的确没上过几天学，但是他读书的爱好却使他积累起了在大学也学不到的东西。后来他动手写起小说来。他最初的小说都经我看过。这也是后来他称我为文学启蒙老师的缘故。张源调到省图书馆后，也为陈杰大开了读书的方便之门。陈杰记忆力很好，几乎过目不忘。他还能下别人下不了的功夫。我推荐他读《老子》，他不但读了，还一笔一画地抄了一本送给我。后来我介绍他认识了孙国章和任远先生。他的短篇陆续出现在《当代小说》杂志上，创作热情也一发而不可收。他先写出了中国第一个描写邮件押运员生活的中篇小说《旅途上》，发表于南京大型文学丛刊《青春》，接着又有一篇很具现代派色彩的小说《小站》在《中国》杂志发表。1987年3月，我在《当代小说》发表了《一个引人注目的文学新人——陈杰中篇小说漫评》，向文坛推介他。这一段创作经历使他具备了很扎实的写作功底,也做好了出大作品的知识储备。

其后有一段时间,他停止了写作,弃工经商。先是自己办广告公司,后进入一家大公司任执行总监。我和他们四个每年春节都聚一次。陈杰谈商界趣闻,讲自己的创意和广告作品。他酒量很大,口才极好,大家都很开心。到大公司后,他的眼界和阅历又有很大提升。这段经历后来也都沉淀在他的电视剧本中。

2003年春节,陈杰请我们相聚,他突然说自己写了一个剧本,并已经投拍,这让我们十分惊讶。他自信地说这部戏一定会火!并说是他用一个多月一气呵成写出来的,这就是《大染坊》。剧本是他在2002年夏天动笔的,他要写一部关于他爷爷的作品,起名《乱世奇商》,一个月就完稿了。这年7月底,他让人把剧本送到著名编剧张宏森的办公室,提出了让张宏森3个小时之内看完剧本,并明确答复用还是不用的要求。这种苛刻的要求,张宏森还从未遇到过。何况身为山东影视中心艺术总监的张宏森,一般是不看初稿的。他一听,让来者把稿带走。没想到三四天之后,剧本再次送来,看稿时间延长到一周。正好那天下午,张宏森难得清静,随手翻开了剧本。这一翻,便放不下了,忙找到影视中心领导王汉平,两人慧眼识珠,都认为是一个难得的好本子,于是立即拍板:“剧本买下,马上见编剧。”剧组很快成立,拍摄也快马加鞭,不到一年拍完,并在央视一套黄金时间播出。

《大染坊》播出后,好评如潮,许多人都猜测主人公陈寿亭的原型是谁。有人说是青岛化工界知名人士陈介夫,也有人说东元盛印染厂创始人张启垣的第三子——“少东家”张东木。这些20世纪初的民族工业开拓者的影子或许都能从陈寿亭身上看到,但是最初的原型还是陈杰的爷爷陈立庭,他创办的染坊是济南第一染织厂的前身。张、陈两家祖籍都是淄博市桓台县,迁到济南后都在锦缠街居住,也都开过染坊。《大染坊》小说出版后,陈杰在送我的书上题了首诗,我步韵和了他,诗云:“晴空一鹤九霄腾,绿水连天饶碧菱。香染江南春色好,玉箫声里忆金陵。”

2006年春节我们又聚,他说又写了一部电视剧《旱码头》,说肯定超过《大染坊》。此时他已很消瘦,连续的拼搏已经损伤了他的身体。这年7月,《旱码头》开机两个多月后,陈杰与世长辞,《旱码头》也成为他的荧屏绝唱。陈杰的遗嘱中有这样一句话:“我死后,不要在电视剧里我的名字上打黑框。”《旱码头》是陈杰的最后一部作品,也是他最看重的一部作品。他在小说后记中请求盗版商高抬贵手,放过《旱码头》。他说:“这有可能是我最后的著作,是我身后妻儿的衣食学费。于此我哀求盗版从业者放我一马。陈杰在此谢过了!”此情哀哀,读后无不令人动容。

陈杰堪称奇才、怪才,若不是英年早逝,他还会写出更惊人的作品来。他已完成的还有一个写飞虎队的电影剧本,本想与好莱坞联手的。他还要写有关济南早年面粉业的电视剧《大磨坊》。三个“大”剧将会把山东20世纪民族工业的面貌勾画得更为完整清晰,会把齐鲁商业文明阐释得更为动人。

蒿峰诗词简评

诗人的创作离不开他的生活经历和文化背景。古代的许多大诗人都有从政做官的经历。比如杜甫在唐肃宗时官左拾遗,后入蜀,友人严武推荐他做剑南节度府参谋,后任工部员外郎。故后世又称他杜拾遗、杜工部。李白也曾入宫做过供奉翰林。苏轼为官任过翰林学士、侍读学士、礼部尚书等职,并出知杭州、颍州、扬州、定州等地,后来被一贬再贬,最后贬到了荒凉的儋州(今海南省儋州市)。据说在宋朝,放逐海南是仅比满门抄斩罪轻一等的处罚。徽宗即位后,苏轼被调廉州安置、舒州团练副使、永州安置。元符三年(1100)四月大赦,复任朝奉郎,北归途中死去。他们的仕途都很不顺利。但是坎坷的从政经历却成就了他们的诗词,留下了不朽的诗篇。

蒿峰毕业于历史专业,曾在山师大、山大任教,是位历史文化学者,同时他又是一名政府官员,长期担任山东省政府秘书长,这些政坛经历和文化背景使他的诗作既有坚实的历史文化基础,又有深远的政治视野,使他的诗比一般官员的诗多了历史的厚重,比一般的文人诗多了从政的体验。现在官员中作诗的人多了起来,尤其是退休以后喜欢写诗词的人更多了,但是真正写得好的并不多,其中一些诗作被称为"老干体"。"老干体"紧跟时事政治,多写大题材,但又往往流于空泛,不讲究格律,缺少艺术美感,因此被人诟病。蒿峰的诗摆脱了"老干体"的束缚,既有丰富的内涵,又有艺术的美感。

唐代大诗人白居易曾倡导新乐府运动,他提倡"文章合为时而著,歌诗合为事而作"。蒿峰的诗作继承了中国诗的记事传统,正如他自己在诗集后记中所言:"事动于心成玉章。"是哪些事让他动心了呢?世界风云、国家大事、乡情家事都能让他动心,也都能写成玉章。而在这些玉章中,最打动我的是那些反映民生疾苦的篇章。这些篇章使我想起了《诗经》中百姓的哭喊、《离骚》中屈原的哀伤以及杜甫在“三吏三别”中的悲叹。他们“哀民生之多艰”的大悲悯情怀和“大庇天下寒士俱欢颜”的理想成为中华诗词中最为悠久的传统。蒿峰是政府官员，在改革开放时代，他深知自己的职责所在。多年从政的工作经历，让他写下了许多“感事”的诗章。其中，那些直面现实的诗作为百姓大声疾呼，足堪警世，如在《古风·农民负担调查报告书后》中，他写道：“农民最苦何，最苦税与费。自从承包后，一日重一日。取民应有度，事关国兴替。”并提醒执政者：

……
殷鉴不为远，
斑斑照青史。
嗟尔庙堂之上食肉谋国者，
可不悚然而警急谋消弭计。

为官不忘百姓，不忘人民重托，既是为官的责任，又不脱书生的真情。如《古风·建房歌》《古风·行路难》《九张机·数字问题》等都能直面问题，表现了作者强烈的社会责任感。其《五绝·急赴某市化工企业爆炸事故现场》云：

夜半忽闻警，工场爆炸急。
伤亡查未报，冒雪紧驰驱。

再如《七绝·5·12大震值班通宵》《五绝·夜深赴长清山火现场施救》等则表达了作者对本职工作的负责和坚守。为了工作，他四处奔波，连父亲病重也不能守在身边陪护，在《杂感》中，他写道：“人子为名役，难陪父病床。月华秋夜白，一梦儿还乡。”他有“不负平生学，沉浮亦坦然。杰俊生东鲁，英才追圣贤”(《答桂生兄》)的志向，透露出“香气透林泉”的美好情怀。他借白桦言志：“根立白山云雾中，高寒四季身难弓。不同众木争佳处，瑟瑟柔枝铁骨雄。”在《国际农村改革讨论会上》一诗中，他说：

在野在朝身有异，忧民忧国应心同。
南琼聚首细谋画，抵掌倾情说富农。

这种忧国忧民的情怀对于一个官员来说不是最可贵的吗?

蒿峰的诗各体兼备，既有五七言律绝，又有长篇古风，还有词。律绝格律严谨，古风酣畅淋漓，无不随着内容而选取形式。其《富春江上》(四首)描绘富春江美景，抒发畅快的心情，具有优美的意境。其一云：

富江坝起出平湖，一十八滩皆坦途。

建德买舟随水去，梅城一过望桐庐。

高峡出平湖，险滩变坦途，乘舟而下，桐庐一望而至。真是痛快！赞美之情尽在“一过”之中了。其二把富春江之美描绘得更加形象：“烟波浩渺一舟轻，四面远岑薄雾生。乱树繁花红似火，水蓝山绿照衣青。”绿树红花、水蓝衣青，色彩鲜明靓丽，加之烟波浩渺，岑雾薄生，不正是如画的一幅美景。

其五律《望岳》也是写景的佳作，颔颈两联对仗工整，绘景亦如画：“朝岚山色冷，夕照众峰红。急雨从云满，乍晴松柏葱。”尾联说：“杜公凭杖叹，老汉已三穷。”老杜当年只是“望”，而自己已经是三登绝顶了，一股浩然气油然而生。

蒿峰的七律也很见功力，既有白描，也有用典。其《回乡》用白描手法写回乡情境：

情怯二毛难近乡，那山那水那芦房。

依稀村口双槐绿，梦里谷场一片黄。

垅上犹闻邻犬叫，瓜田曾记鸟声忙。

相逢执手韶华去，故宅风来米酒香。

近乡情怯，依稀梦回，双槐绿，谷场黄，邻犬叫，鸟声忙，韶华去，米酒香。虽是年华渐老，但家乡还是那么亲。全诗明白如话，亲切动人。

其《读明史》则大量用典，表现出史家眼光：

谁信荆棘没铜驼，瑞祥频奏众生疴。

危言比干变前死，忠谏东林亡后磨。

太祖凛凛方铁少，熹皇愦愦魏崔多。

人云桑海曾三变，掩卷徒呼奈若何。

比较而言，蒿峰在诗上用力更多，在词上则用力较少。另外，他历史专业的学养还没有更好地发挥出来，典故化进诗中的比较少。

习近平总书记号召党政干部读诗写诗，说“学诗可以情飞扬、志高昂、人灵秀”，明确阐释了学诗与陶冶情操、激励斗志、塑造性格的关系，提示各级领导干部要善于学用中华传统文化中的精美诗词，以提升境界、驰骋才华，助推事业的发展。从这个意义上看，蒿峰的诗不但对退下来的老干部具有借鉴价值，对在职干部也有一定的启示。

简评王光荣诗文

王光荣先生是山东大学法学院退休教授，今年已届84岁高龄。他早年学习法律，后来转修历史，曾在山东大学历史系任教，发表了《晋国成文法简论》等有影响力的论文。山大法律系成立时，他被调到法律系从事法学研究和教学。王先生古文根基深厚，自幼喜爱文学，诗词书法也很有造诣，被誉为山大诗词创作的“四条汉子”[①]之一。王先生虽已至耄耋之年，却仍笔耕不辍。现在他把自己在政改、纪实、法学、经济、文艺、应用等方面的文章和诗词结集出版，使我们可以领略他在这些领域的研究心得和成绩，可喜可贺。

王先生以法学家和历史学家的眼光看政改，他认为王安石和司马光都是改革派。王安石主张全盘新化，急于求成，导致失败。司马光主张稳妥，小错小改，大错大改，条件具备再改。

王先生把他研究历史的文章命名为“纪实”，他记录的是日本帝国主义侵华史和中国人民的抗战史。他记录了山东省立剧院抗战时南迁重庆的史实，其中还有20世纪60年代他参加社教运动的见闻。

法学部分收录了他的《晋国成文法简论》。在“经济”这一辑中，他考察了儒墨两家“爱”与“利”的哲学思想，总结出中国这一礼仪之邦古代的经商之道：利人、互利。在管理方面，论述了孔子“正身先正己”理念对当代管理者的启示。并用“不为酒困”(《论语·子罕》)、“廉，作非也”(《墨子·经上》)等古语忠告企业家廉洁自律，用“宽则得众”(《论语·阳货》)、“夫爱人者，人亦从而爱之；利人者，人亦从而利之”(《墨子·兼爱中》)告诫领导者要关爱群众。还特别强调要注意企业道德，认为那是企业制胜的“金钥匙”。看看现在那些生产地沟油、在奶粉

① “四条汉子”是人们对山大在诗词创作方面有突出成绩的王光荣、侯龙飞、张金龙、李元祥四位先生的褒称。

中使用三聚氰胺的无良企业，这些论断可谓金玉良言。在人才、制度建设、信誉保证方面，他也提出了自己的见解。

王先生幼年入私塾，打下了深厚的古文基础和书法基础。后来因病退休又重新练起书法。他的书法笔锋老辣，功力沉厚。他提倡书法用简化字，以提高简化字的艺术水平，同时也利于更好地在大众和年轻人中传播，这也是"与时俱进"。在诗词创作上，他与张金龙教授一起，倡导用新声韵写作诗词，"四条汉子"成为山大诗词创作的中坚力量，为山大诗词的发展，为新声韵的推广作出了贡献。王先生喜欢京剧，在20世纪60年代，他还创作《李定国》《李清照》两个京剧剧本，其中京剧《李清照》现已唱红全国。

王光荣先生学养深厚，研究和写作涉及许多领域，集子中还收录了他写的对联和部分缅怀挽悼文章。他的对联对仗工整，意境清雅。他怀念德高望重、学识渊博的熊柏龄老师，不仅因为熊柏龄是他的班主任，还因为他是一位爱国的书法家，在抗美援朝时，他卖字捐钱支援国家。王先生缅怀他的同事和好友——著名学者张知寒教授，敬重他的侠肝义胆，赞扬他在考古研究上的辉煌业绩。他为著名演员张宪也是他的老乡和中学校友写悼词以致悲伤过度，小病数日。先生对朋友的深情可见一斑。

王光荣先生是我的前辈，我们因诗词相识。前辈嘱我为他的文集作序，我毕竟对先生所著研读不深，深感惶恐。但他在学术上孜孜不倦的精神和与时俱进的思想，以及清廉自乐、关怀他人的品格是我所敬仰的。我想，在这秋意渐深、黄花傲霜争艳的时节，他的新著定会为山大文苑也为山大即将到来的110年校庆增添烂漫光彩。

2011年9月20日

关怀与悲悯

——张传生近作简评

诗歌有两个向度，一个指向内心，一个指向世界。内心和世界是相互通连的。诗人的内心是敞开的，诗人的目光既要注视内心，又要注视世界。如果诗人只关心一己的喜怒哀乐，他是不是太自私了呢？张传生的诗心是敞开的，他的目光指向人类生存的地球，指向这个全人类的“家园”。他近期的诗作表现出一个诗人面对人类命运的大关怀，表现出对地球生存环境的大悲悯。这也正是他的诗歌价值所在。

他慨叹“蔚蓝色的地球/因为人类的出现/过早地衰老”(《还我绿色家园》)，他听见“整座森林/在人们的伐木声中/战栗哆嗦”(《还我绿色家园》)。他看见“一场洪水/冲散了/石头的家族/各奔东西/生长着一个个孤独//你在水中滚动的声音/是我最牵挂的/诗句”(《石头》)。连树上跌落的叶子，在他耳中也是“撞击大地的声音”。因为这是不该落下的叶子啊！如果不具有大悲悯情怀，他能听见这种声音吗？他能看到这些景象吗？枯黄的落叶，是“痛苦/染红了秋色/秋战栗着——”(《落叶》)，这是移情入物的痛苦，是人与大地血脉相连的痛楚。这不是从一己出发的悲痛，是人类将失去赖以生存的家园的悲痛。这种悲痛，他在砍竹的刀锋上体验到了：“满山坎坎伐竹声/浸润着凄惨的哭喊//青骸/成片地伏倒//黄土化作/浑浊的泪/流向苍茫的大海。”(《砍竹》)这是何等触目惊心的刻画呀。“青骸/成片地伏倒”，这是残酷的虐杀，是自毁家园的凄惨。这一意象犹如尸横遍野的战场，触痛人们的眼睛，震撼人们的心灵。诗人的目光甚至飞向了月球，似乎看到月宫里“古老的桂树/在盗伐者的斧头下，遍体鳞伤”，连“玉兔/已没有栖身的地方”(《月亮上的村庄》)。诗人看到这些禁不住感慨发问：“没有绿色/人类到哪里流浪？”(《喊绿》)诗人“喊绿”，当然是要喊醒人们对绿色家园的保护意识，但又不止于此，他还要喊醒人们心中的良知，喊出他心中的理想世界。关心这个家园,关心这片热土,首先要关心人。他的目光投向农民工,歌唱他们“青春的活力/注入城市所有的力量”。同时也看到了他们“孤独的心/兀自在街头徘徊/却被钢筋混凝/吸干了血气”(《农民工》);看到“乡愁/随着被钙化的城市/一起疯长”(《流浪汉》)。看到冬天的黄河,他说“我真想把你揽在怀里/用胸口的温热/温暖你的生命”(《瘦弱的黄河》)。这就是一个山东汉子的诗,从这些诗中,你分明可以听到他热血的流淌,看到一个雪山般晶莹、大地和海洋般广阔的心灵。

张传生的近作在诗意上也愈加精练,尤其那些小诗,意象警策,令人过目难忘。如《沉默的白鹭》:“孤零零地/站着/风奔跑着过来/它一动不动/噙着泪水。”在风中孤零零站着的白鹭,是为将要消失的家园而悲哀吗?纯净的意象中分明有诗人的情感之潮在涌动。那“在海里/垂钓/一尾小银鱼”的新月,那“深深埋藏的/鸟语花香”在雷霆闪电中“不动声色的根”,那“守着黑夜/等那一声雷”的闪电,那“扎得树叶/生疼”的雨,还有那“天地间/灰蒙蒙一片”的惆怅,那“蜡梅侧着耳朵/听落叶的声音”的冬,以及“在曾经的绿野地里孤寂地/裸露在风中”的苍老的年轮,还有“蹲成白头老汉的”的玉龙雪山,“潮落潮涨/揉搓着天魂”的海,“往事/并不如烟”的烟台山炮台,均富有强大的艺术冲击力,显现出其炼意成象的诗歌功力。

冬季里的歌者

——评尹延斌近作

老年是人生的冬季。经过了夏天的繁茂,秋天的收获,飘着白雪的冬来了。有的人在冬季里蹲在墙根晒太阳,打发着所剩无几的时日;有的人却在冬季里散发着生命的热力,孕育着一个新春。尹延斌从繁重的企业领导岗位上退休了。他终于可以全身心投入他热爱了几十年的缪斯的怀抱了。谁说诗歌是青年人的专利,他在短短的时间内,创作出了几十首短诗,诗情犹如火山般喷发着,他在与缪斯的热恋中又找回了自己的青春。

他的诗取材范围扩大了,诗艺也趋向炉火纯青,这组短诗,精练简约,耐人寻味。他的诗思飞越时空,儿时记忆、现实感怀、山河纪行、国际风光,一一展现在他的笔下。他这样感念退休后的境况:“蹭得铮亮的锄头镰刀/只有到了冬季/才可以倚着北墙晒晒太阳。”这是颇具象征色彩的意象。春种秋收的辛劳浓缩进倚在墙边的锄头、镰刀上,其中也暗含着在墙边晒太阳的老人的形象。然而他又说:“冬季是一位不老的老人……不理会头上有雪在飞……”(《享受冬季》)他的人生并没有老去,这首诗中的那一枝红玫瑰,正透露出他心中春天的消息。他以诗歌创作向时间魔王挑战,夺回本属于青春的领地。他的诗中透露出人生的达观:“你看那些树/那些开过花结过果的树/从容脱掉衣衫/跳进风的河流里裸泳。”(《秋恋》)他“走进诗的作坊/抓一把方块字的豆子/恭恭敬敬喊一声师傅/孜孜以求做一回诗人”(《作坊里的诗》)。他把生活比作一口锅,“被煮得波澜壮阔”,各色人等如饺子沉浮在浪花中。“生的沉下去/熟的浮上来/也有随波逐流的/那是破饺子……”(《沉浮》)。

从诗艺上看,尹延斌更加注意意象的营造,更加注意用意象去节制情感,也更加会用减法了。“冗繁削尽留清瘦”,这一减,意象空间反而更大了。象外之象、味外之味也随之而生。比如《海边的烂尾楼》取材于没有完成的一幢海边楼房，有头无尾，故曰“烂尾”。何时能完工，不知道，也许会永远“烂尾”下去。诗人写此楼，并非要替它讨回公道，而是以此作为一种人生之象征。“默默地望着大海/风很涩苦”，楼望海还是人望海呢？“暮色中/谁在打捞沉船”，沉船和烂尾楼共映，表达出沉沦的苍凉，但似乎仍有所期待，像沉船也会打捞出海，烂尾楼也许能崭新地立于海岸。这首诗尽量减去了客观性的写实，也减去了直露的主观表达，只用“披一件破衣烂衫”的象，来寄托感慨，含蓄而有意味。《奇树抱石》中有三个“一万年”：“一万年的根须/抱着一万年的磐石//苍鹰飞来/也想筑一万年的巢……”奇树奇石均一万年，言其历尽沧桑，而加一苍鹰，顿使这块抱树石增添了英雄气。虽未刻意描写石的外形，但可做苍鹰一万年巢的抱树石，却给人十分丰富的想象天地。《陨石》第二首只有八个字：“粉身碎骨/无人掩埋。”这岂不是一切野心家、阴谋家的共同下场吗！既贴合陨石的情状，又很含蓄地表达了鄙夷的情感。《趵突泉复涌即景》亦可作如是观：“憋久了/疯上一把//济南又开/三朵莲花。”“又开”承“复涌”，也承孔孚诗句：“济南开了。”是写泉，又何尝不是写人的创造心态呢？

短诗比长诗更难写，唯其短，才更体现出诗之精粹。短而精，就要炼字、炼句、炼意、炼象，直至找到那个最贴切表现诗意的象为止。在组诗《北戴河即景》中的《莲蓬山》里，诗人找到了“龙”：“红墙外/拾起一张旧门票/依稀可见远去的龙……”用一“旧”字，与“远龙”相照应，这是远去的历史之龙，龙在眼前，亦在心中。“唱着颂歌”的浪花是在唱我们民族的几千年的巍峨的龙精神吧！《老虎石》起笔写石“被涛声包围/做困兽犹斗状”，后写它“不敢上岸/怕与拿哨棒的武松/狭路相逢”，突出的是人的英雄气概，角度别出心裁。还有“相互递个眼神/胜过千言万语”的对语石，志存高远的鸽子窝，生命越老越旺的云冈石窟，均以具灵性的意象表现出历史的苍凉和人生的感悟，是很耐人咀嚼的。

尹延斌的近作透露出一种老辣和沧桑感，也内含着青春的激情和创造的冲动，他为自己退休后的生活找到了支撑。这预示着一个花甲之年的老诗人又重新焕发了诗歌的青春。“老树着花无丑枝”，愿他的诗歌之树常青，诗歌之花怒放！

坚守

——简评珏敏诗

素来以学术傲视创作的山东大学，于20世纪80年代后期办了一届作家班，也是至今唯一的一届。这个作家班里果然出现了不少诗人和作家，有的已经在全国有了知名度，王玉民（珏敏）就是其中之一。收在《世纪末最后的诗意》这个集子中的诗作，大都是他20世纪90年代的作品。

诗有“内视的”和“外向的”两种。内视的诗侧重表现诗人的内在心灵世界，体现着诗歌干预人的灵魂的职能；外向的诗偏重于表现外在的客观世界，体现着诗干预生活的职能。珏敏的诗是偏重于前者的。他20世纪90年代的诗作更加注重对自己内在心灵的展示，更加注重对灵魂的拷问，其人文价值也就自不待言了。他以严肃的态度审视自己的精神历程，带有崇高感和悲剧性。他们在山东大学经历过的那个喧闹的夏季和严寒的冬季，是刻在他们灵魂深处最重的刀痕：“那样一个冰雪覆盖的季节/我们的脚步没留下半点足迹/在一片带着诗意的无边的雪域/我们冻僵的肉体/几乎无法跨越那段冷酷的岁月/灵魂就留在那样的气候里/忍受以后多少年的折磨。”（《最后的诗意》）诗人是比一般人敏感的，他有着精神上的追求和坚守：“现实的脚下/梦幻不断/我多喜欢这种强烈的反差/这种让凡人体验英雄滋味的历险/一次次使我疲惫的身心/英勇不屈。”在珏敏的诗中，我们可以看到凡俗人生中精神的光明呐喊和灵魂的痛苦呼叫，看到坚守者的姿态和努力。比如《冬天的小树》：“朔风刺骨下的那种站立/让人心寒//一切被冰雪覆盖的东西/都在你的正视之下/你记住了/整整一个季节的/所有残酷//当风雪袭来的时候/你没有丝毫的防御/脱下绿装/手无寸铁/就那么赤裸裸地迎风挺立/那种刺骨的寒风/就从你枝头的摇摆中/袭入我的心头//整个过程/如同经历了一场死亡/但就因为你的坚持/你会在一个更美丽的季节/获得再生……”诗中的小树犹如受难的基督，集苦难于一身，“赤裸裸地迎风站立”。这是对坚强灵魂的颂歌。诗人认为这种坚持“会在一个更美丽的季节/获得再生”，表现了对受难者的抚慰和祈愿。

与“树”相对的意象还有“鸟”。鸟“在这片季节之外的树林里/孤独地飞翔/你以比寒冷更快的速度/感受自己内心残存的温暖”（《为谁忧郁　为谁歌唱》）。前边提到的小树是受难者，那么这首诗中的鸟就是歌唱者，抑或就是诗人自己。在冰天雪地里，“其他动物都回归洞穴/以最实际的胃口/填充自己的欲望/而你固执地用一双天真而忧郁的眼睛/寻找着地上每一点诗意/寻找着能生长生命的土壤”（《为谁忧郁　为谁歌唱》）。诗人是灵魂的守望者，是民族的良心。一个民族以大诗、以大诗人耸立起自己的精神高度。诗人是一个个人写作者，同时也是民族精神的代言人。如果一个诗人的诗中只有对自己的自赏、自怜、自衰、自唱，这样的诗人也只好由自己去欣赏了。

珏敏的诗是抒情诗，但他很少用直抒胸臆的方法。他多用象征和暗喻，使他的诗作更加耐人寻味。在长诗《自己的荒原》中，诗人用“粗犷而荒凉”的荒原，象征有意义的灵魂和生命，既是拒绝虚伪和欺骗的坦露，又是不加伪饰的灵魂和生命。即使是歌唱婚姻和爱情，珏敏也有自己的意象符号。他把婚姻比作农田，“在感情的水上/进行一生真实的耕作”。他把舞场比作一片海域，“进入这水上捕捞的季节/我不悔自己是农夫的后裔/置身海上/不忘庄稼……”（《另一片海域》），巧妙而含蓄地表达出对爱情的专一和坚守。

珏敏的诗歌语言是简洁而富有表现力的。他把诗思化为意象，用简洁而不多修饰的语言呈现意象。“意—象—言”成为统一之整体。这里没有哗众取宠，没有故弄玄虚，只有质朴和真诚。这也正是好诗语言的品质。

目前，诗的发表园地日渐萎缩，诗集的出版却相对容易，大量的非诗的东西也就繁盛起来。在此情景下，提倡有品位的诗、有深度的诗、有价值的诗是完全必要的，否则真诗就会淹没在伪诗的莠草中。我很高兴地看到珏敏、谭延桐、雪松、郝永勃这几位作家班的佼佼者，虽已毕业多年，仍笔耕不辍，始终以严肃的态度不间断创作。这种精神鼓舞了我，从他们身上，我们看到了山东诗坛的希望。

用古不泥古　创新不怪异

——《一尘微芒》简评

国营是我的诗友,《一尘微芒》是他的新著。一尘虽小,但光芒并不微小。当下诗人中能用新旧两体写诗并且写得好的微乎其微。国营旧体诗词写得好,蕴藉有味,新诗也别开生面,有独特的意味。正如他在《有感》中所说:“诗本天真出自然,何苦吟染两鬓斑？发自为声有识见,匠心不分是渊源。”他是本色诗人,主张诗要有识见,且不赞成苦吟。这很合我胃口。性格随意洒脱,诗也就不愿受束缚。他的旧体诗很少用律绝,多是古风,可以不受平仄律限制,表达更为自由。现在旧体诗中有很多执着格律,但又没有诗味的“格律溜”,读来味同嚼蜡。这分明是舍本求末了。

国营的旧体诗都有所寄托,以意象言志,表达出一种愤世情怀和傲然之气。如《独立朔风》中有言:

独立朔风空垂首,碧血凝赋留芳名。
廿二年后思旧句,青丝犹著愤世缨。
旦暮咀华沉翰藻,一朝破茧驾舟行。
破浪穿行风过耳,不坠青云云自擎。
游既乐兮何所忧,凤凰台上我与卿。
检校史册劳牍形,无忌纸笔壮心凭。

诗以“独立朔风”的傲然姿态开篇,以“无忌纸笔壮心凭”收束,坦露“青丝犹著愤世缨”的情怀和“不坠青云云自擎”的志向。诗句洒脱不羁,情感宣泄得十分畅达。《一树金甲耀夕阳》是五言古风,用夸张笔法极言其高、其智,表达作者对此“金甲客”的仰慕和“恨无双飞翼,愿从万仞梯”的愿望。

他的词作在看似平淡的描述里也有掩抑不住的激情。《清江引》上阕描绘了桐花开、蜂蝶舞、小径曲、东山翠的景致。下阕由写景过渡到思乡之情，再延伸到跨彪马驰千里风雨的人生壮怀，最后以“风樯高挂，远途独树”收结，展现出特立独行的傲岸姿态。《踏莎行》仍写行路，但比前者多了些“瞻顾”，抒发了“幽兰待月”的情思和“行者总被庸者妒”的感慨。《秋蕊香·寸草结子》借结子的荒草抒发了“不争贫沃”“不枉此生”的情怀。《酷相思》词境雄大开阔，流露出欲斩礁破浪的远行志愿：

再叩天阍图仗剑。日月聚、山河变。借风吼、声挟枯叶卷。随叶去、居无岸。留叶住、居无岸。

欲去东江牵铁缆。大浪涌、船摇撼。向何处、礁礁鸥待旦。灯亮起、鸥声短。锚挂起、鸥声短。

国营的诗词不人云亦云，不复写传统，自有新意。如《隔浦莲·竹》一反传统寓意，竹不再是清高劲节意象，而是一副有“媚骨”“争夸富，自信白云护”的小人姿态。《水龙吟》抒牢骚情怀，讽刺小城“群楼如绘，张扬康泰”，针砭时弊，笔锋犀利。同样的作品还有散曲《双调·折桂令·睡牛》《正宫·鹦鹉曲·思儿》《混江龙》等。这些直面现实的词曲继承了白居易提倡的“歌诗合为事而作”的新乐府精神。

国营的新诗也有自己的特色，他把意象和述说、议论混合起来，有沉思，有抒情，有批判。《一块1.5亿年前的花岗石》用诗的语言描述了一块固守、僵死、只知等待的花岗石，批判意义自在其内。《玻璃罩》则是对现代人生存状态的意象化传达：“在透明和半透明的玻璃罩里/貌似的自由让我们无法真正呼吸/幸福和不幸福都变得没有意义/还要追问什么还要探寻什么。”《垃圾一代》揭示孩子被垃圾文化包围的现状，表现出对孩子未来的担忧。《河边孤独的守夜人》用叙事手法刻画出一个孤独的守夜老人形象，揭示他隐秘的内心，那是一个精神坚守者的背影，在平淡中蕴含着深切的人文关怀。《蝉》则是对黑心贪官的形象批判：

翅膀硬了，从里到外全黑了
便一面拼命叫着，一面拼命
把嘴扎进树里
吸呀，吸不干都不罢休

国营还用方言土语写了《鹅毛不驮》《沫罗子和鲁苏》等诗，这是对生活近似原生态的表达，也是一种诗歌实验吧。其实，古人在《诗经》、曲子词、元曲里也留下了方言土语的痕迹，不过时代久远，今人已把它雅化了而已。

国营是一个有探索精神和批判意识的诗人，也是一个能熟练用新旧两种武器的战士。他的诗作既有抒情的吟唱，也有犀利的批评。他既直面现实，又能直面内心。他的抒情婉转深沉，他的思考尖锐锋利。他的诗古今结合，洋为中用，借古讽今，独辟蹊径。他用古不泥古，创新不怪异，这也许正是当下诗歌的正途吧！

深情一片酿诗香

——评李广林诗词

李广林是中华诗词学会会员、山东诗词学会副秘书长。多年来，他执着于诗词创作，“深情一片酿诗香”，迄今已出版诗词集《秋实》《吟草》二部，创作诗词作品2000多首。

中华诗词是国之瑰宝。近年来，新诗创作日趋边缘化，而旧体诗词创作却方兴未艾，诗词创作队伍日益扩大，佳作迭出。李广林是山东诗词队伍中的骄子，他的诗歌不仅在数量上可拔头筹，在质量上也引人瞩目。“歌诗合为事而作”，旧体诗词的创作也要与时俱进，用旧瓶装时代之新酒。正如他在《诗忧》中所说：“古调应须随势变，更催老树发新枝。”他的诗词贴近现实，颂时代新风，斥邪气浊流，情系山河，关注民生。神舟六号成功着陆时，他感而赋诗：“草原拂晓响春雷，神六今朝带笑回。绕地巡天欣五日，中华儿女共扬眉。”看到胡锦涛、连战握手的新闻，他感慨万千，赋诗一首：“六十暌违费琢磨，峥嵘岁月未蹉跎。并肩共话和平事，携手同弹发展歌。喜把丹心融旭照，欣将旧恨付烟萝。从兹兄弟多来往，莫再沙场兼战戈。”他对祖国强盛、民族发展由衷赞叹，对歪风邪气却痛加贬斥。他批评衙门作风：“推三阻四事难成，冷面不闻嗟叹声。积弊铲除应有日，阳光定会伴清风。”他怒斥贪官：“卖官纳贿寻常事，不毁长城心不甘。”他提醒医德缺失的医生：“白衣天使应珍重，莫把良心换物钱。”

诗人是社会的良心，他既要展示社会的进步与发展，也要批判弊端和邪恶，同时还要关注民生，尤其是下层百姓。这正是中华诗词的宝贵传统。屈原在《离骚》中就说过：“长太息以掩涕兮，哀民生之多艰。”杜甫云：“安得广厦千万间，大庇天下寒士俱欢颜。”广林继承了这一传统，对普通民众给予更多的关爱。他感叹打工者的艰辛：“城里打工倍苦酸，新年临近更心寒。缘何不踏回乡路，老板至今未发钱。”同时也看到政府采取了相应的解决措施：“神州今已降甘霖，文件层层催发薪，衷盼从今机制建，民工不再泪沾襟。”他为卖菜者写诗：“卖菜归途夜色茫，隔窗又见客飞觞。嗟夫一席官家宴，吃却农民半载粮。”他也为瓜农叹息：“满眼青翠入眼鲜，香甜可口倍怡然。农人趁早城中卖，一个西瓜一块钱。”从中我们看到一颗与人民共同跳动的心。

李广林大学毕业后援藏，后又调回山东省机关工作，旅踪遍及大江南北，也曾去国外许多地方访问。祖国的名山大川、异域的奇峰佳水也一一被他用诗记录下来。古人云：“登山则情满于山，观海则意溢于海。”诗人自是多情客，家乡草木、祖国山河、异域风情成为他诗歌中的华彩乐章，表达了他对家乡祖国的热爱，展现出开放广阔的胸怀。他登黄河入海口瞭望塔得诗：“大河滚滚入苍茫，浩荡芦花映夕阳。更有黄蓿红似火，醉牵诗意伴霞扬。”意境壮美，诗情如醉。他游览黄河壶口瀑布，豪情万丈：“带电携雷天上来，龙吟虎啸醉诗怀。飞银涌雪豪情壮，卷走人间万丈埃。”他游威尼斯感赋：“运河交错市中行，画舫频传笑语声。叹息桥边思绪远，教堂穹顶夕阳明。轻舟穿巷游人乐，铜塑凌空白鸽鸣。水邑风光无限美，何时重访慰平生。”勾画出水城的优美安宁。

李广林的诗词多属律绝，格律谨严，对仗工整，时见巧句佳联。如：“一泓曲水如飘带，两岸桃花似乱虹。”“常喜芸窗霞染笔，不嗟岁月雪飞头。”“舟行湖上波无迹，鸟掠青浦水有光。”他的诗不论是感事伤怀还是凭吊缅怀，均注重鲜明的意象和优美的意境，不用空洞的口号和说教，这也是他的诗在艺术上达到的高度。

尧天喜有诗囚在，种出骚坛万里春

——读《落英》

《落英》是李广林的第三部诗集。这部1000多首诗的诗集分为“时代风采”“山川游踪”“抒怀咏志”“怀古凭吊”“题和赠答”“体坛风云”六部分，还将他为别人诗集写的序、评及部分新诗作为附录。李广林是山东诗坛的佼佼者，在全国都有一定影响。此前出版的《秋实》《吟草》已显示了他的创作实力，受到方家好评。

这部诗集中的作品，题材十分广泛，充分表达了诗人的志向胸怀。诗词创作成了他生命中不可或缺的一部分。他不仅以诗言志抒怀，还记录下他的游踪，所到之处皆留诗。因此这部诗集的内容就更广博充实了。

白居易曾说过：“歌诗合为事而作。”一个诗人应该密切关注所处的时代，关注身边发生的大事，关注国计民生。“时代风采”这一部分中的诗作涉及了近年来的国内外大事和著名人物。如《胡、连再度握手感赋》《咏2005年感动中国十大人物》《北京奥运圣火点燃感赋》《观翟志刚太空漫步有感》等等，表现出诗人与时代同步的自觉追求。其《抗震救灾》诗云：

震魔肆虐祸苍生，灾害无情人有情。
医护残垣救伤者，兵民瓦砾展雄风。
捐资输物丹心在，纾难克危勇气横。
莫道汶川多泪水，朝暾今醉巨星红。

满腔热情讴歌了军民携手共抗灾难的精神。

他还热情赞颂大年三十自费赴湖南救雪灾的唐山农民：

大年三十下郴州，铲雪除冰费运筹。
自是农家真汉子，一襟汗水写春秋。

李广林用诗歌为时代楷模造像。这些感动山东、感动中国的人物,也深深感动着诗人。

“山川游踪”记录了李广林近年来所游历的名山大川、世界名城。字里行间流露出对祖国河山的热爱和对世界文明及先进文化的肯定。《重游黄山》描绘了五月黄山的秀丽和登临绝顶的畅快:

又到黄山五月天,云凝碧汉水凝烟。
摩天劈地莲峰耸,滴翠溢青丛竹妍。
松傍丹崖流画韵,瀑悬峭壁袅轻寒。
登临绝顶舒双目,一抹斜阳醉翠峦。

《望贺兰山》则激起了他的怀古之情和凌云豪气:

蔽日遮天几亿年,曾燃烽火与硝烟。
时嗟鹏举凌云志,驾着长车踏贺兰。

此诗以“蔽日遮天”写景,重心在缅怀壮志未酬的岳飞,岳飞《满江红》词中有“驾长车,踏破贺兰山缺”句,由山而怀人,雄伟之山影与凌云之壮志相辅相成,而壮志未酬的感慨以一“嗟”字出之。

李广林曾随团访问澳大利亚、新西兰等地,异国风光也出现在他的诗中。其《布里斯班》诗云:

考拉之都画意稠,悠闲浪漫倍风流。
欢声难扰树熊梦,笑语频添袋鼠羞。
绿树丛中多别墅,黄金岸畔少轻舟。
长河落日桥头望,美景如诗不能收。

诗人抓住了布里斯班最具特色的景色和动物,描绘出动人的异国风情,色彩亮丽,情感舒放。

《奥可兰海湾大桥》写出其非凡的气势:

长龙豪气镇波烟,跨海通途倍壮观,
桥上飞车欣纵目,桅杆万柱耸云天。

记游、山水是中国古代诗歌的传统题材,古人以山水抒性情,以记游显胸怀。李广林的诗并非纯记山水游踪,还包括其人生态度和品格境界。李广林的记游诗，写景如在眼前，诗境也很宽远，但诗外的旨味还是少了些。也许在空灵上再下点功夫会更好。

诗人不仅仅是歌颂者，也应该是批判者。兴、观、群、怨本就是诗的使命。诗人一方面要歌颂真善美，另一方面也要鞭笞假恶丑。李广林在“抒怀咏志”部分中的一些诗作就很有批判精神。如《叹官场》《斥裸体诵诗》《彭水诗案有感》《斥同床保姆》《陈良宇案件有感》等，对社会上的丑恶事件表达了鲜明的憎恶之情，展现出诗人的良知和清醒。

李广林以“诗囚”自居，他写道：

累月经年自苦吟，焦思冥想费精神。
尧天喜有诗囚在，种出骚坛万里春。

“只知笔下风云色，不识人间骡马牛”的“诗囚”表现出的是在物欲横流背景下的坚持，是对中华诗词不悔的热爱与追求。正如他在《偶感》中所说：

弘扬国粹乐陶然，沥血呕心不等闲。
万里春梳诗草绿，风前我自泪盈潸。

“题和赠答”部分收录了诗友唱和及互相赠答的诗作。大都附有原作（原玉），两相对照，均见诗人情怀和志趣。这也是这部诗集中的华彩乐章。如《读王化生〈橘井吟韵〉》：

莫嗟橘井出诗人，八斗育才咏古今。
怒斥官场无净土，放歌世上有冰魂。
闲愁几许惊风雨，韵致千寻醉杏林。
敢沐东风无限意，吟坛再上咏霞云。

诗友赠书，广林写出此诗回赠，情真意切，品评准确。

《步韵鞠国栋先生〈八十抒怀〉》《步韵和星汉先生〈游云南石林〉》均是此中佳作。诗友之间互相碰撞启发，在原作的韵格中做有限的发挥，最能激发作者的创作灵感。因此这些诗作也就更耐人品味了。

在中国举办奥运会是举世瞩目的大事，自然也引起诗人的关注。“体坛风云”部分的诗作大多与奥运有关，从圣火传递到奥运夺冠的健儿，诗人皆一一写到。从中我们看到的是一颗与国运同步跳动的心。

“怀古凭吊”部分中有少量怀古诗，大多是悼亡诗，悼念对象既有亲朋好友，也有文化艺术界名人。如《母亲节忆母亲》《悼王林书先生》《悼马季》《悼陈晓旭》《悼济南7•18暴雨死难者》《悼汶川地震遇难同胞》等等，展示诗人博大的悲悯情怀。这也是对传统诗词中悼亡诗的继承。

统观李广林这部沉甸甸的诗作，已觉其隐隐有大家气象。其诗志弥坚、诗情如火、诗艺大进，但要成大家还须再上一层楼，即在意境的开掘上再下功夫，在构思上再精巧些，在味外之味和个人风格上再更进一步。李广林的绝句和律诗在格律上已很纯熟，诗之境界却需要不断地修炼提高。明人胡应麟在《诗薮》中说："近体之难莫难于七言律。"又说："七言律，对不属则偏枯，太属则板弱。二联之中，必使极精切而极浑成，极工密而极古雅，极整严而极流动，乃为上则。"李广林的七律对句工整，但若达"极浑成""极古雅""极流动"还需再提高一步。清人朱庭珍在《筱园诗话》中说："律诗中二联，不宜一味写景。有景无情，固非好手所为；景多于情，亦非佳处。盖诗要文质协中，情景交化，始可深透入微。"前人之言，可为借鉴。

李广林是山东诗坛的才俊，其对诗词之执着令人感动，唯此才期盼他成大家而耸立于中国诗坛，以壮山东诗词之声威也。

诗思在星空与大海间飞翔

——连志军诗歌印象

连志军是一个标准的山东汉子。他虽学的水利，干的水利，但在他魁梧的身子里却有着一颗敏感丰富的诗人之心。近年来他在繁忙工作之余写了不少诗歌，陆续发表在报刊上。

连志军常年在黄河边工作，他对黄河、对水有着深厚的感情。在《河殇》一诗中他写道："黄河啊/你是万物生灵的叹息/面对你/我要擎起我圣洁的心愿/用我体内所有积蓄的灵性/把你亘古的热情/从失望的边缘//用生命绿色的感动/化为一缕缕春风/在时间的长河里/把你的创伤抚平……"这些炽热的诗句抒发了一个黄河守卫者的心声。他还这样说水："你/永远是/生命的源/即便/一滴/也是生命之重。"(《生命之水》)也许只有一个水利工作者才会对水如此看重。

连志军有着丰富的内心世界，这是他亲近诗歌、走近诗歌的原因。他爱黄河、爱水、爱自己的专业，同时他也爱故乡、爱亲人。他的心海里也会时时翻涌着情感的波涛，正如他在《感情的海》中所说："我把目光伸展成一面海/只要月夜　我便想起你/往事如海面的涟漪击碎的月光/凌乱了我的心。"他的诗思常常在大海与星空间飞翔。大海与星空都辽阔而神秘，都有足够的空间去驰骋诗思的飞翔。他喜欢写大海还因为他出生在离大海不远的地方，少年时他还随舅舅一起去海上打过鱼。大海早就沉潜在他的意识深处，他的诗歌中屡屡出现海的意象也就不足为怪了。他对爱人的思念化成了海："此行/我们相约遥望了海/那波浪远去的地方——/就这样/我在蓝天的汁液里/染进一叶白帆/携带你的叮咛/在信念升起的地方/划出一行深深的痕迹/路　飘在身后/前方　依旧是海。"(《思》)在《难忘夏季》中，他说："我的心孤寂成礁石/撞碎了这片凝望的海——"在《今夜无月》中，他又写到海："面对海都会懂得/去栓紧情感的锚/在既已触底的深处/筑牢承诺的根须。”志军笔下的海既实又虚，是情感之海、时间之海，也是真实之海。与海相连的还有湖、河、岸、芦苇等等。如：“那岸　深情而迷离/是否有我孤独的灵魂/牵过了春天的一角。”(《那岸》)“夏天/那是海洋的涌动/在波涛退去的声音后面/愈发的辨明/各种鸟儿在竞相歌唱/还有绿波荡漾的深处/神秘穿梭着玩伴探寻的身影。”(《家乡的芦苇荡》)这些意象又都与水有关。写作尤其是写诗都会自然调动起潜伏在意识深处的意象。作者不过是用语言把它们显意识化而已。

调动意象、发现意象、创造意象、提炼意象、用文字表现意象，这都是诗人艺术构思的必然过程。从提炼意象到提炼语言是一个完整过程，也就是艺术想象和语言表达的过程。也许这就是诗歌艺术的秘密。能捕捉到好的象，还要能用最准确、最精练的文字去传达它，千锤百炼才能打造出艺术精品。连志军在语言锤炼上也有值得称道之处，他把家乡的芦苇荡比作绿波荡漾的海洋，他让心灵的触觉伸出了矫健的翅膀，他令无边的思绪翻越了所有的千山万壑，他说：“我的沙滩/已被海水的咸涩浸透的缄默里/月光在憔悴的(地)踯躅而立/那曲调　是寂静深处地(的)倾诉。”这些语言都有很强的具象感，都是诗意化的语言。我并不反对诗歌语言的口语化，我反对的是没有经过提纯的口水语言，尤其是夹杂污秽和肮脏的语言。

连志军在公务繁忙之余，还能写出不少好诗，也是值得称道的。

报告文学的新收获

——评梁家卿的《龙门骄子》

《龙门骄子》是山东青年作家梁家卿的龙门文学三部曲之一。这部长篇报告文学刻画了一个老共产党员李运才的感人形象。李运才是一位离休老干部，也是济南十一中校友会第一任会长。他在20世纪50年代任济南十一中团委书记，是十一中的创建人之一。在他离开十一中的第二年，我入十一中读书。我当时虽没见过这位十一中的老领导，但在后来的校友会活动中却不止一次地见到他。我从校友大哥满怀尊敬的言谈中，知道了他是一位令人景仰的师长，但对他的经历我并不清楚。读了《龙门骄子》后，一位光明磊落的老共产党员形象展现在我的眼前。我要感谢梁家卿用文学之笔描绘出这位前辈的形象和精神，使我能深入走进他的内心，也使我更加清楚地知道了他被人尊崇的原因。

报告文学在20世纪80年代轰动一时，从徐迟的《歌德巴赫猜想》开始引发了一股股热潮。报告文学这一文体突出地站在新时期文学的前台上。近年来，在商品经济的背景下，报告文学风光不再，某些报告文学热衷于为大款唱颂歌，甚至连暴发户和败类也成了报告文学的主角。这不能不说是报告文学的悲哀。报告文学这一文体也日益退缩至文学舞台的边缘了。

梁家卿的龙门文学三部曲，我只读过这部《龙门骄子》，但从这本书中，我看到了报告文学在他的笔下重新焕发了荣光。他作品中的主角不是大款，也不是明星，而是普普通通的公安干警和党员干部。他把焦点集中到为国家富强和人民幸福默默奉献的普通人身上，挖掘他们身上闪光的精神，展示他们不事张扬的、默默奉献的感人事迹。可见梁家卿不是一个为金钱而写作的人，而是一个有着自己坚定的精神追求和艺术追求的作家。在物欲横流的时代，有的作家把目光转向了金钱和权势，为权贵作传以赚取丰厚的金钱回报。梁家卿却不为所动，他呕心沥血去歌颂那些经济上贫困而精神上富有的人，这也是我特别赞赏的。

李运才官不高，离休前是济南幼儿师范学院副院长，但是通过他的经历，我们看到的是一个热爱祖国和人民、不求索取只求奉献的真正共产党员。我注意到书中的一些细节，他出身贫苦，十三岁投身革命队伍，他打过日寇，参加过解放济南的战役，在朝鲜战场上曾爬冰卧雪，重伤致残后转到地方工作，在血与火的战场上，他用鲜血写下了一个大写的“人”字。在转到教育战线后，他关爱学生，特别关心贫困生和所谓有“历史问题”的学生，正如书中所写：“李运才作为一名教师、团委书记，他有一种博大精深的爱的火焰，他将自己那满腔爱的火焰化作炽热的火光，辐射给每一个需要帮助的人。”这不正是我们今天所提倡的人文关怀吗？梁家卿的报告文学很注意细节刻画。如描写李运才解放江南行军的一节：“行军途中，李运才们是非常艰难困苦的。李运才和战友们克服疲劳，克服饥饿，冒着江南连绵的春雨，踩着泥泞的道路，不停地前进。那些日子里，天经常下雨。江南的路面一遭雨水，就软得像黏面团，深一脚，浅一脚，来不及拔出脚，鞋又丢了。等到雨过天晴，就更可怕了，路面被太阳一晒，坑坑洼洼都晒成硬邦邦的坎坎楞楞，有的能扎透鞋底，满脚都磨成大血泡。他们的累、饿、渴、困就不必说了，尤其是当他们把自备的干粮、生米吃完后，后来几天就什么也没有吃的了，饿急了途中抓起老百姓喂牛马的麦麸就吃。”再如描写朝鲜战场的炮火：“敌军的炮弹就劈头盖脸打了过来，炮弹像刮了一阵狂风，把立着的东西全部扯碎放倒。李运才做梦也想不到世界上还有这么打炮的，接着就是敌人飞机扔汽油弹，地面瞬时变成火海，烧得昏天黑地的。李运才和战友们只能猫着，既不能做工事，也没有办法撤下去了，任凭下蛋般的炮弹在头上呼啸着。”这些细节真实表现了战争的艰苦和残酷，也真实刻画了英雄成长的客观环境。

梁家卿很善于景物描写，这些描写又和人物当时的心境相呼应，即写出人物活动的地域特色，又增强了报告文学的文学性。如“古老的无名河水从村后悠悠流过，河滩上是平阔的土地，那是一片贫瘠荒凉的盐碱涝洼，春天一片白茫茫，夏天一片水汪汪。早在大清康乾年间，这里曾是官家的放马场。荒草萋萋，鼠兔出没，阔野苍天，一群群战马仰天长啸，构成了一幅苍凉悲壮的图画”。这是李运才祖辈生活的地方，贫困又苍凉。再如李运才梦回故乡一节：“在自己的梦境中，李运才仿佛又回到了那遥远的小乡村。夕阳。晚风。薄雾。土屋。小路。汩汩流潺的古老的村后的无名小河。河堤上那凝着落晕的白杨林。还有那一窗温暖的灯火。母亲慈祥的目光，花白的头发。亲人们盈盈的笑。还有那散溢着泥土气息的乡音……生命之舟是从故乡这片土地上启碇，青春之树是吮吸着故乡的雨露成长,哪个游子不思恋故土呢?"既写出故乡景色又写出人物心理。还有对江南景色的刻画:"江南的景色是美丽的！一群白鹭就在那时飞来,从荫绿模糊的背景划过,银白的身影如同闪电,在路旁老牛四周上下翻飞盘旋。一动不动的老牛连眼都不眨。白鹭越飞越低了,通红细长的脚爪伸出来,像飞机降落前放下了起落架。老牛哞叫了一声,给老朋友打着招呼:地我刚犁过,有的是虫子！白鹭叽叽喳喳地齐声欢呼,盘旋俯冲终至落定,一如几页湿透的情书,撒在老牛的四周。"对鸭绿江的描写:"就在我国的东北边境,有一条水色青绿俨如鸭头的千里长河,名曰鸭绿江。这条发源于长白山天池东南胭脂山麓、东北至西南走向的外流河,日夜奔腾不息,涛声不止,宛如一个多愁善感的少妇,好像在哭泣,更像在唱歌,她把一串串辛酸的泪珠送进茫茫大海,又把一曲曲英雄的赞歌留给了两岸人民。"还有对战火中朝鲜江山的刻画:"群山雾列,雪峰叠叠,蜡象银蛇,空阔苍凉。志愿大军渡江后,李运才看到了被雨恨云愁笼罩着的异国山河,一切都被破坏得不堪入目了,到处是焦土和残火,公路上弹坑摞着弹坑,桥梁被炸塌了,村屯变成一片废墟。再往前走,路上挤满了北撤的人群,有的赶着牛车,有的头顶包袱,有的身背小孩,乱成一片。这一切景象令李运才心潮沸腾,涛激浪卷。"在荣军医院的一段,景物与心理融合得更好:"纱窗外的天是淡绿色的,那颜色把人的心也泗得湿润润的。几个月过去了,转眼间已跨进了春风4月的门槛。李运才的心也像窗外的花花草草,萌动着,翻腾着,血管里的血液也似乎涨潮了,一个念头时时出现在脑海,我得回去,我要回到朝鲜！那里的亲人在等待我,那里的战友更需要我,我不能待在这里,多住一天就是惭愧,就是内疚,就是痛苦!"

《龙门骄子》是一部成功的作品,既有生动真实的报告之笔,也有细腻动人的文学表现,遗憾的是在新中国成立后的部分不如战争年代部分写得生动具体。

简评《星光中的微笑》

《星光中的微笑》是王柱山的抒情诗集。他用自然流畅的诗歌语言抒发了对四季轮回的感悟,歌唱亲情与万物,表达出他对人生和社会的思考。他的诗短小有味,贴近生活,不故弄玄虚,读来亲切朴素。当下诗歌有两个病症:一是照搬西洋,完全抛开汉语的特点,用洋腔洋调唬人;二是迷信口语,随口即成诗,口水四溅,失去了诗歌的艺术品质。诗歌要抒真情,要创造出新的意象,要凝练,要有鲜明的节奏和音乐性。把诗写成散文或伪翻译诗都是病态的。王柱山的诗是汉语诗,有真情,有思想,有鲜活的意象。如《岁月像一担干草缓缓通过》:

道路漫漫　模糊了下一站的路标
从当前出发把熨帖的东西打包
然后发给绿色机器
让包裹在传递中飘出暖暖的香

我仿佛看到一担干草在老农宽肩上
颤悠悠地从一个落脚处转到另一个落脚处
一担干草在山上走了一遭
日子过去了半个春秋

他把岁月比成物流传递和老农肩上的干草,新奇贴切。诗中流露出暖暖的温情。

再如《收藏夏天的阳光》,他说:“我把心口多余的热藏进脉管/让我有足够的力量走过秋天/然后把全身的温暖传给那个/在河面上冰鱼的孩子。”表现出一个教师的温暖情怀。

诗人对自然社会的观察很敏感,他真切体味到时间的流淌和四季的轮回。他用自己的诗歌去对抗时间君王。在《秋分》一诗中,他说:

站在季节的界线上
你是否还想
把自己贴上邮票
寄回到人生中
喜欢的那个季节中去呢

这是诗人的奇思妙想,也算是对抗时间君王的一策吧。

亲情、爱情也是诗人常常歌颂的,王柱山把父母和孩子比成太阳和向日葵,赋予了二者不同于过去政治含义的亲情内涵:

父母的爱是太阳的光辉
这种光辉散发着亘古不变的温暖
孩提时那张甜甜的嗔怒的脸
像一株向日葵永远让父母心生爱恋

《不眠的灯》也是一首感人的怀亲诗,诗人用一盏煤油灯放大了父亲在心中的影像:

童年,或者就在昨天
我看见仓库中
那盏锈迹斑斑的提灯亮了
灰黄的灯晕
把父亲的身影放大十几倍
父亲踯躅在田间
深一脚浅一脚查看浇灌的秧苗

多少个这样的不眠之夜
父亲的那盏煤油提灯在父亲手中摇晃
灯芯发出的光把父亲苍白的脸照青了
当东方出现鱼肚的白
父亲和提灯都打起了瞌睡

类似的诗还有《父亲的农具》《雪中那只军旅鞋》等。这也是这本诗集中最打动人的诗作。

王柱山的诗短小精悍,有的诗可启人感悟,如《墙里墙外》:

一堵墙
在你我之间竖起
坚实的厚壁
牢固着有节律的心跳
墙里
墙外
两重天

鸣雷豁开生活的口子
一直延伸
高危的墙
在支撑与被支撑里
轰然一声响
墙的坍塌

只是一瞬间的事
你会看见
外面的世界
在真精彩与无奈之间

还有《疏离》:

车辆叫嚣着向前行驶
那种冷感渗透进匆匆行走的人群
人们变得像不敢接吻的跑车
保持着一定的距离

城市像一块石头
柔软的心早已
被疏远的人群折得支离破碎
失去了温暖
熟悉又陌生的你我

这些诗作都融入了诗人对社会生活的思考,简洁的诗句惹人深思,含蓄有味。

王柱山的部分诗作还没摆脱篇末点题的窠臼，说得过于清楚，这就使诗的感染力打了折扣。中国传统诗歌讲究蕴藉，讲究以意象为寄托的抒情，这也是他今后要多借鉴的。

虚静纳万象

——评《牟心海短诗选》

牟心海的短诗具有虚静纳万象的品格。这与老子“致虚极，守静笃”的主张相一致。庄子在老子主张的基础上提出了“心斋”“坐忘”。他说：“水之性，不杂则清……纯粹而不杂，静一而不变，淡而无为，动而以天行，此养神之道也……精神四达并流，无所不及。”(《庄子·刻意》)静一不变就是要求从实用与知识之中解放出来，以虚静之心去静观、深看，去透视具象层次之后的不能被知觉的东西。只有静虚，才能洞明。诗人也是如此，没有静虚之心，就不能达到事物之后难以知觉的那一层面。静照即忘我，静照的起点在于空诸一切，心无挂碍，和事物暂时绝缘。此时一点觉心，静观万象，万象如在镜中，光明清莹。万物静观皆自得，空明的觉心，容纳万境，万境浸入人的生命，染上了人的性灵。

牟心海的短诗已达到了这一境界。《空旷也是宇宙》正是以静虚之心观物而出诗的。诗人静观宇宙万物，使自身融于空旷的宇宙之中，而感到“自由而轻松”，“身　在空旷里独舞/心　在宇宙中飞升”。此时心与宇宙万物交通，灵与物合一，这是灵魂飞升的自由时刻，故而一切均光明清莹。在这一时刻，万物也有了生命，有了人的灵性：“树　会走路/所以树哪里都有移动着绿影。”(《树会走路》)“树　走进/神奇的寒夜　睁眼/已长满白发。”(《雾凇》)“白梦消融　眼前/裸体的枝条　低垂　高挑/树　等待着绿梦。”(《她往树上缠挂纯洁》)还有：“树　抖落一身雨露/从梦中站出来　山/带着一身潮气　从梦里走过来。”(《被雨淋湿的梦》)绿树、白雪、梦构成了神秘朦胧的意境。诗人何以对树如此偏爱呢？难道仅仅是因为诗人生长在多树的北国吗？这些被诗人灵性照亮的树是生命的色彩和象征。

读牟心海的短诗，你会不由自主地沉静下来，去捕捉那静寂宇宙中闪动的诗性光芒。“空空的天　无际/云带着鸟影往来/飘飘的风　无形/送来芦苇荡的欢声。"(《天　也在网内》)无际的天、无形的风,引我们进入空旷浩荡的天地里。"天　在网外/天　也在网内。"在这一片无际的天地里,你难道没有体悟到一种超凡脱俗的自由与灵动吗?就是斗室也锁不住那颗自由的诗心:"墙　已打开两扇窗/扑进了　虚幻的世界　微观挟着宏观/涌来的大海　实在的幻象/是激情的定格　想象的图形/长翅膀的思维/墙壁挂不住　墙是不透明的。"(《挂不住思维的墙壁》)不透明的墙可以挡住视线,却挂不住长翅膀的思维,锁不住自由灵动的心。再如《窗帘》:"只想造出狭小的空间/把灵魂围困空屋/也许是个情感的长锁/去把秘密锁住//这个小的天地/仍有日月星辰/然而这无际的心灵宇宙/已经没有了窗户。"这是狭小与空旷的统一,是封闭与开放的统一,是无际的心灵宇宙与有限的物质空间的统一。微观世界与宏观世界在静照中合而为一,创造出有限中藏大千的境界。

以静虚之心观物,就打破了人与物的界限,也打破了心灵与现实时空的界限。心纳万物,万物也具有了人的灵性,意象空间便大大扩展。《树会走路》一诗中,先写树,这是从大森林里走出的站在山坡上的树,再写落叶,暗喻时间的飞逝,又写:"我被打成一片树叶　随风在空旷中飘摇。"最后我不自觉地笑,"泛起生命的绿涛","这绿便向远处森林走去"。人与树合一,心与物交融。《叶的变异》也是如此:

一片片树叶
落　落
落成一顶顶帽子
压出皱纹

月好惊异

又一阵风把我
推出梦
帽子去了
头发却长成了森林

人亦是树,树亦是人。落叶与落发相照,衰落里孕育着新生,苍凉中又透射出达观。

人是万物之灵,"天是雨/地是水/融化不了　我/这块流血的岩石/浮不起来/沉不下去"(《雨中孤行》)。这是诗人对人在宇宙中的定位。"不必哭泣"中透射出自信的人生光芒。

《边缘》一诗肯定的是另一种“存在”。“虚无虽然把一切笼罩/淡化中没有消失/记忆中没有遗忘//黑与白轻轻相交/冷与暖缓缓相交”。远离中心的存在更能体味到界限消除之后的温暖与澄明。

摆脱了繁重政务之后的牟心海终于可以全身心投入他所热爱的诗歌和艺术之中了，他真正地沉静了下来：

无声是蕴涵
等待不是寂灭

独处
静写生命的享受

——《独处》

他已得到了诗艺的真谛。

《山东当代散曲选》序

散曲是中国古代诗歌体裁之一，在元代兴盛，和唐诗宋词同为一代之文学，又被称为“乐府”或“今乐府”。散曲由宋词俗化而来，是配合当时北方流行的音乐曲调撰写的合乐歌词，是一种起源于民间新声的中国音乐文学，是当时一种雅俗共赏的新诗体。散曲有小令和套数两种基本形式。诗、词、曲是中华诗词宝库中的三颗明珠，其中包含着我们民族的优秀文化传统。

为了继承散曲这一文化遗产，中华诗词学会散曲工作委员会于2015年11月6日在西安成立，由中华诗词学会郑欣淼会长兼任主任，徐耿华任常务副主任。郑欣淼主任说：“这是响应中央号召，顺应时代潮流做出的重要决定。我们有义务有责任把散曲队伍壮大起来，把地方散曲组织发展起来。”随后有的省市分别成立散曲组织。山东诗词学会也应时成立了散曲专业委员会，2017年5月定名为山东诗词学会散曲社，散曲社由崔景舜任社长，刘进美任副社长，并在天堂寨风景区管委会设立了“创作基地”，由天堂寨管委会主任张景放任基地主任，特邀中华诗词学会副会长林峰、学术部副主任李葆国，山东诗词学会副会长布风华，原副会长郝铁柱、耿建华光临现场揭牌。此后，散曲社多次组织采风活动，与省内外散曲组织互相交流，推动山东散曲创作的发展。《历山诗刊》还开设了《散曲园地》栏目，由刘进美任编辑，扩大了对外宣传力度，深受散曲爱好者欢迎和赞许。

散曲社着力提高散曲创作水平，由崔景舜任散曲教师，以他编著的《格律诗词曲写作入门》为教材，举办散曲培训班及不定期专题讲座，收到良好效果。学员作品分别在国家级刊物《中华诗词》《中华散曲》《中国当代散曲》及省级刊物上发表。设立山东诗词学会散曲社社团微信公众号，由孙晓峰任责任编辑。散曲社在弘扬散曲传统优秀文化方面做了大量工作，便于在线上线下学习交流；

刊登名家名作及理论鉴赏，提高了大家的创作水平，培养一批散曲骨干力量。

散曲社应邀派员参加了在西安、内蒙古锡林郭勒召开的“中国当代散曲创作学术论坛”。崔景舜、刘进美所撰写的学术论文分别在会上发表，并由会议出版成集。2019年7月18日，内蒙古论坛会上，经中华诗词学会散曲工委主任办公会决定，增补山东省散曲社创作基地主任张景放为工委委员。这是对山东散曲工作与他本人的信任和鼓励，扩大了对外宣传力度，拓宽了与兄弟省的联系渠道。崔景舜的散曲《正宫·小梁州·卖菜女》，入选中华诗词最高奖项“中华诗词文库华夏诗词奖”。这个奖项一般散曲入选少，以诗词为主，崔景舜获奖在散曲界为山东提高了知名度，增加了影响力。

山东成立散曲社以来，参加全国散曲工委组织的《当代散曲百家选》，其中崔景舜、刘进美入选。散曲工委组织“人世情系列丛书”，包括故乡情、军旅情、山水情、民族情等八个专题，都有山东散曲作者入编。同时，山东散曲作者的作品刊登在全国各大诗刊，如《中华诗词》《中华散曲》《中华当代散曲》《中华军旅诗词》及陕西、山西、安徽、江苏、广西等多个省的刊物。散曲这棵传统文化之树，在山东大地逐步开花结果。

山东散曲社成立后，崔景舜、刘进美同志便酝酿出版《山东当代散曲选》一书，以增加山东散曲爱好者的凝聚力，扩大对外宣传力度。在筹备中，首先得到淄博诗词学会会长李奎封，副会长张文富、赵文森的大力支持，得到了省内外散曲作者的积极响应，有120余人投稿，为此书出版打下了良好的基础。山东作者249人，入编1260余篇，其他六省市作者59人，入编321首。

《山东当代散曲选》主要是继承发扬传统优秀文化。唐诗、宋词、元曲是我国诗歌史上的三座高峰，缺一不可。这些散曲作品有对祖国山河的礼赞，对改革开放40年的讴歌，对人间真情的抒发，也有对社会丑恶现象的鞭挞。在体式上，以北曲为主，并以中华散曲工委常务副主任徐耿华所编《北曲小令常用谱》为标准审核。从中可以看出散曲千姿百态的形式美，诙谐幽默的风格美，耿耿正气的情操美，反映了当代人的精神面貌和丰富情感，体现了散曲通俗流畅、朗朗上口、诙谐泼辣、酣畅淋漓的艺术风格。

《山东当代散曲选》的出版，将会促进散曲创作在普及的基础上提高，在提高的指导下普及，它集中了一批为人民抒写、为人民抒情的好作品，这是使山东散曲走向振兴、走向繁荣、走向全国的重要举措。

对散曲在山东的发展，我们也应有清醒的认识。相对全国而言，我们存在着创作起步晚、发展不平衡、创作质量有待提高等问题。有些作品虽是平仄合律,但用语不畅无曲味。我们应逐步补齐短板,壮大队伍,培养新人,推动创作质量逐步提高,使山东散曲创作和研究进一步健康快速发展。要提高写作水平,唯有深入生活,扎根群众,与人民同心,与时代同行。还要多读书,多写多练,多体悟揣摩,多借鉴化用。我们应该创作出更多更好的精品力作,掀起新一轮创作热潮,让散曲这朵文艺奇葩在山东绽开得更加绚丽。

刘太勤诗集序

这是一位煤矿工人的诗集，作者是我的朋友刘太勤。十几年来，我们见面很少，偶尔通个电话。太勤个不高，不太爱说话，但他的沉默里却透着一种真诚和执着。2008年4月，他送来厚厚的一叠诗稿，说要出书。我很吃惊，我看到了在黑沉沉的井下，诗性的光芒在闪动。“文革”串联时，我也下过矿井，在井下干了一个月。井下阴暗，潮湿，钻机轰鸣，石尘弥漫，放炮后还有刺鼻的硝烟。矿工的劳动强度很大，井下随时都有危险。上井后，矿工们会喝点酒解乏，一般说来，他们的酒量都很大。太勤的酒量如何，我不清楚，但他是矿工里的文人。阴暗的地下、辛苦的劳作并没有压得他趴下，是诗歌给了他力量，是诗歌使“他性格中脆弱的东西少了，骨质的东西多了”。他变得自信而坚强了。在物欲横流的环境里，他坚持着自己的精神追求，在“饿死诗人”的背景下，他却以诗为自己的精神食粮，这才是难能可贵的。

在他的诗中，我们可以读到他对阳光的热爱，《在阳光下》中，他写道：“在阳光下/为我们期待/所盛开的紫色花瓣/芬芳我日子的每个角落/那凌空而下的激情的飞瀑/于我心灵的谷底/亦溅起亘古不变的诗行。”也许是身处矿井下的缘故吧，他是那么喜欢光：“穿过朦胧与色彩/温暖地照来/……那闪亮的根根琴弦/那串起亿万珠宝的柔韧的丝线//在爱与恨的误区中/把一双双灵致的手伸向我吧！”（《一束光》）他把那一束光描绘得那么亮丽、那么温暖，透露出内心对光明与温暖的向往。他把太阳比作“暗区里飞来的鸟/张开滴血的翅膀”。他是矿工，为自然也要为矿工歌唱，在《轰鸣的风钻声》中，他说：“我们要打通通向明天的巷道。”

轰鸣的风钻声
像一条闪光的链条

把喜悦与充实一起串联
在它雄壮的歌声里
乌金的河日夜流淌
灿烂的阳光
照在我们矿工的心上

在这些阳光般光明的意象里，我们可以看到他健康、敞亮的内心世界。

太勤很善于创造意象，他诗中的意象具有创新性，他不用陈言，把感觉化成鲜活的具象。比如《无题》：

黄昏
一片片暮云
像一艘艘航母
向黑夜开进
可能为收复失地
或打击恐怖
一颗颗星亮起来
像引路的灯

诗短小却耐读。他把暮云比作黑夜攻击的航母，把星星比作引路的灯。“打击恐怖”又使人联想起这个并不安宁的世界，的确是很有意味的。

再如《屋子》只写意象，脚步声，堆满东西的桌子，“长长的叹息传出去/在拥挤的屋子里碰撞很久/落地无声”。他用意象画面呈出的是诗意灵魂与凡庸日常生活的冲突，诗意藏在其象之中。

煤矿地区常见沉陷地带，他于此却联想到“或者耐心等待/下一次造山运动/尽快来临”(《沉陷地带》)。能从沉陷中看到崛起，能从沉寂中期待奋发，这就是太勤诗歌的力量。

《黑夜的街》也是一首精短的好诗：

无数的街
在黑夜
互不相通

黑色的水流

既宽且深

思念的船划出去
于星稀处触礁

这首短诗把黑夜里的思念刻画得如此具体(那些街也许是地下纵横交错的巷道),又如此别出心裁,构思和语言均很精巧。

再如《两张床》中的意象:“那一夜/千万颗星星/企图用闪光的语言/在黑夜的腹地/开凿新的运河。”

在他的诗中,光明与黑夜总是处在交战状态,如《黑夜》:“黑夜在前面堵截着/在后面追赶着/黑夜在上面压制着/在下面浸溢着//我们在向前冲刺着/在向后摆脱着/我们在向上抗争着/在向下俯视着。”

太勤的短诗很有意味,比如《丛林》:“众人的目光/形成丛林//丛林深处/有不凡的鸟/箭一样飞出。”也许太勤和他的诗正是这样的鸟。

把感受和思考意象化,这是诗艺的核心,太勤已经掌握了这个核心,因此他写出了短小而富有内蕴的诗,这也正是诗的魅力。

在这个集中有不少爱情诗,太勤写得也很含蓄,如《岸》:“有许多心事/汹涌//要守住自己/只能加固自己。”《湖》:“我与我的彼岸/被你连着/而不是被你/隔着。”《山村》和《老榆树》则是写乡土的,纯朴、自然,富有感染力。

太勤不仅写新诗,也写旧体诗和散文诗,表现出他对诗体形式的多种尝试。旧体诗不易写,因为格律限制较严,但作为言志交友的一种诗体仍然具有存在的必要。太勤的尝试是值得肯定的。《与友小聚》《春日林中漫步》《山村闲居》均清新可爱。在旧体诗词创作上做到格律谨严,并写出新意境是不容易的,于此还需多下功夫。

太勤是在劳作之余才能写诗的,他的勤奋和执着值得称道。通过写诗提高自己的精神境界,提升艺术修养也是实现人生价值的一个途径。作为一个矿工诗人,是否可以多写一点为矿工们所能懂的诗呢?是否可以更多地为他们代言呢?这是我所期待的。

2008年6月26日

《烟柳集》序

《烟柳集》是王茂海的第三本诗集。他学诗以来不断提高，对诗艺的把握也日渐成熟。尤其是在诗歌题材的选择上，坚持了反映现实，关心大众。他的诗作没有无病呻吟。他从个人视角去认识社会现实，认识自然万物，真实抒写出自己的喜怒哀乐。他把自己的思考放进诗中。在《静夜思》中，他发出这样的感慨：

时光荏苒不经眼，岁月蹉跎物化间。
满眼春光留不住，漫天飞雪应时还。
芳菲斗罢残花落，萧瑟出寒复绿颜。
道法自然横碧下，有谁清醒又谁禅。

面对一棵老桐树，他写道："看似孤沧蓬乱枝，只因寒重不逢时。时来桃尽桐华至，串起天香引凤栖。"桐华虽然开得晚，但是一旦时候到了，它也能"串起天香引凤栖"。这是他从老桐树上得到的启示。他从按时开放的绿植中引出自律的情怀："绿植花木按时开，云水天光期许来。物尚守心人莫外，职当自律守初怀。"守心自律，他正是这样的人。

他对孝道大加赞扬并且身体力行。他称赞侍奉老祖母的青年，赞扬他的孝行："春花争艳妙重重，游客如织踏景青。独见青年不为动，床前侍祖孝亲中。"王茂海自己就是一个秉持孝道的典范。他的母亲有病常年卧床，他几乎天天侍奉床前。在《归来床前侍老母》中，他写道："昨日追风逐梦潮，今归病榻奉折腰。往昔励业无遗憾，今日孝亲当自骄。振精神多做事，只求老母寿年高。不枉生养恩德重，甘做麻衫挡洌器。"秋夜，他挥拍为母驱蚊："蚊不作声秋后狂，夜来肆虐母鳞伤。挥拍斩尽绝藏处，护我娘亲怡梦乡。"他自己和那位侍奉老祖母的青年一样，也顾不上去踏春，他说："每年春暖花开的时节，人们都会相约而至，踏青赏花,而我为了侍奉抱病卧床的妈妈而不能巡游青景,白白辜负了春花的盛情。”有《惜春》一诗为证:“又是一年踏绿行,天邀万户入轻风。只因侍母无暇顾,花眼又失烂漫中。”一天天,一年年,他照顾母亲无微不至。因为常年出入病房,他对医生护士也很有感情。他赞扬查房的护士,写了《刘霞查房》(5):“查房已过几多遍,馨语频频嘱万安。因是愁容为病困,每逢天使可舒颜。”赞扬护士是解除病困的天使。

茂海有一颗慈爱之心。他不仅爱自己的母亲,对因病致贫的农民也给以深深的同情和帮助。他写了《患者的眼泪》:“病催老泪落他乡,千里求医桑柘慌。收尽贫瘠六亩半,难低药费九天光。”茂海的诗作继承了杜甫和白居易的现实主义精神,敢于为贫苦人民而呼喊。他对当下治病难和养老难的现实,有自己的思考。他发出了呼喊:“面对公寓里的老人,听着那悲苍的呻吟,还有老人的那种孤独焦虑,我的内心有一种说不出的味道。试想这些老人,他们当年响应管辖人的号召,激情满怀,干事创业,撇家舍业,牺牲奉献。当他们躺在了医院的病床上,欲说不能,欲动难行,他们渴望有领导的看望,有亲人的陪伴,可是等来的是失望、灰心、无奈、忧虑、惆怅和求死的呐喊。每当我看到老人们那憔悴的面颊,凸起的肋骨,松弛的肌肤,带血的褥疮,还有那不停的呻吟,我能做的只是苍白地安慰,其他的我什么也解决不了,我太渺小了,太无能了。如何让老年人在晚年能够有尊严地活着,让他们能够享受到精神的抚慰,不让他们带着遗憾辞别人世,不让他们……于是将心中的疑虑、不安和无奈记录在了无眠的纸上,以唤起管辖人切实的关爱和儿女们真实而久违的孝心,而不是在媒体的夸夸其谈。行动起来吧,管辖人!管辖人你是谁,你在哪里?老人们那无声的呐喊,那毫无气力的求助,你看到了吗?听到了吗?”他把呼喊写进了《如梦令·老年公寓一撇》中:“昨日打拼忙碌,今却呻吟如诉。试问管辖人,谁欲将其救赎。无助,无助,踏上不归之路。”

他看到一个农民妻子因丈夫生病,鬓发蓬乱,面生憔悴,他们撂下了耕种的农田,离别了四川老家茅屋,不畏千里颠簸,来到济南的省立医院求医问病。他们虽生活困窘,却能相互依偎,彼此激励,顽强抗争。他不禁垂心自问,苍天呼号,谁助贫也!“妻因夫病发凌糙,撂下农田别蜀茅,千里不辞风雨路,相依弱体作心疗。”他们虽然贫困,但仍保有淳朴之心。他在诗中写了这样一个农民工:“一个农民工,为病花去了一生的积蓄,她无钱酬谢帮助过他的亲朋好友,于是她剜来野菜,凌晨三点,生火蒸包子,当太阳升起的时候,她背上装满编织袋的包子，乘坐公交车，来到了她打工的地方，将一个个带着田野清香的包子送给她的同事们，大家品尝着，说笑着，而我更多的是思考着，掂量着这包子的分量，品味着其中的味道。”这个农民工被他写进《味道》一诗中：

因病致贫地撂荒，难能体面谢亲帮。
剜来荠菜蒸包子，分与亲朋品野香。

王茂海退休前在法院工作，他对同仁给予赞扬，向他们致敬：“暑去寒来任雨风，倾心竭力对公明。万般情致民所向，尽罢忠诚而后生。”在《法锤于心》中，他赞扬面对人员的调整，分流法官表现出的宽大胸襟和崇高境界：

社会改革多诸元，相生诉讼几翻番。
法锤声断决疑案，书卷成堆叹少闲。
闻讯员额裁过半，分流减政众人谈。
若别熟业向何处，一任赤城天地宽。

王茂海是公务员，他始终关心百姓，关注旧村改造的村民，写下了《旧村改造》一诗：“一日拆迁五载还，东租西借度炊烟。小楼独院已不再，汇入单元蹬月盘。祖业难抵官作价，家储殆尽债凭添。问询灯火珊阑处，五味杂陈渺渺间。”他关心沐雨栉风的筑路工人：“两架帐篷立路东，一台汽碾道西鸣。日间修路风尘面，夜里难眠露倦容。他日道通迎过客，路宽行畅笑从容。清闲馆里多说笑，谁记桎风冒雨情。”并与清闲馆众中的闲人做对比。下了三天的春雨中，他感到欣慰的是“一消春旱苍生苦，万众观澜听笑声”。王茂海继承了唐诗中的新乐府精神，关心百姓生活，着眼普通大众。《卖报翁》是其中的代表：

老汉练摊大路边，报刊瓶水带香烟。
余偏好事前搭话，聊过午天忘雪寒。
卖报全凭八九点，十单难抵两盒烟。
近年生意减多半，都怪网联抢客源。
能赚三十贴补用，尚能忘病祛心烦。
自从下岗到今日，暑夏寒冬任土残。
抱怨不曾都是乐，铮铮铁骨七十三。
风霜不惧勇争渡，苦伴贤妻笑暮年。
自愧不如肃起敬，泪流只为弱无援。

追询旷世谁能主，消灭贫穷不受煎。

王茂海关心时事政治，对“天宫二号”顺利升空加以赞扬：“中秋十五月当圆，赏月时分不见天。许是娇娥忙盛事，备迎远客忘开帘。”诗中展开了浪漫想象。面对贪腐官员，他写下了《落花殇》：“春光不与四时同，红绿相邀万户行。可叹王杨入囹圄，悲情花落负清风。”贬斥他们辜负了“清风”。对“开放发展几十年，几多富贵几多寒，初心忘却触红线，多少贪腐牢狱间”的社会现实，他深感痛心。他盛赞黄河：“黄河之水裹金沙，千里风光串紫霞。坝顶林长燕雀吟，浪无琴键咏中华。”他珍重战友情谊：“一别军旅几十年，常梦军营战友间。历历桐杨遮哨所，铮铮少壮镇山川。家书缓解相思苦，小酒豪添壮志虔。苦难辉煌难忘却，再邀相叙此生缘。”欣赏兰花的高洁风姿，赞扬它品高：“兰之唯品竞群芳，清雅惠芳博众彰。自恋江南幽谷地，嫁来北郡馥庭堂。三十华诞逢天露，万户兰痴碧叶忙。逸情不改再争渡，凝香淡素俏梳妆。”

王茂海的诗、律、绝均有，还有古风体和新诗。他的新诗多为记事体，节奏鲜明，朗朗上口。他在平仄格律上已无障碍，但在对仗上还需再下功夫。

《萤火虫》序

徐世久，湖南岳阳人。他是一位病残农场职工，虽初中也没读完，但他并不颓唐，一边工作，一边学习，1989年于中央农业广播学校刊授毕业。他从2011年学诗，苦学不辍，终有所成。他的诗词入选多部诗集及省级诗词刊物，多次获诗词刊物举办的全国诗词大赛一、二等金奖。现在他的诗结集出版，可喜可贺。

《满江红·读岳飞词随想》一词充分表现了他的志向和经历：

忆往思千，望满斗长空星月。多怨恨，仓寒孩弟，玉童遭劫。三十年虚尘与土，农田万亩流殷血。看青春，好似水东流，空悲切。思年少，风华热；宏愿在，心难歇。奋孜金秋日，力争尘客。墟废荒芜勤垦拓，耕耘须绿十年白。振中华，跃马骋征程，从头越。

在《学诗》中，他还写道："暮色苍茫静，才疏苦学诗。春光虽逝去，奋笔不为迟。"在他的诗词中有种奋发的精神，有迎风雨、争朝夕的豪气。有《鹧鸪天·漫舞雄风》为证：

暮树黄花绽俏容，人生莫醉酒杯羹。弄潮浪里迎风雨，百尺竿头更搏争。重抖擞，焕春青，英歌漫舞再雄风。光阴不复昙花现，夕照冰崖不老松。

徐世久属于豪放派，他的诗中有豪气，意象雄大。请看他的《长江》：

奔腾不息向东流，日夜滔滔注九州。
万里淘沙英武出，千年浪逐竞王侯。
沧柔洗涤翻云雾，哮涌峥嵘岁月稠。
灌饮人间春色美，浇来满地遍金瓯。

首联描绘大江奔腾不息，日夜滔滔东流的意象。颔联万里、千年淘尽英雄人物的抒情，这与苏轼的词意相通。颈联描写长江的浪涛，又与峥嵘岁月相糅合。尾联歌颂长江给人间浇灌出美好春色和满地金瓯。《游嵩山》则歌颂"喜看中原人杰地，奇英胜出遍三江"，赞扬了少林寺的英雄气概。《重上岳阳楼》前两联描绘洞庭湖烟波浩渺的雄阔："轻盈步上岳阳楼，瞭望洞庭尽眼收。浩渺烟波翻万卷，湘长交汇浪千秋。"这是登楼所见。后两联赞颂登过岳阳楼的人物："淹公子美留佳句，领袖行书指一流。子敬挥雄盘柱石，文明世代立鳌头。"赞扬了岳阳楼对中华文明的贡献。他的《登鹳鹊楼》也值得一读：

古有陵登鹳鹊楼，黄河目览纵横收。
晶莹绝句留芳世，赤子红丹报国忧。
晋地千情怀舜禹，烟炉百载铸风流。
巅峰五老飞宏梦，复兴篇章著九州。

鹳雀（鹊）楼是历史名楼，唐代许多诗人像王之涣、畅当、耿湋、吴融都登临过，留下了不少诗篇，尤以王之涣诗最为著名。徐世久诗的前四句就赞王之涣绝句是"留芳世"的杰作。后四句则抒发出"怀舜禹""铸风流""飞宏梦"的豪情。颈颔两联对仗工整。

徐世久的记游诗词常把记游和怀古结合在一起，他登匡庐则怀陶公，在《蝶恋花·匡庐觅陶公》中写道：

胜景匡庐奇丽秀，碧绿浔阳径直通天路。乍到庐山云雾厚，陶公笑指旧。悉听柴桑藏傲骨，彭泽为官唯剩清风袖。五斗折腰从不就，诗文滋润千年后。

游草堂则怀杜甫，在《醉花阴·瞻杜甫草堂》中写道：

缓步草堂瞻杜浦，柳挽轻风舞。莺鸟唱声声，玉竹葱茏，曲径连荷浦。屋茅飞渡成诗赋，报国曾何处？生世度苍凉，忧卒蓬船，遗愿谁知否？

徐世久对为中华崛起而奋斗牺牲的革命者充满崇敬之情，写下了《血染湘江》一诗：

旌旗漫卷起烟飞，十万雄兵突虎围。
博古排毛韬略计，洋人独断武横非。
红军激战鏖三日，血染湘江痛万悲。
国际英歌冲浩宇，忠魂壮烈铸丰碑。

体现了“血染湘江痛万悲”和“忠魂壮烈铸丰碑”的悲壮情怀。《忆秦娥·首战平型关》则重现了那次歼灭日寇的大捷：

寒星月，倭狼入侵团城穴。团城穴，平型关隘，路悬崖绝。山谷十里拦腰截，刀枪激战拼撕裂。拼撕裂，嚣张日寇，气焰灰灭。

徐世久不但写旧体诗，也写新诗。他的《朽木》一反人们对朽木的蔑视，别出心裁地赞颂了朽木的奉献精神，翻出了新意：

你耗尽了毕生精力
为大地奉吐一遍浓绿
最终在成熟的季节里枯黄
岁月风蚀已把你化为残骸
你仍熠熠生辉，还在奉献
又为物类孕育出新的生命桂冠
于是，人们一同伸出拇指把你赞叹
朽木呵！你是真正的伟杨

《桥》描画出其美丽的外形，也提炼出桥的精神，有向上的正气：

似一轮弯月跨小河两岸
河水缠着岁月在桥下流淌
风烟曾从这桥头卷起
沧桑斑驳印满了桥栏

真情和友谊在桥上连接
忧郁和烦闷在桥上彷徨
进发的脚步从桥头迈出
豪迈的歌声在桥上唱响

我伫立在这古老的桥头
肩历史的重任，世纪的希望
无论是昨天，今天，明天
辉煌总是从此通向彼岸

他从墙缝隙里长出的小树上也发现了诗意，赞扬了小树坚贞不屈的精神：

一棵小小的白杨树

它旺盛地长在墙上的裂缝里
白天依然沐浴阳光
晚上照样吸取甘露
当风雨来临时
它似乎有点孤寂
可它仍坚贞不屈
风雨愈猛烈
它却愈坚贞
它永远昂起不屈的头
因为
它的根系不是在土壤
而是被坚厚的墙体所牢固

徐世久的旧体诗词选材广泛,大体和律,具有昂扬奋发的豪气。他的新诗从小处入手,开出新意,语言简洁,节奏分明。他的诗作扬正气,抒豪情,给人以激励。

崔金鹏诗集序

这是山东青年诗人崔金鹏的第六部诗集。崔金鹏是山东青年实力派诗人，他的诗作在《诗刊》《星星诗刊》《绿风》《山东文学》《笠诗刊》《中西诗歌》发表。

这部诗集分为三卷，第一卷为“守望月光下的村庄”，收录的主要是乡土诗，以及与中国文化有关的诗。在这一卷中，作者热情讴歌了自己的故乡、亲人及祖国。他深情地守望月光下的村庄，歌颂自己的父亲母亲。他不忘乡下的兄弟，甚至故乡的麻雀和喇叭花也刻进他心底，浓浓的乡情和亲情流淌在字里行间。他说“故乡的炊烟常飘荡在我的心间”，在这炊烟中，浮动着最“卧雪的故园”、父亲“瘦长瘦长的烟杆”和母亲“佝偻的背影”。(《炊烟》)在诗中，中国农村常见的炊烟成为一种浓缩着亲情的符号，永刻进离开家乡移居城市的游子心中。在这一卷中最为感人的是那些写父亲、母亲的诗。诗人抓住了刻进他生命历程中的一个个细节，勾画出勤劳的父亲和慈爱的母亲的形象。“他把只剩了帽沿的/一顶草帽盖在头上/不让我看见他疲惫的/额头。”(《父亲和他的麦子》)“夜里/我常常被母亲喊醒/乡下的母亲/在我湿漉漉的眼里/走过来——”(《乡下的母亲》)这些献给故乡和亲人的诗，表达出一种根性意识，这根是中国文化血脉之源，无论是走进城市或漂泊于异国他乡，这无形的根会牢牢联系着每颗中国心。天上的风筝也使他联系到家园，“那颗飞翔的心灵/始终在一种炊烟的高度上/吟唱//风说　母亲在整个季节里/都在家园的地方/紧握炊烟/不肯放”(《风筝》)。这些感情真挚的诗作无疑会引起那些离开家园的诗友的共鸣。

第二卷为“星光或金属的翅膀”，收录的是咏唱人物的诗，从炎黄二帝到孔子、老子，从古代作家到现当代英雄人物，从伟人领袖到平民诗人，共30人。这些诗作包含了诗人对历史人物的评价，对现当代伟人和英烈的赞颂。在写这些人物时，他往往把人物放入特定的时空环境中，避免了空洞的议论。他把黄帝与一条河流联系起来，写秦始皇则勾画出焚书堆和万里长城的背景，写庄子用了鲲鹏和蝴蝶做映衬，写阿炳则突出了月色和泉声。从诗人选择的这些人物身上，我们可以看出他鲜明的价值取向和标准。这些人物应该是对诗人成长有深刻的影响的。

第三卷为“心的蝴蝶美丽狂舞”，收录了有关他生活感悟和生命体验的诗作，也是这部诗集中最吸引人的部分。在这一卷中，诗人的创造性想象较充分地展开了，不像前两卷那么平直，多了隐曲，也更多地为读者提供了联想和解读的空间。《钟声》用通感手法把钟声写得灿烂明亮：“在阳光的窗台上/如鹰般飞翔。”这钟声是有力的、明亮的，以至“每一叶生命的开始/都忍不住渴望/斧刃及鞭痕/晶莹的轻响”。最后“轻响”二字似乎分量不足，改为“轰响”也许更好些。《一块罪恶的石头》也很有意味，“罪恶的石头”与“漂亮的手”产生了诗歌的张力，诗的内涵也因为不确定性而丰富起来了。

当下的诗歌技艺是越来越复杂了，表达方式也越来越多样了，自我标榜的流派也纷纷出现。西来的风早已不再新鲜，口语的介入虽拉近了诗与生活的距离，却也使诗味越来越寡淡。诗往何处去又成了问题。但无论何时，诗总归还是诗，真情是诗的根，真思是诗的魂，文字和意象是传情寄魂的外化形式。一个冷血的人会是诗人吗？一个只盯着自己脚尖的人是诗人吗？一个只会玩弄技巧和辞藻而无灵魂和操守的人是诗人吗？一个词语华丽或满腔粗口的人是诗人吗？

一个有作为的诗人应记住这些诗句：“长太息以掩涕兮，哀民生之多艰。”“安得广厦千万间，大庇天下寒士俱欢颜！”让诗歌返璞归真，希望看到更多的真诗、好诗，而让伪诗无所遁形，这才是当代诗人的责任。

金鹏的诗有真情，但是分量还不够重，还需要更深地潜入生活的底层，潜入生命的深处，让诗句更多一些锋芒和重量，让想象空间更为博大，这样的诗才会在更高远的时空里翱翔！

《易安阁词集》序

“一代词宗”李易安，济南之骄傲，齐鲁之人杰也。易安开一代词风，树婉约之高帜，谱绝世之佳章。漱玉传响千载，湖山长聆清音。齐鲁诗家词客岂能忘乎？今齐鲁女词人，志承前贤，再谱华章，由张素梅倡议，李文静主社，女诗人词家四十余人共组易安阁。她们结社于泉城四月，雅集于泉畔湖旁，重振婉约之风，再填当代新词。春风杨柳，桃李花香，迄今已结累累硕果，十二次唱和，将在瑞雪梅香时结集，可喜可贺！

词社以《红瘦》开篇，姹紫嫣红，春风扑面，美不胜收。二十余首《卜算子》，绘出无限春光。清词丽句，层出不穷。张素梅吟长曰：“紫燕呢喃语：恣意群聊相见欢，月照梨花聚。”用燕语梨花喻众词人结社之乐。李慧宇曰：“水畔柳成荫，堤上千枝漫。一地香尘两岸风，唤醒离亭燕。”有声有色地画出了明湖春景。白玉和则吟唱出青州泰和山春色：“春老泰和山，绿水流红瘦。槐拽东风香雪摇，欲把山香透。”李菁别出心裁，以人喻花：“雨洗胭脂月褪钗，怎做娇羞态。日日懒梳妆，一任红颜改。”刘国荣用精彩对句“翠萼染青衫，轻露湿红袖”传达出惜春之情。胡筎云：“莫叹花飘零，绰约风姿妙。但愿来年赶上春，同赏华枝俏。”她叹春，却不颓唐，而是把希望寄予来年。青阳诗姝曰：“昨日理芳枝，今日梳香梗。绿鬓朱颜几许逢，天上人间景。纤手护兰芽，醉眼迷风影。但寄痴情托杜娟，望帝春心省。”写出护花的一片痴情。典故信手拈来，词响韵悠。

第二期以“雨”命题，各词家自选词调，可谓五彩缤纷。玉贝《鹧鸪天·喜雨》（新韵）“天降甘霖喜笑颜，悄临夜幕润桑田。潇潇细雨人堪醉，片片林梢叶梦酣”表达出喜雨之情。淡烟疏月《卜算子·春雨》“溪涧草青青，岸柳舒长袖。水面涟漪唤小荷，梦醒三春后”从细处着笔，绘景如画。波波《行香子·雨连雪，五月奇》描绘春末雨连雪奇景：“云卷云翻，桃李阑珊。远屏山、黛影殷颜。田畴春尽,绿野花残。看漫天雨,满坡雾,卷风幡。”九畹香荃《巫山一段云·观雨遐思》能展开想象,把雨声物化:“东君下界岸边行,拾起落花声。”桐子《小重山·蔷薇雨》:“纷繁踏步两依依。心中事,化作雨蔷薇。”结句有新意。青阳诗姝《浣溪沙·听雨》:“点点玲珑风叶藏,丝丝银线水波长。相思弦上破心窗。”扣住“听”字写,用形写声,意象鲜明。

第三期为慈母词,各词家倾吐心声,颂母爱,忆亲情,愈加感人至深。甘霖露《浣溪沙·慈母》(新韵)“灯盏炕桌寒夜雪,密针细线巧着添,不觉红日露东边”以母夜缝衣细节,抒发小草春萱之情。微雨(胡箢)《南歌子·慈母》:“纤掌生黄茧,青丝染白霜。饱经风雨印沧桑,暗道人间最美是亲娘。”“黄茧”“白霜”之词令人过目难忘。题秀云《望江东·忆婆母》:“婆母西归更思暖,忆往昔,朝朝见。幽思入夜梦中叹。岱岳远,心中乱。”亦真情毕现。

第四期以端午怀屈原为题,多用《采桑子》《一剪梅》词调。以张素梅《添字采桑子·端阳节》(步易安韵)和青阳诗姝《一剪梅·端阳读〈离骚〉》及刘国荣《一剪梅·端阳感怀》为优。怀古怀人之作,若无真情实感,写好很难。

第五期以步韵宋彩霞《临江仙·栀子》并限用韵字,以阴、音、襟、禁、林、心为题,难度增加了。张素梅《临江仙·童年夏日》、桐子《临江仙·荷思》、山山《临江仙·醉丁香》、胡箢《临江仙·老家的白果树》、李慧宇《临江仙·明湖初夏》、李菁《临江仙·夏时》、季老师《临江仙·史坦利公园》(新韵)、孙丽娟《临江仙·夏游大明湖》、青阳诗姝《临江仙·再叠步韵也题〈栀子〉》均步韵和之,表现出阁内诸家的填词功力。

以下诸期或歌中秋,或赞教师,或重阳颂菊,有张素梅、李文静领头,得众诗友词家响应,均有可评可点的佳篇好句。绿云虽年近七旬,却是词坛新手,入阁以后,虚心学习,进境很快。从其《满江红·教师节》一篇即可见也。阁中诸家既有年过花甲的吟长,也有崭露头角的新秀。可谓群贤毕至,少长咸集。资深作手,老辣圆熟;年轻词客,新锐敏捷。长带幼,幼催长;老带新,新尊老。和谐团结,其乐融融。互评互点,指谬纠错,批评论争,各取其长,可谓风清气正也。承易安雅韵,传中华瑰宝,用诗词言志,用诗词养生,陶冶情操,颐养天年,不亦乐乎！易安阁诚雅集之地也！拙评挂一漏万,系一孔之见,还请诸方家指正。

丙申冬月于伴山堂

《感动百年中国的文化家庭》序

家庭是社会的细胞,家庭文化生活是社会文化生活的重要组成部分。“家和万事兴”,家庭文化是家庭和谐的重要方面,也是社会实践和谐的阶石。中国有着五千多年的文化传统,中国文化重“和”。中国的家庭文化历来也是以“和”为中心,讲究伦理秩序。因为长辈对后辈的关爱和影响与后辈的成长关系重大。后辈的成才,在中国文化环境里,是与家庭的影响密切相关的。郭谦先生著的《感动百年中国的文化家庭》,以生动翔实的实例,证明了这一点。书中收录了38个感动百年中国的文化家庭,他们中有的在文学上作出划时代的贡献,有的在书画上独领风骚,有的在新闻出版领域创造了伟业,有的在音乐领域开辟了新的模式……一个个家庭犹如一道道美丽的风景线,巍巍壮观。

优秀的文化家庭如一块肥沃的土壤,它为杰出人才的孕育成长提供了良好的人文环境。家庭的精神文化(如家庭信仰、价值观念、家庭情趣、道德风尚等)引导着子女沿着正确的方向发展,健康向上,在继承前辈事业的基础上又创造新的文化业绩,从而使独具特色的家庭文化进一步发扬光大。“高尚的父母,成功的儿女”。如这本书中,傅雷夫妇作为中国父母的典范,一生苦心孤诣,呕心沥血培养两个孩子:傅聪——著名钢琴大师;傅敏——英语特级教师。《傅雷家书》是青年人最喜爱的读物之一,也是千千万万中国家庭必备的经典藏书。傅雷教育孩子从小淡泊名利,不慕虚荣,他在家书中说:“我始终认为弄学问也好,弄艺术也好,顶要紧是humain(法语,意为“人”),要把一个‘人’尽量发展,没成为某某家某某家以前,先要学做人;否则那种某某家无论如何高明也不会对人类有多大贡献。”他在书信中还不断教育子女要知道国家的荣辱。后来傅雷一家历经磨难,傅聪在海外也历经坎坷波折,但傅聪始终不受祖国敌对者的多方威胁利诱,没有过有损祖国尊严的言行,更没有背弃祖国。

“北大之父”蔡元培无论是为人还是治学,都为世人作出了表率。他把自己所倡导的德、智、体、美四育并重,全面发展的教育思想亦体现在教育子女上。他为子女精心挑选课本,在百忙之中,也抽时间教子女读书、唱歌,灌输爱国思想……他的长子蔡无忌是中国畜牧兽医事业的先驱和畜产品检验事业的奠基人,长女蔡威廉是三四十年代著名的画家,次子蔡柏龄是著名的科学家,次女蔡睟盎是中科院上海分院研究员,三子蔡怀新是复旦大学教授,幼子蔡英多为沈阳黎明机械厂高工。六个子女个个成材,毫无疑问,家庭的文化熏陶,对子女的成长起到了决定性的作用。

国画大师傅抱石与画家罗时慧生有两子四女:傅益钧(小石)、傅益钜(二石)、傅益珊、傅益璇、傅益瑶、傅益玉。除长女傅益珊长期生病外,其他子女都从事美术,不仅继承傅派艺术,而且遵循父亲的教诲,把自己的艺术融进历史。在画艺上各自独立探索,卓有建树,成为闻名于世界的当代画家。

作者用生动的笔墨描绘了这些家庭的风采,许多趣事、逸闻让人不忍释卷。书中有许多不同类型的名人的可歌可泣、生动有趣的事迹,也有许多教育子女成功的范例和模式。读后,可以启发人们思考如何构建和谐的家庭文化,提高家庭文化的层次,丰富家庭文化的内涵,从而培养出优秀的后辈人才。

这本书是作者花多年心血收集资料写成的,有的是亲自采访,有不少第一手材料。这本书不但对构建文明和谐的家庭文化有益,对建设文明和谐的社会也是有益的。许多家长都“望子成龙”“望女成凤”,那么就请看书中的家长是如何培养孩子的,孩子是如何在前辈指导下成长的,家庭内部文明和谐的氛围是如何构建的,相信会从中受到不少启发。热爱文学艺术的人也可以从中看到大师的神采风范。这本书既是一本家庭文化的指导书,又是一本有很高史料价值的家庭传记,其实用价值和学术价值均应引起大家重视。

房玉喜诗集序

格律诗是旧体诗词中的一部分,也是中华诗词中的瑰宝。写格律诗要大体合律,平仄、对仗要符合格律要求。当然在用词和声韵上可以使用现代语汇,也可以采用现代声韵,这就是与时俱进。格律本是为了其声韵更美、更具节奏感,既然当代语音已与古代语音发生了很大变异,再用现代语音去读古代格律诗,就会发觉有些诗不押韵了,那么格律本身的韵律美就打了折扣,所以今人写格律诗完全可以用现代汉语的音韵来处理平仄和韵脚。房玉喜的这本格律诗集以此为据,可以说是合律的。

房玉喜的诗词选材广泛,既写百花之艳、山河之壮,又写事理怀绪和人性千种,展现出广阔的胸怀和崇高的追求,显示出深厚的人文修养和高雅的文人风姿。

其写《蔷薇花》:

概系情柔似美姬,
文人骚客尽题诗。
鲁铎几品珠滴酒,
刘克曾穿著水衣。

这首七绝没有描绘花的外形,而是从文人品赞角度,用了两个典故去渲染蔷薇的香艳。花露涓滴入酒中,酒亦染香了。这是化用了明人鲁铎诗句:“有时残露滴,刚著酒杯中。”用了一个“品”字使“珠滴酒”不但形真而且香美。“著水衣”则是化用了宋人刘克庄的诗句:“旧恩恰似蔷薇水,滴在罗衣到死香。”由于用典巧妙,此诗虽未直写花之香,却使其香远透历史时空而来。

要写出好诗构思很重要,对同一对象从哪个角度入笔,用什么意象表达,这是很值得推敲的。比如咏花诗,如果仅从外部去描绘花之形态,那就成了植物志了。就连郭沫若这样的大诗人在“大跃进”期间写的百花诗也存在这样的毛病。房玉喜写花能从其形抓住其神，构思别有新意。比如《绣球花》：

惊欣硕大美绝伦，
更誉星丁共聚心。
朵朵细花齐绽放，
粲然一簇耀春魂。

诗人透过绣球花的形，抓住了“星丁共聚心”的魂，诗意便有了提升。没有“星丁”不行，没有“共聚心”也不行。“星丁”虽小，但“共聚心”就使其变得硕大并美艳绝伦了。由此发散开去，不是可以使我们联想起许多吗？“万众一心”“众志成城”等，诗意的空间就扩展了。

诗言志，诗品见人品。从一个人的诗句中可以见其好恶，见其追求，见其精神。房玉喜从事教育工作，在教育一线上奋斗多年，其任石麟小学校长已有八年。八年来，他兢兢业业，率全体教师开拓创新，使学校得到飞速发展，他也被评为省先进教育工作者。其在《悲喜吟》中以诗明志：

微职现任过八年，
爱憎分明秉性端。
愿做务实优秀将，
烦当造假卑污官。

在《任职心声八韵》中，他还写道：

一任八年耐久吟，
酸甜苦辣忆频频。
精诚爱岗真秉性，
默默无闻确本心。
……
头发逐白为事业，
额纹渐密系平民。

这些诗句表现出他的真秉性。他敬业爱岗，心系平民。他为老年志愿者题照：“霜扑雪打甘茹苦，日晒风吹愿纳辛。”他悲纤夫、叹挑夫，忧天旱、喜冬雨。“先天下之忧而忧，后天下之乐而乐”，延续古仁人志士之心志。

他看到矿难频发，愤而填《怨五孙·哀矿难》一词：

井主官吏，
利魔驱使。
侥幸黑心，
险情漠视。
百姓血汗流失。
榨膏脂。
瓦斯爆炸疯吞噬。
塌方室。
透水狂凌肆。
矿工命短？
事故又见陈尸。
令人思。

“井主官吏”勾结，“利魔驱使”是矿难频发的原因之一。诗人以尖锐的词句直指榨取百姓膏脂的黑心矿主和贪官污吏。孔夫子说过：“诗可以兴，可以观，可以群，可以怨。”还有人说过：“愤怒出诗人。”诗人在邪恶面前应该发出自己的声音，也必须发出自己的声音。

炼意、炼句、炼字，是写旧体诗词的基本功，更是创作格律诗的基本功。为了推敲一个字，古人可以“捻断数茎须”。李贺作诗甚至到了呕心沥血的地步。正因为如此，他们才创作出了“不厌百回读”的好诗。房玉喜也肯在锤炼上下功夫，写出了一些好诗好句。比如《咏庐山三叠泉瀑布》：

莫是汉河堤坝摧，
穿云破雾水悬垂。
击山秀特分三浪，
碰壁神奇化万霏。
势若玉龙翔天地，
声如脆鼓起风雷。
匡庐景致多瑰异，
独占鳌头更数谁？

颔颈两联对仗工稳，比喻贴切，“玉龙”“脆鼓”声色俱全，均为好句。

七绝虽不要求一定对仗，但用对仗可使诗句更为生色，所以房玉喜的七绝诗中对仗句颇多。《蔷薇花·其一》四句两联皆对仗，其三、其四也如此。《绣球花·其二》用了顶针格，别有风趣：

百花开放一花荣，
一花娇丽百花供。
百花成就一花誉，
一花功表百花情。

诗词之道，无尽无休。写好诗要以人品为基础，人格的修炼是无尽的，诗道的追求也是无尽的。有人提倡中华诗词进校园，房玉喜更是身体力行。作为一校之长，学诗词，写诗词，定会影响师生蔚成风气，此乃石鳞师生之大幸也。率先垂范，而后随之，中华诗词之传统绵绵有继了，此非无量之功德乎？

是为序。

美好爱情的颂歌

——评郭澄清的长篇叙事诗《黑妻》

郭澄清在20世纪60年代初就以《黑掌柜》等短篇小说秀出文坛，被称为可与赵树理、孙犁比肩的“最杰出、最具特色的三位作家”之一。1975年，在抗战胜利30周年时他的长篇小说《大刀记》出版，当时人们争相阅读，该小说还被改编为同名电影、话剧、评书，这在当时荒芜的文学艺术园地里是一道夺目的彩虹。然而《大刀记》的出版受到了“四人帮”的阻挠和干扰，因此我们未能一睹全貌。跨入新世纪以后，2005年，在纪念抗战胜利60周年之际，《大刀记》三卷本由人民文学出版社出版，恢复了它的本来面目。郭澄清这位不应被遗忘的作家再次引起文坛的注目。其实，郭澄清不仅在短篇小说和长篇小说创作上成就突出，在诗歌创作上也很有建树。他40多年前创作的新诗《两个太阳》曾启发过郭沫若。1984年，他发表了长篇叙事诗《黑妻》，这是他新时期的诗歌代表作。

《黑妻》是郭澄清以他夫人刘宝莲为原型创作的。几十年来他们风雨同舟、相濡以沫。特别是在郭澄清突然病倒后的十多年里，她更是家庭重担一肩挑，独自承担起护理的责任，劳累过度患了重病。郭澄清以饱含情感的诗笔塑造出了“黑妻”这一感人形象，同时也表现出他以情叙事的诗歌才华。

叙事诗在新中国成立以后的十七年里曾一度繁荣，出现了一批优秀的长篇叙事诗，如《复仇的火焰》《将军三部曲》等等。那个时期的作品多是宏大叙事，描述革命战争时期的英雄故事，很少涉及个人感情。郭小川的《白雪的赞歌》稍微触及了个人情感便遭到了严厉的批评。在那个年代，个人感情尤其是被视为“私生活”的夫妻之爱是不能成为诗歌主题的。郭澄清的《黑妻》打破了这一禁忌。他把个人的情感——相濡以沫、生死与共的爱情作为叙事诗的主题，并热烈地歌颂这种爱情，这是对叙事诗题材的重要拓展。

叙事诗与抒情诗不同。抒情诗的主人公是作者自己，是以个人情感展现为主旨的。叙事诗则与小说相似，要透过典型环境来塑造典型人物。《黑妻》的典型环境是以中国现当代为背景的，尤其突出了“文革”这一特殊的历史环境。正是在这一环境中，郭澄清塑造出了一个典型的妻子形象，一个新时代的美神和美妻。

黑妻是一个普通的农村妇女，但她又有不同于一般妇女的家庭背景和个人经历。她出生在一个革命家庭里，“父是‘地下党’/母是‘救济会’//她五岁给开会的党员放哨/八岁就给八路军传递秘密//十岁戴上了红领巾/十六岁就当团的书记//十八岁在党旗下宣誓：‘要为共产主义奋斗到底！’”。他们的婚姻是建立在共同革命理想和奋斗目标之上的，因此才更和谐、更稳固。在“文革”中，当丈夫被批判游街时，“她曾多次闯进‘牛棚’/两个灵魂同坐‘入席’”。她斩钉截铁地对爱人说：“错判你二十年劳役/我也一直等着你//你就是没了这口气/咱俩仍旧是夫妻！”生为同室亲，死为同穴泥！这才是忠贞不渝的爱，是刻骨铭心的爱。人们常说“夫妻本是同林鸟，大难临头各自飞”，在“文革”那种政治环境下，的确有不少夫妻分手各自飞了，但是黑妻坚信自己的丈夫不是“反革命”，勇敢地捍卫着自己的爱情。不管是同居乡村，还是远别分离，“距离不是‘隔离’/有座爱的桥梁/已在咱们心间架起”！尤其是在丈夫患病十多年不起时，“她端屎端尿，喂饭喂水/朝夕相伴，时刻不离”。到此一个高大的贤妻形象矗然竖立。在黑妻身上既有中国传统的忠贞不渝的美德，又有新时代的革命理想的光辉。她虽然没有刘胡兰的壮烈，但是就是在这日常的点滴小事中闪耀着美好女性的光辉。

叙事诗必然要叙事，但这种叙事不同于小说，也不同于散文。叙事诗的叙事不能面面俱到，详加铺排，要抓住具有强烈情感色彩的瞬间和细节去插叙。在第一章中，黑妻以“黑得出奇”的形象出现，重点是记叙他与黑妻初见时的对话：“你黑，我也不白/咱们正是对‘黑夫妻’！”对话幽默、风趣，流露出相互欣赏的满意。而黑妻“从不消逝的笑意”则成为一个突出鲜明的特征。第二章全篇写黑妻的笑，用了一连串的喻象：春风、骄阳、万能钥匙、三月的烟雨、最好的花朵……串联起个个欢乐的场景，表现的是成婚后的欣喜和满足，是对黑妻的由衷赞美。第三章写黑妻在“文革”中的表现，突出了丈夫游街时一瞥的瞬间：“在那一瞥之中/在那刹那之际——//彼此揣测着对方的心理/视线传递出多少信息//夫妻心灵中的‘密码’/彼此谁能错译？”第四章细写黑妻在“我”患病时的关爱与扶助：“她的腿脚成了我的腿脚，她的手臂成了我的手臂！”正是通过这些日常生活的动人瞬间，点点积累起了黑妻的形象，叙事简洁而又准确。

叙事诗是诗，诗是离不开抒情的。这首叙事诗最成功之处就是情抒得好。情以事为依托，事因情而生辉，叙事与抒情水乳交融。忠贞不渝之爱，地老天荒不变之情贯穿始终，我们甚至很难区分哪些诗句是叙事，哪些诗句是抒情。如“妻笑，你一把万能钥匙/打开了我智慧的门扉//妻笑，是阳春三月的细雨/沁透进我萌芽的脑际//妻笑，是我眼中最好的花朵/妻笑，是我中最好的乐曲”，在这些诗意的比喻中，那种欣赏之情、挚爱之意随之而出了。

《黑妻》的诗歌形式也很值得称道，全诗两句一节，每章多以对仗的句子收束，形成了整齐的节律，形式美感很突出。这都能见出作者精心构思、细细推敲的匠心。

《黑妻》无疑是新时期以来叙事诗的重要收获，无论是从内在情感上还是诗歌艺术上都给当下的创作以重要启示。当下新诗有不少在情感上苍白、在艺术上芜杂、在形式上失序，甚至出现了一些情感卑劣、形象猥琐、语言下流的劣作，成为新诗坛上堕落的风景线。这不能不说是诗坛的悲哀。请认真读《黑妻》吧，相信你定会受到一次灵魂的洗礼！

把滚烫的心放到故乡的手上

——简评《田野轻轻晃动》

每个诗人都有自己的乡土,乡土是家族的根。乡土是与城市相对应的,是未城市化前的乡村。进入工业化时代,城市愈来愈大,而乡土却日益缩小,数以亿计的农村人涌入城市。现代化的城市给人们生活提供了许多便利,然而在水泥森林里,乡土的温情却在渐渐冷却,直至使人陷入利己主义的冰水之中。在古典诗歌中,田园常与官场相对应,辞官归隐,即退回到乡土田园之中。当下的乡土则是与城市相对应,歌咏乡土的人虽居城市,但是常常梦回乡土,正如麦克诗中所言:"潮润的泥土和一片莺梦花的幻想/在我的梦里漫游/还有一片 褐色的云吻过我的早晨。"(《半轮月像磨亮的锄头》)萧艾的《乡居志》也写到梦,是人的梦与乡土景物梦的融合,"油菜青绿的梦在风的止息处","水声则进入睡眠","报纸,电灯,电视/上学的小女和隐隐可辨的拙荆/飞鸟和牲畜将书籍掀翻一地"。

他们的梦里都表现出一种意向:灵魂向故土、向田园的复归。这是一种民族根性的认同,也是在激烈竞争背景下对宁静与平和的心境的认同。这一卷乡土诗,大都表现出一种温馨和安宁。黑马在《八行:仪式中的乡村》中写道:"我翻动经卷,山的巍峨,飘出细小而悠远的笛声/仪式中的乡村,朴素且宁静。""灯盏,落地的杏花,这一切都如心头的白雪温暖而干净。"刘景志的《秋暮》:"秋风走过田野,抚摸鸟儿的睡眠。"再如陈克举的《夜吠》:"是月亮踩碎一块脊瓦/还是树影里多了一枝陌生/是谁的梦连夜回村/还是游子的呓语喊门……/远几声,近几声。"这种宁静、平和的乡土与喧嚣、竞争的城市成为强烈的反照。因此,我们也就不难理解为何城市人那么热衷于远郊游和农家乐了。诗人不过把当下人们这种动极思静的心态意象化了。

当前农村,自古以来的农业税被废止了,农村的面貌日新月异。姜桦《故乡的平安辞》表达出对农村新生活的赞美，他由衷地说着“谢谢”！“雪融化的地方，花跟着/开出来，她不停地开出来/身后的小草跟着打节拍/一二一，一二一/坐在门前的石头上/我的姐姐，穿着那件绣花的衣裳。”这些诗句具有轻快的节奏，传达出明朗、欢乐的情感。柯健君则呼唤：“劳动的季节到田野里走走。”“蒲公英吹得满山都是/满山都是，我的村庄的幸福。”兰石在《十月》中写在“渺小的幸福村庄里”忙着的亲人：“收割　晒粮　纳仓//那泥土的　谷香/温暖我秋凉的梦乡。”

诗人不仅歌颂故乡的平安和幸福，也感受着农民劳作的辛苦，也看到了生活的艰难，也看到当下农村的另一面现实。董福景《父亲的牛鞭》刻画出父亲躬耕的身影：“你的手布满伤痕/躬身子/拉动一曲沉重的历史//父亲的眼睛老花了/牛鞭落在我背上/很重　很重。”诗虽短小，却写出了自己的切身体验。“很重　很重”，不仅写父亲因眼花，挥牛鞭误伤儿子，更为可贵的是写出自己内心的感受，自责、惭愧、责任……四个字中的潜台词是很丰富的。赵泽波的《收割水稻》勾画出割稻母亲的形象：“汗水和泪　汇成劳动与激动/一同流下　流在金黄的稻子上/母亲说　粮食需要盐//阳光下母亲皮肤粗糙/黝黑　而健康/我仿佛看见一株巨大的稻子/因沉重而成熟。”柯健君看到了“在亮堂的地方，还有遗忘的黑”，他说：“如果我还有力量/该把叶片送回枝头，清理脚底的泥泞/扯下一片阳光涂在牛棚羊圈/扶助劳累的腰/夺过夜幕下无聊的酒瓶。”最让我感动的是他这样说：“如果　真的，还有那一把力气/该用力掏出自己滚烫的心/放在乡村的手上。”这就是一颗诗人之心，有此心，有真情，写好诗不难矣！

从这一卷诗看，作者不仅有滚烫的诗心，还有细腻传神的诗艺。有些诗作意象独特，诗境深邃，达到了较高的艺术层次。《雪韵》中的小鸟、雪花、小草意象刻画得鲜明生动，构成了童话般的意境。“枝头的小鸟，啁啾着/正一个接着一个地点着雪花的姓名”的确是别出心裁。《八行：仪式中的乡村》时空开阔，意象和谐，犹如梦境般温馨安宁。《半轮月像磨亮的锄头》则用了蒙太奇手法，把一个个意象画面排列在一起，勾画出迷离朦胧的乡村图景。乡土的细节用特写镜头凸显出来：

我看着一只蜻蜓的翅膀
这样被节气里的露水弄湿

花雨虫的心事一不小心
落在了风吹弯的蛛网上

这是电影蒙太奇手法的诗意运用，使人印象深刻。

当前，诗的语言成了问题，有人讲究修饰，句子越来越长，也越复杂；有人主张用减法，句子短，字数少；有人主张用口语，不加雕饰，随口而出；有人主张典雅，用词雅致、富丽堂皇。我认为诗的语言要因诗意而变，要随象、随境而成。写百姓日常生活，口语化当然好，写圣典大事，用词典雅繁复也应该。但诗毕竟是诗，以意象承载诗意，以语言传达意象，自然要比散文语言更简约，比口语更精练。本卷中有些诗歌的语言就很见张力。如“一杯烧酒/抽伸床上作响的骨架/月光挤进清贫的梦乡”（《秋暮》）。“抽伸”“挤”等动词就使意象生动起来，在跳跃性省略中增加了诗的韵味。《磨镰》则抽象出磨镰人的具象，这不是哪一个具体的磨镰人，而是从历史中抽象出来的一个具有象征意味的磨镰人，但是其具象又很清晰：“苍老的身子一起一伏，尽显娴熟的绝技/这一双粗糙的手 可以让整个世界的/月光在一把镰刀面前无法炫耀。”这种表达才是诗的表达，是非散文、非小说也非戏剧的表达。《五月，像小麦一样弯下腰去》原是组诗，经删改后成三节，把情节和意象都提纯了，且又浑然一体，可见编辑点石成金之功力。

诗是语言艺术，是以语言呈现意象的艺术，是以意象寄托情志的艺术。在白话中见精粹，使诗歌既能走进人心，又能上得人口，那才是好诗，盼这样的好诗多多益善！

一脉相传颂泉城

——评孙春亭《缘结泉城山水情》

2019年是曾巩诞辰1000周年。孙春亭先生满怀对先贤曾巩的敬仰和对济南山水的热爱写下了33首和曾巩写济南山水风物的诗。这既是对曾巩的纪念,也是对泉城济南的赞美。

曾巩(1019—1083年),字子固,建昌军南丰(今江西南丰)人,北宋文学家,“唐宋八大家”之一,北宋诗文革新运动的积极参加者。宋神宗时期,当朝堂之上王安石正在轰轰烈烈地变法时,已经蜚声文坛的曾巩来到齐州任知州,任所在济南。那时的济南城中,百姓常年遭受水患,尤其以城外最严重。夏季泉水充沛,城内水利设施不完备,常常是泉水汪洋堵住了家门街道。因深爱济南的山湖泉水,曾巩来到济南后就深入调查,第二年亲自指挥修建大明湖北门的水闸。自北水门建成以后,济南城“外内之水,禁障宣通,皆得其节,人无后虞,劳费以熄”,城北的水患问题从根本上得到了解决。同时,为防止大明湖发生水患,曾巩谋划修筑了贯穿大明湖南北的百花堤,将大明湖分为东湖与西湖,还修建了石桥连接湖水,在湖边和水中的小岛上修建了几处亭、阁、水榭,后人称之为曾堤。曾巩曾经写长诗,盛赞百花堤“笔直平坦,可驰骏马,两边植树花,间以绿柳,清露芳风,怡情兴”。除去修建水利,曾巩还不忘民生,致力于打击豪强。百姓对曾巩的“铁腕”治理拍手叫好,济南出现了“仓廪实,里闾安”的和谐景象。曾巩对济南情有独钟,用诗、文赞美了趵突泉、大明湖、华不注山等济南的山川景物。“余泽人间世世传”,孙春亭和曾巩因为济南山水以诗结了缘。

孙春亭的诗作分成六部分,分别赞美了曾巩笔下写过的济南的泉、山、湖、亭、洲和他对大明湖的热爱。这些诗作不但上承了曾诗的遗韵,而且抒发了自己对泉城济南真挚的热爱。曾巩曾亲身探查济南诸泉的流脉,写下了《趵突泉》《金线泉》等诗作。孙春亭步韵曾巩《趵突泉》诗,有句云:“泉生美味怡宾客,水润寿疆拥月轮。脉畅源清天下誉，有心长做济南人。”此诗不但写出了趵突泉的声势，还写其泉水甘甜怡人，益寿延年，发出了“有心长做济南人”的慨叹。其步韵曾巩《金线泉》诗，用“漪纹丝影浮潭面，流韵清涓弄玉弦”写其美景清声，抒发了“却醉诗城一片天”的情感。曾巩曾登华不注山、攀鹊山，留下了《华不注山》《鹊山》等诗。孙春亭也都步韵以和。其《济南华山湿地咏》写出了华山周围的湿地新貌，歌颂当今的济南人在“大展宏图绘济南”。曾巩对大明湖尤为喜爱，他“开北水门筑百花堤，更增湖山之盛”，留下了不少写大明湖的诗作。孙春亭也对大明湖情有独钟，曾写下《大明湖赋》。他在和曾巩大明湖诗中也表达了自己对大明湖的喜爱之情：“神邀古彦同游历，入境寻诗留异香。”“一湖诗意灯添彩，半路云垂雨送凉。”无论写山写水，他都把景物和情感紧紧结合在一起。景语也即情语。

孙春亭的这些诗作是唱和曾巩的。唱和是旧体诗的一种形式。“唱”，是指吟咏歌唱，即一个人先写了一首诗；“和”，是指声音相应，第二个人依第一个人作的诗词体裁、题材、用韵，或第一作者“唱”的思想内容，作诗词酬答。唱和之作，关键在于内容上要互相配合，不能南辕北辙。相对“唱”诗来说，“和”诗更难写好。因为“唱”诗无内容、体裁的限制，自己想写什么就写什么，而“和”诗却没有这个自由，它不仅在诗意上，而且在题材乃至风格上均要与“唱”诗保持一致。如不一致，也就无所谓“一唱一和”了。和诗在音韵上也有用韵、依韵、步韵之别。用韵即是用原诗中的韵字，但不必依照其先后次序。依韵是按照他人诗歌的韵部作诗。韵脚用字只要求与原诗在同一韵部而不必同字。步韵又称为“次韵”，即与原诗作者使用相同的韵字，并且次序也相同，是步步跟随之意。步韵诗因为要步原韵韵字，还要依照原韵的次序，就更增加了写作难度。孙春亭的和诗在诗意上，在题材乃至风格上，均与曾诗保持了一致，用韵、依韵、步韵均有，尤以步韵为多。其步韵之作，押韵毫不牵强，自然流畅，诗艺很是娴熟。曾巩《北湖》是一首五言古风，凡十二韵。孙诗《北湖畅想》也是五言古风，是步韵，十二韵字次序也与曾诗同，但读来却很顺畅，毫无生涩之处，这就难能可贵了。曾诗描绘的北湖今已不存，但新的北湖正在开发中。所以孙春亭只能先畅想而不能畅游了。其和曾诗《芙蓉桥》是“用韵”，即用原玉的韵字“洲”“流”“舟”，而不以原韵次序。其《百花洲咏》和曾诗《百花台》是“依韵”，即用了原诗同一个韵部（平水韵十一尤）的韵字。孙诗和曾诗选取了同一题材，吟咏了同一景物，内容相合。但古今时变，风景有异，因此在写作中也就有了差异。孙诗中的“畅想”“咏怀”就自然多了今人情怀。古人写唱和诗多是在同时代诗友之间，而孙春亭则是隔着历史时空在和曾巩唱和，同一山水从而也就有了不同时代色彩。如孙春亭《鹊山抒怀》中“水库粼粼举玉杯”，在曾诗中是见不到的。北渚亭已不存，其旧址新建了汇波楼，孙诗步韵曾巩《北渚亭雨中》云：“感叹北亭踪逝远，且讴新景竖其间。”这也是与时俱进吧。

曾巩的诗律绝古风兼有，孙春亭的和诗也随其诗体。绝句和律诗格律谨严，音律和谐。律诗的对仗句，尤显中国汉语之美。曾诗中的对仗很工整，如“已觉路旁行似鉴，最怜沙际涌如轮”“云依美藻争成缕，月照灵漪巧上弦”。孙诗的对仗亦很讲究，如“一湖诗意灯添彩，半路云垂雨送凉”“凌波仙子秀琼境，临岸游鱼戏碧沙”。律诗和绝句都很讲究起承转合，尤其是绝句，更有“短而味长，入妙尤难”之说。曾巩《离齐州后·其一》曰：“云帆十幅顺风行，卧听随船白浪声。好在西湖波上月，酒醒还到纸窗明。”写其虽然离开了济南，但西湖(即大明湖)上的月亮却仍然伴随他到天亮。前二句说乘舟远行，第三句转而写西湖月，结句说酒醒已拂晓。一种离愁似乎缭绕难去。在其三中，他更明确地说：“千里相随是明月，水西亭上一般明。”那湖那亭，梦里醉里那么难忘。孙春亭步其韵说：“烟雨明湖数日行，赏荷扶柳品泉声。归来虽是隔千里，心上依然泺水明。”这难道不是两人隔时空的对话吗？由明湖起，用赏荷承，转句写千里归去，最后以“泺水明”作结。句虽短，味悠长。曾诗中有几首五古，六韵、八韵、十韵、十二韵不等，孙春亭均步韵以和。诗味古朴醇厚，亦很耐读。

孙春亭《缘结泉城山水情》诗作与曾巩的济南山水诗千载相接，成就了一段诗坛佳话，山水结缘，同赞泉城，既是对前贤的承继，又是对泉城诗文化的拓展。曾先生地下有知，亦当欣慰了。

《孙瑞诗选》简评

孙瑞先生是一位挚爱诗歌的人，他从1957年开始写诗，到2017年已有近60个春秋。这一个甲子的对诗神的不倦追求，使他收获了上千首诗作，成为山东乃至全国有影响力的诗人。现在他从自己的作品中，精选出176首，结集成《孙瑞诗选》。这是一本自选集，也是一个精选本，可以充分体现他的创作追求和诗歌特色。正如他在诗集“后记”中所言：“我在诗歌创作中一贯追求的是：抒真情，表真意，不伪饰，不做作，不故弄玄虚；关注社会，关注人生，与时代同步，为人民而歌。”他的诗作语言朴实生动，简洁明快，讲究构思和意境。他的诗作是生长在青州大地上散发着清香的野花和高粱。他的诗中充满了故乡情、田园情、怀亲情。诗是抒情的艺术，是意象的艺术。孙瑞把抒情和意象有机结合起来，以象抒情，情象生境。这些贴近泥土的诗作，更受普通大众的喜爱。

他的山水诗展示出他对家乡和祖国山河的热爱之情。其中写青州山水的最多。他把云门山比喻成“风来翻、云来读”的一部文化史，是“半山书画，半山佛”，这部书他是永远也读不够的。他写《云门山雪霁》：

> 大山倦倦地睡了
> 裹一床暖暖的鸭绒被
>
> 红日唤她
> 不肯醒来

他把雪后的云门山写得一点也不冷，雪成了鸭绒被，暖暖的，山睡得那么好，连红日也唤不醒她。“暖暖”二字，写出了他心中暖暖的喜爱之情。他把美人峰拟人化，像害羞的出浴美人，“扯匹晚霞披上”。他的山水诗，不仅限于其自然美，有的还赋予了历史和人生的思考。他这样写华清池：“浅浅池水/淹死几代王朝！”短短两行，概括出奢靡亡国的历史教训。在游荧光湖时，他想的是：“小小虫儿/毕生都在发光？我呢？”孙瑞的山水诗受孔孚诗歌影响，求“简”求“隐”。语言简约，意味不简，但有些篇章略显直白了。

田园题材是孙瑞诗歌的长项，他的田园诗更带泥土味，更有乡土情。他更着眼田园乡土的亮色，写出新农村的变化。他写写诗的山妹子，写第一次刷牙的农民，写山乡女歌手、乡村女车工，也写山乡托儿所和敬老院。《山路》是其中较好的一首：

是讨饭队伍的赤脚踩出的
是运救济粮的车子碾皱的
是修大寨田的号子夯过的
是改革开放的春风拓宽的

山路是一个世纪的档案
想要了解这段历史
请到这里查找

他用四句诗写出山路的百年史，突出了不同时期的时代色彩。我更喜欢的是《送秋》，他把秋拟人化，构思很讲究。“忙碌了一阵子的秋/撂下丰收就走了”，然后让大雁、蓝天、枫林来相送。最后一节“秋一走/山溪瘦了”，更是余音袅袅，耐人回味。

亲情和爱情是孙瑞诗中很着力的篇章，也是产生较大影响的篇章。特别是写给他妻子的诗，更为动人。他把妻子比作一本厚厚的书，“从花开读到花落/从青年读到老年”，还说“如果人生还有来世/我想再读你的续篇”。巧妙的比喻令情感找到了最好的对应意象。《是的，我们老了》抓取了平凡的生活细节，抒发了相濡以沫的情感，谱写出一曲动人的黄昏恋歌。《豪雨》构思别出心裁，从一场夜里的豪雨入笔，表达出刻骨的相思，有《夜雨寄北》的意境。结尾尤妙，面对淋湿的相思，诗人说：

等你——
擎一轮朝阳
烘干

孙瑞的诗没有花哨的词语，没有故作高深，但每一首都究极构思，也很注意修辞。语言朴实，观察生活细致，是很接地气的大众诗歌，有山野的花香和田园的泥土味。他的诗自然也就会走进民众的心里。

乡村诗人赵竟成

——读大型系列组诗《中国,北方的乡村》

一提起乡村诗人,大都会想到"乡土诗人"这个称呼。事实上,有好多人仍然在这样称呼赵竟成。那么,为什么要提出乡村诗人这个称呼?乡村诗与乡土诗有什么区别吗?这不是哗众取宠,一定要区别于他人,而是赵竟成的诗反映出了乡村诗与乡土诗的本质区别。

乡村诗在写作背景上不同于乡土诗,乡村诗人在写作角色的定位上不同于乡土诗人。传统意义上的乡土诗是指已经脱离农村而又熟悉农村的城里人或者叫职业作家写作的,他们的背景是中华人民共和国成立以后,直到改革开放初期的20世纪80年代。这期间基本上还处于计划经济时代,市场经济还没有全面、深入地渗透到农村的各个领域,农民的思想意识也还没有彻底转变过来。从全国的大环境讲,市场经济姓"资"姓"社"的问题还没有从思想上、理论上得以解决,而1992年邓小平同志南方谈话以后,这种状况才得到改变,农村的雇佣劳动力和劳动力市场开始大量出现,"三农"问题尤其是农民增收的问题被提到了各级政府工作的重要议程上来。但是,由于各地政府急功近利,加上捞取政绩的心态作怪,种什么的问题仍然常常困扰着农民。这是耕种权、经营权的纠纷,是政府为了提高农民收入干涉农民的纠纷,往往是好心办坏事,是新形势下的新问题,与过去历史上农民遇到的任何问题都不同。赵竟成的《农事访问》就是在这个背景下写出来的。因此,传统意义上的乡土诗人往往是以回忆、欣赏或者感谢农村的城里人或者公家人的身份出现在诗中的,而乡村诗人赵竟成则是以一个乡村知识分子(新闻通讯员)的身份出现在诗中的。同时,乡村诗人也不同于王老九式的农民诗人。

农民诗人的文化程度有限,写诗往往以顺口溜或者民歌调来填词的形式完成,从严格意义上说,他们的诗歌还不属于文人创作,而是农民集体创作的个人化，是代言人，甚至是政治需要的传声筒，与真正的农民身份是基本相符的。而赵竟成的乡村诗则完全是文人创作，所选择的乡村知识分子（新闻通讯员）身份不过是写作上的一个角色定位，其视野开阔，个性突出，思想深刻，是传统意义上的农民诗人所不能比的。当然，这个角色定位与赵竟成本人是农民的儿子，做过十年的乡镇干部，其中五年做文化站站长，担任省、市、县报的新闻通讯员有关。

乡村诗在表现内容上不同于乡土诗，乡村诗人在表现感情的角度上不同于乡土诗人。乡土诗描写的是翻身解放或改革开放后的农民、农村和农业的发展变化，内容大多为描写、反映农村的变化，抒情主人公的感情是歌颂、赞美、欣赏、喜悦的。山东省老一代的如苗得雨，年轻一代的如丁庆友所写的乡土诗大都如此。曹剑和张中海的乡土诗注意从宏观上、从大范围去描写农村人的气质、气概和特征，尤其是曹剑的《江北大汉》，在内容上更加贴近了人物的内心，气势上也更加庞大，因此给人耳目一新的感觉。但是由于时代背景使然，他们的作品仍然是以欣赏和赞美为主的。题材扩展到了人物性格的层面，有些戏剧化的纠纷场景也是以插曲的形式出现。朱多锦《妻意》的出现是现代叙事诗的一种探索，描写的是农村妇女的心理、行为，反映的是她们勤劳、善良、好强、追求进步等美德和思想狭隘、见识不广等缺点，对于时代的变化也是有所反映的，深度是有的，但是也没有赵竟成的乡村诗题材广泛，内容丰富。竟成的诗写到了种植业、林果业、畜牧业，写到了农民眼中的知识分子，也写到了知识分子眼中的农民，写到了庄稼的耕种和收割，写到了农村中的各种场景，尤其他在写这些的时候，不止有美好的回忆和赞美，更重要的是有了深刻的思考，加进了批判和鞭挞。他写《玉米》：“我们的玉米站满平原/它们怀里的果实，包裹紧严/如青春和爱情的翻版/直到再也忍不住，开怀一笑/透露心中的秘密给秋天。”用拟人化手法，意象鲜亮动人。但后面笔锋一转，刺向贪婪的嘴脸：“拦腰掰断光溜溜的玉米/联想一排排的牙齿和某些贪婪的嘴脸/玉米啊玉米，你的秉性朴实/混到这个份上/——冤不冤？”这无疑在田园牧歌里加进了鞭声，他要为朴实的玉米打抱不平了。这也就比一般的田园牧歌更加深刻了。他把矛头直指那些只图政绩不顾农民死活的官员。在《林业》中，他写道：“年年栽树不见树的林业/在乡路边上站不住/在田野地头也站不住/在山上，常常喂了畜牧业里的羊。”他用农民的口吻说：“前些年的山楂，当官的说得多好/‘又赚钱，又好保存——这叫干果/不就像那什么——金豆子一样吗？/罐头不兴了，就砍了。”最后一针见血:“不动脑子的林业没有收成!”其实,也不是不动脑子,只是脑子用得不是地方,不是为了农民的利益去种果树,而是为了在官帽子上加几根翎罢了,竟成把诗笔对准了最苦最累的民工。第五篇《季节河》的引诗《民工谣》中写道:“太阳还在昏睡/大地也未苏醒/工地上/响起了催命的哨声//带冰碴的水洗脸/木然地狠眨眼/多么样肿疼啊/又要熬到半夜间!”接下去出现书记的特写镜头:“雪白的手套叉腰间/书记大声喊/同志们,快!快!干!干!”活画出欺压民工的小官僚嘴脸。总之,赵竟成的乡村诗内容丰富,反映面广泛,在感情的表现角度上全面而深刻,表现出了乡村诗的明显特征。

湖北的诗人谷未黄也曾经出版过“乡村诗选”,对于农村的人、事、物有多角度、多层面的描写和反映,但他走的是一条通俗化的道路,因此后来出版的就是“通俗诗选”了。而赵竟成走的是严肃的批判现实主义的道路。

乡村诗在构思模式上不同于乡土诗,乡村诗人在艺术表现手法上不同于乡土诗人。共和国成立以来的乡土诗虽然语言通俗易懂,表达了农民对党、对政府、对领袖的感激之情,表现的角度、手法虽然千变万化,但它的构思模式基本上是属于正面歌颂的,并没有很好地继承《诗经》中《伐檀》、杜甫“三吏”“三别”的现实主义传统,而赵竟成的乡村诗不但继承了,而且发展了。他把批判现实主义的批判性引进了现代诗创作,以一个乡村知识分子的角色入诗,呈现出一种若即若离的状态,表现出既熟悉它、热爱它又脱离它、批判它的清醒态度,反映出一个完整而立体的乡村,与臧克家等“五四”前辈作家、诗人的乡土诗也划出了鲜明的界线。

赵竟成乡村诗与乡土诗在表现手法上的最大区别就在于反讽的广泛运用。这又体现在写作的“混杂”与反差上。首先是一个乡村知识分子的叙述口吻与农民口吻、干部口吻的混杂。赵竟成这组《中国,北方的乡村》虽然是在总体上以一个乡村知识分子的角色入诗加以描写叙述的,但是诗中各种模拟的农民口吻随处可见。除了上文引用的《玉米》那段外,还有诸如《老大爷的话》《菜园》《果园》《枣园》《咱家的树》以及《季节河》里“嘭嘭嘭放一阵白色的屁,跑了”等反映当时场景的语言等。其次是正面抒情与反面批判的混杂。有好多篇章是正面抒情的,好多篇章是反面批判的,混杂在一起,如第二篇《秋天的怀念》,第三篇《农村妇女》对《今日乡村》农村妇女的赞美,第四篇和第六篇中的许多诗歌都是回忆、赞美的,而第一篇、第五篇、第七篇里的许多诗歌都是以批判、思考为主的。好多篇章内部也存在正面抒情赞美与反面批判同时进行的状况,如前面引的《玉米》。再次是内容上政府的“好心”与农民“误解”的反差。如《林业》中政府提倡种山楂、伤害农民感情的事，还有《三垄麦子》中公路被用作场院的无奈，等等。这些都很好地复制了当时的场景，增加了作品的思想深度和表现力度。总之，以反讽的手法模拟、再现现实场景是赵竟成乡村诗的一大特色。

当然，比喻、象征、拟人等等修辞的运用也有一些细微的差别，这里不再展开论述。

奔跑与沉思

——评《一个人走路》

孙玉海以一个行走者的姿态走上诗坛，在物欲横流的喧嚣年代里，他注定是一个孤独者。正如他在诗中所写："一个人走了许多年/他周围布满泡沫般的嚣喧/一个人忧郁 思索 怀疑 沉默/他最终对这一切变得坦然。"玉海在诗路上坦然地跋涉，奔跑，直面坎坷和孤单。他把厚厚一部诗稿捧给我，我很吃惊，他在诗歌道路上已跑得很远了。

他要奔跑，所以他对能踏平坎坷的马情有独钟。他欣赏"以奋进的姿态扬蹄/心中的目标高如日月 远在天涯"的奔马。他赞叹"从过去到未来 一匹骏马/在时间的血液中不息地飞奔/使人类的疲惫诞生希望/使人类的精神永驻青春"(《马》)。他在诗中塑造的"为奔赴 沸腾的血/燃烧着不熄的烈火""越千古朔漠/观万里山河""飞奔 飞奔/一匹雄迈不羁的灵魂"，正是永不满足、永不止步的奔走者的写照。他称马为"我的好兄弟"，他说："骏马 我的好兄弟/请咬紧牙关挺住 请自豪/有人一生都无法理解/鬃鬣飞扬的灵魂 不过/谁又能囚禁得了光芒。"(《对骏马的诉说》)在《草原的马》中，他塑造出一匹流浪的马，但尽管它"步履彷徨"，但"迈下或者抬起/都是灵魂的分量"。

古人常用托物言志的方法抒发情感和抱负。玉海诗中的马正是他坚忍不拔地直面人生之路的情志写照，正是他对雄伟灵魂的追求和向往。

当下青年人的诗作天地似乎越来越窄，越来越退缩到个人私生活领域里。这是对极左年代"政治就是一切"的反拨，但这一反拨又走向了极端。对于丑恶，诗人不能闭上眼，对于百姓疾苦，诗人不应该沉默。我很高兴玉海的诗能够鞭笞丑恶，关心百姓疾苦，这是当下青年人的诗作中最为缺少的一部分。《某位国企经理》以辛辣的笔法，痛斥不顾工人死活而追求个人享乐的官员，虽然直白，但是真实地勾画出了这种败类的嘴脸。《伯乐养驴》揭露了以策划包装指驴为马的丑行，诸多精心包装的骗术皆可归于其中。《二鬼告状》则批判了钱能通神的丑类。《时代》则以惊雷般的呐喊解剖了时代的病症。这些诗作充分发挥了讽刺诗的功能，鞭辟入里，淋漓痛快。

诗人应是具有最广大胸怀的大爱之人。杜甫不就曾发出“安得广厦千万间，大庇天下寒士俱欢颜”的呼号吗？我们呼唤的人文精神也就是这种关爱生命、关爱百姓的精神，是以人为本的精神，有了这种精神，诗歌才具有了生命的光辉和人格的力量。玉海所歌颂的《乡间采药人》正是具有大爱之心之人：“在人们忘却的地方/采药人亲近泥土　普度众生/让野草走进殿堂散发幽香/让低贱找回自尊恢复高贵/他说　在疼痛和死亡面前/苦命的野草高过楼台上的花苗。”玉海从卑微的蜘蛛和盐碱滩上的梧桐身上都发现了人格的力量，还有“叹一声　人民啊/就流下两行热泪　浸透青衫/那些心中唯独没有自己的人”(《先行歌者》)，从这些诗句中，我们可以听到和感受到孙玉海这位年轻诗人与这些人格伟岸者相通的心音、相通的情怀。

玉海的诗中也有不少沉思之作，诗人在沉静中思考，这些诗作情感深沉，有对中国文化的思考，也有对人生意义的探求。正如他在《烟圈》中所写：“上升的圆　轻飘　虚幻/就这样　一根烟在沉默中烧完/一个人　在静坐中/走了很远。”奔走者也需要休息，也需要思考。沉思是思想的奔走。“多年来脚步匆匆难得孤独/累了的时候/就在水边坐坐/看看头上又飘走了多少岁月。”(《临水》)即便是“静对荒原”也“胸中燃着安详的火焰/你知道远方就在内心深处”。(《当秋风掠过孤独的山冈》)哲人说：“我思故我在。”人若不思考与顽石何异?《面具》是一首长诗，是诗人孙玉海对时代的思考：

戴面具的人　如今越来越多
他们正在
把淳朴的世界变成戏台
上演的曲目虽然单调、乏味
却经久不衰
……
多亏了这厚实、多彩的面具
才使这世俗变得这样美好！
倘若人人洞悉面具背后的真相
也许这世界将变成一座地狱

你想象不到它会多么丑陋无比！

这首长诗充满了激愤之情，可与闻一多先生的《死水》共读。

《沉思集》是由105首短诗构成的组诗，将他对人生的哲思用意象语言呈现出来，简短而有力量。比如：

真正的光辉，来自高处
却总是悄无声息
只有浅浅的流水
充满喧哗，堕入谷地

生命中的许多锁链，是自己套上的
有许多锁链，也只能靠自己去砸烂

有时　钱就像流水
哪儿低下　就向哪里汇集

玉海这个诗集中也有散文诗和旧体诗。他的长篇散文诗《流浪者之歌》以灵动的意象语言坦白他的内心世界，并与他生命历程中的一些节点相对应，是一个行走者的心路历程，坦诚、真实而又铺排得恰到好处，正可与其分行诗相对看。

玉海的旧体诗有律、有绝、有古风，也有词、曲、赋，有四言、五言、七言。他对旧诗各体皆很熟悉，展示了他在传统诗歌创作上的才情。其《言志》其二曰：

男儿倜傥逸风神，矫首一歌世无伦。
有路天涯终须到，凌虚高蹈出凡尘。

其旧体诸赋同样是坦荡真诚，表达了自己的抱负和志向，时有佳句入眼。只是在律绝格律上还有不合之处，需再仔细推敲。

这是孙玉海的第一本诗集，是他十几年写作的结晶，也是一个不低的起点。新诗旧体兼备，可见十年辛苦不寻常，倘假以时日，此君在诗坛上的前程不可限量，何况他的路走得正、走得踏实而自信呢！

贴近现实　讴歌时代

——林建华《畅怀集》序

林建华曾任山东省农机局局长、山东省农业厅巡视员，工作之余热爱诗词写作，这是他的第一本诗集。习近平总书记说："学诗可以情飞扬、志高昂、人灵秀。"林建华学诗词、写诗词正是对总书记号召的实践。他的诗词紧密贴近自己的工作，贴近现实生活。2004年，在全国进行农机补贴之时，农业部召开补贴机械确定会议，对于能否补贴玉米收获机械的问题产生了激烈的争议。通过据理力争，农业部确定山东为玉米收获机械补贴试点。领导的英明决定，加快了山东玉米机收发展的步伐。为此，他写下了《七绝·玉米机械补贴之辩》：

补贴农机传喜讯，玉机补贴出分歧。
据由力辩多收获，玉米机收已有期。

诗中流露出对国家补贴玉米收获机械的由衷喜悦。

林建华热爱自己的工作，他的心和农民连在一起。他经历了改革开放40年来农机化改革的巨大变化，写下了《农机化改革40年农机化礼赞》（二首）：

一

春风拂绿齐州地，广袤田园铁械鸣。
农业实行租赁制，农村开放铁牛耕。
八方作业穿区战，四处携联合作赢。
千载农民真解放，现时农业气恢宏。

二

春雷唤醒千山绿，齐鲁坡村展娜娑。
昔日收藏挥柳月，而今稼穑驾犁戈。
轰鸣奏起交弦乐，欢乐飞出幸福歌。

现代农桑形势好，小康富裕涌诗波。

这种礼赞是发自内心的，“千载农民真解放，现时农业气恢宏”，“轰鸣奏起交弦乐，欢乐飞出幸福歌”。诗句中抒发了他的自豪和喜悦。在调离他工作了11年的农机局时，他心潮翻滚，写下了《调离农机局》一诗：

躬身农械情难了，十一多年我自豪。
同道携扶良友谊，心潮翻滚似波涛。

此时此刻他“情难了”，为自己没有辜负党和人民的重托而自豪，并且还感谢了同道携扶的情谊。他从事的是和农业有关的工作，农业和天时紧密相关，因此他写了不少关于天时的诗。久盼的春雨来了，他掩饰不住自己的喜悦，写下《久盼春雨到》一诗：

春到无霖雨，前宵乃发生。
有风来半夜，大地喜无声。
万户齐欢乐，千家灯火明。
亮歌仙境处，花放满泉城。

冬不见雪，他写了《大雪节气之叹》：

盛雪无谋面，中冬酷似鞭。
只闻冰剑挂，难见裹银川。
玉树如图画，成霜似雾烟。
农家思早稔，六出几时旋？

他感叹的是“农家思早稔”，农民盼的是来一场大雪，能让田里的庄稼早丰收。

他热爱自己的工作，也热爱祖国山河。旅踪过处，他写了很多记游诗，这些诗作描绘出山川的美丽，尽情倾吐出自己的情感。如《黄河壶口》一诗：

黄浪狂涛飞瀑下，奔腾万里泻东瀛。
如雷轰吼声回荡，烟雾腾空似锦琼。

这首诗写出了黄河壶口“狂涛飞瀑”“如雷轰吼”的惊天气势和“烟雾腾空似锦琼”的美丽壮观，描绘出一幅生动的壶口飞瀑图。在庐山，他留下了《七绝·庐山叹》：

历史烟云庐顶罩，迷离扑朔雾遮天。

风雷激荡青山动，无限神奇在岭巅。

这首诗既描绘出庐山云雾遮天的情景，又暗喻着在这座名山上翻卷过的历史烟云。

在美丽的九寨沟他被黄龙景区迷醉，写下了《七绝·醉黄龙》：

高原绿碧如仙地，玉砌莲台叠翠池。
天上瑶琼来下界，黄龙醉眼欲吟诗。

在拉萨，他在“佛藏精华充宝殿，僧师灵塔汇香堂”的布达拉宫流连忘返；在西陵峡，他感叹“昔日滩奇湍涌快，而今峡静水平闲。绮霞景色仍如旧，两岸升平换妙颜”；在巫峡，他按捺不住激情，留下了一首词《苏幕遮》：

峡巫长，川秀灿。突兀奇峰，峡四通连贯。石怪嶙峋环水瀚。十二高峰，神女韵高曼。雾霞飞，华润幻。云罩蒸腾，江上烟无散。水闪朝阳山照岸。峡壑依然，天地容颜换。

林建华的诗词很注意意象的选择和意境的营造。在《东昌湖韵》一诗中，他选择这座江北水城最具特色的意象：碧波荡漾、湖阔风柔，水城好像是南国的橘子洲，勾画出水城潇洒似江南的美好意境。在《曲水亭探幽》中，他选择了曲水通幽、杨柳低垂、荷仙玉立、清池澜涌、洲水潋霞等意象，描绘出济南曲水亭的优美风光，发出“难寻雨荷镜中花”的慨叹。

林建华居住在济南，他对这座“天下泉城”有着深深的情感，他写下不少歌颂泉城的诗篇。济南芙蓉街修缮街道，掀开石板涌出一眼新泉，引来游客观赏。他很兴奋地写下了《泉城修街涌出泉》：

芙蓉修道掀街板，汩汩甘流涌醴泉。
青帝赠予瑰宝地，泉城无处不潺涓。

他对泉城的爱集中体现在“醴泉流韵”一辑中，其中收录了他写济南七十二泉的诗词。如《踏莎行·金线泉》：

瑶水方池，
绿纹浮现，
飘摇渺动纤纤贯。
不知金线涌何方，
泼撩水幕丝难断。

影绿摇金，
迷津梦幻，
缕丝延展连泉瀚。
涓涓穿越百千年，
碧波荡漾纹仍见。

金线泉位于趵突泉公园内的一个方池之中，由于两股泉水外涌相遇，在水面上形成了一条清晰可见的、娓娓游动的波纹，特别是在阳光的照耀下，宛如一条水上的金线。它是济南著名的奇泉。这首词把金线泉描绘得如在目前。再看《浪淘沙·濯缨泉(王府池子)》：

石罅水潺潺，奔涌沧澜。濯缨畅涌汇湖湾。往昔泉藏王府内，泳客今欢。

泉赏凭窗栏，翠柳飘悬。穿墙过院舞蹁跹。流窜千家滋润肺，泉醴茶鲜。

濯缨泉亦称濯缨湖、王府池子，取名于《孟子·离娄上》"清斯濯缨，浊斯濯足矣"之意。濯缨泉长30米，宽19米，池岸石砌，盛水期水势甚佳，有泉眼数十处，处处水涌若珠，长流不息。濯缨泉泉流成溪，沿西北曲水河潺缓北去，过起凤桥，流经百花洲，注入大明湖。泉水清澈，无论冬夏，总有人在这里游泳。这首词生动再现了这一名泉的风采，情感欢快，词境明朗。

中华诗词是文学王冠上的明珠，是我们民族文化中的基因，也是优秀的文化传统。继承这一传统，传承这一基因，是我们的责任。这需要千千万万人的参与。无论官民，无论老少，都应多读诗词，多写诗词，使中华诗词在这样一个新时代放射出更加璀璨的光芒。

《教育随想》序

我和海燕见过两次，一次是在多年前的笔会上，再一次就是最近，她为出书事来到济南。这次见面，她不能说话，只好用笔在本子上交谈。原来她因为上课多，嗓子出了问题，已经一个多月不能讲话了。她是一位很有责任心的优秀小学教师，教学十分辛苦。但是她不觉其苦，反得其乐。她把自己的教育感悟和体会心得结集成书，请我作序，我遂可先睹为快。

这本文集内容很丰富，分成了“我的教育随想”“那些美丽的信”“论教育”“站在台上”“在西部突围的路上”“跟老师有关的记忆”六部分，既有散文式的教学随笔，又有书信体的师生交流，还有教育论文和工作汇报，全面反映出一个热爱教育、热爱孩子、忠于职守的优秀教师的精神世界和工作生活状况。

读了这些文章，首先让我感动的是她对孩子的爱和她对教师工作的爱。孩子给了她无数的快乐和满足。她在《没有时间忧伤》中写道：“这份快乐和满足，不仅仅于我，也于我所深爱的孩子们。作为一个教育工作者没有比这更重要的了。”她说：“我庆幸自己选择了教师这一职业，是它，让我成为一个更加高尚的人，一个更加纯粹的人，一个永远充满活力永远年轻的人，无论生日的蜡烛增加到多少根。”这种快乐充满她的教学生活。孩子学会了几个拼音她快乐，孩子悄悄把一支康乃馨放在她桌上她快乐，孩子送给她自己的画她快乐，和孩子课间做游戏她快乐，收到已毕业学生的信或生日贺卡她也快乐。和孩子们在一起，她没有时间忧伤。在《孩子，听“妈妈”说》一文中，她写道：

> 夜又深了，孩子，“妈妈”却激动得难以入眠，因为，我又想起你们星星般的眼睛，读书时的专注模样，你追我赶的调皮劲，还有提着裤子跑到我跟前，皱着眉头说“老师，我要小便”的可爱申请。啊，孩子，我是多么快乐，你们让我更清晰地看清自己，让我不断完善自己，鞭策自己，我为拥有你们这班小精灵而感到欣喜，感到骄傲！

心中有爱,便有了责任,有了力量,有了快乐。

海燕文集给我的第二个感动是责任感和使命感。她深知肩上教书育人责任的重大,不仅认真上好每一堂课,还把工作延续到课外,延续到已经离开学校的学生身上。写信是海燕与学生的交流方式,她和学生以此交流思想,沟通心灵。在一封写给毕业班同学的信中,她谆谆嘱咐道:

> 作为毕业生,也希望你们每一个能在毕业前剩下的倒计时的日子里,能不断完善自己:一要听老师家长的话,好好完成学业,学会做人;二要为学弟学妹们树立正面的优秀的榜样;三要为母校多做些力所能及的事。请你把这种期待转告其他同学,你们一起行动,力量便会很大,是不是?

在一封写给小学毕业已升入中学的学生的回信中她这样说:

> 谢谢你,方盛,谢谢你的来信。正如你信中所讲,现在我依然喜欢写信,虽然网络时代了,但写在纸上的文字总是比网络真实而有情的,仿佛写信的人就在眼前一样。
>
> 你还好吧?肯定又长大了许多吧?也更懂事了,更帅气了,是吗?一定要努力学习呀,不放过任何锻炼自己的机会,因为竞争到处存在,而能力在竞争中才会越来越强大。向同学们问好!有空回母校来玩吧!

循循善诱,谆谆教导,晶莹的师心毕现。

这本文集的第三个特点体现在理论提升上。海燕很善于发现问题,并能从理论上加以归纳。书中所收的教育论文,篇幅大多不长,但都言之有据,启人深思。在《点滴师爱铸心魂》一文中,她从“师爱,在学生心理健康发展方面的作用”“师爱是培养、发展学生的健康心理的基础和前提”“师爱不等于无序、无原则的‘轻松’教学”三方面论述了师爱在教学中的作用,结合自己的教学实践,有理有据的辩证分析,既有案例,又有理论。在《班主任,为我们自己喝彩》中,她提出爱的教育在班主任工作中的作用,从“爱的教育”“爱的细节”“爱的惩罚”三方面展开论述,这些从自己工作实践中总结出的经验很有针对性。海燕是教育工作者中的有心人。她从教育实践中发现问题、解决问题,并能上升到理论层面,从而指引自己的教学工作,取得了良好成绩。此外,海燕在贵州支教时对贫困地区教育的观察和思考也很有见地。

海燕的文笔很质朴纯净,犹如她质朴纯净的心灵。这些文章朴实无华,完全是从自己教育生涯中开采出的矿石,其中许多对于老师和学生都很有启示意义，是她用自己的爱心写出的“教育诗”。教育是民族的希望，教师是培育栋梁的园丁，是人类灵魂的工程师。海燕热爱自己的工作，爱学生、爱校园、爱国家，教书育人，孜孜不倦。她的强烈的责任心和献身教育的无悔精神值得学习和发扬。

2015年1月28日

陈显荣诗集序

诗人陈显荣因《辣椒歌》驰名诗坛，成为新时期诗坛的大家。其实他并不只写讽刺诗，正如他自己所言："在我开始涉足诗坛的年代，讽刺诗还是禁区。由抒情诗起步，后来兼写讽刺诗，自己戏称双轨制写作。"另外，他的儿童诗被选入小学教材，近年来又涉足旧体诗词创作。他挚爱诗歌创作，他说："在文学天地里追求，风风雨雨经历过大悲大喜。呕心沥血，写过不少分行排列的文字寄托爱憎，能被诗坛认可为诗，被社会认同是诗人，此生足矣！"他不但是诗人，还须在前面加上"著名"二字才可。此前他已出版《辣椒歌》《陈显荣讽刺诗选》《笑林啄木》三部讽刺诗集，《多彩的风》《笑影远去》两部抒情诗集。现在他把未曾入集的抒情诗编成此书，嘱我作序。我们是潍坊老乡，又是诗友，只好遵命。

这部诗集分"天地之间""诗画之旅""无岸之海""有翅之山""城乡之韵""光热之声"六辑，共收入抒情诗280首，其中少量诗稿尚未发表。集子中写作最早的诗作是《遥致》，写于1958年10月，写作最近的诗是《意大利比萨斜塔》等旅欧诗草，完稿于2008年9月，前后相隔半个世纪。从这个集子中，我们可以看到诗人50年来的心路历程。写《遥致》时，他还在泰山脚下的泰安林校读书，是针对农业生产"放卫星"，亩产万斤粮有感而发的：

我不相信天上的雷鸣，
即使你把我的耳朵震聋。
只有当雨点落下来的时候，
我才赞美你这一次的忠诚。

——1958年10月20日

在这首诗中，我们看到的是一个20岁青年的思考和清醒。在全民皆陷入"大跃进"狂热中时，这种清醒是多么难能可贵呀！也许正是林校给予他的科学思维使他不相信当时的狂热梦呓。可喜的是他初入诗国便知用比喻手法来抒发自己的感慨。

再看他“文革”时期写的《回首》：

我是小草曾用诗句给太阳打过电话，
却被捍卫太阳的人踏在脚下。
冤屈的眼泪浸湿黑暗的土壤，
堂皇的脚板不许申辩只施重压。

如果我触犯了阳光宁愿让烈日晒焦，
如果你踩错了地方便是荒唐的惩罚。
脚板离开的时候我已经不能站立，
庆幸根系完好还能在梦里迸发青芽。

——1967年7月4日运动周年感怀

这首用隐喻手法写出的抒情诗描写了他被践踏的屈辱和泯灭不去的尊严。在那个年代被侮辱与被损害者能发出这样的声音更是值得敬佩。

1977年粉碎“四人帮”不久，处在拨乱反正中的中国文坛出现了“伤痕文学”，作家和诗人用笔控诉“四人帮”的罪行，展示“文革”在人们心中留下的伤痕。同年9月，陈显荣写出了《伤痕》：

顿失雷鸣闪电滂沱大雨的咆哮激情，
复活的心，伤口渐渐愈合。
沉思中略有不安，
像渐熟的谷穗垂摇于金秋原野。
血色的失落感，
宛若日暮时烙红地平线的玫瑰霞。
但愿即将到来的，
不是彤云密布的漆黑夜。
凉风拂动柳梢头的黄昏，
祈祷一弯新月不再勾起往事。
繁星很遥远，总在心幕上闪烁，
纷飞的蝙蝠，撞碎了
回首的视线……

1977年9月25日

全诗用象征意象表现内心感受。用“雷鸣闪电滂沱大雨的咆哮”象征“文革”运动的暴烈，用“像渐熟的谷穗垂摇于金秋原野”象征劫后的思索，用“一弯新月”象征新时期的到来。这种手法是对现代象征诗派的艺术接轨，与诗人杜运燮的《秋》有异曲同工之妙。

新时期的到来，改变着人们的生活，也改变着人们的精神面貌。这些也都一一出现在陈显荣的诗中。潍坊是一座文化传统深厚的古城，新时期以来连年举办的国际风筝会使它名扬五洲四海，也使它成为国际风筝之都。作为潍坊人，他也以此为骄傲，写了不少以风筝为题材的诗作。请看《龙头蜈蚣风筝》：

不屈的头颅高昂猎猎雄伟
拖一串火红的旭日
从躁动的惊蛰梦里蜿蜒而出
升腾在没有清明雨的清明时节
把一腔真正男子汉的豪情
浓墨重彩地泼上蓝天

他借龙头蜈蚣风筝表达的是呐喊和奋飞，是掌握自己命运的伟大，是崛起的希望：

呐喊奋起呐喊自强呐喊腾飞
生命岂能满足于爬行
放飞理想放飞情志放飞人生
命运系在自己的手上
地上的躯体一旦具有天上的灵魂
摆脱卑微便是一种伟大

改革开放使中国发生了巨变，但是贪官却要掠夺人们的成果，侵公自肥，反腐败成为党和人民的一致呼声。陈显荣的《包公风筝》表达了这一呼声：

包青天情系天下的百姓
凌空激荡大地的呼唤
人们不是在放飞轻盈的风筝
而是在弘扬沉重的千古明鉴
双耳是倾听百姓疾苦的回音壁

两道目光是逢恶必除的利剑
双足挺立刚正不阿的骨气
两袖清风驱除尘埃明媚江山

陈显荣是标准的山东汉子,他身材高大,浓眉大眼,刚直不阿,颇具虎气。对邪恶义愤填膺,他的讽刺诗尖锐泼辣。他以讽刺诗抨击丑恶,以抒情诗言志抒怀。《虎夜》正是一首言志诗:

除夕夜的鞭炮声海潮般此起彼伏
听来正是新旧交战的宏博交响
万物随心境而豁然明亮
欢乐的春节从紧张的腊月脱颖而出
激情的诗河冲破冰阵滔滔奔涌
难排的忧伤散去久压的云翳散去
轻松了许多心胸畅快了许多
回首得失一次人生的B超透视
亲手掼响的春雷震醒迷雾
告别凄冷的寒冬以虎跃之姿迎春
一声长啸抛却卿卿我我
以刚以强以力以猛追逐时代的洪涛

“以虎跃之姿迎春/一声长啸抛却卿卿我我/以刚以强以力以猛追逐时代的洪涛”,岂不正是山东汉子的本色!

陈显荣的讽刺诗尖锐泼辣,抒情诗深沉激越,记游诗则清灵精巧。比如《寒山寺》:

琉璃瓦沉重的金碧辉煌
却能轻捷地飞越苍茫时空
停落在千万人心灵的窗口
古寺是一只青鸟
赋予翅膀的是诗人

再如《拙政园掠影》:

走进一幅水景

忘却外面的世界

花木时装表演正青春
亭台楼榭是有些老了
有些老了便多一些回味
假山真水总是美
假,假得真实
真,真得如画

走出一幅水景
忘却不了脉脉含情的
苏州眼睛

诗中青春花木与古老的亭台楼榭相对映,假山与真水相比照,巧妙勾画出拙政园之美,最后把拙政园比作苏州脉脉含情的眼睛更是点睛之笔,构思巧妙,意象清灵。

《蒙山秋色》则抓住蒙山初秋的斑斓山色,以一簇红叶映衬碧龙与金狮:

墨绿与橙黄的超级大荟萃
百万碧龙与百万金狮的狂欢节
追光的太阳倦了

枫叶不多　偶尔看到一簇
恰似流连忘返只顾看热闹的女孩
陶醉的脸儿笑红了

陈显荣2008年访问欧洲时写了一组诗,举世闻名的比萨斜塔、古罗马大角斗场、佛罗伦萨、但丁故居都出现在他的诗里。他这样写瞻仰但丁故居时的感慨:

在乌云翻滚不堪回首的浩劫岁月
有朋友将您的诗句赠与
“走自己的路,让人们去说吧!”
您给我力量　我对您敬慕

风风雨雨一枚诗句咀嚼了数十年
品味着您的诗句来瞻仰您的故居

伟大的诗人从来不只为自己歌唱
倾尽心血为人类树立起精神支柱

最后两句是对但丁的赞扬,也可以看作是诗人对自己的勉励。

这个集子中的爱情诗、叙事诗也各有特色,各位细心品味自有收获。这本诗集充分展示了诗人陈显荣的抒情才华,表现了他驾驭各种抒情手法的能力。他不仅是优秀的讽刺诗人,也是优秀的抒情诗人。他的旧体诗词虽然不多,但也很有心得,已达到较高水平。让我用诗人自己的诗句来做这篇小文的结尾吧:“伟大的诗人从来不只为自己歌唱/倾尽心血为人类树立起精神支柱。”希望显荣兄竖起的支柱越来越高大!

成学新《静默的山楂树》序

这是成学新的第二本诗集。成学新从20世纪80年代开始写诗，那是一个激情燃烧的时代，在大学校园里，他情不自禁地投向了缪斯的怀抱。后来他离开教学岗位转行到税务系统工作，但他的诗歌激情越燃越旺。他的诗作频频在省内外获奖。后来他又到山东大学作家研究生班进修，为他在文学之路上远行助力。他凭自己的创作实绩，登上了诗坛新锐的高地，引起了文坛的关注。

《静默的山楂树》收录他近三年的100多首新作，与他第一本诗集的诗作比较，他的诗歌视野进一步扩大，艺术传达也跃上了新的层次。正如他自己所言："我的诗歌创作精神向度，就是用阳光清扫黑暗。所以，我对生命的热爱，对生活的感恩，对家乡的回望，对世界的宽容，对自然的敬畏，对历史的尊重，特别是对弱势群体的关注和同情，在我诗歌中比比皆是。"这可以看作他自己对这本诗集的导读。

诗人是社会的良心，一个有社会责任感的诗人，必然会对民生予以关怀，必然会对弱小者给予同情。伟大诗人屈原说："长太息以掩涕兮，哀民生之多艰。"大诗人杜甫在茅屋里呼喊："安得广厦千万间，大庇天下寒士俱欢颜！"他们不论处在顺境还是逆境，不论处在盛世还是乱世，都把百姓疾苦放在心间，所以他们的诗作才能世世代代感动人，才能千年万年流传下去。当下不少以诗人自居的人，却对人间疾苦视而不见，躲进一个人的螺壳里写点无关痛痒的东西，他们能当得起诗人的称号吗？我喜欢学新的诗，首先是因为他有诗人的良心，他虽衣食无忧，但心里有百姓疾苦，笔下有人间冷暖。他在《还有什么比这场雨更持久》一诗中说："在这沉寂的黑夜，星星和月亮/走进梦乡，照亮阴暗的小屋/而我需要一场清澈的雨水/把我的皮毛，乃至赤色的心，白色的骨/一一洗净。我变得另类。"学新不贪恋权力和金钱，却迷恋上诗，并时时关注老百姓和弱势群体。

他要用文学把自己的心灵洗干净，这难道不应该赞赏吗？《我已习惯沉默》是他以一个农民工口吻写的诗，诗中这样说：

> 我习惯了沉默，习惯了安身立命
> 像一枚钉子，嵌入生活的低处
> 我逆来顺受的血液
> 在异乡的打工潮里汹涌
> 汗水是尊严，沉默是尊严
> 一棵谦卑的草，用弯曲的肢体
> 撑起一个梦，撑起一片天
> 即使骨肉风干，也会顶天立地

这首诗表达出他对生活在社会低处的农民工兄弟的理解，表达出他对他们人格尊严的尊重。

学新的诗中多次写到蚂蚁，蚂蚁成为他诗集中的重要意象。他把进城务工的农民比作辛勤的蚂蚁："在田间，它用针尖般的细小/去做一头老黄牛的工作。""举着大地，转身背起蓝天/为一粒米去挣扎，而卑微的内心/装满天地的辽阔和苍茫/一只奔波的蚂蚁，像一粒微尘/背起钻进云霄的大楼/写出比蓝天更浓郁的痛/一座城市的风景/与摩天大楼有关，与宽阔的道路/有关，而一只奔波的蚂蚁/与一粒米有关/与远处的乡村有关。"（《奔波的蚂蚁》）蚂蚁是弱小的，也是刚强的，正如那些在田间和城市辛勤劳作的农民工。学新被他们感动，为他们写诗。在《向上，或者向下》中，他再次写到蚂蚁："春天里，蚂蚁奔走他乡/在城市的法国梧桐上觅食/向上，或者向下，低头不语。"这与前一首是相似的。在《在低处生活》组诗中，他说：

> 在低处生活，蚂蚁为伴，青草缠身
> 奢侈着太阳最后的光辉
> 让红色的光，带着天边的尘埃
> 把整个世界淹没

这里他明确表现出以蚂蚁为伴的心怀，这既是他的农民兄弟的生活写照，也是他甘愿和他们一起在低处生活的心声吐露。这才是真正有良心的诗人。

诗人是生活敏感的神经，他能敏锐地感觉出周围环境的变化。学新是从农村走出来的，他对土地和大自然有割舍不断的情缘。风花雪月是古典诗歌中常

见的意象。在现代城市里生活的人,难得享受清风明月了,但学新却仍能感受到风月之美。在《风的影子》中,他写道:

风起的时候,枝头的时光
正雄姿英发,扑入春的怀抱
那些风的泪水,在粗壮的树上流淌
开出婉约的花朵

他把枝头的花朵看作风的泪水,真是别出心裁的好喻。这泪是欢欣的、激动的,也是经历了秋冬离别的,读到这里怎不令人拍案叫绝!这首诗里的风好像是那个绿肥红瘦的婉约女子,而《喧嚣》中的风则成了攻城略地的战神:

旷日持久的风,汹涌地吹
它吹走一片尘埃,放上一寸疆土
如同一个威武的战神
在千军万马的呐喊中,攻城略地
直把内心吹成辽阔

大自然的风在诗人心中吹过,变成情感和精神的回应。这种回应,是需要敏感来沟通的,麻木的人是无法感觉和欣赏的。

学新也喜欢用月光沐浴,他说:

今夜,我守候在旷野
偷听星子和庄稼的对话
今夜,我用月光沐浴
奢侈了两千年的皎皎清辉

月光苍白了村野
只为我一个人播撒
我左手挥汉唐,右手掬宋清
梳理每一段盛世华章
不知,哪个年代的月光最美

诗人大都喜欢月亮,李白大概是写月亮最多的诗人。他喜欢与月共舞,"举杯邀明月,对影成三人",学新在月光里沐浴可以说是与李白同道了。在《窗外》中,学新说:"月光清秀,像流淌的河水/舒卷着苍白的心事。""在这阔大的宁静里/体内的躁动已经平息。”这里也许透漏出学新写诗的秘密，在月夜、月光下，人更容易产生灵感，更容易和大自然沟通。另外，月光的皎洁，也许会使人心胸开阔、精神清洁吧。诗人是尊重自由和平等的，在他们看来，帝王和平民都面对着同一个月亮，在《时间密码》中，他写道：

月光流泻，卷起一地桂花
拉开黑夜的帷幕
一位伟大的帝王走过
一位卑微的平民走过
脚步很轻，很轻——
轻过一粒微尘

诗人是意象的创造者，他把诗思化为意象，用具象做载体，表达情感和内心。尽管当下很多人在倡导诗歌的叙述，然而叙述毕竟不是诗歌的长处，那是散文和小说的长项。诗歌以意象为基本审美单元，意象可以高度凝练生活感悟，又能很具象地引起人们的视听感觉的回响。能否创作出自己的意象，能否把内在情感转化为意象，这是诗人艺术才能高低的体现。成学新的诗中有很多独创的意象，这也是我要称道的。比如前面提到的“风的泪水”，再如《更上一层楼》中“金黄的落日，笼罩田野/仿佛一头凶猛的老虎/撕出了体内的闪电”，都是很有创意的意象。

这个集中的诗作，有些还需要再加提纯，再用减法减掉赘句，使意象更为突出鲜明。把诗写短更难，短了也就更精致凝练了。学新是很有潜力的诗人，他有敏锐的艺术感觉，有捕捉创造意象的能力，有博大的情怀和爱心，假以时日，他会创作出更有震撼力的诗作。

2013年10月22日于济南伴山堂

《云竹集》序

《云竹集》是王茂海的第二本诗集。这些诗作是他在工作之余一点点写出的。他热爱诗歌几乎到了痴迷的程度。休息时间他都花在读书写作上了，就是在出差的旅途中，他也会随手写出诗来。他心中有一种激情，使他不吐不快。这个从军营里出来的山东汉子有一颗与老百姓贴得很紧的心。转业到法院工作后，他仍然与基层群众心连心。

他的诗继承了白居易“歌诗合为事而作”的精神，具有很强的现实人文性，这都表现在他的诗作，尤其是他的长篇歌行体诗里。比如《路遇随想》，他从路上遇见的一个送煤老汉，引发出感慨：“自责无力济弱势，不知民生富何年。”《高墙深处的忏悔》记叙一个入狱贪官的忏悔，具有一定警示作用。《接访感怀》记叙了一次接访过程，对接访对象李老汉既有同情，又有劝勉。他关心接访对象，生活上予以帮助，思想上予以开导，法律上予以申明，很好地化解了矛盾。与此相关的诗作还有《桥韵》《小屋女人》和长诗《呼唤》。《呼唤》把叙事与抒情结合在一起，讲述了一个用真情唤醒深度昏迷丈夫的女人的故事，歌颂了感天地、动鬼神的人间真爱。

王茂海爱竹、爱奇石。竹子正直、有节、虚心、向上，石头朴素、沉稳、诚实、顽强，这些品格都是王茂海所欣赏和追求的。这个集子中的不少诗作正是他志向怀抱的证明。如《题钰缘斋》中有云：“最美奇石卧中华，万古幽情盛世逢。”在《石之恋》中，他写道：

醒来窗已亮，
假日无所忙。
奇石伴左右，
个味品自赏。
大化解五行，
灵璧奏乐章。

翡翠情万种，
玛瑙赛月光。
风砺锤心志，
玉树高风扬。
…………
自然太神奇，
暗叹学无疆。
相视虽不语，
风采印沧桑。
…………
石中悟大道，
人慧气自强。
从石中悟道，
从而人气强。

茂海眼中到处有诗，四季有诗，工作学习也有诗。雪来了，他写诗：

诗家惯书杨柳香，
难见枯枝斗雪霜。
一夜飞挂万千条，
身着银装探高窗。

春来了，他也写诗：

杨柳初黄泛清香，
和风款款醉长廊。
明月醉解春风意，
银辉尽饰女儿装。

王茂海结合工作写了不少诗，如《窗口活动巡查》四首、竞岗纪实四篇、党校学习记老师讲课的数篇。这些诗作不如写景抒情的作品，概念多，意象少，诗味也较少。

诗以意象为核心，不要说教，也要避免口号。诗不是社论，也不是哲学论文，不是政治报告。诗应表达真实的思想感情，要精练传神。这也是今后创作要注意的。茂海的诗多是古风，很少有格律诗，今后可以写一点格律诗，以进一步提高诗艺。

在时间中沉淀出的生命之歌

诗歌是诗人生命在时间中的结晶。诗人生命在时间中的事件和瞬间凝结成意象从而化为永恒。诗歌是诗人战胜时间君王的武器。许多诗人的自然生命消失了,诗歌生命却千秋永继。正如赵林云所言:写诗是诗人处理时间过程的一种方式。

诗人之所以成为诗人,是因为他能比一般人更敏锐地感知生命在时间中的流逝,他又能用文字准确传达出这种感受。唐代陈子昂说过:“前不见古人,后不见来者。念天地之悠悠,独怆然而涕下。”台湾诗人席慕蓉亦曾感觉到时间君王的冷酷。赵林云也是一个深悟时间之心的诗人。人人都见过城市黄昏,一般人看见的都是景色,赵林云却看见“时光的脚步,在走动”,汽车像呜咽的野兽要逃出时间的魔爪。在地下停车场,他感觉一辆辆车像铁质棺材把人搬来又搬去。所以在深夜,他要放慢速度逃离。在杆石桥上,他也能看到无数历史过客和匆匆赶路的岁月。他甚至感觉自己就是一个沙漏,“今生是它的肉体/来世是它的灵魂”。

对个体生命来说,死亡就是时间的终点,是不可逃避的归宿,认清了这种必然,才能“向死而在”。其实个体生命也是时间长河的一滴水,是永不中断的时间链条的一环,是一种生命转化为另一种生命的起点,死亡也即是重生。为此,赵林云写了《逝》。他看见无数车轮下灰尘的尸体、海鲜市场大海具体的死亡、稿纸上横七竖八文字的残躯。他说:“夜晚死于白昼/活着是上帝的遗忘。”失去的一切是时间的碎片,“在下一秒里拼力奔逃”。在他笔下,就连钢琴也“等不到/一个弹琴的人长大/就已经骨架散落”了。在一把钥匙上,他也看到“锯齿如微小的山峰/风景死去,在光阴的峡谷内”。然而诗人“肉体还没顾得上消失,他的目光/一直延伸,已探到了尘世之外”。他说:“生命倒下,还原成虚无/生活倒下，又还原成站起，向前继续。”在扬州，他看到“一树的樱花摇坠，就像那些失眠的夜晚/飘回到另一个人身上，枯萎成黎明”。花开花落、月落月生、春去春又来，一个过程接一个过程，环环结成不绝的时间之链和生命之链。我因此也不赞成把一切归于“虚空”，虚里有实，无可生有，有而不空。

我一直认为诗歌是意象艺术。以意化象，以言表象，意隐象中，言有尽而意无穷，才为好诗、耐品味的诗。赵林云的诗意象鲜明，他对时间和生命的哲理思考能化入象中，把抽象与具象统一在诗中，从而使诗作耐人咀嚼。但是还可以再隐曲一些，把诗意藏得再深些，那篇代后记可以不要，诗人没必要把话说得太明白，尽管把解读的工作交给读者。适当留白，反而会给作品更为广阔的空间。

在自然简约的语言里

最早知道黄迪声是在网上。《中国诗人》在济南发行，迪声从即墨赶来，我们第一次见面。后来他又来济参加山东青年诗人协会的活动，并拿来厚厚的一叠诗稿，要出一本1990—2004年诗歌的精选集（后定名为《琴岛笛声》），嘱我作序。迪声写诗15年，“潜心如蝉，鲜少喧嚣和炒作”，默默地在诗田里耕耘，他对诗的执着令我感动。

迪声的诗如他的人一样朴实无华，在自然简约的语言里流淌着浓郁的诗情。他的300余首诗作大都围绕青春、理想、乡村、爱情展开。迪声的童年和少年是在乡村度过的，乡村生活成为他最早的诗歌题材。乡村的草根和玉米、苦菜和麦地、月夜和黄昏、农家和渔人均一一出现在他的诗中，正是家乡的这块热土培育出他的诗情。他这样歌唱《家园》：

我热爱这炊烟升腾的家园
汗珠是家园的种子
每岁细细地种每岁丰硕地收
这些种子的收获芳香无比
陶醉了爷爷我和我的子孙

这种家园意识和乡土意识，使他把目光投向了乡村中司空见惯的草根，“我们相遇在村庄/相逢在牛羊的间隙/我们已很贴近/我接受着你的启示在永远”（《草根》）。他的这些乡土诗散发着泥土的芳香，感情真挚而浓烈。但他又不仅仅在描绘乡村风光，而是在其中注入了对生命的思考和乡土给予他的人生启示。这就使他的乡土诗超出了一般田园诗的层面。他在《我和我的乡村》中说：“可是乡村/何必在乎我是否出人头地/我可以忍受一切/因为缘承了你的血脉/我的行囊装着土地和灿灿的玉米/我只求你们/在我暮年时的金秋来临/你们像审视庄稼一样审视我/是否辜负了你是否真的已成熟饱满。”他早期的乡土诗，还多拘泥于写实的层面，缺少一点飞升。近两年的诗作有的把乡土与城市交织在一起，更加强调文化背景和传统与现代的碰撞。在《无题》中，他“望着天花板上/逐渐荡漾开来的/村庄　桃花　山峰　耐冬村姑野葱地……/我想写一首诗”，但这种诗意的遐想，很快被闹钟的铃声打断，于是急促吃早餐，骑自行车上班，“皱着眉头，写千篇一律的公文”，晚上又去陪酒，最终“任凭我的诗躲在窗外/看我狼狈地昏醉了一宿”。由此可见，乡村在他心中是一块逃离尘嚣的乐土，是他向往的真诚而富有诗意的所在。这也就表现出现代都市人的逃离情结。重返田园、亲近乡土，乃是被城市生活紧张节奏扰乱了的现代人的心理旨归。试看城郊农家游的火爆，便可明了。

迪声诗中多次出现的还有海。《观海》中，他从一只情绪低落的鸟入笔，写海给了鸟飞升的力量，“小鸟看到/海的起落也是一种飞翔/海——不管有多少不如意/这样的飞翔却从来没有停息”。“季节从海上爬上来，咸的味道/浪花在玻璃窗上悄然开放/丘陵的姿态总是波浪一样有序/平原是满载金色的大船”(《胶东》)。大海是“一层层的白浪花/铺张而又不败的花朵”(《海》)。海也是乡土的一部分，因为迪声的家乡在海边，这同样是给他启示力量的创作之源。

迪声近期的诗作保留了他的质朴和对乡村的热爱，但时空的跳跃加大了，意象的情感内蕴增强了。《神雀》用象征手法，写文化的传承，时空跨越千载，“神雀飞翔/飞翔在或清或浊的眸子里/只要是炎黄子孙/就会看到/无论睁着眼还是闭着眼”。这只“从炎黄时起飞”的神雀，“啄食五千年思想的精髓”，“乘清风而来，踏时光而去”，“让文明铺展成宽阔的马路”。《夏天》则从麦田跳入高考的考场，“麦田里有一茬麦子被收割了/还有一场高考正在结束/云总是这样：有的轻松　有的沉重”。这一跳扩大了诗的审美空间，使诗句有了张力。

迪声近期诗作的又一特点是注意到语感的表现。口语性增强，日常生活色彩加重，语言舒展自然，流畅如山间的溪水。如“透过村东南的门楼/崂山是一幅玻璃上的画/向村东走四十里/会得到海浪花”(《下疃村》)；“傍晚的时候/放学的孩子和晚归的农人/像天边的星星一样闪亮/知了的叫声　缠绕在炊烟之上”(《下疃村》)；“嬷嬷养的一只鸡/每天早上　在村东的溪泉岭上/下一枚蛋——金灿灿的蛋/春天下在桃园里/夏天下在青纱帐/秋天下在浓雾里/冬天下在雪地里”(《村东》)。这些诗句语感很好，质朴自然。我认为朴是比美更高级的，大朴才是大美，返璞方可归真。这意味着人性返回了童真，意味着铅华落尽的本色。不加雕琢的诗意的流淌，在随意中拼出了自然新鲜的图纹。这种朴的境界只有把神与物完全交融在一起才会出现。

还有两首诗给我的印象很深，一是《富人的大街》，二是《麻雀》。前者的构思和诗思均有可取之处。“连灯光都很跋扈”的富人的大街与“狼狈得像拖街的抹布”的穷人的身影相对比，具有社会批判的色彩。从《麻雀》中，我读到的是可贵的人性关怀，“薄薄的羽毛/就可以抵挡这样厚的寒冷吗/我常常为麻雀担心/麻雀此时肯定无梦/为觅食它已很疲惫/它所拥有的夜晚/质量就是睡眠”。读着这些诗句，我眼前出现的是那些站在高高的脚手架上如麻雀一样的农民工。更可贵的是诗人的自省意识，“在温暖的屋里我愧泪如雨”，这才是诗人的情怀。人性中绝不能缺失了对弱者的关怀！从屈原“长太息以掩涕兮，哀民生之多艰”，到杜甫“安得广厦千万间，大庇天下寒士俱欢颜”，都是这种大悲悯情怀的展露，都是人性最温暖、最光明的放射。

当下的诗作，尤其是青年人的诗作，越来越个人化，他们醉心于自己欲望的自由表达，但却不愿意睁眼看社会现实。似乎高贵的诗歌羞于与那些下层弱者为伍，这实在是诗坛的悲哀。人性当然要表现，但人性毕竟不只是吃喝拉撒的动物性，人性中最可贵的是“仁”性，即爱他人。无此，可为诗人乎？迪声有泪，故有诗，我希望这样的诗多多益善。

是为序。

小诗出大象

——张承光诗集《沉寂的声响》简评

诗是从人生大海里沉淀出的盐，是诗人生命里的结晶，是情感和心灵的升华，是个人心志的意象化。张承光的诗也可如是观。他的诗虽然大都短小，却沉淀着他几十年的人生经验，是他在沉思中发出的声响。

张承光做过教师，后来又成了领导干部，但不论地位如何变，他的一颗赤子心却不会变，他对文学的钟情不会变。我读过他的长篇小说，其中那些为中国教育呕心沥血的园丁感人至深。他对学校、对教师、对学生的情感十分深厚，这份感情也是他解不开的情结。有他的短诗《粉笔》为证：

跟黑暗打一辈子交道
却终生
清白

粉笔与黑板是教师离不开的工具，他以此为象表达出对教师的赞扬。黑板虽黑，却是教师用粉笔为学生开慧离不开的东西。教师用智慧和知识驱赶愚昧，带给学生灵明，自己却终生清贫，不改其志。细读一下，这首诗的内涵还更丰富，这是对那些与一切黑暗作斗争的志士的赞歌。这首诗短而有味，很耐品读。

诗集第三辑中的诗作大都是献给教师的诗，如《心灵的呵护》《贺刘亦萍老师八秩华诞》《贺春树老师从教四十周年》《颂张国才老师》《感恩柴永广老师》等等，从“颂”“感恩”等词可以清晰看到他对老师的尊重、对教师职业的热爱，这是发自内心的情感表达。刘亦萍是小学校长，一生从事教育事业，“文革”中受迫害，但对人生始终充满乐观。在她八十寿诞时，他写诗祝贺：

玉鉴塘波点翠萍，
迭经风雨自菁菁。

毋言娇碧逐年老，
染绿春池照眼明。

他以平凡的翠绿的浮萍为象，歌颂刘亦萍“迭经风雨自菁菁”“染绿春池照眼明”的光明一生。

诗歌是文学王冠上的明珠，是一切文学形式中最精粹的艺术，短诗就更甚了，用最少的文字表达出最丰富的内涵可谓高难度。张承光的一些诗作就是短而味足的好诗。如《冬》(二)：

累了
盖上厚厚的絮被
睡下
梦中
寻梅

诗写冬景而传其神。用拟人手法把冬描绘成一个梦中的志士，虽累中入睡，梦见的仍是“寻梅”。其实这正是诗人的梦境，是他高洁内心的意象化。中国有中国梦，诗人有诗人梦。中国诗人的梦自然带有中国文化的印记，“梅”就是这样的文化印记。再如《秋》：

旋转的舞台
风歌叶舞
梅捧哈达
候场

诗人把秋写得充满活力，是一个“风歌叶舞”的舞台，而冬还在候场，“梅捧哈达”。哈达如雪，梅开似火。秋一改旧诗中萧瑟的景象，让人振奋且期待。

诗人的创意是无限的，他要言别人未言，创自己之象，要别出心裁。《花生》就是一首别具意味的讽刺诗：

为啥
你的名字这么好听
噢　原来
从你身上榨取的油
香了他的嘴巴

你　满脸的麻点
便成了
花

张承光从花生名字入笔，刻画出得利谄媚者的嘴脸。因为香了嘴巴而把麻脸夸成花的不是大有人在吗！《汛》也是一首让人过目难忘的好诗：

蛙
卧荷
喊雷
两只蜻蜓
挺立湖心
私语

诗取两象。蛙和蜻蜓，这都是报汛的小动物。汛随雨至，未到先知。蛙卧荷喊雷，是欢迎，是呼唤；蜻蜓则挺立湖心私语，也带英雄姿态。物虽小，却不怕汛。细品才觉其中滋味。小诗出大象，不易！

《影子》(二)也写得意味深长：

无骨
有形
总围在他人的左右
当他人倒下的时候
还有别的依托么

把无骨依附者刻画得入木三分，更是发别人之不能之语。诗集中这样的小诗众多，如《夜》《愚与智》等。这些诗作，没有深入沉静的思考，没有丰富的人生积淀，没有灵动的创造想象是难以写出的。

小诗不小，是它能以小见大，是它在精粹的诗语中蕴含着陈郁的情感和深刻感悟，是它需要更深厚的生活积淀和艺术创造力。这在当下乱象丛生的诗坛更是需要提倡的。这也是张承光的诗给我们的启示。

读《拾零妙悟》有感

张星亮的首部随感集《星吟自度》出版后，得到了读者的广泛赞誉。他仍笔耕不辍，继续坚持天天编发《星语分享》，现又编发了200余篇，结集为《拾零妙悟》。这可以看作《星吟自度》的续篇。

他出版《拾零妙悟》一书不图名、不图利，正如他自己所言："也不奢望能成为什么所谓作家；就是从心灵深处，总觉着有一种责任使命，甘愿将自己的人生抒怀让好友分享，是一种美好的享受和精神愉悦；并自律自我洞世处事具有更清醒的认识，而不至于迷蒙狂妄。"也正是这种认知，使他在人生道路上和创业历程中始终保持清醒，保持着与外界和复杂的社会适当的距离。

《拾零妙悟》保持了《星吟自度》的特点，表达了他对人生的深切感悟。他说："在我们的生活中，浮光掠影的东西太多。'乱花渐欲迷人眼'，这世间繁华的诱惑，很容易让人迷失方向。无论何时都能保持心灵宁静，能够自律，保持清醒的认知。"这种自省是难能可贵的。他是著名的企业家，在多年的经营中积累了巨大的财富，他收藏的玉石字画等文物价值连城，但他说那都是祖国的宝贝，他不过是在为国家和人民当一个守护者。他要建一个博物馆，让那些宝贝服务于社会和人民。

读他的这些随感，你可以看到一个从军营这个大熔炉里锻炼出来的一颗爱国、爱党、爱民的红心，听到一个为民族复兴大业奋斗者的心声。他说："'撸起袖子加油干'是时代发展的最强音，是民族复兴的伟大召唤。不能忘记中华民族的发展史就是无数先烈先辈牺牲生命和拼命铸就的苦难辉煌；在未来民族复兴的舞台上，不要当'捣演'指手画脚、不要做旁观者说三道四，也不要做'甩手掌柜'装聋作哑；要争做支持者、维护者、参与者、实干者、拼命者，共享民族伟大复兴的辉煌成就与荣耀！这不仅是道理，而是真理！也是使命担当！人活一生不在长短，在于活出精彩、活出价值、活得更有意义！”

他的随感中充满了哲理性的思考，展示了智者智慧。他这样认识小人和骗子：“人生在世，谁都甩不开、躲不掉‘小人和骗子’，这是命中‘劫数’；那么贵人扶、恩人帮就是命中‘定数’。人生贵在将‘劫数’能视为命中‘定数’；感谢那些所谓‘小人和骗子’成熟了你、成长了你、改变了你，有些还要感谢‘小人和骗子’彻改了你的人生轨迹，发达了你，开发成就了你人生意外的广阔发展领域！”这些辩证思维充满了人生的智慧。

张星亮是著名企业家，但也是一个认真读书的人，从这些随感中，你可以看到他知识的广博、读书的勤奋和思想的深刻。他说：“阅读了些书籍，阅尽了红尘漫旅的缤纷浮华，饱尝了人间的酸辣苦咸；心态变得平和了，无论遇到什么事都变得能想得开，看得开了，这都得益于编发抒怀带来的思维与沉淀。”

张星亮的随感不是抽象的说教，他常结合具体事例来阐发道理。他在谈到冷对“善良”的“伤害”时举了这样一个例子：“听到一则消息：某市一位出租车司机师傅刚接上一家三口后，就发现其小孩突患疾病，小孩父母急切恳求司机师傅能否加速开往就近医院救治孩子。司机师傅二话没说加速开车连闯三个红灯开到医院，孩子得以及时救治并转危为安。而司机师傅因超速又闯红灯被交警部门罚款600元并扣18分，还要吊销驾照。当司机师傅向交警说明情况后，交警讲：‘只要病患小孩父母出具证明就可免责处理。’可当司机师傅联系小孩父母时，小孩父母拒绝出面作证！司机师傅的善良受到了严重伤害！知悉此事的人也为小孩父母的绝情丧义感到气愤！”对此他评论道：“当今社会为什么会出现老人跌倒无人敢扶？为什么很多举手之劳的善举漠视不为？为什么很多人有条件、有能力能办成的事而不办？不是不愿办，不是图回报，不是怕担责而是怕丧失善良的人失去了人性道德！而是担心‘狗咬吕洞宾，不识好人心’！有的‘过河拆桥’，有的成事不感恩，不成就‘翻脸’，甚至‘无中生有’讹诈恫吓、栽赃诬陷善德的办事者！这些‘缺德’人严重污染了社会人文环境！严重挫伤了社会公信度！病孩父母的忘恩丧义已成为热搜痛指的焦点，也深深戳疼伤害了公众善良之心！其社会危害极大并且影响极坏！这对铁石心肠、知恩不报的夫妻，完全是泯灭公信众善的‘冷血异类’！”

张星亮这本随感录的语言也很精练，有的像诗歌、格言，让人过目不忘。如：

点亮心灯，再难再险再漫长的夜路，也不会走错方向；

坚信：

再长的夜也会黎明；

再长的路也有尽头；

再高的山也在脚下。

闪光的足迹一定照射出未来美好的锦绣前程！

张星亮的随感录是对生活经验的提纯，是对人生哲理的探究，是思想闪耀出的明亮火花，也是他生命历程中刻下的足迹。读读这些人生路上的“拾零”，你一会得到“妙悟”的。

反思战争　反思历史

——简评《孙子》

今人写历史人物是一件困难的工作，用长诗再现历史和人物就更加困难。马晓康为了写《孙子》梳理了大量历史资料和战争文献。孙子是春秋末期齐国乐安人，是著名的军事家、政治家，被尊称为“兵圣”，被誉为“百世兵家之师”“东方兵学的鼻祖”。在春秋末期的战乱中，他曾率领吴国军队大败楚国军队，占领楚国都城郢城，几近覆亡楚国。他在实战中完善了他的兵法，在春秋乱世的大舞台上，导演了一幕幕波澜壮阔的历史剧。他撰著的《孙子兵法》在中国乃至世界军事史、军事学术史和哲学思想史上都占有极为重要的地位。然而关于孙子的具体史料却并不丰富。这是长诗创作中的难点。

马晓康的《孙子》不是一部传记性长诗，而是一部哲思性和抒情性的长诗。他以孙子和他那个时代为素材，用诗意的笔触，去反思战争，反思历史，反思人类的历史命运。这也就使这部长诗具有了哲思的深度。他写孙子，又不局限于孙子；他写中国，也不局限于中国；他写历史，也不局限于历史。我不禁感叹一个年轻诗人怎么会有这样广阔的视野和胸怀。他一边叙写春秋末世的战乱，一边感叹天时的力量。他说：“寒风可以冻垮一支军队/烈日，可以让负重的勇士虚脱无力/一场大火，可以焚烧一片野草/一个春天，足以让百花开满山坡/一道寒风，足够逆转德国人蓄谋已久的闪电。”他联想起因为冬季的天气历史上拿破仑与纳粹德国在与俄国作战时的失利。

他思考：“纵观历史，究竟是野蛮促生了文明/还是文明本身是一种伪装的野蛮？/那些彬彬有礼的国度，拥有更高的杀戮技艺/千百年后，填充进沟壑的尸骨无不与‘文明’有关/人们争抢着兵法里的只言片语/将曲解的释义传播成某种神圣的教义/他们打扮得像个绅士，说着最高贵的语言/他们知道，兵法里的文字可以变成武器/能让垂老的猛兽重获利齿。”他还想到二战中的法西斯：

“嗜杀的人，将战争变成一门畸形的‘艺术’/纳粹‘欢送’犹太人进入集中营的小提琴曲/战乱区看到同胞死亡却早已麻木冷漠的眼睛。”他想起统一后的柏林法庭上，判处开枪射杀翻越柏林墙的克利斯的东德卫兵英格·亨里奇三年半徒刑，不予假释。法官当庭指出：“作为一个心智健全的人，此时此刻，你有把枪口抬高一厘米的主权，这是你应主动承担的良心义务。”他说：“以服从命令为天职/但这不是枪口瞄准翻墙者的理由/魔鬼将靶心对准民众/道德的光芒将枪口指向高出一寸的天空/国之重器，应是国之道义的捍卫者/而非暴君镇压平民的凶器。”

春秋无义战，他发问：“如果道义真的存在制高点/那么，这制高点的高度又究竟有多高呢？/自欺欺人罢了！/何必寻找谎言来安慰自己呢？/那些打着‘太平’等光明的旗号的/也最容易忘记初衷和承诺/那些牺牲的将士们尚未安息/享乐的舞乐总是早早地奏起！”更为可贵的是，马晓康在反思战争时还把自己摆了进去：“我曾为那蘑菇云拍手叫好/可作为一个人，内心却滋生着更广泛的同情/同情那些也许没有狂热却一样死去的岛国的平民。”战争是政治的继续，国家利益至上，而百姓呢？战争中牺牲的不仅仅是拿着武器的士兵，还有手无寸铁的平民。他还写到中国全面抗战中，前仆后继的勇士，他们“不畏惧死亡/蔓延千里的防线内外都是战场/混乱与秩序总是相对的/平静的湖水看似从容/却只能固守一方/湍急的流水不能停留/却可以一泻千里”。

《孙子兵法》充满了中国智慧，辩证思维贯穿始终，“怯懦与勇敢只是相对的/阵列整齐的军士们/却不如衣衫褴褛的死士视死如归”。弱国胜强国，小国灭大国，柔弱胜刚强的战例比比皆是。但战争终归只是手段，历史总归要顺应大道，阳光“它是真正正道的化身/不需要高山流水的声势/却让万物生灵都升腾起敬畏之心”。孙子是为以战止战而撰兵法，战争不过是实现和平的方式。终归会有一天天下无战了，和平的阳光普照大地，人类不再需要兵法了，小小寰球安宁地旋转，终归正道。

范希波诗歌简评

范希波是我家乡潍坊的诗人，也是山东近年涌现出的优秀青年诗人之一。他的诗简约而有张力，在短短的诗行中鼓胀着蓬勃的生命活力，包含着敏锐的感知力。意象独特饱满，带着灵性的光芒。

他歌唱祖国、歌唱家乡、歌唱爱情、歌唱人生。他的诗唯美但又丰富，他把内在的感觉外化出来，以意象抒情。他歌唱祖国选了特殊的角度，用对视表达出内心的爱，如《祖国》(三)：

我深切地注视
我的祖国

她健康　明亮
散发新鲜的光芒

我的祖国
美的眼睛
涌出动人的泪光

与我热泪盈眶的眼睛
融入一体

他不像一般的歌唱祖国的诗人，去具体描写壮美河山和悠久历史，而是用恋人一般的目光去深深注视物我互动交融。这就使这节诗有了独特的魅力，与艾青《土地》中的名句有异曲同工之妙。

他写村庄则用了大视野，抓住船帆和马背这样的典型意象，点出家乡近海的特点，描绘出被花朵和阳光笼罩的静静村庄，有光明祥和的意境在。第二节由静入动，雷声、云烟、群鸟，创造出有力的动感，与前一节形成强烈的对比，展现出家乡奋力腾飞的姿态。

在船帆和马背之间
村庄和亲人的宁静
被花朵和飞翔的夕阳
悄悄笼罩

春天被雷声接近
群鸟和云烟
极力谛听

诗人是感觉最敏锐的人,也是善于化抽象为具象的人。他要有点铁成金的艺术手指。他这样来写《音乐》:

风被锁在雾里
山下　卧着
你的村庄
流水藏在
黑白键之间
一只鸟
敲开白天

你的音乐
打开我
和我的夜晚

音乐无形,但在范希波笔下却呈现出水墨画的意境,音乐由轻柔转为激昂,由幽暗转为明亮,由潺潺流水化为鸟飞云翔。这既是写乐声,也是写自己对乐声的体验感受。

范希波写了不少爱情诗,这些诗作多写两情相悦的欢乐,写出灵肉交融的畅快,诗意化了爱的交融,表现出圣洁和美丽。如《嵌入》:

牛仔嵌入
远近的微笑嵌入

蜕去了壳
一切变得自然

大地微微震颤
像列车碾过的枕木

海岸明亮　优美
充满了神秘

你的睫毛均匀
像自然分布的丛林
幸福不需要遮饰
快乐不需要枷锁
你陶醉在风里了

这些诗句用优美的意象诗意化了两情相悦的时刻，自然、坦荡、优美，是优美的爱之歌。再如《阳光哗哗地砸下来》也是把动人时间具象化的好例：

风把美丽的消息对接
如此动人的河流　加速了它的柔软

自由飞翔的闪电　拥抱了更快乐的天空
成群的树　传播着花朵

诗人的敏感表现在对时间的感知上，在特定时刻里，诗人的感觉锐化。他这样描写"奔跑的闪电"：

一棵树超越另一棵树
奔跑的闪电

远远的　呼啸的力
紧张　富有弹性

锐角的时间。金黄　明亮
大地闪动的重量

飞起来的电！
让越来越多的天空
出现光明

这是闪电照亮的瞬间，他用意象把它定格下来，传达出对光明的歌颂，对创造光明的力量的歌颂。《秋天》(选一)也是一首时空阔大意境壮美的好诗：

左边的秋天
让我陷入泥土和果实的
漩涡之中

风变得异常开阔

向日葵
在一条河流的背部
发着光

太阳很宽
秋天很矮

“左边的秋天/让我陷入泥土和果实的/漩涡之中”这些极具动感的语句传达出秋天对我无法摆脱的吸引力。风很开阔、向日葵发光、太阳很宽，写出了辽阔秋野的灿烂光辉。

范希波的诗以短句为主，也有少量长句诗，如《聆听大鹰》：

从浩渺无际深不可测的远方飞出大鹰大喜大悲大善大美的歌声
从高高低低起起伏伏的历史舞尽大鹰大风大雨大天大地的豪迈

以沉默高远雄浑幽深的春秋暗匿大鹰大开大合大智大气的神光
以激越犀利震撼奋进的岁月裸露大鹰大生大死大放大收的壮丽

我聆听大鹰之大之宽之雄之力之刚之柔之实之虚之有之无
我被大鹰之血之汗之水之火之云之雷之海之林之日之月
过滤激荡澎湃飞翔

用铺排的赋体手法表现鹰之大和内心的赞叹景仰。《无峰驼》也是同样手法：

犹如空谷绝音千古绝唱风云悲壮大浪滔滔
犹如晨昏日月连绵不绝大江东去源远流长

桀骜坚韧向上开掘黑暗里最深的光明灰烬里最深的火焰
寒冷里最深的温暖
负重跋涉攀登放下幸福里最深的痛苦快乐里最深的忧郁
现实里最深的梦幻

花朵里隐蔽的荆棘阳光里隐蔽的陷阱微笑里隐蔽的风暴

不能扼制你高瞻的目光

你永前的步履不断证明来自身体内部的健康外部持续有力的春天二者一体的流畅削弱了阴霾

诗人孔孚提倡减法，善用短行体，孔孚体也被很多人效法。诗行长短应根据诗意传达灵活运用。短小精悍是美，长行铺陈也可以很美。范希波的实验是成功的。诗人应该是创造意象的高手，要用自己创造的意象去表现内心世界和外部世界。范希波《栅门里的阳光》就是一首有创造性意象的好诗：

瘦瘪。零碎
像欢蹦乱跳的麻雀

像丛林的溪流
像囚隅的舞袖

比风集中
比标本有力

栅门里　阳光
破壳而飞

他连用三个比喻意象，把栅门里的阳光写得很活泼形象。喻像和本体之间距离虽远，但又很贴切。麻雀在跳动这点上与阳光同构，溪流在流动性上与阳光相似，囚隅的舞袖与栅门里的阳光在闪动这一点上同形。这完全符合喻像的“远距离交易原则”。

范希波在诗歌创作上很用心努力，也很有成绩。他的诗阳光、大气，意象鲜明。今后还要在贴近现实上再下点功夫，应该多关注一下民生疾苦。

芬芳岁月的意象沉淀

——简评《沉在梦里的鱼》

诗人是用文字造象的人，他能把沉淀在心灵里的岁月瞬间和情感转化为可视可听的意象，从而给人艺术的感染。能不能把内在情感和瞬间感觉转化为意象，这是诗人的基本功力。张斌就是具有这种能力的诗人。她能捕捉到令人感动的岁月瞬间并艺术地用语言呈现出来。如《沉默的石头》：

总想把一种实在的声音
送给你
任岁月漂泊

一抹晚霞
聚聚散散

夜半时分
石头也湿漉漉的

这是一首表达思念的短诗，作者选择了夜半时分的石头为象。这使人联想起《诗经》中《邶风·柏舟》里的句子“我心匪石，不可转也”。石头是最实在的，是经得起岁月剥蚀的，用石头表现对情感的执着是与古人一脉相承了。再如《选择你》：

挂在树上的烦忧
轻烟一样吹散

阳光
在水面闪亮

这是扫除烦扰后的欢欣，烦扰轻烟般散去，云散天开，阳光照耀。把心境意象化成明朗光亮的诗境，鲜活可见。

以意化象，就要找到能准确和意对应的象。张斌能敏锐捕捉到和心灵对应的象，这就是她能写出好诗的秘密。如《唤醒》：

老皮去了一层
还有一层
结痂的心
谁来唤醒

她把内心的郁结与结痂的伤疤对应起来，表达了渴望走出郁闷的心情。郁结很深，犹如伤口上的层层皮痂，揭了一层又一层。象很清晰，渴望的情感则在象中。《廉租房里的女子》只用树叶和风两个象就暗喻出对居住在廉租房女子的关怀和同情：

暖一片
飘零的树叶
风的火爆脾气
有点扰

《晨，大明湖一隅》把春天早晨的大明湖写得那么美，像一个抿嘴而笑的美女，撩拨着满湖的珍珠，喜爱之情全在象中。

春唇微抿
撩拨满湖珍珠
笑得很慈祥

诗歌是最精粹的语言艺术，精粹就在于它能用最简约的语言把象呈出。当下有些诗歌无节制地叙述，口水般地抛洒，实在是糟蹋了诗歌。张斌的诗惜字如金，意象和语言都提纯了。这些精短的小诗尤其令人喜爱。比如：

一舟自横
和水亲吻
又见一羽飘过

淡淡几笔勾画出湖上小景，诗人的情怀像湖水般明净，羽毛般飘过的小舟自如轻松，暖暖的爱意随波荡漾开来。

把诗写短些、写精些，与当下流行的口水诗拉开档次，让诗真正成为文学王冠上的明珠，这是诗人的责任。张斌的诗做到了，这是我最欣赏的。

风中秀木　天上彩虹

——评傅天虹的诗

傅天虹自幼酷爱诗歌，中学时代写作的诗歌曾在电台播出或被《少年报》采用。“文革”中他用诗歌表达自己的感受。20世纪70年代末到80年代初是傅天虹创作的第一阶段，他在全国各地报刊上发表了大量诗作，作品也见之于海外报刊。

1983年，他倡议并协助蓝海文先生创办了香港诗人协会和《世界中国诗刊》。1987年，他创办大型诗歌杂志《当代诗坛》，这使他成为十分活跃的诗人和诗歌活动家，创作也进入了一个新阶段。傅天虹至今已创作诗歌4000余首，结集30余部，出版理论著作《诗学探幽》系列，是著名诗人、学者、出版家和社会活动家。

傅天虹诗歌创作的真正起点是在“文革”中。由于家庭和当时的环境压力，他的创作只能在暗中进行，诗作只能保存在手抄本上。这些诗作真实记录了一个青年在特殊年代的心理历程。在《童年》中，他写道：“是的/没有红襁褓/就没有金童年/尽管我的火焰/燃亮文学的崖壁上/闪闪烁烁的矿点/泛滥的洪水/还是扑到我的胸前/我被埋没了/恐怖的涛声/是对我/宣判的语言。”因为父母去了台湾，他没有“红襁褓”，在“文革”中就成了“黑七类子女”，受尽屈辱和白眼，他感受到“恐怖的涛声”。他感受当时的社会环境“袭人的寒气/仿佛进入一个/远古的山洞”(《社会》)，“人人的脸都是冰冷的/像在冰库里/春天/生活在冬季”(《春天里》)。但是尽管处在这种境遇里，他也没有悲伤，“在角落里顽强成长”。在《尽管》一诗中，他这样说：

尽管挂着“黑七类”的沉重铁牌
落叶般的唾弃埋没我青春的光彩
我低垂的眼帘滴下的仍是滚烫的泪水
叩问着大地的荒芜而默默等待

尽管歧视和偏见把我逼上悬崖
潮水般的凌辱激起我无限的悲哀
我凝视的目光仍蕴含最后的希冀
支撑我的是对大地的爱

爱如山峦在我心头不屈地崛起
爱如大海在我心头不息地澎湃
尽管无辜的打骂令我百思而不解
我坚信乌云总不会永远把一切遮盖

他在动荡的年代里，在屈辱与歧视中忍受着、企盼着，就是在最严酷的日子里，他仍会在诗歌的净土里得到温暖和希望。他对诗的热爱从未动摇过。这种十年压抑的诗情，虽在自己的手抄本上有所宣泄，但仍如潜流涌浪渴望着喷发。“文革”的结束和改革开放时期的到来，终于使他冲腾而出。“一汪清澈的泉水”“和春天一同苏醒”(《我不怕》)。他的诗作一发而不可收，频频见于《雨花》《萌芽》《青春》《南京日报》《人民日报》等报刊，这是他创作生涯中的一个高潮。他这一时期的诗作同当时流行的热态生活诗一样，高昂、热烈、充满青春的朝气和对生活的热爱，表达的是对科学的追求和美好明天的企望。他发表于1979年的《种痘术的史话》《避雷针》，并不仅仅是在用诗宣传科学，其中暗含着对“四人帮”横行时造神运动的批判：“不肯接种的教徒仍发出绝望的哀鸣/在上帝的偶像面前成批倒下……”“教堂里那些吓人的神像，也害怕大自然的雷轰电击……”刚从文学中走出的中国迫切需要一次新的思想解放，需要新的站立：“为什么至今还在僵硬地跪着/多少年了，难道还没有受够折磨？”(《跪石羊》)从这个时期的诗作中，我们可以看到傅天虹已经熟练地运用比喻、暗示、象征等手法采用意象表达自己的情感和心声。比如《蝉》：

如不挣脱禁锢的躯壳，
怎么能爬上高高的树株？
生命既然已经成熟，
就应让它引吭高歌。

这是发表于1980年9月7日《解放日报》的小诗，不就是一篇呼唤思想解放的宣言吗？

傅天虹这期间的创作引起了诗坛的关注，获得了首届和第二届雨花文学奖。其经历被新华社高级记者古平撰写成题为《无名小草》的报告文学，刊发于《瞭望》杂志。傅天虹这株秀木，经风雨而壮大，终于秀出于诗林。

20世纪80年代初，傅天虹来到香港，他结识了香港著名诗人蓝海文，他们联手创办诗人协会，出版诗刊，后来他又独立创办了《当代诗坛》，他的影响日益扩大。他大力倡导“汉语新诗”，并身体力行。他关注“中生代”，发表了理论文章。这个阶段，他不仅在创作上丰收，在理论上也猛进。

香港是国际大都市，是世界自由港。世界各地商品在这里交流，东西方各种文化也在这里碰撞。傅天虹来得恰逢其时，他和蓝海文的诗歌活动对海峡两岸暨香港、澳门诗人的交流起了很大推动作用。他们创办的诗歌刊物，成为各地诗人共同的园地，他们推出的“新古典主义诗歌”“汉语新诗”引起了两岸诗人的热烈回应。他们的创作和诗歌活动为香港栽种出一片文学的绿洲，对海峡两岸暨香港、澳门的文学交流和发展都作出了有目共睹的贡献。

傅天虹这一时期的创作视野更加开阔，在坚持现实主义的同时，在意象的创作和语言的锤炼上也更加精粹了。内地和香港毕竟是两个不同的天地，在20世纪80年代初，反差就更强烈了。他以现实主义的眼光去观察香港，他看到了繁华后面的丑陋，他的目光始终关注着社会下层的小人物，表现出深厚的人文情怀和批判精神。在《香港组诗》中，他写看更阿伯：“每天十二个小时劳作/仍追赶不上/市面的一片涨风。”“店铺间有血腥的角逐/赌场上常常爆棚/只有老人和诗/被弃置在都市的一角/鲜有人过问。”他写报纸副刊“无奈水土流失”只剩“空洞上的豆腐干”。他写避风塘这摩天大厦倒影里的死海湾那发臭的海水，狷獗的船贼、目光呆滞的水上新娘。在《磨光工人之歌》一诗中，他写磨光工人恶劣的工作环境和窘迫的生活现状。他说夜上海“连天上斜挂的月/也闪烁/一枚银币的/眼神”（《夜上海》）。他甚至激愤地写道：“在什么都能卖钱的世界上/人，仿佛盆景。”（《盆景》）

傅天虹用诗人的眼光审视香港，他看到了富贵与贫贱的对立，他把同情给予弱者，这与人文主义的文学精神是一脉相承的。他的诗作中有不少也很含蓄，用意象去传达情思，如《木棉树》：

把生命
燃成一把火
预言
天地不会再冷

站得那么高
你
一定是望见了
海外最先吹来的
暖风

这种含蓄的意象表达，使诗意空间扩大了，也使意象具有多重内涵，解读变得丰富了。

再如《顽石》：

任你是怎样劝
也劝不动
江边的石头
仍在坚持它的顽固

诗人的江边石头意象喻写坚持顽固的人或姿态，褒贬暗含其中。

进入21世纪以后，傅天虹的诗作也愈加趋向于平和宁静，直抒的方式很少用了，东方蕴藉的艺术精神得到张扬，也许这与他“汉语新诗”的主张有关吧。比如《心巅》就像是一幅写意的山水画：

情绪不可按捺
青藤蓄积着
浓墨之势
走笔
相互扶持着
一对飞鸟
沿着蜿蜒的小道
走向天之尽头

山的剪影
同一幅不朽的画
获得了
落日的尊重

傅天虹的诗作越来越清雅了，天虹的光影也变得柔和了。

傅天虹现任北师大珠海分校国际华文文学研究所名誉所长、当代诗学研究中心主任、文学院教授。他一边研究、一边教学，还要搞创作，工作更加忙碌。这棵诗坛大树将会更加繁茂，这道天虹也会放出更加夺目的光彩。

2009年6月15日

一把刺痛灵魂的尖刀

——读马晓康的《逃亡记》

很久没读到让我震撼的长诗了。马晓康的《逃亡记》就像一把刺痛灵魂的尖刀，让我惊怵。很难想象这部长诗出自一位“90后”诗人的笔下。长诗封面的两句话很准确地概括了这部长诗的内涵：这是“一部直面内心波涛和生存险境的大作/一曲真情歌哭现代人灵魂痛苦的天问”。这样的作品之所以能出于马晓康这个“90后”诗人的笔下，是因为他有比较丰厚的文学素养，是因为他有国外痛苦生活的经历，是因为他有敢于正视黑暗生活的胆魄，是因为他有解剖自己灵魂的勇气。

这是一部以“记”命名的长诗，“记”就是记录，诗人以典型的细节叙述了他五年异国生活的经历，叙述了他亲身经历的友谊和背叛，描绘出墨尔本的芸芸众生，叙述了小人物生存的艰难，也包括爱情和死亡。然而这并不是一部纯叙事的诗。诗中没有一个完整的故事情节，只记述了一个个生活的碎片，但这些碎片却拼接出一个中国青年在国外经历的生存险境。他本来可以像那些出国留学的学子一样，能凭自己的努力顺利读完高中和大学，但是因为家庭的意外变故，他失去了家庭的资金支持，踏进了生存的困境，不得不自食其力。为了生存，他放弃学业去打工，甚至想去做最底层的劳工。他说：“那时的我，多么需要一份工作/当一名砌砖工，或搬砖的小工/几乎是我全部的志向。”他也曾做过按摩师。也许正是这些底层生活的经验使他过早地成熟了。在底层他认识了一位生死相依的哥哥，他们是结义兄弟，也认识了一些给过他爱和温暖的小人物，如开广东快餐店的小老板和开早餐店的越南夫妻。在最艰难的日子里他甚至想和他的结义兄弟拿起杀人的凶器。这些片段的拼接中包含着数不尽的辛酸，包含着爱恨情仇，字字都带有血和泪的印迹。

这部长诗虽以“记”命名，但重心不在“记”而在“思”。那些生活的片段，是诗情起飞的跑道，是磨砺诗思的砾石。生活的险境或许可能使青年人堕落，甚至去铤而走险，落进万劫不复的深渊。然而庆幸的是晓康并没有堕落，而是选择了逃亡。家庭的教养和文学的陶冶，使他具有了逃离黑暗的勇气，在良心和罪愆的搏斗中，他胜利了。这逃亡是双重的，既是身体的，又是精神的。他写道："哦，我本善良，可是/变成三等公民后，我不得不满嘴谎言/一千个人嘴里有我一千个身世/行走江湖，不得不亮出，纸糊的刀子。"在险恶的生存困境中他最深切地感觉到孤独："那不是父母和朋友能解开的锁，对孤独的/恐惧/把我变成了一只蜘蛛，每天在门前拉出大网/每天吊死自己一次，再大摇大摆地向外/走——"他痛切地问道："我偷走了影子的身份，替他在人间活着/我永远是这个世界的外来者吗？"这个发问里包含着一个丧失了身份的漂泊者无尽的伤痛。在那样的环境里，"以一粒沙子的大小去抵抗风暴/所有的反抗也许都会变成帮凶"。生存或者毁灭，这真是一种十分无奈的选择。最困难的日子里，他甚至做过情色场所的接线生，他说："连我自己都不敢相信，我会那样的卑躬屈膝。"他说："也许哪一天，我会卖掉尊严/活着不就是不断否定自己吗？/如果现实逼我做了，我希望/标在价码上的，不是钱——"最终他没有卖掉宝贵的尊严，因为他"还有李白的酒量和豪气"。在最黑暗的时刻，他想的是："此刻，若我平躺在地上，替影子做一次影子/是不是，就能随着太阳升起/悄悄地，背起整个世界。"在黑暗的追击中，也许只有一个东西能救赎，那就是——良心！年轻人不可能不犯错，但有了良心，他就会悔恨，就会反思，就会挣脱如影随形的黑暗的追击，之如忏悔的卢梭、托尔斯泰和雨果。那些丧失天良的人尽管作恶多端却从不忏悔，从不反思，因为他们只有一颗魔心。

这部长诗在艺术上也是成功的，是近年来最优秀的一部长诗。中国古代的长诗本就具有叙事和抒情结合紧密的传统。屈原的《离骚》既是抒情诗，也是叙事诗。白居易的《长恨歌》《琵琶行》也是如此。西方的叙事诗和抒情诗则有分明的界限。《荷马史诗》《唐璜》《浮士德》都是叙事长诗，有完整的故事，有详尽的叙事，抒情的因素很少，可以说就是诗体故事和小说。马晓康的这部长诗完全打破了叙事和抒情的藩篱，他在叙事中抒情，又在抒情中叙事。他的叙述是有节制的叙事，有选择的叙事；他的抒情是有叙事依托的抒情，不是空洞的豪言，也不是梦里的呓语。比如：

回到故乡，我才相信，楼房也有两只脚
推土机露出尖齿，将他们驱赶在一起

逃，让石头们，学会了候鸟的迁徙

多余的楼，和我俩一样，是无家可归的孩子！

你能分清这是叙事还是抒情吗？

晓康的抒情是意象抒情，叙事也是意象化叙事，这就避免了口语叙事的口水化。他把兄弟比作影子，“两个犯错的孩子，是钉在地上的/两个黑影子，缠绕在一起/逃得越远，就被月光撕得越长”；他把欲望也比作影子，“欲望是活的，它会自动闯进身体/活得像影子那样低”；他还把影子比作“活在心里的鬼”。影子是贯穿全诗的多义的象征意象，既浓缩了叙述语言，又具象了抒情语言。诗中的不少意象和语言是有独创性的，比如“哪怕是火，也会被晾干”，“我们在墓地里生锈，生出更多更长的手臂，把墓碑缠绕”，“河水北流，不过是水讨厌污浊，想找个地方躲避”。这些陌生化的语言表达，独特而尖锐。晓康是幸运的，他“在堕落悬崖时，能握住一支救命的笔”！

当下的新诗中不缺少对光明的颂扬，也不缺少对甜蜜爱情的歌唱，缺少的是反思和忏悔，缺少的是直面真实的勇气和批判丑恶的力量。还是让我们的诗歌多一些铁质吧！多一点解剖灵魂的锐利吧！晓康的诗正可以做那些怯懦麻醉灵魂的镜子，不是吗？

一部叙事抒情紧密结合的佳作

——简评长诗《晏子》

《晏子》是马晓康的近作。这部长诗用诗人的眼光透视了历史,塑造了晏子这位春秋时期齐国著名政治家、思想家、外交家的生动形象。晏子历经齐灵公、庄公、景公三朝,辅政长达50年。他的事迹不仅载入史册,亦流传于百姓口中。马晓康查阅了大量史料,从中提炼出写作素材,并加以诗人的想象,不仅写其事,而且写其心,使这位2600多年前的古人鲜活地站在了读者面前。

写人当然要叙事,写诗自然要抒情。这部长诗把叙事和抒情有机地结合在一起,使晏子形象立体多面地展示出来,尤其是对其内心的诗化表现更为成功。齐灵公时晏婴为上大夫。晋国伐齐,齐军大败,灵公跑到临淄,晏婴劝阻,灵公不听。书中用"与灵公书"一章叙写这段史实,着重刻画出晏婴内心的伤痛:"我的国君。这些接连丢弃的城池里/有没有哪一个是在您的大梦中的呢?/赌上太子的性命,也换不来齐国的尊严/我绵软的齐国,任凭晋国宰割/会盟,不过是变相的叩拜/众诸侯的饕餮盛宴里,并没有齐国的餐盘。"他为懦弱的国君伤痛,亦为任人宰割的齐国伤痛。庄公时,崔杼弑庄公,晏子没有殉死。诗中用内心独白的方式,让晏婴为自己辩护:"我是国君的臣子,更是百姓的臣子/该死的不是我,该逃的也不是我/那么多习武之人却无法匡扶社稷/享用勇爵却不能尽忠的人/枉死在沙场上,不能魂归故里的人/被陷害的人,冤屈的人饮酒作乐的人,淫糜的人……"马晓康不仅是在复述历史,而且也在反思历史,他通过晏子的内心剖白,把埋藏在历史深处的人性挖掘出来。这样的写法才是诗的表现。

这部长诗还表现了马晓康出色的语言能力。他的叙事是诗化的、意象化的,他的抒情也是诗化的、意象化的。他这样描写齐庄公被杀后的齐国:"他们在太庙前挖下一个大坑,企图倒装整个天空?/把白云填进来,把风也牵进去/雨水也流入大坑,但绝不汇聚成泽/他们不会说,这大坑/其实是给他们自己准备的简易墓地。”他把此时的齐国比作将要连根拔起的大树：“狂风吹散了大雨，吹散了所有信誓旦旦/齐国的社稷摇摇欲坠/这座江山的大树就要被连根拔起……/（一个预言的结束/是另一个预言的伏笔）。”“大坑”和“树”的意象准确地表现了当时的情境。再读这些诗句，“储备三年的雪，可以煮沸多少心事/我只想将真实的阳光播撒/寂寞时，就想一想巍峨不动的泰山/失意时，就想一想奔流不息的黄河/”，意象化地呈现出要想大有作为的晏婴的内心潮动。

一部长诗结构也很重要。结构不精心设计，就难以建筑起诗歌大厦。这部长诗除了序诗，分成了内篇、外篇、终结篇、追问篇四大部分。内篇分为齐灵公、齐庄公、齐景公三大章，重点突出了齐景公时期，因为这是晏婴在政治上大有作为的时期，也是这部长诗的华彩乐章。外篇则写了与晏婴有关的三个人——叔向、梁丘、孔子，进一步表现晏婴的治国之道和内心世界。终结篇通过两封书信，让晏婴反思自己的一生，富有人性深度。追问篇是作者对历史的追问和思考。

《晏子》是一部难得的叙事与抒情结合得很好的力作，也是一部富有创新性的历史抒情诗。马晓康为历史人物长诗的写作打开了一扇大门。我很期待着他下一部作品问世。

高忠佩诗集序

高忠佩在青少年时期就喜欢读诗，读新诗也读古典诗词。他尤爱读唐诗，除了在课本上的寥寥几首外，还积攒家里给的少许零钱买唐诗的集子来读。他还把自己特别喜欢的诗词背诵、抄录下来，一有闲暇就拿出来翻翻。参加工作以后他这个爱好也未中断，甚至出差时也不忘带上一本唐诗。他被唐诗宋词中优美的意境、丰富的情感和美妙的语言打动。改革开放以来，在倡导国学的文化氛围中，中华诗词渐次出现了蓬勃发展的景象。“忽如一夜春风来，千树万树梨花开”，一场生发于民间、遍布全国、波及海内外的中华诗词热使中华诗词走向复兴，形成了空前活跃的局面。他对中华诗词的热情也在师友的鼓励下更加高涨。他拿起诗笔把自己对祖国大好河山的爱，对今天新生活的感触以及对家人、朋友的情谊倾诉出来，写出了数百首诗词。他接受了诗友和家人建议，把积累了十多年的诗词作品整理成集付梓，诗词创作使他的晚年生命放射出了光辉。《七秩述怀》三首充分表达出他诗词创作的快乐。请看其中的一首：

老来不做闲棋子，生命之光照晚明。
趁曙挥毫临古意，惜阴学咏畅心胸。
登高偕友恭山水，涉远采风关社情。
佳句虽无能载史，俚歌聊补报春声。

他十分珍惜老来的光阴，“趁曙挥毫”“惜阴学咏”“登高偕友”“涉远采风”。他写诗词，是为了“畅心胸”“关社情”“报春声”，他要让自己的晚年放出生命之光。他写诗祝贺《万古崂山千首诗》的出版：

山音水韵齐霞翥，历代诗家不了情。
一卷珍书何妙在，卷起东崂万古风。

“卷起东崂万古风”就是要把中华诗词这一民族文化的传统继承下去，发扬开来，使中华诗词这一中国文学王冠上的宝珠再放光彩。他在《青岛鲁迅公园诗廊感赋》中写道：

绿映长廊列阵雄，诗碑傲岸势临风。
洪波奔突擂天鼓，犹是先贤呐喊声。

他感觉青岛鲁迅公园诗廊里的诗词是先贤们在“擂天鼓”，他似乎听见了他们的“呐喊声”。这既是对当前青岛诗词热潮的写照，也是对先贤诗词文化精神的传承。这首诗意象雄奇，情感奔放，构思角度新颖。

高忠佩的山水诗充满了对祖国大好河山的爱、对家乡的爱和对今天新生活的爱。在《崂山北宅樱桃节》中，他写道：

依傍华楼九水风，樱桃承露满山红。
游人得品珍中果，几许汗珠枝下融。

他不仅看见了满山红的珍果，他还看见了“几许汗珠枝下融”。景中有情，这情是对创造美好生活的劳动者的赞美之情。他游崂山北九水看见了一河卵石，写下了《北九枯水卵石赋》：

一河卵石势如奔，磨砺沧桑印旧痕。
他日再翻涛浪起，中流砥柱壮雄魂。

眼前的卵石虽“磨砺沧桑印旧痕”，但一朝洪水到来，它就会“中流砥柱壮雄魂”。诗人不但要看到当下，更要看到未来。

高忠佩的山水诗不仅写景物，而且借景抒情。他从漱玉泉声里听到的是“何当家国愁心事，付与清流说不平”。

绝句和律诗都很讲究起承转合，起句要响，中间要有起伏转折，结句要有力量。其《北九枯水卵石赋》起句奇绝，“一河卵石势如奔”写出了一河卵石虽静亦动的气势，接下来承接上句刻画卵石形象，“磨砺沧桑印旧痕”写出卵石被岁月和流水刻下的印痕。第三句从眼前景转向“他日”，最后刻画出卵石“中流砥柱”的雄魂，非常有力。其七律《谒大明湖辛弃疾纪念祠》四联结构也好，首联“稼轩祠立翠湖滨，轻浪溅溅若伴吟”写景，颔联“弹铗惊弦连鼓角，仗毫盈墨贯风云”概括出辛弃疾的书剑生涯，颈联“壮怀无复中原志，残酒难消两泪痕”转写其壮志未酬的悲愤，尾联“书剑飘零终白发，雄词六百唱孤魂”以作者的慨叹作结，可见其在结构上的用心。

高忠佩的诗很注意构思，构思要新，要脱俗，不可人云亦云。这就要有自己独特的角度。他写漱玉泉，着眼于声，他听见的是“律声”，是家国愁思，是不平之声，这也许就是当年易安女士的吟声吧。这样的构思新颖含蓄。《梦归故里》采用了贺知章诗的问答式构思，但又不与其同。贺归故里是实写，而高忠佩是梦归故里。他的构思是围绕“苍槐”展开的，“村童树下犹相问，笑指苍槐手自栽。”故乡一别四十载，当年栽下的槐树已经长大，而村童想必也在问客从何来了吧。其《读史》亦写得新奇有趣：

> 拈来旧籍览无题，破卷哪堪风雨奇。
> 历史长河容百水，谁人不是弄潮儿。

他把史书比作容百水的长河，而把读史人比作历史长河里的“弄潮儿”。新鲜的比喻使读史的动作鲜活起来。

高忠佩在词的写作上也很下功夫。请看《望海潮·阅海》：

> 观澜亭上，凭临沧海，襟怀意卷情舒。辽阔海天，柔波万顷，霓霞泽润凝酥。三岛紫烟浮。或风啸涛起，飞浪横铺。水谲涡漩，尽汪洋伟烈惊殊。
>
> 洪波涤秽淘污。蕴怀多少事，千古传书：东海觅仙，西洋访远，血濡甲午昆吾。扬浩气堪抒。恨海情天录，词彩华敷。起落潮音不绝，还演绎雄图。

上阕写景，刻画大海汪洋恣肆的情状，下阕咏史抒情，抒发英雄浩气。过片“洪波涤秽淘污”，由写景自然过渡到咏史抒情，结构很用心思。

再看其《满江红·浩然正气歌》：

> 凭吊清明，忆往昔，浩然英迹。怀大志，少年豪气，直冲霄邑。卷帙习通真理出，文章磨砺锋芒逸。撼旧垒，翰墨卷尘埃，声声笛。
>
> 思国耻，胸壑炙；拍案起，中华弈。号元黎醒眼，共仇倭逆。羽檄飞传惊敌胆，风雷叱起哮云镝。驰疆场，碧血染黄沙，千秋值！

满江红，唐人名《上江红》，后改今名。用入声韵居多，格调沉郁激昂。高忠佩填的这阕词，用入声韵，歌颂了烈士周浩然。有慷慨激昂之气，读来让人荡气回肠。

这部诗词集中还收入了高忠佩的长调古风和一部分楹联，展示出其不凡的诗词功力。

这部诗集是他十几年笔耕结出的硕果，也是他晚年生命放出的光辉。“腹有诗书气自华”，学诗可以使人“情飞扬、志高昂、人灵秀”。高忠佩虽已年逾古稀，却坚持诗词创作，并取得可喜成绩。在当前中华诗词日益深入人心的大好形势下，希望有更多的人投入诗词创作中，使中华诗词的百花园更加美丽绚烂。

是为序。

己亥荷月廿九于伴山堂

扎根在现实土地上的壮树

——评胡桂海的诗词

胡桂海的诗词不是华丽的空中楼阁，不是闲得无聊的呻吟，而是扎根在现实土地上的壮树，是他生活和个性的诗意抒发。

桂海出生于铁路工人世家，他当过军人，大学毕业后长期在铁路工作，对铁路和火车有着很深的情感。这都体现在他的诗词创作中。用旧体诗词表现铁路工人生活，这是他诗词创作的突出特色。如《念奴娇·火车》《念奴娇·内燃机车》《风入松·机务段家属工》《西江月·列车长》《西江月·运转车长》《西江月·暗号》等，这些词作中蕴含着他对铁路和铁路工人的深厚情感，没有这种情感，没有对铁路生活的切身体验，是写不出这样的诗词的。请读《念奴娇·火车》：

古来今往，论车身，谁比蒸机威武。钢铁身躯，牵大列，煤水当作菜蔬。雨雪何惧，夜接白昼，快慢皆风度。一声长啸，万千山水让路。

曾领一代风骚，百年称老大，赞歌无数。多少豪情，多少泪，写进平凡乘务。电力妖娆，动车飞似燕，换了新赋。斯人难忘，火车无尽情愫。

这首词写出了他的"火车无尽情愫"，字里行间洋溢着"曾领一代风骚，百年称老大"的铁路人的自豪。铁路人对我们新中国建设的巨大贡献是有目共睹的，不论是在蒸汽机时代、内燃机时代，还是当下的高铁时代，铁路都是中国经济的主动脉。作为铁路人怎能不感到骄傲呢？"一声长啸，万千山水让路"，这是何等的豪迈情怀！桂海曾和我们说起过铁路司机开车回到住地时，有用汽笛发给家属的暗号。这一生活细节写进了《西江月·暗号》中：

呼气铺云吐雾，飞奔地动山摇。与君谁敢竞英豪，蒸汽机车憨笑。

也有柔情似水，近家争显风骚。汽笛长短报佳肴，送去相约暗号。

机车乘务员与家属相约：以笛声定食谱，短声饺子长声面。这首词作不仅写出火车司机的英豪气，还写出他们柔情似水的另一面。驾车归来，未见亲人，先用汽笛报平安、定佳肴。如果没有亲身体验是很难发现这样的细节的。诗词要接地气，要反映当代人的生活和精神气质。桂海做到了。

现在的诗词创作中，有个不好的倾向，就是一味追求似古，不但字词与古人相似，连意境和生活也是泥古的。好像这样才是继承了古典，才是诗词佳作。这是个误区。继承古典诗词优秀传统，并不是要回到古代，而是要旧瓶装新酒，要反映出我们当下这个大变革时代的生活情境及人们的精神面貌。胡桂海的诗词恰恰走准了路子。他的诗词中有当代生活，有大胸怀，这是我特别赞同的。他用"纵然卑位亦多情，只为千家百姓"赞扬列车长，用"排在列车尾部，犹如殿后将军。白天旗令重千钧，夜晚孤灯压阵"描写运转车长，用"雨雪记得衣帽，寒暑准时叨扰。手柄重千钧，确认连接轨道。扳好，扳好。笑看列车呼啸"赞扬扳道工。

桂海的心贴近生活，贴近百姓。他的《七律·八仙体》是一组反映百姓疾苦的诗。当前虽然是清平岁月，但仍有一部分人生活艰难，这一组诗就是反映贫困农民生活的。"满地榆钱不疗贫，田园荒寂院蒙尘。几亩薄田难度日，一窝猪崽怎为人。""爷娘久病债千缗，满地榆钱不疗贫。上课常觉吃不饱，校园羞愧旧衣巾。""皇粮免去轻民赋，却有烦忧仍似故。满地榆钱不疗贫，荒田舍稼东南赴。""人到中年遭下岗，奈何重担忍沉沦。孤摊果菜聊温饱，满地榆钱不疗贫。""教化应敦人向善，风俗当引睦亲邻。道中不再闻哀叹，满地榆钱不疗贫。"这些诗句写出了贫困的原因，表达出深切的关心，还有对"向钱看"世风的谴责。这和杜甫哀民生以及白居易新乐府诗悲民苦的精神是一脉相承的。

胡桂海的诗词较全面反映出他的生活轨迹，幼年的艰苦、下乡插队、当兵入伍、铁路春秋、烟草工作，这也从个人生活侧面表现出时代前进的身影。在《风入松·忆娘亲》中回忆过去，他写当卸煤工的母亲："煤山煤海去何方，重换绿霓裳。当年最恼黑和夜，忍将吾、泪眼隔窗。寒暑娘亲劳苦，用锹填海塞江。儿时贪饭羡新装，长大愧爹娘。方知汗水牵温饱，转身向、暗处心伤。往事何曾远去，随风伴月轻飏。"在《满江红·父亲》中，他思念父亲："家虽小，足饭蔬。儿女大，方知父。斥千难百病，立擎门户。身后恩泽传血脉，生前自饮人生苦。问星辰，何物换青丝，天无语。"这些怀亲的诗词表现出对父母的深情，也表现出时代印记。《虞美人·堤口往事之冬》写出童年艰苦：

屋檐冰挂窗花美，痴望童心醉。未因衣少怨天寒，雪仗溜冰摔倒亦欢颜。

地瓜白菜真难买，排队风中待。糊盒纺线拣煤焦，不让爹娘辛苦累弯腰。

无论是顺境还是逆境，他都不忘初心，充满向上和奋进之心，临近退休他又学习诗词，拿起诗笔，走进中华诗词的创作队伍里，写出了不少引起人们共鸣的作品。

桂海的诗词语言朴实无华，讲究意境的创造，守律又不泥古，特别是在词作上已经驾轻就熟。请读《念奴娇·入伍四十年》：

天南地北，问燕京大地，可记青涩。怀抱一腔英烈血，忍把工装抛掷。地下伏龙，殿堂铺瓦，忠勇留宫掖。重游惊艳，惜无营舍风色。

回首花甲人生，几多风雨，奋力行阡陌。不论顺达与困苦，未减当兵魂魄。百样人生，千般命运，战友同琴瑟。梦中军帐，举杯休问收获。

上阕回顾从军生活："地下伏龙，殿堂铺瓦，忠勇留宫掖。"下阕抒情言志："不论顺达与困苦，未减当兵魂魄。百样人生，千般命运，战友同琴瑟。"语言朴实精练，既具体，又概括，表现出对生活和语言的提炼功夫。再如《念奴娇·内燃机车》："东风浩荡，醉山川，吹绿火车无数。喜饮柴油，身俊俏，略染风情几许。头尾双修，轻提手柄，进退随心御。绿衣骄子，引得多少思慕。"一个"吹"字，把时代变化写得很生动，用拟人手法表现出对新型机车的喜爱。

胡桂海写诗填词也有十年工夫了，近年来尤其用力，在词作上用心颇多，成果可喜，在诗作上也很花力气，但仍要继续精进。他的诗词已经引起人们的关注，不少作品可称佳作。诗词是我们民族文化的瑰宝，诗词的优秀传统，后人理应继承和发扬。桂海写诗词路子正，用功多，领悟深，假以时日，定有大成。

诗林新叶碧　词苑硕花红

——评张栋的《新叶集》

张栋是公职人员，勤政之余致力于诗词创作，已发表诗词近800首，出版了《洛北集》《大风集》《秋林集》三部诗集。现在他又把近作辑为《新叶集》付梓。诗词创作得多而好，是鲜见的。

张栋的诗词取材广泛，既歌吟时代风采，也咏赞文化古迹；家乡洛北的一草一木让他动情，神州的奇山异水也引他遐思。他的诗词不论歌吟风物，还是抒发情怀，都有鲜明的时代色彩和优美的意境，表现出较高的艺术素养。

古人云："歌诗合为事而作。"今人写旧体诗词，当然要用今人的眼光去观山水、看事物，要有新时代的精神气象，而不能一味追求古典诗词的意境和格调。张栋的诗词虽用旧体，却很有新意。他写《东城开发》："东城不识旧容颜，一幅丹青入眼帘。大厦摩云峰自耸，微机联网海尤涵。富商际会来中外，俊彩星驰跨北南。天宇工程夸大树，根深叶茂碧空参。"诗中那山峰一样耸立的大厦和海洋般深邃的互联网都是具有鲜明时代特色的意象。再如"塔群耸立雷鸣瀑，网络纵横电吐霓"的华能电厂，"机声叠起千重浪，纱锭织成万缕衣"的德州一棉，"射日神能夸后羿，驱寒科技赖皇明"的皇明集团，"雄塔云天追曜日，原油管络走潜龙"的恒源石化都是新时代的精神影像。梁启超在推动"诗界革命"时提出："以新理想入古风格，佳诗也。"(《饮冰室诗话》)张栋的诗词正是"以新理想入古风格"的佳作。

旧体诗词很注重意境，这是旧体诗词的最高审美追求，是诗中诸意象和谐统一而形成的一种境界。张栋的诗词意境，有的浓烈，有的淡远，豪放与轻柔兼具，颇耐人品味。如《华能电厂》：

虎踞龙盘运水西，云蒸霞蔚景观奇。
塔群耸立雷鸣瀑，网络纵横电吐霓。

发展始圆强市梦，力行能觅上天梯。
德州工业兴邦史，记取华能扛大旗。

诗中的意象壮观，统一和谐地表达出“圆强市梦”“觅上天梯”的壮志情怀。情感浓烈，意象具有力度。

而《亭下》一诗则如一幅清雅的小品画：

槐林深处小亭开，鸟雀徐行啄紫苔。
一卷诗书石上坐，清风缕缕送香来。

小亭在槐林深处，很幽静，“鸟雀徐行啄紫苔”是细节刻画，更凸显出幽静，它们不喧闹，慢慢、轻轻地行走，啄食紫苔，而缕缕清风把槐花的清香幽幽送到读书人身边，多么清幽淡雅的韵致呀。情怀与景象和谐统一，浑然天成。

同是写景诗，《七月》就是别一韵调，富有动感和力量，勃勃生机扑面而至：

七月田园暑意深，生机一片醉诗魂。
骄阳滚滚生流火，稼樯漫漫涨绿茵。
云卷云舒迷雨梦，风来风去载波痕。
多情最是蝉声唱，一鉴如琴动地吟。

律诗是讲究对仗的，对得工巧自然是很见诗家功力的。张栋在对仗上很下功夫。如“三面高楼投照影，一泓碧水荡游船”（《新湖风光》）、“垂地新栽河边柳，钻天喜植路边杨”（《平原绿化》）、“得月平湖摇玉带，浮烟群树幻奇峰”（《仲秋月夜登临邑红坛岭揽月亭》）、“金葵渐满羞垂面，玉米初丰喜翘缨”（《七月》）、“脚下一条曲折路，座中几个性情人”（《秋夜读东邀师诗稿有寄》）。这些对句均新巧而又自然，富有美感，启人遐思。

张栋的绝句也写得有意味，尤其是写日常生活的几首，如《吾妻》之二：

闲日斜倚小轩窗，窥看妻子进厨房。
轻抛小曲当香料，炒出佳肴格外香。

小诗取材别出心裁，写夫妻情从炒菜入手，“轻抛小曲”，佳肴也格外香了，而这充满生活情趣的一幕是作者“偷窥”得之，夫妻情的和谐融洽以及作者对妻子的欣赏和赞美含蓄其中，很有情韵。再如《夜读》：

吾妻沏好一杯茶，灯下读书眼不花。
妙语感人拍案起，心随思绪走天涯。

从日常生活小事入笔，而境界随之远大，构思自然有趣味。

再如《癸未深秋友朋来访同游槐林》之六：

暂借愉湖作钓公，槐林有饵是香风。

一杆垂向夕阳去，钓得霞晖片片红。

钓公之意不在鱼，意在言外，情趣盎然也。

读张栋诗词，清词丽句，志趣高雅，题材广泛，韵律严整。但不足的是，诗人对人间疾苦却少涉及，与百姓的真切人生似有隔膜。白居易《观刈麦》云："吏禄三百石，岁晏有余粮。念此私自愧，尽日不能忘。"他能体察百姓之辛劳，且能自省自愧，这与他歌"生民病"的创作主张是一致的。当下农民中的贫病孤寡的弱势群体急需关注，诗人的眼光应再深入下移，直击民生之艰辛，方能写出更加感人肺腑的诗篇来。这也是为官、为文者的责任。

生命的沉静与敞开

——评《音乐的半径》

我和高文是在泗水的一次研讨会上相见的，此前我没注意过他的诗。当他厚厚的诗稿放到我案头上时，我便被他的诗作深深吸引了。在我的阅读视野中，这样沉静而充满原创力的诗是不多见的。我不知道他是何时开始诗歌创作的，但从他诗作所署日期知道，这两年他进入了创作爆发期。

高文的诗是内敛的、沉静的，正如他自己所说："诗是一种慢功，有着让世界慢下速度的力量。只有慢下速度，尘埃才会落下来，人们才能进入沉静的境界，才有足够的空间去思考，去回味。一首意蕴丰沛的好诗能将奔跑的世界拽住。"(《学诗札记》)沉静也就是沉淀，把激情、感觉沉淀为意象，在艺术想象和人生思考中淬火，把诗意和诗想锻打成明亮的意象语言，使生命力闪动出蓝幽幽的刚性光芒。我很喜欢他的那些短诗。他把个性生命对外界万物的回响淬炼成了属于自己的语言匕首，披露出被表象掩盖的诗性世界。《音乐半径》是一首在网上引起关注的诗作，是网络诗歌中的精品。他把夜里听音乐的感受，沉淀成了对生命的感悟，使内敛的力获得了释放和超拔。"音乐的半径，刚好是/生计到你心口的距离"，巧妙地把现实生活(生计)与内在的艺术向往(音乐)连在一起，并构成了反讽的张力。而"体内发出的声音/总是超出音乐的半径"，则把被"音乐"呼唤出的内在力量张扬出来，我们似乎可以听到他内心的喧响，在夜空里激荡。再如《绿之短章》(二)：

七月，雨丝
在乡村的皮肤上刺绣
酸疼，从身体里醒来
喊出大片大片绿色

这首别出心裁的小诗，从内在感觉写出对七月的感受，把雨丝暗喻为针，刺痛了个体生命对蓬勃之绿的感觉。第五首又说:“聆听这种色彩/传来/骨头弯下时的声音。”这不是浅层次的歌唱乡村,歌唱以汗珠子育绿的庄稼人,而是在内敛的姿态中展示生命的力量,从而也就超出了一般乡土诗的界定。与其相对应的还有《冬天的田野》:

> 掬起田野,一潭轻且静的湖水
> 淘洗眼中的积垢和尘嚣
> 阳光伸出小手,轻轻揭去雪纱
> 剥出麦尖,青青的笑声
>
> 冬天在湖面倒立,时间转身而去
> 一片弯弓翻滚着
> 土地深处,热血奔跑的蹄音

由静而动,由实到虚,由冬至春,完全避开了对现实的实描,象征性地表达出生命力的醒悟和飞动。时空跳跃得很轻灵,意象清新得像孩子天真的笑。

高文往往从很现实的题材中去寻找诗,不论是在乡村还是工厂,但他又能让那些很现实的素材灵动起来,虚化为诗。《平车》以对织布机的维修为素材,第一节用动手术比喻维修,“织机像注射了麻药,一声不吭/我不是主刀,只是打打下手/还是觉得自己参与了残忍,或者救护”。这一节构思很巧妙,把无生命的机械维修转换成了生命的救护手术,并且融进了自己内心的感觉。这就超越对劳动过程的实写。第二节把“平车”转换为思想的除锈和灵魂的调整,转换为青春也需要“平车”。这是诗意上的飞跃,可惜的是结尾显得直露了。在表现现实生活的诗作中,高文总能让我们耳目一新,常用情节化的叙述使诗意灵动起来。《大雪推让着落座》写加班工人的雪夜晚餐,在叙述中,高文用了拟人化手法,“话题一个接一个上桌/在菜盆里炒得烂熟”,“小屋里的吵嚷声,围着餐桌互相追赶”,而大雪则成了一位不速之客:“雪花初来,有些眼生/还是风爽快,把大雪一把推进来。”日常生活中的场景,变成了一幕生动的诗剧,让人们在温馨中体味生活的美好。《无锡夜雨》也是一首叙事色彩很强的抒情诗,诗人从南京乘大巴来到无锡,遇到了一群拉客住店的女人,“像雨声一样热情,把我写成‘大’字/好久才明白,我是一笔买卖里的提成”,“身旁,那个木讷的女人一直没有出声/一朵伞花把我头顶的天空打开/我像一块雨云,跟那个女人走了”。第二节出现了一个河南女孩,简洁地用对话表现了女孩的真诚和自己无意中对她的伤害。

第三节写归程和多年以后对那个雨夜的回忆："伞花，一直在内心里开放/檐雨一直在秒针上，滴，嗒。"这首诗叙述的是旅途中的见闻，情节性强，但又不是完整的叙事，意象的介入使时空有了跳跃，细节的选择具象了内心的感觉，是诗化的叙述和叙述的诗化，这与一般的生活流的诗作的平庸拉杂拉开了距离，具有电影蒙太奇的构成意味。

我是一直坚持意象批评的，我认为意象创造能力是一个诗人必须具备的艺术功力。我认为高文是一个创造意象的高手。他的诗歌意象富于原创性，给人陌生感，但又是合情合理的，明亮而不晦涩。以生硬晦涩的意象让人头疼似乎是当下诗歌创作的通病，好像非如此不足以体现与众不同。这实在是一个误区。明朗而又有创造性，我认为是高文诗歌艺术上的最大长处。前面所举的诗作已经见出这一特点，不妨再举几例："秋凉像一群乳白色芦苇，在水面睁大眼睛/看乡村背着树影，在环城路上奔跑。"(《搬迁秋天》)"大雪在窗外喊了一声，又喊一声/女儿是雪的回音，奶奶，陪我看雪去。""老棉鞋抬起头，看上去总是睡眠不足。"(《老棉鞋》)"听到喇叭花一路传来的消息/篱笆墙走起来磕磕绊绊/老屋失眠了，跟月亮/蹲在葡萄架上/一夜之间，熬红了眼。"(《离开》)"走出城市，就打开了春天的柴门/黄昏在通向乡村的路上竖起一把梯子。""牛背上的月亮，盛在田野的大碗里/像乡村梦中硕大的豆粒，剥去陈年的壳皮。"(《牛背上的月亮》)"谁说天空不会孤独/车过大珠山，我分明看见/一串串泪水以苔的形象披痕而下/腌进大珠山皲裂的面颊。"(《天空也会孤独》)"在季节的盛宴上饮醉了/月亮光溜溜，倒在初冬的身旁/扯过厚厚的云被就睡。"(《一只游在唐朝的鱼》)"涛声腰肢柔软/一个又一个跟头/向人们炫耀漂亮的连翻/不知哪个是她的形体教练。"(《青岛日记之七：听涛》)"一声长长的翠绿尖叫/从这端的石崖，一步跨到另一块石崖。"(《吊桥》)我之所以引了这么多诗句，是因为我觉得它们很美，新鲜纯净，有智性和艺术的双重闪光。可喜的是，这样的意象在高文的诗中俯拾皆是。

高文以沉静的诗性坚守，走向开放的诗歌世界。他说："坚信诗的生命会比我更长/眼看着身体被诗歌打开/我情愿在通往黎明的路上/忍受幸福与苦痛。"(《失眠》)他主张诗歌要沉静，但他又反对诗人的封闭，他赞同："敞开些，再敞开些！"他赞同：中国诗坛不应该是一种声音的回荡之所，更不应该成为一人一派推行专制和话语霸权的名利场。只有自由平等的空间，才能为诗歌的发展带来永久丰沛的生命力。为此他走进了互联网。网络让他拓展了有限的阅读视野，让他的诗直接展示在世界面前。网络把世界缩小成了地球村,也为诗人提供了前所未有的自由成长的平台。敞开的心胸可以把全人类的智慧吸收进来,可以在自由竞争中做到“百花齐放”。

毫无疑问,高文已经成为山东青年诗人中的后起之秀。当然,他的诗也并非首首是精品,有的也带着因袭的影子,有的艺术上还不完整。但是在这样一个诗歌被日益边缘化的时代,他以飞蛾扑火的姿态扑向诗,这不能不让我感动。在高文身上我看到了山东诗歌的希望。

《沐》序

这部作品中的诗作都是作者16岁那年所写。书名《沐》,作者的解释为:“水木相生,眼前即是一帘春色,不免让人感觉生机盎然,青春勃发。而整本诗集也是想将青春的心思用笔墨留下。”她要用诗记录下已经逝去的美好,记录下即将逝去的事物和正在逝去的青春。一个处在高中紧张学习中的少女,竟然还有时间写诗,还能写得这么好,不能不令我惊叹。

少女正处在多梦的时节,她的梦是“春日第一抹绿意荡漾的梦/如夏夜第一声繁乱蝉鸣的梦/如秋时第一片红叶飘落的梦/如冬天第一场雪舞纷飞的梦/眼中仍存光明”。她的梦是丰富多彩的,虽然有时也会“梦魇”,但她总能挣脱出来,因为她心里有盏“长明灯”,能让她的心“如日光般无垢清明”。这本诗集中不仅有少女的天真纯洁的青春梦,更重要的是传达出了她对世界、生命人生的思考,这在青少年诗人中是很少见的。如《终末之诗——Minecraft》:

寻出冒险的终点
成为梦中世界的王
你是宇宙的思想
眼中一隅存在点点星光
呐,我们的世界
会不会也是一串命令行?

在当今的信息时代,电脑已经普及,人工智能越来越影响着人类生活,小诗人由电脑的游戏世界进而思考“我们的世界/会不会也是一串命令行”。这首诗展现出了她思考的深度和广度。《果壳》也是一首思考生命和宇宙的诗:

果壳由细胞所构
宇宙的本质　是否也一如

生命的柔软与温和？

宇宙存在于每个细胞之中
无数细胞凝视着果壳中的宇宙
而我　是否也一如
困于果壳中的宇宙中的我？

从一枚果壳中去探求宇宙和生命的奥秘，去思考、去表现，这也许正是少女青春力量的表现。她对世界充满了好奇，她总想从日常生活中去寻找答案。思考才能有发现，思考才能有进步，在当下的教育环境中，难得的就是这种独立思考的精神，没有这种精神，就谈不上创造，就不可能有科技的进步和发展。

不仅要有思考，还能把思考化为意象，这也是一个人具有诗性思维的标志。这个小诗人无疑是有意象创造才能的。她的诗中能用丰富的想象创造出鲜活的意象。她想象自己心中有一盏长明灯，并想象即便自己离去，也要“把它挂回天上/变成一颗恒星/永远闪耀光明”。她想象“生命是一株幻树/在爱上抽芽、生长/便是最初的模样/宁静、安详”。她把风铃声物化：“化大片大片的清脆/在你我耳旁化开/惹得裙裾微摆。”这些诗句都有创意。把内心的思考和情感化成意象，并用高度凝练的语言表现出来，这就是诗的创作。《云图》应该是这个少女诗人的代表作：

在一张　珍贵的卫星图上
我看到浩瀚的蔚蓝
看到了狂舞的云团
也看到了
无垠多情的山川

看　那海上
两股台风　像陀螺
似要相互碰撞
又像　被自然
玩弄于股掌

而寻了几遍　依然没有
城市　或人类的踪影
有的

只是青青

不禁感叹:
人类仍那么渺小
自然依旧
无私地张着怀抱

那便燃烧自己吧
坠下去;化作
一团火球　一颗流星
重重砸在地上
创造光明

那便闭眼
跳跃

这首诗从卫星云图中发现了诗意,从而感叹自然的伟大和人类的渺小,并抒发了自己不惜为创造光明而献身的情感。诗中有大思考、大悲悯、大关怀。这对一个中学生来说,真是难能可贵!我期望她在紧张的学习之余不要停下诗笔,写出更多更好的诗篇。

屈艺兵诗文序

这是一位青年新闻工作者的诗文集,作者以轻灵的文笔记录下生命中温暖而美丽的时刻,回眸生命中的风景,构成了一道安适、静好的女性风景线。这个集子中的每一篇诗文都很阳光,是美丽青春的自然展示。

作者从他生命的时空中过滤出那些美丽的瞬间,真切而感人:“下班路上,每每看到孩子放学后等待家人的场景,我就会想起我的父亲。那种等待,是孩子和父母之间一种不变的亲情吧。”(《生命中的等待》)作者细腻地把握亲情在时间中的呈现,使儿时记忆清晰地浮现出来,父亲是包饺子的好手:“饺子包的样子也非常好看,像个小元宝,而且包饺子的速度也快。”(《饺子》)一个一个具体的细节出现在她的笔下,虽都是日常生活中的小事,却因为情感阳光的照耀而闪动着美丽的光辉。《牵挂》中写“父亲反复展读儿子的信件,母亲在电话里一遍遍地叮咛”;深秋午后在书房里与小小七星瓢虫的接触;街头用补鞋机补鞋的老人;父亲到济南看在集训队训练的女儿;被马蜂伤害了的弟弟:所有这些永存记忆中的瞬间和细节,展现出了作者优美的情感世界。作者是一个很懂感恩的女子,父母爱、姐弟情,甚至一个小虫、一片落叶也能激起她内心的涟漪。这里特别要提到《鸽子的惨事》,这是作者目睹的真实故事。家里养的母鸽子被猫咬死,公鸽子几天都不吃东西,“每天还是站在西屋房顶上朝一个方向望啊,望啊,一往情深地盼它的爱人回来”。看到这一切,你应该相信这世界上有爱情。

屈艺兵的情感世界十分丰富,这也许是她能写出美丽诗歌、散文的原因。白居易在《与元九书》中说:“根情,苗言,华声,实义。”屈艺兵的散文多是优美的抒情散文,其诗也是优美的抒情诗。其根基正在于内在的丰富感情。汶川地震使生灵涂炭,也深深震撼了屈艺兵的心。她写下了《震痛的心——为5·12地震中逝去的孩子们而作》:“近来有一种心痛,伤楚缠绕不休……眼泪显得苍白无力,悲痛渗透世间的每一个角落。……雨不停地下,活着人们的心都在滴血,这样的生离别残酷无比，……你们那么听话，那么乖，你们不乱动，你们却永远闭上了大大的眼睛，难道你们真的是睡熟了吗？孩子，你们那要什么时候才会醒来呢？你们能知道爸爸妈妈的想念吗？如果在天有灵，一定会有真真切切的感应！”这些含泪写出的文字十分感人。诗歌《生死相依》再次表达了她内心的伤痛：“依然轻轻驮着你/用一根麻绳将我们捆绑在一起/我怕你再受伤/怕你摔倒在地/你不要惊慌/我会陪着你/送你最后一段路程/为你换上了你最喜欢的红色上衣/漂亮的女人　我的妻。”这首根据地震中一张照片写的诗表达的是对超越生死的至爱的歌唱。在《孩子，请记下我们》中，她写道：“孩子/雨中的大地为你们痛楚/让我们相约来世吧/来世我们还要手挽手一起走/不离不弃/世上最远的距离不是生与死/而是你们永远活在我们的心里/活在十三亿人民的心里/鲜活无比/孩子/永远记住天下所有妈妈都在想你们。”我想作者在写这些文字的时候泪水一定会打湿稿纸。屈艺兵是一个有大爱之心的女子，唯此她的诗文才会如此感人，才会捕捉到那些淹没在日常生活中的动人瞬间。

屈艺兵的文字是灵动的，描写具体生动，议论精练准确，叙述简洁有力。散文和诗都是语言艺术，散文的情感、诗歌的意象都必须用语言文字才能传达出来。屈艺兵的语言很纯净，比如《九寨沟的水》这样写五彩池：“让人惊怪的是五彩池，它虽深藏幽幽的谷底，然而水却像名字一样美丽。五彩真实只有一彩——一种淡淡的绿，都可以幻化出万千色彩。感觉之中，从未见过这种包容了诸多色彩的水：绿中带着淡淡的蓝……因了阳光的照射，那种彩色使人迷醉，感觉仿佛进入了一片蓝色的眸子。静静守候在这里。望着那湛蓝见底的一汪湖水，轻轻地梳理着绿的树叶与水流，看轻盈的鱼儿自由自在地在浅水处嬉戏，心便莫名地静了。”

屈艺兵善用比喻，贴切的比喻使诗文活泼生动。如“牵挂是那飘荡的风筝，飘得再高、再远，总会有一根绳牵扯着”（《牵挂》）、“生活就像大自然四季轮回，有冬季，也有阳春，有盛夏，也有深秋”（《一切都会变》）、“十字绣就像一位妙龄少女，散发着迷人的光彩，它来得这样自然而然，素面素心，质朴文静，有一种回归自然的感觉，也像一位穿蓝布大衫的女人，是都市里的一位拾荒者，她把一些被俗化，被丢弃，被物化的美好的东西再捡回来”。即便是发议论，她也喜欢用比喻：“舍不得一根羽毛，就不可能拥有整个翅膀。不斤斤计较于得失，不反复掂量于荣辱，我们的心才会平静如水。”（《一切都会变》）“于人来说，回忆是一种情绪，它会不期而至；怀旧更是一种无言的惆怅，就像秋天的落叶般凄美，它让你在伤感之余多一层对生活的感悟。回忆起生活中一个个镜头，其实那都是一

次次收藏、记忆的收藏，同时也是一种升华，痛苦的升华，幸福的升华，人生的升华。”(《生命的原色》)

屈艺兵的诗歌清淡有味，她在月色与风声中体味生命的存在，感觉时间的流逝：

仍然是时间一般的沙粒
彻夜的滑落
从未停止
——《你在月亮的夜晚来过》

时间
为风而开
不知不觉完成了一次生命的巧遇
短促的人生
……
不清楚
自己停留在时间的那一个层面
避开无限的阳光
停止安静
——《时间为风而开》

诗人都是敏感的，台湾著名诗人席慕蓉把时光称作永远立于不败之地的君王。屈艺兵把爱情植入特定时空之中，岁月虽逝，爱情却永驻心中。“上帝在云端只眨了一眨眼/用一朵花开的时间/你在我旁边打了一个照面。”“思念/永远不会过期。”(《美丽的夏季》)“一路走来/每一段都隐含着银灰的安静/时间携带的消失/堆成蓝色的海洋”“隐含在岁月深处的暗香/有多么虚幻/就有多么清晰。”(《流年》)屈艺兵的诗歌是把沉淀在时间中的暗香挖掘出来，使其散放。她用自己的诗文使不停流逝的时间“停泊在季节最深处”。这也许是她与不败的时间君王战斗的武器吧。

屈艺兵无疑是个才女，她优雅的风度渗透在每一篇诗文中，但细品之中，觉得似乎少了点沉重和大气，也许这样期待一位风格蕴藉的才女不合适，但婉约派的代表李清照不是也留下过“生当作人杰，死亦为鬼雄”的诗句吗？屈艺兵能否将自己艺术的天地再放大一些呢？

是为序。

《公孙树》序

《公孙树》是张永臣系列诗集《绿叶三部曲》中的一部。公孙树即银杏树，是世界上最古老的树种之一，早在两亿七千万年前就存在了，它是现在植物界的活化石。称其公孙树，是因为它生长缓慢，寿命极长，一般都得生长几十年才能结果，可以说是爷爷栽树，孙子得果。银杏树体高大，树干通直，姿态优美，春夏翠绿，深秋金黄，是理想的园林绿化树种。银杏果名白果，营养丰富，种子供食用和药用。银杏树干通直，木材是制乐器、家具的高级材料。银杏木材优质，素有“银香木”或“银木”之称。叶形古雅，寿命绵长，无病虫害，不污染环境，树干光洁，是著名的无公害树种。山东省临沂市将银杏定为市树。作者将诗集定名为《公孙树》，可见其对家乡银杏树的喜爱，也包含着希望自己的诗作能惠及子孙后世之意吧。

张永臣是一位很勤奋的诗人。他从事财税工作40余年，是高级财税经济师，在财税领域很有建树。同时他又是一个爱好广泛的人，喜文史，善收藏，尤其喜欢诗词。退休以后，他把全部精力都投入诗词创作中来，从早到晚勤奋笔耕，在书桌前一坐就是一天，乃至废寝忘食。他的诗作能天天见于新华网博客和人民网强国论坛，很受读者喜爱，点击量超500万人次，在诗词界产生了很大影响。此前他已经出版诗集《三叶草》，现在又有《公孙树》和《无色花》两部作品结集，即将付梓。

张永臣的诗词题材广泛，时事风云、山水记游、咏物写人，乃至衣食住行等，几乎无所不包。他才思敏捷，出口成章。诗词已经成为他生活中须臾不可缺的部分。白居易说过：“歌诗合为事而作。”诗人是时代和社会最敏感的神经，他应该对社会大事即时做出反应。席卷全国和世界的新冠疫情，是震动历史的大事，诗人理应负起记录历史的责任。在疫情发生的半年时间里，张永臣写下了

200多首抗疫诗，几乎记录了全民抗疫的可歌可泣的全过程。其中既有宏观抗疫场景，又有具体的人物和事件。在《咏黄鹤楼》一诗中，他写道：

号令一声动九州，驰援武汉战毒酋。
南山医圣驱迷雾，北海专家堵暗流。
总理飞来亲助阵，三军报到喊加油。
真情涌动长江水，紫气氤氲黄鹤楼。

这是对全国从上到下闻声而动，全力抗疫的宏观记录。火神山医院的快速建成让他激动不已，他写了《贺火神山医院正式交付军队使用》一诗：

抗疫新添主力军，火神入列救亲人。
龟蛇山下结方阵，黄鹤楼前集战群。
应对疑难危重症，开启急诊病员村。
一声令下齐出动，战胜妖魔除祸根。

这首诗表达出对抗疫主力军的赞颂和"战胜妖魔除祸根"的决心。他歌颂医护人员，写了《咏白衣天使》，称赞"危急时刻在一线，生死关头总有她。真爱激活枯萎树，慈心抚慰老伤疤"这种敢拼敢冲的精神。他用浪漫主义手法描绘了一个奋战在湖北黄冈一线的医务人员家属的一个梦："你在黄冈我在家，路遥无法送鲜花。梦中插翅飞千里，亲吻一双红脸颊。"十分真切动人。即便是在春雨滴答声里，他也盼着这场疫情早日结束："窗外洒春雨，嘀嗒有水声。挑灯读疫志，心里盼天晴。"（《听雨》）武汉解封的喜讯传来，他更是激情难抑，由衷地赞叹："樱花绽放回春暖，绿码开启如意行。百姓斗魔脱苦难，凤凰浴火又重生。"他还歌颂了抗疫中的一个个英雄模范，如钟南山、李文亮、陈薇、张继先等。他的这些抗疫诗作展现了全民抗疫的全景。

张永臣关注时代风云，源自他对这片土地的热爱。他去过祖国的许多地方，走过的山山水水，都成为他歌唱的对象。他写下了大量的山水诗，其中饱含着他的激情。他笔下的山水，不仅具有自然之美，更闪烁出中华的文明之光。

他的《咏鸭绿江》，不仅看到"两岸松花香绿树，一条航道荡渔舟"，还想到了"援朝从此铁桥过，抗美经由水路游。命运相联结友谊，反击侵略写春秋"。他写泰山，不仅写其巍峨山势和磅礴的气势，更欣赏"攀登极顶，永不停歇。笃定拼搏，登高望远，正气激扬日月梭"的精神，还希望"齐鲁青未了，弯道超车"（《沁园春·泰山》）。他笔下的黄山秀美，"云海茫茫，峻岭苍苍，鸟语花香。看奇松迎客,飞鸣瀑布;怪石林立,峡谷幽长。猿啸青峰,鱼翔浅底,梦笔生花吟凤凰”(《沁园春·黄山》)。千岛湖澄碧辽阔,比三千个西湖还大的千岛湖“一湖碧水荡清波,绿岛金腰靓梦泽。西子三千喜聚会,乘舟拉网唱渔歌”。

他游三峡,写出了一阕壮美的词章《沁园春·三峡》:

> 大江东流,神女峰秀,平湖畅游。看夔门涌浪,巫峡峭壁;西陵险峻,白鹤千秋。古寨悠悠,丰都鬼戏,老庙神姿靓岗丘。兴山立,神溪观野趣,灯影花洲。
>
> 林阴百鸟啁啾,青山绿水风景最优。喜万州飞瀑,秭归翘楚;巫山滴翠,马渡飞舟。栈道猿愁,大宁澄碧,高坝千灯照九州。从头越,壮志兴巴楚,万古风流。

他写大山大水喜欢用《沁园春》词调。《沁园春》又名《东仙》《寿星明》《洞庭春色》等,以苏轼词《沁园春·孤馆灯青》为正体,双调一百十四字,前段十三句四平韵,后段十二句五平韵。词调中用领字,领以下四个四字句,可两句为一对偶,可四句为两个对偶,更见词家的功夫。张永臣的领字句都用得很好,如《沁园春·沂河》上阕中的领字句:“看燕崖岫壁,神宫柏翠;画廊炫彩,溶洞垂帘。红柿鲜颜,山花烂漫,杨柳青风托水蓝。”对仗工整,色彩鲜明,刻画了沂河两岸优美的风光。下阕“喜汤泉腾雾,砚池潋滟;商城兴市,宝塔巍然。绿道蜿蜒,长桥远渡,银凤翱翔飞九天”勾画出沂河的现代新貌,流露出对家乡的赞美之情。《沁园春·蒙山》也是饱含对家乡热爱之情的佳作:

> 奄有龟蒙,遂荒大东,靖庐仙宫。看龟蒙云海,鹰窝峭壁;玉皇笋岫,望海观星。大洼竹青,塔山松翠,亚岱红枫秋色浓。摩云崮,奇峰环玉柱,瀑布泉鸣。
>
> 沂蒙小调声声,悬崖栈道腾飞巨龙。喜寿仙迎客,雨王布道;群龟探海,鬼谷听风。汶水穿行,蒙河波浪,五彩山花映日红。登极顶,放眼观齐鲁,万里晴空。

张永臣这部诗集中还有“城市篇”“人文篇”“花草篇”分别咏歌了城市文明、人文历史和花草虫鱼等,皆各有特色。其两首《咏临沂》,其一侧重写临沂的历史文化名人:“自古琅琊多圣贤,文明胜迹靓家园。砚池碧水研浓墨,北寨青石刻美颜。颜氏荣光孝悌里,刘洪筹算九宫盘。穆陵雄镇齐边地,老庙氤氲香火传。”从书圣王羲之到算圣刘洪,如数家珍。其二写临沂当代新貌:“招引千商兴古城，高扬旗帜唤东风。青山叠翠千林绿，岫崮浮岚百果红。临港长桥连世界，沂蒙小调越时空。兰亭翰墨香天下，大爱人间鱼水情。”展示出临沂今天的蓬勃发展。《沁园春·济南》上阕描绘济南山水之美，下阕勾画济南人文之盛，境界阔大，格调清新：

南峙长城，北跨黄河，百脉涌泉。看趵突喷玉，荷花映日，千佛垂影，明水微澜。柳荫花洲，金牛望月，大厦高楼接碧天。灵岩寺，赏枫林红叶，鹭鸟翩跹。

玫瑰绽放娇妍，秀浪漫，名伶开笑颜。咏二安词韵，南丰美赋，铁公吟唱，古篆诗联。智谷灵人，精英卓越，谱写文明时尚篇。新时代，创千秋大业，筑梦争先。

《咏福州》《咏上海》都是城市篇中的佳作。

“人文篇”内容丰富，一是描绘全国各地的历史文化名胜，二是对名著名画的解读，三是赞扬全国各地名人先贤。如《个园》：

春夏秋冬四季天，万竹笼萃聚仙缘。
奇石堆砌假山岫，美朵氤氲真雨轩。
泼墨香风弘雅韵，弹琴红粉秀婵娟。
一壶老酒百年醉，明月清晖照个园。

这首诗描绘了园万竹笼萃、四季皆景的美境，以及泼墨弹琴的文人风雅，表达了对“一壶老酒百年醉”的向往。其《咏西游记》云：“妖魔鬼怪皆成精，觉悟空禅唯圣僧。九九磨难圆造化，一条大道渡天庭。如来佛法立规矩，菩萨仁慈昌善行。踏破铁鞋无觅处，真经就在你心中。”点出其对《西游记》的理解。《富春山居图》是黄公望的名作，也是中国山水画的扛鼎之作。可惜这幅名作被分成了两部分，分藏于大陆和台湾两地。诗人感叹道：“一去半边时日久，两分合璧世人迷。”暗寓着名画合一、两地团圆之意。

张永臣所咏名人，既有古代人物，如孔子、孟子、墨子等，也有现代名人，如袁隆平、董建华、屠呦呦、麦贤德等；既有书画家阎立本、黄公望、顾恺之等，也有诗人、文学家林逋、曹雪芹、施耐庵等。科学家、哲学家、烈士，大凡各界名人均一一写到，就连快递员也被他写进诗中。他写人能抓住其主要贡献和成就，抓住人物个性。如写墨子，就抓住了他在光学上的发现，抓住了他兼爱非攻的思想，肯定了墨子激扬天地正气的积极意义。《咏启功》强调了他的菩萨心、淡名利，称赞他是“品德高尚做师表，勤奋一生大写人”。《咏黄永玉》勾画出这位大画家的狂放不羁的野性和自由浪漫的气质：

十万狂花入梦中，春山春水醉春风。
凤凰只落梧桐树，浪子常吹小号声。
岁月长河成碎片，鬼才野气露峥嵘。
奇缘演绎传佳话，木刻年轮烟斗星。

“花草篇”多用五言绝句，写了200多种花草虫鱼。其《薄荷》云：

叶簇一丛绿，清凉阵阵风。
闻香识奥妙，真味自天成。

赞颂其真味天成之美。咏《白鹭》则刻画其水上双飞、潇洒来回的靓影：“白鹭成双对，翩跹水上飞。清波泽靓影，潇洒走来回。”比较而言，“花草篇”相对弱了一些。

张永臣能娴熟地运用近体诗的七律、七绝和五律、五绝形式，间或也用骚体。旧瓶新酒，抒情言志，尤其是在对仗方面更见功力。词作主要用“沁园春”词牌。他的诗作往往是成系列的，这都需要诗人大量阅读古今名著，要具有广博的学识和丰富的阅历。他才思敏捷，能对当下发生的事件迅速作出回应，这种能力不是一般人能拥有的。他的诗词坚持正面导向，具有积极向上的品格，这也是应该肯定的。我希望他今后的创作能再深潜一些，赋予意象更深一层含义。在词的创作上可以多用几个词调，使词作在形式上更加多样丰富。

王重新诗集序

王重新是山东电力的一员虎将，也是广饶电力的领军人物。他率领广饶县供电公司的员工参加了波澜壮阔的农电体制改革，参加了农村电网、城市电网改造，大刀阔斧地推动了这一变革，使广饶电力发生了天翻地覆的变化，使广饶电力跨入了全国一流县供电企业行列，行风测评六连冠，成为全国用户满意服务单位。这些成绩的取得不仅得益于他科学有效的管理理念，而且得益于他倡导的独具特色的“正远奇胜”企业文化。

王重新在繁重的企业领导岗位上勤奋工作，并且身体力行地贯彻企业文化精神。工作之余他把在改革浪潮中的心得用诗的形式记录下来，讴歌电力事业和电业职工，抒发心中的激情，为广饶电力的企业文化留下了浓墨重彩的一笔。“歌诗合为事而作”，王重新的诗词紧紧扣住时代脉搏和企业前进的步伐，充满了电力人的自豪感。经济发展，电力先行。广饶电力职工为发展广饶经济拼搏奋战，《清平乐·铁塔》正是对他们的讴歌：“寒风吹面，网改全开战。百姓盼望安全电，铁军踏遍全县。露霜风餐晚霞，笑声系住雪花，铁塔昂首矗立，任你风欺霜压。”这首词描绘了电力职工为了百姓用电安全，在严冬进行电网改造的艰辛劳动，抒发了豪迈乐观的精神。可以想见，这首词一旦传到第一线的职工耳中，将会对他们起到很大的鼓舞作用。

王重新始终把目光对准基层，对准第一线的职工，绝不无病呻吟。再看他的《清平乐·架电网》：“社会要电，铁军拼命干。披星戴月奋战，电网密布全县。高塔耸入云中，抖擞壮志雄风，经济社会发展，电力必须先行！”从中我们可以看到他对这支“披星戴月”拼命干的铁军的由衷喜爱和赞叹。他在《电工颂》中热情歌颂默默无闻、辛勤工作在一线的普通电力工人。这首在国庆节那天写出的诗作歌颂了在风雪夜、节假日告别亲人，坚守工作岗位的电工：“风雪夜/穿上雨衣，带上工具，向亲人告别/我要到乡村田野，那里有我工作的岗位，那里需要我。”“仲秋夜/阖家圆月，更需要我坚守岗位，尽职尽责/谅解吧，我疼爱的妻子，可爱的宝宝/亲爱的老爹老妈呀！为了千千万万个家庭节日祥和，咱值得。”越是风雪夜，越是节假日，也越是电工紧张忙碌的时刻。作为电力企业的领导者，王重新时刻关注着他们，他的心和一线普通职工紧贴在一起，所以在国庆节这天，他才写下了这首充满真情的诗篇。

作为企业领导，他深知企业文化、企业精神的作用，他把它比作高扬的旗帜：“旗/正远奇胜高举起/率千军/战鼓声震急//旗/企业灵魂树新帜/定正远/永固业基。”(《十六字令·旗》)正是基于这种认识，他大力倡导企业文化，激励企业精神，并为企业写了《电业之歌》，激励这支电力铁军“实施彩虹造福人民”。这首《电业之歌》写得激情澎湃，很具凝聚力和感召力，无疑能凝聚企业员工的灵魂。

王重新的诗词旧体、新诗兼有。他的旧体诗词大体合律，注重炼句炼意，不用古典，熔铸新词，紧密联系工作实际，别开生面。如《庆金牌》：

手捧金牌金光射，
全国此荣有几何。
唯旗是夺激情血，
遇险必克壮士歌。
荣誉印证过去迹，
铜鼓再励未来歌。
电业长征不停步，
三颗红星光芒烁。

尤其是“唯旗是夺激情血，遇险必克壮士歌”一句，对仗工稳，可谓警句。

再如《卜算子·同龄槐颂》：

与我同日晖，
伴我渡波荡。
人老已是白霜鬓，
你却技如钢。
根牢身挺直，
驱邪铁干娇。

待到来年生日时，
青春永不老。

借同龄之树，言不衰之志，以“根牢”“铁干”的槐抒“青春永不老”之情，咏物与言志相结合，人与树相对映，真挚感人。

王重新的新诗多直抒胸怀，词句朗朗上口，很适合于集体场合朗诵，因为多写普通职工，所以语言明白如话，容易为广大职工所接受，也更能发挥励志鼓气之功能，如《微笑》《电工颂》《榜样》《光明携安全同行》《未来辉煌的新略》诸篇。

作为企业的主要领导，王重新工作繁忙，但也能挤出时间写诗，并且把它作为激励企业员工、提升企业精神的一个重要工作，这本身就很有启示意义，体现了他与员工心连心的精神，体现了他的责任感和使命感，表现出一个全身心投入电力事业的企业领导者的胸怀和积极昂扬的精神世界。我为企业有这样的领导者而叫好。

诗是文学样式中最为精粹的。写旧体诗词要掌握旧体诗词的格律，写新诗也要熟悉新诗的发展过程和体式。这就要求作者不断提高自己的文学素养和语言表达能力，这对于领导者自身综合素质的提高也是大有益处的。我希望正在领导岗位上的负责同志能喜爱诗歌，并且写作诗歌。这不但是诗歌繁荣的要求，也是新时代对高素质领导干部的要求。

统观王重新的诗词，也觉有些不足，一是对旧体诗词的格律把握得还不够严格，尤其是平仄的格式还需再下功夫，二是在新诗的创作上还需注意意象的营造，多用独特的新意象抒情言志，在保持明白畅达的同时使语言更加凝练，更加具有艺术力量。

郭全浩诗集序

郭泉浩是山东省东平县人，现供职于泰安市政协。东平悠久文化的浸润，水浒侠义之气的滋养，东平湖畔淳朴民风的熏陶，严父慈母的感召和教诲，还有他本人的不懈追求和奋斗，铸就了他的品格，开启了他的心智，引领他在赋诗词、研书法的艰辛道路上孜孜以求、奋勇攀登，取得了丰硕成果。这本诗词集，收录他近年作品300余首，是其文学创作路上的一座里程碑。他酷爱诗词和书法创作，正如他在《趣味》一诗中所说：

平生独爱诗，客笑木兼痴。
放浪形骸去，自惭秽底依。
林间常有道，山内不无溪。
歌赋清流趣，俗人哪得知。

“歌赋清流”使他具有了脱俗的气质和高雅的爱好。“浮生无嗜好，微爱借虫萤”，“胸中有书卷，天地一池清”。腹有诗书气自华，正是读书写作的爱好使他的气质变得文雅，使他的人生不断丰富。共同的爱好使他结识了很多文朋诗友，他在《耕耘者》中写道：“心为花世界，笔落鸟喧斋。同是耕耘者，秋思煮酒来。”除了写诗，他还爱好书法，“爱画有时常捻诗，学书无日不临池”。他在临池中悟道，他把书法当成“道”来追求。在《书道》一诗中，他说：

临池寂寞声，悟道始为通。
点画飞扬去，篇章布局中。
阴阳如点睛，疏密见清风。
浴手春衫秀，青花墨染宁。

临池学书，难免寂寞枯燥，但他却引以为乐，他是把书法作为“道”来追求的。这个道既是艺术之道，也是人生之道，所以才能“春衫秀”“见清风”。

郭泉浩在泰山脚下工作，泰山自然成为他诗中的重要题材。这座自然文化大山给了他无穷的创作灵感。泰山锦绣谷地处举世闻名的泰山东麓，谷长约7公里，谷内溪水四季不断，彩石、奇石星罗棋布，花草树木葱茏繁茂，空气清新怡人，四季花开，灿若锦绣，故名锦绣谷。春可踏青，赏黄花绿柳；夏好避暑，观溪流瀑飞；秋能收获，采红果青蔬；冬宜赏雪，看银装素裹。他常流连在这个美丽的谷中，有诗云：

羊肠通锦绣，壁立已千秋。
松翠虫鸣处，桃源一片幽。

雨后泰山在他的笔下呈现出壮美景色：

岭峰绵亘碧如浇，瀑啸松听万壑涛。
如此江山君作赋，先贤不避论前朝。

泰山的一花一木也能引发他的诗情，他赞美兰草：“世人皆爱牡丹花，哪理幽兰野径插。香沁寒山天肃立，素华映月耀谁家。”他也赞美野花：“春雨如期至，山林似玉裁。无人来野处，花簇向阳开。”春雨飘然而至，万物又焕发了生机，整个山林像碧玉闪亮。山深少人至，却有一片野花向阳盛开。他还赞新竹：“早起窗前竹节鸣，嫩黄枝上露轻盈。山中一夜原无雨，时不催生自更生。”他赞美的是一种“时不催生自更生”的精神。作为政协干部，他有清廉自守的情怀，有仰望高鹏的志向，正如他在《无题》中所说：

风雨铸人生，世俗似紫萍。
春迟花欲落，夜静月常明。
翰墨香余体，诗书润尔膺。
尽尝甜与苦，一善孕千行。

在另一首《无题》中，他写道：“春风丽日中，百鸟树间鸣。天地存清气，世间响警钟。鲲鹏高振翅，魑魅暗拾惊。朗朗乾坤里，莫随倒逆行。”他“存清气”“响警钟”，仰高鹏，斥魑魅，表现出堂堂正气。他的诗中还有怀亲别友的内容，如《怀念母亲》：“哪年哪月出乡关，白发躯躬古树边。回首情来常入梦，碧空尽处有亲贤。”抓住了“白发躯躬古树边”这个母亲送别儿子的细节，把思亲之情刻画得很动人。再如《站台送别》：

寂寥午夜送知音，情愫潺湲泪已噙。
一记长鸣惊恸腑，半滴清露更寒心。

午夜送别，清露伤神，依依惜别的身影可见了。

郭泉浩的律诗很讲究格律，不论是五律五绝，还是七律七绝，平仄都中规中矩，其律诗对仗也大都工整。如“春迟花欲落，夜静月常明”“翰墨香余体，诗书润尔膺”“林间常有道，山内不无溪”。他不但工诗，还能填词。请读他的《潇湘神》：“明月清，明月清，竹风习习向山崚。难奈月明人不寐，推窗横笛和溪鸣。”描画出明月竹风、笛溪和鸣的清幽意境。

再如《清平乐·大明湖上》：

湖光山色，万叶荷香侧。海北天南不是客，驻杖闲谈韵仄。秋柳园内诗声，游廊亭下弦惊。齐鲁春潮涌动，前程更待后生。

其《八声甘州·泰山小雪》描绘出泰山雪中景色和对神州的祝福：

盼春光，烟雨入花泥，芰荷没萍汀。怅寒霜忒重，寒风忒烈，寒意忒浓。天降甘霖瑞雪，四海共欢腾。负子携妻去，揽尽苍穹。

雪上青松枝杪，有西风作舞，乌鹊啾声。笑江山妩媚，处处艳如屏。愿神州年年余庆，众苍生，项上奉神明！潇潇雪，逐衣香俏，洒向天峰。

郭泉浩工诗词，善书法，二者合一确实难得。诗词书法都是中华文化宝库中的明珠，继承二者的优良传统，并发扬光大，使宝贵的民族文化基因代代传承，是我辈的责任。郭泉浩能身体力行，并不断有成果面世，可喜可贺！期望他今后能百尺竿头，更进一步。

生命中的过客

——评《过客》

这是张清龙的第三本诗集。与之前两本相比，这本集子中的诗更多的是对人生的思考和体悟，尤其是其中的过客意识，更是引人深思。李白在《春夜宴从弟桃花园序》中说："夫天地者，万物之逆旅也；光阴者，百代之过客也。"他感叹天地之浩茫，人生之匆匆，从而引出"浮生若梦，为欢几何"的慨叹。张清龙看到了易逝的幻梦人生，在《吻风》中说："眼前的沟沟坎坎/绽开五彩的花絮/如梦如幻的人生/随着风儿来了又去。"在《过客》中，他又写道：

光阴的无价，如同匆匆过客
触接的感觉，电流般
刹那间无影无踪
只留下空旷的思绪在头脑
中缠绕
梦从哪里开始就哪里失去
面对那需要勇气
平坦地活着
就好

看到了生命的短促，意识到生命个体仅仅是天地间的过客，这就引出两种生活态度：一是及时行乐为欢，二是尽力奋斗拼搏。张清龙选择了后者。在《站起来》一诗中，他写道："是否还有机会/重来/面对着/眼前的是非恩怨//是沉湎于过去/还是勇敢地追逐未来//时间不复回/人生难再来/给自己一片天空/努力去把握/不再幻想、不再彷徨。"生命苦短，人生多波折，如何面对人生中的挫折和波折，清龙在《太阳》中也给出了答案：

虽是人生的低谷

我知道
大起大落时候
迷途中也会绽开
五彩缤纷的花朵
让梦
慢慢等待春天
风儿
轻轻拂着发丝
心微微跳动
如同
将升起的太阳

过客的另一重含义是别人也是你生命中的过客。在你的生命中，有一些人来来回回，来过又去了，或带给你快乐，或带给你伤痛，注定不能长久，这一类人是你生命中的过客。不管她曾带来过什么，都会被时间和距离忘却，没有什么能永恒。境况不同时，心情便不同；需要不同时，想法便不同，曾经你认为永恒的东西、斩钉截铁的东西，在有一天会突然变得次要，变得可笑。在《送别》中，他说："是否对我说，又要远行/晚上流着泪 /装点行李/这一切是否/注定要徘徊在/不知名的旅程/何时才能确定/停靠的地方/等你归来那一刻/你是否体会/我无法去面对这捉弄/希望一切都能完美/开始和结束。"

生命中的某些人，早已经注定了是匆匆过客，如果非要当作生命中不可缺少的一部分的话，那么受伤的永远只有自己。一些该放手的，就要毫不犹豫地放手。正如他在《解脱》中所言：

很想一个人静下来
没有市侩打扰
静静地默坐着
望着太阳西下
揉着酸酸的眼睛
伸伸腰
不去理会
曾经的恶气

做个现代的阿Q
自嘲也
未尝不是一种解脱

在《笑容》中，他说："让心不再躁动/不要让无助眼神流露/给个笑的面容/让心镇静/给自己一个真实笑容/勇敢面对一切/从此不再流泪。"有些枷锁是自己套的，有些不幸是命中注定。在心里，我们是否为温暖留了一片土地？我们在生命中行走，看不同的风景，遭遇不同的陌生人。有些人只是遇见，匆匆的行程里眼光的一次对视，有些人会在心上驻留一些时间，带给彼此温暖，那是最美的一种际遇，留待余生去不断重复地想起。这就是他《心情所欲》中所表达的："人世间冷暖荣辱/皆在脑海里跃起/点点滴滴的恩赐/给自己/东山再起时的曙光/留一条小径/一颗安稳的心/戒除多余的欲望/一切皆美/如给生命注入一股/清泉水/把这份容光/留给奋斗的伤口。"

佛说前世的五百次回眸才换来今生的擦肩而过，这样想想，若非前生注定的缘分，才成就了一时的爱与恨、情与愁，那么，活得累是不累呢？彼此走过时或许这样凝神注视一下，可是却不用放在心上，走过后尽管去遗忘了吧，没有人会责怪些什么，因为我们不过是生命中的过客。人有悲欢离合，月有阴晴圆缺。彼此相遇相识了，在彷徨的思绪中，对完美的追求，有太多默默的吁求和祈盼。然而梦醒时分，恍然大悟。有的人来了，有的人去了，这正是生命中来往的过客，那些难以忘却的人被永久地装在了心间。人世沧桑，物换星移。缘来缘散缘如水，情来情散情如梦。相识欢欣，离去珍重。凝视蓝天，白云悠悠过往，云卷自如，来去潇洒，想必自有聚散的理由。街道上行色匆匆的人们，来来往往，或喜或悲，或乐或忧，各有各的生活轨迹。日子，就在这你来我往中，从指缝间悄悄溜走了，滤去酸、甜、苦、辣的种种，剩下的只有厚重！生命，就在这你来我往中，恋恋诀别或欣慰延续，在痛苦与欢欣中咀嚼着人生的真实与从容。清龙正是这样的觉悟者："给自己找个理由/说不爱你/何时才能停止/心中的漂泊/白昼仍然被/太阳笼罩/故事都拥有/同样的结果/太多的无奈/人生如此/真的不敢强求什么。"(《无奈》)

"在来来往往的踪迹里，无论是同行的，还是相向而行的；无论是驻足停步的，还是擦肩而过的，都是我们生命中的一个片段而已。人生岁月，也许转眼间就过去了，生命的流逝是无痕的，让生命中的过客，该记住的永远记住，该忘却的永远忘却。到了我们终老的一天，回过头来，有多少来来往往，有多少擦肩而过，有多少刻骨铭心，只有我自己而知吧！”“风雨中寻找港湾靠航/默默承受一切苦果/走在生死的边缘/无法停止不前/太阳仍在射出/温柔的光芒。”(《温柔的光芒》)尽管生命在流逝，人生仍要继续，无论多少艰难困苦，也要继续，他在《走下去》中说：

把握生命每个瞬间
给自己一次机会
不去埋怨别人
抓住就不要放弃
生命终结也不过如此
我的内心在燃烧中沸腾
我要让生命的火花
绽放不已……

不要奢望能一起走多久，努力让自己坦然知足，珍惜每一个情真意切的瞬间。当天空只留下了烟花的残骸，当桌面上只留下了蜡烛的眼泪，一切都过去了，谁又是谁的过客？只要前行，问心无愧，生命的火花就会绽放不已！这就是清龙诗歌给我们的启示。

行走在民歌与古典之间

挽着爱情行走，是诗人的浪漫。至于能走多远，走多好，那就看个人的造化了。这一辑爱情诗中的诗作就是他们挽着爱情的歌吟。诗人没有不歌唱爱情的，从“诗三百”开始，爱情就活在了民歌和古典中，一脉相传到今天。民歌的大胆真率和古典的优雅婉约构成中国爱情诗的两翼，彩蝶般飞翔在爱情的花园里。

柏铭九的《巫山情歌》属于民歌一翼，以真率的“红”点燃了巫山和大江的热情，火辣而又炽热。从“依呀依得喂”的韵调到“疼你疼到石头里”的表白，表达出山里男女的激情，以至于渲染出“无边无岸的红”。野岸的《2009年的中秋》则用古典意象表达出现代青年的情思：“冰雪聪明的白露啊/白露结霜，蒹葭苍苍/在雾中，有谁能听懂我的心跳。”诗中的“鱼”和“月亮”也经常出现在民歌和古典诗歌中。今天的中国诗人从民歌和古典源远流长的上游驶进了新世纪的水面。唐诗或宋词里的女子也成了李发强诗中“千年不老的美人”。

诗人在借鉴前人的同时也要创造和发展。要有自己的新意象、新语言，在民歌与古典之间行走的是自己。章勇把爱人比作“影子”，“纯洁如雪/晶莹剔透”，“同我一样善良/善良地陪伴我行进在/萧瑟的风中”。这样形影不离的行走是爱情的至境了。李刚的《观望与等待》则围绕爱人离开的“空位子”展开，燕子、花、蜜构成了“春天的爱情”，浪漫且甜蜜。杨红旗把爱放到了田园里和大街上，在细密的自然物象中去解读“潦草的爱”。潦草和低调并不意味着爱的价值降低，反而透露出呵护的耐心和保养的细致。傅非的《萍》用柔弱的浮萍表现出同甘共苦、一同承受命运打击的爱情。

爱情不像仙国里那么缥缈，它也有烟火气，灵肉结合的爱才是人间真爱。薇紫的诗里有“肉体的欢鸣”，有“紧密的重压”，也有灼热的抚摸和“丑陋的生育”。爱中也有尊严和泪水。微雨含烟的爱在“切着蔬菜的厨房里”,也在“吸着香烟的梦境中”。她说:“因为爱,所以有烟火/因为烟火,所以有提升。”

爱的表达是千奇百怪的,各人有各人的表达方式。正因为如此,爱情才世世代代吟咏不尽,诉说不完。唐静“怀念那一束逆光而来的温暖”。曾野珍藏着激活他生命的春天,岳鹏在佛前忏悔,想干净地说“我爱你”,罗绍玲则“什么也不做　今夜/不打开网络　关掉手机”,“我要用一整个晚上来想你”,何俊孝盼望着以接通电流、火花飞溅的方式握手重逢,邵建国要把爱的目光融进“江南植物的叶脉中”和种子里,更奇特的是奕哲果朵把日全食比作“世纪之吻”,比作日月,“像钻石环一样/环出你一生的热爱”。

诗人们就这样各自挽着爱情行走,沿着民歌和古典的河流,走得多姿多彩,浪漫而且风流。

豪迈狂放的坦荡之声

——评《费立强作品选·诗卷》

费立强，一个从黄土地里奋斗出来的创业者，一个不守律法的诗人，一个并不高大的山东汉子，用拿过锄把子、镰刀、瓦刀的手写下了这部厚厚的诗稿。这些诗作里没有花团锦簇的辞章，没有故弄玄虚的深奥，没有不着边际的铺排，也没有假扮粗野的咒骂和口水。它不是文人雅士酒后的倾诉，也不是小资精致的案头饰物，更不是伪先锋们打出的惹人注目的彩帜，它属于另一个世界。这是一个创业者豪迈狂放的坦荡之声，是无拘束的天真歌唱，同时又带着沧桑岁月的感情和跋涉者脚上的泥痕。

正如费立强在《坦荡之声》中所言："坦荡的诗人不会沉默无声，情感变成火焰总要喷发/褒与贬任如意随形/誉与利更平常稀松/忏悔进不了散文/倾诉心语才是真实的冲动/……无律的诗与结巴的歌/在饿狼成群的草原上尽情唱着。"他在这部诗集中唱了些什么呢？他唱养育了他的家乡山水，唱给他生命的爹娘，唱和他一同创业的建筑队和农民工，唱他经历过的春夏秋冬，唱诗人从不会缺少的友谊和爱情，也唱他经历的人生旅途和世态炎凉，唱地震的灾难和奥运的精神，唱他对人生的感悟和社会的思考。他唱他热爱的土地和生活，唱得酣畅淋漓、无拘无束，真是痛快！

他这样歌唱他的农民工兄弟："你是高楼的贴心使者 /你是建筑里的护士真情/你是花园里不谢的花朵/你是天空中祥瑞的云层/你是玫瑰中会笑的玫瑰/荒芜的土地成闹市/云中的彩虹行走忙/天下铮铮铁骨的汉/都是咱来当/白天需要歌朝阳/夜晚需要唱月亮/伟大的民族有咱在/亮开嗓子就雄壮地唱。"（《农民工之歌工》）与一般写农民工的诗作不同，他不写他们的劳累，不写他们的卑微，而是极力张扬他们对民族强盛和社会发展做出的贡献，洋溢着铁骨汉子的自豪与狂放，因为他原本就是他们中的一员。

费立强的《我是笨蛋》是夫子自道，在自嘲中表达坦荡的胸怀："我是笨蛋/自爱自恋/时常会被比自己还笨的笨蛋骗/是以为然，不以为然/笨蛋又让自己格外的喜欢/可爱的笨蛋们/永远也没有学历和资格/造作那些玄虚娇柔的概念/进入那些惺惺作态的怪圈/我可爱的笨蛋们/又因为一根筋/才能心口如一/语出天然。"也许正因为没有高学历和唬人的职称，他才能摆脱玄虚娇柔和惺惺作态，写出"心口如一，语出天然"的诗歌来。心口如一，语出天然，正是费立强诗歌的创作特色，请读他的《小草和小鸟》：

无名的鸟
恋着不知名的草
尖柔的一声叫
草把顶在头上的珍珠抛
鸟说我得数数
你开这些太琐碎的花
草说我的屁股紧贴着地
你一抓就让我半个身体暴露老高
鸟说：
这么荒凉的世界
无人看你的隐私
草说：
你就是个不懂事的鸟
天下牲畜哪个不愿啃嫩草

质朴的口语和隐喻意象构成了这首诗歌强烈的张力，对社会丑恶现象的批判，全用戏剧性的对白表达出来，让人不禁会心一笑。

在费立强的诗中，这样的心口如一、语出天然的诗句比比皆是，如"人/应该向星月下的小虫学些营生/它们不问劳累和烦闷/一片叶上香睡"(《静夜思》)，"嘴里是咱自酿的酒/身上是咱自流的汗/兄弟姐妹城里边醉啊/不论老天有无眼/脚下无咱的地/头顶有咱的天/不怕别人瞧不起/就怕自己不抱团/……不怕山再高，就怕脚自软/不怕事多难，就怕不发钱/不怕没有理，就怕官问偏/不怕活路多，就怕工期赶/不怕红脸关公，就怕破产老板"(《仲秋感怀》)，"钱权交易是吃肉的虎/拼命劳作是吃草的帮/都在昨夜星辰里/他乡是故乡/故乡是何方"(《我的成长》)。这些诗句多用口语，虽说是自然朴白，但也是经过诗人锤炼过的。口语并不等于口水,口水是没有味道的唠叨,口语的诗则天然中又有意味。如果口语能和富有创意的意象结合,那就更耐人寻味了。《老农梦多话也多》正是这样的佳作:

山坡上
一块块巴掌大的地
是一把拴住老农的铜锁
每当漫天的秋风起
老农就喝醉了

月光
是唯一开锁的钥匙
头还未接枕
老农梦已多
围转在村头的大叫驴
不停地吆喝着
其实做梦最累人
梦多活就多

锁往往锁的是最珍贵的东西,那块巴掌大的地就是老农的珍宝了,"月光是唯一开锁的钥匙","月光"代指夜,只有夜晚入睡才能使老农放下心中挂念的土地,就是在梦中,老农仍在打理庄稼,所以"做梦最累人/梦多活就多"。老农对土地的热爱,用"锁"意象含蓄地表达出来,老农的梦也与文人雅士和达官贵人的梦不同。

俚俗口语同样可以诗意地表达批判和讽喻,如《幽默的小鸟》中的诗句:"别说清水衙门闲得清/人前人后要练虚功/……把一吹成十/面具造包公/小鸟啊小鸟/快把风景栽在水边吧/这里也许较干净。"再如《石狮看门》:"门口的石狮不需要泥土生活/随了主人的心愿/不去辨认许多/只要听见金砖银瓦的碰撞/就护佑礼者把赐福收获/看着出出进进的行者宾客/为什么?/人比蜘蛛还会编织网络。"讽喻隐藏在不露声色的叙述之中。费立强在《文化哲学》中毫不留情地批判变了味的文化哲学:"小到极点的文字/生成的锈水/展现出又一条黄河/看来/没有停下的迹象/不要质问/重重包围着的锈水/需不需要突破/自己解脱自己/美丽的文字/一旦诱发了铜锈/文化的哲学/就只剩下金色银光的著作。"

这些鞭辟入里的诗句足以振聋发聩了。

费立强的情诗也写得别具一格，同样坦坦荡荡。如《看窗》一诗，写在茶馆里遇美女一瞥，“不只是晕眩/身在木讷/脸在发呆”，“举手投足的目光/恰似美丽的闪电/劈开了谁的心扉/刹那间/狂躁得让人不大自然”。爱美之心人皆有之，见美女而生爱心，他敢大胆地说出，并不遮掩，但同时他又祈求“心主”：“快放了我吧，只要把情网割断/让贞爱归宿。”心猿意马重归约束。《无法分开》则是另一种方式的海誓山盟：“你已把我的心偷去/不仅是手拉紧我的手，假如我是夜色的国王/你就是那黑夜里的艳后/相互渗透的踪影/一边是玫瑰/一边是红酒/太阳消融的时分一饮而尽吧/更长地　更长地　莫回头。”他把女人比作女人花：“水做的身影/依托着春花秋月的女人/准确地把握季节变化的灵感世界/泥疙瘩一样的男人/却对温馨和贤惠充满期待。”（《女人花》）他还呼喊“让我的活力带动你的活力”：“骏马虽已飞奔在草原上/可柔情的力量/推动着大海/潮落　潮起/一遍一遍留下关心和爱抚的痕迹/啊亲爱的人/让我的活力带动你的活力/无穷无尽/胜过自我。”热烈的情感，坦白的陈说，没有一点矫饰的语言有着直入人心的力量，展现了“一位充满新鲜活力与青春的老人”的诗人本色。

费立强的长篇抒情诗自由奔放，小诗则简约自然，颇有天真童趣，如《小雨》：

半夜山雨
清秀了山河
整个世界都争先静谧出生长的声音
带眼四面八方
小小的飞蝶
享受着一大片原野
红桃白李
散发着
诱人的芳香
最喜欢的是蛐蛐和蝈蝈

费立强是个不愿受束缚的诗人，他的旧体诗也是比较自由的古风，带有民歌的韵调，不追求平仄合律。费立强《足志》：

顽石穿鞋漏千层，雪峰入云散天中。
山呼风高长空笑，农夫脚板踏万重。

此诗借农夫脚上的千层底布鞋，言自己攀雪峰、入云天、踏万重的壮志。他还有些诗作写得风趣幽默：

吸血蚊虫瞎胡闹，怎撼专致诗书人。
树影渐晰月归隐，帘缝匆送一道金。

——《夜读有趣》

秫秸垒成大别墅，天宫再好咱不问。
甩鞭天外寻开心，一群花蝶向牛粪。

——《放牛翁》

费立强这位草根出身的老板诗人的诗为当下浮躁的诗坛吹来一股自然亲切的新风，在他的诗中有农民的朴白，又有哲人的妙悟，还包含着商人的洞察力和企业家的胆识，这就使他的诗歌表现出与众不同的鲜明特色。这对当下厌恶了西洋大餐和海参鲍鱼的读者来说，更像是百姓家中的特色美食，品尝一下，定会让你大快朵颐。

《郝孝德文集》序

郝孝德是一位活跃在公安战线上的新闻工作者，他自1987年起一直在山东省莱芜市公安局从事新闻宣传和文学创作工作。他酷爱文学、书法、摄影，已在市、省、全国报纸、杂志及电视台发表作品上万件，并多次获奖。现为中国散文学会会员、北京华夏名人艺术书画院书法部副主任、山东省书法家协会会员、山东省摄影家协会会员。他还自创出“意象书法”，创作了百余幅意象形书法作品，得到了业内人士的认可。文学和书法都是艺术创作，都需要热爱和灵性。他在书法艺术上已有所成，在文学创作上也收获颇丰。现在他把自己在工作之余创作的散文随笔结集成书，出版问世，可喜可贺。

郝孝德的散文很接地气，具有浓郁的生活气息和时代气息。他的散文不取大题材，而是从身边习见的事物去折射时代的变迁，大都简短朴实，像田间地头亲切的野花。他写“三秋”生产指挥部，写石磨、暖瓶、粮票、鏊子、茶缸子，在对这些日常事物的叙写中抒发情感，表现出时代的发展和变化，这种以小见大的写法，常把人们带到对过去年代的温暖回忆中，使读者真切感受时代脉搏的跳动。比如他写《“三秋”生产指挥部》：“指挥部全部建在视野开阔的大田里，大都是简易的，用一些木头搭起一个大棚，上面和四周全部用席子缝起，中间用一层塑料布盖好，后用厚帆布盖严，以防风雨，遮阳挡寒。”“指挥部像‘司令部’，但指挥部的人员绝不蹲在指挥部里喝大茶、享清福，而是骑着自行车满田野里转。看哪里的进展快、生产效率高，有何先进经验。看哪些村子生产进展慢，找出原因是什么。然后马上召集村以上干部召开现场会，介绍推广先进经验，提出落后单位生产问题和不足，让先进带后进，后进赶先进，‘比、学、赶、帮、超’氛围浓浓，干部群众干劲十足。”文中对三秋生产指挥部的紧张工作和干部的踏实工作的描写，让我们回忆起过去的年代，艰苦但充实。现在“三秋”不再需要统一指挥，指挥部自然而然也就“退休”了。如今，虽然指挥部已是过去的产物，早已成为历史，但在他的脑海和心目中，指挥部好像永远都不会被抹掉！

一件物品从产生使用到完成使命，总能记载着一个时代的状况，见证着一个时代的背影。在《石磨》一文中，他回忆当年用石磨加工小麦的情景：“推磨加工特别费劲、费时间。尤其是磨小麦，磨个一遍两遍的根本磨不下多少面，磨10多斤麦子不知要围磨台转多少圈，有时转得人头晕眼花，只想呕吐。”而今天人们摆脱了艰苦的体力劳动，甚至不出家门就可以买到一切生活所需，“最让人高兴的是，外卖、网上购物、微信支付等都进了农村，想吃啥了，电话一打、鼠标一动，各种食物等就会送上门。想想过去，看看现在，人们真是赶上了好时代，掉进了福窝里，要说不高兴、不幸福，那才叫身在福中不知福”。在《暖瓶》一文中，他感叹道：“如今好了，科学更发达了。昔日的竹皮、铁皮暖瓶不见了，随之替代的是热水器等高档产品，既方便又美观。从一个小小的暖瓶上我们就可以看出时代的进步与发展。如果谁要不承认这一事实，那才叫睁着大眼说瞎话呢！”他从自己从事的新闻工作中也感受到时代的巨大变化：“我如今出发采访写新闻，什么也不用带，仅拿一部手机，一切新闻就搞定，随写随拍随传递，高效、快捷、方便又省事，真可谓一门心思搞写作，一部手机走天下，痛快极了！想想过去，看看现在，科技如此发展，时代进步如此之快，简直让人不敢相信。为此，我只有暗自庆幸，我摊上了个好时代！”

我们都经历过艰难困苦的年代，那个年代生活虽然苦，但苦中也有甜，也有温暖。请读《炉子》中的一节：“用筷子夹着鲟鱼子在炉火上火烤，是件特别有趣的事，小鱼在旺火的熏烬下，滴下一滴滴的油，掉进火里都会轰隆的燃烧，香味扑鼻而至，传遍满屋。就着烤好的小鱼吃个煎饼或馒头，那个香哎！神仙吃着也会醉！到了下大雪的天气，男爷们开始凑钱喝酒，他们把买来的肉、白菜、豆腐或粉皮弄好后，放进锅里一块煮，炉火升腾，锅里的豆腐被煮得一翘一翘的，把打来的酒用小锡壶在炉子上一热，大伙往炉子旁一围，想吃啥吃啥，想喝几盅喝几盅。不多时便会头上冒汗，肚子里发烧。那个爽劲就甭说了！”

郝孝德散文的语言既朴素又优美，他善于运用比喻等修辞手法，善于刻画美丽的风光，从而把读者带进画境中去。在《俺说岔峪好风光》中，他这样描写岔峪：“用水泥铺平的盘山路，弯弯曲曲，像一条黑色的巨龙穿行在山间，给人一种虎踞龙盘的感觉，更让人看到那种龙腾虎跃的场面与气势。开窗远望，只见路两旁山川相连，山头相依，岩峭陡壁，怪石满山。从山坡到山顶，一眼望不到边的山林，林木茂盛，树种繁多，绿荫成浓，花草遍地，鸟语花香，把一座座大山装扮得分外妖娆，如仙境一般。举目望高，映入眼帘的是蓝蓝的天空和不时飘过的白云，与绿色的大地形成鲜明对比，用天地之美勾画出了一幅美丽壮观的画面。”在《层林尽染秋色美》中，他用拟人手法刻画出红枫的意象：“远望山上那一片片枫林，火红火红的，在阳光的照耀下，宛如一大团燃烧的火焰，染红了天际。走近看，片片枫叶精巧细腻，玲珑剔透，好像害羞的少女。一阵微风吹过，枫叶如天女散花般飘落。火红的叶子底部微微泛着绿色，根根叶脉呈辐射状伸向叶子中心，给人一种蓬勃向上的感觉。枫树脚下，红色的叶子，黄色的叶子，紫色的叶子，绿色的叶子，都懒懒地躺在青翠的草丛里，这真是一幅最美的油画。”这些文学性很强的文字表现出他深厚的文学功底和语言表现能力。

要想写好文学作品必须要有敏锐的观察力和丰富的想象力，还要在描写对象中注入自己的情感，要能从看到和听到的事物中引申开去。郝孝德无疑具有这种能力。他能从布谷鸟的叫声引申到田野和农民的内心：“如果你听着布谷鸟的歌唱，顺着它引导给人们的方向，迈出大门，走出村庄，踏上田头，登上高岗，你望到的将是一眼望不到边的田野和那漫山遍野涌动的黄澄澄的麦浪，映入你眼帘的定是那一棵棵被沉甸甸麦穗压弯了头的小麦，看到的会是一片片丰收迷人的景象，见到的肯定是农民那一张张兴高采烈、发自内心的笑脸。”在《好一个柳桥峪》一文中，他细细刻画了槐花意象，充满了对其深深的热爱：“一棵棵槐树像是举在空中的一把白色大伞，更像一个个白色的花环，随风飘扬。一串串槐花像银链，似玉朵，随风飘出淡淡的清香。高高低低的槐树枝叶间，花絮成串，相拥羞笑，色如素锦，既无忸怩之态，又不需人工雕琢。槐花不似桃花，粉得有些妖艳；不似杏花，白得有些轻薄；也不似荷花，孤芳自赏，令人难以接近；更不似花盆里的兰菊，见不得烈日风雨，而像一位饱经沧桑的银发老人，忘却了痛苦，挽着绿绸在翩翩起舞呢，金色的太阳被它怀里清脆的鸟声所遮掩。”

郝孝德写人的散文也给我们留下了深刻的印象，如《大四叔》。大四叔终年50岁，一生未娶媳妇成过家。他十几岁就挑起生活的担子，当了“家庭主妇”，推碾、推磨、摊煎饼、蒸馒头、喂猪喂狗、洗衣服，哪样活都不轻。但他学东西非常快，一年多时间，他已把做饭、炒菜、做家务的手艺学会了，并且还学会了一些巧吃做法。他从广播喇叭里学会了歌以后，晚上再把小伙伴组织起来教他们，而且非常认真，不知情的人一看还真像一个音乐教师。他自制了一个制烟机，用干烟叶和白纸卷成烟卷，除了烟呛点以外，外观还真和真的一模一样。他用自行车链子、螺丝帽制作的火柴枪，形状好看，效果也特别好。正是大四叔会做各种自制玩具，才使孩子们的童年过得幸福愉快，有滋有味。他有时也搞恶作剧，带孩子们偷瓜、喝酒。他勤劳朴实、心地善良、乐于助人，帮人干活从不惜力。他有些好吃的，总是拿出来给小孩子们吃。每年过年，他都提前买下鞭炮，爆下玉米花，炒下花生米，买下糖，招待孩子。郝孝德用一件件小事，描写出一个热心肠的朴实汉子，读来亲切感人。

散文姓“散”，散就要展开，材料要丰富，但要“形散神不散”。散得开，还要收得拢。如《茶缸子》从自己保存了多年的茶缸子入笔，写到“文革”的时代印记，又写到那个时代当兵的光荣，写到他因此而珍惜当兵的表哥给他的这个茶缸子。还写茶缸子在他上学、工作中带给他的便利。最后写改革开放后什么保温杯、紫砂杯、红瓷杯、南泥杯等等，各种杯子应有尽有，人们想用啥的买啥的，有的人甚至搞起了收藏。但他“却只收藏了这一个缸子”，因为它包含着时代印记，“再就是它已伴随了我几十年，从心底里说还真的对它有了感情，的的确确难以割舍！”一个茶缸子承载了几十年的风雨，它已成为时代的见证。写茶缸子，并不局限于茶缸子，而是由这一物件，延伸出时代风云的变幻，抒发出自己的情感。本书中这样的写法很多。

写作是一项艰苦的工作，不论是新闻写作还是文学写作，都需要热情和投入，需要坚持。郝孝德30多年的笔耕终于结出了硕果。我希望他的文学之树长青，结出更多更大的果实。

2018年11月17日于伴山堂

郝忠勇《东武诗草》序

郝忠勇，山东名郡诸城人。诸城，汉代称东武。此地文风甚盛，上古舜帝生于此地，有《乐乐歌》传世。北宋苏轼在此地为官，留诗文200余篇。词宗李清照之夫赵明诚亦生于斯。"至今东武遗风在，十万人家尽读书"，在历史上，诸城一直都被书香浸润着、涵养着，哺育出一代代文化名人。这里山川灵秀，古迹甚多，是一块宝地。忠勇生于斯、长于斯，可谓得天独厚矣。从山大毕业后，忠勇回家乡任教。承前代之遗风，抒自己之怀抱，其诗已积有百余篇，今结集出版，嘱我为序。

诗之道深矣，唯言志抒怀而已。见景生情，因情生象；意隐象中，余味无穷。诗若无情、无象、无味，则成嚼蜡也。忠勇之诗有情有象有味，耐读耐品。东武有九仙、五莲诸山，亦有超然、白鹤诸楼台。面山临水能无情乎？登台上楼能无诗乎？忠勇对家乡山水情有独钟，对前贤遗迹心怀景仰。情动于心，发言为诗。其《超然台怀古》其二曰：

壁间词赋隐尘埃，低吟浅唱久徘徊。
意恐乘风吹将去，明月曾经照高台。

超然台乃北宋熙宁八年(1075)苏轼任密州(治所在今山东诸城)太守时所建。当时诸城西北墙上有"废台"，苏轼"增葺之"而成，"日与其僚览其山川而乐之"。其弟苏辙依据《老子》"虽有荣观、燕处超然"文意，命名曰"超然"，并作《超然台赋》予以赞咏。超然，即超脱尘世、乐天知命，在"超然"二字的启发下，苏轼《超然台记》横空出世，成为千古名篇。忠勇登台怀古，久久徘徊。"乘风""明月"暗隐东坡中秋怀弟在此赋《水调歌头》事。发明月之思，抒景仰之情，有淡然之意。其《九仙山》云：

鸟道时见杜鹃花，误入仙班第十家。

兴来看遍万寿峰，酡颜犹带步斜斜。

九仙山与五莲山隔壑相峙，素以“奇如黄山，秀如泰山，险如华山”而著称。九仙山奇峰异石与洞窟泉瀑之多，与五莲山并称双绝。九仙山有九峰，故称“九仙”。诗中说：“误入仙班第十家。”第十家则是作者自己了。“酡颜犹带步斜斜”则表现出对此山美景的陶醉之情。此诗由鸟道登山起，用误入仙班承之，转而写看万寿峰，最后用酡颜斜步收束，布局完整，象现意出。山水诗有点理趣更好，如苏轼《题西林壁》诗。忠勇《双汇溪》诗亦有理趣：

万斛明珠成双溪，不就高处单就低。
一脉款款才出山，数宗源源又归一。

“不就高处单就低”“数宗源源又归一”不正包含着人生的哲理吗？

家乡山水古迹可亲，祖国山水古迹亦可爱。其《成都印象·谒草堂》云：

东来不辞千万里，访贤哪论一两次。
但得此屋庇寒士，潍水直通浣花溪。

东来千里访贤，且不论多少次，道出对诗圣的崇敬，“潍水直通浣花溪”则说出自己与诗圣的心灵相通。用两水代两心，以象达意正是诗之道也。

诗要翻出新意，无新意谈何创作？一是意象新，要有自己独创的意象。忠勇的《听海》就有自己的意象：

举头但见峨眉月，侧耳静听动地波。
海风吹处琉璃碎，漫撒耿耿一天河。

后两句是大象，“琉璃碎”言海风吹浪情状，“漫撒”则把海天合一，意象新鲜宏大，既闻其宏声，又现其大象。而内心光明豪放的情志也在其中了。二是构思新，要别出心裁。其《中秋望月·其一》构思就别出新意。中秋望月，前人多咏之，无非取团圆光明之意。但忠勇却说玉兔不敢高声捣药，怕“惊起骊山帝王梦，又作不老非分想”。骊山有秦始皇陵，秦始皇的长生之梦恐怕万年仍在吧，他的非分之想难道会因为已经入地就没有了吗？阴魂难散，还是不要惊醒他吧。此种立意构思真是难得的深刻和新鲜。

忠勇的诗五言七言均有，还有古风长调。其《黄鹤楼五咏》是五言绝句，《南山》是杂言古风，三言、四言、五言、七言杂糅，抒发出沉静安闲的情致：

丁酉二月十四，于马耳山下学校听课，推窗面对，如在咫尺，欣然作句。

南山杳然兮，
嘉木参天。
飞鸟去来兮，
沉静安闲。
草碧色，水潺缓。
滴水观音近，
龙隐钟声远。
轰然开天厩，
蓦地见双尖。
噫——
古来隐士安在哉？
但只见，
山间花开落，
天外云舒卷。

志勇诗有象有味，已渐入佳境，假以时日，定有大成。是为序。

为大家名人留影　为壮美河山存照

——著名摄影家胡昌群小记

胡昌群，自由摄影人，也是著名的名人摄影家及风光摄影家。现为中国台湾中华摄影学会CHPA会员，美国纽约国际摄影家协会高级会士、驻中国武汉代表。1968年，胡昌群出生于武汉蔡甸，其父母均为中学教师。他从小爱好集邮，以后又以照相为业，曾就读于武汉大学摄影高级班。近十年已在武汉、北京、上海、成都、长沙、济南、广州、景德镇等地拍摄了300多位各个领域中的顶尖人物。近年来，胡昌群的摄影作品入选过多个世界著名影展，其拍摄的名人照片《智慧老人》获美国纽约国际摄影家学会第33届国际沙龙摄影“最佳肖像特写作品奖”。

从20世纪90年代末起，胡昌群就下决心用一生的时间，拍摄当代各个领域的顶尖人物，以反映时代的精神风貌。

最早他和哥哥放弃影楼的业务，自费流浪式地在全国各地进行拍摄名人的工作。那年头，他们窘迫得难以启齿。为了节约资金，他们住廉价客栈或在朋友家借宿，买最便宜的火车票，节衣缩食地开始拍摄。后来因为生计问题，哥哥不得不远去甘肃闯荡。胡昌群就独自带着沉重的器材继续他的拍摄名人之旅。秦怡、王元化、钱伟长、裘法祖、吴良镛、鲁慕迅、彭淑牖等科技、文化、艺术各界顶尖大家巨匠一一出现在他的镜头里。这些照片不仅很有艺术价值，而且也很有历史价值。有些人在他拍摄后不久就去世了，这种抢救性留影就更加珍贵了。

胡昌群的拍摄方法与别人不一样，完全用现场光拍摄，不用闪光灯。他在名人的生活或工作环境中拍摄，力图捕捉住拍摄对象的气质。有一年他和哥哥来济南拍摄了著名诗评家山东大学教授吴开晋等山东学者。他在吴教授家里架起摄影机，从客厅、书房到卧室，一边和他交谈一边拍摄。在笔者家拍摄时，先在书房拍，后又移到离我家不远的省图书馆门口拍，完全用自然光，巧妙选取角度,精心构图,一遍遍拍摄,直到拍出满意的照片为止。这时他一点也不在乎彩色胶卷的成本了。拍完回去以后,他把照片洗印出来,把小样寄给被拍的人,让其选出最满意的,放成大尺寸照片保存。一幅幅精美的照片保存下了一个个难忘的瞬间,保存下了拍摄对象的风采,也保存下了珍贵的友情。在拍摄过程中,昌群和许多名人成了朋友,经常通信、通电话,互致问候。学者和作家也把新作寄给他,书画家也赠送他墨宝。为了摄影,他停掉影楼业务,自费奔波,生活很窘迫,他却婉言谢绝了许多高价请他的商业性拍摄,他把拍名人看作事业,看作是对中华文明的记录和传承,他总抱怨时间不够用。

拍摄名人的过程对他来说也是一个拜师的过程。他把与名人的交流作为一种学习的方式。在拍摄中,他不仅是摄影师,还是一个出色的记者,是一个如饥似渴的学生。他在拍摄过程中不停地提出问题,探究名人的奋斗历程和内心世界。回住地他就连夜整理拍摄札记,把拍摄对象的言谈话语一一记录下来,再整理成文稿。在这个过程中,他还要查阅大量资料。有的名人他要采访多次,除了面谈,还经常电话交流。多年下来,他已经成了某些专业的行家。我看过他很多篇采访手记,其文笔甚至超过了专业文字记者。比如他拍摄在外科手术学和肝胆胰腺外科领域的临床医疗、教学、科研方面作出了卓越贡献的彭淑牖教授后,写出了一篇3万多字的札记。这篇札记不但真实记录了拍摄彭教授的过程,还详细叙述了他在外科学方面的突出贡献,讲述了他许多典型的手术病例,涉及很多专业知识,也披露了他用仁术救人的美好心灵世界,是一篇血肉丰满、生动深刻的采访手记。他曾9次采访拍摄中国当代绘画代表性画家之一、长江画派创始人之一的鲁慕迅,写出了11万多字的长篇手记,涉及许多中国画的美学理论问题。这不但是一篇精彩的人物专访,也是一部有重要美学价值的谈艺录。手记不仅记录了鲁慕迅对中国画美学的真知灼见,记录了他对当下艺术界的认识,也表达了胡昌群自己对中国画的美学见解。手记涉及了中国画的各个方面、引用了许多古代和当代的美学著作和专业资料,对中国画和中国艺术美学的贡献是巨大的。这部手记即便是专门研究美学理论的专家也不一定写得出。

我和昌群因摄影相识,因艺术相知,我们经常在网上交流。近来他名声远播,上海请他办个人摄影展,有些地方政府也专门请他去拍摄。他还要和美国、中国台湾同行交流。他应邀去湖北五峰土家族自治县采访,专递给我当地名茶——采花毛尖。他寄赠我两幅风光摄影作品,我写词相赠:

临江仙

苍碧巍峨青照影,云轻雾绕江环。登临摄取美容颜,远峰晴雪,万木翠屏联。踏遍青山寻圣境,携来满袖风烟。不辞峻岭路途艰,艺通大道,万象等闲看。

南歌子

一苇清江渡,千条绿柳柔。青山妩媚照明眸,翡翠屏开波碧更藏幽。慧眼识清丽,灵心会影舟。无边秀色任谁收?放浪江湖风雨伴君游。

昌群摄影的路越走越宽广了,他用相机为名人留影,为江山写照,他也是一位让我敬重的艺术大家。

黄才能诗集序

黄才能君，未晤面之诗友也。称其为友，因其有才且能诗也。然其以我为友乎？则不可知。

才能先生以大观园里的刘姥姥为同志，佳誉其“现成的本色”，并以“老农民”自许，写出若许诗篇来。这些“环保，纯天然”的诗作，的确让我感动，这些“不说漂亮话”的本色之作应为当下诗坛之一朵奇葩，称其为山野间一脉清泉，园圃里绿煞人的黄瓜，亦不为过也。若能与其无拘无束地说话并“烂醉于天涯”岂不乐乎！故引以为友也。

才能先生曾躬耕于陇亩，现已穿官袍，戴官帽，而仍能拳拳于乡野之民，悯念于基层之苦，深得屈原同志“哀民生之多艰”之真谛，传承数千年诗之原道，甚可贵也。请读其《农夫歌》：

人间至美数农夫，
曾有宝歌赞铁锄。
档案毕生零管理，
工龄几岁任删涂。
退休膝下独生子，
医保栏中两口猪。
最是一条绝好处，
终身不怕被开除。

诗之缘由是城管与农民发生争执，农民抛出一句：“我是农民我怕谁！”诗用打油语句写尽农民的无奈与辛酸，也让我们这些吃国库粮、拿退休金、享受医疗保险者汗颜。

再如《水泥厂老宿舍》：

子立山根伴蛰声，
寒风瑟瑟倍孤零。
瓦残正育鲜苔绿，
门破难掩旧被冰。
神态木然洗衣妇，
案台散落割肉亭。
城中旺铺新招售，
羞涩囊中看乱萤。

这些景象是诗人作为人大代表视察水泥厂老宿舍时所见，真实写出，下岗职工的困窘。“瓦残”“门破”“神态木然”，散落的肉摊与城中的旺铺相对照，字里行间流露出担忧和悲悯。此诗堪与老杜的《茅屋为秋风所破歌》并读，虽无老杜诗中那激愤的呐喊，但内蕴的“大庇天下寒士俱欢颜”的心是一样的。当下一些为官者缺的正是这样一颗心。他们贪污受贿，鱼肉乡里，只管个人享乐，岂顾百姓死活？许多见诸报刊的“老干体”诗也仅是歌功颂德，鲜见悲悯民生之作。诗之道，戒在伪。心中无百姓，笔下无民生，信之矣。《爱乐小写即景》亦是佳作。

我很欣赏才能诗友那些“清火降压、鞭挞必俗、嬉笑怒骂”之作，孔夫子云：诗可以兴，可以观，可以群，可以怨。“怨”也是诗之传统。诗人不敢“怨”、不能“怨”，乃世之悲哀。不怨，何以观得失，闻民声？敢怨方为真诗人也。江河污染，以致无锡人民无水饮，能不怨乎？官商勾结，走私贩私，能不怨乎？巴以争斗，血肉横飞，能不怨乎？官居豪宅，民缩蜗居，能不怨乎？才能先生敢怨，故其诗有铮铮之声，浩然之气。请读《闻黄河、湘江受污染》：

松江未了复湘江，
方欲治黄先染黄。
污水殷殷黔首血，
浊流滚滚庶民伤。
抢先发展出政绩，
按件提拔酿河殇。
最是高扬新观念，
以人为本语铿锵。

直斥污染日重的根源在于“抢先发展”“按件提拔”的官本位思想。“以人为本”的科学发展观才是人民之福泽啊！再如《竹鼠》《廉政培训班》《读例文》都是针砭时弊之佳作也。

在此，我还要推介《雨中论牛》：

连绵细雨起邕州，
众圣闲庭自论牛。
奉命文章难取舍，
宜人风景费删留。
昂头能破四方土，
抵角欲开百姓愁。
自是青山堪果腹，
管它冬夏与春秋。

诗以牛言志，颔联表达写“奉命文章”之无奈以及对“宜人风景”的难以割舍。颈联抒发心中的志向和抱负：“昂头能破四方土，抵角欲开百姓愁。”大丈夫气概毕现矣！

才能先生的律诗对仗工整，神完气足。既有铮铮侠骨声，亦有绵绵柔肠意，其《乡情三题》当属后一类。请读《山村雨后》：

甘霖一阵过天涯，
影照篱笆暮霭斜。
小妹拎锄呼大姐，
西坡垦地种南瓜。
莫嫌雨后红泥烂，
只要街头贩嫂夸。
上次摘苗迟两日，
偏输隔壁老吴家。

这首“油律”，虽似打油，但亦大体合律，写山村雨后小景，如在目前，且有声有色。唐诗中很少见，宋词中似乎有之，如辛弃疾之《清平乐》：“茅檐低小，溪上青青草。醉里吴音相媚好，白发谁家翁媪？大儿锄豆溪东，中儿正织鸡笼；最喜小儿亡赖，溪头卧剥莲蓬。”两相对照，清新质朴之气同也。只是首联二句文气重了些。

知人方可论诗，我不知人而论诗，未免有些唐突，但见诗亦可见人。我先读诗，而后识人，欲引才能同志为友，可乎？

2007年6月26日

《拾得集——黄希庆诗词选》序

黄希庆，笔名黄河，号中都逸人，清心斋主，作家、诗人、辞赋家。他长期担任局级领导干部，喜欢文学、历史、哲学。语言功底好，文化底蕴深厚，擅长诗、词、曲、联、赋写作。著有《黄河古诗集》《中华诗词写作教程》《生命的颤音》等诗文集。他喜欢诗词甚至到了痴迷的地步，正如他在诗中所道："辟陋栖居悟德馨，读书视作座中铭。平生认定诗为爱，直到痴心罢不能。"习近平总书记曾号召领导干部学诗，说："学诗可以情飞扬、志高昂、人灵秀。"中华诗词是我们民族文化宝库中的明珠，其中包含着我们民族文化的优秀基因。黄希庆不仅自己写诗，退休后还去教别人写诗。他用自己的行动去传承中华文化，普及中华诗词，把中华优秀文化的继承和创新视作自己的责任。现在他的又一部诗集即将出版，这是他辛勤笔耕结出的硕果，值得庆贺。

这部诗集充分反映了他对诗词的热爱。在《自娱自乐》中，他写道："浮生愚钝复何求，惯向孤灯问喜忧。半架诗书吟到老，一间陋室写春秋。"一间陋室、半架诗书，孤灯长明，苦读苦吟。这就是他的业余生活。他在《回味人生》中说：

匆忙日子未沾闲，岁尽行将花甲年。
检点收成何所有？一筐诗赋过三千。

他日积月累，孜孜不倦，年近花甲时诗赋已经超过了三千（篇）。他在诗词之路上苦苦求索，常写诗到深夜："案头秉笔著诗章，缕缕寒风帮倒忙。偏是月儿更爱冷，斜窥陋室嗅书香。"（《深夜话》）甚至梦里还在作诗填词："一怀雅兴未成诗，面壁拥衾苦构思。萦梦三更扶榻起，追着灵感巧填词。"（《萦梦》）他在写作中获得了无穷乐趣。《论诗》充分表达了他写诗的快乐心情：

碧雾丹霞不负卿，桃花秋水自风情。
寻常句子非常味，语出自然横趣生。

黄希庆的诗作继承了中华诗词关心百姓、情系民生的传统。杜甫、白居易的诗中有大量这样的诗作，如“三吏三别”、《兵车行》、《观刈麦》、《卖炭翁》等。黄希庆也认为好诗就要贴近民生。他在《种诗心得》中说：

泥古防颦不入时，矫揉造作耗心思。
真情融入得佳句，贴近民声赋好诗。

他反对泥古不化、矫揉造作，主张抒发真情，贴近民声。他心系打工的农民，写了《打工归途》：“飘零十载又年关，乘票买来乐自添。簇簇人头行路切，沉沉包裹兴致欢。垂眉抹泪思乡土，瞻母心急忆旧颜。要赖娇儿嫌路漫，多情妻子怪途艰。”他关怀空巢老人：“神情恍惚脊椎驼，气喘吁吁步难挪。忍看秋风雕老树，更期曲径绕青萝。孤身守望经年少，依杖孑然历久磨。两地深情托付梦，儿孙笑语入南柯。”（《空巢老人》）他看到随着农民进城，农村民居渐渐荒芜；只有改善农村基础设施和农民生活环境，才能推进农村现代化，促进农村可持续发展。他写了《乡村见闻》：

一家青壮走他乡，老汉田间管理忙。
十户敝门三两户，霜翁一二看孙郎。

面对农村的空巢化现象，他不仅担心那些独守村居的老人，更担忧农村能否可持续发展。由此可见他关心百姓民生的拳拳之心。

诗人应该是有大爱之心的人，他能给寒冬送来温暖，他鼓励失学的打工青年要学习知识，用勤劳改变命运，如《渔家傲·打工路》：

求学不举行无处，打工踏上长征路。
风雨交加游子苦，餐霜露，天南地北何堪诉？
欣好所能人荐取，红尘不为知识误。
智慧人生祛迷雾，方醒悟，勤劳能把春留住。

他为快递员写诗，理解他们的辛劳，称道他们“东西送货担心慢，街巷传书恐怕迟”的责任心：

脚踏三轮电掣驰，辛酸岁月众人知。
东西送货担心慢，街巷传书恐怕迟。
戴雨披风传喜讯，严寒酷暑递相思。
送完包裹归来晚，抖落征尘夜静时。

他同情沿街叫卖的老翁："步履蹒跚背似弓，肩挑菜担赶墟中。一身疲惫冰霜雪，满篓新鲜蒜韭葱。顶烈日，栉寒风；竭劳春夏与秋冬。沿途叫卖徒辛苦，辛苦难脱一世穷。"(《鹧鸪天·叫卖翁》)"一身疲惫冰霜雪，满篓新鲜蒜韭葱"，对比鲜明的意象中包含着深深的悲悯情怀。

黄希庆关心民生，热爱百姓。他对鱼肉百姓的贪官给以愤怒的谴责和无情的嘲讽。孔夫子说，诗可以怨。怨就包含着怨愤和谴责。黄希庆这样勾画官僚的嘴脸："声情并茂到新闻，阵阵掌声入视频。沸沸扬扬车马过，何时立等问黎民。"(《视察》)他们所谓的"视察"并不真的是体察下情，而是为了在新闻中露脸、电视上留声，对百姓疾苦则不闻不问。他还勾画出尸位素餐的官僚漫画像："胡吹海侃也官员，面对污浊俱惘然。止步厅堂说治理，却拿市井做耕田。"(《调侃》)他用诗笔给贪官画像，写下了《贪官图》：

寻私贪手纵横插，善辩油舌里外扒。
官阶不高频作浪，皆因浑水有鱼虾。

"贪手纵横插""油舌里外扒"，这些浑水摸鱼的贪官何其丑恶。

黄希庆对推动时代前进的伟人和先烈给予热情赞扬。深圳有两株有故事的高山榕，一株在仙湖植物园，那是1992年1月，邓小平视察深圳时种下的；另一株在莲花山公园，是习近平总书记2012年12月赴广东考察时种下的。他赞扬这两棵高山榕：

葱葱华盖傲青云，无限生机励后人。
改革大潮催志士，一枝一叶证初心。

"励后人""催志士""证初心"正是对两代领导人的歌颂。为纪念抗日战争胜利七十周年，黄希庆写诗歌颂抗日将士：

过往硝烟史为铭，腥风血雨刻心中。
铁蹄踏去悲声起，战火袭来血肉横。
万众抗倭曾誓死，八年驱寇获重生。
红旗猎猎扬华夏，日月昭昭社稷明。

诗言志，言志抒情是诗的重要内容。黄希庆的不少诗作是言志的。如《逐梦》：

胸中点墨敢敲词，自笑生来本性痴。

学浅寻思留醉处，兴高最是捧书时。
羞惭拙笔无佳句，依旧长宵苦觅诗。
弹去年华霜两鬓，驿途风雨寸心知。

再如《登泰山抒怀》：

凌绝顶上我为峰，东岳风光一目穷。
远眺群岚笼紫气，近闻众壑啭黄莺。
风摇竹浪千层碧，日映枫坡万点红。
墨客读山心作画，诗人写景手抒情。

“心作画”“手抒情”正是诗人本色。

黄希庆的诗作格律谨严，艺术上很讲究。他善于抓取生活中的细节和瞬间。如《天伦之乐》：“怀抱乖孙电脑前，一双小手不得闲。探身先把鼠标抢，又与爷爷夺键盘。”把爷孙二人电脑前的乐事形象地呈现在眼前。再如《手机吊瘾》：“凝眸千百度，比比用情深。四处低头客，难寻昂首人。”描绘出当下低头族的群像。前者写天伦之乐，后者写当下世态，均从细节入手。律诗要求对仗，对仗是对诗人语言功力的检验。黄希庆的对仗很工稳，有些句子对得很出彩。如“阔论千秋短，茶烹一屋香”，让人拍案叫绝。再如“退休未了流年梦，文苑凝结一世缘”，自然中见工整。《喝火令•乐逍遥》中的对仗也很有味道：“解甲归乡里，年高恋老宅。”“众目和颜悦，心花任意开。”语言的修养是要靠积累的，不破万卷书，就难有炉火纯青的佳句。诗词是意象艺术，诗人用意象抒情言志。没有准确生动独特的意象，诗词的艺术感染力就没有了。干瘪的词句和口号是支撑不起诗词艺术大厦的。创造、把握独特的审美意象是对诗人艺术创新力的考验。黄希庆的诗词有味道，有艺术感染力，和他善于用意象言志抒情分不开。在《自悦》一诗中，他用青松、寒菊自比，抒发“不负沧桑气自圆”的气概。他的《趣侃杨树花》刻画出一个心高气旺，又内心空虚、招摇过市、献媚取乐的女子意象，颇见新意：“悬置枝头巴望高，凭空生就半空摇。千般媚态由风摆，万种柔情赖雨调。”在《贺龙》一诗中，他抓取了烟斗和菜刀两个意象，“斗烟纳吐英豪气，菜刀刃寇显神功”刻画出贺龙的英雄形象。再如《游踪觅诗》：

方外常听脚步声，丹田沉下百千峰。
笔端放胆书山水，心底搜来五岳松。

“脚步声”“百千峰”“五岳松”意象都紧紧扣住了“游踪”,境界高远阔大,展示出诗人崇高的精神境界。

黄希庆的诗词贴近时代,关心民众,艺术上也有很高的修养。综观全书,题材重复的多了一些,可以再适当精选一下。

是为序。

2019年10月14日于伴山堂

黄旭生诗集序

旭生是我家乡的诗人,读他的诗就格外亲切。他说诗歌“那是我们心里流出的血”,我十分赞同。若无血的温度、血的色彩,那就不是诗了。旭生的诗中有爱,大爱,他爱家乡、爱亲人、爱普通百姓,这是我很高兴的。诗歌面对两个世界——自我的微观世界和社会自然的宏观世界。在很长一段时间里,自我的微观世界被打入冷宫,只有宏观的政治抒情,就连爱情也只能写别人的,写别人的“革命+爱情”,或“劳动+爱情”。新时期以来,诗坛发生了巨大变化,个人的微观世界有了展现的舞台。但朦胧诗以后,有不少人完全躲进个人情感世界中,对宏观外界漠不关心,贵族气和痞子味越来越重,似乎从一个极端走向了另一个极端。冷血的文字和无聊的文字大行其道。这难道不应引起注意吗？当下诗集的出版和发表相对容易,但有热血的诗和有品格的诗却不多见。在此背景下我更推重旭生的诗。

旭生的诗有人性的关怀,他的血是热的,他的心和普通百姓一起跳动。看到街头的磨刀人,他写下了《磨菜刀的人》:

有时候,看着他磨刀
心中的锈会一下一下脱落
更多的时候,望着他
一天一天矮下去的背影
胸口会一阵一阵的疼

这不是对普通劳动者一般化的同情,而是真诚地从内心发出的关心和疼痛。“更多的时候,望着他/一天一天矮下去的背影/胸口会一阵一阵的疼”,这样的诗才有血的温度。再看《一只毛蚶》:

我想起昨天中午的餐桌上

一只被水煮过的毛蚶
它张开的贝壳里
没有海水的味道
它望着我的时候
我的心开始下沉

我啃食着它缩紧的肉体
如啃食一块大海的骨头

毛蚶人人吃,但吃得如此沉重的是旭生。他把“没有海水的味道”的毛蚶比作“大海的骨头”,何其大胆呀!其隐藏的是对食品安全的担忧,是对资源枯竭的担忧,其关怀不仅及人还及物和大自然。食品安全和保护自然生态是全人类共同的责任,没有大爱的胸怀能写出这样的诗吗?更让我赞赏的是他在《一天天明白》中所宣示的:

在春天辽阔的大地上
有多少花朵儿是用鲜血染红
如果可能,我愿用整个春天
去换回一个又一个
倒下去的生命

这种宣示与北岛在《回答》中的宣示是一致的,“如果海洋注定要决堤,就让所有的苦水都注入我心中”。我喜欢这样的诗,喜欢这样舍生取义的精神,更喜欢具有这种精神的人,从谭嗣同到彭德怀。

旭生很热爱他生活的地方,一座年轻的城市,他写下《当海浪涌向堤岸》:

当海浪涌向堤岸
我眼中的滨海蓝色升腾
细小的幸福蜂拥而至
它们在沙滩上结晶
一粒粒晶莹剔透
具体到伸手可及
这些让生命鲜活的精灵
在阳光下闪耀神秘的色彩
翩跹的鸟儿驮着流云与霞光

从莱州湾掠起
向着欢乐谷云集
翅膀在天空写下蓝色的序言
让一座年轻的城
向着阳光奔跑

他也喜欢那个老码头，在《老码头》中写道：

向晚时分，老码头遗址
沐浴着落日余晖
作为历史的见证
它更像一位饱经沧桑的老人
与身边古老的木船
一起静享生命最后的时光
偶尔会有老北大洼人来这里驻足
沿记忆之河逆流而上
让生命深处的蓝
卷起沉寂的时光

他笔下的月亮“像一个刚刚出生的婴儿/被大海托举着/轻轻浮出水面/它洁净如玉/让我的心一点点透明/它把光辉洒向海浪坝、红柳林/洒向海滨大道、沉睡中的楼群/让世界纤尘不染”(《在滨海我看见了蓝月亮》)。

旭生的诗恢复了抒情诗的品格，他不盲目跟风，尽管当下以叙述代抒情的口语诗大行其道，但他仍坚持自己的抒情诗本色。如《风吹过午夜》：

风吹过午夜，麦子熟了
麦香从田野进入村庄
进入石垒的茅屋，砖砌的街巷
进入种田人开始激动的心脏

每年的五月都会这样
土地的热情一天一天高涨
一些远行的身影
行色匆匆走在返乡的路上

他(她)们是候鸟
在城市群居,随季节迁徙
把家装进行囊

我是一只田野上的蜗牛
寄居在城市钢筋水泥中多年
泥土的气味已离我远去
我对农事的记忆
只剩下一片金黄
与一些或夏或秋的章节
在雾霾的日子里
把我剩余不多的行程照亮

他的抒情诗很优美,很有韵律感,读起来很上口,那些口水诗是无法与其相比的。《泥河岸边的玉米》也是这样的抒情诗:“现在父亲老了/更像冬天收获后的玉米地/有些辽阔,有些苍凉/他博大仁慈的胸怀/容下多少玉米快乐地成长/我这样想着/一天一天更像父亲的模样。”优美的诗句写出了父亲对土地的爱,写出了他博大仁慈的胸怀,暗示出对父辈精神的传承。

旭生的诗有一种向上的力量,读来让人振奋。如《湿地向北,又见芦苇》所言:“泥土里沉淀的岁月/正催生向上的希望/阳光上的高空里,抖落尘埃/伸展开腾飞的翅膀。”我认为这样的诗才是好诗。

对精神乡土的追寻

——甲戈近期诗作简评

甲戈，原名贾卫国，是近年来引人注目的军旅诗人。他踏寻了30多处抗战遗址和抗战纪念馆，走访了近百名抗日老战士和目击一场场大战的百姓，查阅了近千万字的史料、档案，先后创作出的《我们的血——献给台儿庄大战》《苍茫火焰——为八女投江歌哭》《铜颅——献给杨靖宇将军的挽歌》《金之翼——献给新四军的摇滚》等一批长诗和短诗。这些诗作展示出军旅诗人的壮志豪情，也表现出他创作的价值取向。

甲戈现在已经走出军旅，转业到地方工作。但是他对诗的热爱、他的诗歌激情并没有衰减，他坚持着自己对诗歌之路的选择。他在《铜鼓》后记中说："我想说，当我们拨开对诗歌不公正的、肤浅的、'妖魔化'的迷雾，就不难发现普通的生活与诗歌之间的交流多么近，多么水乳交融。当我们面对壮丽的山河，自然的神奇，会感叹不已，心潮难平；当我们面对雄关漫道，英雄的碑文，会遥想当年，神思遐想；当我们面对为祖国、为民族不惜头颅的崇高心灵，铮铮铁骨，会热血沸腾，充满力量；当我们面对纯朴的情，真挚的爱，会为之感动，潸然落泪……我坚信，你、我、他都有这一刻，这一刻我们与诗同在！"

甲戈最近的诗作，把目光转向了乡土，转向了在普通生活中发现的诗意美。诗歌艺术也更加精湛。《致一棵告别人世的老树》是他抒情诗的佳作。他写的是树，歌唱的却是人。这是一棵走向死亡的老树，它曾是一盏灯，一支举过头顶的火把，是一面春天的旗帜。这棵历经沧桑、战雨斗风的老树已经折断了锋刃，但是它钢铸的骨架仍挺立着。"高处　靠近深渊的高处/隐身的闪电　蛰伏老树遒劲的血脉……"甲戈说："多想靠近你　仰起的脸颊。"这是一个后来者对前辈的敬仰。"爱　可是你梦中的鸟群/站立成　遍地开花的波涛。""你等待　你腐朽/是因为　你要和泥土融为一体……"以树喻人，把人和顶天立地的大树融为一体，抒发真挚的敬仰之情，其中体现着诗人在现时代对崇高人格的追求，展现出的是辽阔高远的精神境界。他写出的一首首诗也是他在心灵广场放飞的一只只风筝。

高过头顶的河　在唇齿间流淌
波光粼粼的浪花　醉了岁月
醉了　胸口滚动的雷霆
——《风筝》

他的目光转向大地和乡村，转向对人的根性意识的追寻。乡土中那些朴素的庄稼成为他生命中的绿色能源和动力。他“弯腰拾起那枚麦穗/乡间的目光 唇齿间的芬芳/地头的足印　一株株结实的禾苗”，“满天星斗照亮的身影　涌起大片庄稼/长满根须的潮水”。他歌唱青草、鸟巢、玉米、莲、桃花，他要跟着春天的风奔跑，一直跑向高庄那个运河边不为人知的村落，跑近母亲的身边。他笔下的乡土既是现实的，也是精神的。对淳朴乡土的讴歌其实是对浮华喧嚣的拒绝和反抗。正如他在《布》中所言：“我的布　一句亲人之间暖心的话/近了不能再近的呼吸/柔软的指纹　淹没了/我不想失去的　却越来越陌生的目光。”

甲戈最近的创作在意象艺术方面也更加丰富精湛了。他的诗中有灵动的比喻意象，如：“阳光的磨盘　一圈圈旋转”用磨盘意象把时间视觉化。“我是一粒远离故土的面（粉）/一粒孤单　透明的尘埃”，这粒尘埃被放进了“城市尖利的胃里”准确表达了对城市的陌生和恐惧。他把家乡高庄比作“大运河遗落的一滴水　鲁西南眼角的一滴泪”既点出地理位置又充满情感内涵。甲戈还用了电影蒙太奇叠印手法，把一个个意象叠印重合，创造出朦胧迷离的梦幻意境。如《高庄，不仅仅是运河边一个不为人知的村落》中的一节：

朝向天空的屋脊　风干的　苍凉的骨架
青砖灰瓦的宅院　参天古槐的年轮　轻轻荡漾
青铜门环　绽放的笑脸　熟睡的　芬芳容颜
来来往往的渔火　如泣如诉　一唱三叹
河底发芽的泥沙　抱紧了水的根　水的蓓蕾

这节诗中家乡的屋脊、古槐、门环、笑脸、渔火、水草都叠印在一起朦胧恍惚，描写回忆时的心理状态和情感时空。再如：

花的鳞片　一圈圈飘荡　涌向甜甜的梦呓

女人盘起的发辫　一浪一浪的水声

诗人举起灯盏　举起泥土的朵朵盐花

以上都是用叠印手法，把现实意象和心理意象叠合，丰富而且新颖地抒发了情感。

甲戈在诗歌意象的艺术把握上越来越用心，也越来越有创造力了。甲戈正处在人生的黄金时期，他的诗歌创作还有很大的潜力。我相信他只要坚定地走下去，一定会对山东乃至中国诗坛产生重要影响。

《济南七十二泉诗注释》序

济南号称泉城,古有“家家泉水,户户垂杨”的美名。吴洪业久居济南,对济南的泉情有独钟。他看到明代晏璧的《济南七十二泉诗》一书后,如获珍宝,决心加以注释点评,深入挖掘济南的泉水文化。他查阅了大量历史资料,跑遍济南区县,实地勘察泉水现状,用半年多时间完成了对晏书的注释。他热爱济南的泉,曾写过《请到济南来看泉》一歌,由他的老搭档吕新毅谱曲,吴洪业说:“我们创作济南泉水的歌曲,为古诗作注,还原咱们泉水的历史文化。”洪业虽然是建筑行业的高级工程师,却很喜欢创作诗和歌。他创作的歌词好多已经被谱曲演唱。他还深入研究诗歌理论,对诗歌有很高的鉴赏力。从这本书中对晏诗的读解就可以见出他在这方面的功力。在编写这本书时,他力邀我参加,但我手头杂事缠身,实在难以参与,再加上他已经基本完成了注释,我再伸手,就有掠人之美的嫌疑了。我高兴的是洪业的注释很精到,为晏诗增色不少。

晏璧(生卒年不详),字彦文,庐陵(今江西省吉安市)人。明永乐二年(1404)任山东按察司佥事,“以诗名于时”。他在济南任职期间写出了《济南七十二泉诗》,对济南七十二泉逐一吟咏。他在《趵突泉》一诗中写道:“渴马崖前水满川,江心泉迸蕊珠圆。济南七十泉流乳,趵突独称第一泉。”这是第一次命名趵突泉为“第一泉”。其后,蒲松龄也把“天下第一”的桂冠给了趵突泉。清乾隆十三年(1748),皇帝又加封趵突泉为“第一泉”。晏璧对济南的泉文化建设留下了不可磨灭的贡献。晏诗毕竟是明代的作品,时过境迁,自然环境和语言都发生了很大变化,今人读起来难免会有隔膜。洪业对此加以注释,使今人能更好地读解晏诗,既是对晏诗和七十二泉的普及,又为济南泉文化发展注入新的活力,其功也是不可忽视的。

吴洪业对晏诗的注,不仅限于字词的考释,而是实地去一一勘察七十二泉的地理位置,使今人能对古七十二泉和现在的新七十二泉加以对比,从中见出历史的痕迹，这既花费精力也花费体力，假若没有他对泉城的挚爱是难以做到的。比如他对白花泉作注云："在青铜山顶端，十六里河镇白花泉村，东南石崖下。今泉池北为巨岩，三面石砌，东临深涧，水自东北侧岩缝流出，汇积池内，为村民饮用水。此处海拔700余米。泉池长12米，宽6米，深3米。白花泉水势旺盛，尤其盛水期泉涌满池而溢，沿山坡浸流。大旱年，时有枯竭。曾列为明代七十二名泉。"他对泉的位置、大小、水势考察得清清楚楚。再如对苭苣泉的注："苭苣泉，又称'苦苣泉'，属涌泉泉群，位于柳埠镇，袁洪峪内，北侧崖下。泉水从山崖岩缝中流出，清澈碧透，长年不涸。泉池呈井形，水自暗渠伏流，沿山势落差往西北方向流入'罗曼山庄'院内，然后出露地面，由山石叠成的假山上跌落在一宽3米、高2米的池中，又经暗沟，流入院中修建的人工游泳池中。金《名泉碑》、明晏璧《济南七十二泉诗》和清郝植恭《济南七十二泉记》均著录。此泉之名，据传源于唐朝末年，即公元875年，农民起义领袖黄巢的女儿苦苣。黄巢起义失败后，她率领一部分义军转战此处继续斗争，后被官兵包围，苦苣率领义军一番苦战后，终因寡不敌众，一头撞死在山崖上，后来这里就出现了一股清泉，被人们命名为苦苣泉。"他如不亲临就不知那里有人工游泳池。

吴洪业的释是对晏诗的解读，既有对诗歌意境的赏析，也有对诗歌艺术的批评。有些释文就像优美的散文诗，如他对胡桃泉的释："较长的白昼日照时间，让核桃长得更加结实坚硬，树下的清泉沁人肺腑甜如甘露。这清泉水当年曾经流过武陵的桃花溪，载着飘落的芬芳桃花，追逐着那位幸运的捕鱼郎。山间清泉形成的小溪，让诗人想起了东晋的桃花源、桃花溪……从而独享片刻世外的清宁，暂避俗尘的纷扰。此诗落笔天边，看似随意，却是刻意为之。"再看他对柳泉的释文："漫山的杏花竞相开放，葱郁的柳枝在水边飘荡，丰盈的泉水碧波荡漾，树影花香汇入清泉流过山庄。不要折断风一样柔软的柳丝，将马拴在坚实的树桩，轻轻走进绿荫的深处，倾听黄鹂的娇啼欢唱。"优美的语言描绘出诗的意境，令人神往。他对此诗的写作手法也做了评析："对地处野外的柳泉，远景、近景依次描写，恰如其分。以马喻其地远，步行难至；黄鹂表其幽深，位于密林之中，兼融闲情逸致的心境，构思精巧，平实出新。"这样的释解可以让读者近距离地感受诗美。

济南正在全力打造泉文化品牌，吴洪业此书的出版也是对"天下泉城"的再次弘扬，是济南古代泉文化和现代泉文化的接轨。同时，对爱好诗词创作的人来说，这本书也是一个很好的诗美读本。

贾双林诗集序

我和贾双林见面是在一次诗人聚会上。这位从武威远道而来的汉子，虽少言寡语，但是憨厚中蕴藏着睿智。他是当下很活跃的诗人和诗评家。聚会临别时他送我一件礼物——铜奔马。这是近两千年前制作的《马踏飞燕》的复制品。铜奔马造型生动，中外许多考古学家和艺术家对此叹为观止。奔马正昂首嘶鸣，举足腾跃，一只蹄踏在一只飞翔的燕子身上。这种浪漫主义手法烘托了骏马矫健的英姿和风驰电掣的神情，具有极强的感染力。贾双林正像这只铜奔马一样矫健地驰骋在当代诗坛上。《中国当代优秀诗歌赏析》就是他浪漫诗情和睿智批评眼光的展示。他是当下诗歌评论界十分引人注目的矫健黑马。

诗评家要有一双善于发现美的眼睛，他能从数以万计的诗篇中发现那些独具创意的好诗。在优秀诗评家眼中只有好诗、差诗之分，没有山头之分。当下诗坛山头林立，一个个诗歌小团伙皆有傲视群雄之意。诗评家不应是小团伙的代言人，也不是山大王的吹鼓手。他只依从美的规律。在这本书中，贾双林选择的赏析对象既有20世纪40年代出生的老诗人，也有80年代出生的青年诗人；既有现实主义的力作，也有浪漫主义的佳篇；他不管知识分子写作还是民间写作的争论，他只认好诗；他更不回避当下那些引起激烈争论的前卫诗作。他在评老诗人桑恒昌的诗时说："我们还是放下一些'主义'或者'派别'，继承一些民族的优秀传统和财富，让我们的诗歌更加灿烂辉煌些吧！"这也正是他选择赏析作品的原则。

他充分肯定了桑恒昌怀亲诗在当下的价值："作品要有过硬的思想性和艺术性，这是桑老诗歌的另一要质。网络时代，出现了'百花齐放'的局面，但为什么好作品少又得不到人民群众的热爱和认可。除了现实功利的因素，我想与缺乏真情实感，意境不高远，思想提升不起来，艺术性不强有一定的关系。我们读诗人的作品,感到言语的质朴和纯正,思想的拔高和明朗,立意的高远和深邃。感到他既是个人的亲情诗人,又是民族的精神诗人,他所传延和倡导的是一个民族在历史进程中不能或缺的优秀品质和精神力量——事实上,这样的作品少了。”

玉上烟以一组书写女性器官的诗作震惊了诗坛,贾双林独创了“女性肢体”一词来概括玉上烟的诗,他说:“玉上烟以乳房、子宫、阴道为话题,打开了诗歌真正揭示的现实话题,是广泛的。对社会问题、生存问题、生理问题、哲学问题、爱情问题、生育问题、婚姻问题、性问题、道德伦理等问题的思考,表现出社会道德伦理的混乱,人性和人道的沦陷,精神和信仰的缺失,看似柔性的无奈和无助,实际上有一种‘钙质’的力度和提醒,责任和担当——这就是诗及诗人的灵魂。”这种分析没有局限在女性器官表层上,而是揭示出意象所蕴含的深层意义,这才是诗评家应该做的工作。

诗评家的眼光是以丰厚扎实的学养为基础的。贾双林有深厚的理论素养,有广博的知识储备,这就使他能够自如地使用各种理论武器去做批判。在赏析《佛说》时,他运用了西方心理学家荣格的理论,他说:“我们阅读《佛说》更要理解人性应有的集体的、普遍的、非个人的‘集体无意识’原型的存在,那种‘阿尼玛’与‘阿尼姆斯’的异性共存性,这是著名的心理学家荣格继弗洛伊德的‘个人无意识’论后提出的,‘阿尼玛’与‘阿尼姆斯’的原型,是荣格‘集体无意识’四大原型即人格面具、阿尼玛和阿尼姆斯、阴影、自性中一种,前者注重男性心理中的女性印象,后者强调女性心理中的男性印象,每个人的心理都是两性的混合体,正是这种两性混合体的存在,才使人类心中产生对异性的向往,逐渐形成强烈的爱情。我们很难说《佛说》就是诗人的个体行为作用于哪个钟情的女子身上的情感流露,更不能说是哪个女子对爱情的个体追求。这是人类个体通过遗传而继承下来的无意识的集体心理要素,某种情况下,必然产生和爆发,并同时聚合着人性中优秀的精神财富,给人安定人性的力量,对社会文明起着制约和推动的作用。《佛说》中,诗人有意对佛陈述和表达这种情感,更有他的广泛性和集体性的用意,佛代表了人世的伦理秩序,是人类经验和智慧的积淀和结晶,更是人类优秀精神和财富的积累和浓缩,它是人类心理中遗传下来的普世性精神动机,而这种动机正是诗人倾诉和呼唤的。”在评江一郎的诗《卡萨布兰卡酒吧》一文中,我们也可以看到尼采和叔本华的影子。他说:“沉郁和孤独,这是人性多面性特征中对立又统一的表象,是人性面对生活逆境和重压之下的一种冷静和处置，它尽管是低落甚至痛苦的，但它有时表现出巨大的人性力量，孤独的思考，孤独的抉择，孤独的转机，孤独的发现，孤独的创造等，它有时又能成就人性的优秀精神品质。我想诗人借此要表达的真(正)是这些东西，因此诗的结尾，非常令人深思。”

贾双林是一位优秀的诗评家，同时也是诗人。诗评家自己若有创作实践，那么他的批评就会多一些感悟，面对别人的作品也会评析得更到位。这本书中涉及诗艺，尤其是诗歌语言及构思方面的问题时就见出了创作实践对批评的重要作用。

这本书不但诗作选得好，赏析也作得好，对想要认识好诗、读解好诗的读者来说，是一本不可不读的好书。

《健堂诗词》序

健堂是董永强先生的堂号。他工诗词，善书法。诗词和书法是中华文化的双璧，古人以诗、书、画三绝作为中国艺术的最高追求。诗词言志抒怀，书法寄情修心，二者有分不开的联系。古者达人，皆能诗善书，心中情志化而为诗，诗又以笔墨外现，诗和书法从不分离。而今诗词和书法渐渐分道了，诗人大多书法功夫欠缺，书法家则能写诗填词的不多。这不能不算个缺憾。董永强不但书法功夫很深，诗词亦很见功力，这在当今书法家中是鲜见的。

董永强的诗词，各体皆备，题材丰富，尤以节气诗最为引人注目。节气是指二十四时节和气候，是中国古代订立的一种用来指导农事的补充历法，是中华民族劳动人民长期经验的积累成果和智慧的结晶。中国农历是一种阴阳合历，即根据太阳与月亮的运行规律制定的历法，因此加入二十四节气能较好地反映出太阳运行的周期。2016年11月30日，中国“二十四节气”被正式列入联合国教科文组织人类非物质文化遗产代表作名录。自2012年至今，董永强在每个节气都写诗词，积有近二百篇了。他的节气诗词既贴合自然物候，又能抒发出自己的情怀，可谓独具匠心。请看《相见欢·立春》：

> 东风骀荡阳春，觅知音。杨柳江南已渡，孕芳芬。夕阳好，韶光近，又逢春。翰砚耕耘不辍，写胸襟。

《相见欢》该调仿于唐，有多种格体，俱为双调。三十六字，前片三平韵，后片两平韵，过片处错叶两仄韵。两结九言，有的分成六、三言。前人多以此调写离情别绪。董永强则一反前人格调，写出立春的欢乐之情，有春来的快乐，有遇知音的欣慰，也有笔耕不辍的勤奋。此调本应是欢快的，但前人却多抒悲凉，最有名的就是李煜的《相见欢·无言独上西楼》，董永强词则返回了此调的本色。词调原本就是词题，但后来可以脱离原初情感，另装新酒，独立成为词牌了。董永强的节气诗运用了多个词牌。比如《清平乐·小暑》用《清平乐》词牌既写出小暑节气特点："天边无常风雨骤，难耐'三伏'同驻。"又写出"但愿人间凉热，共期世界大同"的广阔胸怀。在《鹊桥仙·立秋》中，他说：

未觉春梦，已临秋令，白驹匆匆过隙。人生苦短惜韶光，如逝水，岂独嗟吁！繁花凋秀，高阳冶炼，溽暑依然汗雨。金风玉露待相逢，霜鬓染，夕霞沐浴。

夏过秋临，他感叹人生苦短，要"惜韶光"。在《小满》中，他用绝句描画了节令景色：

丽日枕烟霞，清芬揖谁家。
风来一蓑雨，陇上孕麦花。

《小雪》是一首五律，其中对仗两联尤好："开眼珊瑚树，置身水晶宫。围炉须煮酒，吟藻更烹茗。"描画出雪后的美景，也抒发出安闲适意的生活态度。董永强多年坚持写节气诗词，终获丰收。

董永强的记游诗也很有味道。他的《登泰山》云：

涤荡胸襟作壮游，登临泰岱志亦酬。
七千蹬道白云梯，十万松涛育锦裘。
封禅帝王典籍载，题诗贤圣丹崖留。
俨然一部文明史，极顶玉皇阅九州。

这首七律即写出泰山的壮丽，又歌颂泰山是一部文明史。"七千蹬道""十万松涛"两句给人印象尤深。在《登华山》中，他写道：

逸兴子夜登华山，仰望寒星挂墨天。
夹路清风凝细草，溪流谷壑听琴弦。
幢攀千尺头接踵，岭越苍龙骨悚然。
奋力直上巉岩顶，晓观东隅日如丸。

诗中描绘了子夜登山的所见，极写千尺幢和苍龙岭之险，表现出奋力登攀的精神。

董永强的言志诗也写得好。如《四五初度》写道："男儿岂堕凌云志，志士豪强薄斗牛。多少人生辛苦事，付与诗作写春秋。"在《煤矿抒怀》中，他说："铁柱濡毫书翰墨，煤田磨砚写丹青。矿工猛志越夷羿，双手捧出太阳城。"这些诗句都表现出他的壮志豪情。

董永强的诗词题材广泛,节令有诗,抒怀寄词,记游怀古,赠友献师,无不情怀真挚,意象鲜活,格律讲究,字斟句酌。虽不能说首首皆是精品,但字字却是呕心沥血。诗词写到这个份上,已经难能可贵了,何况他还精研书法,教书育人。年过花甲,笔耕不辍,满目青山,夕照醉人。他退而不休,再攀艺术高峰,很值得我们银发一族学习。希望他今后向诗书画三绝迈进。

是为序。

戊戌年春月

胶东儿女新画卷

——评王振宇长篇小说《昆嵛儿女》

这是一部构思宏大的长篇小说。计划写成三部曲，从一个家庭反映出从20世纪60年代至今的社会变化，是继《苦菜花》之后又一部反映胶东人民生活与奋斗的新画卷。现在已经完成的是第一部、第二部。第一部主要反映从1964年至1982年的社会生活和主人公的成长历程，其中重现了60年代生活困难、农业学大寨、"文化大革命"、粉碎"四人帮"、恢复高考、进入新时期等历史背景，描写了主人公从童年到大学毕业的成长历程；第二部则以书信体为主要形式，描写出主人公一段曲折的爱情生活，表现了主人公丰富的内心情感和新时期初期人们的精神面貌。

这部长篇小说真实记录了胶东地区的社会生活，是一幅带有浓厚民俗意味的社会画卷。书中写到当时农村年终工分决算情况："那时候，昆嵛村一个劳动日价值五角钱左右，扣去分配的粮食款，一个整劳力，干一年活，能分配到100元左右。"写到盖房子，作者也有一笔账："在1970年左右，盖一幢四间的瓦房起码需要1000元。而当时一个10分的整劳力，在年终决分时，也只能分到100元左右，也就是说，需要十年的积累，才能盖得起一栋房子。"这笔钱是不吃不喝才能积累起来的。书中写到主人公王振华在"文革"中参加的三次"革命"：第一次是班级里斗一个十几岁的地主儿子；第二次是参加诉苦大会，"站在主席台前凳子上挨批斗的'地富反坏右'分子中，有一个富农是振华所在的四队的一个年逾古稀的老头，在凳子上弯腰低头几个小时，体力不支，眼前一黑，摔下了凳子，由家里人把他抬回去了，不几天就去世了"；第三次是破除旧风俗，反对婚丧嫁娶"大操大办"的。这些文字都真实记录了时代生活。

作者还在书中描写了胶东地区的劳动生活，比如"拆炕"："在春天，胶东地区有拆炕的习惯。拆炕的时候，一般炕沿不拆，这是固定的。振华家的炕沿还是水泥抹平的，很好看。拆下的被烟熏火燎了一两年的‘坧’，就成了上好的农家肥。”再如礤地瓜干：“晒地瓜干的时候，振华用小车把地瓜推到河套里，再带上几个篓子、礤床、小凳子。这种礤床是专门用来礤地瓜的。在木板的中间，挖一个方孔，斜着装上一个金属刀片，‘礤！礤！礤！’，那地瓜就被加工成一片一片的了。”书中还写了修大寨田的情形：“整大寨田可是个要命的活，先要把地表的熟土挖走，再按照修大寨田的要求，挖石头砌地堰，还要整的能浇水，也没有推土机，全是小车推，挖高填低，把地整得差不多了，再把熟土压上一层。”书中的这些描写让一个真实的胶东展现在读者眼前，是用文学的方法记录下的历史。

小说是以塑造人物为核心的。这部长篇塑造出胶东地区的人物群像，尤其是主人公王振华更刻画得真实，清纯质朴，有血有肉，当然也有很多缺点，使人产生联想，这是千千万万有着相同经历的人的缩影。他像《平凡的世界》中的主人公孙少平一样，与苦难的命运抗争，是个从艰苦农村走向城市的有志青年。不同的是，孙少平没有考上大学而外出打工，而王振华经过刻苦努力考进了大学。王振华出生在胶东半岛中部昆嵛山下的农村里，七岁时父亲就不幸去世，母亲拉扯着七个孩子艰难度日。他的童年生活艰苦而又快乐，他在贫瘠的山村里和小伙伴建立起自己的乐园。他一边参加生产队里的劳动，一边和小伙伴捕鱼捉虾，在山区这个动物乐园里尽情玩耍。他求知欲旺盛，为了有书可读，他曾有两次偷书的经历。他年轻时立了四个奋斗目标：一是考上大学；二是不求仕途，最多当个处长；三是有一套楼房住；四是能有自己写的一本书。这四个目标逐一实现了。他的求学之路很艰苦。书中这样描写他的小学教室：“教室中间生着一个炉子取暖，地上用石头或砖头垒起两个垛，上面放上一整块把大树锯开的长木板，约有七八排，每个学生都自带一个小木板凳，大家就坐在板子的后面，在这板子上学习写字，前面有一块黑板，供老师讲课用。”他甚至大冬天赤着患冻疮的脚，拖拉着单鞋一瘸一拐地踏雪去上学。

他一边上学，一边还要干着家里的农活，帮大人挣工分，也去山上捡蘑菇、拾榛子。上初中时，他开始文学启蒙，偷着看“文革”中被禁的书，如《家》《野火春风斗古城》《西游记》《三国演义》等，还做了不少读书笔记。上高中时，“批林批孔”时期印发的供批判用的《三字经》《神童诗》也让他如获至宝。没钱买书，他就和小伙伴去学校图书室偷了《金光大道》《共产党宣言》来读。由于害怕学校报案，引来警察，这也着实让他受了惊吓，以后再也不敢偷书了。他自学哲学，对《农业基础知识》《果树栽培技术》尤其用心，他认为这是在农村安身立命的学问，他对观测天象极有兴趣，自费购买了一本“天书”，一直保存了几十年。这些情节都展现了王振华是聪明、好学的有为青年。

振华在动乱年代里能健康成长，母亲的影响很大，身边的叔叔、姐姐和朋友，也都使他有一个好的成长环境。他没有被动乱扭曲了心灵。他善良、坚强，看到“文革”中被批斗的孩子和老人，他都深深地同情。高中毕业后，他成了回乡知青，成了山村里的读书人。他自己装了收音机，收听新闻，学唱样板戏。他给自己画的《松柏丹鹤图》配诗：“高鸣常向月，善舞不迎人。”表现出不同流俗的精神。听到恢复高考的消息，他“每天晚上复习到十点钟，凌晨三点再起来学习，太阳快出来时，还要跟着生产队的社员一起早起，干一个来小时的活，再吃早饭，然后接着干上午的活”。1977年底他参加了高考，并如愿以偿地被全国重点大学录取。考上大学彻底改变了振华的命运。七七级学生一考十年，年龄差距很大，有的孩子上初中，爸爸上大学，学生的基础也是参差不齐。振华入学后，就立下了大学不毕业坚决不找对象的决心，全力以赴地投入学习当中，成了班级最刻苦的学生，并由入学时基础较差到以优秀的成绩毕业。当然他也度过了充满情趣的假期——这人生中最快乐的时光。

小说的第二部写王振华大学毕业分配到钢铁厂工作后的婚姻恋爱生活，着力揭示他的精神世界和情感世界。他给自己定下做人的准则：“努力做一个不谋私利的、脱离了低级趣味的正直的、有修养的人。”他列出了七条自己的思考。他认为：“一个人只要不谋私利，心底无私天地宽，壁立千仞，无欲则刚。生活作风专一，言辞谨慎，与人为善，他的一生就不会有大的问题。”表现出一个刚参加工作的大学生清洁的精神世界。工作安定后，个人婚姻提上了日程，在姑妈牵线后，他和军校学生徐静开始了恋爱。他们不在一地，只好通过书信往来。他们的恋爱一波三折。他们在通信中谈工作、聊人生、诉情感，不断加深着感情。称呼也由最初的“徐静同学”变为“徐静”“思念的徐静”“远方的徐静”“亲爱的静妹妹”“亲爱的静”。在这场恋爱中，王振华表现得热烈奔放，活力四射，而女方则相对矜持。两个相爱的人终于在徐静军校毕业后在济南见了面。他们在大明湖泛舟，在趵突泉观澜，在体育馆听音乐会，在千佛山观齐烟九点。随后他们又一起到烟台、游蓬莱、登昆嵛山，关系发展得很快，也得到了双方家人的认可。然而两个人最终却没走到一起。由于济南火车站一件突发的意外，王振华激情浪漫的列车和现实谨慎的徐静号走向了分手的两股道。在这一部中作者极力展示了王振华的文学才华。他的情书写得热情似火，文采飞扬。恋爱中的振华成了出口成章、即兴吟诗的才子。他是全身心地投入了爱，但徐静却考虑了很多现实问题，并始终不能忘却她的初恋情人，对爱有所保留。在两人分手后，王振华由爱生怨，写出一封封讨伐的战书，信的落款也变成了“复仇天使”。这一部对王振华情感世界的揭示丰富了人物形象，使其更加血肉饱满。

这两部小说的语言朴实无华，幽默风趣，畅晓易读。第一部基本按故事发展自然成文，叙述了主人公的成长史；第二部主要用书信体，是为了更好地揭示人物的情感世界和内心活动，而且诗词的加入增强了文学的感情色彩。这是作者用心血描写的自己熟悉的生活，带着青草的芳香，散发着泥土的味道，情节生动感人，引人入胜，洋溢着不屈向上的昂扬正能量，给这个浮躁的社会吹来了探求真善美的清风，提供了实现自己人生价值和梦想的一个范本。

我们期待着《昆嵛儿女》第三部能早日与读者见面。

2014年9月3日于泉城

构思宏大　形象独特

——评《昆嵛儿女》第三部

这是王振宇长篇小说《昆嵛儿女》的第三部。第三部以新时期为背景，写出了一部个人的奋斗史，折射的是政治与社会的变迁，是对一个时代历史的再现。生动的情节，丰富的细节，把人们带入火红的年代。在第三部中，小说主人公的形象更加丰满起来，王振华的激情与奋斗散发着不屈向上的昂扬正能量，给这个浮躁的社会吹来了探求真善美的清风，提供了为实现自己人生价值和梦想的一个范本。

第三部从王振华坐火车开笔，预示着主人公开始了最精彩的人生旅程。时间是从20世纪80年代至今。20世纪80年代初揭开了改革开放的序幕，人们以极大热情投入这一伟大变革中，同时也为有志者开辟了一条光明大道。王振华找到自己的所爱，成家立业，不久便调到省级机关。后来又下乡挂职，这期间他经历了三次竞争上岗、香港回归、抗击“非典”，参与许多重大事故的调查处理。从这一部中，我们可以看到一个爱国、爱家、爱人民的干部形象。他对工作极为负责，对维护职工权益十分重视，不媚上、不欺下，任劳任怨，是顶天立地的山东汉子、昆嵛儿女。王振华多才多艺，他一边工作，一边写作，陆续写出《球墨铸铁管》《创造发明学》《翰墨留痕——单应桂　秦剩州艺术人生》《中国水彩画之父李剑晨》《昆嵛儿女》等著作，实现了自己的作家梦。这是王振华生命旅程中最为精彩的时期，正是改革开放的时代，给了他用武之地和展现才能的舞台。作者用生动的笔墨细致地展现出王振华的奋斗过程，真实动人。

小说离不开细节，细节描写是指抓住生活中的细微而又具体的典型情节，加以生动细致的描绘，它具体渗透在对人物、景物或场面的描写之中。细节，指人物、景物、事件等表现对象的富有特色的细枝末节，它是小说、记叙文情节的基本构成单位。没有细节就没有艺术。同样，没有细节描写，就没有活生生的、有血有肉有个性的人物形象。成功的细节描写会让读者印象深刻，提高文章的可传读性。同时，细节还保留了具体的时代影像，使读者更具体地把握时代脉搏。80年代，一般人家里没有空调，有的连电扇也没有。王振华写作《球墨铸铁管》时，就在一间小平房里："在炎热的夏天，这个小平房又不通风，济南又是全国有名的四大火炉之一，可谓挥汗如雨，振华就打来一盆凉水，放在旁边，肩上搭一条毛巾。一会儿，起来把毛巾涮一涮，擦擦汗，继续笔耕不止。""这一间小平房，只有一个门，虽挂着一个竹帘子，但来回开门，那门外的蚊子成群结队，就在门外头顶上盘旋，像轰炸机似的，嗡嗡作响，无孔不入，见缝就钻，防不胜防。"这也是当时一般百姓人家夏日的典型场景。

再看他在农村催交公粮的一段描写："那门一弄就开了，进到屋里，振华算领略了什么叫家徒四壁，那可真是空空如也！三间破草房内，有个睡觉的破板床，一个锅灶，一口破缸，墙角堆些铁锨、镬头等农具，其他什么也没有。抬头一看，屋顶上还有好几个大窟窿。"这就是一个农村光棍汉的家。书中写到新房子里捉蛇的桥段也很有意思。

情节是叙事性文学作品内容构成的要素之一，是指叙事作品中表现人物之间相互关系的一系列生活事件的发展过程。它是由一系列展示人物性格、表现人物与人物、人物与环境之间相互关系的具体事件构成。高尔基说，情节"即人物之间的联系、矛盾、同情、反感和一般的相互关系——某种性格、典型的成长和构成的历史"。因此，情节的构成离不开事件、人物和场景。作者在情节选择上也下了功夫。尤其是三次竞争上岗的情节，既有鲜明的时代色彩，又较充分地表现了人物的冲突和矛盾。第一次王振华顺利晋升了副处。但后面两次则波澜起伏，矛盾重重，真实表现出官场钩心斗角的生态。

作者长期在工会工作，对工会工作很熟悉。所以他把小说主人公安放到工联会这一具体环境中。写自己熟悉的生活，这是作家的最优选择。这本具有自传色彩的小说更是如此。作者从事过劳动保护工作，因此书中写到了几次重大事故。比如大舜号客滚轮失火事故，作者亲自参与了事故调查处理。大舜号从起火到沉没不到6个小时，假如救援及时就不会有那么多人遇难。在调研组会议上，他提出了六条很好的建议。再如莱钢转炉爆炸事故、新汶煤矿煤尘爆炸事故、章西煤矿突水事故、莘县化肥厂液氨泄漏事故等等，都在书中有详细记述。由于作者是事故调查组的，所以叙述真实具体，特别是对事故原因和预防对策的叙述更为珍贵。

王振华从事劳动保护工作6年，在劳动保护、安全生产方面积累了丰富经验。在事故处理中他坚持以人为本，提出大幅度提高死亡家属的赔偿金，让企业死不起人。当一位局长跳起来反对说："有不少人可能就会争着去死！"王振华听了，义愤填膺，指着他怒吼道："我的银行卡上正好有30万元，全给你！你马上跳下去，死给我看看！"这一细节，让一个大义凛然的工会工作者形象高大地树立在面前。

作者负责的另一项工作是财金分会的。他在"三讲"剖析会上讲反腐，并举成克杰为例，提出："守住底线、不踩红线、不触高压线。这个底线是什么呢？就目前情况看，'两袖清风，一肚子酒精'，抽几盒烟，可能还不算越过底线。红线是什么呢？我感觉就是各种购物卡、银行卡，多了就要出事。高压线是什么呢？就是违反党纪国法，行贿受贿、买官卖官、以权谋私、贪污腐化等等。"这些话在当时可谓振聋发聩。

作者通过生活细节和生动的情节，刻画出一个新时期工会干部形象，他以维护职工权益为己任，敢于承担责任，敢于抵制歪风邪气，并且多才多艺，富有人情味，这是对中国文学形象画廊的新贡献。《昆嵛儿女》第三部比前两部更生动、更深刻，人物形象更丰满真实。这三部曲是个人成长史，也是社会风俗画，更是当代小说创作的一个重要成果。

今生只恐为诗寻

——张舒雅诗词简评

这是张舒雅第一本诗词集。张舒雅原名张娟，字逸君，号美月主人、冷竹子。她写新诗也写诗词。她的新诗清丽淡雅，颇有婉约之风；她的诗词反而带有豪放之气。可见婉约和豪放并不是不能相容的。请看她的《咏梅·其一》：

不是冰心即铁心，任它霜雪任它金。
久居岭外答仙士，寒彻骨中磨玉针。
芳信何如随梦断，今生只恐为诗寻。
修成八万二千里，纵拟枯枝照影深。

首联就不俗，"冰心""铁心"多么刚硬，这正是梅花斗风傲雪的本心，两个"任它"表现出一种蔑视。颔联承接首联，"岭外"指五岭以南的广东省广大地区，通常称岭南，唐代常作罪臣的流放地。这梅花也许就是一个不屈的诤臣，它比那些隐居的仙士更有铁骨，要在寒彻骨的冷气中磨炼自己。颈联一转，写其芳信不能随梦而断，"今生只恐为诗寻"。诗言志，意味着一生一世要坚持志向，坚持本心。尾联境界阔大，"八万二千里"是个大境界。"纵拟枯枝照影深"，就是变成了枯枝也要把自己的影子深深刻印下来。这不就是豪情吗？梅花正是她"今生只恐为诗寻"的冰心外化。《咏梅·其二》仍是豪放诗情的意象化："敲枝如铁无情赠，刻骨成烟任意封。家自青山归去后，魂扶冰雪寄寒冬。"

舒雅没有一般女子的柔弱，即便人到中年，仍初心不改。请看她的《中年概谈》：

回首只容潘鬓老，叩心未使阮肠青。
十年唯学屠龙剑，一世难通拍马经。

这首绝句句句用典，首句"潘鬓"典出晋代潘岳《秋兴赋序》："晋十有四年，余春秋三十有二，始见二毛(黑发间生白发，故称二毛)。”潘岳美姿容，也许是因为多情的缘故罢，才三十二岁，头发便花白了，故称“潘鬓”。言自己已到中年，白发已生。二句“阮肠”意指阮籍之心，言其初心不悔。第三句“屠龙”出自《庄子·列御寇》：“朱泙漫学屠龙于支离益，单(通‘殚’)千金之家(家产)。三年技成，而无所用其巧(技巧)。”也许是说十年苦学，用无所成吧。末句“拍马”源于元朝文化，蒙古族的百姓牵着马相遇时，常要拍拍对方马的屁股，摸摸马膘如何，并附带随口夸上一句“好马”，以博得马主人的欢心。可是相沿很久以后，有的人不管别人的马好坏、强弱，都一味地只说奉承话，把劣马也说成是好马了，于是人们逐渐把对上司的奉承称为“拍马屁”。这些典故的使用，扩大了诗的内涵，也使自己坚持独立的人格意象化了。绝句文短字少，但写好不易，适当用典则可使诗意丰富，当然用典要恰当，这还需要有深厚的文史功夫作支撑。《感悟》是五绝，写出了真情难寻的无奈：

真字究何寻，天然难比金。
人间无肺腑，岂可独伤心。

绝句和律诗的对仗很需要文字功力。平仄要对，文辞也要对。舒雅的律绝对仗也很好，如“十年寻一梦，千里问三生”“粉丝悬白玉，火腿展红篇”“十年唯学屠龙剑，一世难通拍马经”“樽前多醉意，梦里少凄凉”“逡巡难伫马，指点可传灯”“槎浮星斗风西海，风作飘声悬北枝”。由此可见她在律绝上下了功夫。

舒雅的词作也可圈可点。其《卜算子·秋词》云：

寒雨恨愁云，烟霭纷纷处。
陌上人间旧梦多，依旧风吹去。
黛瓦对柴扉，似被红尘误。
一样人间有洞天，少做凄凉语。

古人秋词多悲凉，但她的这阕词却摈弃了凄凉语，表现得很豁达。再看她的《渔歌子·美醉》，把春日湖山写得色彩浓烈：

春日湖山蝶恋花，
山庄持酒剪朝霞。
吹柳絮，
浣溪沙，

晚云烘日遇朝霞。

朝霞、晚云、柳絮、溪沙再加上蝶恋花，和“持”“剪”“吹”“浣”等动词，使这个春日成了色彩明丽的风景画，衬托出春日湖山的可爱，表达了作者明朗欢快的情感。《浣溪沙·天路望潮沙》亦可作如是观：

谁捧新茶问酒家，白桥绿水看红霞，
夕阳西下在天涯。浊酒一杯嫌寂寞，
香芽微品怨繁华，不如天路望潮沙。

舒雅在诗词之道上已浸淫有年，她曾活跃在各个诗词圈子，也已引起诗坛的注意。假以时日，定有所成。

具有民间史诗品格的力作

——评《百年匪王》

《百年匪王》通过一个家庭的百年史，折射出百年山东和百年中国的沧桑，具有民间史诗品格，是近年来山东文坛上的一部力作。

写史需要有史家眼光。这部小说有着还原历史的愿望。作者对历史的态度是严肃认真的，不粉饰，也不戏说，而是努力拨开迷雾，还历史以本来面目。正如该书封面上所说，他写的是“真军阀、真土匪、真人民、真鬼子……”，抑或说他写的是真历史。山东历史上匪患严重，正如书中所写：“山东自古民风彪悍，民间习武几成风尚。梁山一百单八将的影响无处不在。因此，在民国初年的军阀混战中，各路军阀政客都把扩军招兵的眼睛盯在了山东大汉们的身上，纷纷来山东扯起招兵的大旗。当时就有‘江南的才子，山东的兵将，陕西的黄土埋皇上’之说。一时间，诚如当时的报纸所言：全国各路军兵，竟有半数为山东籍。而一旦部队被打散或遭遣返，众多士兵便被迫回乡，断了生计(那时是没有‘军转干’和‘复员安置’的，最多是发几块大洋作路费)，只好为匪……”这是作者根据史实得出的结论，有民间俗谚和当时报章为证。沂蒙山区，地处山东腹地，易守难攻，自然成了各路土匪的老巢。作者对山东土匪的成因作出了符合历史真实的解释。

再如对军阀韩复榘的认识，在以往的历史记载和民间传说中，他是个土匪，是草菅人命的魔王，是粗鲁无知的凶残军阀。但作者认为韩复榘治理山东也并非一无是处。他请梁漱溟来山东搞乡村建设，办村治学院，搞运销合作社，开办农场、卫生院，引进良种。“那几年里，没有兵乱、没了匪患，妇女也不再缠脚，儿童严禁被买卖，连小偷也不见了。真有点夜不闭户、路不拾遗的新风尚。”韩复榘禁大烟，杀贪官，也有顺应潮流、关心民生的一面。

该书中对抗战时期国共合作，各种抗日力量的表现，也是符合历史真实的。抗日战争中，国民党军队在正面战场，八路军主要在敌后，该书写道：“真正在抗日战场担纲主力的，是国民党的主力部队。”在沂蒙县“首先对小鬼子开战的也是王达礼率领的沂蒙县保安团”，这就是作者笔下的历史真实。

抗日战争胜利以后的历史，也在作者笔下予以还原：土改运动中的乱杀乱斗、反右扩大化、“大跃进”的迷狂、三年困难时期、“文革”劫难等都在本书中有所表现。

《百年匪王》无疑具有新历史主义的某些特点，它是对“官史”历史观与主流文化立场的有意反叛，更多地采用“野史”和“民间史”的视角。他不强调历史的“主导”力量，而更多地着眼于个人家族、寻常百姓、轶闻传奇。这与新历史主义小说的价值取向是一致的。

《百年匪王》具有鲜明的“民间”特色。这是一部站在民间立场上讲述的历史传奇。作者不但以民间视角审视了百年历史，还用民间的传奇手法讲故事，写人物。作者所强调的真是民间立场的真，是从民间百姓的视角里看历史、看人物。

小说通过传奇手法描绘了“匪王”——王汉魁的曲折人生，令人信服地刻画出他从一个农村知识分子到义匪，再到抗日英雄、八路军干部，最后到县政协副主席的非凡人生历程。王汉魁出身沂蒙城西的王家大户，先祖是元代蒙古人，一次土匪绑票改变了这位大户人家少爷的命运。能赎不赎，该撕没撕，反而成了匪首的朋友。二上老鹰崮则当上了三掌柜。为什么？“完全凭了他的善良、诚实、义气和有点文化。”在阻止土匪杀害“肉票”时，他表现出的是侠肝义胆和聪明智慧。后来在匪首马大眼死后，一跃成为大掌柜，并为改造土匪制定了“十不抢”“三严禁”的规矩，使这支土匪队伍增加了“侠气”。

“义释那四”是小说中的精彩之笔。那四和王汉魁的二夫人通奸被抓，王汉魁最初的决定是“赐”二夫人上吊，卸掉那四左膀，逐出山门。但在那四一番慷慨陈词之后，却以成全他们二人收场。其原因一是二人的确因情而合，二是那四的话有道理。不解决老杆子的性问题，他们还会去祸害百姓。其最深层的思想还是个“义”字。这个“义”字后来演变为“民族大义”并引领王汉魁走上了抗日道路。

“首次会见日军，文的武的都比了”一章则表现出王汉魁的智和勇。他应麻田少佐的亲笔信之邀下山去见日军，以摸其底细。他所带的三人一枪准、九斤刀、六指各施绝技，折服了日本人，并趁机推出外国牧师出任维持会长，最后手书《送别》诗留给麻田，暗喻日本人该回老家去。这段富有传奇意味的故事，充分展现了王汉魁的机智沉着和大勇若怯的巧妙周旋。我们甚至可以从中看到许多民间故事中智慧老人的影子。

安置老鬼子秋仁正男，则表现了王汉魁的“仁”。秋仁正男是个老后勤兵、专管喂马和仓库。他从不带枪，也不凶狠，还帮助过一个受地痞欺负的寡妇。日本投降后，他被丢在沂蒙四处流浪。王汉魁得知他的情况后难过得没吃饭，郑重其事地把这个老鬼子安排到炭栈里，每月拨30元托人照顾他生活，直到他病死。

书中还写到王汉魁保护“右派分子”、大棺材换银杏树、宁肯拔白旗也要保肚皮等情节。作者用动人的故事和细节彰显出一个齐鲁文化熏陶出的“匪王”。虽然他后来参加了八路军，新中国成立后成为国家干部，但从总体看王汉魁却是一个政治色彩较为淡薄的侠义英雄。他过人的胆略、智慧、原始正义感和身上所放射出的生命激情都具鲜明的民间色彩，让人过目难忘。

《百年匪王》采用第一人称的叙事方式，让人感到作者似乎在说个人家史，有意造成纪实印象，也拉近了与读者的距离。叙事者在顺叙的时空里跳出跳入，使得述说顺畅而灵动。小说的语言用提炼过的口语，有说书的意味，这与全书的民间格调相一致。开头部分一般叫引子或楔子，他却叫“开场白”，犹如说书的拉开了场子。每章的小标题都是从情节中提炼出的醒目短语，十分抢眼。比如“十不抢与我的大奶奶”“因为会唱京戏，我二奶奶上山”“爱济教会学校：大象和猴子怎能说话”“大老婆不大，小老婆不小——英雄就没人”“必须按指标选地主”“只可错抓，不能错放”“两个右派的幸福时光”“宁肯拔白旗，也要保肚皮”，等等。

《百年匪王》的语言也具民间特色，多用鲜活的口语，没有华丽的形容词，没有大段的景物描写，也没有细腻的心理刻画。写人叙事多用白描，粗犷简洁，不拖泥带水。比如叙述：

> 爷爷说，如果硬往根上寻，我们王家并不姓王，也不是什么汉族，我们先祖实则是蒙元人(今长城以北的什么地方)。祖上跟着元世祖打天下，打到这山东腹地就不走了。因战功卓著被封了相当于县粮食局局长的官，就在沂蒙常住下来。那年月，“粮食局局长”可是个肥缺。连“县长”也得另眼相看，故从此就发了起来。

比如写景：

老鹰崮易守难攻，往上是险峻的崮顶，下边是个很大的村子——崮下村，村头有300年树龄的银杏树。远远看去，枝繁叶茂，极为壮观。

比如写人，那个外号“王鞋底”的县长：

有一次他查出县财政短了110块大洋，他知道事情出在那个好赌博的科长身上，可他手下的一位王姓科员偏偏为那位科长作伪证。气得王达礼七窍生烟。他从外围入手，终于查清了案子。那位赌博科长和王姓科员都耷拉下了脑袋。王达礼不罢休问那位王姓科员：“你袒护你的上司是什么行为？”王姓科员是鲁南一带的人，就用了当地一句土话：“舔腚行为。”王达礼说：“那好，我就让你舔舔腚。”他令那位科长在县署大堂上脱下裤子，在他腚上涂满了辣椒酱，命那位王姓科员一口一口舔干净。

本书以20世纪的百年史为背景，涉及的史实和人物众多，但叙述得从容不迫。小说的信息量很大，也很丰富，具有很强的史诗性。也正是由于作者面对的生活和历史太广阔，所以留下了叙述空间过大的遗憾。有些事件没有充分展开，有些人物刻画得不够丰满。可以说是把百万字的巨量史实压缩进了30万字的篇幅里了，因此某些章节稍嫌粗疏。另外，对沂蒙山地区特有的民俗和自然山水着墨太少也是缺憾。

《礼物》序

诗歌是诗人心灵的折射，是内心情感的意象化。这本诗集充分表现了作者水叶百合的情感之路，表现了她对爱情无怨无悔的执着追求。

在她的诗中，阳光是温暖和幸福之光，也是理想爱情之光。在《礼物》一诗中，她写道：

清晨，醒来
眯着眼望着窗外
阳光满满地落在我的脸庞
微风轻轻地掠过窗台
我用手臂挡住阳光
缝隙中我看到了一抹微笑
是你送给我的礼物
有阳光就有希望
我欣然地接受

这首诗中有一个细节“我用手臂挡住阳光/缝隙中我看到了一抹微笑”。她对“阳光”这个礼物似乎有点意外，或许是一个惊喜。她从缝隙中看到的微笑，也正是她的希望。因为这抹阳光“唤醒了夜里梦的迷茫/心底的幸福是第一把钥匙/开启清晨的第一把锁/枕边爱人那一声甜蜜的：早安/和孩子咯咯地笑/勾勒出一幅温暖而又唯美的画面/平淡而又幸福”（《清晨》）。作者渴望的幸福是平淡而温暖的。她渴望着爱和幸福，但爱的路并不是一帆风顺的，有风也有雨。可是她仍要等下去：

伸出手触摸着窗外的雨
雨打的掌心有点疼

犹如我等待的心
一句一直没有说出口的话
隔着万分的思念
我将它推出窗外
让雨进化它的灵魂
让风吹走它的感伤
让你听得到它内心
撕裂般的呐喊

——《我等你》

她的爱简单而纯洁,爱人"清瘦的脸颊","百合花闪烁着辉光/是你的微笑/就这样静静地被时光凝固/散发出无尽的芬芳","我爱你/而非别人/就是这么简单这么具体"(《简单爱》)。

她把爱人藏在心里,"就像小时候偷偷地藏了一块糖/藏着藏着就忘了藏哪了/每每想起就觉得苦/而你也就真的藏的不见了"(《藏》)。爱不是单相思,是双方的情缘。一方假如变了心,对另一方来说就是痛苦。在她的爱情之路上出现了悬崖,正如她在《未来》中所说:

前面是悬崖
我无法前行
似乎跳下去就能看到世外桃源
春光乍泄
与一朵落花邂逅
惊鸿一瞥
不需要太多言语
只是一个拥抱
就会看到未来存活在
这满满的爱意里

然而,她的爱成了一个人的独舞:"月晕的光圈下/我的忧伤一直在寂寞里独自浮动/不停地/低沉,旋转,腾起/你的爱/令我无法喘息/时光里弥漫着你执着的余香。"(《酝酿》)她虽然忧伤但仍存着希望:"或许,我只是侥幸地还留存一丝希望/而你的爱在萧瑟的风中不再苏醒//点燃旋回的执着/只听见无尽的等待在风里化成灰烬。”(《风声》)爱情不仅有相会的甜蜜,也有苦苦的等待和分手的痛苦,这些情感交织在一起,才能成为动人的诗章。幸福的爱情总是相似的,痛苦的爱情却各有各的不同。“两情若是久长时,又岂在朝朝暮暮。”分离的相思和失恋的痛苦成为爱情诗中不可缺少的内容。失恋会使人陷入魔障。爱得越深,就越难以自拔。她“拿西北风当酒喝”,想“借风消愁一样的愁”。尽管“无法恢复那段完整的往事”,但她仍要“在灼热的生命形态里向死而生/只为守候过去美好的小时光”。她终于摆脱了痛苦,她要像凤凰一样涅槃重生:

重生是绝望里开出的希望之花
把体内的奢望激活
希望之光便会悄悄出现

划亮黑暗的那一点星光无声地坠落
我在无限的等待里听到了希望的回声

——《星光》

她问道:“这满满的星光/能否将我的世界照得透亮。”她终于突破了魔障。在《仅是活着,就已经很努力了》中,她写道:“留一片枯黄于心间/脆弱而又坚强地守候着/凋零不是结束/而是等待生命的另一种开端//我这么努力地坚持/只为活着看到下一个春天。”她获得了重生:

一轮红日破天而出时
我终于明白
人正是因为死亡而生
生命再次苏醒的光辉
在晨光使人迷醉的气息中
激起了我重生的愿望

——《重生》

冰叶百合的爱情诗真实地展现了她的情感路程,表现出情感的丰富性,表现出她对美好爱情的坚守和执着。她的爱情诗能以象传情,自然界的太阳、星星、风、花都成为她情感的寄托和象征。还有弓箭、窗子,也是她情感的意象化。她在《阳光照不到的地方》中说:

总想着

用一辈子去追寻
那道美丽的光
让它静静地洒入心里，照在心底
成为执念

在《窗子》中，她说："我只是需要一缕阳光/透过窗子温暖的照耀/给我希望/让我温暖一瞬间而已。"这些意象都承载了她的爱情理想。

冰叶百合的咏物诗写得也很好。不过她虽是咏物，却不只写物自身，而是借物抒怀。如《千年槐》：

我是一棵已等待了千年的槐
千年等待千年的执着
也长不出一双脚走到你面前
注定了永生无法自拔的痛苦
命运给我挂上了千斤巨石
让我不得不弯下腰
默默沉重

千年槐意象传达出的是她对理想爱情的坚守和执着。再如《琥珀》"这透明的晶体/诠释了瞬间和永恒/天然的雕琢/锁住了我的青春/我的身体/却锁不住我的灵魂/我的心"，也是借物抒怀。

冰叶百合是陕西榆林人，在她的诗中也表现了她对陕北家乡的爱。如《绥德》写出了她对绥德的苦苦思念，甚至梦里也回到那里，"夜半梦回绥德，可看见/疏属雄姿，倒影理水/犹如海市蜃楼般神奇/千狮形态各异，栩栩如生/一刀一錾体现了黄土文化几千年的精髓/摩崖石刻兼涉古今，源远流长"。再如《三十里铺》："此时/总感觉文字是一把生锈的钥匙/无法打开那尘封已久的锁/而我/只能借着闪动的碎片/捕捉那段完美的爱情画面。"蒙恬墓位于陕西省绥德县第一中学校园内，墓冢呈馒头形。原有清代石碑两通（其中一通断为两截），碑高1.42米，系清乾隆年间知州张元林所立，镌刻"秦将军蒙恬墓"，为知州江士松手书。清人阎秉庚曾题诗曰："春草离离墓道侵，千年塞下此冤沉。生前造就千支笔，难写孤臣一片心。"相传秦将蒙恬发明了一种用竹管和兔毛做成的笔，经后人改造，逐渐演变成了今天的毛笔，故有蒙恬笔代称毛笔的说法。冰叶百合抓住蒙恬笔这一意象表现出他的忠诚：

揪一撮兔尾
捻一尾狼毫
写尽你一生的忠诚
此刻
谁能看出你失望的眼神
谁能安抚你绝望的灵魂
命运的变幻莫测
被世间的无情淹没
而你只能选择静静地
静静地离开

——《蒙恬墓》

她还写了《呜咽泉》《无定河》《窟野河》等怀古寄思之作,表现出她对历史的思考,也寄托了对家乡历史风物的热爱。

从总体上看,冰叶百合的诗抒情真挚,意象鲜明,对情感的审视、对历史的思考都有一定的深度,是耐读有味的抒情诗。有的诗作可以再用点减法,删去直露的句子,使其更加精粹才好。

李凡平诗集《春在针尖上走》序

几度风雨,凡平追求真善美的初衷未改,诗情画意均有进境。五个春秋,凡平已进入而立之年,这些年的坎坷和风雨,使他更深入地体味了人生,如果说他第一个集子中的诗婉转甜美的话,那么这个集子中的诗更多的是苦涩,正如他一首诗的题目《爱的苦菜花》。

凡平是不幸的,他过早地体验到丧母之痛。后来他又跳入商海之中,沉沉浮浮,四处飘零。这种经历使他似乎成了一个"零余者",用他自己的话说是个"流浪汉"。这种感受和体验,在当今处于转型期的社会中,具有一定的典型性。从计划经济到市场经济,不仅仅是经济转轨,而且也是一次心灵的转轨。变化万端的市场,使吃惯了大锅饭的心态难以适应,它既隐含着危机,又给予人机会和希望。商业活动自有其运作规律,原有的道德价值判断受到了新的检验和挑战。凡平下海,自食其力,对于一个挚爱诗和画的青年人来说,既有不得已的苦衷,又需要奋力一搏的勇气。在这条坎坷路上独自摸索,其辛苦自不待言,但对诗人和画家来说不幸和坎坷又是幸事。它使诗人更深切地观察社会,体验人生,使自己的个体生命在与艰难困苦的碰撞中放射出更为灿烂的光芒。试问,假如没有战乱和流离,杜甫能写出"三吏""三别"吗？假如没有穷苦和困顿,梵高能画出那些放射精神光芒的向日葵吗？从这个意义上讲,凡平所经历的坎坷又是一笔财富。

这个集子中的诗歌,不再像他早期诗作一样刻意追求诗情画意,色彩浓艳的自然风景已转换为伤痕累累的心境写真,早期的天真和憧憬变成了沉重的叹息和挣扎的哭喊。请读他的《一无所有》:"我站在地上/心却说我无立锥之地/我在路上行走/心又说我无路可走//我抬头看看天/心说/那太阳不是你的/你身上的温暖是借的//我转身回家/心告诫我/那可不是为我而开。"用存在主义的话来说,每个人的境遇都不全是个人选择的结果,所以每个人在选择自己的存在方式时,并不能随心所欲,还要受许多客观条件制约。凡平的这种孤独感和零余感,是他现实存在的一种体验。越是无路可走就越要走,因为路是走出来的,越是一无所有,却越要追求,“一张白纸没有负担,好画最新最美的图画”。现实存在的不自由反而激发了主体追求和潜在的勇气及睿智,这里面不是包含着生活的哲理吗?尽管凡平的人生之途坎坷不平,但他并不消沉,他仍执着追求危难之际亮在人心里的“神灯”。他要“给你的精神/打足氧　将心/充满/鲜活的红血球”,他相信:

在这风雨
漂泊的年代
每个温暖的窝
都是
奋力划行的
船

凡平的诗中最让人感动的是那些抒发虽身处逆境仍不屈不挠地追求温暖与光明之情的诗篇,如《树与叶》:“周身嘴唇/都咬紧落魄了的光阴//老西风飘荡/红红黄黄/割断的阳光/捧在手里/也踩在脚下//不死的心/即使干涸了/也还　活着/喘息我的爱。”凡平把他对生命力的热爱和对光明的追求,浓缩进飘落的树叶中,这是一颗颗不死的心,“即使干涸了/也还　活着”,其生命意志的顽强具现得很清晰。

凡平的爱情诗也常有苦涩的人生体验,他苦苦地追求着所爱,却很少得到回应,正如他在诗中所写的,“爱在心里长成大树/可是殿堂不用它/上梁屋椽也不用它/物欲横流　温情　更加瘦弱”。物欲横流,真情何在?那追求真情的人便与物欲社会格格不入了,零余感也便由此而生,“如今这空气都充满了针芒”的体验便也不足为怪了。“可是活着/就要喘息啊/每一次呼吸里都带有血的腥污/追求无涯/就是太阳也无岸可靠/春在针尖上走/那才叫美丽。”(《春在针尖上走》)人为了证实自己的存在常常要弄痛自己,比如为了验证自己不是做梦,就咬痛自己的手指头。《春在针尖上走》正是一首咬痛自己精神手指的个人存在的验证诗。幸运和快乐使人性变得浅薄,不幸和痛苦方能使人生变得沉重坚强而硕果累累。

凡平正是从坎坷和不幸中,咀嚼出了人生的滋味,“失败/教我/从流淌的血中/提炼黄金/直到浑身的汗孔/都是眼睛/都是嗅觉的气管/都是耳朵//以至于将白昼读出/灰色/将黑暗的路/读成/子夜的光谱//不要嫌弃我/过于冷静/脸上少了许多/笑容/心里少了许多/爱中的温存//我不做/意志晕眩的豹/四爪鲜血/淋漓的/虎/而是矫健沉稳的/大象啊//即使毁灭/也将留下闪光的/象牙和骨骼/成为你的利器/走过那/凶残的森林//从厮杀的/夜/从白骨/热血里/踏出春天的/花朵"(《不是幽默》)。这首诗传达出十分冷静的人生体验,"从流淌的血中/提炼黄金","将黑暗的路/读成/子夜的光谱"都传达出体验的深刻性。玫瑰色的梦没有了,空幻迷离的色彩消失了,人生以其本真面目使人变得清醒和深沉。但诗人却像"矫健沉稳的大象"义无反顾地踏步前进,要从白骨和热血里"踏出春天的花朵"。这是一首好诗,虽然其形式并不具有前锋性,但它用准确的意象把内心体验外现出来,形式与内容水乳交融,传达出个人真实而又深刻的体验,从而使这首诗具有了沉重的艺术分量,显示了凡平诗艺的提高。

凡平在他的诗中多次写到"爱的苦菜花"。如"爱的苦菜花/喷香了梦"(《爱的苦菜花》),"爱的苦菜花甜甜的笑里含着的/是一个铭心彻骨的苦"(《春在针尖上走》)。他何以对苦菜花情有独钟呢?也许是因为他对"苦"有着太多的体验吧!"梅花香自苦寒来",对生命苦涩的体味和生命的大欢喜原本是紧紧相连的。苦和甜相反相成,不尝生命之苦涩,哪能体验生命之甘美?大艰苦里有大成就,大悲辛中有大欢乐,这也是生命的辩证法。正如他在诗中所写的:"以永别时/极度渴望/生存的/心情世界/才能够/真切地感受/春/绿/是何等的/美好。"(《永别时的心情》)

凡平的诗很注意意象的营造,这些打着他个人生命印记的意象,使他的诗自成一家风景。如"岁月是一只什么样的啄木鸟啊/在我心上打出空空洞洞的凄响",他把岁月这一时间概念具象化为"啄木鸟","空空洞洞的凄响"则弥漫于人生的时空之中了,遂又觉得:

> 蓦地里觉得玉指在我的发间游弋
> 酥手在我的脸上作开开合合的花朵
> 岁月的啄木鸟打出了咚咚的醉响吗
> ——《啄木鸟》

诗境空灵神秘,开开合合如花朵般的"酥手"是时间女神的手?那游弋的"玉指"是女神的抚慰还是嘲弄?这变幻灵动的意象营造出了诗歌的多层艺术空间。

凡平诗中的意象有时很奇特,表现出他想象的丰富,表现出独出心裁的灵思。比如：

看日出日落
蓝天也有台阶
睹草出虫遁
地也有门
没有门框的门
随时都等你进去

蓝天本自空碧，但凡平却从日出日落中想象出它有台阶，日出月落的圆周运动，却成了逐级的跃升或下降，而“地也有门”，门一开则“草出虫遁”，生命的有规律运动和天地孕化万物的功能便隐含在其中了。再如，他把“开怀的笑”比作一枝开在酒坛里的玫瑰，而太阳则有“开蕊异香”；“饱经厄运的人/心是多棱镜/任何风吹都/笑得八面玲珑”；还有“弃核于贫瘠的异地/破土的两瓣/是上下/两颗锐利的牙齿”；“我的背面再现/星辰/生是死/闪光的眼睛”。这些诗句都包含着诗人独特的发现和体验。

凡平的诗有不少属于纯意象诗，只把诗质呈出，主体情绪则隐藏起来，但在这些诗中，意象不再是纯自然物象，而是经过主观体验过滤和筛选过的物象，这些物象被主观经验拼贴在一起，形成了一幅幅惊心动魄的绘画，如《春悸之歌》：

探出爆响的
蜡梅

烈士之血
在大街小巷里
燃
春天里
还有无数
碉堡
每一朵花绽放
都是
一记枪声
一记报晓的

钟点

这首诗的主体意象是蜡梅,这是从严冬坚持到早春的花战士。诗人用“爆响”,渲染出它的战斗姿态,它在用生命同严冬决一死战。残落的花瓣如“烈士之血/在大街小巷里/燃”。“碉堡”这一标志战争的意象,也出现在诗中,暗示出严寒的顽强抵抗。而春是阻挡不住的,“每一朵花绽放/都是/一记枪声”,这是进击的枪声,胜利的枪声,每一枪下都有冬的尸体。全诗皆由意象构成,蜡梅与寒冬节节巷战,终于大获全胜,这种以战争意象表现春天的构思,的确不同凡响。它赋予了“蜡梅”这一传统意象以崭新的含义。

凡平是艺术美的苦苦追求者,写诗作画是他的工作,也是他生命存在的意义。为了写诗和画画他吃尽了苦头。把全部心血投入这爱与美的事业,他觉得值!五个冬夏,他的诗艺在提高,他的画艺也在精进。我很欣赏他不论在何等困顿里仍坚持写诗。他用诗展示着他不甘沉沦的精神,展示着他对爱情至死无悔的追求。他的诗是真诗,是从他伤痕累累的心房中涌出的血。当然其中有些诗词用语略显粗放,也有个别意象显露雕琢的痕迹,甚至也有一些不甚雅致的句子,然而,这仍是诗,是他真实的生活体验和记录。他没有也不想去粉饰人生,他把他真实的生命存在展示给我们看,这难道还不够吗?

我真诚地企盼凡平的生活境遇能改善,能在更宽舒的环境里去写诗作画,他是富有灵性的,也是勤奋的。我期望他的诗和画能走入更多人的心里,展开穿越时空的翅膀。

1994年12月2日于山东大学

李慧宇《遇见》序

慧宇者，泉城才女也，山左五叶之一也。自幼聪慧，雅爱诗词，颇有清照遗风。其常漫步于曲水亭街，徜徉于大明湖畔。明府城寻诗，漱玉泉觅句。或三五好友月下品茶，网络群贤连屏对句。日积月累，填词近三百阕矣。现结集付梓，岂能不贺乎？现将其清辞丽句略陈于下。

其《西江月·心量》云：

小院清幽寂静，长天辽阔苍茫。疏风转过小亭廊，月在高高枝上。

抱影独吟月下，烹茶斜倚书旁。疯癫痴语又何妨，笔墨且由心量！

上阕写景，小院与长天相应，小院有小亭，长天挂高月，渲染出清幽爽朗的意境。下阕抒情，“抱影月下”句自然过渡到下阕，点出“疯癫痴语又何妨，笔墨且由心量”的主旨。“心量”者，以心衡量也。

词者萌于心，成于象，现于句也。此词中月之象，系其高洁之心象也。再如《忆秦娥·大雪》中之“西楼之上清清月”，亦是其“以诗养性修高洁”之心象。“修高洁，世间尘俗，都可抛灭！”

上阕写景，下阕抒情，是词家常用手法。其《青玉案·秋声》即用此法：

秋风过后蝉声小。又一季，梧桐老。

未冷香尘都已了。珠帘卷雨，浮云袅绕。世外风烟少。

且将往事删除掉。留得痴情入诗稿。

我意不知怎个表。何妨寄梦，不如悟道。还是无言好。

上阕绘秋景，蝉声小，梧桐老，言秋已深也。珠帘卷雨，浮云袅绕，多少尘事已过了。“且将往事删除掉。留得痴情入诗稿。”过片由绘景过渡到抒情：“我意不知怎个表。何妨寄梦，不如悟道。还是无言好。”有欲说还休的味道。寄梦也好，悟道也好，总有说不明的情愫，总有道不尽的烦恼，那就只能"无言"了。

慧宇词有出世之味，她厌倦世事纷扰，看淡世态炎凉，用词搭建了自己的放达之地、自由之境。如其在《忆旧满庭芳·归去也》所云：

> 人间千百味，得失由命，聚散寻常。
> 且隐去，逍遥自在何妨？
> 多少非非是是，都放下，不再牵肠。
> 留些那，清高姿态，再写满庭芳！

"留些那，清高姿态，再写满庭芳！"这就是慧宇的宣言，是其不流于世俗的清高，是与金钱利禄抗衡的姿态。其意在梅，"梅花落在那泥尘，暗香依旧销魂"；其情在茶，"清茶最是养精神，静以修身"；其心在芳，"花开几朵高低处，借点余香入小词"。

慧宇词以婉约为主，特别是小令。其长调则偶有豪放句。其《沁园春·诗意三千》上阕写冬末春初之景，下阕抒豪放之情，有句云："一片冰清，几分傲骨，自有灵犀笔墨间。且记下，这豪情万丈，诗意三千！"读此令人心胸为之一豁。慧宇不论小令、短调还是长调、慢词都能轻松驾驭，可见出其诗词功力。《沁园春》是长调，词调当以北宋京都之沁园为名。此调以苏词为正体，作者极众。前段自第四句、后段自第三句起句式相同，用领字，领以下四个四字句，可两句为一对偶，可四句为两个对偶，亦可前两句对偶，后两句不对偶，但以对偶为工。继四四七句式，两个四字句可对偶。用平韵，调势活泼生动，可平可仄之字极多，较为自由，有和婉协谐而流畅之特点。慧宇对此调驾轻就熟，特别是领字下的四字句处理得很好。如《沁园春·一壶春》中的领字句："看一行烟树，两杯风影，三层云锦，四面夭桃。再取新茶，酌吟好句，竹下倾杯吹笛箫。""看"字领出了四个四字句，两句为一对偶，很是工整。其下阕亦是："在眉间刻记，眼神磨钝，心中烙印。意志分销。感事尤深，幽思渐少。"一个"在"字领出六个四字句，成三个对偶，更为工巧。

《喝火令》是近年来比较热的词牌，无论正格变格，其上、下片，起二拍均为对仗句；下片四、五、六拍，为叠字摊破句。摊破的要点是：先有一完整六言律句"星月雁行低度"，然后"星"摊开一拍，"月"摊开一拍，"雁行低度"摊开一拍。慧宇对此调也能驾轻就熟。其《喝火令·风雨红尘》中的摊破句"总是痴迷，总是爱多情，总是难逃俗事"，就是摊开了"痴爱难逃俗事"句。

慧宇长期在学校工作，社会视野难免受限，词作题材不免狭窄了些，这需要在今后创作中再开阔视野，让题材更丰富起来。济南多才女，二安流韵长。希望慧宇有更多的好词问世。

辑佚搜奇话凉州

——《凉国搜神记》序

凉州，古地名，治所在今甘肃省西北部的武威，地处河西走廊东端，是古丝绸之路上的重镇。凉州史有“四凉古都，河西都会”“银武威”之美称，自古以来就是“人烟扑地桑柘稠”的富饶之地，“通一线于广漠，控五郡之咽喉”的军事战略要地和“车马相交错，歌吹日纵横”的商埠重镇。凉州现在是“中国旅游标志之都”“中国葡萄酒的故乡”“西藏归属祖国的历史见证地”“世界白牦牛唯一产地”。凉州历史悠久，源远流长，早在5000多年前这里就有人类活动。公元前121年，骠骑大将军霍去病奉汉武帝命远征河西，击败匈奴，此地因彰显汉王朝的武功军威而得名。当时武威郡下辖姑臧、张掖、武威、休屠、揟次、鸾鸟、扑环、媪围、苍松、宣威10个县，治所在故臧。自汉武帝开辟河西四郡，历代王朝都曾在这里设郡置府，两晋十六国时，前凉、后凉、南凉、北凉国和隋末的大凉政权先后在此建都，使凉州成为长安以西的大都会、中西交通的咽喉、丝绸之路的重镇、民族融合的熔炉。

《凉州记》，又名《西凉记》，为北凉时期凉州文人段龟龙所著，记载后凉的奇闻、玄怪、神异野史，北宋以后散失。李林山、刘瑞生以清代学者张澍、汤球辑本为基础，从浩如烟海的史籍中捡搜有关资料，补撰部分内容，按志怪书体例完成此书。这是凉州文化建设的一个重要成果，具有很珍贵的史料价值。

古籍整理专指对中国古代书籍进行审定、校勘、注释等加工整理工作，使新出版本便于现代人阅读。中国历史悠久，文化发达，保留下来的古籍(包含传抄和刻印本)数量庞大。据不完全统计，现存的古籍约有8万种。清代乾隆时官修的《四库全书》所收至清初为止的古籍就有1万多种，18万卷。古籍的下限，一般断至辛亥革命(1911)，但近来有下延的趋势，少数由清代进入民国时期的著作也归入了古籍。为了便于现代人以及后人的阅读、研究，古籍整理便成了十分重要的工作，它要求对古籍进行审定、校勘、标点、分段、注释、今译等专门工作。影印和索引(也称“引得”“通检”)工作，也属于古籍整理的范围。1981年9月，中共中央发布了《关于整理我国古籍的指示》，指出“整理古籍，把祖国宝贵的文化遗产继承下来，是一项十分重要的、关系到子孙后代的工作”。李林山、刘瑞生整理辑撰的这本《凉国搜神记》正是抢救性的古籍整理，是继承宝贵的文化遗产、造福子孙后代的重要工作。

古籍整理选好底本非常重要，本书作者以张澍、汤球辑本为底本，这是在《凉州记》原书已失传情况下的最好选择。张澍本从《太平御览》等古籍中搜章觅句，辑出原文最多，可略见原书面貌。作者以此书为底本，从《资治通鉴》《晋书》《太平御览》《十六国春秋》《魏书》等大量古籍中辑录出有关条文实属不易。本书遵循志怪书体例，编辑了目次、点校、补、按、注、解等，既辑录了史料，又加以注解，更便于读者阅读。

古书的文字比较艰深难读，特别是对于青少年而言，古书更是难以读懂。为了祖国传统文化得以继承延续，发扬光大，所以今译也是当前古籍整理应该重视的工作。当然今译要求做到准确、优美，达到信、达、雅的标准，难度也是相当大的。该书把译和解结合在一起，解中有译，做到了准确、简洁、文雅，是更带文学性的意译。比如《龙鳞》19条解：“西晋永嘉五年(311)，凉州晋兴郡枹罕县严县令的一位羌妾分娩时，生下了一条龙和一只秃鹫。那只秃鹫生下不久就飞了。十五天后，天下大雨，刮狂风，龙随风雨而去。那场大风，把千里之外的张掖郡田野上的大树都吹拔倒了，过了一夜，那些大树才逐渐直立。”这段解说既符合原意，又形象生动。

索引是研究与使用古书必不可少的辅助手段，所以也应视作古籍整理的一个组成部分。该书没有索引是一个缺憾。

林明理《艺术与自然的融合——当代诗文评论集》序

林明理是我国台湾地区著名诗人、画家、艺术评论家。《艺术与自然的融合——当代诗文评论集》是她的第二部文学艺术评论集。这个集子收录了对诗歌、散文、绘画等内容的评论33篇，显示出她对文学以及各种艺术的关注和学养，也表现出她对艺术美的敏感洞察力。作为诗人和画家，林明理能够敏锐捕捉自然和人生之美；作为评论家，她也能敏锐地发现并剖析文学艺术作品的美。

她在审视文学和艺术作品时尤其注意艺术与自然的融合。她认为自然是诗人和艺术家创作的源泉，也把自然看作是对诗人灵感的启悟。正如她在分析龚华诗歌《修》时所说："龚华对自然界特殊的感性及其抱负是非常可贵的，同时也传递出她的禅思和自然的艺术。"她说绿蒂的《山寺夜雨》是"向山水问情"，杨允达的《树的礼赞》是"对大自然保护的追求"，商禽以油桐花"具有客家乡土的花朵，来反映土地与我们的亲密关系"，徐世泽"与大自然近乎合而为一"，吴开晋"以诗描绘了一个自然清新、优美深邃、和谐统一的艺术世界"。

林明理评论的另一特色是感性体悟和理性剖析相结合。感性体悟使她看到具体诗歌和艺术作品之美，理性剖析使她能对诗人和艺术家的创作进行理论上的思考和梳理。具体到评论中那就是作品的细读和总体的概括。这样既能使读者对评论对象有具体作品的欣赏，又能在宏观上把握作者的创作特色。比如她先用"旷清逸"概括出张默清逸爽朗具有音乐性的诗风，又分别引用并细致分析《内湖之晨》《澎湖风柜》《破鞋》中的诗句，使读者具体感受张默的诗风特色。她评论商禽的诗有"最纯真的超现实想象"："细读此书，有一种'纯粹形式'美的共同感觉力，会慢慢地沉淀在心底。"接着举了《更深的海洋》为例，认为"商禽对自然的观察，是经由对思乡整体记忆的唤醒中，化为多层次的表现形式。深化了'超现实'风格"。"大千世界的自然情景，经由诗人的艺术心灵的改造，呈现了一种同情共感的‘美’，却也引起了诗人望海时的记忆与对浮沉人生的不胜唏嘘。”

林明理文学评论的语言也很有特色，由于她是诗人和画家，因此她就能把诗歌、散文、雕塑的艺术意境用艺术的语言变现出来，使读者具体感受到作品之美。这比一般批评家只靠逻辑语言和理论术语的批评更加容易为读者所接受。比如她在评析张默《澎湖风柜》时写道：

> 诗人选用了近似轻音的节奏和“一簇簇”“一缕缕”的譬喻词，使人感觉到了那是像玻璃般的碧海延扩到极尽处的低空之上，浪花拍击云朵，而惊叹海之伟大；然后又以孕育清风的凉透舒畅衬托，更添诗情。意在抒发诗人忆及过往的光景，对一个18岁就离开故乡与母亲的张默来说，思亲情怀一直是诗人常见的诗情：而此诗缅怀大海的情绪也一层层、一片片的（地）漾开了来。

这样就把这首诗的意境和情感都揭示出来了。再如她评论非马的画作《醉汉》：

> 《醉汉》构图简约利落，视觉倾向于空蒙雅致的现代主义色彩。静态的月影与诗人永不停息的生命动力达成了某种契合：从画中的原型情境不难看出非马的情感体验，能强烈地唤起诗人的精神故园。其真正有力量的是隐藏在诗人心灵深处的审美知觉，将对祖国乡愁与彷徨，结为记忆，形成具有双层意蕴的象征。这样造成的孤寂，富于无与伦比的悲愁，也能给人一种江流浩渺、空旷中的恬静的感觉。

林明理的艺术视野很开阔。她不但关注诗人、散文家，还关注绘画、雕塑、文物、园林、翻译等。对于诗人，她也排除门派之见，对现代派和乡土派一视同仁。这种胸怀对诗人和评论家都是可贵的。林明理的新著即将问世，应约写下这篇文字为序。

刘加德诗集序

这是刘加德的第二本诗集。他虽是理工科硕士，是机关党委书记，却热爱诗词，在繁忙的工作之余，创作出了近2000首诗词。习近平总书记说："学诗可以情飞扬、志高昂、人灵秀。"刘加德正是这样做的。学习和创作诗词，使他对国家和人民充满了热爱感激之情，使他时刻不忘百姓的疾苦。正如他在《七绝·坐机关有感》中所说：

文件堆叠似小山，定规谨守坐机关。
庸忙莫忘田间苦，刈麦镰镰汗映天。

文件堆叠如山，定规谨守机关，工作繁忙，但是他没有忘记在田间"镰镰汗映天"的农民。这就是一个共产党员的初心。在《"夏送清凉"看望民工有感》中，他写道：

烈日当空照，蝉鸣碧树悠。
尘从身畔起，汗自脸频流。
有力砌砖瓦，无缘住靓楼。
今聊心意表，些许慰心头。

诗人心中不仅有国家和百姓，还有亲人和朋友。他期望母亲长寿安宁：

寿高鹤发慈祥颜，教子有方心地宽。
为善睦邻存大爱，晚年安享乐无边。

他为妻子获得"优秀医师"称号而高兴：

二十三载风兼雨，专注超声献赤诚。
今日红花身上佩，初心不改又登程。

他心中有百姓，有亲人，也有崇高的志向，那就是"要留清气在世间"。这种清气就是共产党人的正气。所以他写了《七绝·人生》一诗：

来于自然归自然，一生奔走几十年。
酸甜苦辣皆尝遍，要留清气在世间。

刘加德有广阔的胸怀，他的壮志豪情是和人间冷暖、国家命运联系在一起的，甚至和茫茫宇宙相通联。请看《七律·自遣》：

人事和谐谈笑中，雅吟工作两相融。
得暇弄笔抒豪气，忙碌倾心发正声。
惯看春秋冬夏景，时怀冷热慈悲情。
夜来望月常思量，星际苍茫何处终。

他为改革开放四十年唱赞歌：

山河巨变四十年，万众齐心屡越关。
脚踏神舟游宇宙，身乘高铁过群山。
白云历历蓝天阔，歌舞翩翩夜色妍。
世界舞台成主宰，中华崛起梦将圆。

古人有"诗言志"的说法。在心为志，发言为声。诗是诗人的心声，心有多大，思绪就有多远。刘加德不仅关注家乡、关注国家，他还关注世界、关注宇宙。为此他写了很多有关宇宙的诗，表现出较深的哲思，这大约和他理工科的学业背景有关吧。这也是他的诗作和别人不同之处。如《浣溪沙·宇宙》：

昼夜轮回人世间，地球亘古不停旋。银河亿载似碟盘。
河外时空何浩瀚，缤纷星系亿光年。茫茫宇宙怎存边？

这是诗人的思考和发问。2000多年前的屈原也曾对宇宙发问，写下了长诗《天问》。在《天问》中，他对天地形成、宇宙起源、中国历史一气发了170多个问，表现出一个诗人的伟大胸怀和一位思考者的大胆怀疑精神。刘加德的宇宙诗继承了屈原的这种精神，表现了当代人对宇宙时空的思考。如在《七绝·咏地球》一诗中，他说：

自古祖先繁衍地，春秋冬夏景如诗。
平原沧海虽辽阔，不过银河一巨石。

我们生活的地球,与浩瀚的宇宙相比,不过是银河里的一块石头而已。在《人生·宇宙》中,他说:

大地无言承岁月,人间几度绽新花。
花开花谢何穷尽,宇宙苍茫岂有涯。

宇宙无涯,人生有涯,所以他在《惜时》中告诫人们:“抓住光阴莫迟疑。”他称赞捕捉宇宙信息的中国天眼:“万壑千山巨眼开,环球瞩目赞奇才。俯思浩宇何穷尽,期待新知世外来。”刘加德对宇宙的思考是和现实人生相联系的,也是和未来世界相联系的。他甚至想象把火星地球化,让荒凉的火星变成美丽的人类家园:“人工造气入苍穹,温度渐升冰渐融。江水奔流云雨至,山川绿意焕然生。”他向茫茫宇宙发出“天问”:“时光流逝匆匆去,风雨飘摇花蕊鲜。试问苍穹天外客,可存岁月逆循环。”这种天问精神,是我们科学文化发展的原动力。没有人类不断地发问,不停地探索,就没有社会的不断发展和进步。为此,他寄语国科大学子要好好学习不断探索:

碧波翻滚浪花扬,青翠田园紫燕翔。
捷报传来心喜悦,贺言纷至语吉祥。
皆知名校门庭贵,谁忆孤灯瘦影长。
展望前程云路远,科学探索创辉煌。

写诗可以使人灵秀,因为中华诗词不仅有崇高的志向和丰富的情感,还有灵感的创造、美丽的意象和优美的语言、响亮的节奏。通过写诗可以更准确地把自己内心的感悟用语言表达出来。“腹有诗书气自华”,诗写好了,人也就更加灵秀了。刘加德的诗在意象创造和语言表达上也有可圈可点之处。他把乱舞的柳絮比作上蹿下跳的“名利客”,就很有创意:

柳絮翻飞如雪舞,行踪变幻乱人魂。
一如招摇名利客,下跳上蹿难定心。

他的律绝,格律谨严,对仗工整,很有韵味,如《七律·游南北山》:

大山一座立东方,冬日虽寒有暖阳。
溪水澄清冰未见,茶畦翠绿韵犹芳。
巨石默默经年月,草木萋萋奏乐章。
珍药采挖寻雅趣,登临高处赏苍茫。

再如《七律·依韵和辛崇发会长贺山海天杏花诗会召开》，颔颈两联的对仗很工稳：

清明时节杏花鲜，诗会文朋雅律研。
杨柳吐芽风摆絮，洄塘泛绿水含天。
卧龙山系柏松翠，黄海滩头碧浪连。
展望明朝催奋进，挥毫振笔写新篇。

《七律·步韵李文朝〈戊戌咏春〉抒怀》中的对仗也很好：

当思世上平凡事，宜做生活勤奋人。
宇宙幽幽无尽处，山川历历有芳春。

刘加德不仅工作出色，事业有成，在诗词创作上也很勤奋，两年就推出了第二本诗集，可喜可贺。希望他在诗词之路上走得更远，创作出更多更美的诗篇。

刘晶散文序

读着这些散文,我眼前出现了一个懂爱又精致的女子,“一杯清茶,一阕清音,一册墨卷,一个人清欢。每天都浸在这样的温馨里,寸步不离”。她喜欢柔美而舒缓的轻音乐,“更有午后阳光透过宽大的落地玻璃透进屋间,窗外,花朵娇艳,青草滴翠。银匙轻搅,小口品尝,她两手托腮,静坐,发呆,一段素白纯美、淡雅幽静的时光,和着音乐在缓缓地静静地流淌”。

刘晶的散文属于轻散文,记的是日常小事,抒的是柔美情思。个人的情趣、爱好、喜怒哀乐以及难忘时光便在优美的文字中流淌出来了。轻散文是指精短而优美,崇尚真实、体悟自身的文章。轻散文应该是思想的,是诗歌的,是创造意境的,是表述自身真切体验的。轻散文的核心理念是:关注当下,关注现场,适应微博时代,写精短而细腻、朴实而真挚的散文。注重的是感受和呈现。刘晶在幸福和安宁中品味生活。她珍惜生命中那些温暖的时刻。在《爱你现在的时光》中,她说:“真想,于时光的湖堤之上,悠然漫步,看碧波柔水,映照城市的繁华美景。或者哪儿都不去,就安静立于俗世的一隅,一颗心都一样的诗意与安宁。”她珍惜亲情,多次写到父亲。她说:“把岁月交还给岁月,把生命交还给生命,把我交还给你。父亲,这世上的爱,有千般苦,也有着千般的幸福,我唯愿我此心向一人。”她热爱现实生活,生活中的每一温暖时刻她都记录下来,比如写和父亲自拍:“我和他一起玩手机自拍,我笑,他也笑,我们做各种搞笑古怪的表情。有一张照片,我一直保存在手机里,我们俩都张大嘴巴,他的原本整齐洁白的牙齿那里空荡荡的缺着一颗,笑得却是十分开心。”这一刻永远定格在她的文字里,也永远定格在她心里。她写自己做面食:“我忽然高兴,于是动手和了面,做了顿小肉包子。十六个婴儿粉拳大小,女儿一口气吃掉13个,还想再吃,被我制止了。傻丫头,还有下顿哪。然后,只要不忙,我都会在家里变着花样做面食。水饺，花卷，馄饨，包子，糖夹，火烧，油饼……配上我自制的东北风味小咸菜，我的餐桌开始天天有别样的小风景。”这样的日常小事在她笔下也生机盎然。

刘晶的文字很干净，充满了诗意，她这样写昌乐西湖公园的知春岛：“岛上遍植桃柳，每当春天来临，湖冰最早在这里融化，冰消柳绿，正应了‘见柳而知春’的说法。盛夏，岛周围的数十颗大柳树，丝绦垂地，绿色的柳枝随风荡漾，如同俊俏的小姑娘，极尽婀娜娉婷之意，向游人展现着最动人的舞姿。古老沧桑之美中又不乏典雅的神韵。”她用美丽的眼睛去寻找美丽的风景，她用美好的心灵记录美好的时刻，在《芬芳为君留》中，她说：“一壶花茶，几瓣清香，一首琵琶曲，清音缭绕，细品半生烟火，在每一个恬淡安然的岁月里，独自温暖，独自孤单。最美的相遇，便是在最好的时光里。”

刘晶很多散文写得短小又充满了诗意，其实就是散文诗。如《对望》：

用最温柔的心，最温婉的情，与你深情对望。

似水流年，如花美眷，芝兰芬芳，慧心永驻。

一壶茶，一本书，一双温润如水的双眸。

相逢总在山水外。剥离所有的喧嚣与浮华，我的灵魂悄然回家。

一缕风的温柔，一泓月的纯白，一树花的盛开。

微微的烛光，缓慢流淌，映红轩窗里檀木的格子，格子间里谁与谁的脸。

波德莱尔是散文诗的最初创造者之一。他说：“当我们人类野心滋长的时候，谁没有梦想到那散文诗的神秘，声律和谐，而没有节奏，那立意的精辟辞章的跌宕，足以应付那心灵的情绪、思想的起伏和知觉的变幻。”他还说，散文诗这种形式“足以适应灵魂的抒情性的动荡、梦幻的波动和意识的惊跳”。刘晶《生活原本该有的模样》中的段落也是散文诗：

撷一缕心香，把万水千山踏遍，任岁月沧桑，年华向晚，风景永远在路上，幸福永远在心里。这个城市，我曾经像一个漂泊者，原本只是路过，却发现故乡和异乡之间，风景总是惊人的相似。

山在，树在，风在，水在，我在，你在，这才是生活原本该有的模样。

刘晶在散文中说：“不辜负春天，就带着爱春天的心一起远行。素心，素面，用一朵花开的浅喜和明媚，见证温暖。”“落笔为念，给遥远的故里，给简净宁和的内心,给真爱无言,给同路知己。给一切相遇和温暖。"她用散文捡拾那些美好的时光。"有一些眼泪,将湿未湿,只把温暖溢满我的心田。低到生命底处的光辉,慈悲,良善,花般芬芳与美丽。愿过往河山依旧,还原最初遇见,把我修成菩萨般模样。"

她说:"季节里最后的一笔色彩,去除芜杂,只余单调辽阔的白,肃穆庄严的白。风景永远在路上,幸福永远在心里。岁月沉香,年华向晚。用最简单的心,最真的情,且歌且行。"她的散文也许就是她日常生活中美的沉淀吧。

刘乐一诗集序

诗书画印是中国文人雅士所好，亦是中国文化的宝贵传统。四艺合一，并能称绝，方为大家。郑板桥、赵之谦、任伯年、吴昌硕、齐白石等俱是这样的大家。诗书画三绝亦属不易，四绝就更是凤毛麟角了。

刘乐一教授精书法、善绘画、工篆刻、好诗词，四艺同身，难能可贵也。其书法因为有深厚的文字学基础，故能熔楷、篆、隶于一炉，创造了独特的具有金石气的刚正、大气的书体；其篆刻亦具汉唐气象，为许多名人雅士收藏；其写意花鸟亦形神俱足。其诗词或题画，或记游，或赠答，境界远大，意象清新，令人回味悠长。这本书是其第二本诗集，收录了他近年来的诗词佳作，是他追求“道立于一”的体现。诗书画印相通于道，皆是作者性灵的外化，心象的外化，是自然大道的艺术化呈现。其《绝句·画款》云：

大河润笔地当毡，
坦荡胸怀纳百川。
扯片青云筹墨稿，
松风万壑卷千山。

这是他在崂山写生时的一首题画诗。风云入怀抱，山河舒望眼，眼前景转化为心象，心象又用文字呈现，吸纳百川的广阔胸襟通过诗句表达出来，诗、书、画完美统一为大境界。题画诗不是对画的说明和文字描绘，而是对画面表达不出的内涵的补充，从而增强了画面的情感力。再如《绝句·画竹》：

晨添雨沥暑消时，
秉笔依窗绘竹枝。
墨落千竿云汲雪，
风流尽染画与诗。

此诗描绘出画竹的身姿和心境，表达出对雪竹的喜爱。盛夏画竹亦达清凉界也。

作为书画家的刘乐一亲山爱水，他临武夷、上黄山、登泰山、游西湖，写出了不少脍炙人口的记游诗。其《黄山观瀑》云：

黄山绝涧百寻奇，
脚下闲云片片低。
悬壁魂惊空失色，
世间何处不危机。

此诗写黄山绝涧飞瀑，却生发出别人未有的感慨。“世间何处不危机”，由眼前景上升为哲思，可谓别开生面。其绝句《出玉门》则勾画出大漠荒烟、沙狂石啸的苍凉景观：

大漠荒烟蔽日昏，
沙狂石啸呑浮沉。
天掀戈壁沙尘暴，
风撞驼铃过玉门。

大漠荒烟、沙狂石啸、沙尘暴卷，但诗人却镇定安然地骑骆驼出玉门关，展现出黄尘不惊的安然心态。

以文史见长的山东大学使刘乐一具备了深厚的文史底蕴，他考察贵州安顺红崖天书，发表了《红崖天书考释》一文，在国内外引起轰动，甚至由此引发了一场别人侵犯其著作权的官司。《满江红·红崖天书》记叙了他亲睹红崖天书的情形并抒发十年考释的快乐。上阕写进贵州到晒甲山“盘绕四十三故道，尽踏幽谷愁鬼跃”的艰险曲折和见到天书的感叹：“望红崖，见骇密图符，谁识获？”下阕写古今对天书的解释及自己考释的快乐：“一成论据朱痕権，十年考，释面壁西来，平章乐。”这首词写景如在目前，抒情也很酣畅。

乐一教授平日痴茶，为品一壶好茶，常游历于崇山峻岭之间，他的许多诗作都与茶有关。如绝句《泰山玉泉寺品茶》：

岱阴玉泉白云中，
汲泉煎茶女儿红。
一杯啜断千秋史，
聆听石鼎煮松风。

玉泉寺在泰山北面，白云环绕，取泉水泡女儿红茶，好似品出了千年文化香味，石鼎的烧水声与山间松风应和，勾画出仙境般的品茶场面。为品茶翻山越岭，非茶痴不能为也。他还在夜月下的崂山顶上品茶，茶是雨前茶，水是山泉水，好水好茶好景，真是雅士呀！《水调歌头·武夷品茶》上阕写其雨后在武夷山九曲溪畔品茶，在山涧中寻茶，用碧玉茶具饮金骏眉，并想请茶圣陆羽一起品茗。下阕细数武夷山名茶，饮罢这些茶就感觉"霎时滋喉转舌回"，诗情勃发，精神百倍，两袖展翅，登顶如飞，飘飘若仙了。茶痴顿时化为诗仙也。

乐一教授的律诗绝句，格调清新，如山野清泉，沁人心脾。词作则如黄钟大吕，激越豪放，振聋发聩，如《沁园春·台儿庄大捷》《声声慢·包公祠下》《苏幕遮·烟台海湾欢雷雨》等。

乐一还是养兰花的高手，遗憾的是他写兰花的诗作却不多，也许他想给人留下一点期待吧。我想假如他的诗词再多加点典故，再含蓄隐藏一点，像深山幽谷里的老茶树，恐怕就更能引人遐思了。

2013年11月16日于伴山堂

罗珠诗词集序

罗珠者，历下名士也。喜交友，善饮酒。著有长篇小说《黑箱》《大水》，一时洛阳纸贵。其性情中人也，遇知己可对酒秉烛夜谈。三五雅士，谈诗论文，常壶尽杯干，熏熏然而归。其居济南郎茂山下，常漫步松间，观鸟听蝉；抑或倚楼探花，赏菊拂松，欣欣然而醉也。至若夜深更阑，寒云追月，不免诗思泉涌，逸兴遄飞，把酒挥笔，吟哦成篇。其诗词之作积今已逾千，拣选结集为《郎茂山观松楼诗存》。

前人有诗庄词媚之说，观罗珠之作，正合其道。其诗言志抒怀，豪情涌动；其词则缠绵悱恻，幽思不绝。画家刘志钰有鹰图为赠，其诗《有感》云：

大漠沙已尽，闹市亦枉然。
何赠食肉鹫，壮吾志弥坚。

大漠沙尽，闹市寂寥，食肉之鹰鹫，盘旋于高天之上，正可“壮吾志弥坚”！罗珠君深得友人赠画之心也。其不甘沉溺俗尘之志，托“食肉鹫”之象毕现矣。再如《伤感·其三》：

今吾游紫禁，从文笑亦哭。
来日展鲲鹏，重翱大明湖。

罗君曾一度闯荡京师，结交名士豪客，文人江湖，有得有失，故有“笑亦哭”之句。其时敛羽翼，正为他日展鲲鹏之翼，“重翱大明湖”是也。

罗珠君身虽瘦弱，但心系天下。狂傲之气，无羁之情常发，有《五言》诗为证：

予生目丁时，尚可饮九千。
小辈孰能尔，仍是我狂癫。

诗人多发狂性，李白有诗云：“仰天大笑出门去，我辈岂是蓬蒿人。”罗珠君亦然。其饮有千杯不醉之慨，其文有狂悖傲然之气。块垒存内，难以尽舒，故而纵酒也。有人不识，曰其沉沦，乃不知其内心之苦甚也。

罗珠词作，循婉约一脉，心雄志大，但人生坎坷。时日不待，美人难得，无奈之情，相思之苦，皆寄托于词语中。其《卖花声·郎茂山观鸟》云：

影剪松梧间，啼声漫漫。此时楼高莫倚栏。新鸟不肯栖旧枝，只等寒蝉。醉袖拂云残，莺燕悠闲。斜径有人惊杜鹃？两个顽童吹柳哨，春山淡淡。

观鸟听声，楼高云残，青春时节，却等寒蝉。写春不写烂漫春花，却点出醉袖和淡淡春山，一重闲愁、几多思念，却借顽童柳哨传出，缠绵悱恻之情全隐于意象中了。《夜游宫》一词也可作如是观：

恹恹起早看云，倚危窗，目穷千里。散淡又生青云志。常面壁，揖明月，聊拂石。无事醉东篱。读闲卷，谩歌清吟。词情词律参差是，心中事，与谁说，待翌日。

青云志难舒，只好面壁、揖月、拂石、无事醉东篱。读闲卷，谩歌清吟。心中事无人可说也，只能如此而已。词客醉酒，实乃有不可言说之苦，无可倾诉之人，故而静夜思《离骚》、读《橘颂》，以晤屈原也。如《清平乐·静夜思》：

人生苦短，《离骚》已离远。长歌长吟且长念，夜半再晤屈原。窗外传来雨声，庭院小调风情。听罢《天问》《橘颂》，何事搅我五更。

罗珠君之词作，不羁于格律，而从之于性情，虽多有出律之处，但却天真烂漫，另有可读之处，且常把曲语用于词中。如《采桑子》：

飞萤入松疏林垌。小庵掩映，细雨蒙蒙。突儿闪过一个影。
初进山野怎无酒。无蓑也行，无琴也中。丢下前嫌吼两声。

以口语俗语填词，有山野气，诙谐有趣味。其《天仙子》有句“一盏灯，一只影，一个酒杯空对空”，《江城子》有句“卧沙听，又酩酊，狂呼蒲翁献菊茗”，《一剪梅》有句“一枝红杏探墙睡，墙外断魂，墙内断魂。看是个累，不看也累”皆可如是观。

罗珠之作贵在情真，与其为人一也。其人洒脱不羁，故诗词也不遵律法。然而诗词毕竟是有严谨格律的，偶尔破律是可以的，破律多多，就要细加斟酌了，还是要大体合律为好。

诗词是中华瑰宝，时代更替，遗珠尚存，旧瓶新酒，韵味不绝。借旧体出新意，扬弃陈词滥调，另铸时代灵魂，是今人之责任。以此于罗珠君共勉之。

是为序。

吕守泰诗集序

这是一位刚过花甲的退休干部的一部诗集。他爱好广泛，散文、国画、书法、摄影都涉猎。2008年他开始散文、诗歌创作。散文、诗歌、报告文学等文章散见于《当代文学》《中国文学》《山东文学》《当代散文》《联合日报》《山东工人报》《莱芜日报》等报刊，多次获文学奖。这本诗集由作者历时一年完成，共收诗271首，有格律诗、词，大多是新诗。全诗分作四辑。

第一辑：人物速写。他用简略的笔触写了33个人，展现了他们的家人师友以及社会基层人物事迹，歌赞了他们的优秀品格。其中特别是有关亲情的诗作，更为朴实感人。如写父亲的诗——《父亲的酒壶》写道：

父亲喝酒沉稳
不快也不慢
像在品咂
人生的坎坷曲折

后来父亲走了
只有锡壶还站着
里面一直装着
他老人家的岁月

其实父亲的酒壶里还装着他对孩子的爱，也装着他对父亲的爱。作者把对父亲的思念集中到酒壶意象中，既是写现实生活的细节，又简洁地交代了他坎坷的一生和自己心中对父亲的深切怀念。

他写对母亲的忆念，抓住了母亲在盛夏中午烧火做饭的背影，这是永远刻在他心中的背影：

火苗在灶膛里噼啪
饥饿地舔着铁锅
母亲后背的衣褂
像在水里泡过
整整的大脊梁
像从水里泡过

这个背影“四十年过去了/岁月的烟雾/不管如何飘洒/娘那沥沥湿背的画面/历历清晰毫无褪色”。写诗要用意象，要有生活细节，有了生动的意象和鲜活的细节，诗才能感人。姐妹、婶子等亲人也一一出现在他的诗里。他还为锅炉工、环卫工、邮递员等基层劳动者留影，赞颂了他们平凡而伟大的劳动精神。

第二辑：山水笑语。收诗62首，描绘了山东及省外等著名地方景观50处，展现了祖国大好河山的秀丽风姿，抒发了浓郁的热爱自然、热爱家乡、热爱祖国的情怀。其《七律(新韵)·登天游峰》云：

天立独石兀作峰，
顶天拔地傲称雄。
光岩凿就双脚路，
游客接成一长龙。
气叹险奇西岳比，
心惊颤软华山同。
汗敲半晌及峰苦，
终浴山巅淡雾蒸。

这首诗描绘了天游峰美丽风光，抒发了自己登山的感受。格律谨严，对仗工整。

《苍峡雷鸣》描绘莱芜古八景之一的“苍峡雷鸣”景色，把巨洪飞瀑写得十分壮阔、震撼：

巨洪飞瀑
咆哮苍峡
势如利斧劈竹
状如撒缰野马
勇比千军难当
力赛风狂涛搏

击岩窟千号齐鸣
敲石洞万鼓同打
音宏撼天震地
声巨惊雷响彻

百米之外觉地震
十里之远震耳朵
临近观听
惊心动魄

作者抓住了景物特点，用整齐的短句表现出迅猛的节奏和磅礴的气势。窝铺村位于莱芜市茶叶口镇偏北部，是一个地地道道的山村，全村400多口人，原始古村落的风貌，让这里成了旅游景点。2016年秋初，他陪宋光亮老师到此一游。这里的石墙石屋、石阶石路、石碾石磨，让他读到了原本、古朴的历史；村民的厚道、热情、好客，让他触摸到了他们质朴、善良的品质。于是他写了一首七律：

卧铺山头龙卧阵，
苍天眷顾绕烟云。
老屋旧磨踏石道，
古调新琴弹古音。
凤鸟憩栖择秀木，
媪翁淳朴育今人。
山石树木成良景，
天予翁耋手捧金。

诗中不但描绘了山村古朴的风貌，还赞颂了古村在新时期焕发出的活力，歌颂了当下的惠农政策。

第三辑：生活杂味。收诗81首，阐发了他在生活工作中的各种感受启悟，展现了某些社会现象，诠释了某些事理。如《笑着走》：

无论道路平坦
还是多么坎坷
我都会向着目标
笑着　走着

无论是逢到雨天
还是下大雪
我都会为了目的
笑着　走着

无论前边横着大山
还是躺着江河
我都会朝着未来
笑着　走着

乐观地对待生活，树立目标，就能走向未来，走向成功。简短的诗句里有深刻的人生哲理。

第四辑：物象琴音。收82首诗（词），托物言志，状物抒怀；抒褒贬情感，表颂斥胸怀，格物明理。他把早开的玉兰花拟人化：

玉兰花邀着春天
悄悄走来
在我房前痴情踱步
惊醒了我的梦
推开门一看
一树树
挂满了玉兰花的笑声

用“叫早”表现玉兰花夜里静静开放和自己晨起见花的喜悦，意象很生动，很鲜活，是他咏物诗中的佳作。再如《槐花势》：

夜过皑皑陌染白，
梦疑漫漫雪狂来。
忽闻几缕清香至，
顿醒槐花正绽开。

把槐花开放的气势写得很足，特别是后两句，由闻香而顿醒，更是不俗。《枣花》也很有意味，他赞颂的是“只做不说”的奉献精神。这就是有寄托。

只懂默默努力
只做不说

为了秋的那树梦
扎实酿着每一个红果

咏物诗要抓住物的特点展开联想,要托物寄情或借物言志。

吕守泰从事诗歌创作的时间不太长,他既写新诗,又写旧体诗,两者都有收获。他注意了意象和细节,旧体诗也大体和律,殊为不易。当然这部诗集中也不是首首都是精品,有的诗作在构思上缺乏新意,也有比较直白的篇章,还需要在构思上再下功夫,同时在语言上也多用减法,尽量去掉可有可无的字、句、段,使诗歌更加凝练。他退而不休,学而不厌,这种精神也是应该提倡的。

马宏光诗集序

马宏光是中共党员，供职于东平县，视东平为第二故乡。中国诗词家协会理事、中华当代文学学会会员、中华诗词学会会员。作品多发表于《东平湖》《今日东平》《孔雀台》《老干部之家》《法学名家》《齐鲁风》《大北方》《暮雪》《中华诗词》等报刊。他的诗作关注时代，关注百姓，讴歌家乡，风格朴实。他喜欢写旧体诗，也写新诗。现在结集付梓，值得庆贺。

他出生在农村，艰苦的农村生活是他抹不去的记忆，他在《秋风俚歌》中写了他童年读书的情形："石笔石板泥桌凳，无门窗破透雨风。往返学校三五里，群童吾数幸运生。"学习环境虽然艰苦，但是阻挡不住他求知的渴望，反而培育出他不断向上的心。他忘不了慈母送子上学的情景："学子远离乡，慈母眷眷情。张灯晨做饭，复嘱又叮咛。牵手出门外，临行整衣容。缓缓车驶去，回首泪沾胸。"(《送学》)他秉承了良好的家风，在《论家风》中，他这样说："新春回溯论家风，梅绽千扉一脉承。民养习俗观裔运，卿操笔墨透童蒙。身瑕自渫群珠俪，空霭曦拂九域清。汇育浩然天地气，梦乘艎舫劲帆盈。"良好的家风给了他积极向上的动力，使他逐渐成长为一名国家干部。

虽然后来进了城市，但他没有忘记农村，忘记家乡。他至今还记得当年引导飞机灭蝗的场景："飞机灭蝗我导航，红旗一线十里长。放腿横跑五里地，汗流浃背喜洋洋。"农村是他的根，他尤其关心农村百姓的生活，他的心和老百姓一起跳动。在《长相思·观〈老母担山〉图》中，他刻画了一个留守在农村的老母亲的形象；"留守难，留守难。子为脱贫外闯关，打工奈断缘。留守难，留守难。老母挑山儿汗颜，何时奉孝还？"儿子外出打工，母亲在家留守，但是还要去"挑山"，这不能不让打工的儿子汗颜。马宏光心里有一颗和杜甫、白居易一样的悲悯大爱之心。正因有这样一颗心，他才去歌颂为国尽忠的荣军："景呈盛世享怡年，元老耆英卸汗鞍。堪忆卫国戎马史，犹浮抗美渡江篇。惊空核弹云霄外，镇海潜龙游野边。圆梦复兴存骥志，岂容魍魉扰尧天。”他赞扬虽然退役却不忘报效国家的老兵：“举觞陋室话当年，笑对戎霜鬓染斑。闻讯南疆淫浪起，掷杯怒目拭征鞍。”他还赞扬心中有一颗太阳的煤矿工人：“虽然见不到阳光月亮/心中却有一颗太阳/把黑色的金子献给世界/温暖着寒冬的心房。”这些诗作，表现出了马宏光充满大爱的内心世界。

诗是抒情艺术，情真才能感人。马宏光诗里充满了真情，这种真情通过优美的语言，创造出了优美的意象和意境。请读《采莲》：“鹊舞柔风杨柳翠，一湾荷奕泛扁舟。采莲淑秀嫣然笑，脱水初苞叶遮羞。”风柔柳翠，荷开舟行，采莲女以莲叶遮脸，嫣然一笑，表新出对生活的满足和热爱。意境优美，细节生动。再如《渔归》：“暮落催鸭上岸围，翁来湾口望船归。渔姑翘首挥巾舞，歌伴彩霞满载回。”描绘出一幅生动的渔舟唱晚图。马宏光视东平为第二故乡，这些描写东平湖的诗作足以作证了。

生活是诗歌的源泉，是永不枯竭的活水。只有贴近生活，观察生活，感悟生活，才能写出好诗。马宏光的诗关注时代、关注百姓，题材广泛。既有反映国家大事的，也有题赠文朋诗友的；既有言志抒怀的，也有写景记事的。他观潘士敏先生墨幅，留下了这首诗：“若望青竹沐旭风，涓波绿叶溢乡情。寒来暑往砚香墨，珠耀古城笔有声。”他赞老年大学：“卸鞍颐养大学园，作画吟诗普余篇。宗旨校循尊众老，桑榆乐享艳阳天。”他还赞扬自己的老伴：“老伴的影子是我，我的影子是老伴。饱经了岁月的沧桑，享受着盛世的幸福。形影不离是人生的追求，夕阳中演绎着新的生活。永久的影随，才是那最美的姻果。那一瞬间，依然在微笑里相约。”夕阳中一对幸福老人的身影，生动感人。

马宏光用诗记录自己生活，抒发自己的感情，从而丰富了自己的情感世界。这些美丽的诗句一定会引起大家的共鸣。希望有更多的退休老同志拿起笔来，加入诗歌创作的队伍，使自己的晚年生活发出更灿烂的光辉。

《寻找，青春的方向》序

这是一本青春励志书，是作者的第一本随笔集。这些短小的随笔是作者从自己的生活工作经历中提炼出来的。作者用简洁率性的文字，对交友、学习、职场及生活、梦想等现实问题，提出了既有深度，又有现实针对性的问题。有的是与朋友对话的记录，有的是学习阅读后的思考，有的是对生活现象的感悟，有的是对人生体验的追问。这些文章特别适合正在拥抱青春的大学生、初入职场人士，以及仍然不忘初心、心怀梦想、眷恋青春的追梦人阅读。

马建就是一个执着的追梦人。他走出校门后，曾远赴新疆，后又来到济南，从保安员做起，一步步走上领导岗位，成为振邦保安学校校长。他的成长过程就是一个励志过程、追梦过程、奋斗过程。正如他自己所说："没有经历，没有过程，一切不能。"马建的成长离不开读书，不论在学校还是在工作后，他都在孜孜不倦地读书学习。他说："读书，是为了成为一个有温度、懂情趣、会思考的人。"马建读的是活书。他不仅善于读书本，而且善于读社会这本大书。读书使他成了一个有情趣、会思考的人。本书中的文章正是他读这两本书后自己思考的结果。在《你到底有多忙》中，他对"忙"作了思考分析，既肯定忙的积极价值，又分析了"忙"变成"茫"和"盲"的原因，并且提出了解决对策。

他说："'茫'和'盲'是本质和结果的关系。眼前迷茫，做事盲目。出现这种情况，一种可能是你步入了冰河期或者高原期。工作因循守旧，再无建树。这时的你，需要突破自我；第二种可能是没有目标，或者目标不清晰、不量化，工作毫无条理和逻辑，每天浑浑噩噩，'小和尚撞钟——得过且过'；三是没有持续学习的习惯，凭借以往经验度日、'吃老本'，只好用无穷无尽的忙碌来掩饰自己内心恐慌。"

马建的这种分析思考能力既是读书的收获，也是现实工作锻炼的结果。不断在生活工作中思考和总结，就能使自己少走弯路，尽快实现既定目标。

在《你的目标呢》一文中，他说："目标就是靶子，射出去的箭如果不对准靶子，就失去了箭的作用，而人就像那支射出去的箭。""目标是方向，是希望，是自己给自己的一个承诺。"他认为目标不可太虚，也不可太低。目标一旦定下就要付诸行动，并且要把目标公示出来，分解开一步步实现。完不成还要自我惩罚。

这是多么理性的人生规划呀。这也是他对自己生活的提炼。相信青年朋友们一定能从中受到启发。

人生是需要规划的，既要有目标、有梦，也要有实现目标的规划和措施。他认为"生命有无限的潜能，人生有无限的可能"。要实现这种可能就要走出舒适区，"无论个人还是企业，如果设定了新的目标，就必须离开原有的'舒适区'，就必须挑战原有的能力结构、资源范围、智力水平和知识水平，也就是说意味着构建新的舒适区。不离开原有的舒适区，你就不会达到新的目标"。要达到目标就不能等待，"只有等待而不去行动，你怎能知道结果是好是坏呢？与其痛苦地纠结，反倒不如立即行动，哪怕结果并不是你想要的，起码你可以不再为此纠结。减少等待成本的最好的选择就是行动起来，进入穿越模式！穿越也许会有短期痛苦，但是等待只能会带来更大的永久损失。找到那些经常能给自己借口的内心对话：今天太晚了，不如明天吧；再不休息太累了；再睡一会才会精神好……然后一条一条击破。对那些拖延很久的事情，倾听自己的内心，然后不管做与不做，做一个决定吧！"实现目标也离不开朋友和圈子，在《圈子》一文中，他说："选择圈子很重要，人际关系是生产力，圈子决定你的未来。美国有句谚语，'和傻瓜生活，整天吃吃喝喝；和智者生活，时时勤于思考'。我们中国也有句古话，'近朱者赤，近墨者黑'。这两句话其实是同一个道理：你与之交往的人就是你的未来。有句话说，如果你想展翅高飞，就请你多与雄鹰为伍，并成为其中的一员；如果你成天和小鸡混在一起，那你就不大可能高飞。"

马建是个勤奋的人，除了工作之外，他的业余时间大多用在写作上。他规定自己每周必须写一篇东西。他发表诗歌、散文、通讯、报告文学、论文500余篇(首)。文学作品散见于《山东文学》《绿风》《当代散文》《济南作家》等期刊并多次获奖，与人合著《党和国家领导人在天桥》一书。通讯稿件多见于《人民公安报》《中国保安》《齐鲁晚报》《济南日报》及各级电台、电视台，调研文章《大力发展保安事业，强力打造平安建设生力军》曾被新华社内参采用，通讯《一个生命感动一座城市》曾在当地引起强烈社会反响。主编出版培训教材两部，撰写论文数十篇，《论保安职业培训体系的构建》获“中国保安业十年发展战略研究”征文一等奖。写作使他加深了对生活和社会的认识，也使他锻炼了分析问题、思考问题的能力。在《写什么》一文中，他说过：“对于个人而言，写有什么好处呢？大概因人而不同。有的人是感性地写，写能带来快乐、充实，是用文字来抚慰心灵，是自己与自己的对话；有的人是理性地写，写能把自己的思想用文字固化下来，写能把自己的经验提炼出来，写的过程会不时有新的想法迸出，写的过程也是一种学习成长的过程。写，为了缅怀过往，为了憧憬未来，为了纪念青春，为了净化灵魂，为了认清别人，为了了解自己。很多时候，写的是一种心情，一种心灵物语。”

不断地学习和写作，丰富了马建的人生，也锤炼了他的语言表达能力。马建的随笔语言朴实简洁，有的还很有艺术感染力。在《懂了遗憾，就懂了人生》中，他写道：“生命中出现最多的遗憾是爱情，‘奈何故人着新衣，嫁作他人妇’让人戚然；生命中出现最大的遗憾是亲情，‘树欲静而风不止，子欲养而亲不待’让人喟叹。”

我们无法消灭遗憾，是因为我们的心愿无法归零。既然时光无法倒流，就不如直面眼前，试着接触、接近、接受现实中的遗憾。千万不要纠缠在里面，一遍一遍地追悔莫及，这样只能加重自己的苦痛，要尽可能地用自己可以做的事情去弥补这个遗憾。

人生像是一幅画布，遗憾是留白。没有留白的画作太满，留白太多的画作太浅。

这段文字中诗句的引用和准确的比喻，使文章生色很多。

马建的这些文章充满正能量，具有温暖人心的作用，能激励人奋斗向上。其中那些富有哲理的警句，会让你久久回味。

《芒鞋留痕》序

这是我没见过面的校友冷为峰的第三部诗集。冷为峰是高级工程师，但在其专业之外，却雅好诗词，迄今已创作诗词近千首，发表500余首，多次在国内诗词大赛中获奖，成为山东诗词界的佼佼者。诗词是中华文化的瑰宝，继承中华诗词传统，将其在新时期发扬光大，是我辈义不容辞的责任。冷为峰热爱诗词创作，将其业余时间全部投入进去，取得了可喜的成绩。

冷为峰的诗词很接地气，他用诗词反映了当下的生活，记录了自己的所见所闻，表达了爱国敬业的情感，表达了对生活的热爱。他的诗词既很好地继承了传统诗词的形式，又很好地表现了新时代的生活和情感，走的是一条推陈出新的正路。继承传统并不是把诗词写得像古人一样，一定要用古代生活意象和陈旧的古代语汇，那是一条复古的旧路。今人的诗词当然要反映今人的生活，表现今人的情感，也必然要用今人的词汇和语言。冷为峰的诗词恰恰在这一方面作出了贡献。他的诗词很多都是与其本职工作相关的，都是直面现实生活的。《港城风采》中的89篇都是这样的作品。其中的《喝火令·日照排水处理赞》《喝火令·日照港城风光》《永遇乐·日照城建》等都是很接地气直接反映现实生活的佳作。反映现实生活和本职工作也要用意象，而不能用抽象概念。诗词艺术的核心是意象的创造，离开意象，诗词读来必然干瘪无味。其《鹧鸪天·咏日照质量监督安全工作·其二》就是一首意象生动的佳作：

多少楼台不必夸，港城处处绽奇葩。
三番掠影惊云雁，一瞬凌空逐彩霞。
流血汗，踏风沙。不辞辛苦细巡查。
安全重担谁挑起，累我一人为大家。

他用“三番掠影惊云雁，一瞬凌空逐彩霞”两个比喻，很生动地把安全监督员的辛苦巡查意象化了。

再如《行香子·日照植物园春游》：

百亩流光，遍地飘香。晓晨后、景色初尝。千红竞发、万绿新妆。傲冬之声，秋之韵，夏之芳。

清河桥卧，垂柳莺翔。转迷处、幽径深藏。春情乍泄，绮梦犹长。更一番痴，二回醉，三分狂。

用清新的语言勾画出明丽的意象，构成了春游的意境，让人不免陶醉其中。

冷为峰的诗词充满人性关怀，表现出对普通劳动者的赞颂，这也是值得称道的。也许与其本职工作相关，他接触建筑工、环卫工比较多，诗词中多次写到他们。如《建筑农民工》中写道：

不惧暑寒饥所伴，更兼风雨苦无涯。
宁将舍我一人累，造福世间千万家。

热情歌颂了建筑农民工的工作和精神。

再如《日照环卫工》：

历经寒暑最先行，扫尽尘污总为情。
一帚清除多少路，世间坎坷却难平。

诗中不仅赞颂了环卫工辛勤为大家的精神，还塑造出扫除世间坎坷的大意象。这就比一般歌颂环卫工的诗作高出了一重。在另一首写建筑农民工的诗中，他还说："夜观都市灯如海，喜苦交加双泪盈。"喜是因万丈高楼有他们一砖一瓦的功劳，是喜泪；苦是其中有暑寒交加之苦、离家别亲之苦，是思乡之泪、思亲之泪。诗人不能只躲进象牙塔里，不关心民生疾苦。屈原之所以万古流芳，是因为他"长太息以掩涕兮，哀民生之多艰"，杜甫能称诗圣是因为他有"安得广厦千万间，大庇天下寒士俱欢颜"的胸怀。关心民生，关心百姓疾苦，这就是接地气！

冷为峰的节令诗也很感人。其《鹧鸪天·清明节怀父》云："梦常忆，事可追。十年未见影相随。人间不得长相守，愿在黄泉冷暖知。"思父之情，出自肺腑，令人唏嘘。《母亲节》则表达了母亲对游子的期盼：

燕恋旧巢绕梁飞，石阶孤影雨沾衣。
门前几朵忘忧草，终日望穿游子归。

《端午雨事》表达了对屈原的怀念："楚江千载流难尽，未洗贤臣万古冤。"

《山水咏怀》在这本诗集中有235首，表现了作者对祖国山水的热爱和四季风光的感怀，充分表现了作者借景抒情的艺术功力。如《浪淘沙·北戴河》：

碧海接青天，浪击飞帆。悠悠日月出其间。汉武秦皇犹影在，千载流传。

无暑更无寒，世外桃源。明珠自古耀中原，昔日畅游潮立处，指点江山。

上阕由眼前海景，抒发怀古幽情。下阕赞颂这一无暑的度假胜地，联想伟人再次指点江山豪迈，情景交融。再看七律《西塘游感》：

小桥卧浪柳垂绿，十里平川烟气笼。
千米长廊遮雨盖，万条窄巷觅人踪。
吴根越角方音近，徽派楼台古色浓。
穿越斜塘如梦里，依稀可见宋唐风。

作者把西塘如画的江南风光勾画得很细致，同时抒发了如梦如幻的游思。

《岁月感怀》是这本诗集中篇幅最多的部分，表现了作者在人生岁月里的感悟，饱含着丰富的情感。七律《生活随想》借日常生活小景表达了远离俗尘的高洁情怀：

余暇爱去小楼台，窗外喧嚣两隔开。
茶酒随身多味爽，梅兰做伴一心栽。
闲观明月凌空出，静看黄莺破晓来。
世态纷纭抛脑后，一书在手远尘埃。

《乡思》也是一首余味无穷的佳作：

栏里梅开满室香，窗前月照一帘霜。
谁家楼上夜吹笛，引我西南直望乡。

冷为峰不仅善于填词作诗，还写了不少赋。词、曲都能歌唱，而赋却不能歌唱，只能朗诵。它外形虽似散文，内部却又有诗的韵律，是一种结合了诗歌和散文的文体。晋代文学家陆机在《文赋》里曾说："诗缘情而绮靡，赋体物而浏亮。"也就是说，诗是用来抒发主观感情的，要写得明丽而细腻；赋是用来描绘客观事物的，要写得爽朗而通畅。陆机是晋代人，他的话说出了晋代以前的诗和赋的主要特点。今人作赋既要状物又要抒情。赋多铺排，辞藻丰富，多用骈语。

其《日照赋》铺陈出日照地理形势、自然美景、人文历史、现代建设，全面展示出日照风姿，抒发出日照人敢为天下先的豪情壮志，读来引人入胜。《中华赋》更加大气磅礴，写中华历史、壮丽山河，歌颂了今人创造的美好生活。更不容易的是他还写了《社会主义核心价值观赋》和《和谐赋》，以这些抽象概念作赋，是对赋表现内容的拓展。作者能化抽象为具象，颇费心思。写“敬业”引诸葛亮、焦裕禄为标杆，赞环卫工、教师、军警；写“诚信”以商鞅立木、曾子宰猪、曹操割发代首为例。把社会主义核心价值观喻为“根植宇宙，干接乾坤，枝连八荒，叶蔽四海，系以纬地，茎以经天，挺龙脊香润万众，凝国魂果惠九州”的参天大树。由此可见作者深厚的文学功底。

这本集诗词赋于一身的诗集，充分表现出作者在继承中华文化传统，并推陈出新方面的努力，也是齐鲁诗坛的新收获，可喜可贺。诗逢盛世必大兴，在这个历史新时期，中华诗词必将开出更加新美的花来！

美丽的情象世界

——《青铜记忆》序

这是鲁言继《守住记忆的门》和《优雅的凤尾竹》之后推出的第三本诗集。著名诗评家吴开晋称赞鲁言“很有诗才，诗的艺术感觉很敏锐”，并说她“以优美多彩的语言，创造出多重意象美，而她就用这编织成的意象之花，去绽放喷射心灵的感悟和喜怒哀乐之情”。

鲁言的诗是情象诗，是她把自己内在的情感外化成象，以象抒情的诗。抒情诗在浪漫主义诗人那里大都是直抒胸臆，大声地甚至夸张地直接表达内心情感。如郭沫若早期诗作那样，是一种一目了然的淋漓宣泄。情象诗则比浪漫主义诗作更委婉些。诗作往往把情感隐藏在象的后面，也因此更加耐品读。情感是藏在人内心里的，要用语言表达出来，一是直接说出，二是间接表达。要使艺术表达得更有诗意，那就需要借助于情象了。鲁言在《春暖花开》中写道：“春水追逐蝴蝶飘忽的花朵/闪烁斑驳往事/蒲公英绝望的夜/河流背负远山/写下蒙胧的诗歌。”诗中朦胧迷离的象都是情象，把作者朦胧凄迷的思恋之情很具象很优美地呈现出来。再如《香蒲花》中的诗句：

起伏的香蒲芳心似火
哑着嗓子在歌唱
春天与你含恨离别

风中起伏的香蒲花表面上是说春天在悲伤地与它告别，实则是作者在与一段情感告别，表达出一种不被理解的痛苦和忧伤。再看《风中落花》：

飞翔降落起伏幽怨的雪
忧伤凤尾竹憧憬的黎明
风中落花时间绝望的模样
夜雨滴落，月光冷漠的背影里

作者用“风中落花”传达出对青春流逝的无奈和感伤。在夜雨滴落、月光冷漠的背景上飞翔降落的花瓣好似幽怨的雪花飘落，春去也，时间君王的脚步是谁也无法挡住的。

诗人取象往往与自己的经历分不开，那些在她人生历程中刻下深痕的物象和场景会不由自主地浮现出来。在鲁言诗中大海多次出现，直接用海命题的诗很多，如《问海》《海的夜》《致——大海》《说给大海听》《怯懦的海》《海岩》等等。鲁言其他诗作中大海的象也不少。她何以对大海情有独钟呢？鲁言少年时代曾在新加坡求学，那里的碧海蓝天已经刻印在她的心中。那也是一个女人最美丽的时候，是她诗意初萌的时候。大海也就成为她永远抹不去的记忆了。当然海的象在她的诗中并不是单一的，而是随着内心情感不断翻腾起别样的波涛。这就是象随心生，情以象现。先看《问海》：

还没走近你
我已闻到你的气息
海浮动洁白的云
风吹拂起我的长发
这么急着来见你
听你深度的呼吸
苍茫的海面潮水浩瀚
飞翔着远航的帆船

从诗句中我们可以触摸到她对海的深情，“还没走近你/我已闻到你的气息”这是多么熟悉的气息，又是多么亲切的气息呀。“这么急着来见你/听你深度的呼吸”，大海与爱人、亲人完全叠合在一起。

再看《海的夜》：

月光洒落大海
海辉映明月苍凉的心
在黎明之前消失它的背影
霞光寂寞照耀我残缺的岸

如果说前面写的相见和团聚，那么这里写的就是分别和残缺。心情不同，海也呈现出不同面貌和色彩。前者喜悦，后者苍凉。情感不同，同一物象也有了不同样态。在《寄情雪》中，海更加悲凉：“冬天深情的海哽咽苍凉海浪/梦中与我别离，河已结冰/我推开思念的窗/却听到来自海的哭泣。”情感深度加强，意象力度也加强了。如果说这些诗作里的海还是传统意义的海的话，那么《怯懦的海》则赋予了大海新的内涵，这是很有创意的象：

太阳大叫着冲出海的包围
大地抖落起五彩斑斓霞光
海退却夜侵蚀的星空
潜入无底忧伤

欲望浮起暗礁涌动浪花
群星坠落在海
涩涩的苦
漆黑的丛林
黄昏模糊的路
喑哑的钟挂在天际
亮起一盏航海的灯

这首诗中的海是怯懦的、退缩的、苦涩的，这是由作者情感变化所导致的，也是别人没有写到的海的另一面。诗人是最有创造力的，她可以在第一、第二自然上面再创造出第三自然，即诗人心中的宇宙。能否创造出第三自然是检验诗人艺术功力的标尺。

鲁言诗中另一反复出现的情象是风。风的流动和飘忽，很容易引发诗意，风的流逝与时间和生命的流逝也很相似。“夜来风雨声，花落知多少”不就包含着对消逝的春光、凋落的生命、萎谢的美丽的惋惜吗？两句平白的诗句里情感的内蕴很丰富。这里要特别提一下鲁言《唤醒风的记忆》：

月光慢移斑驳的窗
情感的记忆
茑萝般攀援着大地
月如雪
关山依旧在梦里
雾笼罩艳香的茉莉
唤醒风的记忆
纺织娘疲惫的喉咙

抑制我无法深度呼吸

离愁洒落细雨
忧伤盛世的莲
沙哑的清芬
红裙子在风中扬起
风声喧哗
她陷与泥沼
初始炼狱之门
月亮狂笑颠痴
痛饮一杯止疼的布洛芬

思索忘却的前夜
喘息着大雅的风
芨芨草遮了古道
雾山初始月
宛如清水明媚生辉

风是飘忽的,吹过就远去了,唤醒就是激活,就是追回逝去的风,忘却和唤醒是情感的两极。月光如银,秀窗斑驳,关山在梦,正是迷离恍惚的时刻。关山远,风亦远,梦也远,其实是人已远,情亦远。氤氲如雾的茉莉花香里,风的记忆被激活了,风声喧哗,离人的影子忽隐忽现,相思之痛布洛芬也难止住。往事难以如风,前夜也难以忘却,记忆反如驱散迷雾的明月"宛如清水明媚生辉"了。这是一首现代诗,却很好地融进古代诗意,创造出朦胧凄迷的意境,是古代离愁别恨诗歌的现代版,也使读这首诗有了品味金骏眉的味道。

女诗人大都多愁善感,鲁言对情感表达得很细腻,对美的感悟也很敏锐。她渴望着清纯的爱、无私的爱、奉献的爱。正如她《爱情是一首朦胧诗》中所写:

夜凉如水茑萝花伸向山崖
青鸟不曾来入梦关山路重重
夜雨浸湿清风穿过青苔的屋檐
望眼欲穿相思扯不断的绳索
梦境飞跃雾山李商隐的夜雨
滴落相思是一把利剑

刺伤我的眼睛

她用伸向山崖的茑萝花表达对爱情的渴望,用一把利剑表达相思的刻骨之痛。梦境飞跃、关山重重、夜雨清风勾画出朦胧凄迷的意境,表现出细腻的内心感受。

她还把爱人比作深远而温暖的海、庄重而肃然的背影像松塔,想"温柔地靠近你/听你喃喃生动诉说/宁静的夜与你一起回忆往事"。

她甚至这样表达她的爱情:

我被你的纯洁引领着
在这条路上奔跑
我是你路上的一枚石子
在你的脚下滚动

这是被纯洁引领的爱情,为了它鲁言甘愿做爱人脚下的石子,纯洁、奉献,甚至有点谦卑。然而,这并不意味着她放弃了自尊。她追求的爱是完美而充实的,她"拒绝占据一座空城":

怀抱理想的火寻觅空旷的冷
我爱我拒绝占据一座空城
浓墨旷古不灭的火焰浮却
沧桑荡涤的微风吹老了繁星

鲁言诗歌的情感内涵是丰富的,除了男女之情外,还有家国之情、母女之情。就是男女爱情也表现得很丰富,有相聚的快乐,也有别离的忧伤;有执着的追求,也有背弃的哀怨。在她情感的深处还有《青铜记忆》:

青铜苍凉如水
湮灭风尘
祖国遍布你的神迹
青铜朦胧的印痕花纹
像星星跃动的火焰
犹在夜幕下唇边私语
你是如此妖娆和美丽

这是对中华文明的记忆,青铜文明在诗中妖娆而美丽,是"夜幕下唇边私语",又

“像星星跃动的火焰”。意象鲜明独特让人过目难忘。

鲁言的抒情诗以象传情,优美含蓄,既有丰富的情感内涵,又有鲜亮的意象表现,很耐人品味。这是她丰富情感世界的展示,也是她艺术才情的表达。

情象诗以象传情,象越鲜明越好,情越隐曲越好。象现情隐是为高手。鲁言的诗在情的隐曲上还要再下功夫。

是为序。

2011年2月20日

名楼·名人·名剧

——《〈牡丹亭〉的公演》赏析

南昌是一座历史文化名城，中国四大名楼之一的滕王阁就在这里。许多文化名人多会于此。滕王阁还与著名元杂剧《牡丹亭》结下过不解之缘。这篇散文以近500年前《牡丹亭》在滕王阁的一次演出，把名楼、名人、名剧汇聚到一起，展现出南昌作为历史文化名城的深厚底蕴和灿烂光彩。

文章第一部分从白先勇入笔，因为他多年来致力于《牡丹亭》的"奔波鼓吹"，进而使《牡丹亭》这个历史名剧成为近年来的一个文化热点。然后以一个问句"白先生的《牡丹亭》是否记得赣江之滨的滕王高阁"自然切入了半个世纪前的那次公演。接下来作者叙述了这次公演的来由，描绘了演出的轰动："锣鼓与微笑汇聚成这座城市的赤诚，百姓们欢乐的脚步都向着章江门的方向，向着滕王阁，向着《牡丹亭》集结，这是文化的召唤，艺术的磁力。"王佐是这次演出的地方长官、东道主，张洪阳是汤显祖的老师，汤显祖是剧作者。他们一一出现在作者笔下，这些历史文化名人为南昌，也为这次演出增加了夺目光芒。

第二部分以几个小故事写出《牡丹亭》不朽的历史文化价值和惊人的艺术感染力。正如作者所言："想不到一出戏也能要人的命。它揉碎了缠绵的情肠，人的感动会让生命耗尽，这是文字的魔力，将情深所至的躯体如蛾扑火，投向《牡丹亭》意趣的神色中，将魂浸泡在凄婉的唱词里，在文化史上极为罕见。"

第三部分是抒情和议论，也是点题之笔："滕王阁与《牡丹亭》完成了一次合影，那天只有它们是主角。赣江为它们鼓掌，叫喊，同样在感受这片土地厚重的文化气质。""滕王阁已不是演戏和歌舞娱乐的地方，它是一道耸立在我们心头的文化记忆的丰碑。不会忘记与戏曲的结缘，平添了千古楼阁的一份柔婉气质，《牡丹亭》也在滕王阁的文化长卷上烙下深深一印。"

最后一部分是尾声："他的戏还在锣鼓声中上演，还在将我们的眼泪摧出。

杜丽娘死了会还魂复生,你听:'花花草草由人恋,生生死死随人愿,便酸酸楚楚无人怨。'《牡丹亭》让世人看到东方最真切的情感,泪水的痕凝成的唱词,句句都把我们的魂穿透。"

这篇散文选择了一个很好的切入点,神聚形不散,语言也很优美。美文与名城、名楼、名人、名剧和谐统一,可谓妙哉!

《木兰花慢·烟花(月怀玉)》赏析

是何人为我,着一袭,紫红绸?过城市边缘,繁华之外,暂做停留。瞳敛霏微夜色,向层云暗黑说优游。几度徘徊呓语,旋飞隔世重楼。

去耶住也费绸缪,旧梦不胜愁。叹梦里相逢,幻中相失,谁舍谁收?唯把玲珑心事,化寒灰湮灭料应休。开尽此生妩媚,换君刹那回眸。(2016年10月《中华诗词》)

这是一阕别开生面的词作。作者以烟花喻所爱,表达出缠绵悱恻的爱。古人有诗庄词媚之说,词是最适宜表达爱情的。尤其是慢词,更适宜表现婉曲的情感。上阕表面写紫红烟花在城市上空绽放,内蕴则是写出惊鸿一瞥的爱。尽管这爱很短暂,却足以震撼灵魂了。“瞳敛霏微夜色,向层云暗黑说优游”,这是暗夜里的惊艳,是绚烂和光明的爱。但她却很快消失了,“旋飞隔世重楼”,“隔世”就是阴阳两隔。一场轰轰烈烈的爱,很快以悲剧终场,岂不令人痛断肝肠。下阕抒情,过片连接得很自然。所爱已去,只能“叹梦里相逢,幻中相失”,“唯把玲珑心事,化寒灰湮灭料应休”,仍扣住烟花意象抒情。最后两句抒情角度变换了,以所爱之人的口吻说出“开尽此生妩媚,换君刹那回眸”。这种刻骨的倾心至爱真如烟花一般绚烂了。这首词语言出自今人之口,描绘意象、传达情感,毫无障碍,是当代之词,这才是旧瓶装新酒。写诗填词,并不一定用古人语,用陈旧象,这也是这首词给我们的启示。此外,假如抛开情爱层面,也可以把烟花作为某种理想去解读,也许是这首词更深一层的象征意蕴了。

《牧歌:郎茂山野兽之夜》读后

一

这是一部难读的长诗,诗人的意象隐藏在东西方的文化符号之后,不了解这些符号的内在含义就会陷入文化的迷宫里。一更中小圣兽出现,这只小圣兽与古希腊神话中的酒神同时也是纵欲之神狄俄尼索斯相叠合,带着诗性和酒意漫游东方和西方,许多著名艺术家出现在诗中:歌德、里尔克、杜尚、毕加索、洛特雷阿蒙、斯泰因、博纳富瓦、昆德拉、艾略特、萨福、莫扎特、舒曼、瓦格纳以及他们的代表作,同时还拉来杜十娘和卖油郎作陪。公主、小矮人、格格巫现身,撒旦和维纳斯也出场。这是文化艺术的漫游,也是精神的畅游,这些符号会使读者联想到他们生存的国度和作品的内涵。古代与现代、东方与西方、神话与童话、历史与现实交织在一起,充分体现出诗歌的跳跃性,也极大地扩展了诗歌的时空。

二

这部长诗的结构很有创造性。全诗以牧歌为总题,以五更天划分为五部分,用了近乎音乐剧的结构。二更中口琴狂想曲分为五个声部,三更中饭饭公主则由前奏曲、诙谐曲、叙事曲、幻想曲、梦幻曲五部分组成,四更中奶油房子划分为五个童话,五更中小矮人的弥撒曲有五个小矮人分别出场。结构严整宏大,表现出诗人对西方音乐的熟悉。

三

诗歌是意象的艺术,诗人的创造性必然体现在意象的创新上。这部长诗中的意象很有新意。小圣兽、小矮人、饭饭公主还有奶油房子都具有童话色彩,但这并不是一部儿童诗,是诗人童心的意象化,在物欲横流的当下更是难能可贵。诗中的意象纯净透明,诗意充沛,有神性光芒在闪动。如:“草叶上的露珠/别看它们晶莹圣洁/却心事重重/想法也很特别/它想扯住一根阳光/爬到天上去/看看天上除了太阳/还有什么。”“蒲公英最没有心事/瞧它一脸金黄的笑/在晨曦中摇曳/阳光多么明媚/它想把一脸金黄的笑容/漾溢到郎茂山下/很远很远的地。”“树上长满了鱼/花上开满了鸟/草叶上结满了星星/弯弯的月亮上/坐着一个小精灵。”

四

这部长诗的语言是纯净的诗歌语言。当下许多诗歌偏偏缺少这种诗歌语言。有的是粗俗的白话,有的是欧化的洋话,有的是神秘的鬼话,有的是下流的荤话,真正具有美感的诗话却稀罕起来,真是咄咄怪事。罗珠诗歌语言优美纯净如朝日、如露珠。诗歌意象最后须用语言表达,意—象—言,最终落脚到言上。

《那时花开》序

《那时花开》是赵小涵的诗文集。她毕业后做过财务、销售、企业管理，换过数个单位，涉入数个行业，但文学一直是她不曾改变的挚爱。这本诗文集就是她对文学挚爱的收获。

赵小涵的散文多写个人生活，是随笔性的生活感悟。文字轻灵自然，不事雕琢，像湖水里秀出的轻盈的白荷，又像原野上吹来的沁人的清风。她能从最日常的生活小事中发现美。在《老咸菜，旧时光》中，她回忆高中住校时从家中带来的咸菜："上高中时候，第一次离家住校。每当周末返校时候，通常都要带吃的，最经常的就是炒咸菜丝。那时都用豆油，炒咸菜时，母亲通常把鸡蛋炒碎一块放上，最后用那种装麦乳精的大玻璃瓶装好，差不多就能吃三四天了。那时候食堂的菜三四毛钱，差不多就水煮样的，远没咸菜丝好吃。咸菜丝的味道还在，只是时光不再了。恍惚间就是二十几年了。"人生中总有许多忘不了的时刻，忘不了的味道，忘不了的人。这段文字回忆了二十年前的高中生活，说的是咸菜，展现出来的却是母亲的爱。就是面对一家新开的路边小店的咸菜，她也有自己的人生感触："临吃饭时上来一碟小咸菜，像水饺馅一样的细，仔细一看鲜辣椒香菜葱姜一样不少，吃起来清爽脆口，觉得这个像店主的精致。'食浅方知味，悦心可悟真。'临走看到影壁墙上这一行字觉得极好。"(《悦心可悟真》)

她的随笔叙事写景语言极简洁，寥寥几笔便勾画出事物和景色的魂魄。她这样描写苏州的白玉兰："很多年前，在苏州拙政园边，看到开的碗口大的白玉兰时被惊艳了。古朴的建筑，灰色的廊檐边，那些素洁的白玉兰，像栖于枝上的蝴蝶，有些如在歇息，有些如展翅欲飞去。也像烟雨古巷里身着素衣的江南女子，那样温婉秀丽，袅袅婷婷……"(《玉兰花开》)。老龙湾的冬天在她的笔下就像一幅画，字里行间可见唐宋大家写景小品的风韵：

故乡有一湖，谓之老龙湾。

湖不很大，周围翠竹环绕。湖边亭台楼阁，形状各异的太湖石散落其间，有江南园林之风韵。

苏州园林的水是死的，湖水泛着深深的绿。老龙湾有着大大小小的泉，清澈处，水底的石头清晰可见。

湖上有石桥，谓之雪化桥。据说下雪之时，落雪纷纷，独桥上落雪即化，也算一奇观了。

雪化桥永在，雪不常有了。

——《湖水安澜　龙湾不老——老龙湾之冬》

赵小涵的散文善于从生活中发现哲理，并且用诗意的语言加以表达，如“人生就是一场修行，要像河蚌里面的珍珠一样，经过时间和磨砺，才能珠圆玉润。”“风景是一方面，很多时候出游要的是那份闲适的心境罢了。所以没有人厌倦旅游，因为总有没看过的风景，总有到不了的远方”(《莫负时光》)。再如：

人生天地间，忽如远游客。远处是向往，家是归宿。故乡是心灵的寄托。内心有时像个流浪的孩子，蛰居久了想出门，出门远了就想家。等有一天老得走不动了，就在夕阳下回想那些远去的时光……

——《人生天地间　忽如远游客》

赵小涵的诗也很有特色，像她的散文一样清淡自然，但很有味道。如《一路明媚，一路风光》：

世界上最美的路，
是回家的路。
一路桃红柳绿迎春花黄。
把车窗打开，
让春天进来。

她似乎更喜欢冬天、喜欢雪。如《雪，是最深的安静》：“遂记起小时/很早要去上自习课/推门/雪深盈尺/酣眠中不知/下了一夜的大雪/旷野寂寂/只听到靴子/踩在雪上的声音/多少往事/已成追忆//雪，是最深的安静/万物/在安静里酣然入梦/在梦里/大雪纷飞。”再如《白浪河之冬》：

河面一层薄冰
清透

琥珀一样
包裹着
残荷,水草
那些鱼都沉睡了吗?
小路寂寥
伴着些落叶残枝
鸟飞过
干枯的芦苇花摇曳
仿佛听到雪落的声音
冬天是一场大梦
等待春风唤醒
在她的眼中月色和冬雪是“最好的绝色”:
菊随飞雁去,雪伴瘦梅来。
一夜酣眠,醒来东方露白。
几盏灯火,四周岑寂。
冬至。
雪,还没有踪迹。
想起余光中那句:
在月色和雪色之间,
你是最好的绝色。
月色,雪色
已是至美,
不知,
所谓的绝色
该有怎么的美色。

很难想象一个在商场上拼搏过的女子竟保有如此清纯美丽的胸怀,也许正是文学才使她的灵魂变得优雅。这也正是她和一般企业管理者的不同之处吧。雨果曾说过:“书籍是造就灵魂的工具。”读书写作自然使她的气质不同一般。亦如莎士比亚所言:“书籍是全世界的营养品。生活里没有书籍,就好像没有阳光;智慧里没有书籍,就好像鸟儿没有翅膀。”希望赵小涵永远保持读书和写作的热情,写出更多更美的诗文。

叙述得从容而美丽

——评王春芳的十行诗

十行诗是王春芳的诗歌实验，他把情感与感觉的传达约束在十行之内，用叙述性语言呈现意象与诗思，这也是戴着镣铐的舞蹈，他跳得很好。当下的不少诗歌转向叙述，多用口语，但诗性缺失，这不能不是弊病。梨花体遭人诟病的原因也在此。这首十行诗虽也用叙述性语言，但是诗性很强，叙述得从容而美丽。

全诗叙述了梦里的所见。开始两句写入睡，“从世间抽身而退”表层写睡，暗示的却是人生态度，是脱离世俗的自由冥想和沉思。“蜷缩的躯干”是睡姿，是外象，是收敛；但深远幽静的美，则是内象，是舒张，看似矛盾的表达，恰恰揭示出这首诗的核心诗意。入睡不是思维的静止，是放松，是潜意识的活跃，是更为自由舒放的漫游。接下去述说梦里世界：有人懊悔、树影移动、筋络匍匐、流云轻浮。大幅跳跃的无逻辑意象画面，正是自由梦想的无逻辑展现。诗人的叙述没有脱离开意象，如把懊悔刻写在大理石柱上的人、树影沙沙的小碎步、叶脉似的筋络、在夜幕与屋顶间轻浮的白云，都很具象地呈现出来。诗歌不能没有意象，即便是叙述，也是意象化的叙述。要在叙述中展现意象的美、情感的美、思想的美。睡了才有梦，才有更自由的跳跃的诗性思维。至于懊悔的内容、树影的玩闹的意蕴、筋络的匍匐的暗示，读者可以联系自己的情感经历和生活经验去做读解。这就为读者留下了自由补充的空间，从而造成了诗意的延伸。

这首诗叙述得很从容，语言好像是自由流淌出来，不见一点雕琢的痕迹。“清水出芙蓉，天然去雕饰”，是更高层次的美。从容是诗意的自然抒发，是真正的“自动写作”。修炼到这个状态，不是一日之功。

诗的本质还是诗，不是散文，当下有些人把散文拆开，分行排列就认为是创新，其实已经离诗十万八千里了。诗是最凝练的语言艺术。王春芳把诗思集中到短短十行之内，用叙述性语言呈现得很从容美丽，他的实验是成功的。如《那

时我睡了》:

那时我睡了　从世间抽身而退
蜷缩的躯干有深远　幽静的美

我梦见有人把懊悔　刻在当街的
大理石柱上　而后轻抚胸口的不宁

我还看见树影在地上的小碎步
它们的玩闹多小心　并伴有沙沙的声响

那些不畅的筋络匍匐　不再伸张
这时的它们很软弱　形状酷似叶脉

我睡了　流云在夜幕和屋顶之间轻浮
我有棉花盛开的大床　跟苏醒时的欢悦接壤

想象的跳跃

对鹅毛的想象

如果是一汪绿水　我想到的是
一对深谙戏水的情侣

如果是一场雪　我想到的是
炭火跃动　温暖的木屋

如果是一支笔　我想到的是
苍皱的脸　蓬勃的络腮胡

如果是一段飘零　我想到的是
出发　奔腾和巨大的内伤

如果是一场轻抚　我想到的是
少女　浪漫　深爱着且永不知所终

诗人是美的创造者,他的想象比一般人更进一层。正是更进一层的想象力使诗歌意象语言变得陌生化。王春芳这首十行诗就表现出诗人异于常人的想象力。

这首诗由鹅毛引起一连串联想。先想到绿水,白毛浮绿水呀,羽毛和绿水关联起来了,进而想到"一对深谙戏水的情侣",那对情侣也许正是游动在水面交颈的天鹅呢。他看到的是鹅毛,想到的却是水和情侣,想象跳跃到另一层次。他又想到鹅毛大雪,联想的却是火和温暖的木屋。雪意味着冷,冷又期待着暖,这就引出了木屋。跳跃更大的是第三节,由鹅毛想到笔,进而联想"苍皱的脸""蓬勃的络腮胡"。这两者联想的跨度就更大了。也许这笔是画笔吧,而脸和胡子构成的老人形象就是一幅素描了。第四节则由具象转为抽象概括,一段飘零延伸了想象空间，可以是鹅毛，也可以是人的身世，他想到的却是“出发奔腾和巨大的内伤”，这是对飘零的多层次联想。飘零是个过程，过程总有出发和开始。飘零一般给人的感觉是凄凉，是向下的暗示，但诗人想到的却是奔腾，是向上和向前的，这一过程曲折多变。鹅毛飘零，意味着受伤，所以说“巨大的内伤”。最后由鹅毛的轻抚想到少女和浪漫，跨度减小了，节奏也舒缓下来。

全诗由鹅毛引发一串联想，好像是一曲命运的交响。先是柔美的慢板，从爱开始；中间是激昂的节奏，经历寒冬，向往温暖，度过沧桑岁月，尽管有飘零，但带着巨大内伤仍要奔腾；最后又是慢板，回顾青春的浪漫，表达出对爱的坚持和追求。余音袅袅，回味悠长。

这虽是一首精短的十行诗，但内涵却很丰富，情感也很多样。短而有味，启人遐思。我们常说，诗要有象外之象、味外之味，就要像作者那样展开跳跃性想象，少用直接联想，拉开意象间的距离和层次，为读者留出更大的补充想象的余地。诗的味道就藏在这些空白处，这也许就是诗歌的秘密。

湖泊的象征意蕴

湖泊

不但要有干净的水面
还要有干净的荡漾

因为有始有终
所以你不能奢谈无边

环绕你的　那些高草
月亮　飞禽和走兽
之所以环绕　是因为你还没丧失
温良　友善和明镜一样的心

和苍生一样你仰赖着上天　心生敬畏
所以每次都不敢忽视它即将阴郁的表情

这首十行诗采用了象征手法,湖泊是一个象征意象。诗人写湖泊,其意却不在湖泊,他不过借湖泊这一意象表达他内心的所思、所想、所感。

诗中的湖泊被符号化了,它不是杭州西湖,也不是济南大明湖,而是被诗人抽象化了的湖。但诗中的湖又很具象,它有干净的水面、有干净的荡漾,它有始有终,有明镜一样的心,它温良友善,高草、月亮、飞禽走兽都环绕它。这样符号化的湖其实可以代入很多东西,一颗纯洁的心、一个纯洁的人、一个纯洁的团体和党派,等等。象征符号可以暗示多重意义,从而具有更广大的艺术空间,这是写实意象无法取代的。

诗人为何要写这样一个湖呢? 因为他心中有和这个湖一样的干净、温良和友善。他相信具有这种品格的人或团体才有凝聚力、向心力。湖对上天有敬畏感，这种敬畏感使它保持着干净和良善，“所以每次都不敢忽视它即将阴郁的表情”。

一个对上天有敬畏心的人就不会去做坏事。现代人大多不敬天了，不敬则会丧失信仰、丧失纯洁、丧失真诚、丧失真情、丧失道德。每个人若都有明镜一样的心，社会风气还会不好吗？这就是诗人用湖泊这一象征符号传达的意蕴。

《品荷集》序

这是郭永顺的第二本散文集。他20世纪60年代初开始文学创作，在长期担任领导干部期间也从未放弃对文学的热爱。退休以后更是笔耕不辍，一朵朵散文之花在他的笔下盛开，虽然没有牡丹的艳丽，却散发出淳朴泥土的芳香，受到人们的喜爱。他的散文集《黄河柳》获得济南文学奖，作品也入选《中国散文大系》。这个集子中的散文大都是他近年来的作品。

郭永顺的散文和他的人一样，真诚、朴实，没有华丽的藻饰，也没有故作高深的卖弄。读他的散文如同和一位老友谈心，如同在散发青草香气的土地上散步，亲切、自然，又能拨动你的心弦。这部散文集中的内容丰富多彩，有对自然的感悟，有流年的碎影，有人生品味，还有文苑俗语和诗海探幽。写景叙事历历在目，记人咏物娓娓道来。篇篇都实实在在，耐人品味。

也许是从小生活在黄河岸边，村庄周围都是荷塘的缘故吧，郭永顺对荷花情有独钟。集子中收了两篇写荷花的文章。在《我爱荷花》中，他写道："我爱荷花，它滋养我长大成人，它陶冶着我的情操精神。随着年龄的增长，我逐渐感悟：荷花是美的，但它并不孤傲，'可远观而不可亵玩'，只是因为荷花在水一方；荷花是娇艳的，但它并非华而不实，它结的莲子和莲藕，养育了世世代代的黄河边人。荷花展示的是美丽，奉献的是果实，张扬的是精神。"这篇散文从家乡入笔，写到荷花之美，联系古代民歌和在万亩荷塘拍电视剧的经历，继而赞颂莲的精神品格，最后写到要尊荷花为师，发扬荷花的风骨精神。文中把儿时回忆与现实感悟糅合在一起，抒发了对荷花的爱，是一篇文采和情感俱佳的美文。《品荷》则集中在一个"品"字上，引导读者细细品味荷花的色香和精神。

郭永顺在写景咏物时常常把自己的童年经历和现实感悟结合起来。《爱鸟情怀》中写了儿时养家雀的情形，又写现在新居小院看鸟爱鸟的快乐，表达了爱鸟的情怀和珍爱生命的意愿。《枕着蝈蝈歌声入梦》同样也是把儿时经历和现实生活结合的佳作。类似的还有《百菜唯有白菜美》《家乡的苇湾》等。

郭永顺写人物的散文也很感人。《怀念汤编辑》记叙了他和《济南日报》副刊编辑汤和生的交往，刻画出一个亲切感人、视业余作者为朋友的好编辑形象。作者和汤编辑的情谊延续了半个世纪，同时也表现出作者真挚的感恩情怀。《五十年前共切磋》写了他和农民文友吴再生的深厚友情和共同的文学爱好，这使他们五十年前就成了合作的铁哥们。他们一起采访，一起写稿，生活上也互相帮助。在三年困难时期，老吴借给他40斤地瓜干，在当时可是救命粮呀。后来老吴因故不写作了，他也深深为他惋惜。《文友牛维城》《同事老房》也都给人留下深刻印象。郭永顺笔下没有达官贵人，都是很朴实的普通人。他们之间的深深情谊折射出时代的投影，与当下人情淡漠的环境形成鲜明对比。

郭永顺喜爱读书，“一捧书香”“诗海探幽”“文史觅珍”等辑中的散文可以见出他涉猎文史很广泛，读书很深入，见解也深刻。《读陶渊明的冲淡》一文中，他说：“将日常生活诗意化是一大创举，亦是陶渊明诗审美意义所在。”他还说：“陶渊明称得上是冲淡的开山祖。”他这样论说陶渊明的冲淡：“是他见多了沽名钓誉、贪饵吞钩、奴颜婢膝、背信弃义行径之后才逐渐形成的。他在尔虞我诈的政治斗争和阳奉阴违的世态炎凉中，开始明辨其中之理：‘人生似幻化，终当归虚无’‘今我不为乐，知有来岁否’，同时发现‘采菊东篱下，悠然见南山’，‘暧暧远人村，依依墟里烟’的温馨，‘晨兴理荒秽，戴月荷锄归’的快慰，这才是他梦寐以求，并不肯舍弃的理想生活。他能在这里真正领受到生命回复本性的快乐和幸福。”这都是他在读书时的真切感悟。

散文姓“散”，散就要思维发散开，充分展开联想，自由张开想象翅膀。但形散神不能散。还要有一根线贯穿全文。郭永顺的散文就体现出这一特点。《栗乡情》一文中，先写爱吃栗子是在山区教学养成的习惯，继而写西营的栗子是庄稼人的铁杆庄稼、宫廷里的栗子面窝头，再写栗子的历史和营养。全文资料丰富，又以栗子贯穿起来，既写出对栗子的感情，又包含着比较丰富的知识。《百菜唯有白菜美》也是如此，从童年爱吃白菜写起，引出白菜的对联，再引《诗经》里的掌故以及古人对白菜的赞美，然后写今天白菜当家菜地位的丧失，最后归结为白菜如多年老友那不离不弃的情怀。材料虽散，但都能贯穿起来。散文要散就必须有深厚的生活积累和丰富的知识储备，这样想象的空间才能广阔，翅膀也就自由了。

文学是语言的艺术，语言不过关就丧失了文学色彩。郭永顺散文语言丰富多彩，描写细致生动，叙述简洁明快，抒情深沉含蓄，议论理智清晰。比如《品荷》中写荷花从春天初萌到冬天莲子沉入淤泥的一节描写，用了许多生动的比喻，“荷尖像母亲针线管箩里青黄的细线”，“长大了如同一个疲倦的孩童”，荷钱“化为一枚悬停在池面上的碧绿色玉镜”，把荷花一生描绘得栩栩如生。再如《品茶与读书》中将读书和品茶比并：“品书的过程，是一个洗涤灵魂的过程。像泡茶一样，首先心平气和抛却浮在面上的浮躁的灰垢，用热情把茶叶充分浸润，待到茶气腾腾面红耳热，细啜慢品，边品边思，方能满口茶香，领略其中意蕴。倘若一目十行，囫囵吞枣，那只能称为牛饮。”这的确是行家心得。

郭永顺的散文大多短小精悍，很适合当下快节奏生活的需要，沉淀着他多年为人为文的心得，可以明心见性。读读这样的文章定会从中受益！

泉霞诗集序

泉霞是著名的抒情诗人。此前已经出版《水月亮》《雪的深处》《生命恋歌》三部诗集,现在她又推出了第四部诗集《生命的恋歌》。这部优美的抒情诗集表达出她对生活、生命、人生与世界的感悟与思考,抒发了她对大自然的热爱。她爱用独白方式呈现,描绘了一个浪漫又美丽的梦幻世界。泉霞的诗歌清新怡人,语言灵动,情感热烈,意象缤纷,意境幽雅。她的诗既有女性的柔美,又有群峰般的恢宏。她的诗把东方女性的优雅和西方女性的热烈糅合在一起,具有独特的抒情特色。

泉霞是一个十分热爱生活、热爱春天的人。她的诗中有许多对春天的歌唱,在《春天来了》一诗中,她写道:

你画上一朵杏花
我便知道春天来了

你画上一条小溪
故乡的河水就涌动起来

你在山腰画一间茅屋
再架上几穗金黄的玉米
炊烟便会袅袅升腾

我们坐在石凳上大碗喝酒
红尘往事　谈笑风生
站在山头齐声吆喝
春天来了!

这一声吆喝"春天来了!"是何等的豪迈,充分表达了她心中难以遏制的激情。她还写下这样的诗句:“春天把太阳移植进来/我们坐在这里品茶、饮酒、赋诗/说笑风声,谈天论地/是一件多么快乐的事。”她甚至想怀上春风的儿子:“跟春风一起私奔/眼看春风向我扑来/我战栗着/静静地把眼一闭。”这种大胆热烈的表白在东方女性中是少见的。值得注意的是泉霞心中的春,并不只在个人的世界里,她心中的春博大而深沉,她希望这春风能吹进每一个人心里,尤其是那些在城市和乡村辛勤劳作的人。她在《执着的春风》中让春风“擦净一张张尘土满面的脸/你的行囊里,带着扫把、鞋钉、拉链/护路工,修鞋匠都在你的瞳孔放大/在蹬三轮车的后背推一把/拂去捡废品大嫂银丝上的汗/夜里,你布下千万张嘴/去呵护一座座脚手架上的无眠/谁能说你心中没装着一团燃烧的火焰/谁能说天空的回声里没有嘶哑的呐喊”。这就是大爱,诗人的大爱,这种大爱才是诗的本心。她与屈原的“长太息以掩涕兮,哀民生之多艰”相通,与杜甫的“安得广厦千万间,大庇天下寒士俱欢颜”相通。泉霞不仅能看见春天的花,还能看见那些辛勤劳作流血流汗的人。也正因为这样,她才被董方军所感动。她写了《你是父老乡亲的春天——闻董方军的人生历程有感》一诗,赞扬这个因车祸残疾的山东汉子,她了解他的经历:

狂风曾折断你丰满的翅膀
冰凌曾把你身躯砸裂
波涛似的刀刃,切割着你的肌肤
血管里传来决堤的轰鸣
你的腿像树木一样倒下
牙关咬出无数个清晨
疼痛点燃信念摩擦出火星
钢铁似的胸膛在血中铿锵有声

她也了解他的内心:

你深知,那些卑微的命运需要你
那些远走他乡的打工者们需要你
那些失去能力的残疾人更需要你
你要拉出一个个沉重的背影
用一颗滚烫的心
捂暖一双双冰冷的手

你有着汹涌澎湃的激情
海纳百川的胸襟

董方军身残志坚，不仅坚持自己创业，而且热衷慈善事业，全心全意为家乡和社会做奉献。多年来，董方军一直实践着自己的信念，他捐资助学，修路架桥，建造公益项目，累计投资上千万元。现在，董方军更喜欢将自己定位为一个高级青年志愿者。他说："每个人都有爱心，我们应该影响更多的人进入慈善的海洋。"他建设的桃花岛免费为大家开放，热心救助伤残人士。泉霞和董方军的心是相通的，都是大爱之心，所以她热情赞颂他，并且带着诗友去桃花岛，走近这位高级青年志愿者。她在《你在哪》中热烈赞扬董方军和他打造的桃花岛：

你听到种子的萌动
听到花朵的绽放
你从死亡的边缘复活过来
心底跳跃起一轮太阳的精魂

哦，你的生命栽到了桃花岛
你要让泥土长出眼睛
星星开出花朵
月亮涌出溪水
你要打造一个艺术活化村的模式
让全球瞩目，令世人震惊
你要看到父老乡亲桃花般的笑容
你要一个个村庄的眼眸都是蔚蓝的天空

泉霞的有些诗很有古典韵味，她从唐诗宋词中继承了优美的文学基因：

你看　桐雨细　竹风斜　春意浓
山葱茏　水蜿蜒　香满径
三千里外　伊人正唱《阳关三叠》
茫茫江水流淌着挥不去的相思魂
你听　这春色里是否有琴瑟合鸣
浓烈的香醇杯盏与共

这些诗句带有唐诗宋词的韵味，有古典的优雅。她很善于捕捉自然和生活的意象，把它们移植进诗中。她在《倔强的生命》中这样描写一棵在石缝里长出的树：

当春风的呼唤抵达我的心灵
春阳做抛锚的缆绳
你的爱　给了我长颈和双腿
修长的手臂和一双慧眼
我　终于钻出了罅隙
啊！这个世界依旧斑斓
人间烟火意味深长

她诗中的意象很有动感，如《靠近你》：

一匹骏马脱缰而出
红色的鬃毛迎风飘扬
白云俯下身来
阳光侧身而行
鸟儿躲在桥头
茅草发出尖叫
先是微笑，后是泪滴……
高山大地
我与你的灵魂融为了一体

再如《倾城之恋》：

拼命地从污泥中爬出
用浑身潮涌的热血
净化为一朵尘世之莲

还有《夜色与女人》：

夜，与女人融为一体
不要窗户和灯火
不要明亮与微笑
只听海的咆哮
还有烈马踏浪的声音

层层叠叠翻浪卷涛
诗是火,夜是潮
夜色里奔出一匹黑色骏马
浪花撞击着岸边
唤醒夜的激情
旋转,疯狂,烈焰般燃烧

泉霞诗歌的意象和语言很优美,像是诗歌的百花园,她这样说海棠花:“一朵海棠偶尔从书中跌落记忆/那回声,是我永不褪色的相思。”她说:“一丝箫笙/小溪仰首/鸟儿惊飞/槐花挤进了白云。”她还说:“微风一阵　手帕飘落/咦　那条红色手帕也变成莲花一朵。”优美的意象要借助优美的语言呈现出来,泉霞做到了。

泉霞的抒情诗很出色,她的诗有大爱。她内心有一座诗的百花园,她追求意象和语言的美丽。她诗歌的题材再扩大些就更丰富了。

2018年6月1日于伴山堂

《若水诗集》序

郝铁柱，网名若水。乡村教师出身，后任校长。因工作出色上调到省教育厅。历任山东省教育厅督学、省政协科教文卫体委员会办公室主任、委员会专职副主任，系省政协委员。曾任省人民政府副总督学、省民办教育协会副会长、中华诗词学会常务理事、山东诗词学会法人及副会长。他自幼饱读诗书，尤其在省诗词学会工作后，更是以极大热情投入山东诗词工作，为山东诗词事业的发展作出了很大贡献。他热爱中华诗词，在繁忙的工作之余，创作了大量的诗词作品。今天终于结集出版，可喜可贺。

若水先生对中华诗词文化有深刻的认识，他常说："诗魂凝聚是国魂。"他对中国的诗教文化大加赞扬。在《赴湖南参加中华诗词学会常务理事会暨中国第二届诗人节感叹》组诗中，他写道：

诗诵地天新，文明铸艺魂。
韵高千古唱，姿美万年春。
临观除俗虑，一霎脱红尘。
山岳因之秀，世风从此纯。

他认为继承千古流传的优秀诗词传统，可以秀山川，纯世风，铸艺魂，是功在千秋的大事。在其四中，他说：

教化凭仁厚，性情归本真。
诗乡皆意境，词海有灵根。
满目尽才俊，一园称德人。
恍如仙地走，欣看百花春。

我国有着久远的诗教传统，齐鲁大地更是孔夫子的诗教基地。中华诗词在这里化育出本真仁厚的性情，也开发出人们的灵根，培育出一代代才俊和德人。正因如此，郝铁柱才大力倡导诗教，与学会同仁一起身体力行，在全省各地开展创建齐鲁诗词之乡和齐鲁诗教先进单位工作。他为不断涌现的诗词之乡而兴奋，不辞劳苦地奔波在检查、授牌的路上。在《授桓台诗乡牌口占》中，他写道：

秋柳梳风神韵树，红莲碧水醉来人。
根深叶茂谁堪比，欣赏诗乡特色春。

桓台是王渔洋的故乡，王渔洋的神韵说在我国诗史上占有重要地位，他的《秋柳》诗更是引来四海回应。这正是“根深叶茂谁堪比”。而今桓台诗词活动开展得轰轰烈烈，荣获齐鲁诗词之乡美誉，他更是由衷地喜悦，他陶醉了，不禁发出“欣赏诗乡特色春”的感叹。他陪同中华诗词学会副会长赵京战考察临淄建设全国诗词之乡工作，写下了这样的诗句：

淄水风流万代长，学宫稷下似星光。
太公遗泽昭今世，雅韵声声锦绣乡。

临淄曾是齐国国都，文化传统深厚，稷下学宫在史册上留下了百家争鸣的光辉。现在更成为“雅韵声声锦绣乡”。他怎能掩饰心中喜悦呢！

他带领诗人去滨州参加全国性诗词采风活动，在开幕式上代表山东诗词学会发表祝词并口占一诗：

珠联异彩惠民地，油气文雄筑梦村。
“五海”扬波迎贵客，“四环”景色绘诗春。

诗中的“五海”指滨州五大水库，“四环”指绕城大道。他称赞滨州“珠联异彩”“文雄筑梦”，看到的是滨州人在“迎贵客”“绘诗春”。

若水是教师出身，又长期担任督学，他的心从未离开学校，离开教坛。他体察教师的辛苦，在《教师颂》中歌颂教师为培育“人间代代春”的园丁：

依仁而授业，德信以陶熏。
百草化甘乳，寸心昭后昆。
灯挑深夜月，弦奏未来音。
汗水殷勤洒，人间代代春。

他赞扬以身示范的教师，写下了《教师吟》：

杏坛播雨至诚真，怀德怀仁示范身。
灯亮常随星亮尽，讲台三尺育新人。

他以省政府副总督学的身份督促检查地市教育工作，为一线教师鼓与呼。他以政协委员名义，提建议、写提案，呼吁解决民办教师待遇问题，为广大教师办实事。他以他的老乡、党的好干部孔繁森为榜样去工作。2005年8月5日，山东省政协科教文卫体委员会在西藏日喀则联合召开"弘扬孔繁森精神保持共产党员先进性理论研讨会"，他发言时口占一绝：

珠峰峻峭薄云天，丽日清风伴雪川。
仰止高山同志道，一腔热血荐轩辕。

诗中表现了他对孔繁森的景仰，表示要向孔繁森那样"一腔热血荐轩辕"。

若水是聊城人，他热爱家乡，筹资为家乡建了一所希望小学。家乡的发展也时时牵动着游子心。请看《秋回聊城有感（新韵）》：

江北金风劲，水城清浅深。
喜登楼望岳，乐见镇容新。
高塔恒吟呗，古河重运春。
驰眸看故里，游子最欢心。

若水的记游诗写得也很好。古人云："读万卷书，行万里路。"游历也是游学，美丽山河、名胜古迹，是永远也读不尽的书。他在枣庄峄城万亩石榴园游览看见古青檀树，留诗曰："根盘裂石尚生存，刺破青天洒浓阴。青檀千载众人仰，刚能柔克信如神。"在襄樊，他参观隆中卧龙居后写诗："三顾三分天下事，两朝两表老臣心。未能酬愿兴刘汉，智慧依然照后人。"前两句是从杜诗中生发出来，后两句表达诸葛亮虽然未完成兴汉大业，但他的智慧却永远启照后人。他登泰山而成七律一首：

雄踞鲁齐擎碧空，岱宗尊独百峰躬。
黄河万里流天外，赤日一轮腾海中。
紫气东来封禅道，朝霞西照耀文宫。
飞车横渡上天街，长啸振衣化彩虹。

首联写出百峰躬岱的气势，突出了泰山的伟岸。颔联写得更加开阔瑰丽。颈联转到泰山的禅道文化。尾联写乘索道上天街，最后用"长啸振衣化彩虹"作结。

全诗把泰山写得雄奇瑰丽，气势磅礴。

若水时刻关心国家大事，每每用诗词表达。2019年底爆发的新冠疫情，更牵动他的心，为此他写诗曰：

子鼠开元动地哀，神州抗疫起风雷。
人民命运杭同体，百姓红旗伴雪梅。
一毒基因生海祸，亿多精卫将山摧。
鹰心亡我猜难死，众志成城碧网恢。

上元日他再写诗：

庚子元宵玉月寒，军民抗疫克时艰。
瘟神肆虐天不测，微信频繁地户关。
拜访亲朋观口罩，心疼不幸敬英贤。
企盼雨霁斑虹亮，霞蔚云蒸丽日天。

若水的诗各体皆备，尤以律绝为多。他的诗词格律谨严，语言凝练，意象鲜明。他善于抓取生活中的细节，如《致老妻》：

我拉你推轮独转，携男带女闯济南。
如今绕膝天伦乐，“吃饭”声声五十年。

五十年老妻天天叫“吃饭”这个细节把老妻对丈夫的关心爱护刻画得如在目前。这首诗语言明白如话，但情感蕴含颇深，生活情趣盎然。律诗的功力要看对仗，对仗处理好了，全诗就有了神采。若水诗在对仗上很下功夫，如“举眸惟觉天无界，回首方知路更宽”，这是蕴含哲理的对仗句；“浓荫浮红瓦，轻车绕绿泉”是色彩鲜明的对仗句；“初闻枝上黄鹂啭，已见桃园犊牛耕”是描绘情景的对仗句。

若水喜欢诗词，热爱诗词事业。他的诗词不能说字字珠玑，但也已登堂入室，假以时日定成大家。

尚云峰诗集序

诗词是中华文化的瑰宝,是中国文学皇冠上的明珠。习近平总书记在鼓励领导干部学习传统文化时指出:"学史可以看成败、鉴得失、知兴替;学诗可以情飞扬、志高昂、人灵秀。"尚云峰热爱中华诗词,并写作中华诗词。他的诗词题材广泛,各体兼备,紧密结合自己的生活经历,有深切的人生感悟。

他的诗中有不少节气诗。对节气的感悟,也就是对自然和时间的感悟,他能从时序更替中,感悟人生。如《七律·惊蛰》:"惊雷启蛰化凌丝,翠水春光岁序时。柳颗才萌莺访早,湖棱已挺鲤游迟。山晖浓淡千峦秀,水势温凉一棹知。惯用峥嵘经日季,为吟艰苦有新诗。"诗中描述了惊蛰时的物候变化,表达了"峥嵘经日季"的感悟和由此引发的诗情。再如《七律·清明》:

几番细雨满城新,妆罢清明尽是春。
水漾惊鱼摇绿藻,花香引蝶落红茵。
风筝洒脱横空旋,纸币飞扬遍地裡。
极目江山妖娆透,挥毫催墨趁芳晨。

这首诗把清明时节的春天描写得非常生动,"满城新""尽是春","水漾惊鱼摇绿藻,花香引蝶落红茵"。当是时也,他"极目江山妖娆透,挥毫催墨趁芳晨"。

尚云峰热爱自然,热爱家乡,热爱祖国。在《生平组诗》中他抒发了自己的报国情、风云志,他在《七律·参军》中写道:

自信还归主义真,
学成笃定志从军。
红星引领前程路,
绿佩精装后继人。
利剑雄心敌外辱,

长城钢铁铸国魂。
威严英武存豪气，
理想应达梦中寻。

尚云峰诗词有律诗也有古风，其古风风格朴素自然，格调清新。如《白露》：

深居凭窗看清秋，
叶落复黄各自谋。
不知谁家房前空，
丝瓜扁豆摘未留。

这是一幅窗前小景，勾画出白露时节的清秋景象。

《望湖》则写他登黄河楼所见，境界阔大，读来使人心情愉悦：

远眺湖心黄河楼，
天光水色一望收。
绕堤国槐枝繁盛，
入苇白鹭羽戏游。

在书斋里听见蝉鸣，他也能引出诗情："凉草寒花点湿斑，静闻剥啄断续连。方惊流莺飞檐树，又听卧蝉鸣叶间。修竹横窗疏影浅，针松挺园骨傲然。露重难飞金脱壳，化作蛹卵待来年。"（《书斋闻蝉》）他还写了一组吟咏古代诗人的诗。如《李白》，诗中称李白"才华横溢自一经，享誉诗仙浪漫行"，赞扬他"七言歌体自由放，五绝格律前后空。起伏有形气跌宕，开合无度势纵横。曾经骚坛春弥地，风景聿斯花独红"；他赞扬杜甫"敢将锋指炙手热，能把情忧贫民膏。动乱凝聚英雄气，沧桑磨就诗词豪"。

诗词唱和是中国文人的传统，一唱一和间，交流了感情，也交流了诗艺。他的诗多选名人之作和之。如其步韵赵朴初《中国——茶的故乡》的诗作：

玉壶飘出一缕香，
人颜精神仪态良。
倘或有聚论茶道，
品绝不拟回故乡。

既贴合了原诗的内容，又写出了自己的心意。再如步韵朱熹《春日》的《滨州颂》：

少艾崛起渤海滨，
花充树茂容颜新。
欣乘东风扶摇上，
万户千村都是春。

歌颂了滨州欣欣向荣的春天气象，这与朱熹原作的题旨是一致的。不过朱熹不是写自己的家乡，是对孔孟圣地的颂扬，而尚云峰则是写自己的家乡，是亲身的感悟。步韵诗要用原作的韵字，次序也要一样，这就增加了写作的难度。尚云峰的和诗多是步韵的，表现出他较深厚的诗学功底。他的诗作还善于抓取生动的瞬间，用细节来表现诗情，如"石榴初绽日照斜，子规飞唤到天涯。游人池边待鱼现""戏捉搅乱水中花"句写得非常生动，很有生活情趣。

中华诗词博大精深，需要孜孜不倦地去学习，尚云峰退而不休，学习诗词，创作诗词，并取得了可喜的收获。希望他百尺竿头，更进一步，写出更多更好的诗词以飨读者。

《升帐点兵》序

李云岱多年来任山东兴润建设集团有限公司董事长，他不仅是全国建筑业优秀企业家、全国优秀民营企业家、山东省劳动模范，还是一位优秀的诗人。已出版发行诗集《诗意征程》，现在又将近作结集为《升帐点兵》付梓，可喜可贺。这部诗集共分三部分：古韵新声、景为诗留、放歌兴润。这些诗词是他带领兴润将士出征大江南北，挺进全球各地的现场记录，是他将帅胸襟的展示，也是他丰富美好的内心情感的外化。

诗人的创作离不开他所处的时代，也离不开他的工作和生活环境。古代的诗人大都不是专业写诗的，诗不过是寄托情感展示胸襟的方式。李云岱是企业家，他的诗必然与他的这个身份紧密相关。他的许多诗作展现的是一个当代优秀企业家的情怀，表现在他的诗中就是对国家和人民的奉献，对民族的担当和责任。在《沁园春·决战百年》中，他抒发了为江山更好、民族复兴奋斗的决心："为苍龙再起，欲扶桑梓；江山更好，愿效身躬。多少崎岖，三千眷恋，只盼人民天下同。"他率领的队伍南征北战，"三军待发，力贯雕弓。不忘初心，常思复兴，拼搏何时问有穷？中华梦，正划天地起，踏破东风"(《沁园春·决战百年》)。在元宵节前夜，他召开动员会，"中军昨日方针定，大帐今朝令箭交。借得东风三万里，扬帆四海猎龙蛟"(《七律·今天动员会》)。中秋节，他写下《七律·仲秋寄海外将士》鼓舞新承接阿尔及利亚空军司令部项目的员工：

醇香斟满举卮呈，月下传书万里情。
默对苍穹祈好福，遥为及尔寄真诚。
当年曾许鲲鹏志，今日长征细柳营。
把酒临风齐祝愿，凯旋兴润话峥嵘。

他审时度势，紧紧把握中央精神，适时出击："达变趋机休要迟，云头出手正当时。春风早过霜晨月，楚水应知潮汛期。夺路还怜惟此日，攻城切记有偏师。方闻武汉新冠灭，快把红缨缀旧枝。”（《七律·适时出击》）他在新冠瘟神汹汹袭来时，率员工会战方舱医院：“疫情如火鼓声传，天下同心千里牵。此日披星忧正急，中宵戴月欲争先。扬鞭我在最高处，逐鹿谁书第一篇。催动三军齐努力，桃园定奏凯歌还。”（《七律·会战方舱医院（一）》）在国家有难时他挺身而出，中宵戴月，催动三军，奏凯而还。

作为一个有作为的企业家，他敏锐地把握时代脉搏，采用先进的科技手段，运用“互联网＋工地”的方式指挥作战：

三千工地心头事，一块银屏四海行。
远在天涯通旨意，常于画里定输赢。
全任监控托微信，不许投标用大兵。
踏破五洲何所惧？挥戈方寸说纵横。
明天又是元宵到，节味随冬散旷郊。
盼雪重逢禾垄面，思春独爱柳枝梢。

他深知诚信对企业的重要性，在《七绝·守信》中写道：“善渊谨守经常日，善信才能驾海龙。”他在企业经营中不断反思，写下了《七律·驻外十年有思》：

欲取当先培幼树，扬帆逐浪缚龙时。
敢除险恶无猜度，常对崎岖也反思。
辛苦三更同谁诉，酸甜十载有天知。
金秋此日开新步，再许英雄写史诗。

在《七律·梦飞明天》中，他说：“欣闻喜讯挟东风，正是隆冬画彩虹。巧引春潮千里泻，疏开堵点八方通。休谈昨夜人声悄，且向明天步影匆。若问英雄何处在，滩头遥指早行翁。”在《七律·更上一层楼》中，他写道：

相逢浴火淬吴钩，欲向疆场夙愿酬。
格物犹求新岁际，知机敢问最潮头。
江南满目乾坤转，塞北高天云水流。
但借长风平地起，如今更上一层楼。

他敢于立在潮头，愿借长风更上一层楼。

他的咏物诗，也寄托着他的志向和抱负。他望昆仑想到的是：

仰望昆仑平地起，莫夸海市最玲珑。
难忘启步愁寒月，犹忆征途饮朔风。
坦道多怜庸客意，崎岖常怕丈夫逢。
但邀松柏千年绿，不羡昙花半夜红。

在《七律·咏雪》中，他说："今朝化土还真我，再写人间动地诗。"看到寒风中的法桐，他赞扬它："横眉逆境心难改，犹挺身躯斗朔风。"在壶口瀑布他看到的是一个打破重关的孤胆英雄："万里丹心不说愁，一身正气莫回头。今逢狭路谈孤胆，打破壶关问九州。"看到南飞的雁队，他写道："何惧天涯山海远，长空无际任翻飞。"这分明是在说他自己。

他的山水记游诗，同样也寄托着自己的感悟，他笔下的山水景物都具有英雄气。古人云：一切景语皆情语。他借景抒情，托物言志。在《古风·沙坡头看黄河》中，他写道：

风拥浊浪飞岸楼，神贯长河到坡头。
何惧千山设丛关，此去万里过九州。

他欣赏的是黄河那种破千关、越万难的精神。在大同，他想到的是镇守边塞的英雄："西陉关上猎旗红，饮马云中赏朔风。大漠故宫何处在，还需绝塞问英雄。"仰望昆仑山，他留下了《七律·望昆仑》：

仰望昆仑平地起，莫夸海市最玲珑。
难忘启步愁寒月，犹忆征途饮朔风。
坦道多怜庸客意，崎岖常怕丈夫逢。
但邀松柏千年绿，不羡昙花半夜红。

他笔下的法桐也具有英雄气概："横眉逆境心难改，犹挺身躯斗朔风。"看到龙山落雪，他写道："今朝化土还真我，再写人间动地诗。"《七绝·壶口瀑布》更像是夫子自道："万里丹心不说愁，一身正气莫回头。今逢狭路谈孤胆，打破壶关问九州。"那种一身正气、闯关直下的孤胆英雄气正和壶口瀑布的意象紧密贴合在一起。写景咏物不能只限于景物本身，应该有寄托，有情韵。他咏山前梨花，就不限于梨花，而是发问："若问当年初创日，几人曾记是谁栽？"有吃水不忘挖井人之意。

李云岱的诗词内容丰富，言志抒情、写景状物、怀古颂今，均有佳篇。体裁上律诗、古风、词曲均有，尤以律诗为盛。这些诗词均是他豪放情感和博大心胸的显现。作好诗词仅仅熟悉格律是不够的。格律再严谨，没有深刻的思想内涵，没有真实的情感，没有新鲜独特的意象，没有新美的意境，是作不出好诗来的，只能是内容和情感都缺少的格律溜。李云岱的诗词，既讲究韵律，又有深刻的思想、丰富的情感，同时又很注意艺术的呈现。意象独特，意境开阔，很好地抒发了自己的内在情感，表达了自己的抱负和志向。他的律诗对仗工整，又时出新意，给人艺术的美感，如"多情梦对云千里，得韵诗成酒一觞""槛外黄枝颜未老，岸边玉笛韵常新""万丈豪情随汶水，三年傲骨对徂徕""桃香暗渡陶南地，客醉遥听汶北风""苍山已是秋眉少，老树早无春色丰"。再如《七律·无人海底捞开张》中的对句"餐厅不见旧蓝领，厨屋无须新菜刀"。还有"谁将岁月留今日，我与江山共此生"。《赞华为》颔颈联曰："中兴无谋对强敌，任公有幸化沧浪。初心甘洒一腔血，壮志休谈两鬓霜。"还有"水点山魂惊瘦草，风摇月影落清溪""十里荒台诗梦破，千秋断壁竹溪牵"。这些对句切题对景，不沿袭前人，让人印象深刻。他的诗作以豪放为主调，兼有轻柔的抒情。他的轻抒情特别体现在绝句上。如《五绝·贺张贤弟》："同心联伉俪，比翼上春山。再问兰香路，相邀梅影湾。"兰香路、梅影湾，点染出夫妻情感的美好。再如《七绝·雨水蜡梅还香》："曾经暗夜抱霜开，正月犹同雨水来。欲问清香何处去，寒梅愿守玉泉台。"诗句清丽可爱。《七绝·忆李白》"从来如意归方外，何必称心寻梦中。莫要多情多向往，只求半醉半朦胧"亦让人会心一笑。

他是企业的领军人物，日常事务繁忙，但他仍坚持诗词创作，业余时间挑灯夜作，几乎每日都有新作，他还时常和诗友唱和。也许正是诗词这一爱好，使他的灵魂更干净，心胸更豁达。中华诗词的营养特别丰富，它滋养心神，培育高尚品格，具有强大的精神和艺术魅力。我希望有更多的企业家加入诗词创作中来，使中华诗词之树万古长青。

壬寅冬初于济南

孙建修词集序

具有2000年历史传统的中华诗词发展到今天将如何前进，是目前诗词界讨论的热点。求正容变、与时俱进已经成为大家的共识。诗人马凯同志在2008年12月23日的一次诗词座谈会上说："在'平仄格式'上，我主张'求正容变'。所谓'求正'，就是要尽可能严格地按照包括平仄、对仗等格律规则创作诗词。因为这些是前人经过千锤百炼，充分发挥了汉字的特有功能而提炼出的，是一个'黄金格律'，不能把美的东西丢掉。但也应'容变'，即在基本守律的前提下允许有'变格'。"

格律诗词要讲格律，否则就不是格律诗词了。但是作为格律体的近体诗和词已经不"近"了。随着历史变化，今时的语言与唐代发生了巨大变化，入声在普通话里已经消失，不少字的读音也变了，如果按照平水韵去读去写对大多数人而言几乎不可能，所以必须要变。既坚守格律，同时也可用普通话新韵去创作，这是一变。

近体诗的平仄律也不是铁律，也允许有变革，古人在创作时也在变，所以有拗救之法，拗是出律，救是加以弥补，从而使诗句虽破律但保持了平仄交替的音律之美。这是为了不伤害诗意表达的变通之法。拗救之法还可以进一步发展，在今天的格律诗创作中仍然可以使用。这是二变。

今天随着社会生活的发展出现了一些新的词语，比如电脑、激光、互联网、鼠标、强拆等，这些新的词语反映出时代的发展应该也必须反映到诗词创作中来，这是三变。

有此三变方可在继承传统的同时与时俱进地推进格律诗词的发展。"歌诗合为事而作"，不能反映今天人们的社会生活，不能表现今天人们的内心世界，诗词就成老古董了，就会僵化。因此在构思和意境的创造上也要出新，旧的典故、词语如不能加进新意，就不必再使用了。今人写的诗词完全是古人口吻、古典意境,那还是今天的创作吗?孙建修的词作以今天的语言写当下的事,也是在求正容变。

如《临江仙·夜归家》是从苏轼词脱出的,但却是当下现实生活的反映。他将苏词中"倚杖听潮声"化为"倚墙听车声",改两字就把古人意境转化为现代生活了。下阕表达了"常喜此生交好友,不能忘却事业"的情怀。《满江红·大中国》历数了中国今日的成就,表达出民族振兴的愿望,也很有现实感:

京奥运,沪世博;粤亚会,结硕果。民族要振兴,只争朝夕。筑建天宫撼九天,航母游海震五洋。蛟龙潜水神舟飞天,还怕谁?

《沁园春·起航》勾画出现代钢城的新气象,蓬勃壮丽,让人心潮激荡:

齐鲁赢牟,浩荡中华,壮美春秋。看市区如画,高楼林立,商城鼎沸,马龙车水。蓝图宏伟,天公作证,试在人间创奇迹。新航标,千亿惠民生,商机无限。

筑牢巢引凤凰,聚天下精英共举觞。想雪农高工,钢姜航城,黑兰麻辣,伯益鲍马。鸿雁高鸣,气吞山河,另辟蹊径竞风流。战鼓擂,起航正当时,敢立潮头。

《清平乐·颂扬教师》是献给教师的颂歌:

三尺讲台,桃李满天下。莘莘学子勤奋学,智慧从此开启,展示园丁风采。恰逢教师节日,祝愿健康平安。学子建功立业,建设美好国家。

孙建修词作题材较为广泛,既有歌唱祖国的,也有赞颂家乡的;既有描写山水风光的,也有抒发心声情感的。比如《水龙吟·重阳望远》《杏花天·珍珠婚纪念日留倩影有感》《忆秦娥·仲秋》等。这些贴近现实生活的词作都会引起读者的共鸣。

今天的诗词创作要求正容变,既要继承古典的传统,也要与时俱进,加以改革。孙建修的词作用新韵、用新词,大体合律,这是应当肯定的。但在今后的创作中应尽量少用抽象政治语汇,在格律上再谨严些,就会更上一层楼了。

《那山那水那人》序

这是一本诗照合集。诗歌配上照片，可谓图文并茂。这个集子是梁桂琴献给母亲和亲人的，配上亲人照片，很有纪念意义。

这个集子中的诗充满了亲情，表达了作者对母亲和亲人浓浓的爱。她从日常生活的点点滴滴入笔，刻画出一个个温馨的场景。在母亲84岁生日时她写了一首诗。这是一个缺席了主角的聚会，母亲身体欠佳不能到场，但是孩子们却满怀激动的心为母亲祝福。“亲爱的妈妈/为了给您的生日有更喜的气氛/元敏拉小提琴为您的生日助兴”，“元敏用他的心声表达了对您衷心的祝福/在座的亲人用歌声表达对您老人家的爱戴/用掌声祝福如东海长命百岁”。在母亲85岁生日时，她又写诗祝贺：“您那永远微笑的脸庞/似早上冉冉升起的太阳/将晚辈的前程照亮/您那不知疲倦的精神/时刻激励晚辈勇往直前/您八十五年的拼搏，是为晚辈留下的精神财产/八十五年的顺逆途中，您总以平静的心态对待/在逆境中，您从不服输/八十五年，您流尽了汗，但您并没有怨言/亲爱的妈妈，您的儿孙们为有您这样的伟大的人而骄傲/祝福您老人家寿比南山。”这些诗句虽然直白，但都是女儿真情的流露。

她在《愿望》一诗中表达了对小孙子的美好期望，希望他“两只小脚丫像灵活的播种机/播撒快乐的种子/使整个寰宇都充满希望”；希望他的“一双臂膀，像雄鹰的翅膀/长大后去搏击风浪”；希望他的“理想，像太阳的光芒/走到哪里就把哪里照亮”。三个比喻满是奶奶对孙子的爱。她给年轻时就任工人新村小学校长的桂兰姐写诗，称赞她的“名字像兰花透着怡人的清香”，写她“亲手教我做小孩的棉衣”，写她“不畏寒暑忍着腰痛/也忘不了走进老年大学学堂/你的剪纸作品活灵活现品种繁多”，描画出一个勤劳智慧的大姐形象。在《团聚》中，她夸小姑子：“每一次相见都像知己久别/每一次分手，都用你的出租车相送/这样的生活，其乐融融/你有一颗花一样的心。”她夸赞巧手做花，随做随送人的桂芳姐，“你付出的越多/送的花多得到的温馨更多”。她在《赞奎进哥桂珍嫂》中说：“从小你们给我的印象最深/勤俭持家的本领比哪一家都强/每逢年节或亲戚家老人生日/看望亲戚朋友数你们的心气最旺。”她更是尽力夸赞桂珍妹：“桂珍妹，你照顾有病的妈妈三十余年如一日/年轻的大好时光献给了妈妈/姊妹相比照顾妈妈你付出的最多/你每一次回家，妈妈总是站在门口面带微笑迎接/每一顿饭菜，你都让妈妈吃得有滋有味/在你细心照料下，妈妈总是红光满面/这么多年，你给妈妈常常从肛门掏粪/从不嫌弃妈妈/这么多年，你经常给妈妈擦澡洗脚。”她也没忘夸桂英姐：“你为看望母亲从泰安到济南来回穿梭/多少年如一日，你照看母亲雷打不动。”她惦记患病的哥哥，写了《给奎进哥》：“你身患多病/不能天天陪伴妈妈/却忘不了隔三岔五地/给妈妈送好吃的/你退休金虽不高/但你给妈妈的生活费最多。”从这些诗作中，我们看到了一个和谐美满的大家庭，老母亲子女相伴，多么幸福。八十多岁的老母亲在子女的照顾下走完了一生，六姐妹这样团结，她若地下有知定会安息了。

梁桂琴是个充满爱心的人，就连花布做的笨笨熊玩具，她也视作亲人。她对自己养的兰花、西班牙叶子树也精心照料。她说兰花“你和我们家人一样，张开双臂，迎接远道儿孙的到来/你的芳香，溢于我们家的每一个角落”。她的“西班叶子树一米八，十余载安居我们家/与家人和睦如一家/竹枝节节高，枝繁叶丰茂/翠竹如此好，全凭人照料”。内心有爱，她才能感恩，她对为母亲和家庭付出的姐妹深怀感激之情，所以她才写出这些诗句。她歌颂姐妹，也是歌颂孝道，歌颂一种奉献精神。梁桂琴也崇拜不屈的英雄精神，她在《致塞风》中说：“老前辈您站着是个巨人，倒下是个英雄/您是黄河的儿子，您是泰山的子孙/黄河虽然冲刷不掉您的忧伤/泰山却给了您有力的臂膀。”她心地纯净，像小草上的露珠，“天水凝练，自持清高，一尘不染”。

梁桂琴的诗出自天然本心，不假雕饰，心里想什么，就怎样写，呈现出本真面貌。诗无情不立，有真情，才有真诗。她的诗就像小草上的露珠，也像田野中的野花，带着生活的清香。正如她自己所说：“有什么能比来自心灵的诗篇更珍贵/有什么能比发自内心的衷言更为真诚。”她说：“我将用我剩余的时间用我纯朴的语言/谱写更多佳美的诗卷/弥补丢失作品的遗憾/让诗陪伴我的余生/让诗延长我宝贵余生。”梁桂琴的诗路还很长，在题材上还要再扩大，在意象创造上还得多下功夫，语言也要锤炼得更精粹。我期待着她写出更多更好的诗作来。

《月亮上的故乡》序

周民伟的《月亮上的故乡》是一部纯正的抒情诗集。抒情是诗歌的特性之一,甚至可以说是诗歌最重要的特征。正如《毛诗序》中所言:“诗者,志之所之也。在心为志,发言为诗。情动于中而形于言,言之不足,故嗟叹之,嗟叹之不足,故咏歌之。”心中无情,不可能有诗,或者说不可能有真正的诗。诗人康白情在谈诗歌的艺术时说:“诗是主情的文学。没有情绪,不能作诗,有而不丰也不能作好。”即便是写景的诗,也无不浸透着诗人的情感在里面,正如王国维在《人间词话》中所说:“一切景语皆情语也。”有人可能认为抒情已经过时了,叙述才是当下诗歌的主流。冷抒情,甚至放逐抒情才更新潮和现代,所以才有了“梨花体”“乌青体”。我不否认这是一种探索,但是从大家的反应来看,人们并不买账。好的叙述也一定有情在,尽管他把情隐藏了起来。周民伟的诗回到了诗歌的抒情本质,这是我特别要肯定的。他的诗具有家国情怀,他深情地歌唱亲人,歌唱祖国,歌唱他亲爱的家乡故土,有动人心魄的力量。

他的诗常通过感人的细节来表现内心情感。比如《取暖》:

母亲怕寒冷压垮草屋
去雪野捡拾风吹落的枯枝
扯开棉衣放我入怀
绑着我,不让风雪夺走我

如果用一场风雪
比喻一个人的一生
那么,我享有的幸福
来自枯枝撑起的火炉
在四十年前,就享尽三辈子的春风

诗中母亲在风雪中捡拾枯枝，抱他在自己怀里取暖的细节，不仅表现了伟大的母爱，也显示出诗人把母爱刻印心里四十年的温暖。《母亲手指上的雨》具有同样感人的细节：

1988年秋里大旱
深井也抽不上水来
庄稼地渴得嗓子冒烟
眼瞅着麦子不能播种
母亲气得把自己的手
砸在田间的埂上
尘土疼得飞扬着，四处奔逃

2018年母亲走后的第一场雨，使他又想起了故去的母亲：

母亲手打田埂的噼啪声
这雨水看似温柔
却拔出了岁月的刀子
把我的心剁成了雪花

母亲手打田埂的细节已经深深刻在他心里，而岁月动刀子却把他的心"剁成了雪花"，这就是所谓的锥心之痛吧！用刻在心里的细节抒情，是周民伟独特的抒情方式。

他的另一种抒情方式是意象化抒情。通过意象把内心情感抒发出来，而不是直接的呼喊。请看《在刘公岛》中的意象：

经过大清国舰艇沉海处
海天之间，远方与心灵之间
被海鸥哀鸣推动的海啸填满
我的心，推动的海啸，正沿着尊严滚滚而来
——我雨声里灌满

诗中海鸥的哀鸣、海啸的浪涛和铺天盖地的雨声等意象组合起来渲染出悲壮的意境，抒发悲愤之情、爱国之情。

周民伟的情怀是博大的，他爱国家、爱故乡、爱家人，也爱卑微的普通民众。在《今天雷雨》一诗中，他刻画了一个在大雨中骑三轮车收破烂的老人：

还有个使劲蹬着三轮车，
像一支军队接到死命令在雨水里冲锋

他感觉“我做了什么亏心事，需要接受再教育让我看到这/一幕，接受一次地震般的冲击雷声振疼我的祝福/我用淋湿的目光，为不躲避风雨的人为所有出门的人/举起雨伞”。这就是大悲悯情怀，与写出《茅屋为秋风所破歌》的杜甫同样令我感动。他的诗对一株庄稼也包含着情感，如《怀念一棵庄稼》：

月亮开始用手擦拭眼泪，
她忽然想起，
空旷的稻田像母亲，向大地献出子子女女空荡荡的秋地
让人间缺了一块光明，多了一份亲情。

在《说说话》中，他写道：“打哭的母亲爱我/生离死别的母亲爱我/我不敢说，尤其是在黑夜/虽然我手里攥着/大把大把的阳光。”阳光照亮了黑夜，那就是母爱之光。

故乡是他心中最重要的地方，他说：“故乡越来越重要，一生一次，只这一次送一段风儿去/故乡的头发白了/远方的头发也白了，风依然从故乡吹来。”（《故乡的云》）在《填满》中，他写道：“拿了一个句子烧了烤火/噼里啪啦的/满是故乡的样子。”这火正是燃烧在他心里的不灭乡情。再如：“鱼城是一座城，一座城迎接满地的春/让和风细雨，容易地/装满桃花的心事/鲜花覆盖着大地/像极了刻骨铭心的爱情。”（《全部的春天》）

五千年的农耕文明的传统，将会随着社会的发展、时代的变迁一一被打破，但是“乡愁”这个结会永远存在。乡村的城镇化建设，高速公路、高铁的贯穿，美丽乡村的出现，都是表面物质上的繁荣，人们内在的精神已经变得十分匮乏。人与人之间的感情，似乎疏远了。越来越多的年轻人离开了田园，乡愁也成了时代病。乡愁是对家乡的感情和思念，对故土的眷恋是人类共同而永恒的情感。远离故乡的游子、漂泊者、流浪汉、移民，都会思念自己的家乡，而对乡愁的书写也成了对现在城市生活的一种反照。

周民伟诗中充满了乡愁，那是他心中的一块圣土。不论走到哪里，家永远是最温暖的港湾，母亲的呼唤也是最温暖的呼唤。他说：“妈妈喊我回家的呼唤/越过麦子、芦苇、沟渠、野花/冲过无数层岁月的风雨雪霜/终于拉住我的手。我感觉到/整个春天都被故乡装进了/我的篮子里。”（《梦里老家》）对乡土的爱

恋其实是对亲人的爱恋。正如他自己所言:“到如今,永远没有机会读自己的诗歌让父亲母亲听,哪怕这一个诗歌本就是写给他们的。”(《后记》)亲人和家乡在他心里分量太重,无论他走到哪里都会不由自主地想起家乡。在杜甫草堂,他说:“我忽然想起,我的老家/在成都,叫杜甫草堂/不想的时候我就是杜甫草堂。”他甚至想把千年前的古人一起请到家里做客:“到了秋天,北风刚起,茅草轻盈如唐朝/才是大宴宾客的时候/能来的都可以来,千里之外的坐高铁来//还没到秋天,手心里就让李白塞满了糖/这些人啊,活了这么大岁数,竟然是/想和我做个邻居,恍如失散多年的乡亲。”在上九山村,一只归燕也唤醒了他的乡愁:“内心一个出口,谁都需要/所有的事物都需要一次唤醒/被脚印追赶的我啊,多想留在乡村//一只归燕让我悲伤/她飞过老屋,没有叫出我的乳名。”(《在上九山村》)家乡和亲人让他魂牵梦绕,这又都和他儿时的记忆糅合在一起。《馋虫》就是这样一首诗:

大爷爷仰面朝上,躺在20世纪60年代的床上
床也病得吱呀作响、破烂不堪
也像饿得要飞起来的牛马
他看到燕子窝,眼睛里闪出光
——“燕子窝,能吃吗?!”

这句话,成为他最后的遗言
母亲麻利地煎制着知了猴——
“快熟啊,别烫伤了孩子的眼光
他们的喉咙里伸出手来了,都。”

20个世纪60年代的画面和21世纪80年代的画面叠合在一起,展现出时代的变迁,表现出不同境遇里的“馋”,两种情境的对比,让人过目难忘。

我一直认为意象是诗的艺术核心,内在的情要提炼成象传达出来,情不能直接抽象地表现出来,以情化象,用象传情。周民伟很善于造象,意象与意象和谐构成意境,这才是诗意的艺术传达。在《平凡的爱》中,他把黄昏比成一个国画老师,把黑夜比成黑板,把星星比成了在池塘里畅游的小蝌蚪,表现出童真的天趣:

她从黑板上画出月亮
画出星星

都很亮，也很畅快

一颗颗小蝌蚪在池塘里

在《来不及》中，他说："——当我来不及/把温暖放进你的手里/我经过的所有大雪场场落空这一回，大雪没有落下/我没有忍住泪水/泪水像石头，把我的哭泣砸碎。"在《雷雨》中，他写道："我起身，要动身前往夏天/要用雷电和暴雨/种下一小罐花蜜/还要在森林迷上一段路/把森林的迷路显示为幸福。"这些具有独创性的意象使他内在的情感得到了具象化呈现。意象要有独创性和陌生感，要给人新鲜感受。

周民伟的诗歌语言是意象化了的，是凝练的具象的艺术语言，如"我自己的影子被阳光一点点吞掉""这么多灯火挤在岁月的码头/把每一寸光阴接到家里/一碗水养活一个月亮""这个句子午睡醒来/从蛙声里拿到了一枚戒指/她想着给雷声戴上/伸过来雨水的手/梦冻得要醒""春天把我灌醉/醉得东倒西歪，扶不住一缕炊烟"。这些生动的意象化抽象为具象，是属于他自己的创造，也是他内心情感的载体。

时事性、政治性题材是诗歌创作中的难点，这一类诗歌往往写得很空泛，或者很肤浅，也很雷同。周民伟的这一类诗作也有自己的个性角度。一场世界性大疫，让各国人民猝不及防，也使中国的抗疫令世界瞩目。他不写抗疫的医护人员，而是抓住了"疫情报表上的/那条细细的灰色黑线"，"只恳求一丝春风/把它/吹绿"，他请求：

连夜把疫情图的红色线

触目惊心的红带走吧

我喊万家灯火

给你照亮道路

心愿之灯都等着胜利的哨声

还可以背着你奔跑

再快一点

把红色还给花开和万紫千红

他说："我们只有一个家，就是国家/我们不曾被长江隔开，不曾被黑夜隔离/我们只有一个家，我们是一家人/不曾被死亡隔离，被封城隔开/我们被病毒暗算，无畏风雪。"这就是他发自内心的呼喊。

周民伟的诗歌是明亮的、乐观的，他说："重要的是花开/更重要的是/看到花开，你笑哭了。"他还说："多么好，在人间/即使我累了，走不到夏天/雷雨会把蝉鸣与凉爽的月光/送进我的梦里。"在他的眼里有黑夜，更有阳光，他在《风里》写道：

围绕故乡的
除了黑夜
剩下的都是，明亮的
黑夜站在一边，不敢发声

这是周民伟的第二本诗集，也是他加入省作协后的第一个重要收获，希望他在诗歌路上越行越远，创作出更多更好的诗篇。

诗中自有真乐趣
——金后子诗集序

诗是什么？清代诗评家吴乔在《围炉诗话》中说："意喻之米，饭与酒所同出。文喻之炊而为饭，诗喻之酿而为酒。文之措词必副乎意，犹饭之不变米形，啖之则饱也。诗之措词不必副乎意，犹酒之变尽米形，饭之则醉也。"这是说诗应当比散文更多一些隽永、含蓄、清冽、醇香，如酒一样令人回味悠长。

"自在飞花轻似梦，无边丝雨细如愁"是诗；"来如春梦几多时，去似朝云无觅处"是诗；"东风无力百花残，秦时明月汉时关"是诗；"晓风残月杨柳岸，羌管孤城万仞山"也是诗。诗是平沙落雁、渔舟唱晚，包含了最自然的风景和最简单的快乐；诗是枝头花满、天心月圆，诠释着最空灵的憧憬和最美好的期盼。诗有大江东去的豪放，也有惨惨戚戚的黯然神伤，诗有金刚怒目的愤激也有叶底黄鹂的婉转悠扬。诗如夏日清风冬日暖阳穿牖而过，诗如前山明月后山花香扑面而来。诗是思想碎片拼贴出的意象画，诗是心绪悲喜溢出的二胡曲。诗可述往事、思来者，诗可排忧思、诉衷情，诗可讽现实、刺丑恶。诗能愉悦性情传达个人寄托，也能振聋发聩，爆发出惊人的力量。

中国是一个诗的国度。关关雎鸠、蒹葭苍苍穿越千年依旧深情款款；床前明月、长河落日历经岁月依然万古常新。唐诗宋词写尽悲欢离合，元曲杂剧诉遍人世沧桑。从某种意义上说，中华儿女就是诗的子民，佳诗如酒陶冶滋养了五千年的源远流长。

"济南名士多"是诗圣对这座海右古城的厚爱和褒奖，大明湖边、趵突泉畔散发着辛稼轩的雄放，杨柳春风、芙蕖秋月荡漾着漱玉词的悠扬。吾友金后子，出身农家子弟，供职机关单位数十年，钟爱诗文，临池之余醉心文学创作，积年下来遂有《日月清音》《天地箫音》《乾坤静音》三本作品集问世，坊间颇得赞誉。"日夕著书罢，惊霜落素丝"，他慕李长吉之苦吟，把业余时间都付青灯黄卷，笔耕不辍。其勤勉刻苦，用心之专，让人叹服。近年来他尤着力于诗歌创作，凡可歌可泣、可惊可愕、可怜可喜之事，偶有所得，辄付诸笔墨，率尔成篇。他坚持文字服务于思想，所以其包罗万象的一百多首诗，能长则长，当短则短，凝练如珠，率性十足，每每读来，有一种一泻千里之感，痛快！痛快！

观金后子先生之书法，大气磅礴、稚拙厚重；读其诗作，绝饰弃伪，明白晓畅，如思想在天地间奔跑，可谓书如其人，诗如其性。现金后子先生将素日创作诗篇选精结集出版，可喜可贺，不揣浅陋，先为垫场。

是为序。

2010年7月20日

《拾光岁月》序

泉城有一群女子，她们身着旗袍，打着花伞行走在大明湖畔，流连在趵突泉边，徜徉在南山的花丛中，照影在华山湖的清波里。她们学诗词、练瑜伽，或请人讲书法绘画，或朗诵诗歌散文。每月选一个周六举行一次活动。她们每次都打出自己的旗帜——齐鲁女子文艺沙龙。沙龙成立于2017年11月，迄今已满五周年，成员已由最初的9人发展到40余人，都是来自各行各业热爱生活又具有文艺气质的中年女性，因相同的兴趣爱好汇聚一起。她们追求诗与远方，也追求快乐与健康。目前已举行活动50多次。这个玫瑰团队优雅芬芳，已成为泉城的一道靓丽风景。她们在这五年中，写出了不少诗歌、散文、小说，也创作了许多书法绘画，留下了岁月的芳影，现在结集出版，可喜可贺。

腹有诗书气自华，尽管已过了花信之年，但她们相信"玫瑰常开，青春永在"，她们用丰富多彩的活动，丰富自己的精神世界，健美了妖娆的身姿，展示了自己的才华。这是一群有个性、有追求的女子。她们每月一次的活动成果都通过沙龙的微信公众号展示出来，影响日益扩大。她们"和春天同步，与玫瑰有约"，芬芳了岁月，留住了美丽。她们称自己是一列"开往春天的列车"。

她们说："每一次的相聚，都是满满的期待；每一次的别离，都成了最美的记忆。写诗学文，点缀了生活的边边角角；踏青郊外，生动了葳蕤的山河。挥毫泼墨，是才情的自然抒发；舞姿绰约，是女子水性的婀娜。走到哪，都是内外最靓丽的风景；走到哪，都成了女子优雅、才气、正能量的再现。"她们还说："怀揣一颗诗心，一份对远方的向往，姐妹们不约而同从四面八方汇集而来，像一家人一样，或野外看景，花开探春；或室内习文，听名家讲座；或练字绘画；或载歌载舞，活得潇洒而精彩。一年四季，那么多的日子我们共同走过。"她们宣称："我们年龄不同，姓氏不同，相同的是都如玫瑰一样艳丽。我们美，不是因为容貌，是因为我们都有一颗善良的、美好的、热爱生活的心。我们就像手指一样握在一起，互相激励，互相学习，互相关心。我们不是亲姐妹胜似亲姐妹。我们有刺，有锋芒，有思想，有独立人格，自尊自爱，妖娆而不放纵，精致而不拘谨。我们是不败的玫瑰。”正如她们自己所言：“这里是充满欢乐的玫瑰园，每一朵玫瑰都精彩万千，笔尖饱含着情谊，绘出美丽的画卷，动人的诗篇。姐妹们，牵起手，仰起美丽的笑脸，让快乐的歌声永远飘扬在我们的玫瑰园！”她们深信：“大家相互帮助、相互鼓励，亲姐妹一样，在这凉薄的世界抱团寻找着温暖与快乐……多年以后，相信那时的我们想起今天共度的时光，一定都是满满的美美的粉色回忆。”

在这个时代，封闭的生活封不住美好的心灵。她们努力展现着自己的存在，展现着岁月的芬芳。我希望这丛玫瑰越开越繁盛，越开越芳香。

2022年11月16日

《苏文河诗选》序

《苏文河诗选》是苏文河从以往出版过的八部诗集以及近期创作的作品中遴选出来的一部抒情诗选集,共分为四辑:“山河情”“田园风”“爱的图案”“人与社会”。作者以饱满的激情,热情讴歌祖国的壮丽山河,歌颂新时代新农村的和谐风貌、田园风光,以婉约柔美的笔触,咏叹爱情,以犀利而富有哲理的手法,对当前的社会现实进行了诗意展现。这是一部紧跟时代脉搏,把握现实生活主旋律,展现新时代、新气象、新风貌的多声部诗集。

苏文河从小爱诗。他18岁当兵成为中国人民解放军战士后,更是与诗结下不解之缘。当时正值“文化大革命”的非常时期,他服役的中央警卫师执行着特殊任务,保卫首长和国家机关的安全。他成了一名专职的新闻战士,住在部队的图书馆里,每天为首长抄写大字报、撰写新闻稿件。图书馆里的大量书籍,让他汲取了丰富的文学营养,在《解放军文艺》《战友报》发表了一些诗作。后来,部队保送他入山东大学中文系继续深造。毕业后,他选择了从事新闻工作,筹备创办共青团山东省委的《山东青年》杂志,后又调任《黄河诗报》诗刊社工作,更直接地从事诗的编辑出版工作。这些经历是他成为诗人的基础。

苏文河的诗带有明显的时代印记,更多地抒发了政治情怀,但这种政治情怀并没有像当时流行的政治抒情诗那样直抒出来,而是借助于自然风光间接表现出来,比如《我爱微山湖》一诗抒发的是渔民的豪情,但是这豪情是与微山湖的黎明风景交融在一起的:

静悄悄　黎明来到湖面
玫瑰似的朝霞把浪尖涂染
微山湖披一身湿漉漉的风
一簇簇浪花欢跳飞溅

呵　我爱微山湖的浪花
每一朵都闪烁着太阳的光焰

白帆鼓满东风——
朵朵白云嵌在蓝天
是渔民豪放的诗剧
书写在云水之间

呵　我爱微山湖的白帆
往来如梭编织湖上锦缎

再如《黄河之声》,他强调的是黄河像战鼓一样歌唱,充满了勇敢和力量:

这是黄河　苍茫茫
一泻它的强劲　浩浩荡荡
雄浑如纪元盘古
浩荡似野马脱缰
一端托着朝阳冉冉上升
一端抚着落日进入梦乡
博大
　　开阔
　　　　壮丽
哦　我的祖国　我的家乡

我爱听黄河之声
律动如战鼓雷鸣
春风复苏了两岸绿叶
一河春水融化了冰层
排山倒海整个河床在滚翻
轰隆隆哗啦啦晃当当
(谁能听懂它的诉说呢
有悲愤的呼喊
有胜利的昂扬
有压抑的痛苦

有奋发的向上……)
呵　谁要获得勇敢和力量
请听这黄河的歌唱

在《冰排》一诗中他歌唱的仍然是“黄河之冰排/铸二月大潮/之拼争之雄浑之激烈/如风如雨如雷如电”的雄伟力量。

苏文河诗中不仅有雄伟的意象，有澎湃的激情，也有优美的意象和柔情。《雨　来自南方》就是一首优美的诗：

亮晶晶的雨　如雾如烟
织出一个春天
它说来自南方
已绿得沉甸甸

那里　油菜花儿开过
田埂上滚动着成熟的香甜
满畦满畦的稻子
穗儿把大地压弯

《小草睡了》也充满了柔情：

小草睡了
甜甜地
微笑成
朝阳一轮

梦中的歌
揉进泉声
叮咚　叮咚——
演奏着神韵

柔柔的风
摇着阳光
亮晶晶的眸子
香甜而清醇

呵　醒来吧
小草
梦已化成
璀璨的清晨
清丽的意象

苏文河写田园和乡村的诗也很多，他歌唱家乡的巨大变化，歌唱飘着古贝春酒香的武城大地，他赞美春雷和春雨，也赋予劳动以美感。他这样歌唱雨中的田野：

田野一切都复活了
蓬勃亿万个生命
雄浑的音响起起伏伏
快板是小河溪流
慢板是高粱拔茎

哦　我的雨中的田园
哦　我的雾中的画屏
一切都在更新　更新
一切都在成长　成长

诗中的田野生气勃勃，是一曲优美的赞歌。

苏文河的爱情诗写得简短、整齐，是一种新格律体，如《心声》《爱的图案》采用了两行体，《也许》《山坡》《丝网》等用的是八行两节体，这些诗作表现出他在新诗格律化上的努力。

“人与社会”辑中的诗作，有的勾画出社会图景，有的抒发了自己的感受，有的富于哲理，表现出选材和抒情的多样性。《人潮》描绘了人潮的喧嚣、个体的渺小和被迫卷入的疲惫，他说：“我是激流中的一枚浪花/疲惫于每个潮头渠道。”他用饱含情感的笔触歌颂环卫工人：

晨霜漉湿
素洁的图案

季节的车轮
旋转激光唱盘

唱春唱夏唱秋唱冬
清纯而悠远

在《树　草垛　驴》中，他写出这样的思考：

开始吧　生活
创造就在脚下身边
拥有今天就丰富今天
拥有明天就创造明天
自然的韵律流动
运动的杠杆旋转
风帆扬一页历史
凝重有色彩　静止有诗篇

苏文河的诗越到后来越凝练，摆脱了早期诗作的政治束缚，自由地思索着社会和生活，诗句也更加简约，意象也更个性化了。从这本诗集中，我们可以看到诗人走过的诗歌历程，看到他在诗歌创作上的不懈追求。我祝愿他的诗情如滚滚黄河永不枯竭！

《岁月的歌唱》序

张利民的诗稿通过互联网传到了我的电脑里，这是他的第一本诗集，也是我第一次直接在电脑上写文章。诗是朋友转来的，我和作者并不认识。利民从1985年开始写诗，至今整二十年了。二十年追求缪斯，他对诗的热爱始终不渝。因为他认为："诗，是生命的燃烧和青春的延续，是心灵不竭的种子，是美好的缔造与延伸，是向邪恶举起的鞭子，是宇宙的草原与绿树，是山，是光，是水……这也正是历代诗人们为之默默笔耕不息的一个最充分的理由，也正是至今依然有无数诗写作者，在这人人崇尚经济与物质的社会里，笔耕不辍，默默为文的理由。"他深知："任何时代，人类灵魂都需要缪斯之神的拯救和照耀，她可以让我们听到神的声音，感知到生命的歌唱，灵魂的舞蹈。诗，是对善与恶的最真实记载，是对一个时代背景的最真实记录，到任何时代，都会有人肩负起这个神圣的责任和使命，放弃物质与世俗的冲击，拒绝一切欲望与利益的诱惑与蒙蔽，为之默默地，用生命真诚的声音吟唱，传播缪斯之神的光芒，把自己对宇宙与人生的那份感知，对生活和社会的那份认知，对善与恶的较量，把心底的那份真挚，献给大家。"（见该书"后记"）这也正是利民诗歌创作的动力。

利民早期的诗作有着20世纪80年代的特色，具有热态生活诗的格调。他歌唱《上夜班的女工们》《清晨小村集市》《女船工》《老艄公》，歌唱走进新时期的新生活，歌唱青春和爱情。诗歌清新，节奏明快，带着新生的稚嫩。90年代后，随着生活阅历的加深，他的诗歌变得深沉，诗艺上也有很大提高。收进这个集子第一辑的是组诗《活着就是为了凝聚一滴露让爱人品尝》（四首）和《天上的爱情》。这些组诗是关于爱情的，但是比起他早期诗作来已大不一样了。里面有更多的对生命的感悟和痛楚。比如："为了不让自己滑入深冬的山谷/让霜雪覆盖心中最后一片芳香/你夜夜划一叶小舟 /沿着思念的小河飘游/抱着花的心情/聆听月光里被等待捏碎的声音/捧着桂花酒与嫦娥释解孤苦的滋味。”(《生命的树在岩石上生长》)“你渴望有鸟鸣的穿透/渴望有雷闪劈开沉寂的胸膛/让阳光的溪流注入死去的河/让爱的洪水淹没干裂的灵魂/让亲切的火将自己/透彻燃烧。”(《让万物生长的声音穿透生命的每一寸》)感情的直抒转化为意象传达,诗情浓郁,并且内容丰富了。

利民诗里有温暖的人道关怀,在《风中的女人》一诗中,他说:“我以单薄的身体遮挡着凉凉的风/以温暖的目光接受着她的诉说/将瘦弱的臂膀递给她/ 等候有一辆车/送她回家。”诗人的温情触手可及。利民是从农村出来的,他忘不了生他养他的热土。虽然身在城市,他仍然挂念着家乡的土地,挂念着那里的乡亲:“雨/下了三天三夜的雨/打的老百姓的心　很疼。”(《雨》)在《下雨的夜晚》中,他又写道:“当地里的庄稼在一场大雨后倒了/刀一样的叶子　剑一样的叶子/划伤了我们的日子　小村/就在郊外　和我们　并肩站着//我们的根无法从庄稼地里/拔出　拔出的日子/一个晌午　就会　面黄肌瘦/我们的平安　是小村除夕夜的祈祷。”这些诗句充分表现出他强烈的根性意识。

> 我们是多年前　从庄稼地里　飞出的
> 鸟　我们的羽毛里　还沾着
> 麦花香　我们是祖辈路过时　留下的
> 落脚点　庄稼倒了　动摇着　我们的巢

始终不忘根本,字里行间有着血肉相连的关怀,这也是利民诗中最令人感动的部分。

利民的诗歌感觉很敏锐。从一片落叶中他感受到时间的流逝,在《那片落叶》中写道:

> 在叶子飘落的过程
> 黄昏　悄然滑过城市的边缘
> 一双脚步跟在身后
> 秋　真的是你吗
> 中午的树梢上
> 还挑着一缕夏的热烈呢

诗句轻灵,生动表现了季节转换的那一刻。虽然叶落知秋是很多人写过的,但利民的诗更鲜活。

利民的诗歌语言越来越简练了，尤其是短诗更为纯粹，表现出炼意、炼象、炼句、炼字的功力。如《守望》：

一片沉默的土地
阳光在静静地流淌
我以宁静的站立　等待
春天的犁铧
种子　深埋在身体
谛听着岁月行进的声音
生命的热烈
守候着芽的缄默

这是一种歌唱
等待着歌唱
一只翅膀　等待着
另一只翅膀

利民的诗不离开大地，不离开百姓，这也是他诗歌不竭的源泉。这本诗集的出版是他对前一阶段的总结，也是他新的诗歌道路的起点，让我以他的《我的职责是生长生长生长》为这篇序文作结吧：

我是土地的儿子　职责是生长生长生长
岁月的尘土随时会掩埋我的躯体　我不敢懈怠
我必须迎着风雨雷电　用我的头颅
长成丰硕的果实　回报大地的滋养

2005年3月5日

《琐碎的无为》序

这是高凤十年诗作的结集。集子以赤橙黄绿青蓝紫分辑,是说他要用题材多样的诗作反映出多姿多彩的生活和丰富复杂的情感吧。这些诗有给爸妈的,有给朋友的,有给某地的,也有很多是给爱情的。诗是抒情艺术,无情则无好诗。诗是用意象抒情的艺术,意象是诗歌艺术的核心。

高凤的诗作有自己独特的抒情意象。他的爱情诗都有鲜活的意象,如在《我更愿是你骤雨中的灯塔》中,他用了灯塔的意象,表现出对爱情的坚守,这在别人的诗作中还没有见到过。诗中写道:

那缓流里的指引丢给北斗星
我更愿意是你旅途煎熬里的灯塔
为你守候!坚守我执拗的位置
——只属于你的方向!!

在《献给爱人的诗》中,他写道:

残破的篱笆门固执地锁住那些回忆
门前的榆钱树一年年疯长着我的希冀
就用飘来形容我的存在吧

"残破的篱笆门"写出了想忘也忘不了的回忆。榆钱树意象则写出了不断疯长的希望,取象颇有新意。《某封情书》则选取了"翱翔高空的雄鹰"的大象:

是翱翔高空的雄鹰
淋漓的畅快
从头到脚
掠过每朵白云

俯瞰每条山河
只为展示我骄傲的臂膀
翅膀借风——你的温柔
征服世界

他甚至想象能活在《远古的爱情》里："就回到远古洪荒/能像野兽般奔跑/有着健硕的体魄和/洪亮的吼叫//你常用骨针缝合我的伤口/是的，生存的确艰难/可幸福简单到只是一个笑脸。"现代社会许多爱情已经变成了物质的交换，也许远古的爱才更纯粹吧。想象使诗歌意象具有了穿越时空的翅膀。

他写给亲人的诗注意选取生活细节，如《奶奶》：

相较于出门下楼活动
她更喜欢坐在凉台看人来人往
如今，随便什么都可能让她不安
沧桑的味道
在她身上是没有的
更多的是慈祥

再如写父亲："父亲鲜有的动摇里都是纵容的慈爱/那些发，因谱写我的人生永远地失去了墨色。"只从白发变黑着笔。细节抓准了，就能更准确地表达情感。

从2014年开始，他的诗风发生了较大变化，许多抽象的思考开始进入诗歌意象中，对生活和人生的理解也变得更为深刻。如《塔》：

独自站在城市最高点
俯瞰每一处蠕动的微小
每一个灯光，每一处车流
每一场纷争

自由张望
假装我和鸟儿比肩，我和云儿同行
再没有家，再没有春夏秋冬
再不需要家，再不需要春夏秋冬

这首诗拉开了与生活的距离，是在更高层次上对生活的观察。正如他在另一首诗中所说:“飞奔在精神里的群马/亢奋才是它们的灵魂/承认了吧,你做了它的俘虏/最后的自尊,也被践踏得不剩一分/可是,清晨一到/你仍要挺直脊柱,为了生存。”生活的复杂,加深了他对人生的理解,也加深了思考的深度。

《行舟》可以看作他的代表作之一,这是一次灵魂的漂流,也是对亘古时光的穿越,表现出一种淡然和从容:

身影给出一个答案
对时光,对亘古的川流
用骄傲的臂膀,借群山的巍峨
平淡地说出一句荒唐:
我心如江水平缓,因江水也曾汹涌

这一时期的爱情诗也有了变化,如《溶洞深处》:

亲爱的,你曾是
千万粒红豆中的一粒,精准地
落入我手中骰子的内部,但你又匆匆遁逃
而去,留下我这具空虚的形体。亲爱的
我们如这暗河河面上重叠的影子,消磨彼此并且
飞快地流逝。那就流逝吧,向东
或者向西,向那些没有秘密的秋天流去

他开始涉及孤独与死亡这些现代性命题,如《先于荷花的献诗》《铭记》《手里握着的》《终结——黄金时代》等。由此可以看出他思想以及艺术上的变化。

高凤是一个正在成长的诗人,或许从这本诗集开始,他会再一次蜕变。他的路还长,希望他能坚持走下去,走出属于自己的阳光大道。

唐风诗集序

这是潘乐民的第一本诗集。潘乐民,笔名唐风,1982年发表了第一篇小说《螺女》。他曾在国有、合资、外资企业担任高管,不但是优秀的企业管理者,还是颇具才情的文学创作者。他的主要作品有中篇小说集《蚂蚁人生》,散文集《乡音与杂谈》。唐风自谓:“借文自娱,碰上有缘者,也可娱乐他人。人生已过甲子之年,有了自己支配的时间,他总想做点自己喜欢的事情,也想做点有益他人的善举,这便是初衷。”他摆脱了繁重的企业管理工作,有充足时间读书、思考、写作。他浪漫的生命开始奏响缠绵又磅礴的歌。正如他在《春雨与春雷》一诗中所说:“浪漫的生命有辉煌的歌/拘谨的人生却难觅车辙 /潇潇洒洒走一会吧 /变牛做马又能如何!”

潘乐民酷爱读书,现在每天要读五个小时。他在《清风吟》中说道:“区区半间逍遥屋/淡淡四壁满华章/清茶一盏明双目/身前身后尽书香。”读书时间是他最沉静的时刻。丰富的生活经历是他创作的素材宝库,读书则是他借鉴他人、锤炼语言的有效途径,再加上他的高情商,这就使他能够“情飞扬、志高昂、人灵秀”了。他的诗作题材丰富,视野广阔。风花雪月、名苑山水、俗人雅事、未了乡情、雪国西藏,构成了他的诗意人生。他的诗来得快,眼光所及,步履所至,俯拾即诗。瞬间的灵感触发,使他激情涌动,发而成诗。

大雪节气将临,他看大雪图有诗云:“大雪涛涛飘无际/绿皮火车出山来/满车尽是少年梦/明朝定为报国才/生在深山有宏志/中庸大学开心怀/漫天飞舞有归处/江山无处不覆白!”他从大雪图中看到的不仅是雪,还有人才。那些从东北森林大雪中驶出的绿皮火车,满满都是“少年梦”和“报国才”,他们经历过严寒的考验,终于成才。他看到的是大雪之外的东西,这才是诗人的慧眼。他的诗中有豪侠之气,如《墨客》:“客从山东来/行船碧水波/胸藏万卷书/迎风对江酌/两岸翠峰走/迷离云中客/大雾锁清流/满酒邀明月!”这哪是文人墨客,分明就是豪客。这也正是他在《秋雨》所说的:“老友昨日喜相聚/三杯浊酒话生平/穷则修身立天地/达则仗剑济苍生!”短短几句豪侠之气顿生。

潘乐民的诗处处表现出快乐和潇洒,颇有东坡诗词的韵味。如《春醉东湖》所写:“又是四月春意浓/依然潇洒自在天/竹杖芒鞋踏幽径/回味快乐一整年。”在《观黄山云海图》中,他说:“人似在广寒/峰如海中立/何日荡轻舟/天上赏旖旎!”再看《明湖之春》:“东湖飒飒照暖日/超然楼外话逍遥/老汉不知夕阳短/且随铁公逛一遭。”这种潇洒的姿态乃是出自本心的自由和快乐。

潘乐民诗中的有些意象是明朗的、快乐的、高远的。如《沐蓝天》中的黄山云涛、绝壁绿松、高飞苍鹰,连千山万壑也是展开笑颜的,何况还有辽阔的蓝天。这些意象创造出苍茫高远的意境,抒发了自由奔放之情。再如《日照东墙》诗中有飒爽的阳光,簇簇开放的红花,虽然也有寒潮,但挡不住他的健步,“颗颗脚印带诗行/此生短短几十年/何不尽情著华章”! 意象光明,色彩热烈,对应的是满怀的豪情。《吴越山水图》也是一幅壮美的画卷:“远山朦胧近水清/神仙隐身雾如梦/严子垂钓在桐庐/李白梦游到此境/山外有山望不尽/满天云气大江横/心在荒野身在市/千里孤舟借月行!”

意象是心境的外现,什么心境就要选择什么意象。豪放派多写大山大水,雄鹰骏马;婉约派则多用花草树木,小桥流水。一个人并不总是豪放,也不会总是婉约。辛弃疾是豪放的,他的词中有金戈铁马,但他也有婉约的时候,他也留下了“茅檐低小,溪上青青草”的词句。苏轼也是如此,他笔下不仅有大江东去的豪放,也有“缺月挂疏桐,漏断人初静。谁见幽人独往来,缥缈孤鸿影”的婉约。李清照是婉约派的代表,但也留下了“生当作人杰,死亦为鬼雄。至今思项羽,不肯过江东”的豪言。潘乐民的诗中也有婉约意象。如《秋日游园》:“最是一年秋色美/百树翠绿一树黄/飞鸟穿林不知处/绿茵鹌鹑寻偶忙/微风小心吹落叶/群花悄悄换衣裳/抬眼又见千年藤/弯弯曲曲话衷肠!”潘乐民的抒情小诗,虽然有婉约柔情,但不悲愁,他看见的是柔美,是“清风伴白云”的脱俗和清丽。如《我的心愿》:“千树拥栈道/青翠多妖娆/琴声飘渺飞/林中传鸟叫/我想变作树/也愿化为鸟/清风伴白云/不为俗世扰。”《小雨》也是一首很清丽的诗:“一夜细雨了无痕/但见青草长精神/满园鸟鸣不见鸟/小溪碧树一时新/胸中只装散淡事/功名利禄皆浮云/吟罢唐诗吟宋词/雨来雨去自然心!”细雨、小溪、青草意象对应的是散淡情和自然心。

孟春微寒,细雨蒙蒙,涟漪点点,斜风细柳,画船残荷,他独自漫步东湖,吟出了优美的《一字歌》:"一人一船/一伞一湖/一庙一山/一心一念/一愿一花/一佛一癫!"诗中的象都不大,却很有韵味和禅境。一花一世界,一水一小船,那么静谧,那么安宁,那么引人遐思,完全脱离了尘间的喧嚣。这是他向往的境界,他就像个城中隐士:"高楼大厦之间/鸟叫蛙鸣连绵/小溪滑过身边/悠悠心香一瓣//时代列车太快/油盐酱醋麻烦/心静自然透彻/城中犹如深山!"他躲在高楼大厦之间,寻找到一块净土,安然修心了。

潘乐民的诗大都短小,他打破了新诗和旧体诗的界限。他的诗以五言、七言为主,也有六言的,甚至有两言的,句式整齐。但他又不受格律的限制,能相对自由地抒发情感。他对古典诗词的炼字炼句炼意深有体验,所以诗句虽用白话口语,却精炼有味。这是不容易的。我主张写新诗的不妨写点旧体诗,写旧体诗的不妨写点新诗。旧体诗的格律和新诗的自由并不矛盾,二者适当融合,当能更好地表现现代生活和时代的特点。

赋兼有诗和散文的特点,它虽然以铺叙为主,但也注重抒情,也讲究节奏和韵律。尤其是散赋,可以不押韵,更像今天的散文诗。潘乐民也是写赋的高手,《大雁歌》和《舜庐赋》可以作为他赋的代表作。《大雁歌》叙述了大雁艰辛的迁徙过程,歌颂它是"鸟中义士""雌雄相交,毕生不离""天下万物,从一而终者,唯大雁是也"! 歌颂它"三军用命,纪律严明",并用大雁和人来对比,表现出鲜明的赞颂之情。全文层次分明,语言简洁有力,节奏感突出,读来朗朗上口,是一片散赋佳作。《舜庐赋》多用排偶句,描绘了舜庐酒店之美,其地理形势为"南望历山依稀,马鞍朦胧;面朝经十通衢,花木琳琅"。其建筑为:"白墙黑瓦,斗拱飞檐,长廊蜿蜒不断;浅塘绿荷,小桥流水,雅静温柔之乡。宏伟敞亮,大堂典雅古朴;花香人幽,曲径青草掩映。"其环境是:"一片芳草地,千竿翠竹林;飞鸟摇翠叶,翔鸽带哨响。"客来此地:"一杯香茗,似入江南小镇;两杯淡酒,又见少年儿郎。"这是个精品酒店:"安徽人家,又造一处佳境,泉城舜庐,风流八方传扬!"读了此赋,焉不油然而生向往之情乎!

诗赋是颇见文学功力的文体。潘乐民常年细阅经典,熟读诗文,语言功力日益加深,由此集中的篇什可见一斑。他写过小说和散文,今又推出了诗集,在文学之路上已渐入佳境。相信他今后会有更多好作品问世。

田军诗序

田军，河南淮阳人，系中国诗歌学会会员，河南省作协会员，周口市作协理事，淮阳区作协副主席、诗词协会副会长，淮阳第十一、第十二届政协委员。已出版有诗文集《生命不会无题》《花落满地》《守住一颗心》《人生故事九十九》等。这本诗集是他的第五本著作。从1984年在周口《作文月报》发表第一首诗《小草》，到这本诗集的完成，他在文学之路上已经跋涉了30年。淮阳有着丰厚的历史文化积淀，这里名胜古迹、文化遗存比比皆是。博大精深的伏羲文化，炎帝的丰功伟绩，碧波荡漾的万亩龙湖，平粮台、五谷台、弦歌台、白龟池、蓍草园等历史遗迹，使这块土地的自然风光和人文历史具有了迷人的魅力。历代文人墨客如曹植、李白、白居易、张继、岑参、苏轼、苏辙、晏殊、张耒、程颢、范仲淹、陆游、刘基等，在此留下的诗词歌赋有600余篇，这就是田军生活和创作的沃土。

这部优美的抒情诗集分为"四季花开""十年情歌""家国情怀"三部分。当下抒情似乎成了稀罕的诗歌手法，在众多的诗歌中叙事好像成了主流。不加提炼的口语叙事，有的甚至是口水叙事，日渐削弱了诗歌语言美感，使诗和日常说话混同在一起，越来越背离了诗的美学特质。田军的诗保持了诗的抒情性，语言优美，意象清丽，是当下诗歌创作中的一股清流。

"四季花开"抒写了诗人在春夏秋冬的不同感受，表现出他对时光流逝、季节变换的敏感。诗人是报春鸟，他最先感觉到春天的到来。在《春之恋》中，他写道：

这个春天，和所有春天一样
万物复苏
温暖祥和
丝丝暖阳

在浅浅的新枝上笑成了
带雨的梨花

像所有的诗人一样，他热爱春天，情不自禁地写下《醉在陈州的春天里》：

我在二月的陈州里行走
要赶在陈州湖解冻之前
把你的我的你们的我们的
春天走出来

让我在陈州湖岸边入梦
湖里的阳光和鱼儿慢慢生长
苏醒的莲和蒲苇
都不说话
沉默着　慢慢地　静静地
呼吸着　品味着
陈州的春天

这首诗的意象安宁、沉静，犹如梦境般的美丽，包含着浓浓的爱意。在春雨之夜里，他“小心翼翼地/保持沉默/与阳台上的一枝花蕾/幻想着明天生动的/时刻”，他要“让干净的灵魂在一朵花里开放/用一朵花开的时间/忘记世界/忘记时间/让干净的灵魂/融入你的花蕊里/从来处来/到去处去”。这不由得让人想起黛玉的《葬花吟》：“未若锦囊收艳骨，一抔净土掩风流。质本洁来还洁去，强于污淖陷渠沟。”也许只有干净的灵魂才能和花朵一起开放吧！

诗人笔下的春天是安宁的，夏天却是沸腾和火热的。他写道：

让那些睡了一冬的机器
再也闲不下来
轰隆隆的鸣叫声
和灼灼的夏日
一起在阳光里
沸腾

他听见了“七月的声音”：

幸福的阳光把声音

掺进湖水里
稚嫩的小荷
沿着湿漉漉的音符
奋力向上
一簇簇的希望
在洁净的天空里
弥漫生长
瞬间
碧绿拥有了整个天空

他笔下的夏是火热的，具有蓬勃旺盛的生命力，是“奋力向上”的“瞬间/碧绿拥有了整个天空”。

秋天在诗人的笔下一点也不萧瑟荒凉，他笔下的秋叶“它那么宽大/它那么闪亮/它那么金黄/它脉络清晰/那一丝丝纹理/多么像一条河流/爱情的河流/淙淙流淌/舒适　平缓　宁静”。他想“把它揽在怀里/如怀抱我的情人/风儿入梦/一切寂静”。田军的抒情诗是借意象的抒情，是艺术的抒情。像他诗中夏天中的荷花、荷塘，秋天金黄的叶子。冬天的雪花，无不浸透着浓郁的情感。他写雪不写其形，而写其声：“在窗下偷听那冰凉的/潮湿的，让人欣喜的/声音/不知是谁，在背后吼了声/我的灵魂与天空中的雪花/一起，在尘埃里/被摔得粉碎。”这是灵魂与雪花的相逢和碰撞，是震撼的声响，是别出心裁的声像。他爱雪花，爱它的纯洁与晶莹，他要和它一起开放：

让我拥着你，抱着你
把那一丝温暖
放在你的花蕊里
屏住呼吸
默然祈祷
让心藏在你的花瓣里
让爱躲在你的心房里
在这宁静的雪夜和
这辽阔的大地上
让我和你一起开放

他的爱、他的心和雪花融合在一起了。田军的爱情诗也和四季交织在一起，春天的温暖、夏天的火热、秋天的收获以及冬天的冷静，都是他情感起伏的外现。他用夏天的雷电形容他和爱人在一起炽热的爱恋：

在这夏日的傍晚
谁会忘记闷热和
惊雷

那，就用闪电拥抱
用高亢穿透
用滂沱大雨
温暖，我们的爱情

他用冬夜里将要开放的梅花状写美丽的等待："多么熟悉的声音/就如梅花初绽/神秘的故事里/一定有一枚精致的结尾/在冬夜，在这飘雪的冬夜，和雪花一起/等你。"他对母亲的思念也和村口的槐花联系在一起：

亲爱的母亲站在你
花开的树下
用心捋下那朵朵
成熟
把一生的慈爱
蕴藏在春天的菜肴里

岁月之情、爱情、亲情都借助意象展现出来，抒发得淋漓尽致。除此之外，还有家乡情、爱民情、爱国情。这都集中体现在第三辑"家国情怀"中。《在淮阳等你》（组诗）、《想起故乡》、《美丽的淮阳》、《车过淮阳》、《不朽的经过》、《龙湖，我的真爱》、《龙湖里藏着我的名字》、《湖的心事印象淮阳》（外三首）、《陈州短章》（组诗）都表现出他对淮阳这片热土的爱。在《等一树花开》长诗中，他尽情歌颂着家乡之美，歌唱二月的龙湖，肆意挥洒着他的爱，他写道：

根扎在你宽厚的土地里
自由而欢喜
枝伸展在你宽广的胸怀里
幸福而甜蜜

驻足在你温暖的心里
包括夜半的行走与浅吟低唱
包括晨起的薄雾与日暮的微尘
在这生我养我的大地上
在这九百六十万平方公里的大地上
祖国啊
躺在您辽阔温暖的怀里
等一树花开

这树花在《在淮阳等你》一诗中盛开了:

这个有故事的古城,昨夜来了一场春风
悄悄地路过太昊陵
画卦台,平粮台,弦歌台
就如同那花开
从一个枝头到另一个枝头
掠过十里荷花和万亩龙湖
在苏葶莲舫互相示意
在九曲桥旁互相问候
这个时候
心中想着,做一个蕾?还是含一个苞?
就这样走着想着
该开时就开了,真的
一生就这么大方一次,就可了劲呗!

田军是国家干部、政协委员,他关心百姓疾苦,用诗写出了自己的扶贫笔记。在大雪天他下乡扶贫:

用心对心,用亢奋对亢奋,用燃烧对燃烧!
在冰天雪地里行走,在羊肠小道
在阡陌纵横,在鳞次栉比间相逢
让一丝丝温暖,温暖着三尺冰冻,
温暖着初绽的蜡梅,和那些一见如故的乡亲!

他用诗记下了贫困户的名字:贫困户张如和乡村的普通妇女李怀花。他还观察着细微的事物:"在厨房,你抚摸厨柜/在商场,你抚摸门窗/破损的路面,残缺的台阶/你关注/枯萎的小树,飘逸的飞线/你关注/一扇打开的窗/一扇关闭的门/你关注它们走向美好。"细微处见精神,这些诗中表现出的是党员干部不忘百姓疾苦的初心。为此他歌颂党的好干部崔庆余、"见义勇为"青年郑春光、战斗在抗疫一线的医生护士和平凡的环卫工。他心中有百姓,他牢记共产党人的初心,在诗中写道:

让我们不忘初心
为人民对美好生活的向往
出实策　鼓实劲　不图虚名
能担当　愿担当　不辱使命
不忘初心　继续前行

他想用自己的行动写一首干净的诗。田军的家国情怀抒情诗充满激情,具有鼓舞人心的力量。

田军的抒情诗总体上看写得干净明朗,意象鲜明,抒情饱满有力。有的诗作还可以用点减法,使其更精粹凝练,给读者留一点想象思索的空间,那就更耐人品味了。

田之存诗集序

正值阳春三月，田之存先生的诗集编定付梓，嘱我作序。近年来旧体诗的创作方兴未艾，不少在职干部也投入诗词创作中。这对传承中华诗词优秀传统，提高干部的文化品位和道德情操是大有裨益的。在职干部的加入，不仅为诗词创作队伍增加了一支生力军，他们的作品也为中华诗词的春天增添了新的光彩。

田之存是国家公务员，作为在职干部，他写的诗词就有自己特殊的视角，有自己的思考，特别是对政治和经济活动中的大事，他要发出自己的声音。比如他写的《闻刘姝威——蓝田总公司案有感》就是对以蓝田事件为代表的经济欺诈案的批判：

喇叭声碎震沙丘，
红绿迷离醉春秋。
伤心天老欲堕泪，
歌场从来无国忧。

蓝田事件是中国证券市场上发生的一系列欺诈案之一，被称为“老牌绩优”的蓝田巨大泡沫的破碎，是继银广夏之后中国股市上演的又一出丑剧，成为2002年中国经济界一个重大事件。最先挑破这个“泡沫”的是一个叫刘姝威的女人，她由此获得了由中央电视台评选的“2002中国经济年度人物”，并被称为“中国股市的良心”。2001年12月，她以一篇600字的短文对蓝田神话直接提出了质疑。田之存此诗则用诗的意象对这一欺诈行为进行鞭笞。第一句“喇叭声碎震沙丘”写出用喇叭吹嘘方式编造的蓝田神话像沙丘一样崩塌了。接下去几句批判了贪官和商界的灯红酒绿、纸醉金迷与糜烂堕落，表现出“伤心天老欲堕泪”的忧国情怀。这种情怀也表现在他的咏史诗中，如《读史有感》：

一洗江山斥愚佞，风雨更替占衰兴。
春秋徘徊支长恨，云海流连透碧青。
但得天心如民气，何须白简奋玉庭。
新月摇落黄昏酒，道是晚霞血染成。

一洗愚佞，天心民气，连透碧青，这就是诗人期盼的清明政治环境。

诗言志，但诗人言志并不一定直抒胸臆，他可以借助景物、托以梦幻间接言志，这样就可以使诗歌更有艺术力量。

《晨梦》就是一首以梦境言志的佳作：

晨风轻凉青梦来，融岩鼓舞冲天开。
北海涛涌犹战栗，东坡倾诉尚徘徊。
粤山苍茫连江雨，故园温馨惬胸怀。
子规啼月遥相问，庭院深深树影白。

诗记一场晨梦，梦境如幻，但情怀是真。在清凉的梦境里又有“鼓舞冲天”的豪情，有“粤山苍茫连江雨”的广阔，也有“故园温馨惬胸怀”的温馨。豪情壮志寄托在生动的意象中，很具艺术感染力。

田之存在交通部门工作，他的诗作有不少取材于此，既有交通史的内容，也有对现实工作的反映，表现出他对本职工作的热爱和对时代发展的讴歌。如《古栈道》：

楚汉古栈道，不时入梦来。
无烟山含翠，有路云飘台。
汉中出英雄，齐东收徂徕。
纵有陈仓谷，遗惠壁上埋。

古栈道是历史的遗迹，是先民智慧的结晶，也是古人征服天险的壮举。歌颂它也是在抒发现代交通人继承先人天险变通途遗志，为民造福的情怀。与此相关的还有《成武汉堤》等：

三尺龙泉佐英雄，置酒高会徐州城。
齐王班师向陶丘，通儒演礼说图腾。
筑坛不觉天将晓，军舞尚须车随行。
新堰成路绕文山，得赐成武一令名。

《南京长江大桥》则是对现代交通的歌颂：

其一

桥横逝水日西斜，汽笛喇叭声声夸。

长江不应限南北，中华血脉是一家。

其二

桥跨南北展红旗，两京迢迢路归一。

还有海峡如天堑，何日重聚一家人。

这些诗作充分表现出作者对祖国交通事业的关注。诗人不但关注全国更关注家乡的交通发展，他听说济祁高速（鲁豫皖三省省专会议决定的惠及三省人民的一项工程）过成武时，十分欣喜，写下了这首诗：

面对地图正出神，忽闻高速来祁门。

泉城柳韵皖南雨，黄山松涛鲁西云。

两地同栽友谊树，三方共谋发展“林”。

路经成武向豫皖，有幸作好交通人。

2011年3月22日，成武县交通局在文亭湖生态园隆重举行成巨公路开工奠基仪式，他触景兴情，填词纪之：

满江红

东风杨柳，艳阳天，遥瞻阶前。绿云瘦，芳姿憔悴，昔影犹还。入目向是芙蓉玉，驱身难离红尘缘。莫犹移，莞尔递一笑，醉心泉。

凌霄白，蓬海蓝。河山碧，待轻帆。武陵梦，赢得相与绵绵。漫说岚烟扶新翠，得意轻雨来旧船。知深重，临歧祷逝水，驻丰颜。

田之存的诗词格律比较严谨，诗味浓郁，意象鲜明，意境清新，注意诗意表达的蕴藉隐曲。如写于2003年中秋的《采桑子·夜宿泰安》：

晓窗惊梦瀑流响，山色空蒙，山色空蒙，秋雾默默小恙轻。

向是山重人更重，何来轻松，何来轻松，松香尽透月明中。

中秋之夜，客宿泰安，瀑流声响，晨梦惊醒，重重绿树，淡淡秋雾，山色空蒙，松香透月，小恙忽轻。这小恙当不只是身体不适，怕也有思念亲人之恙吧。迷蒙之景传达出旅途逢佳节的特殊感受。也许那山色和月色正是一服疗疾的好药啊。

田之存的诗词蕴藉有味，其格律诗在格律上还需严谨些。特别是二、四、六字的平仄一定要合律。在专业性上再提高一步。

是为序。

2011年4月12日

王尔滨诗集序

这是一部庆祝共和国成立70周年的政治抒情诗集。这个集子中的政治抒情诗和20世纪五六十年代的不同。过去的政治抒情有激昂的调子,比较直露,而王尔滨的诗则相对深沉,意象化的抒情使诗意更加浓郁了。这些诗中包含着对祖国和人民的爱、对领袖的崇敬、对所追求的事业的忠诚。

王尔滨的诗尽情倾诉了他对祖国的热爱。在《长城,向西的蜿蜒与遥望》一诗中,他写道:

它醒来了　它拍打掉积在身上
千百年的尘土　宛如一个国家的沉浮
它蜿蜒着站起来了
看啊　如今　它像一位白发苍苍
沟壑纵横的脸上溢满了笑容的诗人
带着春天和诗一起出发了

诗中的长城像一位白发苍苍的老人,在新时代的春天站了起来,脸上溢满了笑容。长城成为古老而又年轻的祖国的象征。在《国旗和太阳一同升起》中,他说:

国旗和太阳一同升起来了
那是大地上雄鸡引吭报晓的时刻
红霞如燃的新时代啊　在这一刻　从四面八方
推开窗户　打开门扇　向我们走来

这是对改革开放新时代的颂歌,诗句明朗嘹亮。王尔滨对新中国举世瞩目的成就充满自豪。1964年10月16日,我国爆炸了第一颗原子弹。而后,氢弹试验成功、“东方红一号”人造卫星发射成功。这是中国共产党和中国人民在和平时期成功进行的“三大战役”。他在诗中写道:“一声巨响　在这片曾经连火柴也不能/自己制造的土地上　中华民族/以蘑菇云的方式　升腾　并站立起来!”

王尔滨深情缅怀为建立中华人民共和国呕心沥血的领袖,他这样写畅游长江的毛泽东主席:

> 他知道　长江的体温
> 就是中国的体温
> 那时候　他就将诗意的人生
> 全部　投进了急流

他被毛主席睡衣上的73个补丁感动,他说:“那些润物无声的针线/正涟漪似的一圈一圈/荡漾开来/偶尔　它们依偎在一起/就会用细微的声音/互相说出　一位伟人/一位公仆/一位农民的儿子//质朴　本色/情操高美的一部分秘密。”同样,他也被周恩来总理衬衣上的补丁而感动。1963年12月,周总理出访亚洲14国。在摩洛哥,总理的卫士长成元功对礼宾司司长江廉说:这皮箱里有一包总理要洗的衣服,因领口和袖子口都破了,重新补过,不便让对方洗,请你们带回去,让使馆的女同志洗一下。王尔滨写诗说:“那些衬衣　那些补丁/在我心中　永远/是红色的/是飘扬的旗帜。”共和国领袖的崇高风范像飘扬的旗帜永远记在他的心中。

王尔滨对为共和国建立功勋的模范英烈和人民群众也给予热情赞扬。他歌唱雷锋笑容,赞扬贺敬之的诗篇,回忆知青的宿舍,赞美采煤的兄弟,悼念大火中的英雄,歌颂随军号冲锋的战士。这些共和国的脊梁感动着他,使他情不自禁地写下了这些诗篇。他在《写给“八一勋章”获得者韦昌进》的诗中写道:

> 临走时　他把一瓶酒洒在了地上
> 这时　风的号声吹起来了
> 数十年来
> 这种出征的号声
> 总是这样
> 在他耳边响起

战争年代英雄的号角已经成为新时代人们前进的催征号。王尔滨对英雄无比崇敬,对我们队伍中的败类却十分憎恨。对经毛泽东主席批准,依法判处死刑的大贪污犯刘青山、张子善，他用两颗锈蚀的螺丝钉予以谴责：

螺丝　曾经是两颗
不惧雨淋　霜打
却被酒气　铜臭慢慢锈蚀的螺丝
脱落了
砰　砰　落地声
像枪声那样响脆
两颗锈蚀的螺丝

诗中准确的比喻意象，写出了被酒气铜臭慢慢锈蚀的丑恶灵魂，足以为共和国的蠹虫——贪腐者诫。

王尔滨的政治抒情诗，情感深厚但不直露，隐藏在意象中。像长城、补丁、军号、锈蚀的螺丝钉等，都使诗句变得形象生动起来。王尔滨的政治抒情诗还把叙事与抒情紧紧结合在了一起，这就避免了过去那种概念化的诗情。比如《向青春致敬》中他穿插了知青与老乡在炕头开会、制作沼气、打铁、磨面等场景描写，表现了特殊年代的知青生活和他们的精神面貌。在《诗人贺敬之》中，他叙写了窑洞写诗、土改支前、欢庆解放等场景，使得抒情变得更加具象了。在《时光穿梭里的邮路——观台儿庄邮政博物馆有感》中，他选取了五个时间节点，叙述了五个节点里邮路的不同内涵，写出了120多年邮路的风雨历程，赞颂了邮递员对祖国和人民的爱。

近年来政治抒情诗不多，好的就更少了。王尔滨的这部献给共和国成立70周年的诗集，无疑是难得的政治抒情诗佳作。我们这个时代仍然需要政治抒情，讴歌时代，关心百姓疾苦，赞颂英雄，抒怀咏志，这是诗人必须担当的责任。王尔滨做到了，真是可喜可贺。祝他写出无愧于这个时代的更多佳作。

王力丽散文集序

我和王力丽以文学结缘，相识已久。在天桥文学研究会会员里，她高挑美丽，文笔又好，很引人注目。此次她的散文集出版，嘱我作序，使我得以先睹她近期的作品。

王力丽的散文题材广泛，有对日常生活的记录和感悟，有对社会现象的批判，有对亲情的抒发，还有对祖国名山大川和国外名城的记游。她用灵动的文字记录下自己生活的感悟和足迹，展现出热爱天空和大地，容纳千山万水的阔大胸怀。力丽性格豪爽，待人热情似火，没有小女人的娇怯，在酒桌上敢和军旅汉子一拼。但是她的文笔却很细腻，刚柔兼济。比如《虎年的柔软》中的文字："希望在虎步生风的虎年，把匆匆的脚步放慢。在今后的路途中心态悠然地散步，缓慢也是一种柔软，偷得浮生半日闲，心境淡然，行为就柔软。"她说："你心灵涌动的暖春，会开出一片妩媚的花海，你一生就可以活得一脸阳光，惠风和畅。"她心中有爱，活得阳光大气。她心灵深处有一片海，她最喜欢去的地方是海边。她向往大海的浪漫，渴望"做一条鱼自由自在的鱼，随海浪行走于远方"。她理解大海的心胸和情感，说："可容纳百川的海，就像一个饱经沧桑的慈母，任你再狂吼的喊叫，再崩裂的哭喊，都会被大海所吸纳。海的隐忍，其实是蕴藏着一种力量，海的沉默，其实是惊天爆发的前奏，你会感受到你不是一个人在战斗，你感觉会有一群人在为你呐喊助威，海包容着你的忧伤和孤独，海也默契着你的情绪和情感。"(《心灵深处的那片海》)

力丽善于捕捉生活中不经意的瞬间，并由此生发出一篇美丽的散文。如《人机分离的时刻》，年三十手机欠费停机，"手机等待的、发出的、路上的、屏幕上写的，都戛然而止。没有了手机信息，人就这样与世隔绝了"。在这样的瞬间，她没有焦虑，而是用这免叨扰时间去读诗。她说："读诗人优美的文字，一唱三叹，是'歌了再泪，泪了再歌'的诗，读作一种远古的箫韵，读作一种凛然而至的霜雪，读作一种黎明来时汩汩漫过心阶的光明。如临风醉舞的欢悦。只有心地澄澈的人才能写出这美丽而震撼的诗句，只有追求至纯至美境界的人，才能漫溢出孤独而安宁的情绪。我感激这人机分离的时刻，享受这无与伦比的美丽。"

《我是美女夏利》是一篇妙文。作者用夏利车的口吻，述说着一件件"爷们"开车的糗事和趣事，如和墙较劲、与越野车斗勇、五峰山遇险、车中换绣花鞋追尾等，让人忍俊不禁。文中道："主人频频让我吻过奥迪，亲过公交，和小三轮擦肩，与摩托车接洽，无一我不是鼻青脸肿或龇牙咧嘴，我受伤不要紧，还要跟各位车主交涉赔钱事宜。"角度新颖，语言幽默。

散文贵在情真，将内心真情行诸文字，直指人心，才是好散文。力丽的散文动人处亦在此。尤其是她的亲情散文，更让人感动。如《去天堂，接您回家》，其中写到她经常梦见已经逝去的父亲。有一次，她梦见在朋友家中接到了父亲电话，没来得及说话就掉线了。她"拼命地往回拨，没音，找电话号码，没有"。她"突然就惊醒，坐起来，茫然四顾，真的？假的？怎么回事？耳边始终反复响着那个声音'你是哪一个？''你是哪一个？'忍不住，失声痛哭"。醒来后，在开车上班的路上，那声音一次次、一遍遍仍在耳边，以致泪眼模糊，闯了红灯。这些描写，真实地表现出她对父亲的思念。《带老爸去旅行》写她在老爸的祭日翻看和老爸一起旅行的照片，回忆老爸开心的样子，最遗憾的是在他年近八十高龄时的港澳行心愿，最终没实现。一个个生活瞬间，饱含着父亲对子女的爱和女儿对父亲的爱。《写给20岁生日的你——我的女儿》是在她女儿二十岁生日时写下的对女儿说的话，在三千多字的篇幅里，字字嘱托、字字深情，虽絮叨，但耐读。

王力丽热爱旅游，是铁杆驴友。她不仅游遍了济南及周边的山水，还踏遍齐鲁名胜。她不仅在国内大地上留下旅痕，还将足迹留在以色列、日本、南非。她在雨雪中游趵突泉，去周村找年味；烟雨蒙蒙下杭州，骑车潇洒逛扬州；去龙川闲游，在庐山漫步；在日本看富士山，去南非观野生动物。这个集子中，最多的就是记游散文。力丽的记游散文总是将心情和景色关联在一起，景中有情，情中有景，情景交融，感悟生发。这就避免了一些游记的流水日记的弊病。如《从此岸到彼岸——东平湖记游》，文中不仅写出了东平湖景色，更多的是抒发了沉醉于山水之间的惬意。她说："喜欢放浪于山水，醉心于风景，就这样静静地奢侈享受这一段午后光阴，祈愿来世变成一棵水生植物吧，享受流水的摇动，享受清风的爱抚，享受阳光的呵护，享受低头弄莲子的柔情，享受‘月下江流静，村荒人语稀’的静谧，享受浮世外辽远又宽敞的喜悦。在水下，任思绪汪洋恣肆的天马行空，任情感默然相望的寂静欢喜，不管烟波与风雨。”

力丽的记游散文善于把诗词与眼前景物糅合在一起，不但写出景色之美，而且还赋予其历史文化韵味。如《烟雨蒙蒙下杭州》中写西湖：“‘西湖美景三月天，春雨如酒柳如烟’，我们来的几天正是烟雨蒙蒙，不知谁说过，看西湖，是晴湖不如雨湖，雨湖不如雾湖，雾湖不如雪湖。我们赶巧既欣赏了雨湖，又见识了雾湖。从西湖南面雷峰塔走出，信步来到有历史感的苏堤上，苏堤是苏轼疏浚西湖的杰作，在湖边低垂的杨柳中感受‘天街小雨润如酥’的滋润，雨中的西湖朦朦胧胧，如烟如纱，轻柔的雨落在湖面上，荡出一圈圈的涟漪，宛如一幅巨幅的中国山水画卷，如丝如缕的细雨加上轻摇曼舞的细柳，亦如温婉的古典女子，手执轻纱罗扇娇慵醉人的笑。这就是西湖美景之一的‘苏堤春晓’……过了‘平湖秋月’，就是白堤了，白居易曾在《钱塘湖春行》中描述过白堤春景‘孤山寺北贾亭西，水面初平云脚低。几处早莺争暖树，谁家新燕啄春泥。乱花渐欲迷人眼，浅草才能没马蹄，最爱湖东行不足，绿杨阴里白沙堤’。”

力丽的语言表现力很丰富，叙事抒情议论结合得很好。良好的古典诗文修养，使她的语言淡雅美丽。她的散文长的四五千字，短的只有几百字，做到了有话则长，无话则短，剪裁很得当。个别文句略显粗疏，还需再加细琢。

2015年3月16日

王学新诗作赏析

武陵源

武陵揽胜满情怀，天赐雄姿多壮哉。
绝壁险峰生楚韵，清泉奇石酿诗才。
仙桥神筑七星聚，云洞鬼凿千景开。
十里画廊风采录，猕猴列队喜君来。

点评：这首诗抒发了武陵揽胜的情怀。武陵源风景名胜区是20世纪80年代初新发现的山水名胜。这里的风景没有经过任何的人工雕凿，到处是石柱石峰、断崖绝壁、古树名木、云气烟雾、流泉飞瀑、珍禽异兽。置身其间，犹如到了一个神奇的世界和趣味天成的艺术山水长廊。首联即说满怀热情来武陵源这天赐的壮境揽胜。颔联说是武陵源的绝壁险峰、清泉奇石催生了诗人的诗情。颈联转而直接赞颂那里的仙桥和云洞，是神仙筑出的仙桥把七星联系在一起，是鬼斧凿出了云洞的万千景致。这两联的对仗十分工稳。尾联总写这次的游历，这是一次十里画廊的采风，这里的风光迷人，连猕猴也高兴地列队欢迎诗人。记游诗不但要写出看见的风光景致，还要写出自己的感受和心情。诗中的“满情怀”是对祖国山水的热爱，是对自然美景的赞叹。记游诗写景要抓住景区的特点，这首诗点出了“绝壁险峰”“清泉奇石”，突出了“仙桥”“云洞”，把武陵源的特色景物描绘了出来，情景交融，引人遐思。七律最考验诗人的对仗功夫，诗中颔颈两联对句“生楚韵”“酿诗才”“七星聚”“千景开”对得极工巧。两联句式也不雷同，颔联前四字用了并列式，颈联前四字用了主谓式。句式的变化，使这两联在表达上有了变化。

神农架

登坛炎祖拜，一步一深躬。
百草生灵气，九湖连碧空。
东坡松柏翠，西岭杜鹃红。
最是神农顶，悠悠万古风。

2017年5月23日

点评：这首五律记叙了游览神农架的情景。神农架是国家级自然保护区，位于湖北省西北部，神农架林区的西南部是以原始森林风光为背景，以神农氏传说和纯朴的山林文化为内涵，集奇树、奇花、奇洞、奇峰与山民奇风异俗于一身，以反映原始悠古、猎奇探秘为主题的原始生态旅游区。景区内林海茫茫，物华地灵，美不胜收，尤以“雄、秀、幽、野”为特色而生美感。首联写出诗人来神农架是拜祭神农炎帝的，“一步一深躬”刻画出诗人的虔诚和礼敬。颔联赞颂神农架的灵气和风景。“百草”暗颂炎帝尝百草的功绩，这是暗用典故。颈联描画出其东坡西岭的美景：“松柏翠”“杜鹃红”，一翠一红，色彩鲜亮，描绘如画，引人入胜。尾联尤好，把读者带到了神农顶，和诗人一起领略那“悠悠万古风”。这两句扩大了诗歌的时空，具有悠远辽阔的诗境。我们似乎看见了诗人高立于峰顶、举手迎风的英姿。律诗的结句写好不易，写出韵味更难。这首诗的结句悠然鼓荡，余味无穷。

武当山

香烟袅袅片云敷，金殿威威胜帝都。
紫岳琼台梵界净，仙风道骨俗尘无。
千章锦绣凝诗韵，百幅丹青续画图。
太极阴阳生万物，心诚自有护身符。

点评：武当山，中国道教圣地，又名太和山、谢罗山、参上山、仙室山，古有“太岳”“玄岳”“大岳”之称。位于湖北西北部十堰市丹江口市境内。东接古城襄阳市，西靠车城十堰市，南依原始森林神农架，北临高峡平湖丹江口水库。这首诗描绘出这一道教圣地的雄奇瑰丽。首联描绘出武当山香火极盛和金殿的威严。金殿前香烟缭绕，汇成了一片白云，殿宇高大雄伟胜过了皇宫。颔联上句写梵界的清净，下句言道士的仙风不俗，勾画出这一道教名山的圣地境界。颔联用“凝诗韵”“续画图”赞颂这里的道教文明和如诗如画的景色。既有对历史文化的礼赞,也有对自然造化的欣赏。尾联进一步联系道家思想,写“太极阴阳生万物”,阴阳相合化生万物是道家哲思,也是自然大道,即一阴一阳谓之道,这也是对眼前景的哲理升华。最后一句点出“心诚”才是真正的护身符。这首诗抓住了武当山的特点,把自然景观和道家境界融合在一起,表达了自己对武当山这一道教圣地的赞扬和欣赏,并升华为哲思。

王玉宝诗集序

王玉宝，笔名梁风，山东梁山人。长期在中国石油大学工作，曾兼任东营市政府副秘书长、胜利石油管理局办公室副主任。系中国作家协会会员，中华诗词学会会员，山东省作家协会会员，山东诗词学会理事，东营诗词学会常务副会长兼秘书长，中国石油大学诗歌学会会长。在《诗刊》《中华诗词》《历山诗苑》《诗选刊》等多家刊物发表过诗词作品，出版过诗词集《新秋集》《金秋集》《清秋集》等。现在他的又一部诗词集将要问世，可喜可贺。

东营市位于山东省北部黄河三角洲地区，东、北临渤海，黄河在这里入海。王玉宝长期在东营工作，对黄河有着深厚的感情。黄河是我们的母亲河，用诗词歌颂黄河，他责无旁贷。他的黄河诗词从东营黄河入海口一直写到星宿海源头。他在《念奴娇·黄河入海》中这样描绘入海口的景色："草红芦白，叶初黄，风卷秋空云浅。万里奔来书倦语，平阔马牛谁辨？沉默流魂，鹭鸣鹤起，波照南飞雁。岸边风景，四时轮回转换。"上阕抓住入海口的"草红芦白"景物特色，勾画出那里的辽阔和壮美。下阕过片"自信厚土长天，无言德爱，稻花香吹岸"过渡到抒情，既写时代新貌，又抒发了不忘初心的豪情。他不但歌唱不断造出大片新国土的黄河入海口，喜爱这里草红芦白和高耸的钻塔，而且还迷恋黄河的源头。他来到星宿海，在那里留下了"珠落盘，星入海，圣无瑕"的赞誉。星宿海是黄河河源的重要组成部分。藏语称"错岔"，意思是"花海子"，位于青海果洛藏族自治州，黄河河源卡日曲与约古宗列曲汇合为玛曲(孔雀河)后，河宽水浅，流速缓慢，形成了大片沼泽草滩和众多湖泊。他在这里登高远眺，只见数不清的湖泊在阳光下熠熠闪光，宛如夜空中闪烁的星星，星宿海的无数湖泊光彩夺目，犹如孔雀开屏，因而藏族同胞把黄河源流称作"玛曲"，意即孔雀河。他浪漫地把它想象成"寒宫冰镜碎片，飞散玉皇家。星列天开云静，孔雀展屏羽落，牛马牧云霞”(《水调歌头·星宿海》)的圣地。他亲临发源于巴颜喀拉山北麓各姿各雅山下的黄河正源卡日曲，为这条“红铜色的河”留下了《临江仙·卡日曲》：

挣脱昆仑冰五丈，浑然石破天惊。寂寥深处细微声。五泉身稚嫩，雪里热烟升。

玉人出浴玲珑地，缠绵婀娜纯清。更携发小路同行。大河起细处，执意不留停。

他称赞其“挣脱昆仑冰五丈，浑然石破天惊”的气魄，也聆听它“寂寥深处细微声”，并由此生发出“大河起细处”的感慨。在这些寻访黄河源头的词作里，既描绘出亲眼所见之景，又加进浪漫的想象，塑造出黄河源的美丽意象。在《水调歌头·源头姊妹湖》中，他把姊妹湖比作“圣母两滴泪”，让它们去“见证红尘风月，经历血腥烟雨”。《沁园春·九曲第一湾》也是他黄河词中的佳作：

恣意松潘，难越雪岷，转弯西冲。瞰长河首曲，无涯一碧，毡房点点，牛马云空。寺庙飘幡，雪山远眺，不尽歌谣图画中。玲珑地，风流舒长臂，行若苍龙。

行云布雨和风。惠两岸，珍珠热瓦丰。赐酥油香奶，青稞美酒，闲观赛马，三省令同。长发随风，少年意乱，彩带三条结伴从。黄黑白，纳百川来客，忘却叮咚。

王玉宝的词作很注意章法布局，上下阕联系很紧密。这首词上阕用“玲珑地，风流舒长臂，行若苍龙”结，下阕用“行云布雨和风。惠两岸，珍珠热瓦丰”起，过渡紧密自然。他的词作能做到情景交融。如《西江月·三沙游》，上阕写“南海南天一柱，白云白浪三沙景”，下阕抒陶醉之情、轻蔑之情。陶醉的是椰风海角，黎岛天涯，轻蔑的是想在这里撒野的“鲸鲨”。诗词创作要注意细节，一个生活中的细节可以使全篇作品生动起来。如《西江月·春兴之二》，这阕词写郊外寻春所见，下阕有个很有趣的细节“谁家爱女放娇声，手指桃花说杏”，小姑娘的天真烂漫在这娇声和误指中与烂漫的桃花一起出现在眼前了。

王玉宝以词作胜，其诗作亦很有味道。其《戊戌二月二》中暗含着龙的意象，全诗没有龙字，但你一读到“挣脱藩篱伸铁骨，一声长啸便生春”的句子，巨龙抬头长啸的意象就立刻出现了。当前中华诗词创作中的一个很大问题是缺少意象和意境。有不少人的诗中只有抽象的大词和概念，缺少创造性意象，更不用说用意象统一成意境了。充斥着政治概念的格律溜是不能称其为诗词的，也就更谈不上诗艺了。王玉宝的诗很注意意象的营造，请看《初秋荷塘》：

动地雷霆闻不惊，翻空骤雨自娉婷。
清香一夏风头劲，入泥无声莲子听。

他笔下的荷花是不惧雷霆风雨的，也是高洁而谦虚的，它“入泥无声”不自夸，暗自结出清香的莲子。这一意象让人过目难忘。诗人应该关心民众，要为劳动者鼓与呼。他一家人乘坐高铁出行，他关心的是沿线巡查的“巡路人”(《途中》)，正是他们的日夜操劳，才保证了列车的安全。他关心黄河滩区的种棉人，瞻仰她们的锦绣心，并把她们引为知音：“守望滩区桑梓地，汗滴黄土成金。方巾头顶藏红云。心中锦绣事，听者便知音。”(《临江仙·题黄利平摄影作品〈我的故乡黄河滩区〉系列之一》)

一场新冠疫情纠结着全国人民的心，王玉宝自然也不例外，他用诗词鼓舞自己，也激励他人，写出了许多抗疫诗词。在《如梦令·步韵王爱军〈天佑武汉〉》中，他写道：

多日揪心武汉。可恶新型毒患。长夜不眠人，期盼峰回路转。温暖。温暖。四面八方参战。

他在《如梦令》中赞扬逆向而行的白衣战士：

武汉寒江流练。三镇疫情蔓衍。逆向急行军，医护已冲前线。点赞。点赞。致敬无私奉献。

他为初春复工潮点赞：“惊雷阵阵瘟神去，滚滚春潮复业勤。万马千军兴口罩，遮颜口罩不遮心。”他为归来的援鄂医疗队欢呼，写了《蝶恋花·喜闻援鄂医疗队班师》：

三镇樱花双岸柳。完胜班师，泪眼频回首。昨日方舱生命守。中华天佑春依旧。

当记初春寒冷透，号令山倾，辞却朱颜秀。白发八旬悬妙手，风光占尽九零后。

王玉宝不但自己爱诗，他还带领东营的爱诗人一起写诗，他用自己的行动在黄河口这块丰饶的大地上播撒中华诗词的种子，让这块热土也涌动起诗词的春潮，成为盛开诗词之花的百花园。那就让我们为诗国的繁荣共同努力吧。

王政伟诗集序

这是工程师王政伟的诗集，文字朴实无华，但都是自己切身的生活感悟和情感抒发。诗集分为古体诗、词和新诗三部分，作者自己命名为“仿诗篇”“仿词篇”“散文诗篇”。加一个“仿”字，说明作者是在仿旧体诗和词的形式，也有习作的含义。就诗和词来说，政伟显然还没有迈进格律的门槛。他的诗可以看作古风体，词也的确是在仿写。然而，作为一个“理科男”能喜欢诗并写诗作词也就难能可贵了。

政伟的诗直面现实，写出了自己对生活的真实感受，如《雾霾频袭泉城》：

雾霾已随寒风去，隔路又能见高楼。
雾霾随时往回返，灰尘还会飘悠悠。
抬头难见法桐树，依稀垂柳百花洲。
烟波浩渺随处是，蓝天不见白云愁。

他写出了雾霾频袭泉城的情形，表达了不见蓝天白云的愁思，采用了仿崔颢《黄鹤楼》的形式，读来有诙谐幽默之趣。再读他的《自嘲》：

小生本是理科男，
工程算理若等闲。
偶撩几笔豆腐块，
文艺情怀驻心间。

他用幽默的笔法写出了一个“理科男”的文艺情怀。这个和机械打交道的重汽集团的工程师有着自己对文学的追求，有一颗喜爱诗的文心。在当下弥漫着金钱至上风气的社会环境中，他能葆有一颗纯洁的诗心，不是很值得称道的吗？他回到曾经就读的高中故地，看见母校已迁走，校舍被挪作他用，顿生感慨，写了这首诗：

梦中依稀八里罕，故园二十八年前。
离家求学功名志，独处忍饥又耐寒。
纵有梦想千万种，学有所长理工男。
淡泊致远光阴逝，心中自有一片天。

正因为“心中自有一片天”，他才离家求学，才坚持着自己的文学梦想。

政伟的词虽曰仿写，但写得清新有味。如《清平乐·南山晨曦》：

金鸡鸣晓，农家醒来早。登上青山心境好，林间清新醉倒。
脚踏巍巍石峰，东望辽城大明。枝间筑巢麻雀，松杨桑榛葱茏。

写早晨登山的情景，抒发出愉快的好心情。再如《水调歌头·友人重聚大明畔》：

聚首大明湖，相会曾堤边。垂柳临风不惧，妖娆傲冬寒。推译兴亡更替，论辩天文地理，难得谈正欢。此地一别离，知音难再见。

忆往昔，亦共勉，同感叹。峥嵘岁月似眼前，不觉已中年。还望击水万里，高谈阔论绿茵，险山照可攀。浴火又重现，青春再回还。

友人重聚大明湖，感叹岁月流逝，阔论兴亡更替，虽已到中年，却仍有同学少年的豪气，还希望能“击水万里”。

政伟诗集的第三部分名为“散文诗篇”，其实大多都是新体的自由诗。他回忆西藏之行，描绘出令人难忘的美景：“蓝蓝的天空下/朵朵白云飘荡/更有那圣洁的雪山/是神一般的美娇娘/湛蓝湛蓝的纳木错/如神女的秋波荡漾/一山一梁/一切都是那么令人向往/回忆如绵如长……”

国庆假期，他携娇妻爱子赴大兴安岭，用《东北观秋》尽情地歌颂这片肥沃的黑土地。在与同学呼伦贝尔草原行分别之际，他写出了信天游体的《同学情浓》。这些新诗都充分抒发了他对祖国山河的热爱和浓浓的同学情谊。

王政伟诗歌的语言很清新，没有华丽的辞藻，读起来朗朗上口。他作诗填词出于本心，具有健康明朗的格调。在旧体诗词的写作上，今后注意在格律上再多下功夫，那就更好了。

《望星空》序

兰萍长期在山东省作协工作，近年来主要从事作家网的筹建、摄影、编务以及对外联络和会员发展（文学组织）、作家作品馆（文学档案）建设等工作。在工作中认真学习业务知识，通过考试获得劳动和社会保障部颁发的高级摄影师资格，并加入山东省摄影家协会。工作之余她还撰写了许多散文，在《时代文学》《山东文学》《青岛文学》《齐鲁晚报》《今天生活》《金色年华》等报刊发表。现在她的散文结集，嘱我作序，得以先睹为快。

兰萍的散文是山野里采来的野花，带着晶莹的露水，闪动出淳朴的光彩。写人多是农村的淳朴百姓，记事多是身边小事，这些人和事都写得生动活泼。方言俚语的插入，更让人觉得亲切，字里行间透射出淳朴的人情美。大美不在于辞藻的华美，不在于题材的重大，也不在于结构的复杂。大美不是靠修饰才能呈现的。它就像苍茫的山野，悠远的云空，婉转的溪水，盛开的花树，无一不是淳朴自然的原生态。兰萍的散文不论选材和语言都呈现出这种美。

先看她笔下的人，桃孩儿是她儿时的玩伴，后来勤劳致富，反哺乡亲发动村民把石板桥修成了能开汽车的水泥滚水桥，自个儿出了5万元，村民集资10万元，花了15万元。尽管遭到误解，但无怨无悔。他还自掏腰包奖励了见义勇为的杨老汉。这个儿时课堂上的捣蛋包成长为有情有义的好汉子了。他写人先写村里的桥："小河上是有三座桥的。正对村子的是一座石板桥，桥墩是由青石块堆的，因为年岁久远，石板被磨得十分光滑，下雨时节打赤脚踩上去，就像是踩在鲶鱼的背上，黏黏的，潮潮的，湿湿的。河上游是木桥，架在河流南拐的角上，水流湍急，桥面很窄，走上去吱吱呀呀乱叫。下游则是一座'跳桥'，也就是只有石堆没有桥板的简易桥，路人需要踩着石子儿过河，涨水的时候往往会没住膝盖。"这就为后面桃孩儿修桥做了铺垫。

再如"三把壶"，这是周正的绰号。这个绰号是啥意思呢？乃酒壶、茶壶、

“不在乎(壶)”是也。周正好酒,但酒德好。喝酒极有分寸,酒场上既不失态,也不失礼,他喝酒很注意“照顾”场面,既不强求别人一定要喝多少,自己喝时也绝不耍赖,从不搞什么斟时浅一点儿,端时洒一点儿,干时剩一点儿,咽时吐一点儿的劳什子弯弯绕。所以,好多人都愿与他交往。工友们有个红白事儿,周正常常会去帮忙,且从不空手,总是揣上两瓶老酒、几口点心,因而在厂里赢了个好口碑。他好喝茶,却装了别人说不上的茶道道,小嘴一搭上茶盅,就开始给你叨叨洞庭碧螺春的“铜丝条”“蜜蜂腿”,什么观其形、听其声、察其色、闻其香、品其韵之类的,保准把你整得晕晕乎乎的,让你喝“高茉”喝出上等祁门红的味儿来。“不在乎”是说其个性,周正平常看起来大大咧咧,从不计较小情小事儿,像他这种脾性,往“大”里说,就是大事讲原则,小事讲风格;往“小”里说,就是人吃五谷杂粮,各有各的活法,谁也别跟谁过不去。周正有这种得饶人处且饶人的容人之量,再加上他不愿赚小便宜,如单位分白菜分葱,他都是让别人紧着挑,自己从不往前抢,也就有了“不在乎”的称号。用“三壶”很生动地刻画出一个工厂技术能人的人生历程和性格,尤其是写他帮徒弟考大学、帮下岗工人“二杆子”孩子找工作,更加展示出他心灵的美好。

她笔下的跛脚姑娘也很感人,美丽孤傲的跛脚姑娘,在她心爱的小伙子追求她时躲避了,后来小伙子因公致残,她却当了他的新娘。当主持人问起姑娘,小伙子好好的时候为什么不嫁给他,而他残疾了却要嫁给他时,姑娘只说了一句话:“那时候我没嫁给他是因为我爱他,我要让他寻找幸福;现在我嫁给他也是因为我爱他,我要给他幸福。”

再看她笔下的事,《砸鱼》写了家乡冬季砸破冰面插鱼的趣事,描写细致生动,砸鱼场景刻画得历历在目。《一声叹息》写一个老人的儿子因医疗事故与医院打官司,院方和律师便开始造假病历。虽然老人被司法鉴定为六级伤残,可原本简单的官司打了三年还没有结果。被治残的九旬老人躺在床上,身体状况一天不如一天;打官司的儿子则心力交瘁、度日如年,悟到“走法律程序”像是掉进了一个无底的陷阱。《重返故乡》通过回家过年的经历描写,展现了农村的巨大变化和过年习俗。“家乡富了,一切都‘现代’了,年味儿却越来越远了。出去串串门吧,走了几家,男主人都不在家,都有各自的‘项目’,有的养着貂,得在养貂场看门;有的养着鸡,得在养鸡场值班;还有的种着蔬菜大棚,说今冬里邪冷,西红柿都冻成了‘冰球儿’,得烧炉子加温,侍候‘第二茬’。”“家里炒菜做饭早已用罐装液化气了,老式的旧风箱早就被淘汰了。村里人的日子确实比先前好多了,连喝茶也讲究了,早就不喝碎茶叶末了,如今不是‘铁观音’就是‘大红袍’。

乡人们在追梦啊，可劲儿撵城里人的脚步，希冀像城里人一样，活得体面、富足，甚至奢望着能够罗曼蒂克。”但古老的习俗仍有保留，比如拜路神：“路远就得开车去，不过，临行前得烧纸，给路神送些钱。路神也不易，一年到头辛辛苦苦、栉风沐雨，守护道路，保证村民们在这致富路上往前走，借着过年的机会，向路神表明心意，太应该了。多么质朴善良的庄户人呵。是的，老百姓重感情、讲义气，是有恩必报的。过桥也得烧纸，给河神送些钱。河神也不易，一年到头辛辛苦苦，发洪水了，把多余的水送走，别让这里有涝灾；天旱了，又慷慨解囊，把自己余下的水奉献出来，让村民们用，保证这方百姓五谷丰登。不管是有钱的，没钱的，钱多的，钱少的，宁愿自己少花点或者不花，也得给河神意思意思，庄户人就这么实在、本分，滴水之恩，涌泉相报。”

兰萍散文的语言也值得称道，方言俚语加强了地方色彩和乡土气息，如“接下来就埋怨桃孩儿是个彪货、雷包，要修就村里拿钱，没钱别修”(《桃孩儿》)，“‘奄’着了是我家乡一句俗语，意思是出乎意外忽然撞上了。换句话说就是芝麻掉了针眼里，巧了。生活中此类事不鲜见”(《“奄”着了》)。兰萍不仅描写叙事语言生动，抒情语言也很有韵味。如《重返故乡》最后一段：“这次回家过年，真是感慨良多，原来不管你走得多么遥远，你的根总是牵连着生你养你的这片家园，就像是一个树，无论它的枝茎叶脉伸展到再高远的云天，它的根始终是依偎着足下的土地。”再如《桃孩儿》的结尾：“离开桃孩儿家时，天已经黑透，晌午穿着单褂都有几分溽热，现在却感觉丝丝寒意。河两岸灯火通明，对岸的桃园果香浓郁，而果园深处那个曾镇夜明亮的三间茅屋却消融在渺无边际的苍茫之中。”

《明湖游记》最后一节的抒情文字也很好：“我们漫步在秋风习习，阳光明媚的公园之内，听那歌声、掌声、欢笑声洋溢在湖光山色之中，看大明湖水色澄碧，堤柳夹岸，亭榭点缀其间，景色优美秀丽，湖上水波不兴，画舫穿行，岸边杨柳荫浓，繁花似锦，游人如织，远山近水与晴空融为一色，犹如一幅巨大的彩色画卷。正可谓‘舟行碧波上，人在画中游’，看着这迷人的美景，听着这悦耳的歌声，我们也都沉醉在这美丽的画卷之中了。”

兰萍也有议论文，但都不如她那些写人记事的篇章。她的散文多是她亲历亲闻，人和事都很新鲜，也很独特，所以能吸引人读下去。议论就略嫌浅直了。

2013年11月30日

《未了集》序

《未了集》是宋卫国同志的第三本诗集。这部诗集选录了他近三年的诗作200余首。作为一名领导干部，在繁忙工作之余，勤奋笔耕，以诗词抒发自己情志，实属不易。中华诗词是我们民族文化宝库里的明珠，继承这一珍贵遗产并在新时期使其发扬光大是每个中华儿女的责任。宋卫国同志身体力行地坚持诗词创作，无疑在这方面带了个好头。

中华诗词自古就有言志的传统，“诗言志，歌咏言”，用诗表达自己的情怀志向、认识趣味，既是对自己的约束激励，也是对美好情操的倡导弘扬。宋卫国的诗歌言的是报国志，抒的是爱民情。作为一名高级监察干部，他特别推崇清廉刚正的海瑞。他称赞海瑞“刚正青天自古传，清风一世窭生寒”“岂惧流俗成另类，不随败朽宁闲田”（《海瑞》）。他还推崇明代首辅曹鼐严于律己、不近女色的可贵品质：“食色固然人本性，把约自我岂能轻。应学小吏知非可，诱惑百千难逞成。”（《杂感九》）他以曹鼐提醒干部约束自我，排拒诱惑。他怒斥“火到猪头烂，钱多公事还”的权钱交易的潜规则。面对引起强烈社会反响的三鹿奶粉事件，他写了《有感十一》：“道德为本令名扬，责任当头立世长。忘义必得身败裂，损人无异自消亡。”向不讲社会责任和道德的无良企业敲响警钟。在《有感十二》中，他以纣王国灭身亡的史实告诫自己和干部“止欲行初始，慎微莫自流。澹泊最重切，勿忘记心头”。他借《题百廉图》言志：

千道邪风不动心，十分正气向乾坤。
百廉拒腐为天下，一世清明留后身。

宋卫国的这些诗作既继承弘扬了中华民族的优良传统，又紧密结合自己工作实际，用诗的形式给自己和人们敲警钟，使诗更得其用。

宋卫国的诗作里有很多山水记游诗，这些诗作展示了祖国山水之美，抒发了爱国之情，壮美的河山与开阔的胸襟互为表里，是一篇篇山河颂，也是一首首浪漫曲。《到包头》勾画出包头这座草原城市特有的风情：

何处城中有草原，酒杯高举盏连连。

马头琴响伴歌舞，似火浓情冲九天。

他在内蒙古过敕勒川写下了《草原歌声》一诗："熟歌引路上高原，今日一识敕勒川。草地自来音最美，如闻天籁醉心弦。"以歌引出敕勒川，这天籁之音让人陶醉。他去南京不禁感叹"千载时光今胜昔，百番变故慨而慷"的时代变化，也体味到秦淮河夜游之美："今在桨声灯影里，凭船随看水中花。"他的记游诗情景交融，既有怀古又有诵今，字里行间洋溢着豪情。如《井冈山》诗，既写了"林密先燃革命火，山高尽荡赤旗风"的历史场景，也赞颂"热土新颜到处是，莺歌燕舞自豪情"的今日生活。诗人以心观物，移情于景，使自然山水化为诗意山水，从而凸现出山水之美，这就是诗人创造的第二自然。"无边翡翠落高原"的纳木错、"霜落山岩暗弹痕"的孟良崮、"滩平沙软泻银光"的北海银滩、"礁怪滩白连碧波"的涠洲岛都是诗人创造的诗意山水画，也是充满画意的抒情诗。

宋卫国的记游诗里有一部分是写寺庙名胜或革命历史遗迹的，他把它们列入"观瞻即语"中。前面"山河"部分侧重描绘自然山水，"观瞻"部分更强调历史文化意蕴。如《清东陵》(一)中有句云："明楼暗殿长无语，知否人间论是非？"《茨坪毛泽东旧居》由薄瓦土墙、红米瓜汤进而写道："如萤灯盏照长夜，挥聚狂飙惊上苍。"在《再观秦兵马俑博物馆》中，他发问："谁遣千军身作俑，一袭威武为何人？"这些诗作都能引读者去做历史文化思考。

"读赏悟思"独成一辑，收读书看报、影视欣赏的感悟之作，其中有些鞭挞时弊之作，令人印象深刻。如《读报》(一)：

从来净地避凡尘，今日钟声也卖钱。

上界听闻佛祖怒，俗风乱戒我无颜。

作者就报载不少著名寺庙出售新年钟声引发争议一事写出这首感事诗，明确表达了反对态度，想尽花样敛财，连佛祖的脸面也会丢光的。他读了《山东人还缺什么》一书后写了一诗，其中说："莫把陈疮当艳处，空将笑柄再遗人。"真可谓鞭辟入里。读《为了每一天》后他写道："造就精神须有源，心灵每日荡清泉。箴言句句皆庄重，如遇大师相对谈。"这样去读书才能使心灵净化，智慧聪颖。看廉政警示片后他写道：

心中惊雷倍难息，蝼蚁细穴可溃堤。

浩荡清风劲万里，岂容腐败玷红旗。

这首诗表达了作为纪检干部的作者对腐败丑行的震惊和反腐败到底的决心。

赠答也是中华诗词的传统，赠答酬和，表达心意，增进友情。宋卫国也写了不少赠答诗。他以诗赠友、赠师、赠同志。他在元旦将临时写诗分赠中学老师，用藏头格。如其一：

王门高第有梅香，玲玉金声入耳祥。

恩惠吾侪多教益，师行桃李永怀长。

藏头“王玲恩师”四字，表达了对恩师教诲永记不忘之情。

宋卫国诗作多用五、七言近体诗形式，以绝句为多。近体诗是格律诗，用韵、平仄都有规则，还要讲粘对。要做好近体诗就要熟稔其格律。这是戴着镣铐的舞蹈。宋卫国严格遵守了近体诗格律，在格律中寻求自由。他的诗不仅平仄和律，粘对也很讲究，在对仗上尤见功力。比如“玉带系群涌，明湖纳百泉”“千殿金身诵般若，万年白塔奉仙佛”“旗垂空半人怀痛，笛震九霄悲洒云”“黑脸无情对腐恶，丹心取义立中流”“码头旱地涌车马，老号故宅遍旧情”。这些对句均意美词工。

近体诗在作法上讲究起承转合，律诗要这样，绝句也要这样。宋卫国的诗在这方面也很讲究。如《东坡赤壁》：

寥廓江天万里长，赤岩壁垒历沧桑。

东风神借唯诸葛，意气雄发是周郎。

两赋铿锵追往事，九亭错落谒仙堂。

何人登上不怀古，遥看千帆竞大江。

首联以长江赤壁起；颔联以借东风事承接，并引出三国时代诸葛亮、周瑜两个风流人物；颈联诗笔一转，写苏轼两赋；尾联整合，说无人到此不怀古，大江依然千帆竞驶。四联首尾呼应，结构井然。

目前旧体诗词的创作方兴未艾，势头很猛，但是能严格遵守格律的不太多，在粘对和章法上认真讲究的更少。格律诗一定要遵守规则，否则就不叫格律诗了。在掌握基本格律要求以后可以求新，比如可以押新声韵，如果不想受格律限制可以用古风体、民歌体。讲究格律，一是遵守规则使声韵更加和谐，二是在推敲声韵的同时加深了炼字、炼句的功力，如此便增加了创作的难度和乐趣。

宋卫国的某些诗作还有进一步提高的余地。比如让诗意再蕴藉含蓄一些，适当用一点典故，以使诗意空间得到扩展。在语言推敲上再巧一点，意象塑造上再新一点。那样就会使诗艺更上一层楼，而创作出更多传世的佳作。

《文心剑胆》序

邓文剑先生系山东省诗词学会会员，今送来《文心剑胆》诗稿校样，要我写序言，遂勉为允诺，工拙在所不计也。

邓先生早年学农，后多年从事党政基层工作，与文字打交道，积累了丰富的文史知识。退休后始尔为诗，直至2004年参加“老干部书画诗词协会”，任诗文研习组负责人后，开始大量创作诗词，迄今为止，短短近十年间，在全国各项诗词大赛中多次获奖，令人刮目相看。今展卷通读其诗集，发现数百首诗景事形象逼真，情趣盎然。诗词格律和谐、文采斐然、铿锵有声。邓先生作品乃认真推敲、精心创作而出，绝非草率为之。其中亦有不少文华词美、情深笃志、意境清新、个性鲜明之作。邓先生在不长的时间内取得如此成就，固与其文学天赋及早年有较好诗词基础有关，但主要归功于对中华传统文化之热爱，加上刻苦学习、精心创作所致，实属难能可贵。

综观《文心剑胆》诗集，觉其作品有下述特点：

(1)文学底蕴深厚。诗词曲赋都是语言艺术。邓先生在其作品中特别注意字词句的推敲，有些作品之语言如雕龙画凤、庄重凝练；有一些则如行云流水，委婉有致，使人读后感到诗味浓郁。前者如《满庭芳·壬辰咏龙》：“天驷呈祥，捣药声过，禹甸鲤跃临门。珠衔角现，天际隐金鳞。驾雾乘风吞吐，开新宇，光耀乾坤。宏猷展，风骚独领，盛世醉啸吟。”后者如《风入松·重阳赏菊》：“炎威涤尽一庭秋，霜冷菊独幽。羞于百花争艳丽，傲寒立，尽显风流。”“斜阳遣兴约诗俦，重阳赏菊沤。摘来喜簪蓬鬓，只恐怕，花笑白头。”特别是其作品中精巧对仗甚多。此对仗，非拘于遵规而已，其优势端赖于文字功夫之深。邓先生长于此道，造诣颇深，遂能佳对迭出。如《学诗有感》：“虽有雕虫入集选，愧无妙曲奏新音。”“著作方遂今生愿，立言才消去日忧。”等等。

(2)严守词律规范。邓先生词近200首,均工于词律。说明邓先生深谙倚声填词之道,无论小令慢词,豪放婉约,均能合度,深得"三昧",尽显当行本色。词作大都声律和谐,富有乐感。看先生其词,基本上用的是新声韵,这也是中华诗词学会所倡导的。邓先生紧跟中华诗词声韵改革的步伐,与时俱进,值得肯定和赞许。

(3)情志理并茂。"诗言志","诗为心声"。情和志虽然有所不同,但均为人之主观思想感情,乃诗之灵魂所在。诗词曲赋,单纯状物写景,难成高格。要由物及人,由景及情(志),只有"借景抒情,托物言志"才能激荡人心,引起共鸣,成为佳作。而情是一切文学作品的内在动力。郭沫若先生说:"诗的本质,专在抒情。"邓先生感情丰富,举凡国情、亲情、乡情、师友情、山水情、虫鱼草木等都能使他有感而发,随物赋形,故题材多样,色彩缤纷,读之如行山阴道上,应接不暇。

抒情之作,且看《自郑州飞广州机中作》:"银槎上青天,一览邈旷远。高空自感叹,宇宙何浩瀚。微躯等蝼蚁,人生短百年。""唯觉太阳近,羲和喜为伴。""吾劝稍慢走,切勿再加鞭。岁暮古稀近,惜日挽流年。""临窗勤把笔,诗债趁早还。"作者感叹微躯之渺小、人生之短暂,力劝羲和慢走,挽住流年,以圆付梓之梦。情景交融,令人心动。

言志之作,如《满庭芳·桂花》:"一树金英,星星点点,夜阑馥郁芳馨。""天公妒,斧施斫去,坚志乃依仍。""试问香源出处,都争说,玉蕊中生。君知否?亦非在萼,心在自香盈。"何止在颂桂花,分明在颂人之"芳馨""坚志"。作者在最后一句画龙点睛:"心在自香盈。"

诗还可以入理,即"哲理诗"。它将具体事物形象提高为理性思考,从而悟出人生哲理,能将艺术形象与抽象哲理完美结合的哲理诗,亦是诗中上品。它既能予读者以理性的启迪,又能给人们审美的享受。入理之作,如《人生感悟》中的《人生如棋》,作者将人生比作下棋,告诫人们巧妙运筹算计人生。接连"如歌""如月""如四季""如船"等,喻理精警,发人深省。

四、意境清新。所谓"意境",即在文学作品中将客观之"境"与主观之"意"有机结合形成一种美的"境界"。王国维说过"词以境界为最上",即此意也。《文心剑胆》诗集中亦有不少意境清新、深邃之作。如《扬州慢·观西湖喷泉》:"灯夜未阑,万头攒动,湖滨竞看喷泉。忽闻乐声奏,尽呼啸冲天。宛如凤鸾翱翔起,流光溢彩,波唱浪欢。射灯开,龙戏湖面,花雨斑斓。"抓住特色,着重表现动态景观给人留下印象最深的地方。在西子湖畔,竟能看到如此景观,真如置身于天堂,心花怒放,令人流连忘返。

五、有幽默情趣。诗歌中的情趣,乃是基于诗人切身生活经验主观感受到的某种艺术趣味。通过诗的语言表露出来的则是一幅令人赏心悦目的意象画面,或一个个生动有趣、富有人情味的场景与细节,给人以美感。如《锦堂春慢·游曹县万亩荷塘》:"数点含苞绽蕊,绿伞红妆。蝉唱蛙鸣蝶舞,留恋白鸟翩翔。看扁舟荡处,笑语采莲,风韵入塘。"盎然生机跃然纸上,自然天趣令人赏心悦目。

再看《儿时趣事拾零》中的《偷瓜》:"趁晚摸黑约孩王,渐闻老叟鼾声强。猫穿瓜地慌择选,未长老成苦也香。"《捉泥鳅》:"后塘裸体捉泥鳅,野烧解馋慰嘴头。家人见了都见笑,我也变成黑泥鳅。"作者有一颗童趣与童真之心,唯其逼真幽默,让人看了忍俊不禁。

总之,邓先生之诗词曲等作品,以"工于词律""精于文学"见长。邓先生兴趣广泛,多才多艺。从诗集中的《诗书画　度生涯》《寄意诗》《普陀山纪游》《百花诗吟》等一题之下五首乃至一百首,而《伟哉中华　禹甸龙腾》则长达近两千言等诗即可看出。诗集中最后几篇新诗长短句写得也不错,入情入理,这里就不再赘述了。

邓先生注重以"情、志、理"入诗,但在含蓄蕴藉上还需加强。意象与意境的独创性尚嫌不足,个别词句的平仄还需更严谨。期邓先生今后勉力以求,在此基础上再上一个新台阶,从而写出更多佳作。

《无色花》序

我和张永臣先生是在由山东诗词学会主办的晋冀鲁豫四省联谊会上相识的，此后我们在微信上几乎天天联系。他的诗词多发表在新华网博客和人民网强国论坛，几年来竟然多达3万多首，点击量也达到500多万次。可见他的作品是很受读者欢迎的。前几天他带来厚厚的两部书稿，让我作序。此前他已经出版了诗集《三叶草》，那是一部近500页厚的诗集，连同将要付梓的《无色花》《公孙树》，组成了"绿叶"三部曲。三部诗集统称绿叶，可见诗人对绿色的喜爱。绿叶是生机，是青春之色。《无色花》更是无色无华，它默默地散发芳香，谦逊地感谢着大地母亲。

《无色花》由"时代颂""山河颂""名人颂""百城颂""花木颂"五部分组成。内容涉及时代风云、高山大河、文人雅士、名城都邑、花草树木等社会生活和人文历史的各个方面。这些诗作热情歌颂推动着时代大潮的党和人民，赞颂了祖国天翻地覆的变化。改革发展是时代的主潮，它使我们国家日新月异地强盛起来。在《沁园春·大国颂》中，他写道：

> 中华巨龙，千年复兴，灿烂文明。立泰山迎日，霞光万道；黄河涌浪，向海奔腾。天眼观星，嫦娥奔月，北斗长空定位清。乘高铁，感觉追风速，充溢豪情。
>
> 神州政治清明，推科技创新登顶峰。搞改革开放，拼搏逐梦；正能汇聚，力量无穷。全面联通，真诚合作，贸易多边促共赢。同命运，摒弃零博弈，走向和平。

上阕用泰山迎日、黄河涌浪代指祖国蓬勃向上的朝气，用天眼这一世界最大口径射电望远镜、嫦娥号飞船、北斗卫星导航系统和飞速前进的高铁概括了我国科技发展的重大成就，充满了壮志豪情；下阕是政治抒情，赞颂了改革开放、拼搏逐梦的精神以及汇聚正能量，为多边合作、世界和平做出的努力。

张永臣出生在日照，但长期在临沂生活和工作。他走遍了蒙山沂水，临沂也是他的故乡。《沁园春·沂蒙颂》就是献给家乡的颂歌：

> 岱崮高昂，沂水泱泱，稻花飘香。喜沂蒙小调，传遍五洲；支前红嫂，四海荣光。水乳交融，生死与共，革命精神放光芒。跟党走，不怕流血汗，奋发图强。
>
> 老区率先脱贫，根据地全面奔小康。听军号阵阵，战鼓擂响；开拓进取，勇于担当。物流之都，走上世界，一带一路创辉煌。聚正能，团结向前进，再谱华章。

在词中他盛赞沂蒙精神，盛赞老区人民。在《咏红嫂》一诗中，他说："跟定红旗求解放，敢拼热血写春秋。沂蒙儿女守诚信，耸起高山昂崮头。"对带领大家脱贫致富的扶贫主任，他更是大加赞扬："百姓合格父母官，口碑赞誉不虚传。含辛茹苦办学校，冒雨迎风解困难。坚守原则革旧弊，创新理念写新篇。纵情山水吟佳句，笃定求实做典范。"正是这些在不同历史时期坚定地跟党走的沂蒙人民创造了历史，也改变了过去一穷二白的面貌。

"山河颂"是此书的华彩乐章，诗人饱含着激情赞颂祖国河山。请看《沁园春·华山》：

> 华夏之根，全真圣地，太岳神君。立东峰观日，霞光万丈；黄河涌浪，紫气氤氲。舜帝三巡，始皇首禅，历代王朝祭至尊。低头望，天险一条道，盘旋延伸。
>
> 钻天鹞子翻身，引无数武侠大比拼。赏凤台弄玉，白龙过涧；神林柏翠，毛女雷音。苍岭驰麟，巨灵抱月，金锁通关登顶人。接天近，破艰难险阻，壮志凌云。

上阕前三句写华山的文化内涵和"华夏之根"的历史地位，描绘其险峻；下阕把华山著名景点和人物传说结合起来，突出了"登顶人。接天近，破艰难险阻，壮志凌云"的精神。《沁园春·西双版纳》描绘彩云之南的美丽风光，歌颂新西双版纳人正在"脱贫致富，百姓欢颜""绘就宏图壮美篇"。

写山水要抓住山水的主要特征，抓住最吸引你的地方，刻画出它独特的意象，才能让人过目难忘。《咏大明湖》就是这样一首诗，诗人点出了大明湖的杨柳、红荷，更突出了"千佛倒映一山影，画舫穿行四面花"的景色，进而赞扬它是

“泉城名胜第一佳”。律诗是要求对仗的,颔、颈两联的对仗,很能见出诗人驾驭语言的功力。“千佛倒映一山影,画舫穿行四面花”这两句是从“四面荷花三面柳,一城山色半城湖”脱出的,但是“一山影”“四面花”与前者一样精彩。再如写龙门崮诗的颈联“凤凰常落梧桐树,爱侣徜徉酸枣林”,用了比兴手法,写出了此地的美好可爱。《咏薄家口》颔联云“四季松风染老绿,三春茶韵晒新鲜”,对仗也很工巧。尤其是“染老绿”“晒新鲜”,更是令人叫绝。张永臣诗中这样的对句还有很多,如“两山拥抱大东海,石臼沟通西北疆”(《咏日照港》),“高坝平湖生丽景,长滩巨港起华楼”(《长江》),“荒滩红毯舞仙鹤,海口金波卧老龙。柽柳飞花织锦绣,芦荻吐絮漫晴空”(《咏黄河三角洲》),“竹风涌浪群山动,烟雨伏波画马奔”(《漓江》)。对仗要求一联中平仄要对,内容也要对,这是对诗人抓取意象特点和推敲字句能力的检验,也是律诗容易出彩之处。

绝句是近体诗中的珍品,字句少,要求就更高。起承转合就在四句诗中体现,起得好,承得妙,转得更要巧,要出其不意才好,结句也要响亮。张永臣的绝句写得也很好,请看《梦想小镇》:

> 小镇仓前碧水流,章家门外盖新楼。
> 稻香村里织春梦,网络发达创客牛。

首句从小镇碧水起,用门外盖新楼承接,这两句是写实景。第三句一转写“稻香村里织春梦”虚化起来了,最后用“网络发达创客牛”作结,很形象地展示出小镇与时俱进的新气象。再看《月下观塘》:

> 灯光落进小池塘,倒映高楼入镜窗。
> 水里悬浮西岸景,霓虹飞渡尾巴长。

这幅池塘小景描绘得如在目前,用灯光起,楼群倒影接,第三句转到西岸景,由西岸自然引出了霓虹似的岸上彩灯。诗句起承转合十分流畅。《崮乡行》也充满了浓浓诗意:“喜鹊飞来当导游,灯笼红柿靓村头。小溪环绕农家院,崮影白云天地悠。”诗人拉喜鹊当导游,引出村头红柿、小溪环绕的农家院,最后是远处的崮影和天上悠悠的白云,创造出可爱的优美意境。

在“名人颂”这部分,张永臣吟咏了140个人物,其中有皇帝、名臣、哲学家、文学家、书画家、科学家、音乐家、劳动模范等,以古代名人为主。历代帝王有秦始皇、李世民、李隆基等;古代能臣有王安石、司马光、诸葛亮等;最多的是诗人,有屈原、李白、杜甫、李清照、辛弃疾等;书画家有怀素、米芾、张旭、颜真卿等;现代名人有周恩来、孔繁森、贝聿铭、金庸、张瑞敏、程开甲、袁隆平、马化腾、师胜杰、李雪健等。这些人物都在历史上或现当代放射过光芒，作者用诗歌评价他们的功过，评论诗人和书画家的作品，兼及其经历和事迹。如《咏司马相如》肯定了司马相如的才情和政治才能，“才华横溢获封郎，出使西南拓土疆。一代风流称赋圣，千年名曲凤求凰”，也为他因病免官感到遗憾，“激情过去是平常”。《咏陶渊明》也是佳作：

大贤笃志隐田园，趣远心高天地间。
不屑折腰五斗米，乐为摘采四时鲜。
走亲访友行潇洒，借酒浇愁梦浩然。
陶令终生恋菊圃，桃花源里种诗篇。

《咏张继》称扬了张继的诗作：“千年绝唱吟禅寺，一缕忧愁伴晚钟。”赞扬了他的操守：“独继先贤明事理，拒结权贵重真情。”最后用古今对比收束：“江天渔火今何在？只见姑苏时尚城。”让人回味无穷。他写书法家，既赞其书，又赞其人。如《咏颜真卿》：

金戈铁马忠义行，匡扶社稷锻魂灵。
身逢百难志刚烈，笔练一生体势雄。
孝悌家风立典范，苦帖真迹见英明。
书坛泰斗名千古，宝塔诗碑颂鲁公。

在“百城颂”这一部分，张永臣选取了250多座城，既写其景，又写其历史文化。这不仅要有亲身的游历，还要查阅历史资料。其《沁园春·日照颂》上阕写日照的风光形胜：“日出东方，山海苍茫，无限风光。喜莒州入列，浮来文心；五莲归队，杜鹃花香。阿掖捧蓝，甲子耸翠，大港巨轮彩旗扬。”点到了莒州、浮来山、五莲、大港。下阕赞日照今日的发展和日照儿郎自强不息的精神，抒发了满腔豪情。《咏临朐》则点出了沂山俊峰、万卷书化石、老龙湾泉韵、丹崖红叶，表现出其悠久历史和景观名胜，最后赞其“海浮瑞霭三冬暖，大崮松涛万古风”，十分豪壮。《再咏武汉》首联写黄鹤楼和长江，颔联写人，用了李白和崔颢留迹武汉的典故，颈联转而写武汉的今日，选择了汉正街和珞珈曲苑，暗含着对武汉人拼搏精神的赞扬以及现代人的乡愁，很耐品味：

云绕山巅黄鹤楼，江风涌浪荡扁舟。

诗仙心醉东湖月，才子梦泽鹦鹉洲。
汉正长街洒汗雨，珞珈曲苑寄乡愁。
盘龙光谷群星灿，向海扬帆争上游。

绍兴也是历史文化名城，咸亨老店、越调戏曲、会稽兰亭、柯岩御苑、镜湖珠泪、曲水流觞等一一出现在他诗中，最后用“梦里乡愁经岁月，清风欸乃荡轻舟”留下悠悠的怀想，情以象现，余味无穷。

“花木颂”部分更是包罗万象，不仅有花草树木，还有蔬菜虫鱼、飞禽走兽，甚至日用杂物也收录其中，总共700多种，表现出作者对动植物习性的细心体察和对日常事物的用心，有的还给予了象征意义。其《榴花》云：“枝头绽放艳阳红，蕊多晶莹闪金星。榴花五月呈新丽，独占风流第一名。”把榴花的形色和开花时节写得很鲜明。《女贞花》用拟人手法，写出报母恩的深情：“一树女贞花醉心，张扬白发倍思亲。熏风飘雪秀潇洒，四季常青报母恩。”《无名花》刻画出它“只会摇头不作声”的谦逊品格。《虞美人》也用拟人手法，写出感伤情调：

仙子思春晒太阳，红颜知己亿情长。
霓裳飘落醉芳草，话语声声叹感伤。

《残雪》也很富有诗意：

绿草丛中残雪白，塔松树底泛青苔。
谁说三九无春意，更有凌寒梅朵开。

这部分中的《胡杨树》《秋菊》《晒秋》《老槐树》也都可圈可点。“花木颂”中有些诗作的诗意还可以再往深处挖掘。

一位年届七十的老人能写出这么多诗来，并且天天伏案，不断推出新作，实在令人敬佩。他的诗作通俗易懂，有象有境，随心而发，口吟而成，本色天然，首首都是绿色的、健康的，难怪有那么多人喜欢。我希望他能不断地写下去，奉献给人们更多更好的精神食粮。

2006年1月18日

《乡情韵歌》序

这是王修梅的第四部诗集，这部诗集分为三辑：故乡情怀、大地颂歌、古律新韵。第一辑收录了他的乡情诗。作者生于农村，也在农村工作了多年。在这一辑中，他把对家乡、对土地、对亲人的热爱尽情倾吐出来。家乡的一草一木、一土一石都使他难以忘怀。家乡的山使他震撼和惊叹，也更使他觉得亲切，他说："山沟里留下我儿时的梦幻/山路上放羊的足迹/屋檐下挑柴的扁担。"他的家乡在山里，"抬头只见一片天/北望山座座/南望座座山"。后来他虽然走出大山来到城里，担任了领导干部，但家乡的山水、亲情却成为他永远走不出的牵挂。

这一辑的诗作之所以定位为乡情诗，因为他言说的都是乡情和亲情。在《清明祭父》一诗中，他用诗句把父亲安葬在心里。在《山村》一诗中，他记下了小石屋、小胡同、古槐树、石板路，他更记下了"村民的心/恰似雨后的石板路/朴实　透灵"。在《归根》中，他写道：

深夜
我梦见了归途
我的根
就在故乡芬芳的泥土中

不忘本根，不忘乡亲父老，这是一个为官者的正道。心里有家乡、有父老，才能保持淳朴之心，才能体会以人为本。故乡的石磨也能引发修梅的诗情：

石磨已退出老屋
每每回故乡看见它
有一种怜悯、同情
因为

相依为命多少年的
那份情感又怎能割舍

“相依为命”是沉甸甸的四个字，也是内心情感的分量，有了这份不能割舍的情感，人生之路才走得正、走得好。正如他在《示儿》中所言：“人生路漫漫，做人当为先。”“生活须简朴，道义勇承担。”他把自己比作一棵扎根在乡土中的大树，守护着山村的和谐安宁。他用诗句记录了一个普通的放羊老人——黑老刘。没有华丽辞藻，也没有很多修饰，用十个一辈子，勾画出他勤劳简朴孤独的一生，读来让人唏嘘沉思。王修梅的乡情诗很注意想象和细节。在《夜思》一诗里，他在蟋蟀鸣叫、花儿入睡的时刻，想象着母亲坐在门口的梧桐树下凝目远望，思念着远去的儿子。在《归根》中，他想象自己成了一片秋叶，“在随风飞舞中/去寻觅回乡的路”。王修梅的乡情诗语言朴实，感情真挚，情境真切动人。

如果说第一辑主要表达的是乡情，那么第二辑则把这种情感扩而大之，整个祖国就是故乡，表达的是爱国情怀。他歌颂福山，诠释满洲里，见证西柏坡，走进呼伦贝尔，解读长白山，保卫钓鱼岛。由爱家乡到爱国家，由爱亲人到爱民族，这是合乎逻辑的情感放射。无国哪有家？国不宁，家何在？国泰民才安，国家富强，才有老百姓的好日子。他说今天的福山是“黄海涛声筑新城/明珠一颗更璀璨”。他赞颂满洲里是“英雄的城市/城市中的英雄”。他感怀武夷山“更像一幅水墨丹青/大气磅礴/让人阅尽天下之美”，“清澈的水/飘香的茶/在这里品味百味人生”。他热情赞扬呼伦贝尔的壮丽：

根河静静地流淌
曲水环抱着湿地
融于自然的净土
归于寂静的圣地
额尔古纳河
日泻千里
发祥了一个民族
又像雄鸡的巨冠
勾勒中华版图的神奇
三国交界的满洲里
四十一号界碑威严屹立
像神奇的哨兵

守护着母亲的躯体
大青山的巍峨
黄河水的湍急
呼伦湖的云水柔情
贝尔湖的壮观秀丽
构成一幅立体画卷
镶嵌在祖国大地

“古律新韵”这一辑选的都是旧体诗词,多是五七言的古风体。古风体可以不论平仄,是古代的自由体,这更便于随意表达情感。押韵也可以用新声韵,这就使作者从旧韵中解放出来。古今语言变化很大,现代普通话中已经没有入声字。语音的变化,使得许多旧韵在今天读来已不再押韵,用新声韵完全可以保存旧体的韵律,何乐而不为?王修梅的古体诗用新韵创作是合乎诗词改革路向的。王修梅的旧体诗题材广泛,抒情言志、写景状物都有。《六十岁生日悟》中说:

光阴似箭徐珍惜
平淡生活回味甘
青山满目黄昏颂
高楼极目海天远

表达了珍惜生命、达观、乐观的情怀。这是“伏枥哪怕桑榆晚/莫道夕阳近黄昏”的志向,是“敞开心扉容大海/舒展双臂拥泰山”的胸怀。

王修梅还写有一些针砭时弊的诗作,如《投枪篇》中鞭笞乱占土地:

盖罢良田劈青山
只留大海与蓝天
而今填海开楼盘
海鸥哀鸣无处眠

写景抒情的如《桂林》《南京赋》《张家界》也不错。《七律·壶口瀑布》不合格律,应该改为古风。

王修梅退休后以诗陶冶情操,抒情言志,找到了很好的休闲方式。他的诗作,新诗在构思上要再下功夫,意象上求新。旧体诗可以在格律上多下功夫。假以时日,他的诗作会更上一层楼的。

《小溪流韵》序

这本诗集是青年诗人姜美玲的自选集，也是她的第二本诗词集。姜美玲网名小溪流韵，山东牟平人，系中华诗词学会会员、中国楹联学会会员、烟台市诗词学会副会长、烟台市楹联家协会副主席兼秘书长。她曾参加2014年《中华诗词》第11届延安青春诗会。作品发表于各种报刊，曾获全国诗词大赛奖项。她的诗词作品清新有味，如同山间清亮的小溪，映照出白云霜叶，弹奏出欢快的乐音。正如她在自题诗中所言："小溪流韵自徜徉，访过雨花霜叶乡。仰向霄空钓云朵，飞来雁阵布诗行。"

姜美玲属于婉约派，她的诗词多选取生活中美好的事物，抒发出柔美的心声，意象清丽。如《画堂春·一支梅》：

植根小院历寒辛，冰魂千里无寻。风捎花信绽芳音，不负春心。

莫叹韶华易逝，尤怜梅印着痕。醉红花下独长吟，意也深深。

她用小院里的一枝梅花，表达出"不负春心"的志向和"莫叹韶华易逝"的积极进取精神。再如《喝火令·初夏郊夜》：

家犬高低吠，野蛙不住鸣。高云闲逐晚来风。漫步小城郊外，远野两三灯。

依水山村绕，披云柳岸行。清波如黛雾烟凝。醉了清幽，醉了叶梳风，醉了暗萤星夜，遥挂半轮明。

这是小城郊外的夜色，犬吠蛙鸣更衬托出夜静，清波如黛，月挂半轮，令人陶醉。姜美玲很喜欢《喝火令》这一词牌，也很喜欢描写夜景，其《喝火令·凉月》写道：

薄暮升凉月，闲云醉晚风。清心举目向灵空。留住千年一瞬，天意许朦胧。

杳是去年事，深知那隐衷。秋山野外有鸣蛩。不必关情，不必梦千重，不必问花问月，尽在偶然中。

词中"凉""醉""举"等动词用得很好，全诗意境朦胧，抒情柔美。《喝火令》词牌是黄山谷所创，下阕的第四句摊破成三短句。上下阕的后两句是要求对仗的，是这一词牌的关窍。姜美玲所作《喝火令》没有注意上下阕的对仗，这是一大缺憾。但作为一个青年诗人能熟练地使用二十多个词牌，也难能可贵了。

姜美玲的诗作注重意象的选择，大体合律，如《秋枫》：

神笔为添霜色浓，千峰遍植万株枫。
西风一夜乾坤醉，哪座秋山不染红？

尤其是"西风一夜乾坤醉"句，颇为出彩。但这首诗的韵字按平水韵是在两个韵部里，若是用新声韵则可，但要标明是新韵。作诗应注意新韵和旧韵的区别，不要新旧韵混用。《喜贺牟平通动车》也存在同样的问题："昔日羊肠滚小车，今朝碧野走龙蛇。风驰电掣京华客，争说牟平山海河。"韵字若按平水韵"车"六麻（平），"蛇"四支（平），"河"五歌（平）就分属三个韵部了。其二云：

惊闻天外铁龙吟，停卧桃源沁水滨。
双轨如弦千里奏，小城醉听首都音。

这首诗把动车比作"铁龙吟"，把双轨比作琴弦奏，结句"小城醉听首都音"也就顺理成章了，但是也存在两个韵部字混用的问题。

姜美玲的诗对仗很工整，如《喜雪吟》中的颔颈两联：

瑶枝玉叶冰帘挂，华阁琼楼雪帻排。
冬麦被温期梦至，红梅孕蕾待春来。

又如《海市云收》中的颔颈两联：

车水马龙天上现，琼楼玉宇画中悬。
浩波映日浮尘净，异象惊心幻肆喧。

但要注意的是，最好不直接用成语"车水马龙""琼楼玉宇"入诗，可以拆分用"车水""马龙"。

姜美玲描写乡村生活的词作很生动，意象也鲜亮。如《清平乐·菜市》：

凝鲜聚脆，欲引冬阳醉。碧玉黄瓜珠露坠，朵朵顶花娇媚。

堪怜绿意如春，青椒青菜青芹。欣看清新满市，当思谁付艰辛。

《西江月·炊烟》：

画野屏山若隐，梯田云岫如悬。暮鸦声里读炊烟，多少童真欲唤。
狗吠豆花篱外，鸡鸣田舍门前。一条村路接遥关，难把乡思抻断。

姜美玲的诗词以婉约为主，但也不乏豪放，如《玉楼春·十面埋伏》：

琵琶弦起重重浪，万马千军剑戟亮。风高夜冷楚歌围，厌战思乡心志丧。

昔时霸业何其壮，今日乌江烟雨葬。狂飙一曲叹兴衰，蓦地弦停情怆怆。

《临江仙·黄山云海》：

千丈绝崖云出岫，痴缠万壑奇踪。白羊十万牧山中。乍然没海底，倏尔过峰丛。

独揽超凡神秘境，银波雪浪排空。倚屏卧石仰天松。日华舒俊彩，拂醒醉朦胧。

姜美玲的对联谨守联律，对得很工稳，而且意境很清美。如题凤凰阁茶厅联：

开轩山续一壶绿；擎盏云飞万朵白。

又如题鲜花店春联：

已知秋色违君意；又植春光满店堂。

这两联都构思精巧，富有新意。

姜美玲喜爱诗词创作，并且已取得可喜成绩。中华诗词是我们民族文化的瑰宝，需要更多像姜美玲这样的年轻人去珍惜，去继承。姜美玲很勤奋、很用心，假以时日，她一定能写出更多更好的诗词。

心意相通　画影传神

——评张含保的《润泽无声》

《润泽无声》是张含保的长篇传记文学新作。此前他曾为画家车天德写过一部长篇传记,获得好评。为画家作传是他在文学创作上的重要转型。张含保是以小说创作登上文坛的。20年前他的中篇小说《当代华工》曾发表在大型文学刊物《黄河》上,引起不小轰动。1989年,北岳文艺出版社推出了他的长篇小说《GGC的诱惑》,这部以援外工人生活为内容的作品再次引起文坛注目。后来他又出版了长篇小说《不平静的底格里斯河》。多年来的小说创作磨炼了他的文笔,这使他的传记作品更具有文学色彩,也更受读者喜爱。

《润泽无声》是他的第二部长篇传记作品。在传记写作上,他更加得心应手。传记要以传主为中心,传主的主要人生经历和创作成就都要真实。这就需要作者对传主及其相关人士精心采访,掌握大量第一手材料。为画家作传还需要作者具有一定的艺术修养。张含保不但精于文学创作,还学过绘画,对绘画艺术多有涉猎。这为他给画家作传打下了坚实的基础。

过去的传记多是为名人作的,传主大都是领袖将帅、英雄豪杰。新时期以来,许多名不见经传的小人物也成为传记文学的对象,这无疑扩展了传记的题材。但也不是所有人都能引起作家的注意的,传主必须具备可以作传的理由和条件。即便是普通人,他为社会做出很大贡献,具有美好的品德和鲜明的性格,也同样会吸引作家。画家、美术活动家王喜庆,虽不是韩美林、范曾那样的大家,但是他数十年如一日,勤奋工作在群众美术工作第一线,为繁荣山东美术事业培养了大量的人才,他创造的"一笔鸭"也深受国内外人士的喜爱,这就使他吸引了张含保,并走进了《润泽无声》。

张含保在采访上下了大功夫,同传主王喜庆成了无话不说的朋友。二人的确也有共同之处,他们都没受过系统的高等教育,但是都喜欢不间断地读书和学习,都喜欢创造性强的艺术,都在各自的专业上有一定名气,这就大大拉近了他们的距离。王喜庆十分健谈，有着很丰富的人生阅历。张含保观察入微，思考深刻。两杯清茶，一钩弯月，传主的过去和现在一点点清晰。"他是在特殊的历史年代里，特殊的历史位置上，特殊的性格，发挥特殊作用的人。本来他具有驾驭多种艺术门类的才能，满可以拿出更多好的作品，而他却甘为人梯和蜡烛，把主要精力扶植了别人，为社会推出一大批艺术人才，受到了人们的尊重，同时也向人们诠释着"世有伯乐，然后有千里马。千里马常有，而伯乐不常有"的深刻现实内涵。这段"卷前点睛"揭示了传主最为突出的品格。书中详细描写了王喜庆在"文革"中利用自己的特殊身份，把关在牛棚里的著名画家解救出来，为工人创作组讲课，冒险举办济南国画新作展推出画坛新人，请陷入困境的王炳龙去学习班讲课，鼓励徐行健成才等事迹，这些成为本书最为吸引人的华彩乐章。读完这本书，一个豪爽仗义、乐于助人的山东汉子形象就树立起来了。抓住人物的性格特征也就抓住了传记的核心，这是《润泽无声》给我们的第一个启示。

《润泽无声》给我们的第二个启示是作者对传主的爱好和专业要熟悉。张含保年轻时学过绘画，具备一定的书画理论素养，因此他能对传主的绘画作品做出恰如其分的分析评价。例如书中对传主作品《光照千秋》的评论。这幅作品是为纪念济南解放40周年创作的，以陈毅为解放阁题字为内容的人物画。此画以陈毅题写的"解放阁"三字为背景，简笔勾画出陈毅元帅肖像。作者评价道："这幅画以素描为基础，用干笔画出素描效果，用墨重，用笔严谨，气势较大，分量亦重……把陈毅同志的面部、手部全用干笔擦出光暗、凸凹和结构来，根据素描关系用笔，留出高光点和最亮部分。"并说王喜庆在艺术上运用了"减法"，是徐悲鸿京派素描式写实主义的。这些评价是恰如其分的。再如对传主《春江水暖》一画的评价，此画"这清俊奇逸的笔墨，既有徐熙的野趣，又有八大山人的大朴无华的清醇，还把热爱生活的情致融入其间，才把一笔鸭表现得淋漓尽致，成了他的唯一"。点评准确，三言两语，恰到好处。

这本书在编排设计上也颇具匠心，加入了"封面絮语""作者名片""卷前点睛""封底点评"等。文中插入传主的绘画作品和有关摄影图片，做到图文并茂。

张含保从小说写作转到传记写作，开辟了一个创作新天地。他年过花甲仍不倦读书写作，充分发挥生命的光和热，这种精神不也值得赞赏吗？

2008年12月7日

徐霞《与时光聊天》序

生命在时光中流逝，生活在时光中继续，时光不等人。孔夫子在川上曰："逝者如斯夫。"唐代诗人陈子昂有诗曰："前不见古人，后不见来者。念天地之悠悠，独怆然而涕下。"诗人和哲人无不对时光这位"无敌的君王"发出感慨。徐霞同样对时光很敏感，她要和时光聊天。《与时光聊天》这本诗集就可以看作她与时光的对话录。

在"诗语四季"这一辑中，她用诗表达了对四季的感悟。她这样写春天：

学会放弃　学会
从隐匿的意象中
抽身呼啸而来的日子
被明媚阳光包裹
灵感被一朵桃花指引
捕捉蝴蝶的眼神

——《这个春天》

春天是"呼啸而来的日子"，在响亮呼啸的春天，她听见了一匹马"畅快痛饮/用响快的鼻息声/叫醒春天"(《与春天对饮》)。作者用响亮的声音意象，表达了她对春天的喜爱，表达了她对呼啸而至的春天的欢呼。"畅快痛饮"的不只是那匹马，更是她被春天唤醒的灵感吧。在她的笔下，春天是亢奋的，奔跑的，是快速进行时"雨水一过/绿色开始亢奋/奔跑　冲出虚掩的柴门/羞红给那枝杏花涂上/淡淡的粉"。在这些诗句中有一种时不我待的急迫感。

再看她笔下的夏天："惊雷，用一道闪光/诠释一个雨季的开始。""必须在确定清醒的时候/彻底撕碎自己/然后用一杯酒还原真实的我。"她的夏是热烈的，也是阴郁的：

不要忘了翻动箱底
那些尘封的日记
在潮湿的雨季会遗落下霉渍
那些留有血迹的伤口
等待阳光为他驱毒清洗
夏至,我要感受更多的阳光
万物生长需要它的沐浴

夏热烈使人迷醉,但清凉的雨却能使人清醒。这种矛盾的感觉,能让人更深刻地反思生命的意义。又如诗中所言:"那些尘封的日记/在潮湿的雨季会遗落下霉渍/那些留有血迹的伤口/等待阳光为他驱毒清洗。"

秋天的日子在她的诗中是成熟的温情,舒缓惬意。她写道:"这个秋天不漫长/如何在冰封前/把温柔的种子/埋藏在你经过的路旁。"(《午后的秋》)她打点行装走向下一个季节:

玉米在夏的疯狂中拔节　秀穗　扬花
一切的植物走向成熟　饱满中
等待　风儿为它们送来清凉
炎热似乎依旧留恋不肯离去
葱郁的绿打点行装　准备
走向下一个季节　储蓄
无限的能量　不在轮回的路上感伤
成熟收获每一个希望

"不在轮回的路上感伤",这就是作者对成熟季节的回答,这也是一个清醒者对时光的回答。秋过去,冬就来了:

该走的终将离去
就似这个冬天如约而至
不羡慕春花的娇媚
秋霜里结好自己的果子
怎惧怕寒风的轻狂

她不但不惧怕"寒风的轻狂",还期待着洁净世界的雪的到来:"那些该睡的都已入梦/我却在等待你/空气中的污泄　太多/我的世界竟如此　低落/我想挣脱/不在窒息中　苟活/卸掉虚假的外壳　做回自我。”至此我们已经看过了作者笔下的四季，展现在我们面前的是一个年轻、纯洁、不断穿越雨雪风霜的前行者。年轻的生命穿越四季，在时光轮回中坚守自我，坚守着诗歌家园。她还和冷对饮，“冰层下温度开始攀升/最冷的光阴/不声不息不说再见//即使不下雪/冬也会追着春的脚印一步步赶走荒凉”，她说：

坐下　喝酒吧
把所有的冷装满杯
和着冷冷的风　饮下
如果不醉　你就再喝一杯

醉了吗　喷着烈焰的话

热热的　没有人相信

这是真的　我听到
一个冷冷的声音——
“一个疯子”

不论是自然的冷、社会的冷，还是人性的冷，她都要用自己的热去化解，这也许就是诗人的使命吧。在十年浩劫中，舒婷也曾用温暖的诗扶助别人，也救赎了自己。在今天，诗人同样也应有这样一颗火热的心。所以徐霞能听见时光河流的对岸，打破死寂的声音，“站在时光的桥上/我看见无数爱走来/举过头的是一双双温暖的手/热情融化了冰川”。

徐霞的诗是意象化的抒情诗。我一直认为意象是诗歌的基本审美单元。诗缺少了意象就会空洞、抽象。意隐象中，就会有象外之味，就给了读者更多的想象空间和解读乐趣。近来流行的口语诗和叙事化写作，也仍然脱离不开意象，不过是用事象的面目出现而已。徐霞的《凌晨三点》《断桥上》《一本没有合上的书》《与春天对饮》都是很耐品味的意象诗。

徐霞诗中有不少她自己创造的意象，比如“花瓣雨　满地/我们为春天　举行一场葬礼”，“南来的风　跛脚/一个趔趄撞落一地绯红”，一匹马“畅快痛饮/用响快的鼻息声/叫醒春天”，“寒冷低价叫卖冬天”，等等。以意化象，以象表意，诗人能创造出只属于自己的意象，那才见出艺术功力。请读她的《御》：

构筑三千里防线
打造万仞　剑戟刀枪
豢养千匹烈鬃快马
金盾熠熠　盔甲闪光
听　进攻的号角吹响
铁蹄般起的尘埃
将时光掩埋
来吧　我已跃马扬枪
来吧　战鼓开始敲响
任你放马由缰　大战
三百回合又何妨

这首诗塑造出一个信马由缰、敢于挑战的将军形象，这也是作者的形象，她向时光这个不可战胜的君王挑战！个人的生命一定会终结，但一个人的艺术生命却能在他的作品里长久留存，以至不朽。敢不敢向时光挑战，对作家、诗人、艺术家都是考验。

徐霞的诗简短有味，有自己的艺术追求，也是对她生命旅程的记录。我希望她的艺术视野再开阔一些，从书斋走向社会，描绘更多样的人生，记录更精彩的时光瞬间。

是为序。

2016年10月25日于济南伴山堂

崔然琳散文集序

我和然琳认识是在天桥区文研会。我的老宅在天桥区宝华街，后搬家到山东大学宿舍。因为我从出生到中年一直生活在天桥区，所以天桥区文研会有活动时一直让我参加。文研会会长李德玲与我既是校友，又是街坊，我也理所当然地要为他帮忙。在文研会我也认识了许多青年文学爱好者，然琳就是其中之一。

然琳是天桥文研会的骨干，是痴迷于文学和艺术的青年。十多年来她对文学的爱始终如一，现在她的孩子也十多岁了，但仍坚持笔耕不辍，并结出了累累硕果。她出版了诗集《漂泊岁月》，现在又即将出版散文集《流淌的青春河》，她还练书法，画国画，在文学艺术的海洋里恣意畅游。因为她有一位关心体贴她、理解支持她的好丈夫，给她创造了较为优裕的生活条件，她可以享有更大的生活空间。她去过内蒙古和香港，也到过马来西亚、新加坡、泰国。这些游历无疑都开阔了她的视野，使她有了比一般女子更多的人生体验。“读万卷书，行万里路”，然琳有条件这样做，这不能不是一种幸运。这些生活经历和人生体验，她用诗和散文记录了下来。

然琳心胸大，性格爽朗，爱交友，特别喜欢与高层次的文化人交往，许多著名的学者、诗人、画家都是她的座上客。她还有另外的一个圈子——企业家，这就使她的人生阅历更加丰富，也为她的文学创作提供了很好的人文环境。有闲才有文，写诗作文绘画也是一种表达闲情逸致的方法。当然忧患也可以出诗人，那是在国破家亡之时。值此国运兴旺、人民安乐之际，多一些闲情逸致乃是必然。

然琳的散文从内容上看大体可分为三种，一种是记述散文，记录了她游历过的山水圣迹，如《除夕夜泊长江口》《秋日北京》《云雾千佛山》《中都大草原》

《泰国归来说》等等。在这些散文中,她勾画出祖国美丽的山水和外国的奇异风光,描述了她在游历中的感受。第二种是写人记事的,记述亲人的神情容貌、师友的言谈话语,均亲切细腻,如《恩师难忘》《春天在父亲身边》《姐姐的故事》《云姐和小屋》等。第三种是表达内心恩怨和人生感悟的,多短小精悍,有诗意和哲思,如《独对阳光》《冷漠絮言》《女人是谜》《生与死的美丽》等。这三类散文,有外现生活的,也有内现心灵的,其感悟均很真切。

然琳的散文叙实事、写真情,有女性的细腻与温情。情随境生,意缘景发。她的丈夫是一位工作狂,事业使他常常在外面应酬,是一个不能按时回家的人。因此在丈夫不在身边的时候,在她独自在外游历的时候,寂寞和孤独之感便油然而生。正如她在《漂泊的心情》中所写:

> 亲人在风之外,家园在雪之外,天空只有孤旅人的呼喊。呼喊我曾有过生命的温柔,呼喊一张张熟悉的笑脸。
>
> 我知道等待相逢的时间,是从清晨至黄昏,又从黑夜至黎明。透过静谧的夜,看到一种晶莹明亮,似泪光闪动而又默默无语。

她的这种孤独在美丽的山水之中得到消解,在自然之美之中升华,这种对自然的亲近、对生命的体悟,也正是中国传统文化中天人合一的境界,正如她在《南方的天空》中所说:“穿行于竹林,跑上一块巨大的石崖盘坐下来,看海水极有规律地拍打岸边。阳光在天地间嬉戏。在自然的怀抱中,心灵曾有过的伤痛渐渐平息,依然是孤独的守候,所有放纵的目光,全都在美的自然中消融。”

然琳是个多愁善感的女子,她爱父母、爱丈夫、爱孩子、爱师友,在这些篇章中,我们可以触摸到她的那颗温柔的女儿心。如《雨来了,妈妈也来了》,题目就是一行诗。她说:“守着一个家,守着老母亲,所有繁忙与不快都被雨水冲去,我多想紧紧握住这些时间,不让它随日子溜走,在母亲身边唱几句她爱听的歌,说几句天真任性的话。”搬住新居,为了不让儿子有独居的恐怖,她和丈夫分房,轮流陪伴着儿子。她爱她的丈夫,即使他远在新加坡,她也觉得受到他目光的注视:“远离时,感觉他的目光,就像感觉一个完整的世界。走进你目光,就像走进一个自由无比的世界,我曾几度彷徨,跌倒进一种软弱,而在你的目光中,我又那么坚强地站了起来。”(《相思是一种折磨》)

然琳的散文大多短小,这是她在匆匆的旅途中写下的,是在工作之余、入睡之前写下的,是在丈夫和孩子睡着后写下的。文虽短,意却深,这也适合今天这种快节奏的生活。

然琳兴趣广泛,交游广阔,这使她的读书时间相对少了。诗和文都需要有丰富的生活体验,也需要有深厚的文化积淀。既要行万里路,又要读万卷书。有了扎实的文学基础,有了深厚的文化积淀,诗和文才能更加茂盛地生长。然琳的写作速度快、效率高,但相对的思考和沉淀的功夫就不足,所以也有一些急就章,从构思和语言上看显得草率。这些都有待于在今后的创作中克服。值然琳第一本散文集问世之时,写下这段文字为序,并祝她文运日昌,文名日盛。

1999年初夏

《如诗如画的岁月》序

《如诗如画的岁月》是为庆祝中华人民共和国成立60周年、天桥区文化局文学研究会创建20周年而结集出版的。

天桥文学研究会从创立的那一天起，常年坚持开展文学交流活动，20年来每月15日晚大家就汇聚到天桥文化馆的会议室进行创作交流。多年来，每年坚持组织会员们去工厂、农村、山区采风、体验生活，还配合形势，组织开展了诗文大赛征文活动、诗歌朗诵会和各种文学联谊活动。会员队伍不断壮大，自创建以来，有记载的参与活动的会员已达120多名，其影响也扩大至泉城的各个角落。这些会员因文学而相聚到一起，互相交流、互相切磋，文学创作水平和艺术鉴赏力不断提高。在省、市乃至全国报刊发表了大量文学作品，有30多人(次)出版了个人作品集，如杨共玉、陈忠、赵庆君、黄咏、韩振广(北方)、陈建平、靖培生、雨兰、淮葆、黄阜生、崔然琳、王永江、段辛酉、王谦、脱春香等。有的会员虽未出书，其创作也引起媒体关注，如杨耀华(凡女)就被济南多家报刊报道过。有的会员经过刻苦努力，已调入新闻单位，成为专业的编辑和记者，有的在大学里被提拔为文化艺术部门的负责人。许多文学爱好者已成为省、市作家协会的会员，他们常年活跃在泉城文坛，成为天桥文学研究会的骨干和中坚。

天桥文学研究会自创立以来，就得到了省、市作家协会、区政府和社会各界的著名学者、教授、作家、诗人的扶持和指导。天桥区委宣传部原副部长段荣芳经常参加活动并创作作品，天桥文化局原局长李德玲为研究会的创立和发展付出了很多心血，时任局长王希君也给了研究会大力支持。山东大学教授吴开晋，山东师范大学教授吕家乡、袁忠岳，著名诗人孙国章、桑恒昌、郭廓等为培养文学新人，广泛开展文学交流活动，推动文学创作，甘当人梯，无私地参加研究会组织的各类活动。

这个集子精选了会员的诗歌、小说、散文、评论、杂文等各种题材的文学作品百余篇，集中展示了天桥文学研究会20年来的创作实绩。在这些作品中，他们讴歌了新时期以来济南和全国发生的巨大变化，表达了对祖国和人民的一片真情，也记叙了文研会20年来的历程，以及他们对改革开放以来出现的新人物、新气象的赞颂，展示了他们丰富的情感世界和具有鲜明个性的文学语言。这些会员大多在基层、在工作的一线，他们的创作都是在业余时间进行的，既有生活的新鲜印记，也可能带有一点青涩。

我是天桥文研会最早的参与者之一，欣喜地看着它一天天成长。20年来，幼苗已经长成了大树。我祝愿它永远根深叶茂，欣欣向荣，成为天桥乃至泉城引人注目的风景。

《心灯如月》序

《心灯如月》是孙玉珍的第一本书。书中收录了散文和随笔60余篇。这是她生活和情感的真实记录。

文贵真。这个集子中的散文以真实取胜,以真情动人。她把这些散文以“情感实录”命名是很贴切的。这些散文记录了她生活中的真情时刻,展现了她美丽丰富的情感世界。如《心灵有盏灯》记叙她小时候上学途中的一件小事:天已黑,她孤单单地走在山路上,突然遇上了大雨,在孤苦无助中,她看见了一盏灯,山村里的母女俩给了她温暖和光明。那暴风雨里的一点烛光永远定格在她心中,使她有了战胜暴风雨的勇气,也使她坚信:“即使在最无助最黑暗时候,有一盏灯就在前方。”这的确是一件小事,山村里的母女俩不会想到,一点烛光、一碗开水、一件雨衣,会让一个女孩子记了一生。孙玉珍的散文记下了她生命中的许多这样的时刻。《生命的小刀》中,她哥哥为了她的安危奋不顾身地用一把小刀与狼搏斗,最终却命丧狼口,但哥哥那把生命的小刀却给了她“应对危险、困难及未知世界的勇气”。

真实地反映生活就必须抓住生活中的细节。这些细节刻画得越生动越具体就越感人。朱自清散文中父亲努力爬上站台的背影,就是感人至深的细节。孙玉珍的散文中也有不少让人难忘的细节。《真诚地爱你》写爱人在客厅看电视,有时躺在西边沙发上,有时坐在北边的沙发上,原来是为了一眼就能看到在书房或卧室里的她。这一细节表现出爱人眼神无所不在的关爱,也表现出恩爱夫妻细微的情感交流。《生命的小刀》里那个尚不懂事地掰死去哥哥手里小刀的小女孩,《梦碎梨园》中“滋滋”用锯做家具的父亲,《娘花》里在水泥地上晒棉花的婆婆,都以真实的细节展现出亲情。

孙玉珍的散文有些写得灵动、俏皮,语言幽默风趣,让人忍俊不禁。《真诚地爱你》中有一节描写:“那个在别人面前的‘小倔驴’一下子就成了活蹦乱跳的‘小马驹’,时而欢声笑语,时而嗲声嗲气。有时候连自己也觉得过分,就问你:‘嫌不嫌我酸啊?’你就说:‘正好,我的pH值呈碱性。’”还有《丑女侃“丑”》《女人原来是只猴儿》都是这种妙文。请看下面一段:

“小猴子,钻哪去了?”她回家时如果心情好常会这样叫俺。俺就回答:“天花板下、浴盆里、马桶上,马先生。”

俺成猴历史由来已久,理由也多,比如身形矮小,比较活泼,还有,他一眨眼俺就知道他葫芦里卖的啥药。对此,他一直怀恨在心,又毫无办法,就只好狠狠心把俺变猴了。这家伙,哼!

全篇充满了打趣和调侃,幽默诙谐的语言里流露出对生活的热爱和爱人间相互欣赏的真情。

散文的特点是“散”。写散文思绪要灵动,想象要发散开,这就是“形散”,但神却散不得。神一散,就不能成篇了。孙玉珍深得这一奥妙。《梦碎梨园》以父爱为神,思绪跳跃得很大,一会儿今天,一会儿过去;一会儿梨园,一会儿槐林。由槐树干上的纹理可以想起图书馆桌面上的木纹,宿舍窗户的风洞竟也传来梨园的呜咽。气候会变,人会变,不变的是父亲对女儿的关爱。《月亮送你个好男人》是篇千字文,时间的跨度却有20年。作者以月夜为线串起了生命旅程里的一粒粒珠子——一个个难以忘怀的月夜。叙事与抒情交叉,美妙的月夜折射出美丽的情感世界。《女人原来是只猴儿》由夫妻对话联想到猴子变人,再联想到《梁山伯与祝英台》里的蝴蝶,再联想起狐假虎威,引入与“虎”的一段情感,然后才出现了“马”,最后又归结到猴。思绪转换得灵动自由,但贯穿其中的却是一个“爱”字。《乘车拾趣》讲述了乘车中的趣事,火车、汽车、摩托车,上学、探亲、出差,趣人趣事,一一道来。

孙玉珍的散文写亲情、记趣事、抒情怀、叙游历,行文亦庄亦谐,真情流露,趣味十足,表现出优美的才情和扎实的语言功力。

如果说她的散文以生活细节的准确把握、生活情趣的真实表现取胜,那么她的随笔则以思想的敏锐、笔触的尖利夺人。在《我心中的文学》中,她提出了“为文向善”的口号。她认为:“历史是用来记录英雄人物的,而许多小人物、贫民阶层和边缘人物往往被历史遗忘,记录这些被遗忘的人物和他们的生活状态该是文学的责任。”她不赞同文学的“媚富”和“媚势”。“文学的目的更多地在于

'让无力者有力，让悲观者前行'。"这些认识我很赞同。《"马屁精"的悲哀》独出心裁地对"马屁精"予以新解："如果专指千里马，而且拍得人欢马跃那才算得上'马屁精'了。"文章结尾说："现在人们把人际关系看得很淡，有时候看得上、值得拍的人还真不多了。这才是马屁精们更大的悲哀。"作者用反向思维法，给予"马屁精"以新的诠释，值得玩味。《范大师的名著》以极尖刻的笔法描绘出当下某些研讨会的吹拍之病。《日查三次　数增百倍》则假托《红楼梦》里的贾府招商引资，讽刺浮夸，文虽短却笔力锋锐。《由广场想到的》也是反向思维的结果，世人皆道广场好，孙玉珍却认为美丽华贵的广场是超前消费，是领导的形象工程和面子工程。她主张把"诸如修广场一类的形象工程资金，用于改善目前农业和农村的生产状况"，我认为是很有见地的。她批评官员以经济建设做招牌，忽视人的生命，她斥责职业腐败，主张制度"减肥"，都体现了一个传媒人、社会守望者的眼光和责任。在"生活随笔"辑中，还收有一些影视评论，这些评论也一针见血。她呼唤电影中的"中国精神"，"那种让中国人自强、自信的国民精神"。认为没有英雄可以推崇，"跟着感觉走"，"这种自由的空气不是真正的自由，是一种混乱的、让人无所适从的迷茫"。她对帝王戏热播也有自己的思考："人们喜欢看帝王戏，其实是因为自己不是帝王。"批判了隐藏在大众心中的帝王情结。

第三辑"人物剪影"收录了6篇写人的散文。《有个女孩叫婉君》记叙了她与一个聪慧好学、才思敏捷的残疾女孩的交往。婉君的悲剧震撼人心，作者对她的关爱同情和自责同样打动着我们。《悲情王爷》《小资阿唐》《快乐老朱》等人物都刻画得很生动，表现出作者长期从事新闻工作的眼光和笔力。

孙玉珍时任临沂广电局副局长，工作繁重，除了管理工作，她还在第一线拍片，业余的时间搞创作，她是山东大学文学院与大众报业集团合办的研究生班里最勤奋最认真的学员之一，我是她的任课老师，我们因此而相识。她的第一本书让我作序，我是很高兴的，因为我喜欢她写的这些文章，我也很喜欢她美丽丰富的内心世界和热情爽朗的性格。我也希望能读到她的第二本、第三本著作。

是为序。

2005年7月22日于庐山修养归来后

《女人岁月》序

近年来散文创作的势头有增无减，越来越多的人加入创作队伍中来，网络的普及以及发表的便利使散文得到前所未有的传播。罗东勤就是最近出现的一位散文新秀。她创作的时间虽然不长，但是以勤奋和才情大步踏上了文坛，她在网络上不断推出的作品获得了人们的注意和好评，并且多次在征文和比赛中获奖。现在她把自己的散文结集出版，给了大家集中阅读她作品的便利，可喜可贺。

《女人岁月》中的散文大多围绕女性生活展开，作者用纪实笔法记叙了几十个女性的生活和情感经历，展示出她们各种各样的人生，启发读者思考怎样的人生才是幸福的，“想让幸福爱上你”是作者写作的初衷。《女人坊》中因男人有病出轨的邻居二嫂、换亲的小姑、被丈夫打骂的民办教师都是不幸的女人，作者哀其不幸，怨其不争，也让读者思考她们的生活为什么会出现了问题？生动简约的叙述里寄予作者对她们深深的同情。像这样在感情、婚姻、生活中有问题的女性在罗东勤的笔下一一鲜活起来，如《没有彩排的人生》中离婚的书华、丈夫离家出走的兴翠，作者都没有简单地褒贬她们，而是充满同情地喊出：“愿天下每一桩曾经幸福的婚姻，都不再在无奈中迷失；愿天下每一个为生活所累的人，都不再为爱与恨而耿耿于怀！”

对于看似幸福的女性，罗东勤也有自己细致的观察和思考。如“班可上也可不上，家务可做也可不做，孩子在外地读大学，她自然有的是时间来消遣自己”的阿朵虽然看似悠闲幸福，但是丈夫却另有新欢，作者说：“我就想人生难免会受些伤，有的伤在面部上，有的伤在心上，伤在心上的只有个人才懂得伤口多深心痛多狠。”还有心中有个秘密的惠，以为找到了爱，其实也是一场空。

罗东勤散文中最感人的是写亲情的篇章。如《报得三春晖》《沉淀在碗中的爱》《姐　我想娶你》等，写的虽然是点滴生活小事，字里行间却充溢着浓浓的亲情。如读母亲自己吃剩饭的细节，不觉泪已从我眼中落下：

我坐到母亲跟前，想陪她说说话，却看见饭桌上全是一些剩饭和剩菜，我鼻子一酸："妈，你怎么不再炒点菜？"

"炒好了，在锅里热着哪，我把这些剩的吃了，等他爷俩回来吃新做的就行了！"母亲边说边把好几天的馒头往饭碗里泡着。

再如父亲喝蛋花的情节，两个老人相濡以沫的情景如在目前：

父亲退休回家了，陪着母亲一起过着最清静的日子，那时候母亲天天给父亲冲鸡蛋花，父亲也从来不说喝够，但却总留下碗中稠状的部分，说越喝越感觉稀清的要比稠状的好喝，还让母亲换成这只大的青花陶瓷老碗，说可以喝得更多一些。母亲是个认实的人，只当是父亲真的不愿意喝沉淀的部分，所以每次都听从父亲的话，把碗中父亲剩余的那部分老老实实地喝下。

罗东勤的散文最感人的地方就是情真，这也是散文最宝贵的品质。记实事，言真情，才会打动人。作者对一个个不幸女人的同情，对一个个幸福女人的称赞，对一个个亲人的感激，都汇成了书中的情感乐章，引起读者强烈的情感共鸣。更可贵的是，作者更多地把情感隐藏在叙述和描写中，而不是直接说出来。前边引的两例就是明证。再如"母亲来的这段日子正是我最忙的时候，常常到很晚才睡觉，母亲便悄悄地起来，不是给我倒杯水，就是给我递上水果，有时候还会在我身后站很长时间。我嫌她打扰我思路，很不愿意她进书房来影响我。母亲就默默地放下一杯热水，再轻手轻脚地退出去。偶尔我的耳边还会听到她一两声沉沉的叹息"，在不动声色的叙述中写出母亲对女儿的关爱。

罗东勤很善于写对话，她用亲切的口语表现出人物的神态和心理。如《姐　我想娶你》的开头，从对话中可知姐妹深情已无须多言了：

临走那天我瞅着你一直为我们娘俩儿忙碌的背影，不知怎么就顺嘴说了这么一句："姐，我想娶你！"

你回头用看傻子一样的眼神看着我，嗔道："你没发烧吧，满嘴的胡话！"我笑了，走过去拍了拍你的肩，撒着不成体统的娇气："嘿嘿，不就是想让你帮我管着点孩子，再帮我做点家务，替我整理点资料吗？"你低头给我整理着路上要带的东西，不紧不慢地回应我："想得美！"说着，指了指手边的两个食品袋说："这是孩子愿意吃的，这是给你准备的。"

再如《阿朵的幸福》中的对话，阿朵的习以为常和"我"的震惊都从对话中表现了出来：

> "中午，长林不来家吃饭吗？"看她在打上次一起吃饭的那家餐馆电话，我问。感觉很久没见到她的老公苏长林了，上次来的时候，正碰见他要去北京开会，还对我笑笑说："没事多来陪陪阿朵。"上次阿朵打电话约我来玩时就没见到长林的影儿，这次依旧没看到他，我想社科院的大领导，平时应酬自然多一些。
>
> "他只有周末回来，其他时间不回。"阿朵平静地说。
>
> "单位这么近，应酬再多也不会天天不回吧？"我说完这话，才感觉自己竟然这么没心肝。
>
> "呵，我们只是周末夫妻，他平时都在秦红那里。"阿朵淡淡地说出让我震惊的话。

叙述和描写是散文写作的基本功。罗东勤在这方面已有较深功力，尤其在细节的捕捉和描写上更为出色。一些平凡日常细节被她放大后具有了强烈的感染力。如《风不语　却拂过心际》中对婆婆身影的描写，欲见又怕见的犹疑和矛盾显露无遗。这不由让人想起朱自清散文中对父亲的背影描写：

> 那棵歪脖子法桐下，我看见婆婆正站立不安地往我家那座高楼上张望，侧影剪贴得越来越伛偻、瘦削而苍老，我静静地把车子停在她的身后，将她矛盾而卑微的举动全部特写在眼中、心中。
>
> 婆婆穿的还是两三年前我买的那件枣红色外衣，后背已经有明显褪色，原本花白的头发，此时更是鲜见黑亮，她往前走走，又慢慢退回，不停地望着前面孩子放学的路口，又不停地抬头往楼上张望着。

还有《妈妈　天堂远吗》中女儿望月的细节：

> 窗外那轮皎洁的冷月不知何时把淡淡的月辉投进室内。晚秋的风从窗缝里挤进来，安琪儿换了个舒服的姿势，依然贴在妈妈的怀里，她透过那一小半没被遮严的玻璃窗又看到了那颗一闪一闪的星星，就在月亮的不远处，自始至终地跟随着亮亮的月儿，月亮走，它也走。安琪儿就想：这颗星

星就是爸爸吧，自己和妈妈就是那轮闪着青辉的月亮呢。

诗意化的细节描写凸现出孩子对爸爸的思念和对完整家庭的向往。

这个集子中的散文多以女性生活为内容，难免有局限。今后在题材上可以更广泛些，在思想深度上也要再加深。罗东勤很勤奋，她十分热爱写作。这是她的第一本集子，显示出她创作的潜力和才能，假以时日，她定能在文坛上放出光彩。

张清龙诗集序

张清龙出身农家，后从军入伍，转业后曾在检察院工作。现在他辞去公职投身商海，事业蒸蒸日上。事业的发展及财富的丰厚并没有遮蔽他精神的追求。他钟情于缪斯，在紧张的工作间隙写出了一首首诗作，坦露出一颗赤子之心，坚守着自己灵魂的高地。

他的诗中有一种奋斗精神，有一股勇往直前的劲头。这种精神和劲头应该正是在部队时练成的。当年他曾抵御过长江的大洪水，但生活的大风大浪却使这个山东汉子百炼成钢。哲人孟子有言："天将降大任于是人也，必先苦其心志，劳其筋骨，饿其体肤，空乏其身，行拂乱其所为，所以动心忍性，曾益其所不能。"童年的贫困、军营的磨炼、工作中遭受的委屈、下海后的挫折以及远离家乡和亲人的孤寂都变成了宝贵的精神财富，成为支撑他前进的巨大力量。在《生活流浪》一诗中，他写道："离家远了/又要出发，去远方/留不住夕阳/挽不住，脸上的皱纹/何日归故乡。"尽管诗中有远离家乡的惆怅，但他仍要出发上路，他咬紧牙关向前走：

前方是一片森林
传说中的魔区
你的影子
在对面
咬紧牙关最后一次
冲动
不回头朝前走

——《无题》

这不正是明知山有虎偏向虎山行吗？认准目标就义无反顾地向前走，不惧虎狼出没的森林，也不怕鬼蜮横行的魔区，“不回头朝前走”。生活就是这样，越是险绝处才越有雄奇的风景。然而社会的海洋总会有惊涛骇浪，在奋斗中也会受伤，但是再大的风浪也挡不住有志者。正如他在《创伤》中所写：

漂浮小船
暴风雨后遍体鳞伤
就这样
孤在海中央
驶向远方

他把自己比作暴风雨中那条遍体鳞伤的小船，虽然在茫茫大海上漂荡，却仍要驶向远方。强者固然敢于面对风浪，但并不等于没有彷徨和失落。但强者的彷徨和失落只是暂时状态，他终归要挣脱出来。《失望》一诗就表达了迷惘和失落的情感：

有一种欲飞的感觉
天空中飘着朵朵白云
骤然间
落在山谷之底
空中白云离我又那么遥远

诗中写了自己的巨大情感落差，欲飞却跌，眼看就要飞到白云之上了，却突然跌落山谷，白云仍在高高的天上飘荡。这种失落感借白云意象表现得很形象。

在路上是一种姿态，是积极人生的写照，但有时停下来等一等，也是一种坚持，是以静制动，待机而发。他在《等待》中这样写：

站台上
仍静悄悄无声无息
风吹在台阶上
打着旋转
吹着我的裤管
蹲下来
等待下列火车

等待并不是永远的停留，他在《天堂》一诗中说：

脱离了轨道,在路旁
走吧,别留下来
天空中的阳光又照下
躲在黑暗里去吧
臭虫、跳蚤一切恶心的东西
都在等你

暂时的脱离轨道和停留是为了更好地前进,他要与躲在黑暗里的"臭虫、跳蚤一切恶心的东西"说再见,然后追赶天空中的阳光。

张清龙的胸怀是坦荡的,诗歌是真诚的。他用诗句记录了自己的人生感悟和喜怒哀乐。生活阅历的丰富和情感世界的丰美使他赢得了友情和爱情。勇者并不是情感单一的人,"无情未必真豪杰"。他追求爱情和追求事业一样执着。对他爱的人,他说:"放下/去忘掉所有痛苦悲伤/那人世间冷漠和热讽我都能忍受/却独不能把你抹去。"(《忘不掉的感觉》)他还说:

我的肩膀是你避风港湾
把手给我
风雨后
太阳还会从东方升起
累了
该歇歇
找个角落,把泪水擦干
那梦还没醒来
孤累留给我

——《哭出声音》

从这些诗句中,我们看到的是一个勇于担当的大丈夫,他情愿把孤累留给自己,甘心去做爱人的避风港。

张清龙曾在检察院工作,后来又做律师。这些工作免不了要和各种罪犯打交道,他透过铁窗和高墙看到了一幕幕人生戏剧,也洞悉了人性的秘密。他惩罚犯罪,也叹息人性的迷失。他用人道主义的情怀去观察大墙里外的人。他写了《一个人》:

一个人

一行泪
一扇铁窗
一道道高墙和铁丝网
一盏孤灯
高高地
挂在水泥墙上

他把主观情感隐藏起来,用五个"一"字刻画出高墙里犯人的孤寂和悔恨,像一幅警示图画,让人过目难忘。他把罪犯比作烂苹果:"盛满的果盘里/有一个斑点的苹果//无法挽救它/只能叹着气摇摇头/把它扔进垃圾篓子里/有股讨厌的味道。"(《弃去》)在《小雪》一诗中,他勾画了一个犯人形象:

手扶着铁窗,凝视故乡方向
心中苦与痛
是否知道
命运如同雪花样
落下来,无声消失

犯罪必然要受惩罚,但是从人性角度看,犯人也有自己的内心世界和情感空间,铁窗隔开了罪犯和亲人,罪犯同样也思念亲人和家乡。

张清龙的亲情诗写得也很感人,比如《父亲,你瘦了》:

梦里
遇见父亲来看我
脸上布满皱纹,前额上已增添几道
深痕
头发白了,背也驼了
用颤抖的双手
抱着我的头
轻轻地抚摸着
擦去儿子的泪痕
也抹去心中的怨
走了
望着远去的背影

父亲
你瘦了

他不写现实中的父亲，而写梦中的父亲，这个构思更能揭示他对父亲的情感，日有所思夜有所梦，梦是心头想啊！“父亲，你瘦了”，平平常常的一句话在这里却响雷般表现了儿子对父亲的关心热爱。在《回家的浪子》中，他表达了对家乡的爱：

扛着沉重的行装
结束了多年奔波劳苦
回家，到了，我的故乡
泪水止不住下淌
历历在目的辛酸
找到
倾诉的地方
我的故乡，我的家，我的茅草房

远行的游子回家，他念念不忘故乡、家、茅草房，那是他的根呀！他甚至想“乘风追去/闻一闻家乡/袅袅升起的炊烟/是否还有儿时饭香”。

张清龙不是专业诗人，他的诗里没有华丽的辞藻，也没有装腔作势的高深。他的诗像山间的溪水，清洌甘醇，像田间的高粱朴实无华。他用朴实的诗句直抒胸臆，他把诗看作袒露灵魂和宣泄情感的方式，他的诗展示了他的人格力量和人生追求。尽管他这第一本诗集还显得稚嫩，有些诗还不够精练，但是已经真实地说出了他心底的声音，这就足够了。假以时日，他一定能写出更好的感人诗作来。

2012年6月30日

又还青春争上游

——《言亭诗草》序

鲍言亭先后担任过县人民政府办公室秘书、县人民政府办公室副主任、乡镇党委书记、县乡镇企业局局长、县体制改革委员会办公室主任、县委宣传部副部长、县精神文明办公室主任、县人口与计划生育委员会主任、县政协副主席、县人大副主任等职，足印遍及成武县的每一个角落，熟悉成武县的每一个村庄，每一片土地。由于工作兢兢业业，多次立功受奖。他从领导岗位上退下后担任成武县作家协会主席，继续发光发热，策划出版了成武县的文学报《今日伯乐》，每月4期，任总编，为培养成武县的文学青年创造了一个发表自己作品、展现自己才华的平台。他发现和培养了200多名文学青年，为成武县的文学事业输入了新的血液。他退休后的生活充实又有意义，好像焕发出第二青春，正如他在自己诗中所写："又还青春争上游。"

领导干部写诗大有益处，既可以抒情言志陶冶情操，又可以寓意于言启迪后人，更是老同志退休以后聚气凝神的好方法，何乐而不为呢？鲍言亭工作之余，最大的爱好就是写诗。写诗对他来说是一件极其快乐的事情。《言亭诗草》就是他多年创作的结晶，从中我们可以看出他远大的志向抱负、坦荡磊落的胸怀和高雅的生活情趣。他在《汉堤竹》一诗中写道：

玉节亭亭操洁高，
叶枝一一品自好。
不睬旁人道长短，
何惧风狂折断腰。

表面上看这是咏物，但内里却是言志。他借咏竹表达出对高洁情操的追求和"何惧风狂折断腰"的独立坚持。《游厦门》是记游诗，也是言志诗："仙乡在何处？海上飞白鹭。登上鼓浪屿，结游众星斗。"海上波涛、高飞的白鹭、向上的鼓浪屿都有股向上的劲头，暗示着崇高的使命和追求，他还要去“结游众星斗”。这并不是说要上天做神仙，而是说要像星斗一样发出自己的光亮。诗言志是中国诗词的传统，言志并不意味着喊口号，而是要把情怀志向用鲜明可感的生动意象去传达。要以象传情，以象现志，因为诗歌不是论文，而是文学艺术。当下有些老同志写的诗缺少意象，缺少艺术感，所以被称为“老干体”。再看他的《西北太空行》：

长跨银鹤穿云风，
犹如天马巡太空。
来往大漠雪峰飞，
纵横戈壁沙龙腾。
可叹苍茫无鸿雀，
谈指穹荒笑天公。
日月让道任行走，
星斗低首将客迎。

以乘机飞越西北所见之景象，抒发出广阔天地任我行的豪迈气概。

鲍言亭的诗词大都有鲜活的意象，一个个意象和谐统一构成了或优美或豪壮的意境。读他的诗可以得到愉悦的艺术享受。请读《姑苏早春》：

春风夜雨润姑苏，
红日雾散靓山坞。
昨晚芳蕾今晨放，
更有笋芽绿担贯。

一夜春雨润湿了姑苏城，早上雾散日出，芳香的花蕾绽放，街头游人挑着嫩绿的笋芽叫卖。这是一幅多么清新的江南春城画呀！惜春、爱春的情感含蕴在美丽的意象中，很耐品味。再如《水上周庄》：“门前舟自横，小桥古榕风。玉堂金燕子，蓝池碧菏清。”20个字有声有色地写出了周庄特色。

鲍言亭的诗很注意意象的色彩，比如《北安石海》：

石海翻花卷长空，
乌金波澜游苍龙。
骤然高天落白雨，

无量山锥别样红。

北安石海位于黑龙江省西北部，火山区，又称“五大连池”，面积约1200多平方公里。“乌金”点出了黑褐色的熔岩斑斓的光彩。“苍龙”指腾龙谷及石龙背，青苍苍蜿蜒十余公里。再加上“白雨”和山锥的“红”，可谓五彩纷呈。诗如画，诗歌的意象有了色彩自然就会生动具体。再如《经皖南》：

水涵青山绿，
枫染农家新。
棉绽白云雪，
稻生灿黄金。

诗中有青山、绿水、红枫、白棉、金稻，同样色彩绚烂，很具体形象地描画出皖南秋日风光。

写诗要注意出新，写出新的立意、新的角度、新的意象、新的境界。尽量不用老套子、俗意象。鲍言亭的诗在立意构思上注意出新。钱塘江大潮历来引诗人瞩目，但大都着眼于“潮”本身，就大潮写大潮，鲍言亭的诗《观钱塘潮》则另有新意：

晨眺波涛天上涌，
暮闻潮汐雷鼓声。
浮沉无底鱼龙气，
倒卷泥沙总不平。

历来文人墨客对大潮都持赞扬态度，鲍言亭却批评它“浮沉无底”“倒卷泥沙”，宣泄出一种不平之气。事物多有两面性，水可载舟亦可覆舟，每年都有观潮者卷入江中，不也是事实吗？面对同一事物，角度一变，新意也就迭出了。再如《夜梦中山林》：

松拂夜月明，
翠冷山河靖。
香溢花影斜，
鸟啼一城梦。

人们写景多写实景，鲍言亭却偏写梦中之景。中山林是成武县古城东护城河林带，系孙中山先生领导北伐战争成功，当时的县政府率民众植松造林纪念而成。

作者做梦也来到此地，可见这是他梦魂萦绕之地。“翠冷山河靖”言中山先生革命成功，山河已定，“香溢花影斜，鸟啼一城梦”写出今天人们生活的幸福安宁，角度新，意境美。

鲍言亭的诗中绝句最好，不论记游览胜，还是咏物抒情都写得意象鲜明，境界清远。遗憾的是有的诗句推敲还不够精练，平仄格律不够严谨，个别诗作出韵，但如果是新古体那就可以不受格律束缚了。

他的七律也可作如是观，比如《初到桂林》：

幼时学海读诗文，
今辞乡门赴桂林。
乘云俯瞰江如带，
飞流仰览石无根。
八桂香气沁心脾，
七星光华溢吾身。
金乌欲坠叠彩山，
玉兔跃出烟榕树。

意象很丰富，但是平仄律不严，一、二联起、承很好，四联的合就稍逊了，最后“树”字出韵了。但是假如看作是古体诗也就可以了。《枫桥夜泊》就好些：

夕照古运泊船帆，
江枫流水掩柳烟。
波光斜浮篮花影，
旌旗高扬铁岭关。
西风琴韵凫新月，
心旷神怡倚画栏。
长忆先贤名句多，
静待钟声出寒山。

四联起承转合都不错，结句有余响，可引人遐思。

他写的诗较多，五言、七言都有，古绝古律皆备，也有长篇歌行体。词写得较少，有些词作写得清新婉丽，如《浣溪沙》：

绿烟起菡明湖秀，船头远客任漂游，斜阳临波人影瘦。
舜耕山庄凭栏人，阶桂香馨南阁楼，谁知月清爽如秋？

这是一首写济南春天景色的词，上阕写大明湖景，烟波浩渺、斜阳晚照、船头影瘦，下阕写自己在山庄凭栏所见所感，夜色清凉如秋，意境也幽远。

诗还定位在古体上，如按格律诗要求那就要再下功夫，特别是用韵和平仄方面。比如《登岳阳楼》：

推窗涌来八百水，
帘动风吞万里外。
天章云锦洞庭古，
绝句今律岳麓台。

“外”不论新旧韵都是仄声，“台”是平声，在诗中平仄最好不要通押。

诗词是国之瑰宝，是中华文化的宝贵遗产，继承并发扬中华诗词的优良传统也是当代人的责任，鲍言亭爱好写诗，并已结出硕果，这对推动成武县活动、继承发扬传统也是很有帮助的！

2011年2月24日于山东大学

《言亭诗草第二辑》序

这本书是鲍言亭的第二本诗集。这本诗集收录了他从20世纪60年代至今写出的300多首诗作。这些诗作真实地记录了他走过的人生历程，反映了巨大的时代变迁，抒发了他爱家乡、爱亲人的美好情怀。

言亭在诗中真实地记录了历史，记录了历史中人民的精神状态。共和国历史上的重大事件、成武县的发展足迹都直接或间接地出现在他的诗中，使他的诗歌具有了史诗的内涵。写于1969年2月27日的《重读我国原子弹爆炸成功有感》是由田间地头读报引发诗情的，这首诗除了深深表达出那段岁月中人们对这一重大事件的反应外，还表现出"田间地头读报"的历史场景。稍后写于成武三中的《珍宝岛自卫反击战》表露出当时中学生的政治豪情。作者中学毕业后回乡务农，这一经历写在了《回乡务农》《暑假农忙》《冷海沂口》《擦地瓜》《棉田望》等诗中。这些诗作反映了那个年代青年人的精神状态，有着鲜明的时代印记。如"农村天地炼红心，热爱集体朝前去"的决心和队长敲钟上工、早请示、背语录等活动，勾勒出了时代剪影。学大寨、出河工，天不亮就起床，一直劳动到深夜的艰苦，他都一一记录在诗中。《擦地瓜》一诗尤为生动："掌下地瓜成薄片，翌晨凝望天饼落。晒干一半交粮所，剩余社员济日月。"我在下乡插队时也干过同样的事，把地瓜擦成片晾晒在地里，犹如白花花的"天饼"。在那个年代地瓜干就是主粮。

言亭的诗中还歌颂了社队企业、我国第一颗人造卫星上天、抗旱保苗、下乡调研等。1976年后，他担任了公社党委秘书，由知青而成为农村干部。在此后的诗中，他记录了当时农村干部辛勤工作，县委书记带头参加义务劳动，公社书记挂帅领导，壮劳力大战盐碱荒滩，县长骑自行车下乡与老百姓同吃住，他们才是真正的公仆。

改革开放以后，农村的变化日新月异，作者也一步步成长为领导干部，这之后的诗作写出的是富饶、美丽的新农村景象。正如他在《农村改革颂》中所说："多种经济齐发展，流通迅速快致富。人民精神大变化，智慧拓宽幸福路。"这一时期的诗作色调更加明亮，情怀也更为舒展，诗歌中的风光美开始闪亮，如《袁堂梨花》：

池塘复暖光明媚，
四面梨树正献蕊。
水边鹅鸭亮双翅，
欲与空艳比雪白。

梨花盛开，鹅鸭亮翅，欲与梨花比白，一幅亮丽的春光图生动展现出来，对应的是诗人心中的欢喜，这也是对新时期政治春天的赞颂！

在这一时期的诗作中，他还赞颂了为成武发展作出贡献的老领导。省计生委主任张传林、班开庆，县委书记牛志春、杨永昌等。这一时期的农村生活在他笔下表现得更加丰富多彩。如《县第一届农民文化艺术节》《赞四平调》《秋到云湖》《爷孙郊游》《赞三联送电器下乡》《圣诞节》等。

言亭诗中的第二个内容是亲情。如《哭慈母》《怀先父》《除夕家话》《寄妻子》《催侄归》《贺孙女天玉生日》《忆桑梓》《探望二姐》《探舅父》《梦中情》等。《怀先父》是一首七言长诗，写于他父亲百年诞辰时，长诗回顾了父亲艰难曲折的一生——幼时勤学，家贫当兵，伤寒回乡，日寇奴役，逃避抓丁，教子立志，"文革"被囚，辛勤耕耘，临终嘱咐，他都细细写出，父慈子孝，感人至深。《梦中情》也是一首感人的亲情诗："沉入梦境望乡行，二老翘首盼子声。紧趋悲跪门前土，慈母搀起泪同盈。年少出外鬓霜归，父仍教诲秉忠诚。春晖倍泽难酬报，童孙唤醒祭清明。"这首记叙梦境的七古，表达了思念双亲的真情，因思成梦，母子泪盈。"春晖倍泽难酬报"，道出了男儿难解的伤痛。

言亭诗中的第三个内容是对家乡历史和风物的赞颂，字里行间流露出对成武的爱，如《古城吟四首》《云湖新秋》《文亭春色》《谒九女祠》《夏到文亭湖》《文亭夕照》《行香子·古城怀》等。如《桃花寺游》：

三春风清明，众结桃花行。
彩云隔天野，溪水涨草生。
绿衬身材秀，芳染容颜红。

顽皮花鹊鸟，扰乱枝头蜂。

诗中生动描画出成武桃花寺清明时节的踏青景象。十里桃花十里红，云飞草长，绿衣红颜结伴踏青，花喜鹊也来凑热闹，扰乱了枝头采蜜的蜂。这首诗对仗工稳，意境活泼鲜明。

言亭这本诗集内容很丰富，形式上也多样，既有古风体，也有格律诗，还有词。从这部记录了他半个多世纪生活的诗集中不难看出，言亭的诗愈往后愈老到，尤其是在退下领导岗位后，他有更多的时间去学习、思考、锤炼，诗艺也就更上一层楼了。总体来看，他的五七言古体诗已很纯熟，但在格律诗的平仄韵调方面还需再下功夫。

《言亭诗草第三辑》序

这是鲍言亭的第三部诗集。近300首诗词是他从近千首风景诗稿中选出来的。这些诗作记叙了他20世纪七八十年代的北疆见闻,也反映出世纪交替时的南国繁荣。既有经历改革开放进程的触景生情,也有漫游大好河山的奔放抒怀。诗作还涉及各地的民俗民情,既是祖国壮丽山河的颂歌,也是绚丽多姿的民族风情画卷。

风景诗是作者对这些诗作的命名,其实就是记游诗,也是抒情诗。古人云:读万卷书,行万里路。古代的诗人都喜欢漫游名山大川,留下了许多传诵至今的名篇佳作。诗人在漫游中观赏河山之美,体验百姓疾苦,感受民俗风情。这是古代诗人接触社会、深入自然的途径之一。游历同样也是现代诗人接触社会、深入自然的一条途径。现代人借助现代交通工具,游历的半径大大扩大,足迹不仅涉及名山大川,甚至可达祖国各个角落,远及五洲四海。今人眼界比古人更加宽广,胸怀也更加开阔。

鲍言亭的风景诗并没有局限在写景上,而是借景抒情。他眼中的景首先是壮阔之景、历史之景,借此以抒发壮志豪情。如《登古北口长城望》一诗中,他描绘了"龙虎盘雄关,司马横塞天。云如万马奔,岭似千重槛"的壮丽边塞风光,抒发了"自古铁骑道,甲兵兴慨叹。长城今内外,中华统一版"的慨叹。《卢沟桥叹二首》则从卢沟晓月生发出对抗日英烈的敬佩:

仰天长啸慰英魂,刀剑争鸣镇日阴。
如狮如虎桥边躯,寒月春闺梦里人。

在西柏坡他"指点龙骨登天脊,锦绣百川车马熙",感慨"高风漫卷中山国,长城南北红潮激"。《澄海楼眺》是他很有代表性的诗作:

苍龙昂首控海云,蜿蜒万里扼昆仑。

鱼蛟畏惧潜深域，虎狼生怯匿山林。
从来铁马血溅甲，更有舰旗卷寇魂。
凭高感慨中华志，雄峙重九威当今。

诗人屹立山海关老龙头最高点，看见长城如龙，老龙头为龙首，长城则“蜿蜒万里扼昆仑”。澄海楼高翘龙角，气象非凡。首、颔两联写景，颈联回顾历史，点出山海关作为战略要地，曾演出一幕幕悲壮战争的史诗。尾联抒情，呈现出一股豪气。此外如《塞外古道驰》《壶口飞瀑》《眺笔架山》等都属于这类豪放诗作。

鲍言亭的诗偏于豪放但也不令婉约。他的一部分诗作则写优美之景，抒婉约之情。如《草原月夜》描绘出内蒙古锡林郭勒草原的优美夜色，抒发了对草原的热爱之情：

夕染草原红，风定天湖星。
月白毡生辉，水映篝火明。
激越马头琴，哞咩牛羊声。
牧区夜色美，无边春意浓。

锡林郭勒草原位于内蒙古东北部，为欧亚大陆中温带草原的典型代表，举世瞩目的绿色宝地。诗人从夜色入笔，草原落日、天湖照星、月色生辉、篝火通明、马头琴响、牛羊和鸣构成了十分美妙和谐的图景，含蕴着浓浓春意。作者对这美妙夜色的赞美和欣赏就隐藏在那字里行间。

写于东北伊春的《山野人家》就像一幅色彩浓艳的年画，描绘出独具特色的北国之春的秀美：

村家墙扉木栅封，依山傍水小桥行。
草甸气暖泛青绿，林海暮色炊烟红。

村居被木栅封围，河上架着小桥，草甸泛起青绿，林海飘着红色炊烟，色彩丰富，构图和谐，优美之境传达出柔美之情，让人不由感叹家的温暖并引起故乡之思。虽写北国风光却不用冷色调，而是用暖色勾画，真是别具一格。

诗人笔下的江南风光也很传神。写苏州，他抓住了水巷茶肆的典型特征：“一溪清凉宜客怀，小舟撑出柳荫来。两旁茶肆多少家？满处馨香溢楼台。”

江南多水，码头船运是随处可见的。他写了《古运夜泊》：

白帆影淡落暮烟，船泊古运唱春晚。

星火斓熳江南夜，山寺月照水缠绵。

这是晚春的江南夜，白帆淡隐暮烟，星火斓熳闪烁，山寺月光朗照，流水缠缠绵绵。如此良夜，诗人醉了也。

鲍言亭的风景诗能准确地抓住景物特色，构思精巧。有的细加推敲，字斟句酌；有的则自然天成，不假雕饰。我很喜欢他的《深山野情三首》，写他在太行山林中的巧遇，以及与小动物之间的情趣，十分令人回味。诗中写到学人说话的小鸟、天真活泼的小猴子、与人为善的小狗，使人感受到大自然的真挚情怀。语言质朴，亲切自然。

想象力是诗人构思的助力，鲍言亭很善于想象，《眺笔架山》就是一首想象丰富的佳作：

笔架山海锦州湾，沧水作墨天为绢。
英雄大撰古今事，辽沈战役纪长卷。

他把山想象成巨大的笔架，海成为墨池，天是长绢，英雄则是书写者，书写出辽沈战役的巨幅长卷。这样写辽沈战役中的葫芦岛是别开生面的。

古人说："登山则情满于山，观海则意溢于海。"信然也。面对不同景物，自然会生发不同情感。站上崇山峻岭，自会有小天下的豪情，身处月下花丛，也会有缠绵之思。诗人只要把身心投入进去，就会感受到自然之壮丽和优美。鲍言亭是感情丰富的人，其情感随景物变化而起伏也是必然。难得的是他能把情感意象化，把情感与意象统一成为意境，这就见出艺术的修养和语言的功力，再加上他丰富的知识储备和多年从政的人生阅历，使他的风景诗内涵丰富，独具魅力。

这个诗集中的诗体是多样的，有古风体，也有格律体。有诗，也有词。有绝句，也有歌行体长诗，反映出诗人驾驭多种体裁的能力。若说不足，那就是在格律诗创作中，还有失律之处。尽管不能以律害意，但格律诗还是要大体合律才是。鲍言亭退而不休，致力诗词创作，诗风俊朗，诗力正健。祝他有更多好作品问世！

《以爱的名义》序

《以爱的名义》是青年诗人赵庆君的第四本诗集。赵庆君是济南颇有影响的青年诗人，他的诗作不断出现在《绿风》《诗潮》《青春诗歌》《散文诗》等诗刊上。曾获得《诗潮》大赛一等奖等多种奖项，有些作品被电视、广播电台播出，这就使得他的诗歌传播到更多人的耳中。

庆君是勤奋的，他不是专业作家，工作之余他在家写诗，很少出去玩乐，同时他还用业余时间为文学爱好者出版诗集忙碌，深得文朋诗友的赞赏。

这本诗集是他近年来创作的集中展示，这里面既有短的小诗，也有长篇抒情诗、朗诵诗；既有个人情感的艺术化表达，也有对重大宏观社会场景的描绘。他的诗向微观个人情感世界和宏观社会世界敞开，这就使他诗歌的题材十分丰富了。在“荷之恋”一辑中，他用古典诗词的简约抒发了爱荷之情，注意炼象、炼句、炼字。如《秋之荷》：

你从污泥中孕育
你从浊水中等待
你从乾坤中含苞
你从期待中盛开

亭亭之荷
田田之荷
青青之荷
滢滢之荷
灼灼之荷

花开
显一身洁白

花落

抖一身尘埃

短而均齐的句式与清新的诗境和朴实的语言相协调。

“荷之恋”仍是短句子,但更多了些民歌的韵味。

“体育颂”是他在第27届奥运会期间创作的15首诗作。里面既有对宏伟奥运场馆的赞颂,如《鸟巢》《水立方》,也有对优秀运动员的讴歌,如《丈量》《回答》《英雄泪》《冲浪者》等。这一辑的诗作仍然是简洁明快的风格。如《鸟巢》:

静脉

动脉

都连着心脏

掌声

歌声

汇成欢乐的海洋

在你温暖的呵护里

那么多张开的翅膀

有了那么美的飞翔

诗中用比喻意象既写其形,又传其神,角度新颖,比喻贴切,句式简洁有力。《水立方》以“水”为核心意象,把水分子和奥运五环结合起来,很贴切。这一辑的诗作是急就章,为报纸专栏写的,但是看不见急就的痕迹,构思精巧,意象独特。在《羽毛球》中,他把羽毛球比赛比作“和平时期的战争”,把羽毛球比作“一枚带着翅膀的导弹”,“谁也不想让它/在自己的领空/落/下/来”。比喻新奇、大胆,而且联系得又十分紧密,很显然是“战争”引发了其后的“导弹”和“领空”诸意象。《乒乓球》也以文明的战争展开。

“以爱的名义”是一辑精短的爱情诗。诗人是情种,鲁迅有言,“无情未必真豪杰”,诗人更是情中圣手,因为他善于把情意象化、艺术化,用诗的语言表达出来。《诗经》中所收的十五国风中那么多美丽的情歌,至今仍动人心弦。《以爱的名义》用荷为隐语,但又不停止在藕断丝连的旧喻上,而是表现出“哪怕耗尽最后一丝力气/也要把你托出水面”的牺牲精神,诠释了爱的含义:不是索取,而是奉献。《透明的琥珀》以琥珀为喻象表达了对爱情的坚守,也很有意味。

“九万里苍茫”一辑收集了咏物诗、题照诗、记游诗，题材比较多样。诗作形式也多样，既有自由体，也有半格律体，有的像是自己创格的小令。比如《无题》：“烟雨迷/明湖瘦/柳作齐眉/薄雾轻纱舒广袖……”很像是元人小令。《美的呼唤》则用一句四言、一节四句的整齐格式。《九万里苍茫》长短句交织，讲究对仗、铺排，有点赋的意味了。由此见出庆君在诗体形式上的探索用心。

最后一辑“悠长的抒情”是较长的抒情诗，讲究节奏、富于朗诵性，其中有些诗作显然受到了著名朗诵诗人纪宇的影响。这部分作品诗境开阔，联想丰富，鲜明的意象与语言的韵调节奏结合得比较好，读起来很上口，这就便于借助广播媒体更好地传播。《水中莲》《你好，香港》均是佳作。本辑中有些诗作的标题太直白、少诗意，如《理想之歌》《道德之歌》《纪律之歌》等，可以用更意象化的标题取而代之，这样会更能吸引人读。

庆君的诗仍在路上，希望他的诗作走进更多青年人的心中，也希望庆君在诗歌之路上奋进高歌，永不止步。

2008年10月12日

以诗歌筑巢　让生命高贵

——《阳光的清香》序

段飞是我不曾谋面的诗友。他1972年发表诗作，是有几十年诗龄的“老”诗人了。即便是他从18岁开始发表作品，今年也过50岁了。他的诗却仍然那么青春明丽，正如他诗集的名字一样，散发着阳光的清香。这也许是因为他永远具有一颗赤子之心吧！在物欲横流、商潮澎湃的今日，这更是难能可贵了。

段飞挚爱诗歌，他说：“好心的诗不嫌贫爱富/终生与我为伴/……她是浩瀚的东海/为我捧出一轮朝阳。”他还说：“我的手提不动菜篮子/她就和我操守清贫。”为了诗，他带着“羞涩的布囊”去参加诗歌笔会，去与诗友“共同面对零距离的缪斯女神”。这年月，房地产商的肚子越来越大，而诗人却日益清贫，有些耐不住清贫的诗人转头去经商、去傍大款，甚至去走其他路子。然而段飞却依然以笔为干，以诗筑巢，“让生命返朴/居高临下地遍览红尘”，“饿了就以文字充饥/尽管清贫了些/但觉得充实”。段飞这只歌唱着的鸟，“要做一次最后的冲刺/风雨兼程/寻觅灵魂的伊甸园/即使是折断了翅膀/也要做一段滑翔”。

段飞的诗意人生散发着阳光的清香。他钟情于那些最纯朴的意象，比如小米“在流俗中脱胎换骨/流溢着阳光的清香/淡淡的/如黄土般的朴素”。他说：

站在你的面前
和你相对而视
就有一种纯粹
抵达灵魂的深处

诗人的精神追求和心灵色彩是纯朴而阳光的，段飞笔下的小米和海子笔下的麦子是姐妹一家。

他把露珠看作最干净的东西，在“乡下固守着一份纯净”：

留下来吧

提一盏小小的灯笼
在我的体内行走
照耀前方的路
从你折射的反光里
我看见了背后大面积的污浊
令我汗颜得无地自容

诗中所展现的具有纯净之美的温馨是多么动人心魄呀。

《雨水》创造了一个童话般的境界，这是一片片温暖、亮丽的天地，有雨水和种子的钟情之恋，有阳光在草尖上奔跑，还有撩开大地酥胸的风的手，这是充满了欢爱的春之歌。

段飞是那么深情地一次次呼唤着阳光和纯净：

把身体打开
让阳光走进来
用温柔的钢针
剔除骨缝里的疼痛

这是从内到外都光明的身体，是诗的生命的透亮，是光明的灵魂的舞蹈。

他笔下的家乡也那么可爱，“它是母亲脸上一颗小小的黑痣”。回到家乡，“地气从脚下腾起/贯通全身的血脉/蛙声一片湿/滋润我的枯燥的灵魂/目光的鞭子将我抽醒/蛩声唤回我的童心”。这些纯朴的诗句具有春雨般渗透人心的力量。

在他的诗中，你可以看见诚实的豆：

面对豆
不敢小觑你的重量
在玉盘上敲击
如同鸟鸣
对于灵魂
则是一种震颤

这豆不正带有关汉卿曲子里铜豌豆的品格吗？

他的笔下还有干干净净的大白菜：

洁身自好的白菜
当我小心翼翼地把你打开
就有一道灼目的光芒
直逼灵魂的深处
我感到内心的疼痛

散沙似的叶子
紧紧地抱在一起
似乎向我们启示什么
由此　使我想起
一个群体　一个团队
甚至一个民族　一个国家

段飞诗歌中写了一些小人物，如县城诊所的老医生、打工诗人、独眼木匠等，他看到他们平凡生活中的精神之光与道德之光。这与他诗中的家乡与土地构成了和谐统一的艺术画卷。段飞诗集中最感人的篇章是写亲情的作品。他多次写到他的祖母，有《祖母的呼唤》《祖母的拐杖》等诗，祖母虽已去世40多年，他仍写诗纪念。他怀念去世的父亲、女儿和婶子，祝福大难未死的乡下弟弟。这些写给亲人或怀念亲人的诗歌情感真挚动人，令人泣下。如他在女儿去世15周年时写下的诗句：

这是一个黑暗的日子
它掠走了我生活的
亮度和色彩
每逢这一天
我忆念的手指紧紧地敛拢
不敢触摸岁月的疼痛

在以后每次上坟的日子里
我就成捆地给她捎去冥币
我愿意花很多很多的钱
哪怕倾家荡产
也要为她重新买回一条生路

段飞的诗歌语言平白质朴，既不装腔作势，又不故弄玄虚，虽多用口语但是经过了提炼，很有诗味，是与诗境和意象相统一的，这也难能可贵。当下不少诗歌的语言有两大毛病，一是食洋不化，句式和词句都像蹩脚的外国诗句的翻译，让不少读者倒了胃口；二是口语变成了口水，甚至夹杂着脏话，这样的语言怎会不让读者反感呢？

段飞很善于用比喻，他用了许多属于他个人的带有鲜明创意的喻象。他把红薯比作“秋天的遗腹子”，“立冬后的田野上/我的钢锨亮开大嗓门/声声呼唤着/秋天的遗腹子快快回家”。他把春天比成“盛满阳光的秘笈”“上帝的手一不小心/将其打翻　遍地都是璀璨的金子”。他把大平原比作一个未成熟的女人：“平坦铺展开身子/宁静地躺在岁月的怀抱里/一如女人没有隆起的胸脯。”这些新鲜出炉的比喻是诗人自己创造的。

段飞诗歌中的青春力量来自他对家乡的爱、亲人的爱，来自一个诗人敏感而高贵的心灵，有这样的心灵，才能对一切被阳光照亮的事物感动。我当然希望每个人都能有这样光明的心灵，那样我们的民族也就会返老还童了！

《溢彩广饶》序

这是一部文学性很强的通讯报告文学集。作者彭建新已从事新闻工作十多年了。他的新闻作品不仅遵守了真实这一基本准则,同时也很注意文采。新闻作品要不要文学性,要不要文采,这是有争论的。但是好的新闻作品都有较强的文学性,都富有文采,这也是不争的事实。比如《谁是最可爱的人》既是一篇优秀的通讯作品,也是一篇优美的散文,其真实性与文学性水乳交融。新闻作品讲究文采,可以满足受众的审美追求,可以使新闻作品更加生动传神,从而也可收到更好的传播效果。何乐而不为?

彭建新的新闻作品在平实中见文采,缘事而发,淡而有味。

《让"战斗堡垒"更坚强——广饶县加强农村基层组织建设工作纪实》注意使用形象化的小标题,使文章生动起来。写党的组织建设,作者用了"盯住两口——'细制度'保住'素质硬'"的小标题。"两口"一指入口,指发展新党员;一指出口,指把不合格的党员予以除名。用一"盯"字,突出真严。写下派工作队进行综合整治用了"'下派队'搭起'连心桥'",用"连心桥"生动地突现了下派工作队的作用。写规范党员行为用了"'紧箍咒'带来形象亮"也很生动贴切。像这样生动形象的小标题在他的作品中随处可见,如"农村花开别样红","科技水"浇灌"常青树","重锤击鼓抓起来"等,变抽象为形象,有艺术的感染力,从而也使新闻作品生动起来。

在导语和开头的写作上,作者也不拘一格,叙述式、提问式、比喻式、描写式都运用,表现出语言的文采的力量。《不辱使命创一流》是报道县公安局的,开头用了比喻:"在广饶,县公安局犹如一枝出墙红杏,这几年的确令人刮目相看。""出墙红杏"出自宋人叶绍翁《游园不值》一诗:"春色满园关不住,一枝红杏出墙来。"用"出墙红杏"既点出了全县春色满园的大好形势,又突出了公安局工作成绩的引人瞩目。《抢不走的"肥肉"》也是用一个比喻开篇:"在广饶县众多的银行储蓄员眼里,县干休所是一块令人垂涎三尺的'肥肉'。"县干休所为何成为"肥肉"? 因为这里住着40多位老干部,工资高,每月有节余,可以揽储。这块"肥肉"谁也抢不去。为什么,因为第一储蓄所有一位服务热情周到,一心为老干部着想的好储蓄员——黄新玲,大家信得过她。这是一篇短小的人物特写,但由于开头用了比喻,设了悬念,从而使这篇短文波澜起伏,引人注目。《亲情,并不遥远》是一篇记叙广饶县实验一小教育独生子女理解父母、学会关爱父母的一系列活动的通讯,却用家长的疑问开头:"曾几何时,身为父母的家长们总是埋怨说:我们对孩子的爱比海深,可为什么孩子却视而不见呢?"从疑问起笔,引起受众对这一问题的关注,吸引住读者的目光。报告文学《"三个代表"在大王》则是用大王镇的"镇歌"开篇:"阳河弯,阳河长,阳河岸边有大王。"亲切生动地引起受众对大王镇的兴趣。

《为了崇高的事业》是一篇反映县委、县政府重视残疾人事业的报告文学,在文中用了抒情性很强的排比句,表现了残疾人的内心世界:"他们多么渴望能有一双手,搀扶他们蹒跚的步履;多么渴望能有一束阳光,来温暖他们孤寂的旅途;多么渴望能有一盏灯,来照亮他们身边的世界!"从这些语句中我们可以看到作者的丰富情感,也可以感受到作者的文采。

文学性与新闻性可以相辅相成。文学与新闻的最大区别在于文学可以是虚构的,而新闻则必须真实。但在语言上、结构上,新闻作品完全可以使用文学的表现手法。叙述、议论、抒情、描写都是可以的。在不影响事件和人物的真实表现的前提下,强调文学性和文采可以使新闻作品如虎添翼,可以使其在传播过程中更好、更快地走向受众。特别是报告文学,这种体裁本身就是报告与文学的联姻。《哥德巴赫猜想》就曾以极强的新闻性和很高的文学性引起了轰动,从而使报告文学这一文体成为当时最受关注、最受读者喜爱的文学样式。

彭建新作为一名新闻工作者,有意识地加强新闻作品的文学性,注意作品的文采,这是难能可贵的。《流光溢彩瑰丽广城夜色》既是广饶县加快城市建设步伐、实施"亮化工程"的新闻报道,又是一篇文采斐然的抒情散文。其第一段这样描写:

> 每当夜幕降临,今日的广饶县城到处灯光璀璨,绚丽多姿。明亮的路灯、闪动的霓虹灯和穿梭流动的车灯交相辉映,把县城点缀得灿烂多彩构成了一道诱人风景:以往遍布城区的蜘蛛网般的架空电线不见了,一盏盏

新颖漂亮的路灯掩映在茂密的法国梧桐树中，高低错落，线条简洁优美；在潍高路、绕城路等干线道上，排排路灯那挺拔、英俊的姿态如仪仗队员；文化广场上那闪耀迷人的彩灯树，像婀娜多姿的时装女郎在频频示意；月河东路那七彩灯柱，远远望去就像一串串喜庆的多彩灯笼；城中路的路灯设计也与众不同，红、绿、黄、蓝、白五种颜色组成的灯泡串联在一座座跨街不锈钢拱形灯杆上，行人和车辆穿行其间，好比进入色彩绚丽的灯光隧道：即使在居民区，地灯、草坪灯、家庭灯的装点，也将平日里人们不曾留意的角落变成一个又一个标致的照明小品……伴着绚丽的广告牌、门面牌，闪烁的轮廓灯、广场灯，你会不由得感叹这翻天覆地的变化，夜晚的广饶真的是换了一个样！

这段文字描写出亮化工程实施后广饶城美丽的夜色，字里行间流溢出喜悦和自豪，不正说明这是一篇优美的散文吗？

在记者的素养中，文学素养也是很重要的。没有深厚的文学功底，没有对语言的千锤百炼，新闻作品只能写得干巴巴的，让人生厌。让新闻作品具有文采，使文学与新闻联姻，这是新时期对新闻美的更高追求。彭建新已经开了个好头，希望他能坚持下去，写出更多更好的作品，以满足受众更高的审美要求。

2003年5月18日于山东大学

《渴望真情》序

尹文昌长期担任领导工作，繁忙的公务并没有使他放下手中的笔，这本收录了100余篇作品的文集展示了他在文学创作上的成就，也展示了他热爱家乡和人民的一颗赤子之心。

这本集子名为《渴望真情》，正揭示了尹文昌写作的缘由。这本文集中的作品，每一篇都是他真情的流露。“乡风篇”热情歌颂家乡和祖国，笔尖流淌的是爱和赞美，仅仅从文章题目即可见出，如《沂蒙新歌》《巨龙腾飞》《英才圃园》《大王走笔》《荷乡荷香》等等。在《巨龙腾飞》中，他这样描写东营防潮大堤：“它南控广利河，北挽黄河，东锁莱州湾，西抱中心城，长达286公里，就像一条巨龙卧踞渤海西岸，为东营守护，带东营腾飞。”他进而赞颂海堤是“富民兴市的防护墙、耕海牧渔的经济带、美不胜收的风景线、时代精神的千秋碑”。在文章最后，他写道：“巍巍海堤，就像大海老人的宽膀厚背，拥抱着共和国这方年轻的热土，将油城东营这颗黄河三角洲上的珍珠，托举到辉煌灿烂的太阳面前！”这些充满激情的文字让我们看到一个东营建设者、管理者的自豪和对这座城市发自内心的热爱。《黄河朝霞》《漂游黄河口》均是表达他对这片年轻热土挚爱情感的佳作。

“乡情篇”里的每一篇都是情真意切的美文。这些取材于自身生活的篇什或直抒胸臆如《渴望真情》，或托物寄情如《小草之歌》《一朵小花》，或写人记事如《牵挂》《挨打》《女孩你会成功的》，都表现出高尚的生活情趣、美好的情感向往和深刻的哲理思考。文章短小而耐人寻味，如《渴望真情》从年节收到朋友贺卡入笔，谈到真情的可贵，直抒道：“我很喜欢这种交往如水、情深谊重的朋友。我很珍视这种平平淡淡、诚挚纯洁的人间真情。”并批评带有浓浓的“商品气味”的酒肉朋友、“有用”朋友。最后发出祝愿：“让我们各自珍重，永远保持这种真诚清纯的情谊吧！”表达了作者对真情的渴望和对真诚清纯的情感世界的追求。

在《牵挂》中，他这样解读牵挂："牵挂的本身是美丽的，温馨的。但是，牵挂别人，是一种付出，一种酸楚、痛苦，甚至是悲伤的；被人牵挂，则是一种收获，一种缘分、亲情，更是一种天赐的幸福。"在《花违人愿》中，他从自己养花的经历中提炼出这样的哲理："爱花、赏花、获取美的享受，是人的一种心境和情趣，是人的一种天性。但获取这种享受不能强求，不能贪得无厌。如果想拥有一切喜爱的东西和美的享受，那么，得到的也会失去。"他还写道："不论什么花草，只要是靠土壤、水分和阳光生长开放的，都有其自己的特征和性格。人们只能尊重它、顺从它，按照它的生长规律加以培育和管护，才能得到美的享受。否则，只能是对美的糟蹋，也是对人的性灵的损害。"这些感慨岂不是令人深省的吗？

如果说"乡风篇""乡情篇"多是记事抒情的，那么"乡思篇"多是议论思考。这里面有杂感、随笔，短小犀利，闪射出思想的灵光和批判的锋芒。《1+1=?》从幼儿园孩子对这道算术题的不同回答，谈到想象力、创造力的开发。他说："一个富有想象力和创造力的人，一定会获得成功；一个富有想象力和创造力的民族，必定是一个不可战胜的民族。"在这些篇章中，他提倡《快乐生活》，鼓励《走向成功》，主张《愈挫愈奋》，赞同《笑着吃苦》，号召大家以积极的心态和创造的精神去《做好小事》，去追求生活的幸福。这些启人心智的短文同样也是真情的流露。

"乡景篇"是用记者的笔法叙写创业者的风貌，《争创第一的人》记叙了"第一家村办企业，第一家村级新技术研究所，第一家辐射全国的橡胶制品转运站，第一个电话村，第一个农民铜管乐队的固庄村领头人党支部书记李平德"的事迹，热情赞颂他争创第一的进取精神。《齐云明取经记》则记叙了一个热心学习科学技术的普通农民。在这一辑中还有"甘愿为民献余热"的离休干部王培华，在"全民文明礼貌月"贴出"一张别具一格广告"义务为群众服务的服装剪裁师郑振邦。他赞扬"开工未闻鞭炮声"的垦利永镇水库别具一格的开工方式，他记录垦利县委"星期六，中心组学习"的情景。这些人和事通过他的文章出现在《大众日报》《东营日报》《胜利日报》上，转化成激励人们创业奉献的精神力量。尹文昌虽不是专职记者，但他这些文章的选材和文笔一点也不比一流记者差。他以记者的新闻敏感捕捉现实生活中的新气象并及时报道传播开去，表现出他出色的新闻采写能力，这也是当下领导干部很少具备的，在当前的信息时代就更为可贵了。

"乡音篇"收录了作者21篇评论文章，这些文章有的谈论为官之道，有的评论新闻事实，观点鲜明，思考深刻，切中时弊。他在评论中谈领导干部的决策、用人、创新、政绩、管理，谈《上访与下访》《做官与做人》《写日记与办实事》，均是自己的经历和心得。在谈“用人”时他指出选好人、用好人“要有察人之功”，“要有用人之力”，“要有育人之举”，“要有容人之心”。在“要有容人之心”中他提出“容人之短、容人之过、容人之能”，眼光独特，全面深刻。他特别强调干部解放思想的重要性，在1996年就提出解放思想要清除“难”“小”“怕”“保”。“思想决定出路，只有再次解放思想才能有跨越式发展。”这的确是很有前瞻性的认识。

“乡韵篇”收录散文诗、小小说、诗歌和歌词。这些作品除了《新年旧俗》以小小说形式批判过年陈旧风俗之外，其余作品也都是抒发真情的。《东营美丽的家乡》《春天在招手》《回家过年》《永远不变》等均以优美的节奏和形象的诗的语言抒发了对家乡的爱、对亲人的爱。

情真文美是尹文昌作品的突出特色。情真在前面各部分作品中均已体现。文美，主要表现在他散文的意境和语言上，也表现在他对各类文体的准确把握上。

他的抒情散文很善于营造意境。《黄河朝霞》描绘了入海口黄河朝霞的独特之美，把人带入绚丽多彩、亦真亦幻的境界之中：深蓝的大海、错落有致的礁石、密密麻麻的渔船、平展展的农田、鳞次栉比的楼房以及白色的盐坨，都在红色的霞光和金黄的底色上凸现出来，成为高手也难以描绘的油画。“太阳出来了，宛如半个火球，金色的光芒穿透云雾喷射出来，映照在宽阔浑黄的河面上。霎时，滔滔河水波澜浩荡，漫天云霞金碧辉煌，黄河朝霞浑然一体，形成了雄奇壮美、瑰丽多姿的景象。”这些描写在色彩浓烈的形象中充满赞叹之情，境界壮美，读之如入画境。《漂游黄河口》同样也是一篇色彩夺目的美文，作者巧用比喻、拟人等手法极力铺陈黄河口之美：“河水翻滚奔腾，汽船平稳飞行。河槽两岸的大片滩地不见了，取而代之的莽莽刺槐林和浩荡芦苇。这是黄河之角洲上的两大旺族。时值暮秋，一些性急的槐叶开始报冬，穿上了黄色旗袍，与那些恋秋的绿叶形成了鲜明的对比。……那芦苇两岸形成两道屏障，并向两边扩展开去，绵延不断，一望无际，有风吹过，芦花摇曳，苇絮飞扬，犹如白色的海洋，波涛汹涌，蔚为壮观。”他还把黄河比作一个顽皮的孩子，玩累了便依偎在母亲怀中安静地睡了，亦很传神。

尹文昌的新闻作品也写得好。小通讯选材很精，文笔简洁生动，意义挖掘深刻。这都是以他深厚的文学功底为依托的，以至于我以为他曾长期从事新闻工作。他的这些作品都是在繁忙的公务之余创作的,这在他这个层次的干部中不多见。写文章、搞创作既是爱好,也是责任,他胸中燃烧着一团火,要用它去点燃更多人的激情,催促人们去追求更美好的生活,这不也是国家公务员的义务和责任吗?为此,我欣赏他的这些作品,并期盼他写出更多美妙的诗文来!

《又见炊烟》序

读着徐立萍这些诗就像打开了女诗人的日记本,从小到大的经历一一展现,她用诗记录了她的成长和心路。过去的一切,就像家乡的炊烟永远定格在她的心中。“和炊烟相伴的/除了孤独　记忆/还有一摞文字”。这些纯净优美的文字展现出一颗纯洁美好的心灵。

在她看来,“童年的记忆/家乡成堆的玉米/是心中的一座山/只见多/不见少//青年的记忆/成堆的玉米/是门前的石头/庞大　却渺小//现在的记忆/成堆的玉米/是开启心灵的钥匙/疲惫中/带着微笑”(《成堆的玉米》)。同样的一堆玉米,在诗人三个不同生命阶段中却呈现出不同面貌:童年是一座山,青年成了一堆石头,现在是开启心灵的钥匙。诗中说的是玉米,其实说的是人们普遍的情感经历。童年弱小幼稚,事物在孩子眼中被放大了;青年朝气蓬勃,成堆的石头也能搬开;中年壮年开始沉静下来,思考更多人生的秘密。从个人具体记忆中挖掘出带有抽象性的意象,从而引起读者的共鸣,这也许就是好诗的秘密吧。

在她的记忆中家乡的黄土是最亲的,“虽然不喜欢/像种子一样扎进土里/却总怀念着/土的味道/异地的土有着/不一样的颜色/你再怎么嗅/也没有乡的感觉/还有/那土里长的出枝条/怎么看/都像是天外的绿色/家乡的土/即使长着杂草/它也是醉人的/骨子里的血液/再走/再远/也要望着的/明月。(《家乡的黄土》)。作者用对比手法把自己对家乡的情感表达得很感人。异地的土地长出的是“天外的绿色”,家乡的杂草却更加醉人。这是爱屋及乌了。从传播学角度看,受众对信息的关注是与距离成反比的。日本的一次强震,不如家乡的一场暴雨更能引起游子的关注。对于离开家乡的人来说,月永远还是故乡的明。请读她的《月光》:

寂静的夜色
把树装点
天空中投放的皎洁
感染了心情
纯净悠远
月光很温柔
像母亲伸出慈爱的手
抚摸我的苍凉
伤便不再那么痛
我可以蹒跚着走路
错与对　有些清晰了
我仿佛听见一种声音
坚持着我的脆弱
把我的心放到瓶子里
收藏

这像母亲慈爱的手一般的月光,肯定就是家乡的月光,只有家乡的月光才能把心放进去收藏。因此,她还写了《记住月的好》:“臂弯中的月/睡得很美好/它梦见山脉那边的清泉中/有罕见的鱼儿在嬉闹/星星在笑/宇宙在笑/盼望/灰暗的天气不要到来/月的心情还没整理好/是否/门外已经有声音在叫/左一声/好/右一声/到你在月的心里面/扎营/月在你的心里面/祈祷。”童话般的诗句传达出童心一般的纯真。但是生活是复杂的,要坚持这份纯真很难,就像她在《生命的本真》中写道:“生活的本真/生命复杂了/就成了生活/生活复杂了/就累及生命/相信/定有一双眼睛看着/穿透生活/穿越生命/总感动于/生命的纯真/但也总彷徨于/生活的艰辛/生命在此/生活在此。”生活再艰辛,也还有改变的希望。她改变不仅是为自己,更多的是为父母,是想“为母亲减少白发”,此情才更加动人:“小时候/看到奔苦的父母/便想/长大后/要把房变大/把地变光滑/把院子里种满/像公园里一样的草和花//长大后/才知道/所有的想法都只是想法/家里的物什/没有太大的变化/那只盛咸菜的坛子 /还是厚厚的灰尘/还有散落在壁面上的盐巴/可是/我真的已经长大/个子与母亲差别不大/一年一年的生日/在挂历上画上一沓/似树的年轮/有了一圈一圈的脚印/和路崖/可是/却未能为家刷上新漆/为母亲减少白发/给自己一个不太远的计划/让它在触手可及的地方/开满鲜花。”(《改变》)为了改变,她甚至想穿越:“这个地址我不熟悉/是梦带我到这里/如果你了解/请等我回去/绿色的森林里/我拼命地奔跑/请别拦着/我想要回我的过去/白色的衣襟/飘荡在风雨里/我不想停下/停下就会跌落在深山里/你会等我吧/如果是/我会拿琵琶给你。”(《穿越》)她要在“秋风中起航”,“穿越在船上”。“我想/有一天我会放下所有/在秋风中启航/任狂风戏谑我的忧伤/任暴雨袭击我的脸庞/长长的背影下/你分辨不出我的模样/满面灰尘/掩盖住我的沧桑/你再也不会停留和打量/给自己的心打一个结/穿越在船上/咆哮的声音没过海的声响/但我仍然会面不改色/静静欣赏/似电影中女主角的远方/意味深长/想/一个人去旅行/不依靠任何力量/脚步是我的资本/不用欠/也不用偿想。”(《一个人旅行》)

徐立萍的短诗富有跳跃性,一个个意象快速转换出人生场景,如《炊烟笔下的春夏秋冬》:

春
狂风
卷不走你的温柔
山野中
你学会狂奔和说情话

夏
柳
婀娜成一头秀发
蝉
呼吸着一种音符
道来了
老人蒲扇中的中年往事

秋
果实
终于给空旷的蓝天一个答案
枯草垂暮
皱纹舒展

冬
雪
给无色的冬一件礼物
无心无意
却也情有独钟

《往日怀秋》也是一组精短小诗，是渗透进儿时记忆的意象诗：

一

落叶
不管你爬得再高
也躲不过命运
秋风一来
你便会像婴儿一样啼哭

二

荒草
儿时
总是带上镰刀和绳子
把你的头发剪掉
去喂养炊烟

三

柿子
每当这个时候
你总是点亮灯笼
给下地人
一个醉人的惊喜

四

地瓜干
褐色的土地上
白星点点
我像钞票一样捡在手中

计算交学费的日子

五

玉米秸

你像一个战士

使命结束仍然钢枪在握

我轻轻地卸下你的装备

哄你入睡

诗要意象化,意象化才能使诗更具象、更精炼、更有艺术表现力。

徐立萍的诗格调清新,她用童话般的意象展现出自己的情感世界。但从题材看还可以再丰富些,在深度上还可以再挖掘。

王茂海《兰香集》序

这是王茂海的第三本诗集，取名《兰香集》是因为他喜爱兰花。兰之为品，兼菊、牡丹、莲三者之德，而集三者之长，所以有“花中君子”之美称。处山林不以境寂而色逊；悬于崖，不以无人而不芳；居幽谷，不因谷空而貌衰；移盆盎，于闹市之中，仍一尘不染，淡素高洁，脱俗矣。茂海敬佩兰之品性，以兰为友、为师，修德养性，为人处事，亦有君子之风。其情其志，可从其诗见出。有《兰香沁雪》为证：

家有兰花门外雪，馨馨客舍径如洁。
近株益气爽心骨，致远道清廉作歌。

大雪初降，家养兰花盛开，客舍径洁，香气爽心，遂唱清廉之歌。这正是他爱兰、养兰的因由。其《兰花染香》云：“佳节万户欢，处处尽开颜。独我宅家里，读书赏莫兰。”在万家欢庆佳节时，他却宅在家中，读书赏兰，自得其乐。在《兰花笃情》题解中，他说：“窗台上的兰花开得清秀，笑得天真，缕缕暗香涌动，散去尘埃落定。谁说时下难以找到真情，我想啊，唯有付出才有收获，就像这兰花，只有精心栽培养护，才能收获这浓郁的芳香。”遂写下这首诗：

自养兰花今又开，香郁绕房沁心怀。
叹为付出终有报，精勤浇灌艳香来。

茂海以兰为师友，他虽有官职，却能廉洁自守，关心百姓疾苦，处处展现出君子的仁怀。炎炎夏日，正午时分，知了鸣叫不停，卖菜小贩睡在路边。他见此情景心中想到：也不知道买菜的人都去哪里了，街面人烟稀少，什么时候才能把菜卖完回归南山呢？于是写下《卖菜女》：

午时知了唱缠绵，菜贩和阳睡路边。

街面人稀哪里去，何时卖净回南山。

《老汉卖炭》则很像白居易所写的《卖炭翁》：

此时心泪添，老汉步履难。
满载过冬炭，躬身风逆辕。
河边柳戏水，无欲赏娇颜。
维系衣食住，求的卖好钱。
风流高富帅，宝马溅尘烟。
贫富同城在，苦甘若地天。

茂海在接访工作中满怀仁心，关心体谅上访群众，苦口婆心地做工作，化解矛盾，尽量帮他们解决问题。在《难解的心结》中，他写道："忽闻哭泣问由缘，难止怒悲撞铁栏。竭力安抚难奏效，心结欲解待何年。"表达了对"竭力安抚难奏效"的无限同情。在立案大厅的信访窗口，他每天都要接待许多的来访者，耳闻目睹的奇事怪事屡见不鲜，因案而生的忧虑和困惑令上访者泪流满面，号啕大哭。群众的伤悲也时常令他百感交集，寝食难安。他已经五十多岁了，年龄越大越发感觉自己身上的责任重，每当审视胸前佩戴的国徽时，他都会因为不能有效解决眼前的问题而惆怅不安；每当群众的问题解决了，他们含笑挥手告别并一再道谢的时候，就是他最欣慰的时候。他说："我们做事情就是要凭着自己的良心良知和对人民的热爱，尽职尽责，不负苍天。"他写下了《接访窗口》一诗：

接访天天听诉冤，将心梳理找根源。
怒悲自虐平常事，民苦忧心寝不安。
岁长更知责任重，国徽励我心无眠。
每逢和解愁容散，自慰尽职不负天。

茂海对工作负责，对百姓关爱，对亲人、老师、朋友也是一片赤诚。他总是怀有一颗感恩之心。正如他在《月下情思》中所写：

凭窗望去夜茫茫，缕缕思牵月转廊。
细数亲朋情意重，几多坎坷幸于帮。
满天星月为情绚，遍是秋香为你芳。
欲驾彩云腾万里，觅得瑰宝谢恩长。

在《我与同事说妈妈》题记中，他说："下班后没有即刻回家，而是同对桌好友说起了妈妈的恩泽，并一同欣赏了毛阿敏的《烛光里的妈妈》、阎维文的《母亲》。我们都被那优美的旋律和深情所感动，可谓一曲律动，情生心底，泪流脸颊。走南闯北打拼事业的莘莘游子啊，只要把妈妈的爱藏在心中，无论走到哪里，哪里都是家。当母亲健在的时候，要及时倾力尽孝啊，不要留下‘子欲养而亲不待’的人生遗憾啊。”诗云：

下班过后未回家，我与对桌赞老妈。
共赏名歌一首首，泪出母爱满脸颊。
莘莘游子闯南北，母爱于心处处家。
尽孝尚时母健在，亲不我待憾生涯。

陈文运是茂海的中学老师，毕业后他不时探望，几十年如一日。后来学诗，他常去老师家求教，获益良多：“今又拜师修汉文，听来酣畅贯当今，垂情诗圣熟如客，典似家珍醉晚人。”老师生日，他组织同学祝贺，老师去世，他悲痛落泪，并写诗悼念，在告别仪式上宣读。师生之情，感人至深。

茂海虽已退休，但他仍珍惜时间，读书、写诗、养兰乐此不疲。在《叹秋》中，他写道：“惜秋叹岁恋时光，触景生思问上苍。一世能得秋几个？明白彻悟自激扬。”他还有《晨香》一诗写读诗之乐：

晨读诗书入宋唐，千年诗句酿沉香。
痴迷绝句宽宽朗，啼鸟窗前也傍腔。

茂海爱诗近乎痴迷，他把诗当成日记写，所见所闻所感，随手入诗。他也不断地钻研提高诗艺，很注意平仄和律，追求意境和意象的清新。比如《明湖晚情》：

夜晚明湖入画中，欢歌热舞乐飞声。
楼台倒影水帘动，蛙立清荷静静听。

此诗写大明湖夜景，“欢歌热舞”“楼台倒影”“蛙立清荷”，动静交织，情景交融，画面清新灵动。

诗词是中华文化中的瑰宝，诗词艺术博大精深。茂海深入其中，乐此不疲，不断有新作问世，可喜可贺，希望他百尺竿头更进一步，在对仗等方面再下功夫，写出更多的精品力作。

刘月影诗集序

诗人马启代曾提出“为良心写作”的口号。为良心写作，就是要为社会正义和人民写作，要关心民间疾苦，对贫苦的劳动者给以温暖和关心。刘月影就是这样一个“为良心写作”的写作者。她关心从农村来城市打工的人，从一个打工的农村青年角度写了《在外打工的日子》：“撤下家书上沾满的泪滴/浪费了厚厚一叠信纸/为免除母亲千里牵挂/擦去眼角的思念/电话爹娘/人家城市真好/我们外乡人没受什么委屈//在外打工的日子/天天脚下踩着屈辱垒成的阶梯/肩上扛着累加了鄙视和冷语的沉重/人前　我从来不哭//长大了/懂得为劳累而弯腰的爹娘/挺挺腰杆。”这是一首打工诗。打工诗，是描写或反映打工者工作生活状况及心声的诗。“打工”一词于20世纪80年代从香港传入内地东南沿海，早期多指农村人背井离乡到经济发达的城市去工作，进入21世纪已涵盖所有受雇于企业而赚取薪酬的工作者。打工诗是中国市场经济发展过程中出现的一种新的诗歌写作题材，目前作品的内容多以表达农民工现实工作生活中的所感所受为主，它反映了中国社会经济发展过程中劳动群众的状况与心声。

打工诗出现在20世纪末，其作者基本上是打工者自己，作品的内容则是反映打工者（早期以农民工为主）在现实工作生活中的困难、所感所受、情思与孤独的状况与心声。进入21世纪，打工现象、打工群体、打工对中国社会经济发展产生了更大的影响，一大批诗人、作家也加入了打工诗的创作行列，使其题材更加广泛。刘月影的《在外打工的日子》完全可以归入打工诗。

刘月影不仅关心从农村来到城市的打工者，还关心城市里那些和城管打游击的小贩。随着改革的深入，不少工人下岗，也有部分青年无业，为了生存不得不在城市马路边摆摊。这就造成和城管的矛盾，城管和小贩不断玩猫捉老鼠的把戏。《城管和小贩》就是这样一首诗：“一出现城管的身影/街头小贩逃命般四散而去/像枪口下的兔子一样受惊//是祷告上帝/还是天老爷　菩萨/是谁掌管人类的命运//究竟该求哪位神灵/可不可以让城管和小贩/互换角色/体验小贩朝不保夕的人生。”她同情那些朝不保夕的小贩，并祈求神灵，让城管和小贩互换身份。这难道不是良心写作吗？为底层百姓写诗，关心他们的命运和生活，这也是中国新诗诞生之日起就有的“为人生写作”！当下有些人写灯红酒绿、宝马香车，甚至歌唱醉生梦死的生活，完全没有了诗人的良知和良心，难道不应该批判吗？月影为百姓写作，从这个角度我要为她的诗点赞。

我不知刘月影是否在农村生活过，但以她的诗中可以看到农村生活的景象。比如那个在老家屋前柿子树下苦等三十年的她：“记不清有多少个日落黄昏/我在树下痴痴地等候/一直等到山瘦路空。”还有那个“父母是土里刨食的农民/全部的愿望/就是囤子里有冒尖的口粮”，而幻想去教堂改变命运的农村小伙。她把他们写进诗里，表现出深深的同情。再如《风干的山枣》：

> 棘条上的一颗
> 风干的山枣
> 是我青春时悲伤的泪滴
>
> 祖祖辈辈扎根在山野
> 注定长不成一棵脆甜的枣树
>
> 成为风景
> 被人关注
>
> 我用微笑代替哭泣
>
> 失眠的人找到我
> 在他的梦里
> 我长成了一棵大枣树

诗中“风干的山枣”这一意象与“青春时悲伤的泪滴”叠合，仍然写底层百姓的凄楚，但再难，他们仍有梦想，仍然想被人关注，长成一棵大枣树。她写《青花瓷》不在意它超越时空的美，而是看到创造它的匠人的艰辛：

> 有谁记得
> 炉前挥汗如雨的窑工
> 他们的劳苦命运与过往

他们的白骨流落在何方

这就叫“为良心写作”。她的立场在百姓一边，她关注他们的辛劳，记得他们的功绩。

月影诗的构思也独出新意，她把节日里的爆竹写成了一个英雄般的“殉道者”：

别人欢天喜地
你却粉身碎骨

虽然自出生之日
就身处险境
却一生默默无语

最后用点燃生命的方式
发出一声惊天动地的痛哭

《蚕娘》也很有新意，是她创造出的独特意象：

自制一件洁白的囚衣
休眠了前世一个梦想
万死不辞的选择
只为一双飞翔的翅膀

刘月影的诗大都短小有味，意象独特，不用华丽的词语。这也是我欣赏的。

“歌诗合为事而作”，诗人用意象去反映时代，表达内心，在宏观的客观现实和微观的内心世界中挖掘题材，从而发出自己独特的声音，从而引起读者的共鸣，发挥诗歌的艺术作用。诗人在向外和向内两个向度上展开诗思，并坚持“为良心写作”的立场，就一定能写出好诗来。

张永散文集序

近日，张永从邮箱发来他的散文，嘱我作序。作序是不好干的差事。遇到好诗美文，赏心又悦目，自然有话说。若是朋友托来，盛情难却，但诗文并不可观，下笔就费了踌躇，所以这活还是能推就推了吧。我知道张永写诗，他的散文我没读过。没想到洋洋洒洒的30多万字我一打开，就放不下了。这些美文、趣文、妙文，使我如饮美酒，不觉陶然也。他的散文虽简短，但俨然有大家气象。

首先，我很欣赏张永的写作态度。正如他在《文字如火 温暖人生》中所说："我所以从事写作，原因是文字如火，温暖着我的人生。我喜欢这样。并以此为一种也算愉悦和享受的生活方式，犹如一些人就爱侍弄花草，一些人就爱提笼架鸟，一些人就爱打牌、搓麻、钓鱼一般，我爱用一个个汉字——这种经历了甲骨、篆、隶、楷变化的符号，这种在钟王、颜柳欧赵等大家笔下熠熠生辉的艺术形式——连缀成篇，把自己的一点经历、一点心得、一点感慨记录下来。"这种写作不为名利，只求温暖自心，同时也就温暖了别人。正因如此，他的散文才率真天然，无雕饰之病，如闲茶清水，滋润心田。

其次，他的散文追求情趣理趣。不论是谈读书、记山水、说人物，他都写得妙趣横生，且渗透出哲思，这就使他的散文很耐品味。比如伊迪丝·索德格朗的一首短诗引出他对孤独的思考，说："孤独应该是一颗星，它有冷淡的光，却内蕴着太阳一般的热能。保留它某些悲壮的色彩，小心它的灰暗和冷寂。理解孤独，是保持精神健康的必须，是我们得以奋发向上的前提。"思考很辩证，能给人哲理启示。读刘亮程的散文后他体悟出："一个作家不必东游西逛，不必万里采风，就可以写出大作品的。关键要看他的心灵能走多远，他对这一方生活土壤挖掘得有多深。这种作家，中外古今都有。也不必非要学士、硕士、博士地读将下去，用自己的脑袋盛满别人的精神食粮，只起到仓库的作用，把自己创造的冲劲消磨掉了。有了刘亮程，我觉得散文这一体裁，真是适用性很强的，名人胜境可以写入散文，荒野僻壤、草虫花鸟也可以纳于笔下。文学的殿堂，讲的是众生平等，讲的是无贵无贱。”从汪曾祺的一首小诗，他引申出：“一饭之恩，一衣之暖，甚至一句鼓励、一次微笑、一条短信、一个电话、一束鲜花，都会让那些身处绝境的人、窘困潦倒的人、周身寒彻的人生出些希望、感念与勇气！”

在《湖边看海》中，他写道：“看心之海。豪放的人说，比大地宽阔的是海洋，比海洋宽阔的是天空，比天空宽阔的是人的心灵。好大一颗心！容纳八荒，吞吐宇宙。但愿有这样的心灵，但愿有这样的人瑞。这样的心灵，哪能测度，哪能轻易伤害？无边无涯，深不见底。但是这颗心的材质还是血肉，血肉都是敏感的呀！还有人说，人是欲壑难填的动物，贪欲无止境，掠夺和占有无终结。但愿世上少一点这样的心房，多一点恬淡、素心之人，知足常乐、助人为乐、随遇而安。”这些富有哲思的文句是哲思的文学化呈现，是从眼前景自然引发的，这就使他的写景散文有了不同于别人的深度。读完《药》一文后，他透过人血馒头意象思考道：“革命者的血，先行者的血，以拯救苦难国民为使命的烈士的血，却被苦难的国人所吞噬。这种巨大的不和谐，让人扼腕叹息！看来，吃人者，不仅有大人老爷，不仅有刽子手，也有愚弱的苦楚的下层百姓。”

然后，他的散文思路开阔，能展开想象的翅膀，真正达到了形散神不散的境界。当然这需要大量的文化修养做储备。在《从曲水亭向南》一文中，他描写了曲水亭一带的景致后，一笔荡开，展开想象：“我遥想，在没有柏油路以前，在更早的时候，这里的水势更旺，水面更阔；逐水而居的‘老济南’们，出门就撑船，咿咿呀呀的橹声响着，驶向大明湖，驶向小清河，驶向平原上交织勾连的河汉，穿过莲叶和苇丛，惊起鸥鹭、划破月光……他们是否遇见自青州回乡省亲的李清照呢？她也是乘舟而来；可曾看到岸边的舞剑者？他可能是辛弃疾。”从而使这篇散文变得厚重又浪漫了。在《芦苇》一文中，他由儿时家乡的芦苇联想到帕斯卡尔《随想录》和越南影片《芦苇》，最后又想到画芦苇出名的画家周怀民。没有丰富的知识储备，联想也就展不开翅膀。他的散文思维很跳跃，这就使行文出现了跌宕起伏，如《西湖之美，在山在人》中，他由西湖跳开去与济南大明湖作了比较：“三面环山，东面临城，这是西湖特定的地理位置。山水相依，一高一低，一刚一柔，便有了比较对照，有了参差变化，有了活泼灵气。它不像大明湖那样波动在平展的土地上，华不注、千佛山离它较远，且被高楼大厦、马路街巷所阻隔。这种阻隔，把流畅的气韵打断了，把画面的完整打断了。西湖三面山上的植被茂密葱茏。南方的山,形状不是石头的形状,而是树木花草的形状;山的高度也不是土石的高度,而是大树的高度。"

最后,他的散文语言凝练,这与他有深厚的古文功底有关。中国古代散文语言铿锵,节奏响亮,字字有味道。张永的散文语言锤炼得很到火候。如"洞内凉爽,汗水顿消。洞外有鸡犬,绿树成荫,有似田舍。若能于石台之上置酒小酌,谈天说地,定是人生又一况味"(《钻峄山》),颇有《桃花源记》韵味。"古刹山寺,寂然森然,铃声钟声,清音袅袅",四字一句,读来很上口。

他的文字不事张扬,很少用激烈和火暴的词语,也不去刻意营造色彩与气氛,不刻意去深沉、去华美、去煽情。他的作品有一种"有一说一"的直接;有一种围炉座谈的风度。如"原来是文友聚会,倍感亲切。我道三生有幸、相见恨晚,他称幸会幸会、蓬荜生辉呀。直喝得脸上发烫、目露凶光,兼浑身松软。不觉倦意袭来,三人几乎同时躺倒,呼呼而眠。真得感谢山西老乡在火炕上吃饭的习惯"(《醉在清凉山》),"饺子就酒也可,烧一火锅看窗外飘雪也是喝酒时候。只是苦于没有好羊肉,买卖人常掺上牛肉出卖;雪也不是常有。在山之上树之下,吹着天风也喝过几次,乐不思归。乡村冬夜,火坑上面,就炒花生、拌白菜,哥俩对酌,是亲切的回忆"(《喝酒的境界》)。

总之,张永的散文是耐品的好文章,至于滋味如何还是读者自己去品吧。

张允宾诗词集序

这本诗词集是张允宾继《词韵花都》《词赋古州》《古州新咏》之后出版的第四本诗词集，内容紧扣时代脉搏，积极向上。通过对山水人文、景物风貌、社会进步、生活变迁等方面的描绘讴歌，抒发了自己对祖国、对人民、对美好家乡的热爱之情。这些诗词作品是作者从近年来习作的400余首诗词中选取212首结集而成，全部采用中华新韵，格律严谨。其中绝句、律诗52首，词160首。这本集子共用了85个词牌，常用的几乎全有。允宾的词作豪放、婉约兼具，豪放如大江东去，颇有东坡词的韵味。如《念奴娇·南燕遗迹怀古》：

绕城西去，又寻探，千古遗踪心切。故地神游，人道是，南燕匆华短夜。战火烽烟，金戈铁马，万里关山越。功成国立，逞强郭固旗猎。

尘世桑海风云，厦倾尸遍野，残阳凝血。大势难回，犹刹那，失却千秋基业。忆想当年，柔怀应笑我，几多声咽。人生如梦，此情还寄苍月。

上阕写景，描绘南燕征战立国、“郭固旗猎”的胜迹；下阕写国破兼抒发“桑海风云”“人生如梦”的感慨，词境苍凉悲壮。其《临江仙·易安居舍凭清照》写在青州范公亭阳水西岸崖台易安居舍，虽是凭吊婉约派词人李清照的感怀，但却有英雄气在：“一代词宗惊天下，奇葩枝秀独开。婉约铮骨显奇才。长亭思旧事，景仰励心怀。”称李是惊天下的词宗，词如独开的奇葩，虽婉约却有铮铮铁骨。这种赞誉是恰如其分的，同时亦展露出作者的英雄怀抱和豪放心胸。

毛泽东谈论诗词时曾推赞豪放婉约兼具的诗人，允宾也是这样的诗词家。他的词作也有许多婉约格调的，如《秋蕊香·情依旧》：

河畔伞槐垂柳，林静风清馨透。曾经多少黄昏后，细语盟约牵手。

花前双影如熏酒。离别走，相思月下人消瘦。唯有痴情依旧。

上阕写河畔柳下的甜蜜约会，“曾经多少黄昏后，细语盟约牵手”。下阕写月下乡思，“唯有痴情依旧”，境界优美，描绘细腻，感情温柔。《菩萨蛮·村口》是一幅当代农村的风情画：

轻风村口槐荫下，顽童长索秋千挂。塘碧映波光，粉荷透缕香。

轿车驰巷路，归鸟鸣河树。妪叟话家常，斜阳高瓦房。

轿车、高房点出今天的富裕，顽童荡秋千、妪叟话家常，描绘了闲适的田园风景，表现了作者对新田园生活的赞扬。月下漫步，蛙声鼓鸣，池隐花红，夜色朦胧，于是作者诗意顿生，写出了这首优美的《小重山·荷塘月色》：

伏起相和蛙鼓声，静圆浮水面、雾纱浓。伞蓬池漫隐花红，凭远处、月色正朦胧。

堤畔自悠行，流连迟步晚、醉融情。荷塘十里透馨风，思潮涌、诗韵满怀生。

优美的词境与心中的柔情、诗情很好地糅合在一起，词境亦是心境。

田园诗是古代诗词中的一个门类，允宾的田园诗词既继承传统，又开辟出新意，反映出新时代农村的生活场景。请读《柳梢青·乡村即景》：

杨柳丛花，柏油路阔，雀鸟啾喳。风透馨香，纵横阡陌，波绿无涯。

街园茵草芳华，水塘里、清荷戏鸭。深院高墙，成排楼厦，试问谁家？

诗人捕捉到今天新农村美景，发出由衷的赞叹，充满了正能量。但这是当下农村的一个光明面，当然还有另一面，贫困、留守儿童、强拆、村霸，对这一面的表现、对丑陋的揭发和对罪恶的鞭挞也应是诗人的责任，这一样是正能量。

诗词自古有抒怀言志的传统，允宾也写了不少抒怀的作品，如《生查子·述怀》：

冬夏几轮回，岁月烟云度。枯衰易萌荣，攘攘浮生苦。

野草仰天歌，心梦无重数。惆怅对西风，沉吟斜阳暮。

虽是野草也要仰天歌，也有梦无数！在《醉花阴·风雨沧桑》中，他说：“少年热血天涯走，归老人消瘦。风雨忆沧桑，长夜难眠，秉笔嫌疏漏。”人虽老瘦，但少年热血仍存，长夜里“秉笔嫌疏漏”。《渔家傲·独守》《烛影摇红·念怀》均可作如是观。《鹧鸪天·夜色深深》是其抒怀词的代表：

暮色深深眺远方，风冷皎月挂穹苍。星稀无感三更晚，斗转难眠寂夜凉。

云弄影，绪脱缰。是非成败两茫茫。归身又忆凌云志，谁与倾心论短长！

是非两茫茫的怅惘、壮志未伸的遗憾、无人倾心的感慨，都集于这斗转难眠之夜了。

允宾的律诗格律严谨，意境高远。如《七律·古槐》：

苍槐遒劲立城郭，高耸云天景致多。
砌护栏围彰古韵，枝繁叶茂舞婆娑。
千秋风雨雄姿在，万世沧桑砥砺磨。
阅尽人间兴与替，茫茫岁月自评说。

他笔下的古槐是个伟岸的智者，"千秋风雨雄姿在，万世沧桑砥砺磨。阅尽人间兴与替，茫茫岁月自评说"，四联起承转合处理得很好。《五律·乡邻》歌唱和谐的乡邻关系，表现了"关爱无疆"的大义：

连舍建低墙，双垂果蔓长。
犬鸭一院闹，饭菜两家香。
遇事同相助，闲暇共举觞。
疏篱虽有界，关爱却无疆。

我喜欢他的《五律·品茗》：

篱院火炉生，槐荫乐品茗。
朋邀三五坐，茶易六七盅。
桌小乾坤大，时长话语浓。
古今多少事，尽在笑谈中。

诗境恬淡从容，对仗工稳，不用典却很耐品味。

允宾的诗词用新韵，我很赞同。歌诗合为事而作，世道更替，春秋轮回。旧语言许多已经失去表现力，新生活需要新的词汇。历史风雨已经消磨了汉语的韵味，今人普通话中已经没有入声字了，有些字的发音也变化了，用普通话读古诗，已经难以传达古诗的声韵美。用新声韵，即可保存律诗的声韵律句，又能让今人读得出，品得出。何乐而不为？时下有人反对新声韵，这就泥古不化了。师古不泥古，既继承又创新，这才是中华诗词复兴之道。

乙未霜降于伴山堂

《诗海扬帆》序

《诗海扬帆》是周永近年来诗歌创作的结集。他自幼热爱文学，后来进大学中文系读书，工作以后，创作了大量诗歌、散文、短评、小说。这本诗集中收录了新诗52首、旧体诗词110首，集中展示了他近年来的诗歌创作成果。除了文学，他还酷爱书法、摄影。对艺术的不断追求，使他养成了深厚的人文素养和优雅的艺术气质，正所谓“腹有诗书气自华”。周永在诗海里扬帆，留下了一串串美丽的浪花。

周永的诗题材很丰富，既有吟风弄月的，也有人生感怀的；既反映社会现实，也表现内在心声。《三月小雨》用排比手法歌唱“细无声”“润如酥”的春雨，描绘它“银丝般的雨线”“晶莹般的剔透”具有“天使般的精灵”样的缠绵。这是一首具有新格律韵调的抒情诗，每小节四句，但四句字数不同，诗行错落有致，表现了诗人的匠心。他还有一首旧体诗也写春雨：“昨夜细雨声连绵，恰似珍珠落玉盘。人说好雨知时节，一泄当春送人间。”这首古风体七言诗，抓住了春雨的声，写其清脆和正当时令。两首写春雨的诗一新体一旧体，可以对读。《芙蓉街》写了一条文化老街的新生，它是济南商贾文化的见证，现在则布满美食的商标，成了美食街。这条街上虽然人流如潮，但也退去了文化的身影，他不禁感觉有些神伤。这种思考角度就有别于其他同类题材的诗作。《思帝乡·战风雪》是一首反映现实的词作，他以南方大雪、冻雨天灾为题材，表达出“天灾人祸共担，给力战风雪”的豪迈情怀。

诗言志，是说诗歌是最适于抒情言志的文学样式。若论叙事，诗不如小说、散文、戏剧。诗歌可以大跨度跳跃，可以用意象碎片拼贴出独特的诗意空间和心理空间。尽管近年来有人提倡诗的叙事转向，提倡生活流的叙述，但是一些毫无意义的口语叙事却大大消减了诗歌的魅力，人们诟病“梨花体”“乌青体”，其原因也在此。周永的诗偏重抒情,不论新体旧体,都有一些好的抒情诗。比如《说谎的雪》,对雪人们大多取歌颂的态度,但周永却别出心裁,写了“说谎的雪”,抒发了对欺瞒和谎言的斥责。《初冬的夜》写小雪之夜无雪:

窗外的姿影
悄悄摇曳
像一个精灵闯入
轻轻剪碎一窗灯火

诗人此时无眠,“盯紧辽阔夜空/似与仙人神聊/倾诉/心中无奈//初冬的夜/静无声”。这首诗创造了辽远寂静的意境,树影的闯入剪碎灯火,也撩动诗人心绪,静中有动,余味悠长。再如《冬夜抒怀》也是一首冬夜里的抒情诗,这首古风体诗表达的是一种问心无愧的坦荡情怀:

寒冬月夜不觉眠,
满天星斗沁心田。
书室捧读谈幽梦,
人生无愧敢笑天。

诗中的情感很豪迈,结句堪为警句。

周永对诗人海子情有独钟,他写了四首品读海子作品的诗,歌唱海子的诗是震撼心灵的诗,是呼唤幸福的诗,是自由自在的诗,也是永远活在春天里的诗。周永是海子的知音。

周永新旧两体都用,比较而言,我更喜欢他的旧体诗。他的旧体诗多是古风体,不受平仄格律限制,有意境,有新意。如《明湖醉秋》:

烟波浩渺映秋光,
碧水残荷倩影长。
但有诗人玄妙处,
明湖深处睡夕阳。

虽说明湖醉秋,实则是诗人醉秋。他陶醉于秋天的大明湖黄昏,阳光斜照,拉长了残荷的倒影,夕阳落下,好像沉睡于明湖深处了。意境很优美,表达出他对泉城的热爱,对明湖秋光的沉醉。《周末书房晨读》也是一首很有味的短诗:

执笔品花酌诗章,

韵在心头翰墨香。
斗室茶香书亦友,
从容一抹比斜阳。

这首诗"酌"字用得好,把陶醉于推敲中的心情刻画了出来。"茶香"可以改为"茶清",因为前面已用了香字,最后一句中"比"改"是"会更好。《偶得》《观水墨山水有感》也是值得品味的佳作,"斗室无花翰墨香""画室能赏世外天"都是有意味的好句。

周永有些词也写得冲淡自然,如《点绛唇·听雨》:

夜半读书,窗前树影随风舞。飘飘忽忽,敲打欲入户。
细品香茗,恰到诗兴处。举头语,往事如梦,一袭随风去。

《画堂春·书斋情怀》也是一首好词:

书斋雅淡出南苑,挥毫碧草连天。凝心握笔临师典,翰墨成篇。
不羡春花秋月,荣枯不改悠然,吾知佳品要勤勉,快乐无边!

这首词写出了他在书斋挥毫临师帖的快乐,以及对书艺无悔的不倦追求,悠然的怀抱和舒展的意境互为表里。

周永在诗海里畅游,在书法中陶醉,在摄影时自得,活在一个艺术世界里。这种诗意人生不是很令人向往吗?尤其是在物欲横流的当下,保持诗人的童心,坚守纯粹的艺术精神就更难能可贵。艺无止境,诗路长长,把新诗写得更精练些,意象更新颖些,把旧体诗再向格律靠一下,周永的诗词就会更上一层楼了。我祝愿他在诗海里游得更自由、更舒畅!

军旅诗的新生面

——朱建信《钢铁的血液和泪水》序

朱建信是著名的军旅作家,他发表过许多有影响的军旅诗,尤其是反映空军生活的作品。他的诗作充满了军人的荣誉感、责任感,表现出当代军人的气度和胸怀,受到诗坛的好评和关注。他近期的诗作意象更加凝练,思考更加深邃,就像是经过了战火和铁血淬炼的刺刀,刺痛着读者的神经,激荡着军人的热血,正如他在《军旅诗人自白书》中所言:

我是藏身于钢铁内部的一根鱼刺,
活着就是为了卡住钢铁的喉咙。

他还说:

关闭声带,打开血管和骨头。
我的诗不要词语,只要火和磷,
以及高强度金属。

他的诗像高强度金属一样坚硬锋利,让我们的灵魂战栗。

他说:"在我生前或死后,化浆池/吞下一本印有我名字的小书/造纸厂的胃/突然被刺出血来。"他的诗刀锋般锐利,铁血般滚烫。他的诗里没有轻歌曼舞,更没有花前月下。他的诗也不涉及俗尘杂事,是真正的军人之诗。

他近期诗作不直接描绘宏大的战争场景,也不直接写军营的情况,他把焦点集中在一把大刀、一棵树、一个水兵的身体、一个士兵的出击姿势、一支枪,甚至一个甲壳虫、一个士兵的雕像上。这些和战争、军旅相关的意象,被他的诗思聚焦放大,像电影的特写镜头一样给人过目难忘的印象。

他这样写华北一个博物馆里的战刀:"它的整个身体都被锈迹包裹/暗红的锈迹像带着血丝的骨头碴儿。""如有可能,我想把它从展柜里救出来/把它从时间的牙缝里救出来/放在自己肋骨上，蘸着泪水磨它/把那个叫喊的声音从锈层里救出来/把闪光的锋刃救出来/——像把新鲜的骨头和血/从陈年老病里救出来。”这难道只是一把战刀吗？这分明是一个英雄，这分明是一个后辈军人对前辈的崇敬和对他们铁血精神的继承。他写一棵在泥石流里挺立的树，这棵树“充当家园的最后一个守护者/不被活埋，就绝不撤离”。从这棵树上我们看见了在泥石流里抗灾的军人，也看到了在战场上绝不撤离的士兵。他说：“只有树/就用骨头竖起一架梯子/把阳光采摘到地上/把地下的水举上天空！”他写一个在战场上蓄势待发的士兵：“如同出击前埋伏的豹子/弓弦上引而待发的箭/茅草伪装下等待触动的猎兽夹。”这是一个危险的捕猎姿势，充满了警惕和力量。他甚至写一个穿越国界的甲壳虫：“一辆从爆炸声中钻出的微型坦克/以及小小装甲上黏附的硝烟味/给另一个国家的黎明/带来了瞬间的恐惧。”这样的取材和角度，在军旅诗中可谓别开生面。诗人以小见大，从微观入手，深刻地挖掘了军人的精神内涵，抒发了对英雄和战士的崇敬，也表达了对战争与和平的思考。

朱建信是创造意象的高手。他诗中的叙事是意象化叙事。当下不少人都在推崇叙事，都在强调叙述的作用，但在现实创作中，我们看到的却是许多无意义的叙事，是絮絮叨叨的口语，甚至是口水。中华古代诗歌中的叙事是意象化的，比如《长恨歌》《琵琶行》，其中的叙事紧紧依托着意象，如“行宫见月伤心色，夜雨闻铃肠断声。”再如“醉不成欢惨将别，别时茫茫江浸月”等，叙事和意象紧紧结合在一起，意象和抒情也紧紧结合在一起。朱建信诗中也有叙事，但他是紧紧围绕着意象叙事。在《把大刀片救出来》一诗中，他先叙述在博物馆中看见了一把大刀，然后仔细叙述这把刀锈蚀的样子，接下去叙说大刀的历史，然后是看到这把大刀的内心感受。叙事紧紧围绕大刀意象展开，情感也自然流淌出来。再如《听一个老水兵介绍身体》，用老水兵的口吻，叙说了他的花白头发、深深的皱纹和深陷的眼窝，刻画出一个老水兵意象。诗中的比喻使这个老水兵饱经风霜的脸和坚强的身躯如雕塑般呈现在读者面前。

我始终认为意象是诗歌艺术的核心，意象要出新，要具体，要象现意隐，要有声有色，要能调动读者的视听，要有一定的触动心灵的锐度。朱建信诗中的意象很锐利，也很具体。在《听一个老水兵介绍身体》中，他很具象地刻画出老水兵额上的皱纹：“最上面的一条是郑和船队劈开的波浪/风蚀的漫长海岸线居中/最下面的一条是死去的深海闪电/——他指着额前的三道皱纹说。”诗中的喻象把历史和现实以及老水兵的经历结合起来，像油画一样鲜明而具体。从这个意义上说，诗是用语言描绘的画。

诗的语言是最凝练的文学语言、艺术语言。朱建信的诗歌语言越来越凝练，具有打动人心的艺术力量。他说：

嵌着钻石的精致身体，像被粗糙的砂轮
使劲打磨过，上面落满刺鼻的粉末
不再闪闪发光。一只甲壳虫
用了近两分钟时间，才越过了
一柱界碑，像一辆微型坦克
在黎明前进入另一个国家

他还说：

轰响的钢铁穿山甲贯通巨峰，
如一把长剑洞穿宿敌前胸。
隧道——硕大的剑孔，
倏忽间被夜的宽大皂襟掩起。

这就是艺术的语言，具体，形象，直接作用于你的感官。独出心裁的比喻中饱含着情感，使人过目难忘。在《涓细流水》中，他把一场离别刻画得惊心动魄："我不相信世间还有比这更沉重的细流/轰响坠地，如陨石之瀑/使庞大的混凝土站台微微颤动//我不相信世间还有比这更灼热的细流/熔钢般呼啸生焰，灼红站台、车厢/以及一群送行者的脏腑。"诗人是比画家更高明的意象创造者，因为他塑造的形象突破了视觉的局限，让读者有了更为广阔的想象天地。林黛玉一旦固定在画布或银幕上，就成了固定的那一个，而在文字中，却可以让人去任意想象。好的诗歌给人的想象天地就更加广阔了，如朱建信诗中的"钢铁玫瑰""黑白照片""亲情织物""巴格达女孩"等等。

朱建信的诗不论在题材上还是语言上都有了新的突破，他的创作，也给当代军旅诗开了新生面。诗人不老，艺术之树常青，希望他的诗花绽放得更加光彩夺目。

朱天高诗集序

互联网的出现不仅使地球成了一个小村庄,也使诗歌的传播插上了瞬间传遍全球的翅膀。网络传播的即时性、全球性、全元性、交互性使诗歌传播的时空极为迅捷和广阔了。网络上的文学网站、诗歌论坛,以及个人博客使热爱诗歌的人找到了最为直接的发表园地和传播方式。今天的互联网正以前所未有的力度繁荣着诗歌创作,也以前所未有的速率推出诗坛新人。然而互联网的出现并不意味着传统印刷媒介的终结,二者正呈现出一种互补状态。当下网络上的阅读毕竟不能取代书刊的阅读。网络创作一旦吸引大量的网民点击,亦可能会迅即转化为书刊传播。这就为不能上网或者不愿网上阅读的读者提供了便利。当前数字化印刷技术也为网络作品转化为印刷出版物提供了前所未有的便利。

诗人朱天高从2006年开始进行网上创作。他是“乐趣园”“用有色的眼光看诗”栏目的版主。他的诗歌作品频频出现在“天涯诗会”“华夏诗人报”“广州文艺论坛”“诗阅读”“中国诗歌网”“星星论坛”等著名诗歌网站上,其作品入选新浪网“中国当代网络诗歌年选2008”和“2008年中国当代新诗选”。朱天高已成为当代有影响的青年网络诗人之一。现在他将自己的诗作出版,也正是网络与出版交互传播的例证。

朱天高说:“人生就是一首诗。”他从20世纪80年代中期开始写诗,近年来更是借助网络扩大了自己的影响力。他自觉运用现代先进传播手段传播作品,与时俱进的眼光是值得赞誉的。当然要真正征服读者主要还靠作者自己的创作实力和作品。诗歌传达诗人的人生体验,展示的是诗人的精神高度和艺术创造能力。在这方面,朱天高完全具备了一个优秀诗人的品质。他借《狗尾巴草自述》表达自己灵魂的独立:“可我终究站立着走过了这个冬天/或许只是灵魂,或许只因灵魂/春风轻拂,小草露出头来/用惊奇的眼神看我高高耸立。”诗人从最平淡无奇的一株枯黄的狗尾巴草上,看到了迎风独立的坚强灵魂。诗人也正是有这样的灵魂才能在物欲横流中坚守自己的精神高地。

朱天高的诗蕴含哲思,但哲思又隐藏于诗的意象之中,与之融合为一,这也就使他的作品不像当下许多口水诗一样索然无味,而是让人如嚼橄榄,越嚼越有味道了。如《雪无影》:“天空明媚着,雪迟迟未至/风冷冷吹过黄昏的弧度//告诉自己,错过在所难免/即使保存血色指纹//季节敞开着,一抹余晖/与丢失的钥匙没有必然联系//我还是依窗而立,把背景音乐/渐渐听成故事以外的风景。”诗以等雪不来为事象,传达的却是等待与错过、敞开与丢失等哲思层面的内涵,具象中有抽象,就像北岛的《迷途》一样,从而使诗作有了品味的深度。其《冻土》《荒诞花季》《滴水哲学》等均可作如是读。

诗人是敏感的,他对四季轮回、对生命的流逝的感知超越常人,正如老杜所言:“感时花溅泪,恨别鸟惊心。”朱天高的《春归图》抓住早春二月的特征,以迎春雀的口吻传达春天来临的消息:

“听啊,太阳的光晕里
传来春天的脚步”
“看吧,干枯的泉眼
泥土已经泛绿
苔色过后
将是春之甘泉汩汩涌动”
风儿轻摇的枝头
忍不住笑了
“我已有了二个月的身孕
别踩着我的宝宝”
雀儿凌空飞起
四散而去

这首诗别出心裁的构思,描绘春归如画,给人印象深刻。

朱天高的爱情诗也写得蕴藉生动富有创意。他把情感转化为独特的意象,用诗化语言呈现。他把爱人的眼眸比成点亮黑夜的导火索,把情人的对话比作“舌尖的火焰”,把失恋比作漂流的“无人岛”。他说:“去,也是一种快乐。”“季节尽了的时候,你用流水/说出最后的词语,我以风声/接受你桃红与柳青以外的暗示/那出折子戏散落了最后的慢板。”(《对话或者无言以对》)用独特的诗歌意象传达个人独特的生命体验,这就是诗人创造力的表现。越有独创性的意象也越能引人注目,无创意的作品只能是因袭和模仿。朱天高的诗作是有创意的。其不足是有些诗作还可以再精练些,去粗存精以达高境。

是为序。

2009年2月18日于山东大学

自由神兽的歌吟

——评王竞成诗歌近作

人的自由的实现有许多途径,政治、经济、社会的都可以在一定条件下达到一定范围的自由,但只有文学艺术的自由是最宽广的。诗人和作家可以张开想象的翅膀在文学天空中翱翔,也可以放开步子在广阔的大地上奔走。文学和艺术可以发挥充分的想象,可以最大化地挣脱社会的枷锁的束缚。即便在封建专制帝王的高压下,他们也能努力地奔走和大声地吟唱。《西游记》中的孙悟空竟然喊出"皇帝轮流做"的口号;《西厢记》里的崔莺莺大胆地追求自己的幸福爱情;《牡丹亭》里的杜丽娘与柳梦梅的生死相恋穿越了400多年的时空。现实的不自由可以通过文学去实现,诗人和作家可以说是追梦人,所以我们有了屈原的《天问》,有了不朽的《红楼梦》,诗人王竞成也是一个这样的追梦者。

这个曾在海底潜游过的战士(他曾在潜艇部队工作),一旦上岸就变成了一只奔跑的神兽。他被诗神驱赶着不停步地奔跑。他不甘受现实社会的束缚,辞掉了分配给他的工作,只想做一个自由的歌者。他至今没有自己的住房,四处漂流。从沂水到北京,从北京到青岛,曾先后供职《求是》杂志旗下的红旗出版社与《中华锦绣》画报社,任责任编辑、图书编辑中心主任等。他是中国诗歌史料研究中心主任、《黄河诗报》诗刊总编辑。在自由迁徙中,他为诗歌奔忙,努力实现自己的文学梦。在奔走中,他也有自己喜爱的地方——北京燕山。他在此地租房居住,没事就去燕山闲坐,燕山成为给予他诗歌灵感的宝库。他特别喜爱燕山的雪,在一首诗中,他写道:"燕山雪携带星光　月色/而来　更多的天籁。""山上的树　一夜花开。"他说:"这是一场真正的独白/白得冷峻　白得万劫不复/它让骨缝中的黑也戛然而止。"(《燕山落雪》)这首诗堪与柳宗元的《江雪》相比,柳宗元写的是"万径无踪"的孤独,但王竞成的孤独是对至纯仰慕的孤独,他诗中的雪就像是他心中至高的诗神,高洁孤独,甚至连骨缝中的黑也不能容忍。他对纯洁的追求，让他像是一个虔诚的教徒，“苍穹之上，空寂的虚无灵翼翔飞/思想是生命多余的负担，而我的肉体/是物质舍弃的尘埃，净心而坐、安然领受天命，佛也成为我的使者”（《净心而坐》）。在王竞成看来，“黑是黄金权力　色相？黑是幽灵聚会的夜宵”“黑漫上来　像一群黑色的山羊/低头吃草　不抬头/它是黑　黑没有脊梁”。而与黑对抗的是“雪或光　或是神灵摄取了黑的魂魄”（《燕山夜话之黄昏》）。白与黑的对立，就是光明与黑暗的对立，也是信仰与麻木的对立，甚至是神灵与邪恶的对立。中年的王竞成在燕山，深深地思考着生命与时间、历史与现实、帝王与民众、幸福与苦难、家庭与社会、亲情与爱情，写出了长达37节的长诗《燕山夜话》，后又续了8节。这首长诗是王竞成中年最重要的作品，可见燕山在他奔跑行程中的地位。

从历史角度来讲，燕山有大、小燕山之分。大燕山，即北京北部的燕山山脉，命名较晚；小燕山，位于北京西南部的房山区房山城关街道与燕山办事处西北，包括猫耳山、大房山和凤凰岭。小燕山为最早的燕山，大致命名于商代。燕都北迁后有之名大燕山。房山区位于北京西南郊40公里处，距北京猿人的故乡周口店只有5公里，境内发现过新石器时代的遗物，证明50万年至一万年以前就有人类活动。据文献记载，历史早期，这一代曾是山戎、肃慎等少数民族活动的地区。燕山从潮白河谷一带向东延伸约略呈一弧形，一直可达渤海之滨，是东北和华北的天然屏障。北京北部的军都山属燕山山脉。太行山则是一条东北至西南走向的大山，进入北京后，成为西山。其较高的山峰有百花山、猫耳山等。燕山地区背依猫耳山、陵山，百花山、猫耳山等这一段山脉统称大房山。而在战国以前，这段山脉是叫作燕山的。燕山山脉是华北平原北部的重要屏障，是从内蒙古高原和东北地区进入华北平原的必经之地。1211—1215年，成吉思汗三次围攻金中都（北京），主力都是翻越燕山山脉，以丰利（张北县西）、宣德（宣化）、居庸关和古北口、檀州（密云）、顺州（顺义）为主要进攻路线。抗日战争时期，八路军晋察冀军区第四纵队与冀东人民一道，依靠燕山山脉的复杂地形，开展游击战争，并以雾灵山地区为中心，创建了冀东抗日根据地。燕山的特殊地理形势与丰富的历史遗存为王竞成的长诗《燕山夜话》提供了丰富的创作素材，也引发了他勃发的诗歌灵感。

王竞成作为一个“不速之客”来到燕山，在人生的中年，立在了它的额头。他说：“这一切只是开始，我人生的中年遇见的上苍昭示/我死去重生的海边奇遇，不会是梦。”“我的言辞，从中年开始/在燕山之上，成为夜话/成为凤凰涅槃的绝唱。”在这里他回顾历史，说：“天才永远在体制之外，放纵未伟大的才华/被豢养的永远是一帮蠢材，分赃人民的血汗。”“人民不会永远是野草，任由王公贵族世代的践踏。”他说：“江山失去民众的血液，就会癌变。”他说：“多少帝王的墓穴成为门票的面孔/人类的历史，就是不断挖掘帝王与贵族遗骸的一部断代史/他们活着被供奉在朝堂之上，死后挖掘出来被囚禁在魔盒之中。”这就是他对燕山王陵的历史思考。

在燕山，他思考宇宙的永恒和生命的短暂，发出了这样的喟叹：

多少帝王只留下了年号
没有一个帝王留下江山
江山属于时间，属于历史
多少诗人发出喟叹，易逝的时光
光荣与梦想，大爱与大恨
在宇宙面前，个体的生命又算什么
在文明的历史长河中，伟人如此的稀有
像稀有金属在大地之下闪光

他思考白昼和黑夜：“如果人类都闭上眼睛，黑夜就没有存在的理由/历史永远睁着眼睛，它知道自己的短处/使人明智，智慧来自黑夜/那些失眠的神，泄露宇宙间无法破解的秘密。”

王竞成这首长诗中的思考是结合着燕山的历史和山水展开的，但他又没有局限于此，他诗思的空间很广大，现实与历史、燕山与家乡、河流与海洋，诗中的意象随诗思的跳跃灵动起来，创造出史诗般的宏大叙事。从燕国的帝王到鲁国的孔子，从燕山的白水河到大海，从云游到思乡，从绍兴到临沂，从母亲的脸到李白的月亮，哲思和情感用丰富的意象语言呈现，创造出让人触目惊心的意境：

闻风而动的秋雨，在燕山出兵
这些帝王的卫士深夜还魂
他们仇视自己的身世
以泪洗面
一阵阵冲锋的裂帛撕裂声
惊醒燕山的长子，长子推窗观阵
黑漆漆的军团陷落燕山沟壑之中

他说："作为燕山的长子/多少石头想成为我的纪念碑。"他甚至想象：

这样深夜，我渴望帝王们还魂
与他们在燕山之巅
冷眼旁观后世杜撰的历史
一起坐下来，说说遥远的燕山雪花大如席的盛世
烧一壶开水
冲开一片片穿着大红袍的江山
直至把历史泡得淡而无味
倒掉

这个燕山的长子，在长诗最后说："瘦弱的白水河/是大地母亲的眼泪/抵达大海只是一种梦想。"诗人想挣脱时空的束缚，想摆脱历史的沉疴而获得充分的自由，谈何容易。自由总是相对的，时间不会倒流，现实中的人不可能同时出现在两个空间里。燕山的长子也只能远远地思念故土和亲人。他的奔跑仍在继续，却也跑不赢逝去的时间。然而，只要奔跑，终会在大地上留下足印的。诗人的足印不仅留在了燕山，还留在了济南趵突泉，留在了长江边的黄鹤楼，留在了吴语呢喃的苏州。这些奔跑中的足迹，是诗人生命中的刻痕，这些刻痕就像山壁上的摩崖石刻，或许会被历史珍藏下来。为生命的自由歌唱，为人生的自由歌唱，永不停息，这大约就是神兽的宿命，也是诗人的宿命吧。

2019年1月9日

丹青世界一“净翁”

著名画家张光明教授出生在农村。他从小就喜欢在村东大沙河的沙滩上画小人，没想后来竟能画到北京，为国务院作画。他更没想到，竟能站在庄严的北京人民大会堂领奖！

他是一个农村孩子，从小割草拾柴，锄耕收割，养成了吃苦耐劳、刻苦学习的品格。读书使他踏着知识的阶梯成为一名人民教师、校长，最后成为教授。

他从小失去父爱，虽得到祖父母的疼爱，但在那个贫穷至极的村庄里，生活困苦，战乱和饥荒更是雪上加霜。梅花香自苦寒来，坎坷、艰辛非但没有压垮他，反而磨炼了他的意志，锻造出他不甘落后的拼搏精神。

一个孤苦的农村孩子，出路在哪里？

张光明先生的二祖父张柏林，新中国成立前曾是山东省教育厅厅长何思源的家庭教官，全国人大常委会原副委员长何鲁丽及其兄长均曾受其教诲。他二祖父后来到济南一中任教，著名书法家欧阳中石、现代京剧《杜鹃山》作者王树元都是他的得意门生。张光明受二祖父影响，自幼喜爱绘画艺术。

张光明16岁那年考进了济南美术学校，毕业后，以优异成绩留校任教。但不久，学校调整，他以文化教员身份分配到济南市京剧团工作。在教文化课的同时，他也没有忘记自己的夙愿——做一名画家。他在教学之余，又拿起画笔，在画纸上描绘着他的理想。他的绘画才能得到了领导的赏识，随后他担任了舞台美术队队长。为提高自己的绘画水平，他又继续深造，先后去泰安师专、山东师范大学、中央美院高冠华花鸟画进修班在职学习。

“文革”后，济南艺术学校恢复重建，他被任命为校长。1985年，他又兼任中国书画函授大学济南分校校长。此后，他不断请全国有名的书画大家来山东授课，有机会结识了当时许多著名的书画大师，如启功、李可染、沈鹏等人。更使他没有想到的是，他能有缘拜在娄师白大师和高冠华先生门下，成为“齐”“潘”再传弟子。他还拜在山东省美协原主席、画梅大师于希宁先生门下，得其真传。这让他能追随这些时代艺术大师的步伐，走进更高、更辉煌的艺术殿堂。

为追求书画艺术，他毅然辞去校长职务，调入山东省工会管理干部学院，甘当普通教师。他在认真教学、潜心作画的同时，钻研艺术理论、美术史和中国画论，先后出版了《中国绘画基础知识》《中国画史略》《中国画概论》《中国书画装裱艺术》《文字造型与美化》等专著。于希宁赞曰：“光明画友深得画中三昧，书以致赞。”能得恩师赞赏实属难得，可以略见张光明艺术成就之一斑。

恩师高冠华的赠言：“不羡虚名百岁巅。”他视为座右铭。在社会上一片流行大肆炒作、弄虚作假的喧嚣中，见不到他的身影和画作，他洁身自好，以“净翁”自号。在铜锈气严重侵蚀书画市场的污浊之气中，他退避三舍，淡然处世，潜心画自己的画，走自己的路，在丹青世界彰显自己的风采。他的梅花深得恩师于希宁真传，铁干虬枝，洁华怒放，抒发了堂堂正气，具有高洁的品格。无论是小品还是巨幅大作，都一丝不苟，具有强烈的艺术魅力。他的人物画、山水画，熔中西艺术于一炉，既继承了中国画的传统，又吸收了西画造型逼真、色彩绚烂的长处。他的小品花鸟画，娴静高雅，布虚留白，小画带有大气象。他的画作越来越受到人们的喜爱，也越来越受到方家的赞赏。年过七旬后，他仍勤奋追求，力求变法，笔力更见老辣。他不断攀登艺术高峰，始终遵循“师古”“师造化”“中得心源”之道法，一步一个脚印，踏踏实实，意气风发地在宣纸上圆他的艺术之梦！

珠联璧合　文书俱美

——马金忠《草书赋》读后

马金忠，字诚真，号原野，山东寿光人，大学文化，教授级高级政工师，从事党政工作多年，为全国第九届人大代表，中国书法家协会会员、中华诗词学会会员、毛泽东诗词研究会埋事、第四届山东书协理事、山东九天神马书画院院长、山东老年书画研究会常务副会长、山东羲之书画研究院名誉院长、山东泰山书法研究院名誉院长、山东收藏家协会名誉会长、山东诗词学会诗书画研究院顾问。

马金忠先生自幼热爱书法，工作之余求师摹帖，笔耕不辍，博采众长，自成一家。真草隶行皆通，尤擅草书。其草书挺秀、奇逸、遒劲、流畅，大开大合、收放自如。其书法作品曾在全国政协礼堂、北京劳动人民文化宫等国内展地与日本、韩国等海外国家展出并被全国人民大会堂、中央电视台等多家机构收藏。他不仅在书法上很有建树，在诗词歌赋上也很下功夫。中国传统艺术讲究诗书画印合一，古人有不少诗书画兼长的大家。马金忠先生的书法作品不少是书写自己的诗赋，这在当下的书法家中是不多见的。此前他已经出版了《马金忠书法诗词鉴赏》和五言古风《草书吟》，展示了他在书法和诗词上的成就，也体现了他对草书的钟爱。现在他又推出了《草书赋》，进一步表现了他对草书艺术的挚爱。

《说文解字》中说："汉兴有草书。"草书始于汉初，其特点是"存字之梗概，损隶之规矩，纵任奔逸，赴速急就，因草创之意，谓之草书"。章草笔画省变有章法可循，代表作如三国吴皇象《急就章》的松江本。今草不拘章法，笔势流畅，代表作如晋代王羲之《初月帖》《得示帖》等。狂草出现于唐代，以张旭、怀素为代表，笔势狂放不羁，成为完全脱离实用的艺术创作。狂草代表作如唐代张旭《肚痛帖》和怀素《自叙帖》，都是现存的珍品。《草书赋》第一部分抓住了古今草书大家的风格特点，赞扬了他们对草书艺术的贡献，诸如张芝、王羲之、张旭、怀素、黄庭坚、王铎、于右任、毛泽东，赞扬“江山代有才人出，各领风骚世世传”！第二部分结合自己的书法实践，表明了他对草书艺术的探索和理解，涵盖了章法、结体、笔法、墨法各个方面，是根据他多年的体会得出的真知灼见。第三部分用饱含情感的诗笔，铺排出草书之美，抒情酣畅淋漓。

赋讲究文采、韵律，兼具诗歌和散文性质。它多用铺陈叙事的手法，韵赋须押韵，这是赋区别于其他文体的一个主要特征。《草书赋》是韵赋，押新韵八寒。此韵为开口呼，读起来比较响亮，便于抒发豪放情感。这与草书恣肆奔放的情感相一致。赋讲究铺排，多用排比和对仗。如文中“汉代张芝创今草，草圣雄冠领群贤。羲之献之步其后，遒劲雄强亦雅娴。唐代张旭多霸气，走笔龙蛇如云烟。怀素醉书《自叙帖》，恰如战马奔犹酣。颠张醉素双高峰，狂草并峙非等闲。鲁直黄庭坚，长枪大刀舞蹁跹。王铎创涨墨，威武厉凌笔锋寒。白翁于右任，标准草书天下宣。伟人毛泽东，诗书雄才冲霄汉”就是铺叙方式。另外，赋讲究文采，多用比喻，如“走笔龙蛇如云烟”“恰如战马奔犹酣”“颠张醉素双高峰，狂草并峙非等闲”“长枪大刀舞蹁跹”等句都很形象传神地写出了他们各自的风格。第三部分是本篇的华彩乐章，诗情画意毕现，用了很多精彩的比喻，如“美若鸿鹄飞天”“妙似少女绣花”“纵若高山流水”“横似狂风大作”“劲若枯藤缠木”“疾似骤雨倾注”“阵若万马奔腾”等，挥写出草书家情驰神纵、心手随变的潇洒放逸和其书法作品逸势奇状、离合聚散、天地造化的大美。

马金忠先生此赋充分表现了他对草书艺术的挚爱，赋以心声，并且用草书书写出来，可谓珠联璧合，文墨相生。文美书美，让人叹为观止矣！

耄耋童心　诗画双美

——苑增坤诗画赏析

苑增坤女士已年届米寿，虽离休多年，却笔耕不辍，她写诗文作书画，已连续出版了《军魂铸艺苑——苑增坤书画作品集》《随心诗歌100首》《诸城老家——我儿时的记忆》三本书，得到了大家的赞赏。苑增坤出生于诸城书香门第，1949年从军，从事部队文教宣传工作，转业后曾任职工学校政治教员，后入承德石油学院学习，毕业后在工厂做技术工作。1985年离休，参加了济南市老干部书画研究会，现为山东省女书画家协会会员、中国老年教育书画研究院研究员、济南美术家协会会员、济南老干部书画研究会理事、济南老干部书画研究会分会副会长。苑增坤的曾祖是清朝进士，父亲亦饱读诗书，受家庭影响，她自幼酷爱读书和书画，这为她从军后从事教育宣传打下了文墨基础。离休后她有了充足的时间学习诗词书画，诗文书画终于结集出版。这是她耄耋之年的丰硕收获。

她的诗文质朴无华，是她内心情感的真实流露。《孟子·离娄下》说："大人者，不失其赤子之心者也。"赤子者，初生的婴儿也。赤子之心比喻人心地纯洁善良。苑增坤的诗充满了对生活的爱、对生命的爱，甚至带有童话的色彩。她在《后山的蝴蝶》中这样写："阳光普照后山上，谁在加倍工作忙。小草摇摇小花旺，似在争俏媚秋光。观看此景心境娱，更乐蝴蝶采蜜忙。白蝶穿越红绿间，犹似舞台乐山岗。"从诗句中我们可以看见一颗明亮快乐的童心。《谁知其中密》也是带有童心的一首诗："午后山坡静静，麻雀蹦蹦跳，喜鹊吱吱叫，传递一个密消息——树下走来一只猫。"还有那争夸自己的雪帽美丽的两朵盛开的月季（《后山的雪》），偷吃盆栽大蒜苗的小松鼠（《又见小松鼠》），像兄弟一样抵抗严寒的冬青。这些诗歌意象折射出的，哪像是耄耋老人呀，完全就是一颗童心啊！

苑增坤诗歌的语言很质朴，她很平白地述说着自己对国家和人民的爱、对书画的爱，一点也没有暮气。她赞叹拉开窗帘就看见太阳的脸，她感谢为她画展忙碌的朋友和亲人，她还为装裱师傅点赞。她怀有一颗感恩的心、慈爱的心。她在《心中的人生》写道：

人生世间只一次，绘出心图万万千。
风云改变长歌舞，兰亭墨韵传世间。

她自幼喜爱书法绘画，出身大家，所见自多，从军后从事宣传工作，多用毛笔书写和插图，练就了用毛笔书写的硬功夫。离休后参加了济南老干部书画研究会，更是如鱼得水，在著名书画家的指导下，她的书画水平日益提高。她的画作不断入选大型画展，也入选不少画集。经过30多年的积淀，她在济南和青岛等地成功举办了个人画展，引起很大社会反响。可谓"人艺俱老，画聚诗情"。

苑增坤的书画承郑板桥之韵，法吴昌硕之神，以松竹梅寄情，用牡丹、菊花写意。用笔苍劲老辣，用墨淋漓尽致。中国画是笔墨艺术，更是抒情艺术。笔下无情则花不活，鸟不鸣；画不言志，则松不劲，梅不香。诗人以文字言志，画家用笔墨抒情。画家的作品是其内在情志的外化。她的画多属花鸟类，花鸟画忌俗艳。她的墨梅，铁干虬枝，清淡脱俗。《墨香》一图全用水墨，用笔老辣，用墨苍润，以墨色分五彩，因笔力见腕力，尤其是她画花朵后用淡墨加以渲染，更衬托出梅花的高洁，表现出老梅的苍劲和抗风霜的精神，也是她作为解放军老战士的情怀的外现。《风清气正》是一幅墨牡丹，她不施浓艳色彩，用淡墨出花瓣，重墨染花心，再用黄色点蕊，完全脱开一般牡丹画的雍容富贵，展现的是冰清玉洁的意象，是风清气正的面貌。她笔下的兰花，叶如铁线，花型挺俏，笔力健劲，让人赞叹，如《兰竹芳馨图》。

古人云"书画同源"，画家若没有书法的功底，其笔墨也就自然逊色了。苑增坤的画有书法功底，所以用笔才能老辣。这在当下的画家中也是少见的。正因如此，她的画才能做到诗书画一体。她学赵之谦、郑板桥、吴昌硕用长诗题画款，预先留出题款位置，书写诗词长款，使画作增添了诗意，也增加了画传达不出的内容。其《兰香图》画两丛高下相倾的兰花，并题诗曰："绿叶青葱傍石栽，孤根不与众花开。酒阑展卷山窗下，习习香从纸上来。"诗画相互补充，使意境更为鲜明了。其在《墨香》图上题诗："凡桃俗李争芬芳，只有老梅心自常。贞姿灿灿眩冰玉，正色凛凛欺风霜。"展现出画中老梅坚贞自守的凛凛正气。其《晚香》画菊，题诗曰："闻道柴桑境最幽，晚凉清兴到林丘。墨池一夜西风起，染出东篱片片秋。蜂蝶难落白雪上，梅蕊也会娱先芳。”题诗大大扩展了画境，使画意更为丰富了。诗书画三绝是书画家追求的高境界，也是最能代表中国书画的艺术高境。年过米寿的苑增坤女史孜孜不倦于此，岂不令人敬佩！

苑增坤女史以诗书画养浩气，用笔墨抒情志，追求“以古为新，自具一格”，终结硕果，可谓人寿年丰。最后以此文祝先生百岁可期，艺登高境！

梅绽枝梢　玉汝于成

高咏梅是从长白山村来到济南的。这个从小热爱文学和书画的山村姑娘在王本诚、娄以忠、张联珠、崔辉等画坛大家的指导下,逐渐踏进了书画殿堂。梅绽枝梢,玉汝于成。这朵画坛新梅终于绽放出清香,圆了她的画家梦。

她最初从吉林抚松来到山东济南,拜在了著名画家王本诚门下。她既是王老的助手,也是王老的学生,先师从王老学书画装裱。她心灵手巧,刻苦钻研,很快掌握了装裱艺术,裱出的画作很受画家的好评。在王老身边,她用心看、认真听、努力学、刻苦练,儿时对书画的兴趣,进而化成了画家梦。画坛大家的优秀画作是她观摩学习的对象,王老的亲身示范和耳提面命,使她慢慢掌握了用笔用墨的技巧,刻苦的学习开阔了她的艺术视野,也使她逐渐走进了山水画的艺术天地。王本诚的画作意境深远,笔力苍劲,他笔下的山川大气磅礴,壮美雄奇。多年的学习临摹,使她领悟了王老的画风,笔下的山水也渐渐具有了王家山水的气象。齐白石老人说过:“学我者生,似我者死。”她要想立足画坛,不能仅仅靠模仿老师画作,必须要走出自己的路来。王老行万里路,读万卷书,曾游历名山大川,重走过长征路。高咏梅没有王老的丰富阅历,她的艺术之路在何方?这成为困扰她的问题。在王老的启发下,她找到了自己的方向——画自己的家乡。

她出生在长白山脚下,松花江水就在她村边流淌。在自家院子里她能看见蜿蜒的长白山脉,能听到松花江水的喧唱。还有那高大挺拔的美人松,渐渐成为她心中的意象,对家乡的爱、对亲人的思念日夜在她心中翻卷,山村的安宁、山林的静谧、冰雪的晶莹、松树的高挺、江上的云雾一点点在她眼前清晰起来,她找到了她苦寻的绘画方向。中国画的本质是心画。画家把他心中的情感化为意象,用笔墨呈现在宣纸上。画作里若没有画家情感的投入,没有对家乡、亲人的热爱，对生活的热爱，那就是死画，又怎么能打动别人呢？方向找到了，她兴奋地踏上了创作之路，那难以遏止的激情化作了一幅幅山水。她夜以继日地画，创作出一批佳作，如《长白山下春来早》《长白即景》《快雪时晴》《秋林初雪》《我家之山村美如画》《岱宗秋艳》等。这些画作充满了她对家乡的情、对祖国山水的爱，形成了她艺术途程的第一个创作高潮。

《我家之山村美如画》是横幅作品，取平远构图法。右侧近景是几株高大的松树，中景偏左是一个坐落在林间的小山村，远景是绵延的长白山脉。画面空间层次分明，老松苍劲挺拔，针叶用重墨和花青渲染，山村和远山用了青绿，充满了蓬勃的生机。苍劲和清美相映照，抒发了作者对家乡的挚爱深情。《秋林初雪》也是横幅作品，描绘的是长白山初秋景色，近处是几株白桦，叶子金黄，远处是披雪的高山，几座小屋坐落其间。画境十分安宁，清冷中又带着暖色，令人神往。《长白即景》是竖幅佳作，近景是一片高大的美人松。美人松又名长白松，是长白山独有的珍贵树种，树干挺直，树皮粉红色。它零散地分布于长白山北坡。一条林间小路蜿蜒盘上高山，山上是一片红瓦的楼房。画面色调以青绿为主，间以赭石、土红，两只小鸟在云上飞，使画面灵动起来。整幅画气势雄浑，用笔老辣有力，墨色浓淡相宜，引导观众视线逐次向上，这是一首献给长白山的颂歌，给人振奋的力量。

高咏梅迎来了自己的第一个丰收季。她的画作既有王老笔墨的苍劲有力，又带有女子的清新明媚。她喜欢用绿，使画面色彩更加明亮，画中那些富有蓬勃生命力的意象是她心中的诗。方向已经找准，路子已经铺开，这条路还很远很长，我希望她在这条艺术之路上勇敢地走下去，她的梦想一定会实现。祝这朵画坛新梅能更绚烂地开放！

在大师的肩膀上眺望

——简评李献刚的书画艺术

我最初接触李献刚是在十年前，那时知道他是书法家，爱好收藏古玩字画，喜欢交朋友，酒量也很大。酒后他挥毫作书，疾风闪电般一幅行草就写成了。其书法如行云流水，飘逸潇洒，有无拘无束的意味。后来又渐渐了解了他的身世。他1943年生于山东济南一个书文世家，幼年家境富裕，家学源远流长。他继承家学，临摹颜真卿《多宝塔碑》，很有悟性。父亲在他13岁时突然去世了，李献刚的人生发生急剧转折，他饱尝了人间的酸甜苦辣。14岁他就离开母亲，到滕县吕剧团工作，之后，又到过济宁市吕剧团和微山县梆子剧团，拉过二胡，弹过大三弦，拉过大提琴，也从事过打击乐器演奏和吹笙。演出之余，他跟着济宁吕剧团一个叫胡兆琴的老师画布景，搞雕塑。在动荡年代里，他离开剧团，到黄河边拉地排车，还在工厂翻过砂。这些经历对他虽是磨砺，但也使他较多地接受了艺术熏陶。

1961年的一个夏天，李献刚第一次见到艺术大师傅抱石，他随即拜师。从此，大师的酒风、画风和人格魅力都深深影响着李献刚。1964年他认识了关友声和黑伯龙先生，聆听了他们诸多教诲。后又认识了书法家金棻，他勤于磨炼，笔墨渐成，善行草，尤善榜书。1964年，他开始练习《石门颂》，其天真飘逸的书风为他的隶书创作打下坚实的基础，他的行草如闲云野鹤，潇洒自然。他观摩古今大师之作，领悟其中的艺术精神。创作中吸众家所长，善于把水、墨、色融为一体。在山水画创作上，他学习继承老师傅抱石先生的富于创造的艺术精神和技法。他在画作中熟练地运用了傅抱石先生首创的“抱石皴”，硬笔枯扫，散笔轻皴，如风驰电掣，运生出变化多姿的线条和长短相间的“飞白”，形成了诸如雄健、冲和、绮丽、高古、空旷、缜密、飘逸、沉郁、清新、朦胧等意境。在布局和构图上，他独辟蹊径，有时画山不见峰，满纸烟云淋漓，画面具有强烈张力，似乎要延伸到画面之外很远的地方。那是一种饱满的气韵，是一种浪漫自由的艺术精神。我见过他最近的山水画作品，篇幅不大，但是意境深远，颇具大画的气韵。他的山水不是描摹自然，而是在创造自然，是他自由艺术精神的外化。

中国人的山水画不同于外国人的风景画，它不是再现自然景观，而是通过自然景观的表现，赋予自然以文化的内涵和审美的观照。春夏秋冬，风霜雨雪，山水表现出了不同的面貌，体现了生命的意义。山水和人一样具有内在的生命运动和精神力量，含道应物，澄怀味象。在以精神为第一性的山水里，人们并不关注所显之象，而是重视所含之道。艺术家的精神气质投射到创作中，放射的是画家的理想追求和对大道的化通。

我不知李献刚几登黄山，几上昆仑，但我看到的是他心中的山水，是一方自由的天地和生动的气韵。20世纪50年代，山水画曾面临新的时代，经受了生存的考验。傅抱石继石涛的“笔墨当随时代”之后，再次提出了笔墨与时代的关系。他提倡与实践的“新山水画”为传统山水画找到了生存的方式。“时代变了，笔墨就不能不变”，进入21世纪后，中国山水画在西方各种现代思潮冲击下再次面临考验，现代人认同了中国山水画，无疑是确认了山水画的精神、意境和形式。山水画的改观已是显而易见，山水画的变革更是历史的必然。但是变革并不是割断传统，变革是对古人、前辈艺术精华的继承和发展，是在前人的肩膀上的眺望。这也许就是傅抱石及其后学给我们的启示吧。

书为心迹　诗传心声

——读马德水诗词

诗书画同源。诗传心声，书为心迹，画为心象，皆是作者心绪情感的外化。中国的书画艺术大家无不能诗，如王维、徐渭、八大山人、齐璜等。然而当代书画家中能把诗写好的稀见矣，诗书画堪称三绝者可谓凤毛麟角。马德水就是当代书法家中书法诗词俱佳之人。

马德水青年入伍，专业从政，后弃政研书。其真草隶篆皆精，尤其草书更是龙飞凤舞，迅疾如电，尽豁胸中浩气。其诗取法古风，格调高雅，不拘一格，是其自由放达心性的显现。《砚边抒怀·其二》云："脱身饥贫胸坦荡，须抛烦恼驱凄凉。满腹夙愿扶狐笔，一腔豪气共时光。"此诗尽抒坦荡胸怀和豪情壮志。他热爱书法，书法是他无悔的追求。他的很多诗词都表达了对书法艺术的这种追求。在《临池感怀》中，他写道："长年临池寂寞心，累月难寻同路人。昨宵梦访兰亭客，忽觉求道遇知音。"马德水的词作豪放婉约并作，记事言志豪迈奔放，写景抒怀内敛婉约。其《满江红·出征滇南》叙滇南征战事，写得慷慨激昂："做人杰，潇洒整戎装，赴北越。""问高人，谁为今朝主？硝烟灭。"《浪淘沙·颂淮海战役》也尽抒英雄豪气："风急旌旗乱，大地血染。泰岱披素狂风咽，壮志未酬祭先烈，重整山河。"鲁迅说："无情未必真豪杰，怜子如何不丈夫。"马德水词作中也有柔情似水的篇什。如写于海南三亚的《更漏子·春恨》就表达了远离亲人的怅怀："苦雨侵，寄春恨，望断双鱼信。空对月，伤悲切，凄凄私语情绝。"《破阵子·赴京拜师》云："梦中风雪惊醒，一杯凄凉寒酒。怀恨填膺泪如倾，立志白了少年头，踏破春夏秋。"倾诉出只身赴京拜师学书的凄凉艰辛。

马德水的诗词言志抒怀，写景咏物，取材广泛。其中既有学书经历的记录，也有漫游观物的心得。他把对书道的感悟，用诗词记录下来。《渔家傲·从艺》写了弃政从艺的经历，展现出凄绝情怀和事成功就的欣慰，十分真切动人。再如

《学书感悟·其三》云:“腾空凌驾任天真,挥毫凝情驱鬼神,顿挫引带见金律,计白当黑笔意深。”可谓深得书道三昧了。马德水纵游祖国山水,那些景物都写进了他的诗词中。济南的大明湖、趵突泉、华山多次出现在他的作品中,济阳的山水、民俗也被他多次吟咏。他对梅花情有独钟,写下十多首咏赞梅花的诗词,表现了他对高洁人格的追求和对冰雪操守的赞美。

马德水性情豪放,故而不愿受格律的束缚,他近体诗写得很少。若从更高层次要求,还需在格律诗词上再下番功夫。

诗书画三绝是中国书画家的最高境界。马德水于此已臻佳境,望其能“会当凌绝顶,一览众山小”,在艺术大道上走得更远,攀得更高!

水墨传雅意　妙笔出风神

——读张曦文的画

好的绘画作品,不仅给人带来一种美的享受,而且会让人沉醉于美的情境中,让人有身临其境之感,仔细品味,便可以陶冶情操。牡丹花在画家的笔触上缓缓地盛开,清澈的风在眼神中歌唱,汹涌的思绪瞬间化成了纸上的传奇。绚烂的色彩,游走在心间,定格在宣纸上。米开朗琪罗说过:“艺术家用脑而不是用手去画。”张曦文就是一位用脑用心创作的画家。

张曦文,字墨馨,号鱼美人,斋号怡熠居,山东济南人。济南清澈的泉水给了她灵气,深厚的文化积淀给了她滋养。她自幼酷爱国画艺术,常在济南国画大家的佳作前流连忘返,她想成为他们那样的艺术家。后来她自己也拿起毛笔,想在宣纸上实现自己的梦想。她拜著名画家张鹤云、刘宝纯为师,请著名画家于希宁指点。她执着地在艺术道路上跋涉,多年辛勤的耕耘,终于结出了硕果。她用水墨传达出艺术的雅韵,用画笔表现出女性的风神。她的作品着墨赋彩靓丽,技艺纯熟,画面简洁丰富,寓意深刻,意象鲜活。她笔下的鱼、葡萄、牡丹、荷花、梅、兰、竹、菊,均清新自然,带有女性的细柔和温情,让人赏心悦目。

其《神游图》画了二红四黑六条鱼,首尾相衔,如太极图,寓和顺美满之意,含优游喜乐之情。淡墨勾出运动轨迹,鱼鳍有力张开,鱼尾优美摆动,意象生动自然。《月色双鹭图》描绘出安谧的夜景,两只鹭鸶并立在满月下、芦苇边,色调清寒,意境安宁闲淡。《大吉福禄图》用谐音寓意法,描绘了两只鸡在葫芦下相对细语,表现出对和谐、亲密的赞美和吉祥福禄的祝愿。这些作品在传统题材中注入新意,雅俗共赏。

曦文尤其喜欢画荷花。荷花是我国的传统名花,花叶清秀,花香四溢,沁人肺腑,有迎骄阳而不惧、出淤泥而不染的气质,所以荷花在人们心目中是真善美的化身,吉祥丰兴的预兆,是佛教中神圣净洁的名物,也是友谊的种子。荷花象征清白、坚贞纯洁、信仰,代表忠贞和爱情。早在2000多年前的《诗经》中,便有将莲花比作美女的记载。《国风·陈风·泽陂》说:“彼泽之波,有蒲与荷。有美一人,伤如之何?寝寐无为,涕泪滂沱。”唐初王勃《采莲曲》中“牵花恰并蒂,折藕爱连丝”,便以并蒂莲和藕丝不断,表示男女爱情的缠绵。莲最适合作为纯洁、美好爱情的象征,加之“藕”与“偶”谐音,藕断丝相连,并蒂莲开,都非常适合表示爱情的绵绵不断。莲又称荷,与“和”谐音。民间神话“合和二仙”便是一人手中持荷,一人捧盒,以示和合。八仙中的何仙姑手执荷花,象征其貌美,姓何,有祥和吉利之意。青莲与“清廉”谐音,人们便以莲花比喻为官清正,一尘不染。如画青莲和一只白鹭组成的图画,名为《一路清廉》。荷花花朵艳丽,清香远溢,碧叶翠盖,十分高雅。周敦颐之名篇《爱莲说》称其“出淤泥而不染”,赞美荷花的高贵品格,将其视为清白、高洁的象征。荷花是花中品德高尚的花,象征着追求自由、理想、不受世俗羁绊的独立自主的生活。

曦文爱荷,画荷亦是用荷来抒情言志。她的画中有“小荷才露尖尖角,早有蜻蜓立上头”的清丽,有“接天莲叶无穷碧,映日荷花别样红”的热烈,也有“月明船笛参差起,风定池莲自在香”的从容以及“出淤泥而不染”的高洁。《荷香鱼乐图》画了荷花下有两条优游自在的鱼,红荷墨叶,鱼亦两色,喻阴阳和合之意,画面灵动有喜气。《荷塘清趣》描绘出满塘荷开、水鸟飞来的胜景,墨色浓淡相宜,笔力柔中带刚,荷花艳而不俗,构图简洁丰满。胸中有雅意,落笔见精神。曦文的牡丹也很不俗,花瓣开张有力,似有劲气迸发,有怒放之境,色彩淡雅。

喜欢走远路的书学痴迷者——赵勇

赵勇从小就爱和大人玩，20世纪60年代末，他遇到了一本完整的柳公权的木刻本《玄秘塔碑》楷书字帖，瞬时就被柳体书法那险峻精湛的笔法和结体迷住了，从此与书法结下了缘分。整个少年时代，他基本是浸淫在盛唐的书风里，直至遇上了王大中先生。那时候还没有拜师一说，他只是经常去老人家里定期报告习书心得，交上临帖作业，听老人家谈古论今，评点古今名家，铺纸研墨看老人家运笔作书。王大中先生是习石鼓文的，功底却是魏碑。他的楷书深得《泰山经石峪》神韵，温婉醇厚，含蓄而不张扬。这也奠定了赵勇今天书法风格追求厚重的基础。老人家并没有让赵勇临习自己的作品，说临今人只是捷径取巧，取法乎上，能得其中就不错了。艺术是没有捷径可走的，所以就推荐了《龙藏寺碑》。此碑结体平和正好可以中和柳公权的险峻，使得赵勇的楷行书更可追溯魏晋的风韵；再加之对《兰亭序》的上千遍临习，更为其书法奠定了扎实的基础；之后对颜真卿大字《东方朔画赞》的临习又给赵勇的书法风格增加了开阔的胸襟和磅礴的气势。到了大学期间，赵勇有了图书馆的藏帖支持，遍临《石门颂》《瘗鹤铭》《龙门二十四品》《张迁碑》《曹全碑》等等名帖，浸淫在中国书法宝库里流连忘返。

写了字自然要出作品，作品就需要有印章，没有印章就想办法自己刻，学篆刻就要学写篆书。多年和很多老先生的接触和熏陶，使得赵勇深知，不会篆书只刻印，只能是刻字匠人。印学其实是古文字学、金石学的体现。于是他又给自己找了条远路——旁听中文系的古文字学课，听山东大学殷焕先先生的“小学”“金石学”“甲骨文”等课程，临写邓石如、赵之谦、吴昌硕、吴让之、丁佛言等大师的名帖，研《说文》，习秦篆、石鼓、钟鼎，再回归汉代碑额文字。然后才开始动刀临秦汉玺印千方，也就有了他自己的名章、闲章，也有了自己的完整书法作品。1979年他参加全省大学生书法展览，并代表山东参加了全国大学生书法比赛，获得优秀作品奖，作品曾在中国美术馆展出。

长大了的孩子成了青年，可他还是喜欢和老人家交友。毕业回济南教书之余，他常和学者、教授、前辈书家交往，但没有拜师，以防攀附之嫌。他与老先生们半师半友，说古道今，习文论道。这期间受到的古文化的熏陶比之听课又别有一番情致，这些都被他视为宝贵的财富。大约在1983年，山东省书法家协会曾与浙江省书法家协会酝酿举办一个两省青年书法家的书法六艺联展，是指每个书家要拿出真、草、隶、篆、行和篆刻作品各一幅参展。但是最后没有办成，据说是因为山东青年书家能拿出六艺作品的人太少，好像当时只有山东工艺美术研究所的李仲和赵勇等几个人。所幸之后山东青年才俊书家辈出，赵勇则还是走在书法艺术的远路上上下求索。

赵勇嗜古而不泥古，作品面貌多样，从丈八榜书到蝇头小楷，皆可为之，特别是其水墨交融的作品，注重用笔，也注重用墨，纵横挥洒，宛如纸上的舞蹈，韵味十足，比之日本的少字派又有更多内涵。赵勇痴迷于书学，钟情于艺术，他将在书学之路上渐行渐远，也必将在书坛留下自己深深的足迹。

伴山堂画语录

（一）

中国画是偏于写意的，尤其是大写意画。画山画水，画雀画鹰，画猫画虎，画婴画翁，其实是在写意、画心。画中之象实为意象、心象。

心洁净，象亦光明，意美好，象亦澄明。情豪迈，方有悲鸿马、苦禅鹰。情缠绵，才有大千彩、伯虎形。画山情满于山，画海意溢于海，画境实为心境。读画由象入境，由境会心。由此才能与画家意通神合，渐入佳境。

象在似与不似之间，意在显与未显之处。心在笔墨中，象之后，非品不可见。

（二）

大写意画好像书法中的狂草，两者都运笔迅疾，都是内心情感的酣畅宣泄。但两者在一点一线之中，蕴含着书画家几十年的功力。墨色的浓淡、运笔的快慢，都以多年对纸性和墨色的掌控为基础，都以自己内心的体验为根本。大写意画家和狂草书家均以豪放为个性底色，多有豁达的心胸和奔放的感情。观此类作品如品高度老酒，令人酣然而醉也。

（三）

崔辉是著名大写意花鸟画家。其画作笔墨酣畅，意象雄奇。他笔下的鹰或独立傲视，或展翅高翔，均有浩然的英雄气。笔下的雄鸡像是披着大氅的将军，昂首挺胸，傲视群雄。这鹰和鸡是他崇高审美趣味的外化，是人格化了的意象。

崔辉其人，身材魁伟，个性豪放，胸襟坦荡，喜饮酒，爱交友，真是画如其人。这个标准的山东汉子亦有柔情的一面，对朋友和学生极好。其笔下八哥正体现了他的另一面画风。他画的八哥或栖于柳枝，或鸣于藤萝，或群集，或对唱，嘤其鸣矣，求其友声，顾盼有姿，婉转多情。知余喜其画，为余画四尺《满堂乐》，放于单位传达室，任余自取而回。

大写意画作最见性情，虽寥寥数笔，精神气度已出。一笔下去，浓淡相宜，气韵已在快意挥洒中生成。崔辉作画须有酒在，酒催化豪气，使其运笔更为快捷，但又并非草率，一幅画作须臾而就。余曾在其画室品酒看其作画，以一把海米为肴，一会儿三瓶已尽。胆气开张，墨动彩飞，犹如张旭对壁狂草。其成于酒，亦殁于酒，最终醉倒画案而去。痛哉惜哉，令人唏嘘！

（四）

王本诚是山水画大家，其大写意山水尤佳。泼墨云山，云雾朦胧，墨分五彩，浓淡润泽，山含水气，如入仙境。其南方之山，北方之山，峨眉乎？匡庐乎？巨峰插天，矗立于云水之中，犹如擎天巨柱，又似神女化峰，不求形似，而重神韵。墨韵水气，铺落纸上，实乃其心中之山也。既具象，又抽象，乃意象也。

本诚先生祖籍四川，巴山蜀水岂无浸染乎？其久居山东，泰山能不更让其心雄气壮乎？其曾沿长征路写生，五岭逶迤，乌蒙磅礴，更开阔了眼界，丰富了心胸，大千山水，呈现笔端。赏本诚山水，观泰山之雄伟，蜀山之奇幻，苍松之劲拔，白桦之挺秀，令人心往神驰，目迷心醉矣。

其山其水其松其石，既写实，又写意。蜀山翠润，泰岱苍雄，巨松铁矗，卷云翻腾，象传其意，画现其心。人画俱老，愈见其雄。其书法笔力老辣，隶楷兼容，铁画银钩，俊逸潇洒。其治印亦结字险奇，刀法沉雄。书画印俱佳，实不多见。

本诚先生爱读书，读得多而杂，书橱满壁，细读精圈，至老不倦。这在书画家中亦不多见。先生爱交友，喜京剧，能歌舞。有追随其学画者，则诲人不倦，言传身授，细心指点，毫不藏私。身边保姆，耳濡目染，亦能持笔作画矣。

先生晚年患病，左肢不便，仍日坐案前，挥笔不停，时有佳作问世，余见其近作十余米齐鲁山水长卷，气势不减，展卷生光，可赞也！

（五）

王长水，山东大学教授，著名书法家，亦是余恩师。余留校任教，其时任现当代教研室主任。后先生转向书法教学和研究，任山东大学东方书画院院长。先生的书法是童子功，云其考大学试卷是用毛笔书写，诸多考生中仅其一人，经校长特批入学。

先生书法宗二王，尤于米芾用功颇深。入山大后又追随蒋维崧先生，为其入门弟子。先生行书俊逸潇洒，点画之间颇具功力。其随蒋先生赴日本办书法展，获日本书道界赞誉。其篆书、甲骨文亦有所成。曾在中国美术馆和山东美术馆办个展，得到业界好评。

先生是山大首位书法专业教授，真草隶篆均能。其行书晚年愈见老辣，既劲健有力，又潇洒俊爽。其八尺大作，用笔如椽。其册页行草，精细飘逸，很得识者喜爱。其册页精品千金难求。

先生于书法精研妙道，著有多篇论文，并精心编辑大家名家碑帖，以助后学。先生待人真诚，如有所求，无不应承。余子结婚时，其不仅作书以贺，还裱好装框送来，怎不令人感念？每遇书画大展，吾师总携余观展，使余能一窥书画堂奥。

先生终日案前，挥笔不倦，虽重病后仍不停歇，最后倒在书案上，一纸未完，匆匆故去，可谓鞠躬尽瘁矣！

后　记

这本评论集是我使用电脑写作后有关文学与艺术的评论文章和诗集序文的结集。过去手写的评论和论文手稿都已无存。这170多篇文章多是诗歌评论，评论对象有著名的学者和诗人，更多的是诗坛新人。这些评论贯穿了我的诗歌意象论，即从意象入手去解读诗歌，由象达意，分析作品的思想内容和艺术手法，帮助鼓励诗坛新人成长和进步。我始终认为意象是诗歌艺术的核心。诗人创作是意—象—言的过程，而评论则是言—象—意的过程，两者均以意象为中心。

文学评论既有宏观的诗歌韵律探讨、诗词发展路向、毛泽东诗词研究、网络小说问题探讨等，也有对具体学者和诗人的评论。这些都与我的教学和科研密切相关。我评论的有著名学者、诗人和作家，如吴开晋、郭澄清、路也、田遨、陈显荣、孙瑞、王竞成等，也有将军诗人李文朝、杨家杰，军旅诗人朱建信、陈灿、康桥等，更多的是文坛新人，如连志军、崔金鹏、赵竟成、马晓康、李凡平、李慧宇、王春芳、王尔滨、罗东勤、王茂海、张清龙等。

艺术评论则涉及电视剧、书法、绘画，如著名编剧陈杰，书法家马金忠、马德水，画家王本诚、崔辉、张光明等。

这本评论集是我40多年来诗歌和艺术评论工作的总结。其中有我对当代新诗和中华诗词的思考，也有我对书画艺术的感悟。退休后还应海南省文化历史研究会会长王春煜之邀对《东坡琼州诗文译注》《五公谪琼诗文译注》《琼州古代纪游诗文译注》《读一点海南》《〈鸡肋集〉译注》《汤显祖作品精编》等书作了今译，参加了海南历史文化名人廖纪、丘濬、海瑞等人的研讨会。本书中有几篇文章就与此有关，也算对海南历史文化的研究尽了微薄之力。

耿建华

2024年4月28日